VOLVER
a ASSAM

VOLVER a ASSAM

JANET MACLEOD TROTTER

Traducción de David León

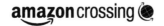

Título original: *The Girl from the Tea Garden*
Publicado originalmente por Lake Union Publishing, Estados Unidos, 2016

Edición en español publicada por:
AmazonCrossing, Amazon Media EU Sàrl
5 rue Plaetis, L-2338, Luxembourg
Octubre, 2018

Impreso por: Ver última página
Primera edición digital 2018

ISBN: 9782919803347

www.apub.com

Sobre la autora

La escritora británica Janet MacLeod Trotter ha publicado veinte novelas, trece de las cuales son sagas históricas ambientadas en el siglo xx. La primera, *The Hungry Hills*, fue candidata al premio del *The Sunday Times* al mejor autor novel, mientras que *Las luces de Assam* participó en la nominación a mejor novela del año de la Romantic Novelists' Association y ha figurado entre los diez títulos más vendidos de Amazon, además de obtener un gran éxito de ventas en ruso y en francés. Janet ha escrito también para el público adolescente y es autora de numerosos relatos para revistas femeninas, algunos de ellos recogidos en la antología *Ice Cream Summer*. Sus memorias de infancia en Durham y Skye en la década de 1960, *Beatles & Chiefs*, fueron protagonistas del espacio de la BBC Radio 4 *Home Truths*. Asimismo, la autora ha sido columnista en *The Newcastle Journal*, ha dirigido *The Clan MacLeod Magazine* y es miembro de la Romantic Novelists' Association. (www.janetmacleodtrotter.com)

Tras *Las luces de Assam* y *Las promesas de Assam*, *Volver a Assam* es la tercera entrega de la serie Aromas de té, cuya acción transcurre entre el Reino Unido y la India.

A Manaal. Gracias por tu amistad y por tu apoyo.

Capítulo 1
Shillong (la India), 1933

Adela oyó un grito procedente del dormitorio. Subió de dos en dos los escalones de madera oscura e irrumpió en el dormitorio, donde había un grupo de muchachas congregadas con aire travieso en torno a la cama del fondo.

—Tienes que hacerlo —ordenó Nina Davidge—. Todas las nuevas tenéis que probarlo. Yo me bebí el doble de eso el curso pasado.

—¡Vamos, Florecitas! ¡Bébetelo!

—¡Florecitas Pestilentes!

—Si no, te tendremos que llamar Mala Hierba.

—¡Basta, por favor! —imploró Flowers Dunlop—. Eso huele muy mal.

—Huele muy mal... —repitió Margie Munro imitando el soniquete de su acento indio—. ¡A ver si aprendemos a hablar como la gente normal y dejamos ese *chee-chee*!

—Es por tu propio bien... —dijo Nina mientras se lo acercaba con ímpetu a la cara—. Si no, no podrás ser una de nosotras. Así te convertiremos en una *memsahib* de verdad y te enseñaremos nuestros modales. Para eso te han mandado tus padres a este colegio, ¿no? ¡Sujetadla, chicas!

Adela se había quedado petrificada y el corazón le latía con fuerza mientras sus compañeras sostenían a la nueva por los brazos y la larga trenza. Nina mentía al asegurar que ya había probado el brebaje: se había negado a soportar la ceremonia de iniciación al entrar en verano a la escuela. Según había hecho saber a las demás, sus delicados huesos necesitaban calor y ese era el único motivo por el que había acabado en aquel estercolero de Saint Ninian's de Shillong junto con hijas de suboficiales y *boxwallahs*. De lo contrario, estaría en un internado de su Inglaterra natal con niñas de su misma clase social. Flowers haría bien abandonando toda resistencia y resignándose, así Nina la dejaría en paz, pero la novata no paraba de patalear y protestar a gritos tratando así de zafarse.

Margie reparó en Adela y exclamó:

—¡Oye, Hojita de Té! ¡Ven a echarnos una mano!

La niña dio un respingo. Hasta el curso anterior, su mejor amiga había sido Margie, hija de sargento, una niña bonita y regordeta. Pero cuando apareció Nina, la hija de un coronel en la reserva, una niña alta, de pelo largo y coleta impecable, puso a Margie bajo sus órdenes. Por lo que fuera, a Nina no le caía bien Adela, pese a los empeños que había hecho esta por ser agradable con ella. Margie hacía lo posible por mantener la amistad de ambas, pero aquel curso había empezado a usar también ella el irritante apodo de Hojita de Té, una ocurrencia de Nina por el simple hecho de que sus padres dirigían una plantación.

Nina se volvió.

—Sí, tú, Hojita de Té. Ven aquí y ayúdanos a hacer que esta estúpida paciente se tome su medicina.

Adela vaciló. Si se sumaba a ellas, tal vez se granjeara la amistad de Nina.

—¡Ayúdame a mí! —chilló Flowers con gesto implorante y los ojos abiertos de par en par por la angustia.

La niña corrió hacia ellas.

—Muy bien, Hojita de Té. —Nina lanzó una risita maliciosa—. Échale hacia atrás la cabeza.

—Dame —dijo Adela mientras se hacía con la taza de líquido espumoso con hedor a orines. Ni se atrevía a imaginar de qué estaría hecho aquello—. Yo me encargo.

A Nina aquello le pilló tan de sorpresa que se la entregó sin más. Las otras niñas reían mientras exclamaban a coro:

—¡Échaselo! ¡Échaselo! ¡Riega las flores! ¡Riega las flores! ¡Riega las flores!

Flowers Dunlop, hija de jefe de estación, volvió la mirada como un cervatillo aterrado que ha caído en una trampa, cerró los ojos con fuerza y se preparó para soportar aquel suplicio. Adela sintió una punzada de culpa, la misma que sintió la primera vez que había matado una cervicabra con la escopeta que le había regalado su padre al cumplir once años. «No te pongas sentimental, Adela —se había dicho mientras se secaba las lágrimas—. En la selva todo es un blanco legítimo.»

Aquello, sin embargo, no era lo mismo: sus compañeras, de trece años, la habían tomado con la nueva como una jauría de chacales que oliera el miedo de aquella desdichada. Y todo porque su madre era nativa. De pronto, Adela giró sobre sus talones y dio la espalda a Flowers para arrojar a Nina aquel potingue asqueroso.

Todas guardaron silencio desconcertadas. Ni siquiera Adela tenía la menor idea de que fuese a hacer tal cosa hasta el mismo instante en que reaccionó. Nina balbuceó aturdida y las otras niñas, al volver la vista hacia ella, dejaron de asir con tanta fuerza a Flowers, que se retorció para liberarse. Margie se llevó una mano a la boca para reprimir una carcajada nerviosa.

Nina clavó en Adela una mirada asesina antes de dar un alarido y abalanzarse contra ella.

—¡Te odio! —Agarró la trenza larga y oscura de la niña y le dio un tirón violento a la vez que le arañaba la cara como un gato montés.

Adela contraatacó y la derribó sobre la cama.

—Que te sirva de lección —le espetó entre resuellos mientras forcejeaban—. ¡No eres más que una abusona!

—¡Y tú, una india asquerosa, como Flowers! —gritó la otra mientras le clavaba las uñas en el pecho—. ¡No le caes bien a nadie! Tu madre es una vulgar mestiza y tu padre, un sinvergüenza.

Adela ahogó un grito de rabia. ¿Cómo se atrevía a hablar así de sus padres? Asió los dedos largos y pálidos de Nina y les hundió los dientes. Su rival lanzó un chillido estridente que hizo acudir al dormitorio a la joven subdirectora encargada de la casa madre del colegio a la que pertenecían todas.

—¿Qué demonios está pasando aquí? —exigió saber la señorita Bensham.

Todas corrieron a sus respectivas camas. Adela se puso en pie justo en el instante en que Flowers salía de la habitación sin que nadie lo advirtiera. Nina se echó a llorar.

—Me ha pegado —dijo entre sollozos.

La recién llegada entró con decisión.

—¡Chiquilla, si tienes el pelo chorreando! —Arrugó la nariz ante aquel olor agrio.

—¡Ha sido ella! —Nina corrió a abrazar a la rolliza subdirectora—. Además, me ha mo… mordido la mano.

—¡Por Dios bendito! Si tienes los dientes señalados. ¿Es verdad eso, Adela?

La interpelada guardó silencio en actitud desafiante.

—¿Niñas? —La señorita Bensham recorrió el dormitorio con la vista para mirarlas a todas—. ¿Qué ha pasado?

—Señorita —respondió Margie—, se ha lanzado contra Nina así como así.

—¿Se puede saber qué demonio te ha poseído? —La subdirectora parecía estupefacta de verdad.

Adela vaciló. Si contaba lo que habían hecho las otras a Flowers, todas se volverían contra ella. Al menos, la compañera agredida había conseguido escapar.

—Ha insultado a mis padres —repuso.

—Eso no es verdad —protestó Nina con un destello de reproche en sus ojos azules.

—¡Sí que lo es!

—Nina, ¿qué es lo que has dicho? —La señorita Bensham tendió el brazo para mantenerla a raya y la miró escrutadora.

—Nada, señorita —contestó antes de sorber por la nariz—. Si yo ni siquiera los conozco.

La subdirectora parecía no saber qué hacer.

—No ha sido culpa mía, señorita —gimoteó Nina—. A Adela le ha dado por meterse conmigo porque no le gusta que me lleve bien con Margie.

—Tenéis que ser todas amigas, niñas. Nina, ve a lavarte el pelo antes de la hora del té. Las demás, fuera del dormitorio ahora mismo. No deberíais estar aquí después de comer. —Cuando las vio a todas dirigirse a la puerta, añadió—. Tú no, Adela Robson: tú te vienes conmigo.

La pequeña la siguió y, antes de salir, vio a Nina sacarle la lengua y hacerle un gesto obsceno que solo vio Adela.

Cuando Adela se negó a dar explicaciones ante la señorita Bensham, esta no dudó en mandarla a ver a la directora, la señorita Gertrude Black. Su despacho olía a abrillantador y a flores, una mezcla de cera de abejas y de las caléndulas y cosmos silvestres rosas que descansaban en un jarrón azul sobre la estantería situada al lado de la puerta. Aquello la distrajo tanto que durante unos instantes olvidó qué hacía allí.

No era la primera vez que la llevaban ante aquella mujer de cabello pelirrojo y atuendo marrón. En absoluto. Hacía tres años, durante su primera semana en el centro, Adela había sembrado el terror entre las niñas y sus maestras al colar a su mascota, un cachorro de tigre llamado Molly, en un cesto de colada. Había pasado horas llorando inconsolable cuando su padre fue hasta allí para llevarse a casa al animal pero no a ella. A eso había que sumar la ocasión en que había arrojado una jarra de agua desde una ventana de la planta alta sobre un misionero que había acudido de visita tras confundir su figura enjuta a la luz del ocaso con la de uno de los molestos alumnos de Saint Mungo's School, que no se cansaban de desafiarse a lanzar piedras a los cristales del dormitorio de las niñas.

La señorita Black la examinó por encima de las gafas de montura de carey sin pedirle siquiera que tomase asiento.

—Tengo que decir, Adela, que me apena verte otra vez aquí y me horroriza saber que esta vez no es solo porque la impetuosidad a la que nos tienes acostumbradas te haya metido en algún lío, sino por haber agredido a una compañera. Es algo de todo punto inaceptable. He visto las marcas de dientes que le has dejado a Nina en la mano y ya he tenido que atender a su madre, que ha llamado por teléfono para exigir que te expulse. Dame un buen motivo para no hacerlo.

Adela sintió que se le encendían las mejillas.

—¡Nina Davidge es una abusona!

—¿Qué ha hecho?

Adela estaba a punto de contarle lo del mejunje asqueroso que quería obligar a beber a Flowers, pero no se atrevió. No quería hacer extensiva a la nueva sus desavenencias con la hija del coronel, pues sabía que confesándolo solo conseguiría que Nina se enfrentara a ambas y que Flowers tuviese que comparecer también ante la directora para declarar contra su agresora.

—Dice cosas muy desagradables —repuso Adela—. Ha ofendido a mi madre y ha llamado sinvergüenza a mi padre.

La señorita Black arqueó las cejas.

—Eso no está nada bien, desde luego, pero recuerda lo que dice el refrán: «A palabras necias, oídos sordos». No debes ser tan susceptible. Hablaré con Nina al respecto. Espero que seáis capaces de dar ejemplo a las más jóvenes. Tenéis trece años, ya habéis empezado vuestra educación secundaria, conque más os vale empezar a comportaros como señoritas.

La directora se asentó bien las gafas sobre la nariz.

—Mientras tanto, se os impondrá el castigo que merecéis por una conducta tan impropia de una dama. No podréis participar en el campeonato de *hockey* entre las casas del centro y, como contrapartida, la señorita Bensham os asignará labores de costura extra. Lo que necesitáis es un periodo de calma y reflexión. Si vuelve a ocurrir algo parecido —le advirtió—, no dudaré en llamar a tus padres y expulsarte.

La amenaza hizo que se le encogiera el estómago. La aterraba la decepción que provocaría en sus padres que la mandasen a casa como sanción. Sin embargo, una parte de ella se sentía rebelde, porque nada le gustaría más que dejar atrás las constricciones de Saint Ninian's School y regresar a su amado hogar de Belguri.

Por frustrante que fuese el castigo —Adela detestaba coser y ansiaba disfrutar del aire fresco del otoño—, lo aceptó sin protestas con la esperanza de que su enfrentamiento con Nina no tardase en caer en el olvido. Confiaba en que la elitista hija del coronel hubiese proferido aquellas palabras hirientes sobre sus padres llevada, sin más, por el ardor del momento. No podía haberlo dicho en serio, porque no era cierto.

Pero los problemas no acabaron aquí: Nina quería venganza. Adela había subestimado la humillación que había supuesto para a Nina no solo verse empapada delante de las demás, sino también que la llevasen ante la señorita Black a la vista de todas. Nina la tildó de acusica y convenció a sus compañeras para que no le dirigiesen la palabra.

—Te hemos mandado a Coventry por portarte tan mal con Nina —le hizo saber Margie, usando la expresión inglesa con que se indicaba que se había hecho el vacío a alguien.

—Pero si empezó ella —protestó Adela.

—¡No te oigo! —exclamó Margie mientras echaba a correr y la dejaba zurciendo sábanas en la sala de usos comunes.

Flowers Dunlop era la única que la recibía con una sonrisa cautelosa cuando entraba en el aula o la habitación y, una vez que se dio cuenta de que Adela no le guardaba rencor por lo ocurrido, empezó a conversar encantada con ella sobre su vida en el seno de la familia ferroviaria. Su padre era jefe de la ajetreada terminal de Srimangal, en el distrito teicultor de Sylhet, y pertenecía a la segunda generación de una familia de colonos escoceses en la India. Su madre procedía del vecino puesto de montaña de Jaflong. Adela los había visto cuando, a principio de curso, dejaron en el colegio a una Flowers emocionada: un hombre rubicundo y jovial y una mujer hermosa vestida con un sari verde lima que destacaba entre las demás madres por ser la única que llevaba atuendo nativo.

—Yo he pescado en Jaflong con mi padre —dijo Adela entusiasmada—. Es un lugar precioso y los botes de los pescadores parecen góndolas, como las de Venecia.

—¿Has estado en Venecia? —preguntó la otra con los ojos abiertos de par en par.

—No, pero he visto fotografías y algún día iré allí. Viajaré por todo el mundo y me convertiré en una actriz famosa.

—¿Y cómo piensas hacerlo? ¿Es rica tu familia?

—No —reconoció Adela, que enseguida restó importancia a semejante obstáculo con un gesto de la mano—, pero voy a casarme con un príncipe o un virrey para recorrer todo el mundo. Pasaremos el verano en Europa o quizá en América. Sí, tendremos una casa en Hollywood para que yo pueda protagonizar las películas más novedosas.

—Pues yo —contestó Flowers mordiéndose el extremo de la coleta— quiero ser enfermera y curar a la gente.

Adela la miró con gesto compasivo.

—No se me ocurre un trabajo peor. Ver sangre por todos lados, vaciar orinales y tener que limpiarles el trasero a los pacientes…

Flowers lanzó un grito ahogado.

—Para eso, que se busquen a otra.

—Eso tendrás que hacerlo tú. El hermano de la tía Tilly es médico y dice que eso es lo que tienen que hacer las enfermeras. Él las llama *ángeles*, pero yo creo que es más bien un trabajo infernal.

—¡Adela!

—Pero ¡si es verdad! Yo creo que deberías hacerte médica. Así estarías al mando de todas las enfermeras, llevarías ropa más bonita y ayudarías a curar a la gente.

—En eso no había pensado. —El rostro delgado de Flowers parecía pensativo—. Pero dudo mucho que una chica como yo pueda llegar a médica.

—¿Y por qué no? Está claro que no eres tonta. Llevas solo un mes aquí y ya eres la primera de la clase en casi todas las asignaturas. No me extraña que a esa mandona de Nina no le caigas bien. El curso pasado era ella la mejor en todo, menos en el concurso de canto, que lo gané yo.

Adela dejó de coser y caminó hasta la ventana. Fuera, refulgían de un vivo color escarlata al suave sol del otoño las hojas de un plátano oriental de gran tamaño. Ansiaba estar en su casa, en las colinas de Belguri, recorriendo la plantación de té a lomos de Patch, su poni picazo, cazando patos a orillas del río con su padre o explorando los bosques de salas para después incordiar a Mohammed Din, su *khansama*, hasta conseguir que le diese unas sobras de pollo para su perro, Scout. Cualquier cosa era mejor que encontrarse encerrada en la escuela cosiendo sin parar mientras las demás, excepto la nueva, hacían como si no existiera.

¡Cómo odiaba Saint Ninian's! Detestaba las clases y tener que estar sentada y en silencio mientras aprendía álgebra y los nombres de reyes que habían muerto hacía siglos. Lo único que soportaba de la escuela eran las actividades al aire libre: correr y saltar en el césped lleno de calvas del campo de juego o hacer chiquilladas en el bosquecillo con Margie y las demás. Su amiga siempre se reía con las imitaciones que hacía de las profesoras, pero eso era antes de que dejara de dirigirle la palabra.

Por triste que fuese la verdad, tenía que reconocer que su relación con ella había empezado a cambiar mucho antes de su enfrentamiento con Nina. Su amistad se había enfriado desde el cambio de curso. Margie no había ido a veranear a Belguri como en otras vacaciones, sino a Simla, en las laderas del Himalaya, con Nina y su madre.

—Nos llevaron a una fiesta en la residencia del virrey —le había dicho Margie con aire jactancioso— y Nina hizo un papel en una obra de teatro que presentaron en el Gaiety.

A Adela la había consumido la envidia de pensar que Nina había actuado en un escenario de verdad, con público de pago y, si tenía que dar crédito a su relato, ¡delante del mismísimo virrey! Nina, que no tenía la menor idea de interpretación. Tenía que haber sido ella, Adela Robson, dotada de una voz melodiosa y unas piernas diestras para el baile, quien divirtiera a los próceres de la India, los «celestiales», lo más granado del funcionariado británico que pasaba en Simla la estación tórrida.

Pero, claro, eso nunca se haría realidad mientras ella siguiera allí, encerrada en un internado de Shillong en el que la única ocasión de actuar se daba durante las representaciones que ofrecían las distintas casas del colegio ante la directora y, en ocasiones, el doctor Norman Black, su hermano misionero, uno de los fundadores del centro, que asistía en calidad de jurado cuando no estaba predicando entre los paganos.

Adela soltó un suspiro impaciente diciéndose que ojalá no se hubiese interpuesto entre Nina y Flowers. Desde entonces, la vida escolar se le había vuelto por entero insoportable.

—Te has metido en un buen lío por mi culpa —dijo Flowers—. Lo siento.

Adela se dio la vuelta y vio que la estaba estudiando con los ojos castaños llenos de pesadumbre.

—No pasa nada —le dijo.

—Tenía que haberme bebido aquella cosa asquerosa y ya está.

—Ni lo sueñes. No es una tradición, sino algo que se ha inventado Nina. Hasta ahora, lo único que hacíamos era doblar las sábanas de las nuevas de manera que no pudiesen meterse bien en la cama y encerrarlas en el lavadero y hacer ver que estaba encantado.

—Da igual: cualquier tradición vale —repuso Flowers meneando la cabeza—. Lo único que quiero es que me acepten aquí.

—Para ti no hay papel —anunció Nina en tono despiadado—. La obra va de Isabel I y María I de Escocia. Yo haré de la reina Bess y Margie, de María Estuardo. Ya está decidido.

Adela alzó la vista para mirarlas con estupefacción. Estaban de pie ante el pupitre en el que ella se las veía con las ecuaciones. Su cuaderno era un centón de agujeros que marcaban el lugar en que había borrado sus errores de cálculo. Todas las demás habían acabado sus deberes y estaban ya en la sala de usos comunes. Margie apartó la mirada: ni siquiera ella había podido evitar sentirse avergonzada.

—¡No es justo! —protestó—. No podéis quedaros los mejores papeles porque sí: hay que votarlo.

—Ya lo hemos hecho. Después del partido de *hockey*, pero tú no estabas allí.

—Es que no lo sabía.

—Pues ya lo sabes.

Adela sintió que la invadía una rabia repentina ante semejante injusticia. Se puso en pie de un salto y asió a Nina al ver que hacía ademán de alejarse.

—¿Por qué eres tan mala? —exclamó entre lágrimas.

Nina tensó todo el cuerpo como si su contacto fuese contagioso.

—Suéltame si no quieres que pida ayuda a gritos.

Ella obedeció.

—Pero, dime, ¿por qué no podemos ser todas amigas?

Nina arrugó el rostro con un gesto asqueado.

—Tú no eres como nosotras ni lo serás nunca. Quieres ser británica y no lo eres.

—Claro que soy británica. Que haya nacido en la India no quiere decir que sea india.

Nina le dedicó una sonrisita maliciosa.

—No tienes ni idea, ¿verdad, Hojita de Té? No me puedo creer que no te lo haya dicho nadie.

—¿Qué? —A Adela se le hizo un nudo en el estómago.

Los ojos azules de la otra tenían un brillo aterrador.

—Te faltan dos anas para llegar a rupia. Pregúntale a tu madre. —Dicho esto, se inclinó hacia delante para añadir entre dientes—: Y tu padre es un canalla que dejó plantada a mi madre en el altar, conque no pretendas que sea amiga tuya. —Entonces, azotando el aire con su coleta rubia, le dio la espalda y dijo—: Vámonos, Margie, que tenemos que ensayar.

Adela, temblando de la impresión, las vio salir con paso firme del aula.

Aquella noche no pudo dormir, atormentada por las hirientes palabras de Nina. ¿Qué había querido decir? Lo de los dos anas para llegar a rupia era un insulto dirigido a los euroasiáticos —o angloindios, como se hacían llamar entonces las familias mestizas, como, por ejemplo, la de Flowers—, pero ella no tenía sangre india. Los Robson eran británicos de la cabeza a los pies y su madre era hija de Jock Belhaven, soldado inglés convertido en cultivador de té. Lo que más le indignaba era el infundio que había vertido sobre el carácter de su padre, un hombre que, además de ser incapaz de dejar a nadie plantado ante el altar, no había querido nunca a nadie más que a su madre. La tía Tilly, de Assam, decía que todos los cultivadores de té sabían que Wesley Robson adoraba a su Clarissa y hasta había renunciado a su carrera profesional en las haciendas de la prestigiosa Oxford Tea Company para administrar la remota plantación de las colinas de Jasia con la única intención de complacer a la hermosa Clarrie Belhaven.

Al día siguiente, cansada e irritable por la falta de sueño, abordó a Margie en los aseos para preguntarle:

—Tú no crees en todas esas tonterías sobre mis padres, ¿verdad? Tú los conoces, Margie, y siempre has dicho que te caen muy bien.

La que hasta hace poco había sido su amiga parecía incómoda.

—No debería hablar contigo.

—¡Margie! Dime solo que no te crees lo que dice Nina.

La otra la miró con gesto frío.

—Sí que me lo creo.

—¿Y por qué?

—Porque se lo he oído decir a la señora Davidge, que no tiene secretos con Nina.

—¿Y qué dice? —Adela se interpuso para no dejarla pasar—. Cuéntamelo. Tengo derecho a saberlo.

—Muy bien, pero que conste que lo has pedido tú. La señora Davidge dice que se había prometido a tu padre y que él la dejó para irse con la hija mestiza de un *boxwallah* que ya había estado casada.

—¿La hija mestiza de un *boxwal...*? —La niña sintió que le faltaba el aliento.

—La señora Davidge dice que, al final, resultó ser mejor para ella, porque acabó casada con un oficial de un regimiento gurja de prestigio y no perdida en medio del campo con un cultivador de té sin una rupia.

Margie pasó dándole un empujón y la dejó boquiabierta.

Aquel día Adela, que casi nunca lloraba, corrió al bosquecillo y se deshizo en lágrimas y lamentos tras el grueso tronco de un pino. Al final, poniéndose en cuclillas, se obligó a calmarse. No estaba dispuesta a creer en las palabras ponzoñosas de Margie. Dudaba que una mujer hecha y derecha como la señora Davidge fuese capaz de hacer afirmaciones tan maliciosas y menos aún de confiarlas a la amiga de su hija. El día de la entrega de premios había visto de pasada a la madre de Nina, una mujer delgada con un vestido a la moda ceñido con cinturón y un sombrero grande de paja con el lazo a juego sobre una permanente rubia bien cuidada, asida del brazo de un hombre mucho mayor que ella, con un *topi* militar y toda una colección de medallas, que imaginó que debía de ser el padre de Nina. Henrietta se llamaba. Adela lo había oído cuando la presentaron. Tenía un aspecto tan refinado que la niña no pudo menos de sentir una punzada culpable de alivio ante la ausencia de su madre, quien se encontraba indispuesta y no habría podido con dos horas de viaje en automóvil por las carreteras llenas de baches que unían Belguri con la escuela. Seguro que se habría presentado allí con uno de sus vestidos de té antiguos y un sombrero de los que no usaba nadie desde antes de la Gran Guerra.

Sin embargo, la tía Tilly había salvado toda la distancia que había desde las plantaciones de la Oxford Tea con el arisco tío James, y su padre, a quien ella adoraba, había acudido radiante desde Belguri con un traje blanco de lino y un sombrero de fieltro marrón. Adela había subido orgullosísima al escenario para recibir una copa menuda de plata por sus dotes para el canto.

¿Habrían llegado a dirigirse la palabra su padre y la madre de Nina aquel día? La tía Tilly le había insistido en que le enseñara la escuela y, por lo tanto, Adela no había podido estar con él todo el tiempo. Le resultaba extraño pensar que pudiese haber sentido algo por otra mujer. Sabía que su madre había estado casada antes. De hecho, el salón de té que había dirigido en Newcastle se llamaba Herbert's por su primer marido. Sus padres nunca se lo habían ocultado. Sin embargo, las otras acusaciones que con tanta saña le había hecho su compañera eran harina de otro costal.

De pronto la asaltó un deseo abrumador de salir corriendo, de huir de la malicia de Nina y sus incondicionales y de las restricciones del internado. Ansiaba estar en casa y disfrutar de los mimos de su madre y de la compañía de su padre.

—¿Qué estás haciendo aquí?

Adela levantó la mirada y vio a Flowers observándola con gesto preocupado. Se frotó los ojos.

—Odio este sitio —reconoció—. Lo único que me animaba eran las ganas de jugar en los campeonatos entre casas y ahora no tengo ni siquiera eso. Nina ha dicho cosas horribles de mis padres y ahora me odian Margie y todas las demás.

—Yo no —aseveró Flowers, que fue a ponerse en cuclillas a su lado—. Para mí, eres la más simpática de toda la clase y de toda la casa. Nunca olvidaré cómo me defendiste.

A Adela se le volvieron a llenar de lágrimas los ojos.

15

—Gracias. —Rodeó con un brazo los hombros huesudos de su compañera.

—Yo pensaba que Saint Ninian's sería como la Chalet School de las novelas que me traía mi padre de la biblioteca. Allí todas las alumnas son amigas y se pasan el día viviendo aventuras, pero esto no es así, ¿verdad?

—No lo sé, porque no he leído ninguna, pero por lo que cuentas no se parece mucho a Saint Ninian's. Cuando Margie era mi mejor amiga no se estaba tan mal, pero la verdad es que yo siempre he preferido jugar con los niños. Con mi primo Jamie me lo pasaba en grande, hasta que tuvo que volver a casa para ir al cole.

—¿A Inglaterra?

—Sí: a Durham, en el norte. Yo no he estado allí nunca.

Flowers la miró con sus ojos oscuros y solemnes.

—Si quieres, yo puedo ser tu mejor amiga. No soy tan guapa como Margie ni tampoco soy niño…

Adela soltó una carcajada repentina.

—Sí, de eso último ya me había dado cuenta.

La otra dejó escapar una risita y se chupó el pelo. Adela meditó aquella idea. Flowers no era tan tímida como parecía. Se había defendido cuando habían intentado obligarla a beber el brebaje de Nina y, además, había salido a buscarla pese a que tenía que saber que hablar con ella la haría más impopular aún ante Nina y las otras. Aquella niña tenía una fortaleza interior nada ostentosa y una gran bondad innata. Estaba empezando a caerle muy bien la hija del ferroviario.

—¿Sabes cantar y bailar? —le preguntó Adela.

Flowers sonrió.

—Mi madre dice siempre que soy su ruiseñor y en Srimangal estuve yendo a clases de *ballet*.

—Perfecto. —Adela se puso en pie—. Entonces, prepararemos nuestra propia actuación para los campeonatos entre casas. No hay nada que nos lo impida.

Flowers la miró boquiabierta.

—Pero ¿qué van a decir las demás?

—¿Y qué más da? —repuso Adela sonriente mientras ayudaba a levantarse a aquella niña delgada—. Lo único que importa es que seamos capaces de subir al escenario y demostrarles que no han acabado con nosotras.

Capítulo 2

—Hola, señor. —Sam Jackman dio un fuerte apretón de manos al doctor Black. Su rostro apuesto y expresivo sonreía encantado bajo un sombrero maltrecho de copa baja y ala estrecha que llevaba echado hacia atrás con aire desenvuelto.

—Ha sido muy amable de tu parte, muchacho, venir a recogerme a la estación —dijo Norman Black, encantado de ver al hijo de su amigo Jackman, el patrón del vapor.

El crío al que conocía se había convertido en un joven alto y atlético por cuyos rasgos aniñados y sus ojos traviesos de color miel, tan sonrientes como su boca, costaba creer que hubiera mediado ya la veintena.

—Para mí es todo un placer —aseveró Sam, que tomó la maleta desgastada del misionero de la cabeza del enjuto porteador que la cargaba y le dio una propina en señal de agradecimiento—. Además, estoy deseando alardear de mi tomavistas Kodak. Filmar el funcionamiento de la escuela me parece una idea excelente.

—La película sobre la vida del río que me enviaste era tan buena —repuso Norman con entusiasmo— que pensé que sería la forma perfecta de ayudar a mi hermana a recaudar fondos para Saint Ninian's. Necesita donaciones para costear las becas de las niñas desamparadas que acoge en el centro.

Sam volvió a sonreír.

—Una causa muy noble —dijo pensando en la gran ayuda que le había brindado aquel médico tan bondadoso al costearle sus propios estudios.

Caminando con paso resuelto llevó a su mentor hasta un automóvil polvoriento, un viejo automóvil descapotable que había ganado a un cultivador de té en una timba celebrada en Gauhati en la que no había faltado el alcohol, un detalle que no había necesidad alguna de confesar al buen doctor. En el asiento del conductor, su mono daba saltos sin descanso sin dejar de tocar la bocina.

—Veo que Nelson todavía anda rebosante de salud. —Los ojos hundidos de Norman y su rostro arrugado sonreían divertidos.

—Le presento a Nelson III —dijo Sam presentando a su mascota—. Nelson I murió de viejo y Nelson II se fugó con una joven a la que doblaba en edad.

El animal chilló agitado e intentó hacerse con el sombrero rígido de fieltro oscuro que llevaba puesto el misionero. Sam lo reconvino en un indostaní vivaracho que llevó al mono a saltar al hombro de su dueño y agarrarlo por las orejas.

Con una sonora explosión del tubo de escape, tomaron la carretera serpenteante que llevaba a Saint Ninian's, charlando a voz en cuello para hacerse oír por encima del traqueteo y el rechinar de la caja de cambios de aquel vehículo afanoso. Sam no había visto al doctor Black desde hacía más de siete años, pues el misionero había pasado cinco en Escocia y dos en la región meridional de la India. Con todo, siempre estaría agradecido por su generosidad a aquel hombre que se había interesado por su bienestar desde los siete años, cuando su madre se había separado de su padre y lo había abandonado para volver al Reino Unido y desaparecer.

—Tú no tienes nada que ver, chaval —le había dicho su padre—: soy yo y el calor de Assam lo que no soporta.

Sin embargo, aquello había puesto su mundo patas arriba como un terremoto.

—Sentí mucho la muerte de tu padre —dijo Norman por encima del volumen del esforzado motor—. ¿Fue muy repentino?

—Sí —reconoció Sam sintiendo esa punzada de pérdida que tan bien conocía—. Fue un día más: habíamos desayunado en la embarcación y estábamos contemplando el amanecer cuando me dijo que estaba mareado y fue a sentarse un minuto en la timonera. Lo encontró Nelson III. Se ve que le falló el corazón.

Norman le dio una palmada en el hombro en señal de condolencia.

—Tú no podías hacer nada, conque deja de sentirte culpable.

Sam lo miró con gesto agradecido, pasmado por las dotes del misionero para leerle la mente. Dos años y medio después de quedar huérfano, seguía recriminándose por no haber ido antes a ver cómo estaba su padre aquel día. Se había dejado ensimismar demasiado por la contemplación de aquella deslumbrante alborada de oro.

—Gracias —dijo.

El misionero cambió de tema y lo entretuvo hasta hacerlo reír con la descripción de sus viajes recientes, como en los viejos tiempos. Norman Black, que había cruzado muchas veces el Brahmaputra a bordo del *Cullercoats*, el trasbordador de los Jackman, para visitar a las familias de los cultivadores de té y administrarles medicamentos y su dosis de salvación, se había contado siempre entre los clientes favoritos de Sam. A diferencia del resto de los adultos, nunca lo había tratado como un incordio. El dolor provocado por el rechazo materno había hecho de él un crío difícil y revoltoso en exceso, pero Black siempre había tenido mucha paciencia y había sabido hacerlo sentirse especial.

Gracias a la liberalidad del médico el chico pudo recibir una buena educación a los diez años. Black se encargó de que fuese a la Lawrence School, en las inmediaciones de Simla, en la región occidental del Himalaya, donde Sam había sido muy feliz pese a encontrarse a tres días de viaje de su hogar. A pesar de lo duro que se le hizo someterse a la disciplina militar del centro, había desarrollado una gran pasión por el tenis y el críquet y había disfrutado de sus estudios y de la oportunidad de adquirir conocimientos de agricultura. Había ayudado en una vaquería local y había asistido a conferencias que se ofrecían en Simla sobre rotación de cultivos e ingeniería forestal. Le habría encantado poder presentarse a las oposiciones a funcionario y entrar en el Departamento de Agricultura del Gobierno, pero, a los dieciséis años, después de obtener su certificado escolar, su padre le había hecho volver para ayudarle en el vapor.

—Te echo de menos, chaval —le había dicho Jackman—. Ya te dedicarás a la agricultura cuando yo pase a mejor vida.

Aun así, a la muerte de su padre, acaecida hacía ya más de dos años, había continuado gobernando el barco como había hecho su progenitor durante toda su vida. Y todo apuntaba a que cuando tuviese la edad y las canas de Norman Black no habría dejado aún de enfrentarse a los bancos de arena y las violentas corrientes del poderoso Brahmaputra.

Estacionaron ante las puertas de hierro de Saint Ninian's y Nelson se colocó de un salto al mando de la bocina. Sus frenéticos pitidos llevaron a la portera a acudir a la carrera para abrirles. Al fondo se había formado una fila de niñas de uniforme preparadas para recibir a tan distinguida visita.

Norman salió del vehículo para hablar con cada una de las integrantes de aquel grupito de media docena de alumnas que fueron haciendo una discreta reverencia a medida que les estrechaba las manos.

—Como a todo un miembro de la realeza —señaló Sam en tono burlón.

—Sigue conduciendo hasta el edificio mientras yo las acompaño andando hasta el salón de actos —dijo Black.

—Pueden subir en la parte trasera —propuso él—. ¡Vamos, chiquillas! ¡Subid!

Tras un instante de vacilación, la más alta, una rubia esbelta de ojos azules y mirada pícara, fue a ocupar el asiento de atrás, detrás de Sam, y las demás corrieron a seguir su ejemplo. Las dos que no cabían no duraron en encaramarse en el maletero.

Sam sonrió y les dijo:

—Agarraos bien.

Llegaron a la entrada principal envueltos en una confusión disonante de bocinazos y risitas que hizo que Gertrude Black saliera a recibirlos con palabras de reproche que contradecían la enorme alegría que sentía por la llegada de su hermano mayor.

—¡Válgame el Cielo! Pero ¿qué estruendo es este? Señor Jackman, no sabe lo que le agradezco que haya traído al doctor Black. Deje aquí la maleta, ya se encargarán los empleados de llevarla a su dormitorio. Niñas, volved enseguida a vuestras casas y preparaos para la inspección. Norman, querido, me alegro muchísimo de verte.

Sam sacó del maletero su cámara y una bolsa llena de rollos de película. La rubia, que se estaba dando la vuelta para marcharse, ahogó un grito antes de preguntar:

—¿Eso es para hacer cine?

—Sí —repuso él sonriente—. Voy a filmar la vida de la escuela.

—¿Y el campeonato teatral?

Sam le guiñó un ojo.

—Os voy a convertir a todas en estrellas de la pantalla.

Ella le devolvió la sonrisa y las otras se deshicieron en chillidos de emoción que hicieron que Nelson respondiese con más gritos. La señorita Black dio unas palmadas llamando al orden.

—¡A vuestras casas, niñas! Eso también va por ti, Nina Davidge —dijo a la rubia espigada con una mirada de advertencia.

La niña se mantuvo firme.

—¿No prefiere que le enseñe la escuela al señor Jackman, señorita?

—No, gracias, Nina: ya la verá después de comer.

Nelson aprovechó aquel momento para bajar del automóvil y echar a correr en dirección a las pequeñas. Nina dio un gritito cuando lo vio aferrarse a su uniforme y Sam se lanzó a apartarlo. Todas huyeron dando alaridos y riendo.

—Lo siento mucho —dijo Gertrude—. No sé qué les pasa hoy. Mis niñas no suelen ser tan díscolas.

—Soy yo quien tiene que pedir perdón por el comportamiento tan poco caballeresco de Nelson —repuso Sam atando corto al animal.

—A lo mejor, querida hermana —señaló Norman con una risotada—, no debía haberles traído a un joven tan apuesto, pero también es posible que todas ellas actúen el doble de bien si tienen que hacerlo delante de su cámara.

—Y tiene unos ojos preciosos de color miel —hizo saber Nina a sus compañeras de clase, que la miraban embelesadas— y una sonrisa muy pícara. Es director de cine o algo parecido. Salvo por ese mono horrible, que huele a bazar, absolutamente divino.

Adela la escuchaba desde el otro extremo del aula. Aunque la mayoría de las niñas había vuelto a dirigirle la palabra —incluida Margie, siempre que no estuviera delante Nina—, ya no formaba parte de la pandilla. Flowers y Adela se hacían compañía y llevaban tiempo ensayando y practicando en secreto en el cuarto de la ropa blanca de la señorita Bensham. La directora de la casa debía de tenerles lástima, porque les dejaba usar su gramófono de cuerda y había sumado al programa su actuación sorpresa. Tenían intención de empezar con una imitación cómica de Charlie Chaplin para, acto seguido, desprenderse de los sombreros y las chaquetas y enfrascarse en los pasos de un charlestón. Se trataba de un baile mucho más pasado de moda de lo que ellas habrían deseado, pero la colección de discos de la señorita Bensham era limitada.

Nina seguía hablando del apuesto cineasta que había traído consigo el doctor Black.

—No creo que sea famoso —se interpuso Adela—, porque nunca he oído hablar de un director de cine con un mono.

—A ti no te ha preguntado nadie, Hojita de Té —le espetó Nina—. De todos modos, te da igual, porque no estás en nuestra obra. —Se volvió hacia las otras—. Y estoy segura de que le gusto, porque ¡me ha guiñado un ojo!

—Además, los directores no ruedan sus propias películas —insistió la otra—. Si no lo acompaña un camarógrafo, no es director de nada, ¿verdad?

Nina cruzó la clase con zancadas resueltas y le clavó en el hombro uno de sus largos dedos.

—A nadie le importa lo que tengas que decir tú. ¿Qué te pasa? ¿Tienes envidia por que me vayan a filmar a mí? Soy yo la que se va a hacer famosa algún día y no Hojita de Té de donde Cristo dio las tres voces. ¡Así que a callar, dos anas!

Adela le sostuvo la mirada sin pestañear por el dolor ni molestarse en responder. «Espera y verás», pensó desafiante, convencida de que, cuando acabase el día, la estrella sería ella y no la odiosa Nina.

Sam siguió con gesto alegre los pasos de la formidable Gertrude Black y fue rodando lo que entendía que querrían ver los benefactores en potencia de la escuela: la capilla gótica, el campo de *hockey*, el laboratorio de ciencias poblado de tubos de ensayo y láminas didácticas y la biblioteca, dotada de un fondo aceptable. Hacía mucho que Norman se había aburrido y había desaparecido para ponerse a charlar con las alumnas.

—¿No cree que sus benefactores querrán ver imágenes de las niñas ocupadas en sus quehaceres diarios? —sugirió el joven—. Almorzando en el comedor, jugando al ajedrez en la sala de usos comunes… Cosas así. Aunque no pueda grabar sonidos, podría insertar títulos explicativos.

—Nuestros patrocinadores quieren saber del trabajo bien hecho y de la educación, la educación cristiana, que damos a las jovencitas de Saint Ninian's. Esto no es un campamento de verano.

—No —murmuró él—, si ya me hago cargo.

Ella le lanzó una mirada incisiva.

—Lo que quiero decir es que no deberíamos dar la impresión de que se trata de una escuela de modales para señoritas. A nuestras niñas las preparamos para salir al mundo y ser jóvenes de provecho, mujeres dedicadas a la enseñanza, la gestión administrativa o, por lo menos, esposas y madres inteligentes al servicio del Imperio.

Él se echó a reír.

—Lo más seguro es que el Imperio tenga los días contados.

—Espero que no —respondió ella con gesto escandalizado—. ¿No será usted uno de esos jóvenes ingleses radicales que apoyan el movimiento por la autonomía de la India?

Sam se encogió de hombros.

—Yo solo pienso lo que decía siempre mi padre, que en paz descanse: la India es de los indios y nosotros solo la tenemos en préstamo.

—No estoy de acuerdo —contestó Gertrude—. Todavía nos queda tanto por dar a la India, tanto por hacer… Piense en hombres como mi hermano, que prestan un servicio tan desinteresado. No podemos abandonar sin más a los indios, dejarlo todo y volvernos a casa.

El joven, al verla tan aturdida, añadió en tono más suave:

—Los indios están cobrando cada vez un mayor protagonismo en su propio gobierno, señorita Black. No creo que sea cuestión de si vamos a dejar o no estas tierras, sino de cuándo vamos a hacerlo. Tal vez nosotros no lo veamos. Las cosas se mueven con mucha calma en el Brahmaputra, como decía mi padre, que en paz descanse.

—Parece que le gusta mucho citar a su padre. ¿No tiene usted opiniones propias? —Lo miró con aire desafiante—. ¿Y qué piensa devolver a la India, señor Jackman, del provecho que ha obtenido al recibir una formación imperial de primera?

Sam dejó escapar una risita pesarosa.

—Ayudarlos a usted y al doctor Black a hacer una película de promoción de Saint Ninian's…

En el rostro severo de Gertrude se dibujó un amago de sonrisa.

—En ese caso, ya está bien de filmar edificios. Tiene razón con lo de mostrar los momentos de esparcimiento de las niñas. El campeonato teatral entre casas mostrará cómo aplican sus conocimientos de historia, geografía y literatura a las artes escénicas. Vamos al salón principal, sospecho que es allí donde vamos a encontrar al parlanchín de mi hermano.

Sam siguió a la directora pensando que no le vendría mal un trago y deseando que el acto no durase toda la tarde y le permitiera salir pronto. Nelson, al que había dejado atado en el cobertizo de los juegos, tampoco iba a soportar mucho más aquel confinamiento.

El salón era un hervidero de niñas que susurraban nerviosas y movían los pies mientras aguardaban en sus asientos el comienzo de la sucesión de actuaciones que iban a representar. Las primeras filas estaban acaparadas por algunas de las alumnas más veteranas. Sam había colocado la cámara sobre un trípode delante mismo del proscenio, aunque hacia uno de sus lados para no impedir la visión a las más pequeñas que ocupaban las butacas del fondo. Al ver el programa de cuatro obras y una actuación sorpresa, gruñó para sus adentros y pensó si le sería posible escapar de allí antes de que se hiciera de noche.

—Me temo que vamos a tener que encender las luces del salón —dijo a los hermanos Black—. Aquí dentro no hay mucha luz natural.

—Sin problema —aseveró Norman—. ¿Necesitas algo más?

Sam hizo un gesto de asentimiento.

—Después de la función, no podré quedarme mucho tiempo. No debería dejar más rato a Nelson en el cobertizo.

—Lo entiendo perfectamente —repuso el doctor—. La semana que viene iré a verte cuando viaje a Tezpur. ¿Tendrás la película revelada para entonces?

—Quizá tarde dos semanas, porque tengo que enviarla a Calcuta.

Norman lo tomó de los brazos y apretó las manos diciendo:

—Gracias por lo que estás haciendo por nosotros, Sam. Te estamos muy agradecidos.

—Primero, vamos a ver cómo sale todo —apuntó él con una sonrisa burlona.

De pronto oyeron un chillido a sus espaldas y, al volverse, vieron al mono avanzando hacia ellos tomando impulso en los respaldos de los asientos y a una niña de sonrisa traviesa y el pelo recogido en una gruesa coleta oscura que sostenía su correa.

—He encontrado a Nelson III en el cobertizo de los juegos —explicó sin aliento mientras el animal la arrastraba en dirección a Sam.

El primate saltó al hombro de su dueño y le lamió la mejilla encantado de estar de nuevo a su lado.

—No sé quién lo habrá atado allí.

El joven se ruborizó.

—Ah… Sí, he sido yo. Gracias, eh… ¿Te conozco de algo? Quiero decir, ¿se puede saber quién te ha dicho cómo se llama?

Adela alzó la mirada hacia Sam Jackman. Tenía que haber sabido que el hombre del mono era él. Todos los cultivadores de

27

té conocían al patrón de barco con dotes de fotógrafo y un macaco por mascota. No todo el mundo sabía que había tenido ya otros dos, pero a Adela no se le escapaban cosas así.

—Soy Adela Robson, la hija de Wesley y Clarrie, de Belguri —aclaró—. ¿No te acuerdas de mí? La última vez que nos vimos fue hace más de un año, cuando fui a pasar un tiempo con la tía Tilly en la hacienda de la Oxford Company. En realidad, no es mi tía, pero está casada con un primo de mi padre.

—Claro que me acuerdo —contestó él con una rápida sonrisa.

A Adela la asaltó cierta sensación de desengaño al ver que mentía a todas luces.

—Nelson, desde luego, no me ha olvidado. ¿Verdad, pequeñín? —dijo ella haciéndole cosquillas en el mentón.

El animal se echó a reír y se lanzó a sus brazos.

—¿Qué hace aquí esta criatura? —dijo Gertrude Black corriendo hacia ellos—. ¿No debería estar fuera?

—Yo cuidaré de ella, señorita —respondió Adela con rapidez—. Me conoce.

—¿No participas en la obra de tu casa?

—No, señorita.

—Me sorprende mucho —aseveró la directora frunciendo el ceño.

—En fin, si no te importa vigilarlo —intervino Sam—, te estaré muy agradecido, mmm… ¿Della?

—Adela —corrigió ella.

—Adela —repitió el joven con una sonrisa—. Muy amable de tu parte.

Ella le devolvió el gesto.

—Es un placer —concluyó llevándose a Nelson a la cadera.

Sam la vio alejarse dando saltitos para sentarse al lado de otra niña de aspecto angloindio. La alumna alta del pelo rubio, que había pasado la última media hora coqueteando con él mientras colocaba la cámara y charlaba con el doctor Black, se dirigió a ellas. Aunque no alcanzaba a oír la conversación, vio la mirada de desdén de la más espigada y el gesto de su mano y así supo que les estaba diciendo que no podían sentarse a su lado.

¿Adela Robson? No, no se acordaba de ella. Conocía a Wesley, un cultivador de té con poca paciencia para las tonterías, y a Clarrie Robson, una mujer que vivía casi como un eremita en Belguri, pero había tenido mucha más relación con Tilly Robson. Recordaba perfectamente la primera vez que había subido a bordo de su trasbordador, hacía ya más de diez años. No paraba de hablar por los nervios que le producía el encuentro con su marido, con el que se había casado hacía poco. Le había caído bien de inmediato, cosa que no podía decir, precisamente, de James, su esposo, un cultivador de té implacable y gran aficionado a la bebida.

Sam esperó a que Adela tomase asiento casi en el fondo del salón. La niña lo miró con sus hermosos ojos oscuros y dejó escapar una risita cuando Nelson la acarició con la nariz y se puso a mordisquearle el pelo. El joven le guiñó un ojo y se centró en el cometido de dejar constancia de las representaciones.

Adela y Flowers salieron discretamente a mitad de la tercera, una recreación del nombramiento de la reina Victoria como emperatriz de la India en la que un grupo de alumnas vestidas de lecheras bailaban en torno a un mayo imaginario, que a Adela le resultó un tanto estrafalaria.

Habían dejado los disfraces en el cobertizo de los juegos, por eso había dado con Nelson III. Había reconocido de inmediato la mancha de pelaje claro que tenía el animal alrededor de la oreja izquierda y su mirada inteligente, virtud que fue a confirmar el hecho de que se acordase de ella mejor que su apuesto dueño. Aunque le había dolido que Sam no la hubiese reconocido, tenía que admitir que, al transportar a centenares de pasajeros cada mes, era casi imposible que recordara a una niña que había visto hacía ya más de un año.

—¿Crees que es buena idea? —preguntó nerviosa Flowers.

—Claro que sí.

—Tendríamos que habérselo dicho a las demás para que no se lleven una sorpresa desagradable cuando vean que somos nosotras.

—Ahí está la gracia —dijo Adela—. Están convencidas de que se trata de uno de los comentarios musicales que se le ocurren a la señorita Bensham. Estoy deseando ver la cara que pone Nina Davidge al vernos salir a escena. ¡Además, nos van a filmar!

—No sé si seré capaz. El salón está lleno y han venido también las mayores. Además, a la señorita Black no le hará ninguna gracia, porque ni es de historia ni es seria. ¿Y si nos regañan? No quiero que me manden a casa.

—¡Tranquilízate! No nos mandarán a casa. La señorita Bensham está con nosotras. Nos va a anunciar después de la representación de Nina. Venga, ponte el traje.

Aunque poco convencida, Flowers se puso un pantalón ancho que habían confeccionado con sábanas viejas encima del atuendo con el que iban a bailar y se abotonó hasta arriba la chaqueta del uniforme escolar. Nelson daba saltitos alrededor de las dos tratando de arrancarles el sombrero.

—Está nervioso por nuestra actuación —rio Adela—. Vamos, Flowers, sonríe y vamos a divertirnos un poco para variar.

Volvieron corriendo al salón de actos y se colocaron tras los bastidores. Llegaron demasiado pronto, cuando Nina y Margie estaban a punto de salir al escenario.

—¿Qué puñetas estáis haciendo aquí vosotras? —preguntó Margie entre dientes.

—La actuación sorpresa del final es nuestra —respondió Adela, regodeándose con el gesto pasmado de Nina.

Esta, ataviada con un suntuoso disfraz isabelino que le habían hecho a medida por encargo de sus padres, las miró boquiabierta.

—Vamos, Nina, que nos toca —dijo Margie tirándole del brazo.

La otra, cuando pudo hablar al fin, les dijo:

—Parecéis un par de pordioseras. Yo no dejaría que me viesen así vestida ni muerta. —Y, mirando a Flowers con gesto compasivo, añadió—: ¿A que ha sido Adela la que te ha metido en esto? Haz el imbécil si quieres, pero te aseguro que nunca superarás la vergüenza. Y, además, así nuestra casa quedará fatal.

Nelson, que se había encaramado a la cortina, tendió la mano y se agarró a la corona de Nina.

—¡Quitádmelo! —chilló ella mientras intentaba zafarse de él a manotazos—. ¡Devuélveme eso!

El animal cruzó a la carrera el escenario en el instante en que se alzaba el telón y arrojó la corona al público, cuyas risas llenaron el salón de actos.

—Tendríamos que haber salido ya —dijo Margie angustiada.

—¡Me falta la corona! —exclamó Nina.

—¡Vamos! —Margie la hizo avanzar de un empujón.

Las carcajadas se hicieron más intensas a medida que Nelson saltaba de un asiento a otro huyendo de quienes intentaban atraparlo. Adela lanzó entonces un chiflido sonoro con los dedos en la boca, como había visto hacer a Sam, y lo hizo volver corriendo a sus brazos entre bambalinas.

Nina le lanzó una mirada de odio mientras se apresuraba a salir a escena y Adela no pudo evitar que la asaltaran los remordimientos al observar su azorada interpretación.

—A una actriz de verdad no debería importarle que un mono le quitara la corona —susurró a Flowers—. Una profesional no necesita atrezo: la función no puede detenerse por una cosa así.

31

Aun así, prefirió evitar que Nelson hiciera más travesuras colocándole de nuevo la correa y atándola a una silla.

La obra se hizo todavía más corta de lo que era cuando Margie se saltó toda la escena anterior a su ejecución por orden de la buena reina Bess y dejó fuera, por lo tanto, el discurso final, largo y dramático, que debía pronunciar Nina, quien dejó el escenario hecha una furia ante un aplauso muy poco entusiasmado.

—Jamás os lo perdonaré, ni a ti, Florecitas Pestilentes. —Nina se abrió paso entre las dos a codazos con los ojos anegados en lágrimas de rabia.

La señorita Bensham apareció en el lateral opuesto, donde habían colocado el gramófono, y les hizo una señal.

—¿Estáis listas? —preguntó gesticulando con la boca.

Adela inclinó la cabeza y levantó los pulgares y la profesora sonrió e hizo descorrer de nuevo el telón para anunciar la actuación sorpresa que iba a cerrar el espectáculo.

—Quiero presentar ahora a dos jovencitas que han estado trabajando con gran esfuerzo en secreto para ofreceros una actuación extra. Lo han hecho solo por placer y, por lo tanto, no forma parte del campeonato. Con todas vosotras, ¡Las Dos Chaplin!

Adela sintió que se le encogía el estómago.

—¡Vamos, Flowers, que nos toca! —animó a su compañera tomándola de la mano.

La otra, sin embargo, se la apartó con el semblante blanco de terror. Agitó la cabeza incapaz de pronunciar palabra.

—Es nuestro gran momento —la aguijó—. No te eches atrás ahora.

—N… No… No puedo —masculló Flowers—. Lo siento. —Y, dando media vuelta, desapareció.

—¡Flowers!

Demasiado tarde.

El telón se había abierto por completo y Adela pudo oír los crujidos y siseos que anunciaban que la señorita Bensham había puesto ya el primer disco en el gramófono, la obertura de *Guillermo Tell*. Sintió que la invadía una oleada de pánico al ver que la actuación había quedado arruinada antes de empezar: si salía sola, iba a ser el hazmerreír del colegio.

Miró desesperada a su alrededor. Nelson. Corrió a desatarle la correa.

—Ha llegado tu oportunidad de convertirte en una estrella.

Salió a escena caminando como un pato a la manera de Charlie Chaplin, haciendo girar un palo de *hockey* en lugar de un bastón y llevando a Nelson de la correa. La señorita Bensham la miraba pasmada entre las bambalinas. En el auditorio se oyeron carcajadas cuando el macaco trató de hacerse con el palo para remedar a Adela, quien se puso a improvisar, acelerando su representación al ritmo de la música y dejando que Nelson la persiguiera. Tropezó con la correa y se hizo daño en la rodilla, pero, al ver al público romper en carcajadas, volvió a caerse a propósito.

Las niñas estallaron en aplausos y vítores y Nelson las imitó. La señorita Bensham estaba tan aturdida que olvidó poner la segunda grabación y Adela se puso a caminar con ademanes exagerados hacia ella para recordárselo.

Entonces, cuando empezaron a atronar las notas de un *ragtime*, Adela lanzó al suelo la chaqueta, las botas de *hockey* y los pantalones anchos de su disfraz de cómica. Cada vez que caía una de las prendas, Nelson corría hacia ella para intentar ponérsela o arrojarla por encima de su cabeza. Las más pequeñas lloraban de la risa y Adela, ataviada ya con un vestido cortísimo de *flapper* (confeccionado con una combinación vieja y los flecos de la pantalla de una lámpara), se quitó el sombrero para dejar caer sobre sus hombros su melena larga y ondulada antes de arrancar a bailar y a patear como una descosida, convencida de que el mono no dudaría en emularla. Lo tomó en brazos y ejecutó con él un vals por el escenario, incapaz de quitarse la sonrisa de los labios ante las carcajadas del auditorio.

De pronto, sin embargo, las risas empezaron a ahogarse cuando la directora irrumpió hecha un basilisco ante el proscenio y mandó correr el telón. Entre dientes, ordenó a la señorita Bensham que parase la música. Adela quedó petrificada, pero Nelson siguió haciendo piruetas de un lado a otro. El público, con la mano en la boca para contenerse, desapareció de la vista de Adela cuando cayó el telón. A pocos palmos de la niña, oyó la voz autoritaria de la señorita Black dirigiéndose a las niñas.

—No es cosa de risa. Si se me hubiera informado de su contenido, en la vida habría permitido semejante espectáculo. Me parece de lo más inapropiado. Espero que nuestros honorables invitados no piensen que estas cosas son habituales en Saint Ninian's. Ahora tendremos diez minutos de descanso mientras el doctor Black y yo decidimos qué obra consideramos la mejor tanto por su concepción como por la interpretación. Estaréis de acuerdo conmigo en que esta tarde hemos asistido a obras de gran altura, acrecentadas por vestidos hermosos y palabras de un patriotismo conmovedor. En breve, el doctor Black obsequiará a las ganadoras con la copa del campeonato teatral entre casas.

Adela reparó en el gesto de pavor de la señorita Bensham. Las dos se habían metido en un buen lío. Al momento siguiente, la directora las estaba buscando entre bambalinas con el rostro cárdeno de ira.

—¡Qué actuación tan indecorosa! —exclamó fulminándolas con la mirada—. Señorita Bensham, nunca habría imaginado que consentiría usted algo así.

—Yo pensé que no era más que un baile…

—Ya hablaremos más tarde. —Entonces se volvió hacia Adela—. Mírate, vestida como una vulgar cabaretera y haciendo el tonto con ese mono. ¡Se diría que te has propuesto sacarme de mis casillas! Has empañado el prestigio de esta escuela. ¡Qué vergüenza he pasado delante del doctor Black! ¿Tienes algo que decir en tu defensa?

La niña la miró desconcertada. Estaba convencida de haber ofrecido la mejor actuación de toda su vida. ¿Cómo había podido juzgar tan mal la situación? Flowers había hecho muy bien en temer a la directora, una mujer aún anclada en la época victoriana.

—Creo que debería ir a devolver a Nelson —musitó.

—¿Nelson? —le espetó la señorita Black.

—El mono. Debería devolvérselo al señor Jackman.

—Ya se encarga de eso la señorita Bensham. Tú, vístete. —Señaló a la entrada del escenario—. Y fuera de mi vista. Pienso informar a tus padres de esto.

Adela puso al animal en los brazos de la directora de su casa, que la miró con gesto afligido, y fue a recoger la ropa que había ido desechando antes de huir del escenario dando tumbos por los escalones de la entrada, atolondrada y humillada.

Sam dejó la cámara en el asiento que tenía al lado y arrancó el vehículo para internarse en el crepúsculo purpúreo dejando atrás a Gertrude Black, con el rostro pétreo, y a Norman, que se despedía de él con la mano. Sospechaba que no había ayudado precisamente a mejorar la situación al aseverar que, en su opinión, la hija de los Robson tenía talento para el baile y había demostrado mucha valentía al salir sola al escenario.

Nelson, cuando menos, se había divertido de lo lindo. De hecho, seguía dando saltos de un lado a otro del descapotable, exaltado por toda la atención que había recibido. Mientras recorría entre sacudidas el camino que llevaba a la salida, agradecido por poner por fin rumbo a su casa, deseó que Adela no tuviese muchos problemas. Conocía a Norman y estaba seguro de que el buen médico sabría convencer a su hermana para que mostrase, cuando no perdón, sí cierta compasión cristiana.

Se sorprendió silbando la música del charlestón mientras atravesaba los fragrantes pinares que lo alejaban de Shillong. En el oeste, más allá de las copas de los árboles, a medida que avanzaban traqueteando por la carretera de montaña, refulgía una gloriosa puesta de sol.

—Estate quieto, Nelson —dijo intentando calmar a su compañero de viaje, que, poco dispuesto a hacerle caso, lo agarraba por el cuello dando chillidos.

Sam acabó por detener el automóvil y volverse con aire serio hacia su mascota.

—¿Tú crees que puedo conducir contigo en este estado? ¿Se puede saber qué diablos te pasa?

El mono saltó por encima del asiento de atrás y se puso en cuclillas sobre el maletero para golpear el metal con las manos sin dejar de gritar. Sam se apeó del coche y lo rodeó preguntándose si no estaría tan agitado el animal por haber notado una rueda desinflada o algo que se hubiera quedado enganchado en el chasis. Como había anochecido demasiado para ver nada debajo del vehículo, abrió la guantera para hacerse con la linterna. Nelson seguía dando alaridos y pegando en el maletero.

Sam vio entonces que no estaba bien cerrado y lo abrió del todo para dejarlo caer con fuerza cuando el macaco le arrebató la linterna y se encaramó en sus hombros. La luz iluminó el interior del maletero y Sam parpadeó asombrado. Recuperó la linterna y la apuntó hacia una niña, que lo miró con los ojos entornados y alzó una mano para protegerlos. Estaba arrebujada en una chaqueta de Saint Ninian's y llevaba puesta una combinación con flecos. Nelson dio un salto para acuclillarse a su lado y se puso a darle palmaditas en las piernas desnudas.

—¿Eres tú, Adela? —preguntó alarmado el joven—. ¿Qué estás…?

—¿Hemos salido ya de Shillong? —preguntó ella incorporándose mientras se aferraba a Nelson y miraba al exterior con expresión asustada.

—Sí, pero…

—Por favor, no me devuelvas al colegio. No quiero que te metas en un lío por mi culpa, pero, por favor, no me lleves allí.

—¡No puedo dejarte en el maletero de mi coche!

Adela se irguió y sacó sus largas piernas del maletero. Sam le dio la mano para ayudarla y ella se puso a forcejear para rechazarlo.

—¡Suéltame! ¡No pienso volver!

Él la sostuvo con fuerza.

—Cálmate y dime qué pasa.

—Solo necesito que me lleves lejos. Tengo que salir de aquí. —Lo miró con ojos desafiantes.

—No puedes escaparte a estas horas de la noche. Estarán preocupados por ti.

—No es verdad. No le importo a nadie.

—Por supuesto que sí. La señorita Black…

—La señorita Black me odia. Soy una deshonra para la escuela. Se lo va a contar todo a mis padres.

Sam se echó a reír de súbito.

—¡No me digas que has hecho todo esto por la actuación!

—No tiene gracia —contestó ella enfurecida—. No puedo volver. Me odian todas y no tengo amigas. Hasta Flowers Dunlop me ha dado la espalda. ¡Tenía que haber bailado conmigo!

—No puede ser tan malo como crees —la tranquilizó Sam—. A casi todas las niñas les ha encantado. Seguro que la señorita Black te perdona y se olvida todo.

—No se va a olvidar. ¡No me trates como a una chiquilla, porque no lo soy!

Sam la soltó y Adela se quedó temblando y con las piernas al aire.

—Finge que no me has visto. No quería que me encontrases: pensaba salir sin que me vieras en cuanto parases.

—¿Y adónde ibas a ir? —se burló el joven—. Es de noche y no sabes el peligro que corre una muchacha vagando por ahí con… con… con tan poca ropa. Te vas a morir de una pulmonía.

—No me da miedo la oscuridad. Puedo echarme a dormir bajo un árbol y volver andando a casa cuando amanezca.

—¿Andando hasta Belguri? —exclamó él—. Puedes tardar un siglo.

—Me da igual. Soy muy capaz. Además, no hay nada que pueda hacerme volver al colegio ese, tú tampoco puedes obligarme.

Sam puso los brazos en jarras y estudió a aquella pequeñaja tozuda. Con el cabello oscuro y desgreñado sobre los hombros, con aquella combinación andrajosa con los flecos a medio caer que le hacía parecer patizamba y con los brazos cruzados con fuerza sobre unos senos pequeños y altos, cualquiera habría dicho que era una cría abandonada. Sus ojos, de pestañas oscuras e iris salpicado, según advirtió en aquel instante, de motas verdes, lo miraban desafiantes y fruncía la boca en un mohín testarudo. Algún día, pensó Sam con un nudo en la garganta, Adela Robson sería una mujer hermosa. Bajó la mirada y alargó la mano para sacar algo del maletero.

—Toma, abrígate —le dijo teniéndole una manta— y dime qué es lo que quieres hacer.

—Quiero irme a mi casa —repuso enseguida—. Sam, por favor, ¿me llevas a Belguri?

De pronto le pareció cansada y desdichada. Había perdido todo el gesto provocador y la seguridad en sí misma.

—¿Tienen teléfono tus padres? —preguntó él.

Ella asintió con ademán confundido.

—Hay uno en el despacho de mi padre.

—Entonces, siéntate delante y te llevaré, pero solo si me prometes que llamaremos a la escuela para decirles que estás a salvo en cuanto llegues a casa.

Al rostro gracioso y delgado de la niña asomó una sonrisa aliviada que hizo que a él le diera un vuelco el corazón.

—Gracias, Sam.

Ocupó de un salto el asiento del copiloto sin abrir la puerta y usó la manta para abrigarse y envolver también con ella a Nelson, que respondió con un chillido. Sam volvió a ocupar su lugar tras el volante, tentado por un instante de dar media vuelta y devolverla al colegio. Aquello habría sido lo más sensato, pero habría supuesto perder para siempre su confianza y Nelson no se lo habría perdonado nunca, así que arrancó el motor y puso rumbo a la plantación de té preguntándose en qué complicaciones se estaba metiendo al emprender aquel temerario rescate.

Capítulo 3

Adela se despertó tan pronto tomó el vehículo el camino de la plantación, después, rebasó la fábrica achaparrada, que relucía blanca a la luz de la luna, y se dirigió dando sacudidas al bungaló. El aire olía a humo de leña y al perfume dulzón de las flores nocturnas. Se incorporó y se apartó el cabello de los ojos.

—Supongo que este será el *burra bungalow* —dijo él señalando con la cabeza las dos columnas de la entrada, cubiertas de buganvillas, tras las que se atisbaba un tejado rojo de zinc.

—Sí, ya estamos en casa. —La niña abrazó a Nelson con una sonrisa, que de pronto se volvió menos resuelta—. Vas a venir conmigo, ¿verdad? Por favor, quédate y me ayudas a explicarlo todo.

Durante el viaje lo había puesto al corriente de los problemas que estaba teniendo en la escuela y las cosas terribles que había dicho de ella Nina Davidge. Sam se había mostrado comprensivo, pero, en el fondo, no había entendido nada. Había intentado apaciguarla como a una chiquilla:

—Lo mejor es no hacerle caso. Los abusones se aburren cuando no muerdes el anzuelo. Eres una niña extraordinaria y seguro que no te cuesta hacer más amigas.

Ya ante la casa, estudió su rostro de perfil, la larga nariz y la mandíbula tersa que daba la impresión de que aún no hubiera necesitado afeitarse, la boca firme y el sombrero arrugado que le cubría parte del pelo corto y poblado. Bajo la chaqueta de paño escocés con coderas de cuero se adivinaban sus hombros fuertes y reconfortantes. Las manos sobre el volante se veían grandes y diestras, como las de un deportista, y le infundieron un deseo abrumador de acariciar su piel áspera. Ahogando un grito, Adela reparó en que se había prendado de Sam Jackman.

—¿Qué pasa? —dijo él mirándola fugazmente—. Está bien: me quedaré para apoyarte.

Ella tragó saliva.

—Gracias.

Su llegada echó a los perros a ladrar cuando rebasaron las viviendas de los criados. Entonces surgió de la oscuridad el bungaló, fantasmagórico a la luz radiante de la luna y cubierto de enredaderas. Tras la veranda había una sala iluminada.

—¡Scout! —exclamó la niña, que descendió del coche tan pronto se detuvieron.

En ese momento bajó los escalones a saltos y, agitando la cola peluda en el aire, el perro canela de Adela, loco por saludarla, corrió hacia ella. Adela se abalanzó sobre él para abrazarlo y acariciarlo y para dejarse dar lametones y oír sus ladridos nerviosos.

—¿Quién anda ahí? —resonó una voz desde la veranda—. ¡Por Dios bendito! Adela, cariño, ¿qué haces aquí?

Wesley Robson hizo crujir los escalones al bajar a la carrera las escaleras de entrada. Adela corrió tambaleante a los brazos de su padre y apoyó la cabeza en su pecho cálido, donde aspiró el suave olor a humo de su chaleco antes de romper a llorar.

—¿Qué ha pasado? —quiso saber él—. ¡Si vas casi desnuda! —Se volvió al hombre que se apeaba en aquel momento del automóvil con un mono aferrado al hombro—. ¿Y quién es usted? —añadió escrutando las sombras—. ¿Me puede explicar qué diablos pasa aquí?

Sam fue hacia él con una mano tendida y una sonrisa en los labios.

—Soy Sam Jackman, del *Cullercoats*, y me alegra haber devuelto a su hija a casa sana y salva. No está herida, pero habría que llamar a la escuela para decir dónde está.

—¿De verdad? —Wesley lo miró de hito en hito con aire perplejo.

—¿Quién es, Wesley? —preguntó desde arriba una mujer.

La pequeña, vencida por la sensación de alivio y llorando como una Magdalena, fue incapaz de responder.

—Es Adela —respondió el padre con un grito— y viene… con Jackman, el chaval del patrón del vapor.

A Sam no le hizo gracia que lo tratasen de chaval.

—Señora Robson, si me permiten entrar solo un momento y explicarles todo…

—Más te vale —bramó Wesley mientras se encaminaba con su hija hacia la casa.

Adela alzó la vista para encontrarse con la de su madre, que la miraba desde el peldaño superior con una mano crispada sobre el estómago

—¡Cariño!

—Clarissa, deberías estar descansando —la reprendió Wesley.

La niña había supuesto que su madre iría corriendo a abrazarla, pero la mujer permaneció asida a la balaustrada de la veranda como si le faltase el aire.

—¡Mami! —gritó Adela antes de echar a correr hacia los peldaños alargando los brazos.

Clarrie la envolvió en un torpe abrazo. Daba la impresión de haber engordado muchísimo. La pequeña dio rienda suelta a todos sus lamentos.

—Lo siento, pero ya no soportaba aquello. Llevan todo el curso tratándome de un modo horrible y nadie me habla y Nina Davidge, la hija del coronel, me ha dicho cosas terribles de… de vosotros dos… y luego me dejaron fuera de la obra de teatro de nuestra casa, así que tuve que inventarme un baile y la señorita Black dice que soy una… una deshonra. Como no sabía lo que hacer, me metí en el maletero de Sam, que no tiene culpa de nada, y él me dijo que me traería a casa. No pienso volver allí. ¡Nunca!

Clarrie la estrechó en sus brazos y le apartó con dulzura el pelo que le cubría el rostro empapado en lágrimas.

—Tranquilízate. Entra y cuéntanoslo todo con calma. —Al ver al joven allí plantado, añadió—: Y tú, Sam, sube, por favor. Has hecho un viaje muy largo y tienes que estar agotado.

Él, cada vez más vacilante, subió los escalones detrás de Wesley, que no dejaba de rezongar entre dientes.

Media hora después, ante el té especiado que les había llevado el *khansama*, Mohammed Din, que no hizo nada por disimular el placer que le producía ver de nuevo a Adela, Sam les había explicado tan bien como le había sido posible todo lo ocurrido aquel día. Tras la efusión inicial, la pequeña, extenuada y abrumada de pronto por lo que había hecho, se había arrebujado bajo el brazo de su madre. Se sentía avergonzada y cohibida delante de Sam.

—Tendrías que haberla devuelto a la escuela —amonestó Wesley al joven patrón de embarcación fluvial—. Estarán haciendo una batida para buscarla. ¿Cómo has podido ser tan irresponsable?

—Era lo que quería Adela —se defendió el joven—. Estaba muy afectada.

—Pero huyendo no aprenderá a defenderse.

—Wesley —dijo Clarrie con calma—, ve corriendo a llamar a la escuela. Diles que Adela está a salvo y que no tienen por qué preocuparse, que mañana tendremos tiempo de resolver esta situación.

—Mañana la devolveré a Saint Ninian's —declaró él.

—No, papi —protestó la pequeña—. Por favor, no.

43

—Yo creo que podría ser un error —intervino Sam—. Unos cuantos días en casa no le harán ningún mal.

—¿Acaso yo he pedido tu opinión? —le espetó Wesley—. El bienestar de nuestra hija es asunto nuestro, no tuyo, Jackman.

—Tiene razón —repuso él sonrojándose—. Lo siento.

—No la tomes con Sam —dijo Adela—. Lo único que quería era ayudarme.

—Pues ha conseguido empeorarlo todo. —Su padre arrugó el entrecejo—. Mañana volverás a la escuela y te enfrentarás a tus compañeras como una Robson valiente.

Adela se irguió agitada.

—¡No, no voy a hacerlo! Además, para ellas no soy una Robson, sino una dos anas, ¡y tú, mami, una cuatro anas!

Clarrie ahogó un grito y se llevó una mano a la garganta.

—¿Cómo te atreves…? —exclamó Wesley con los dientes apretados. La levantó del sofá y la zarandeó, pero Adela encajó la mandíbula con fuerza y le sostuvo la mirada.

Sam saltó entonces de su asiento.

—No lo pague con ella: solo está repitiendo lo que le dijo esa tal Davidge. —Contuvo a Wesley con la mano.

—¿Davidge?

—Lo dijo la madre de Nina —gritó Adela con una mueca de dolor—. Henrietta Davidge dice que la dejaste plantada en el altar para casarte con una mestiza, pero es mentira, ¿no? ¡Decidme que no es verdad!

Wesley la soltó de pronto y la niña estuvo a punto de caer de espaldas. Clarrie se puso en pie con dificultad. La sangre parecía haber abandonado su semblante cuando se enfrentó a su marido.

—¿Henrietta? ¿La mujer con la que ibas a casarte? ¿Tú sabías que estaba en Shillong?

Wesley tenía el rostro rojo de ira.

—¡Esa metomentodo…! La vi el día de la inauguración, dándose importancia frente a las otras madres, pero apenas hablamos.

—¿Y por qué no me contaste nada?

—Porque no había nada que contar: ella se casó con un coronel y yo me casé contigo. Al parecer solo pretendía hacer daño. Debe de estar celosa de ti, sin duda.

Clarrie se llevó las manos a la cara.

—Todo esto es culpa mía. Tenía que haberte hecho caso y haber enviado a Adela a Inglaterra como querías tú.

—¿Querías mandarme a Inglaterra? —preguntó la niña anonadada.

A los ojos de Wesley asomó un brillo violento. Tanto apretó la quijada que le fue imposible hablar.

—Solo porque pensaba que de ese modo podríamos protegerte de las maledicencias —respondió Clarrie en su lugar con voz temblorosa antes de tender los brazos a su hija—, pero yo no podía soportar la idea de tenerte tan lejos. Fui demasiado egoísta.

Adela advirtió la mirada de desolación que intercambiaron sus padres. Sintió que el estómago se le encogía de miedo y se zafó del abrazo de su madre.

—¿Qué quieres decir? No te entiendo. —Miró a Sam y vio que sus amables ojos de color miel la miraban con compasión—. ¡Dímelo, mami!

Clarrie se oprimió el estómago con la mano.

—Al venir a la India, tu abuelo Jock se casó con tu abuela Jane Cooper, nacida en Shillong, de padre británico y madre de Assam. Yo pasé la infancia oyendo decir en los acantonamientos y los clubes de los cultivadores de té que me faltaban cuatro anas para la rupia por tener una abuela india. Yo no hacía caso de las maledicencias y pensaba que las cosas estaban cambiando, pero está claro que no es así. Por eso he tratado protegerte de la crueldad de los británicos de aquí que se creen algo.

Adela la miró con desconcierto.

—¿Cómo puedes haberme ocultado algo así? ¿Por qué no me lo has contado nunca?

—Por tu propio bien.

—¿Por mi propio bien? —encajó la niña—. Lo que pasa es que te daba vergüenza. ¿No es verdad? Teníais que habérmelo dicho. ¡Me habéis mentido! Yo no soy como las otras. Nina tenía razón, me faltan dos anas.

Wesley atrajo a su hija hacia sí.

—No le da vergüenza —insistió— porque no hay nada de lo que avergonzarse.

Adela se soltó.

—¡Os odio a los dos! Jamás creeré ya nada de lo que me contéis. Seguro que también dejaste plantada a la madre de Nina. ¡Eres tan sinvergüenza como dice ella!

Wesley hizo ademán de sujetarla de nuevo y Sam se puso de un salto entre ambos exclamando:

—¡No la toque!

Los dos hombres forcejearon y volcaron una mesilla.

—¡Parad! —gimió Clarrie antes de doblarse de pronto con un chillido.

Adela observó horrorizada a su madre desplomándose sobre el suelo. Wesley corrió a su lado y la atrajo hacia sí.

—Cariño, ¿estás bien? —Le besó el cabello y le frotó la espalda—. Voy a mandar a Mohammed Din a buscar al médico. ¿Te parece bien?

—¿Al doctor? —preguntó la pequeña con un grito contenido—. ¿Qué pasa? —De pronto la invadió el temor de que se estuviera muriendo y la fuese a perder para siempre. No podía imaginar lo que sería la vida sin ella o sin su padre—. Lo siento, mami. No quería hacerte daño —dijo y se lanzó a rodearle el cuello con los brazos.

—No es culpa tuya, cariño —respondió la madre con un gruñido—. Es el bebé.

Ella dio un paso atrás.

—¿Qué bebé?

—Ya está aquí.

Adela no cabía en sí de asombro. Estaba convencida de que su madre era ya muy mayor para tener más hijos.

Su padre la miró con sonrojo.

—Pensaba que te habrías dado cuenta. —Entonces se volvió hacia Sam para rogarle—: Ayúdame a llevarla a la cama.

El joven, sin dudar un instante, la puso en pie y lo ayudó a cargarla.

Adela tragó saliva con dificultad.

—Voy a llamar a Mohammed Din —anunció antes de cruzar la veranda llamando a gritos al *khansama*.

El doctor Hemmings, de Shillong, había salido para atender un aviso y lo único que pudo hacer Mohammed Din fue dejarle un mensaje, así que fueron a despertar a Mimi, la vieja aya de Adela, que llegó tan rápido como se lo permitieron la edad y su cojera para asistir al parto. Encontró a Clarrie chillando de dolor mientras Wesley iba de un lado a otro dando órdenes a voz en cuello y contagiando su miedo a Adela.

—No va a morirse, ¿verdad? —exclamó la chiquilla, que no se apartaba de la puerta del dormitorio.

—Va a tener un bebé —respondió el aya antes de pedir agua caliente y paños limpios a Mohammed Din.

A continuación, cerró con firmeza la puerta de la habitación. Adela, desde el otro lado, lograba oír a Mimi dando ánimos y a su padre, que había insistido en estar presente, blasfemando, suplicando y pronunciando palabras de cariño con la voz crispada.

Cuando Sam volvió de telefonear a la escuela, la encontró llorando en una silla mientras el corpulento Mohammed Din hacía lo posible por calmarla hablándole con suavidad y ofreciéndole té.

—Me siento tan mal… —gimoteó la niña—. Es culpa mía, por haberle dicho esas cosas. Si mi madre se muere, no me lo perdonaré nunca.

El joven rodeó con un brazo los hombros trémulos de la pequeña.

—No es culpa tuya. Las mujeres no se ponen de parto por algo que se diga: simplemente ha llegado el momento de que nazca el bebé.

Adela lo miró de hito en hito con los ojos hinchados por el llanto.

—Pero mi padre me echará a mí la culpa. Ahora me odia y creo que me habría dado una bofetada si no lo llegas a evitar tú. Nunca me había puesto la mano encima.

—Estaba muy nervioso. Todos lo estabais. Él solo estaba defendiendo a tu madre. Venga, deja de llorar —le riñó—. Tienes suerte de que tus padres se quieran tanto. —Sam sacó un pañuelo arrugado del bolsillo de su pantalón y le secó las lágrimas.

De pronto Sam le pareció mucho más viejo y sabio que ella. A su apuesto rostro había asomado un ceño de preocupación. Podía tener el aspecto de un muchacho, pero era un hombre de mundo que, supuso sintiendo que le daba un vuelco el corazón, debía de tener ya experiencia con el sexo femenino. Se preguntó a cuántas mujeres adultas habría reconfortado entre sus brazos. Tomó el pañuelo de algodón que le ofreció y, sonándose la nariz, se apartó de él.

—¿Por qué no me llevas a pasear al jardín? —propuso Sam—. Vamos a dejar que siga su curso lo que sucede ahí dentro —añadió señalando al dormitorio, de donde los sonidos llegaban ya más apagados.

Adela asintió con la cabeza y se puso en pie antes de abrigarse con la manta del coche de Sam. En el aire nocturno se sentía el frío del otoño y sobre los árboles pendía una brillante luna que, como una lámpara, iluminaba los prados y los senderos y hacía brillar el rocío como gotas de plata.

—Háblame de tus padres, Sam —le pidió Adela—. ¿Se querían?

Sam se detuvo y alzó la vista al cielo iluminado por la luna.

—¿Te importa si fumo? —preguntó.

Adela sonrió satisfecha al verse tratada como una adulta y negó con la cabeza. Lo vio sacar un paquete arrugado de *bidis*, cigarrillos indios pequeños de sabor fuerte, y encender uno. Vio la punta brillar en la oscuridad cuando el joven inhaló el humo y su aroma fue a hacerle cosquillas en la nariz cuando lo expulsó.

—Yo estaba convencido de que se querían —dijo con aire triste— hasta que mi madre nos abandonó. Yo tenía siete años. Sentí que el cielo se me caía encima. Ni siquiera recuerdo que se despidiera.

—¡Qué cruel! —dijo ella con un grito ahogado—. ¿Y adónde fue?

—Volvió a Inglaterra. Mi padre decía que no había sido capaz de hacerse a Assam ni a un marido que se pasaba la vida en el río. No paraba de repetirme que no había sido por mí, pero…

—Pero ¿qué?

—Pues que en ningún momento me dio la opción de irme con ella. —Sam no pudo evitar que se le tiñera la voz de rabia.

—¿Te habrías ido? —insistió Adela.

Sam dio una larga calada a aquel cigarrillo delgado y acto seguido lo aplastó con el zapato antes de encogerse de hombros.

—Yo siempre lo entendí como que nos había dejado a los dos. Quise que mi padre cambiara el nombre del barco, *Cullercoats*, por otro más indio para que no nos la recordase a todas horas, pero no me hizo caso.

—¿Qué es Cullercoats? ¿Su apellido de soltera?

—El pueblo de pescadores en el que había nacido. —Se metió las manos en los bolsillos—. Creo que mi padre tuvo siempre la esperanza de que algún día volviera, pero no fue así. Si volviese ahora, preferiría no verla.

A la niña le sorprendió aquel tono de amargura tan poco propio de él. De pronto, sus lágrimas y sus protestas le parecieron egoístas ante el dolor, mucho más agudo, que había sufrido Sam de pequeño. A ella su madre no la abandonaría ni en un millón de años.

Sacó la mano de él de su bolsillo para darle un apretón.

—Tu madre fue muy tonta por abandonarte, pero me alegra que, por lo menos, tuvieses a tu padre. Él sí que cuidó de ti, ¿verdad?

Sam tragó saliva y sonrió fugazmente.

—Sí —aseveró con voz ronca.

Tras un instante se soltaron las manos y siguieron caminando. Ninguno dijo nada. Adela aspiró los olores nocturnos de humo de leña y hojas húmedas sintiendo que la presencia de Sam en su amada Belguri le aliviaba el espíritu. Vagaron hasta la fábrica antes de dar media vuelta.

Mientras desandaban sus pasos por el sendero de la plantación, Adela reunió el valor necesario para preguntar:

—¿Qué te ha dicho la señorita Black cuando has llamado a la escuela? ¿Estaba muy enfadada?

—La he notado más aliviada que enfadada. Cuando le he contado lo que estaba pasando aquí y por qué no ha podido llamar tu padre en persona, creo que no sabía qué decir.

—No me extraña. —Adela se ruborizó al pensar que Sam había tenido que hablar del parto de su madre—. Entonces ¿no te ha regañado por ayudarme a escapar?

Sam la miró con aire compungido.

—Dudo mucho que me inviten para la entrega de premios.

Ella no pudo contener una risotada.

—¡Vaya, Sam! Lo siento.

Acababan de llegar a los escalones del bungaló cuando se abrió una puerta de golpe y Wesley salió corriendo del dormitorio para llegar a la veranda.

—¡Ya! —anunció a voz en grito—. Adela, ¿dónde estás?

Scout ladraba y brincaba agitado a su alrededor. A la niña le dio un vuelco el estómago.

—¡Papi! ¿Qué ha pasado? ¿Está bien mami?

Su padre fue hacia ella dando tumbos con el rostro contraído y lleno de lágrimas. Casi no podía articular palabra.

—¿Es por mami? —gritó Adela—. ¡Dime!

Él la agarró con fuerza y dijo casi con un gruñido:

—¡Sí! ¡Mamá está perfectamente y has tenido un hermanito!

Cuando, al rayar el alba, llegó de Shillong el doctor Hemmings, ya habían fajado y amamantado al recién nacido. Adela dormitaba en un asiento alargado de mimbre de la veranda, envuelta en la manta del coche de Sam y tenía a Scout enroscado a sus pies, en tanto que su padre y Sam trataban de acabar la botella de *whisky* que habían abierto hacía dos horas para celebrarlo. La hostilidad del primero respecto del segundo se había evaporado con la euforia del nacimiento.

—¡Ha sido niño! —anunció Wesley al médico a modo de recibimiento mientras se ponía en pie con cierta dificultad—. Tómese una copa de *whisky*, Hemmings.

—No sé si la merezco —dijo aquel doctor de cabello ralo—. Ha sido el aya quien ha hecho todo el trabajo. Déjeme primero que le eche un vistazo a la señora Robson.

El recién llegado fue a ver a la madre y a su hijo, pero volvió al encontrarlos dormidos.

A Adela la despertó Mohammed Din, que había ido a buscar té y *puris* para la visita.

—Mmm… Mis favoritos —dijo ella sonriendo al criado mientras tendía la mano hacia una de aquellas tortas de pan que se hinchaban al freírlas.

—Primero, los invitados —advirtió aya Mimi, que apareció de entre las sombras agitando un dedo antes de acariciarla.

La niñera parecía un pajarillo delgado y de movimientos agitados, pero se la veía una mujer fuerte y sabia. En otros tiempos había sido aya de Sophie, la prima de la tía Tilly, en aquella misma casa, y, cuando los Robson volvieron a Belguri de Inglaterra, cuidó también de Adela, quien le tenía muchísimo cariño.

La pequeña ofreció la bandeja a los asistentes mientras Mohammed Din les iba sirviendo la infusión.

—El té también es bueno —declaró mientras aspiraba el olor a melocotón del té de Belguri— y no como en la esc…

Se detuvo de pronto, no quería que la conversación recayera en su huida del centro. Sintió entonces que le pesaba el alma y perdió el apetito al rememorar su infortunada huida. Le sobrevino el recuerdo de la disputa de la víspera y miró atribulada a Sam. ¡Cuántos problemas le había causado! Además de meterlo de cabeza en una riña familiar, le había puesto las cosas muy difíciles con los Black de Saint Ninian's al obligarlo a ser cómplice de su fuga. Parecía agotado y tenía los ojos vidriosos por la falta de sueño y el *whisky*. Se le había caído el sombrero de la coronilla y tenía el pelo revuelto. Nelson, fatigado después de tanto alboroto, sesteaba en su regazo. Seguro que aquel joven estaba deseando no haberse cruzado nunca con ella.

Sintió la necesidad imperiosa de estar con su madre y dejó hablando a los hombres para dirigirse al dormitorio de sus padres. El olor a clavo no lograba enmascarar el hedor a sangre y a placenta. Aquello la hizo retroceder, sobrecogida de nuevo ante la idea de que su madre pudiese haber dado a luz. Estaba ya cerca de cumplir los cincuenta, ¿no? Pensar en sus padres practicando sexo a aquella edad, por no hablar ya de concebir un hijo, le provocaba náuseas.

Sin embargo, allí estaba la prueba: su hermano recién nacido, tumbado plácidamente en una cuna antigua dispuesta al lado de la cama. Adela lo observó. Con el rostro arrugado como la piel de una ciruela pasa y con un mechón de pelo oscuro que le brotaba de la coronilla, el recién nacido estaba bien fajado en un paño blanco. No sabía cómo tenía que sentirse ante él.

La tía Tilly le había dicho una vez:

—Con lo bien que os lleváis mi Jamie y tú… ¡Qué lástima que no tengas un hermanito para jugar con él en Belguri! ¿No te gustaría?

—¿Para qué? —le había contestado ella riéndose—. ¿Para tener que compartir a papi y a mami?

Se apartó enseguida de la cuna.

—¿Mami? —susurró—. ¿Estás despierta?

El rostro encendido de Clarrie contrastaba con la almohada. Tenía el cabello negro pegado a la frente, que brillaba de sudor, y bajo sus ojos cerrados se veían manchas cárdenas. Adela adoraba aquella cara.

Ardía de vergüenza por las cosas tan hirientes que había dicho a gritos a sus padres, a quienes había repetido las palabras envenenadas de Nina con la única intención de que las negasen y de que todo volviera a ser como siempre, pero, en lugar de mitigar sus miedos, su padre había reconocido que él se había prometido a la odiosa señora Davidge y su madre le había confesado que había tenido una abuela natural de Assam de la que Adela no había oído hablar jamás. ¡Aquello no podía ser cierto! ¿Cómo podían habérselo ocultado?

Se sentó en la cama para tratar de contener la oleada de pánico que le inundaba el pecho. No era quien creía ser. No era como ellas, como las niñas de su escuela, que tanto orgullo sentían de ser británicas de los pies a la cabeza. Ellas conocían sus propios orígenes y su lealtad era inquebrantable. Por más que la mitad de ellas no hubiese estado nunca allí, su hogar era el Reino Unido. Hasta aquella misma noche, pese al cotorreo malicioso de Nina, había creído ser una de ellas, pero todo había cambiado de súbito: su abuela era asamesa, hija de granjeros, quizá, o de campesinos. Tal vez de recolectores de té. Se encogió al pensar lo que podrían decir al respecto Nina y las demás: «La dos anas lleva en las venas sangre de *chaiwallah*».

Aquello la resolvió aún más a no volver jamás a Saint Ninian's. Se puso en pie y volvió de puntillas hasta la cuna. Se inclinó para acariciar la mejilla del pequeño, suave como un albaricoque. El bebé resopló como un cachorrillo ante su contacto y Adela sintió una repentina compasión por él.

—Pobre bebé —musitó—. Eres un dos anas como yo.

Capítulo 4
Navidades de 1933

Adela oyó que sus padres discutían otra vez por ella. Se estaba quitando las botas de montar al pie de los escalones de la veranda cuando llegaron a ella voces desde el bungaló.

—Pues sí: las he invitado a quedarse unos días. Tilly y Sophie quieren ver a Adela tanto como conocer a Harry —insistió Clarrie—. Están preocupadas por ella.

—Pues no hay de qué preocuparse —le espetó Wesley—. Nos las estamos arreglando a las mil maravillas para educarla en casa.

—La formación que necesita va más allá de enseñarle a montar a caballo y a catar té.

—Si va a entrar a formar parte de la empresa familiar, no le hará falta mucho más.

—Todavía no tiene edad de saber lo que quiere —replicó Clarrie—. No podemos tenerla aquí toda la vida: necesita estar con otras niñas de su edad para hacer con ellas cosas interesantes y examinarse si queremos que esté bien preparada para el mundo moderno. Las cosas eran muy diferentes cuando nos criamos aquí Olive y yo y…

—Espero que no me estés acusando de ser sobreprotector y egoísta como tu padre —gritó Wesley.

—¡Eso no es justo! Y sabes que no quiero decir eso.

—Porque, si en algún momento empiezo a convertirme en Jock Belhaven, te doy permiso para que me saques de la casa y me pegues un tiro.

—¡Vaya, hombre! Pues que sepas que eres igual de terco que él.

—Yo nunca me interpondría entre mi hija y su felicidad.

—Ni yo —repuso ella—. De todos modos, los Robson y los Khan han aceptado nuestra invitación.

—Querrás decir tu invitación.

Clarrie lanzó un suspiro impaciente.

—Deberías estar contento de que quieran venir a mimar a Harry. Tilly se muere por verlo.

—Contra Tilly no tengo nada. Es contra el presuntuoso de su marido.

—James es tu primo —le recordó Clarrie— y, cuando erais socios, os llevabais de maravilla.

—James y el abusón de su padre me dejaron clarísimo que yo era el socio minoritario. Tiene que estar disfrutando con la ocasión que le has dado de venir a tratarnos con prepotencia y a contarnos lo bien que les va en las plantaciones de la Oxford en comparación con nosotros.

—Seguro que no podemos estar haciéndolo tan mal.

—¿Y cómo lo vas a saber —la acusó él— si llevas meses sin acercarte a la fábrica?

—Pero ¡si no me has dejado! Me has tenido entre algodones desde que nació Harry, tratándome como a una inválida.

—Sabes que has estado mal —se defendió Wesley— y el doctor Hemmings dice que, con tu edad, la recuperación requiere más tiempo.

—Pues estoy perfectamente.

—No es verdad: te pasas el día cansada y ahora quieres forzar más la situación invitando a toda esa gente.

—Lo único de lo que estoy cansada es de verme encerrada en este bungaló con un bebé que come como un tigre mientras Adela y tú salís a montar y a disfrutar de la plantación de té.

—Pero ¡si no quisiste que te pusiera una ama de cría!

—Ya lo sé. —Clarrie parecía al borde de las lágrimas—. Lo único que quiero es un poco de compañía adulta para variar. ¿Acaso eso es mucho pedir?

Adela se alarmó al oír sollozar a su madre y Wesley no pudo menos de arrepentirse.

—¡Clarissa, cariño! Lo siento. Lo último que deseo es hacerte llorar.

La voz de su madre le llegaba amortiguada, como si hubiese apoyado el rostro en el pecho de su padre.

—Claro que pueden venir unos días tus amigos —cedió—. Lo más seguro es que mi insoportable primo se quede poco tiempo: estará deseando volver a sus dominios para beber y asistir a las carreras de caballos en Tezpur el día de san Esteban.

—Gracias —dijo ella alegrándose—. Hace siglos que no tenemos visitas.

—Tilly y Sophie ya tienen bastante con sus propias vidas —dijo Wesley.

—Lo sé. Me alegrará mucho volver a verlas y tener la casa llena de gente por Navidad. Además, estoy convencida de que sabrán aconsejarnos con lo de Adela.

Adela regresó directamente al establo e hizo que el mozo de cuadra volviese a ensillar su poni, Patch. El sol de media tarde iluminaba la empinada ladera poblada de árboles de té color esmeralda al atravesar las plantaciones e internarse en el bosque. La niña no se detuvo hasta llegar al claro del templo en ruinas y la cabaña abandonada en la que había vivido el aya Mimi cuando se quedó sin nadie a quien cuidar.

Adela estaba encantada de recibir por Navidad la visita de sus tías favoritas, Tilly y Sophie. Ambas eran amigas de su madre, no tías propiamente dichas. En realidad, la única que tenía era la tía Olive, que vivía en Inglaterra y dirigía un salón de té, pero Adela tenía dos años la última vez que la había visto y no la recordaba. Aquello no le había preocupado nunca, porque con esas dos tías suyas, a las que adoraba, tenía suficiente. Tilly, una mujer regordita que no paraba de hablar, era toda una madraza: le encantaban los niños y daba abrazos maravillosos que parecían envolver a quien los recibía en una bolsa suave y gigantesca de agua caliente. Sin embargo, el tío James, su marido, no era precisamente tierno. Aquel hombre cuadrado y pendenciero que parecía ladrar cuando reía, se burlaba de ella por consentir demasiado a su prole.

—Manda a esos barrabases a un colegio inglés en cuanto sean capaces de agarrar una pelota —le ordenaba para después echarse a reír con un rugido ante los gritos de protesta de su esposa.

Al final, él se había salido con la suya y Tilly había tenido que partir con dos de los tres, Jamie y Libby, para escolarizarlos en el norte de Inglaterra.

Si la tía Tilly era maternal, la tía Sophie poseía un refinamiento distinguido y cierta mala reputación. Aquella mujer divorciada de risa profunda y deje escocés se había casado en segundas nupcias con un indio y se había convertido al islam. Con su buena figura y su pelo rubio y ondulado era capaz de hacer parecer elegante hasta un mono de mecánico, prenda que, de hecho, usaba a menudo para ayudar a arreglar alguno de los cinco automóviles que poseía el rajá de Gulgat. Su marido, Rafi, trabajaba de edecán e ingeniero forestal a las órdenes del mismo en dicho principado, cercano a Belguri. Rafi Kan, apuesto y moreno, de ojos verdes y bigote de estrella de cine, era el hombre más guapo que había visto Adela en su vida. Los dos parecían una pareja de Hollywood, sin hijos que los hicieran parecer gente corriente. Eran divertidos y atléticos y organizaban búsquedas del tesoro, fiestas con juegos y acampadas. Adela se había jurado que un día, cuando creciera, se iba a teñir y rizar el cabello para asemejarse a Sophie Kan.

El día de Nochevieja, en Gulgat, Sophie repartió cestos de fruta, flores y dinero entre los criados del bungaló y sus vecinos y les comunicó que pasarían la Navidad en Belguri. «Si es que salimos de aquí algún día», pensó suspirando mientras se disponía a buscar a Rafi.

Cuando subía los escalones del moderno pabellón que había hecho construir el rajá hacía ocho años para alojar a su segunda esposa, Rita, oyó la voz conciliadora de su marido.

—No se preocupe, alteza, no puede obligarlo a hacer nada que no quiera hacer. Stourton está aquí solamente para aconsejarlo.

—Pero es que yo no quiero su consejo —repuso Kishan agitado—. ¿Por qué tienen que interferir siempre los británicos allí donde no los quieren? A la metomentodo de mi madre la tiene embaucada y dispuesta a hacer cuanto le pida.

Sophie oyó a Rafi soltar una carcajada divertida.

—Creo que quien está embaucado es él.

—¡Es igual! —repuso el rajá con impaciencia—. ¿Qué más da quién tenga embaucado a quién? Lo que quiero es que se metan en sus cosas y me dejen a mí elegir a mi sucesor.

Ella esperó a que los dos acabaran de hablar de la última intriga de palacio: los empeños de la viuda del antiguo rajá en obligar a su hijo Kishan a declarar heredero a su sobrino Sanjay en lugar de a sus propias hijas. Alzó la vista para mirar, a través de la espesa selva subtropical de plataneros, bambúes y salas, la fortaleza semiderruida que dominaba la escarpadura. En algún lugar de las sombrías profundidades de sus estancias cerradas a cal y canto, la raní madre lloraba aún la pérdida, acaecida hacía ocho años, de Ravindra, su hijo favorito, arrastrado por una riada. La anciana mantenía vivos su rencor y el de su nuera viuda, la tímida y afligida Henna.

—¿O no fue culpa de Kishan por llevarse a Ravindra a pescar un día que habían declarado de mal agüero? —repetía inflexible—. No debería haber animado a su hermano pequeño a darse un baño. ¡Él es el responsable de nuestra desgracia!

Aquel no era, ni por asomo, el único pecado que cometía su primogénito a los ojos de la raní viuda. Había preferido viajar a ultramar para estudiar en Escocia en lugar de vivir con su propia gente; había descuidado a su primera esposa, nacida en una casta noble, y a su muerte, ocurrida durante el parto, había contraído matrimonio con aquella mujer de Bombay que se negaba a vivir observando el *purdah* y no le daba hijos varones, pero el mayor crimen de cuantos había cometido el rajá había sido el de enviar al único hijo de Ravindra, su queridísimo nieto Sanjay, a un colegio cercano a Delhi y negarse a nombrarlo heredero de Gulgat.

«Pobre Sanjay», pensó Sophie. A aquel muchacho al que consentían tanto como descuidaban le resultaba imposible complacer a todo el mundo. Sophie le había profesado un gran cariño de pequeño y, aunque todavía podía ser encantador y amable, a los diecisiete años podía llegar a montar en cólera con facilidad cuando no se salía con la suya. En los últimos tiempos había adquirido una familiaridad excesiva con Rita y con ella, a quienes había hecho comentarios provocativos y hasta había tratado de besar en ausencia de sus esposos. Tal vez se tratara de una fase por la que pasaban de forma natural los chicos de su edad, pero lo cierto es que conseguía incomodarla.

—¿Qué haces husmeando ahí fuera? —le preguntó una voz argéntea desde la veranda superior.

Sophie miró hacia arriba con aire culpable para ver el rostro atractivo de Rita y aquella sonrisa que marcaba dos hoyuelos en sus mejillas. La mujer del rajá exhaló un anillo de humo por encima de la balaustrada.

—Suba ahora mismo, señora Kan, si no quiere que informe de su proceder a ese británico estirado de Stourton por espiarnos a todos.

La joven subió de dos en dos los peldaños de la escalera exterior.

—Conque también tienes vestidos… —se burló Rita mientras apagaba el cigarrillo y observaba a su amiga con gesto de aprobación—. El turquesa te sienta muy bien. ¿Será muy temprano para un cóctel? Supongo que sí. ¿Un café, entonces? —Pidió un refrigerio y se echó a un lado para dejar sitio a Sophie en el columpio que ocupaba, recogiendo su inmaculado sari de color crema.

Sophie miró el valle que se extendía a sus pies, una expansión resplandeciente de arrozales color esmeralda envuelta en la bruma matinal, y se llenó los pulmones de aquel aire templado.

—Me encanta esta época del año. ¿A ti no?

—Sí —convino Rita—, pero solo porque Kishan y yo nos vamos a Bombay y nos esperan un mes de teatro y conciertos para mí y de fiestas y bailes para las niñas.

—Jasmina y Sabeena estarán nerviosísimas —supuso Sophie con una sonrisa.

—A punto de estallar de un momento a otro —dijo la otra con una risita—. Yo estoy deseando ver a Kishan bien lejos de todo esto. —Agitó en el aire una mano delgada y llena de anillos—. Antes de que su madre nos envenene a todos o venga el británico con su ejército y plante su bandera sobre el edificio.

Sophie se echó a reír.

—¿No te estás poniendo demasiado dramática?

—¿Yo? —Rita arqueó las cejas sobre sus enormes ojos castaños con fingida sorpresa—. ¿Quieres hacerme creer que tú no estás preocupada? Entonces, ¿qué hacías pegando la oreja a la puerta ahí abajo?

—Tengo que reconocer que estoy deseando sacar de aquí a Rafi unos días. Está trabajando demasiado.

—La próxima vez os vendréis con nosotros a Bombay.

—No he estado allí desde que volvía a la India hace ya más de diez años —aseveró Sophie con aire pensativo—. Nos hemos confinado en el bosque como eremitas.

—Por lo menos puedes soltarte el pelo con tus amigas cultivadoras de té, ¿no? Por lo que tengo entendido, no se les dan nada mal las fiestas.

Llegó el café y estuvieron tomándolo mientras el sol se hacía más intenso y la bruma se retraía para revelar un paisaje vibrante de charcas y selva. Entre los árboles revoloteaban papagayos verdes y rojos.

—¿Os acompañará Sanjay a Bombay? —quiso saber Sophie.

Rita se encogió de hombros.

—Esa es una de las batallas que mantiene Kishan con la vieja bruja y Henna. A él le gustaría que se viniera con nosotros, pero ellas se quejan de que ya lo ven poco. La madre de Kishan se negará a dejar que nos acompañe y seré yo quien tenga que cargar con la culpa. Sanjay estará de mal humor y mi marido acabará con una úlcera de estómago. Es lo que tienen las familias felices, ¿verdad?

—¿Cómo quieres que yo lo sepa? —respondió Sophie con una sonrisa afligida.

—¡Ay, cariño! —exclamó arrepentida Rita—. Yo, aquí, quejándome de mi familia, cuando tú has sufrido una tragedia tan grande. No me hagas caso y cambiemos de tema.

Eso hicieron, pero Sophie no pudo evitar dolerse de su falta de familiares. Después de que quedara huérfana a los seis años en la India tras la muerte violenta de sus padres, la había criado en Escocia una tía a la que había querido con toda su alma y que había fallecido cuando Sophie tenía veintiuno. Aunque apenas recordaba a sus padres, Sophie seguía echándose a temblar cada vez que pensaba que su propio padre había matado a su madre antes de pegarse un tiro. ¿Qué podía llevar a un hombre a hacer una cosa así? Después de la tragedia, también había perdido a su único hermano, del que nadie sabía nada después de que fuera dado en adopción al nacer. Para colmo de males, todo hacía pensar que Rafi y ella no podían tener hijos. En el pasado sí se había quedado embarazada de otro hombre, pero... Sophie se obligó a no pensar en las aciagas circunstancias de su aborto ni en el matrimonio fracasado con el ingeniero forestal Tam Telfer. Pese a todo, tenía consigo a Rafi, a quien adoraba. Junto con su querida prima Tilly, a la que se moría de ganas por volver a ver en Belguri para Navidad, él era su familia.

Cuando apareció con Kishan, Sophie se puso en pie de un salto y fue hacia su marido, y el calor de la sonrisa que le dedicó él bastó para que se desvanecieran los pensamientos más tristes.

Sophie y Rafi estaban a punto de partir hacia Belguri cuando apareció Sanjay con un bate de críquet en la mano.

—Vamos, Rafiji —dijo aquel joven apuesto con una sonrisa cautivadora—. Eres el mejor lanzador de Gulgat. Stourton dice que se apunta también. Va a ser solo una hora. No le importa, ¿verdad, señora Kan?

—Es que ya deberíamos haber salido —repuso Sophie abatida.

—Usted podría lanzar —declaró Sanjay—. Tiene un brazo colosal. Hermosísimo, pero fuerte.

Rafi la miró con gesto impotente. Sophie sabía que se compadecía del muchacho por haber perdido tan joven a su padre, pero, aunque los mayores de su entorno siguieran tratándolo como a un niño, el sobrino del rajá ya no lo era. Su madre y su abuela lo mimaban en exceso, en tanto que su tío y Rita hacían caso omiso de él o excusaban sus arranques de ira diciendo que los superaría con la edad. Hasta Rafi parecía ciego al encanto manipulador del joven príncipe. En aquel instante, de hecho, saltaba a la vista que se sentía halagado ante su propuesta de jugar al críquet. No parecía resultarle extraño que hubiese esperado al momento mismo de su marcha para abordarlos con aquel partido de última hora.

—Está bien —cedió ella—, pero de esta tarde no pasa que nos pongamos en camino.

El día de Navidad, al oír la bocina del automóvil de los Kan por la carretera de la plantación, Adela echó a correr por el camino de entrada.

—¡Feliz Navidad! ¿Dónde habéis estado? —La niña saltó a bordo y se apretujó entre Rafi y Sophie, tendió los brazos para abarcarlos a ambos y les dio un beso en la mejilla—. Pensábamos que llegaríais ayer. Estoy harta de oír chapurreos de bebé. La tía Tilly no deja a Harry ni un segundo. ¡Cuánto me alegra que hayáis llegado! Ahora sí que vamos a pasárnoslo bien.

Rafi se echó a reír y Sophie la abrazó.

—Feliz Navidad a ti también, mi sol. A tu tío Rafi lo enredaron ayer en un partido de críquet que duró todo el día, por eso hemos llegado más tarde.

—Suerte que tu tía Sophie sorprendió a Sanjay en un renuncio —dijo Rafi—. Si no, todavía estaríamos jugando.

—Sí, parece que no le sentó muy bien —añadió ella con una mueca de dolor.

—¿Quién es Sanjay?

—El sobrino del rajá —respondió Rafi—. ¿Te acuerdas de que una vez vino aquí a cazar con su tío?

—¿El niño que dijo que iba a despellejar a Molly, mi cachorro de tigresa, si la dejaba salir de la casa?

—Muy típico de Sanjay —aseveró Sophie poniendo los ojos en blanco.

—Estaría de broma —lo defendió Rafi.

—A veces puede ser cruel.

—Cruel no, solo un poco revoltoso.

—Ya está a punto de hacerse un hombre y todavía se comporta como un mocoso consentido. Ya va siendo hora de que aprendas a decirle que no de vez en cuando.

Adela se sintió incómoda con aquella discusión, a su parecer muy chocante entre ellos.

—Yo lo recuerdo como un muchacho muy guapo y, además, lo más seguro es que yo estuviera poniéndome pesada. De todos modos, ya da igual: estáis los dos aquí y sois el mejor regalo de Navidad que podía tener.

Rafi le alborotó el pelo, Sophie volvió a besarla y cambiaron de tema.

Los rezagados fueron recibidos con gritos de placer mientras Sophie y Tilly se abrazaban, Clarrie corría a preparar combinados y los hombres intercambiaban noticias. Mungo, el menor de los hijos de Tilly, saltaba de silla en silla disfrazado de pirata y hacía que Scout ladrase como un poseso. Sentados en torno a la mesa que habían dispuesto en la veranda, disfrutaron de un copioso menú de sopa de castañas, agachadiza, gallo lira, codorniz, patatas asadas, verduras y coliflor con curri, seguido de pudin de ciruelas y mantequilla de brandi y llamativas golosinas azucaradas con café. Wesley sirvió su mejor clarete y una botella de oporto que llevaba diez años en su bodega. Adela sabía que su padre estaba haciendo cuanto podía por impresionar a su primo James y alardear de la hospitalidad de Belguri.

La conversación se desarrollaba en voz muy alta y parecía que no fuese a acabar nunca. Tilly hablaba de los hijos a los que había mandado al internado de Inglaterra y James y Wesley debatían sobre la caída del precio del té y la posibilidad de que hubiese que reducir la producción.

—James, me prometiste que no ibais a hablar de trabajo —protestó su mujer.

—Y tú que no aburrirías a nadie hablando de niños —gruñó él.

Sophie intervino con rapidez.

—Cuéntanos chismes sobre Assam, Tilly. ¿Quién es ahora la *burra memsahib* del club?

—Tilly, por supuesto —bromeó James.

—Si por lo menos tuviera la ocasión… —exclamó ella—. James hace muchísimo que no me lleva.

—Pero te llevo al cineclub una vez al mes.

—Querrás decir una vez al siglo —replicó su esposa.

—Pero ¡si no te gusta! Siempre te quejas de que los hombres beben mucho y se gastan en el juego el dinero de la casa.

—Hablando de eso —el semblante rollizo de Tilly empezó a animarse—, ¿habéis oído lo del joven Sam Jackman, el patrón del transbordador?

A Adela le dio un vuelco el corazón al oír de pronto el nombre de Sam y captó un cruce fugaz de miradas entre sus padres.

—¿Qué? —preguntó Clarrie.

—Que ya no es patrón de barco —dijo James.

—Perdió el vapor en una partida de naipes hace un mes —añadió Tilly.

—¡No puede ser! —exclamó Clarrie.

—¡Menudo mentecato! —dijo Wesley frunciendo el ceño y mirando a Adela.

—Por lo visto estuvieron jugando durante todo un fin de semana —refirió James— y dicen que bebió demasiado. Dejó que se lo arrebatara un chupatintas de una naviera de Calcuta. El hombre se ofreció a devolvérselo cuando a Jackman se le pasó la cogorza.

—Sam, sin embargo, no quiso aceptarlo —agregó su mujer—. Dijo que el hombre se lo había ganado con todas las de la ley.

—Pero el *Cullercoats* era el barco de su padre —apuntó Adela horrorizada—. Significaba mucho para él. —Al ver que Tilly reparaba en su sorpresa no pudo evitar ruborizarse.

—Pues salta a la vista que no tanto como pensábamos —fue la conclusión de Wesley.

—¿Y qué va a hacer ahora? —quiso saber Clarrie preocupada.

—Se ha ido —le respondió Tilly— con ese monito inquieto.

—¿Adónde? —preguntó Adela consternada.

—Nadie lo sabe. Se fue sin más. —La tía soltó un suspiro—. Es de lo más extraño. Había sido siempre un muchacho tan sensato… Me da la impresión de que nunca ha llegado a superar del todo la muerte de su padre. Los dos estaban muy unidos.

—Sigo sin saber por qué has tenido siempre esa debilidad por él —dijo James—. No dejaba de criticarnos a los cultivadores de té. Para mí que es de los que apoyan al Partido del Congreso de Gandhi. Seguro que se habrá ido a soliviantar al pueblo en cualquier otra parte.

—Pues le deseo suerte —declaró Rafi con una sonrisa—. El Partido del Congreso y la India necesitan hombres jóvenes y apasionados de todas las comunidades.

—Y mujeres —añadió Sophie.

James la miró con una mueca sarcástica.

—Y eso lo dice la pareja que vive a sus anchas en un principado autocrático. A vosotros no os llegan agitadores a sublevaros la mano de obra, ¿a que no?

—Los echamos a los tigres para que se los coman —bromeó Rafi.

—Entonces, ¿estás de acuerdo con el Partido del Congreso y su llamada a convocar huelgas y perjudicar nuestros negocios? —lo presionó James.

—Tanto como con los boicots británicos que tanto daño hacen a los negocios indios —contraatacó Rafi.

—En eso coincido contigo —aseveró Clarrie—: los boicots son una mezquindad.

James siguió picando a Rafi.

—¿Sigue dando problemas en Lahore tu hermano el exaltado?

—Ghulam lleva cinco años en libertad y sin meterse en líos —terció Sophie en defensa de Rafi—. Ahora se dedica a las labores sociales.

—¡Qué bien! ¿Verdad, cariño? —Tilly lanzó a su marido una mirada de advertencia—. Y también me alegra saber que sigues en contacto con tu familia, Rafi.

—La verdad es que no… —dijo él con una sonrisa nostálgica.

—Siguen sin aceptar que me haya casado con él —dijo Sophie soltando un suspiro—. Y eso que han pasado diez años. Yo le digo que aun así debería ir a ver a sus padres, pero él se niega a ir sin mí.

Adela los vio mirarse con ternura.

El rostro de Rafi se iluminó entonces.

—Pero Ghulam sí que me habla —dijo—, porque fue el rajá quien pagó al abogado que lo ayudó a salir de prisión, y mi hermana pequeña, Fátima, me escribe para ponerme al día de las noticias de la familia.

—La doctora Fátima —corrigió Sophie—. Se ha graduado este mismo año.

—¡Qué maravilla! —gritó Clarrie.

—¿A que sí? Está trabajando en el hospital Lady Reading de Simla. Yo estoy intentando convencer a Rafi para que se tome unas vacaciones para poder ir a verla. No ha vuelto a la ciudad desde que estudiaba en la escuela del Obispo Cotton.

—A ver si encuentro el momento —repuso él con una sonrisa triste.

—Pues no lo dejes —lo alentó Tilly—. A mí me encantaría ir. Siempre hay muchísimas obras de teatro y el aire de allí es muy saludable.

—Algún día —intervino Adela—actuaré en el Gaiety.

James no dudó en responder con aire brusco:

—Por lo que hemos oído, jovencita, han sido tus representaciones teatrales la razón por la que te han expulsado de la escuela.

La pequeña se ruborizó al ver que todos guardaban silencio.

—Ahora no, James —murmuró Tilly.

—Yo pensaba que habíamos venido para ofrecer nuestro consejo sobre la escolarización de Adela —replicó él sin rodeos.

—Aquí no necesitamos que nos aconseje nadie —aseveró Wesley encrespándose.

—Ni a mí me han expulsado —se le sumó Adela en ademán desafiante—. Me escapé.

Rafi dejó escapar de pronto una risotada.

—Desde luego, Wesley, si tu hija y mi hermana son una muestra de lo que está por venir, podemos estar seguros de que el mundo estará gobernado por mujeres con carácter.

—Ojalá —dijo Clarrie sonriente.

Wesley se echó a reír y se disipó la tensión del ambiente.

Adela se excusó. Saltaba a la vista que Mungo, quien a sus cinco años había comido antes con su aya, se estaba impacientando y no dudó en llevarlo a la cuadra a ver a Patch. Sophie la siguió poco después para hablar con ella mientras Mungo ayudaba al *syce* a cepillar la cola del poni.

—No te molestes por las cosas del tío James —le dijo con dulzura—. Sabes que tiene buena intención, pero el tacto no es lo suyo.

—De todos modos, tiene razón —contestó Adela—. Habéis venido todos para decirme lo que tengo que hacer. Oí a mis padres hablando del tema. Nadie sabe lo que hacer conmigo, ¿verdad?

—Lo que pensemos nosotros es lo de menos. Lo que importa es lo que tú quieres.

La niña se encogió de hombros ante toda una serie de sentimientos encontrados.

—Hay una parte de mí que solo quiere quedarse aquí para siempre con papi y mami, montando a diario y sin tener que preocuparse por las cosas de los adultos —reconoció dando vueltas a su larga trenza—, pero hay otra que quiere crecer y salir al mundo a buscar aventuras. La mayoría de mi ser quiere ser actriz. ¿Lo ves ridículo?

—¡Qué va! —respondió Sophie—. Tienes una voz hermosísima para el canto e hiciste una actuación maravillosa en la función de la escuela a la que fuimos a verte el año pasado.

Ella sintió una punzada de arrepentimiento en el estómago por haber tirado todo aquello por la borda.

—Es que —le explicó—, cuando estoy en el escenario, siento algo fascinante, como si estuviera el doble de viva. Da igual que haya cinco personas o cincuenta en el público: lo único que me mueve es el deseo de hacerlas felices.

Sophie le posó una mano en el hombro.

—Entonces, deberías ir a un lugar en el que vayas a tener esa sensación y, que yo sepa, en Belguri no hay muchas salas de teatro.

—No —rio Adela—. Solo la veranda en la que hago que me vean bailar claqué Mimi y Mohammed Din. Lo que pasa es que, ahora, con el bebé, el aya no tiene mucho tiempo para eso.

—Mi aya Mimi —dijo Sophie con aire meditabundo—, que ha tenido que dejar otra vez su retiro por el pequeñín de Harry…

—Nunca lo pierde de vista. Creo que lo quiere más que mi madre.

Sophie se dio la vuelta de improviso.

—Vámonos ya, Mungo, que el tío Rafi está organizando juegos para vosotros.

El chiquillo lanzó un chillido y fue a agarrarse a la mano que le tendía. Adela se preguntó si no habría dicho ninguna inconveniencia. Estaba disfrutando de la conversación de adultos que estaba teniendo con la más refinada de sus tías, pero tal vez había metido la pata al mencionar al bebé. Su madre le había dicho que Sophie y Rafi no llevaban nada bien lo de no tener hijos.

—Tienes razón —dijo mientras Mungo se columpiaba de la mano de ambas a lo largo del sendero—. Debería buscar otro lugar. Además, las cosas han cambiado mucho en casa desde que me fugué de Saint Ninian's. Tuve una discusión terrible con mis padres. ¿No te han contado nada?

—Tu madre me dijo que estabas teniendo problemas en la escuela con una abusona que te había dicho cosas desagradables sobre la familia.

—Cosas que resultaron ser verdad... —apuntó Adela con amargura.

Sophie se detuvo.

—Mungo, corre a decirle al tío Rafi que ponga la música. — Cuando el niño no podía oírlas, miró fijamente a Adela para preguntar—: ¿Qué te dijo?

—Que papi dejó a una mujer plantada en el altar. A la madre de la niña que no me dejaba tranquila. Y que yo era una dos anas porque mi madre era mestiza. ¿Tú sabías eso de nosotros?

Los rasgos atractivos y limpios de Sophie se encogieron en un ceño.

—No deberías usar ese lenguaje. Piensa que son palabras de una intolerante y que lo único que haces al repetirlas es perpetuar sus prejuicios, Adela.

La niña entrecerró los ojos ante el reproche y su tía suavizó la expresión de su rostro.

—Sí, claro que sabía que tu madre es angloindia. Me lo dijo Tilly. Pero eso no es ninguna deshonra. Clarrie es una persona increíble. A Tilly y a mí nos encantaría ser como ella y tú deberías estar orgullosa de tener una madre así.

—Eso es lo que me dijo Sam. —Adela la miró con aire tímido.

—¿Sam Jackman?

—Sí. Lo obligué a ayudarme a escapar de la escuela y luego lo metí en medio de una discusión familiar. Además, lo metí en un

71

lío con los de Saint Ninian's. Se portó muy bien conmigo y, desde aquel día, parece que todo le ha salido del revés. ¿Crees que habrá sido por culpa mía?

Sophie la tomó por los hombros y la zarandeó con dulzura.

—No seas tan dramática. ¿Qué culpa tienes tú de que se emborrachara y perdiese su vapor? Si quieres mi opinión, me da la sensación de que estaba buscando una excusa para deshacerse de él. ¿Tú crees que habría renunciado a él con tanta facilidad si hubiese querido seguir siendo patrón de barco?

—¿De verdad crees eso? —El rostro de Adela se alegró.

—Sí.

—¿Y adónde crees que habrá podido ir?

Su tía la miró con incredulidad.

—¿Me lo está pareciendo o lo que sientes por ese joven es más que un simple interés pasajero?

Adela se ruborizó y preguntó con una sonrisa:

—¿Tanto se nota?

Sophie le rodeó los hombros con un brazo.

—Puedo hacer que lo averigüe la tía Tilly: para las noticias sabrosas, ella es mucho mejor que el telégrafo.

En el bungaló, Rafi dio cuerda al viejo gramófono y Mungo gritó de emoción mientras jugaban a las sillas musicales. A continuación, jugaron a la gallinita ciega, a quién tiene la zapatilla y al escondite mientras el padre del niño roncaba cubierto por un periódico y su madre entretenía al irritable Harry.

—Está echando los dientes —declaró Tilly mientras lo dejaba sin ceremonia en el cochecito.

Clarrie y Tilly lo pasearon por el sendero hasta llegar a la fábrica y recorrieron el camino de vuelta sin que el aya Mimi se separase de ellas en ningún momento.

Se sirvió el té y, a continuación, cenaron huevos, trucha ahumada y el pudin de jengibre de Clarrie (especialidad de Belguri). Los amigos estuvieron hasta tarde bebiendo oporto, *whisky* y más té a la luz de una luna colosal que iluminaba la plantación, envueltos por los sonidos de las criaturas nocturnas que rozaban los árboles.

Al día siguiente fueron de excursión a Um Shirpi, donde los hombres pescaron, Sophie y Adela se bañaron en las pozas heladas y Clarrie y Tilly charlaron y leyeron. A comienzos de la tarde, se sirvió una merienda campestre antes de que todos volvieran al bungaló para cenar sin prisa.

Los amigos hicieron expediciones a diario y, cuando no estaban montando a caballo, cazando cervicabras y chochas o recorriendo los senderos de las colinas, se limitaron a charlar ociosos en la veranda. James sorprendió a todos al no demostrar impaciencia alguna por unirse al resto de cultivadores de té en el club para asistir a las carreras y los partidos de polo de la temporada. Daba la impresión de estar disfrutando tanto como Tilly del trato con los Robson y los Kan y parecía dispuesto a probar cuanto guardaba Wesley en la bodega. Alentado por Clarrie, Wesley logró dominar la envidia que sentía por la prosperidad de que disfrutaba su primo en la hacienda de la Oxford Tea Company y hasta solicitó su opinión acerca de la plantación de Belguri. Los dos inspeccionaron juntos la poda de los arbustos de té y las labores de mantenimiento de la maquinaria que había introducido en la fábrica hacía ya una década.

—Es un consuelo tener a alguien que hable de té con James —dijo Tilly a sus amigas—. Conmigo se enfada porque me ensimismo tanto en mi colección de sellos que la mitad de las veces ni lo escucho. Estas vacaciones nos están sentando a los dos de maravilla. Muchas gracias, Clarrie, por invitarnos: a veces nos hartamos de estar siempre juntos sin más compañía. Supongo que les pasa a todas las parejas, ¿no?

Sophie respondió con una sonrisa burlona:

—En nuestro caso es al revés: Rafi está tan ocupado corriendo detrás del rajá y su familia que casi no lo veo, así que ahora estoy encantada de tenerlo al fin cerca y poder hablar con él.

—Quizá para vosotros es distinto. —Tilly exhaló un suspiro—. Sin embargo, las mujeres de los cultivadores de té vivimos muy aisladas. ¿Verdad, Clarrie?

—Sí que es verdad —convino ella.

—Sin nuestros hijos, nos volveríamos locas. Yo no sé lo que voy a hacer cuando Mungo tenga que volver a Inglaterra para escolarizarse. Despedirme de Libby en Semana Santa fue un infierno. ¡Ay! Lo siento, Sophie, que nunca paro de hablar de los pequeños…

—No me molesta —aseguró ella— y, de verdad, no quiero que tengáis la sensación de que no podéis hablar de vuestros hijos cuando yo estoy delante. Sabéis que los adoro a todos y, en especial, a esa chiquilla de ahí. —Dicho esto, se volvió hacia Adela y le guiñó un ojo.

—¡Claro! Esa es la que queremos adoptar todos —dijo Tilly con una sonrisa.

La madre de la niña la animó a acercarse con un gesto.

—Ven, Adela. Vamos a aprovechar para hablar de tu futuro antes de que vuelvan los hombres. Tus tías y yo hemos estado pensando.

Adela suspiró con ademán melodramático mientras iba a sentarse en el brazo del sillón en que se encontraba Clarrie, feliz en su fuero interno de haberse convertido en el centro de atención.

—Todavía eres muy joven —aseveró Clarrie con firmeza— para dejar la escuela, así que vas a tener que elegir un centro en el que acabar tu formación. La tía Tilly y la tía Sophie creen que deberíamos darte a elegir.

Adela las miró con interés.

Tilly habló primero.

—Si quisieras escolarizarte en Inglaterra, en Newcastle, por ejemplo, podrías vivir con tu tía Olive. Sé que te llevas muy bien con tu prima Jane, ¿verdad?

—Sí, nos escribimos —repuso ella sintiendo un entusiasmo cada vez más vivo.

—Entonces, para empezar, ya tienes allí a una amiga —dijo su tía sonriendo—. Además, podrías pasar las vacaciones en Dunbar, con mi hermana, y ver a mis hijos Jamie y Libby. Sería fantástico saber que estáis juntos.

—¿Hay teatros en Newcastle?

—Claro que sí. —Tilly se echó a reír.

Adela miró a Clarrie.

—¿Qué opinas tú, mami?

—Allí tendrías un estilo de vida distinto —repuso ella con ojos brillantes—, pero, si eso es lo que quieres, tu padre y yo haremos lo posible por que así sea. Cometí un error con Saint Ninian's y ahora lo único que quiero es que seas feliz.

—¿Y tú, tía Sophie? —preguntó ella.

—Yo tengo una propuesta distinta. En realidad, es de Rafi, vaya. —Sophie echó hacia atrás su cabellera rubia y ondulada—. Creemos que deberías probar el Saint Mary's College de Simla. Allí les dan mucha importancia al teatro y las artes. La escuela es hermana de la de Lahore, en la que estudió Fátima, la hermana de Rafi. Aceptan a chicas de toda condición.

—¿Simla? —exclamó la pequeña—. Eso me encantaría.

—De todos modos, tu madre tiene sus dudas —dijo Sophie.

—¿Es demasiado caro? —preguntó ella con gesto apesadumbrado y supo, por la sorpresa que vio en el rostro de su madre, que había dado en el clavo.

—Rafi y yo estaríamos encantados de ayudarte con las cuotas.

Clarrie levantó las manos.

—Wesley no querrá ni oír hablar de eso. —Al ver el gesto de desengaño de su hija, añadió—: Pero si es lo que deseas de todo corazón, nos las arreglaremos de un modo u otro. Tal vez podamos buscarte un alojamiento más barato en la ciudad, de inquilina, en alguna casa. Ojalá conociésemos a alguien en Simla.

—Conoces a la señora Hogg —dijo Sophie—, la mujer de aquel coronel, que vive allí retirada.

—¿Ah, sí? Pensaba que seguiría en Dalhousie.

—Se mudó a Simla hace tres años para estar cerca de sus amigas tras morir su marido. Todavía nos enviamos felicitaciones navideñas.

—¡Vaya! No sabía que hubiese enviudado. ¡La pobre…!

—¿Te refieres a Blandita Hogg, la señora que viajó a la India con nosotros en 1922? —exclamó Tilly—. A mí me daba un miedo atroz.

Sophie soltó una carcajada.

—Es verdad que no aguantaba ninguna tontería, pero no era, ni mucho menos, una estirada. Conmigo fue muy amable en el viaje de vuelta a la India. De hecho, cuando se tensaron las cosas entre Tam y yo, ella fue la única persona de Dalhousie que se dignaba hablar conmigo.

Adela vio que las mujeres se intercambiaban miradas, pero ninguna se explicó. No querían hablar delante de ella del pasado de Sophie. Su tía sonrió para decir:

—De todos modos, sería una acompañante inmejorable.

—Sí, es verdad —repuso Clarrie alegrando el gesto—. Así, Wesley no se preocuparía tanto por Adela.

—Por cómo habláis de ella, parece un poco bruja —dijo Adela poco convencida.

—Directa sí que es —reconoció su madre—, pero es una de las pocas mujeres de militares que aman y comprenden de veras la India. A mí me causó muy buena impresión durante el viaje.

Sophie guiñó un ojo a Adela.

—Seguro que estará encantada con la compañía de una joven-cita brillante como tú. —Tras lo cual agregó—: Clarrie, me encan-taría ponerte en contacto con ella.

—Gracias —dijo su anfitriona con una sonrisa de alivio—. A ver qué opina Wesley de la idea.

Adela, sin embargo, tenía claro que, con independencia de lo que pudiera pensar su padre, Clarrie lo había decidido ya. Si podían permitírselo, iría a Saint Mary's, en aquel famoso puesto de montaña.

Con el apoyo de Rafi y el entusiasmo de las mujeres fue fácil convencer a Wesley de que la escuela de Simla era un buen lugar para su hija. Hasta James aprobó la idea. Enviaron cartas a la direc-ción del centro y a Blandita Hogg. Los tíos de la niña partieron con abrazos y palabras de aliento. Entonces llegó una invitación para hacerle una entrevista y un examen de ingreso. La señora Hogg escribió a vuelta de correo diciendo que se acordaba bien de la encantadora Adela del pasaje a la India y de que estaría encantada de ofrecerle una de las habitaciones de su modesto bungaló en caso de que la aceptaran en Saint Mary's. Asimismo informaba de que su directora, la señorita Mackenzie, era amiga suya.

Wesley y Adela salieron hacia Simla a finales de enero. El *mohu-rer*, Daleep, los llevó a Gauhati, donde emprendieron el largo viaje que los llevaría a Calcuta, Patna, Lucknow, Delhi y la estación de Kalka, donde acababa la línea principal.

Adela se pasó las horas mirando por las ventanillas del tren para no perder detalle de las vistas que ofrecían las llanuras del norte de la India: pueblos de cabañas de adobe a las que daban sombra los banianos, chiquillos que cuidaban de rebaños, mujeres de saris coloridos que lavaban ropa en las márgenes de los ríos, almiares altos como casas y el humo de las fogatas, que iba a mezclarse con la bruma de un crepúsculo naranja. Al llegar a Kalka, el tercer día, hicieron trasbordo para tomar el ferrocarril de vía estrecha tirado por una máquina de vapor negra y roja con el que salvaron las laderas del Himalaya. Su entusiasmo fue creciendo a medida que atravesaban largos túneles con el traqueteo incesante del tren y sorteaban curvas escarpadas.

—Ahí está Simla —señaló un pasajero cuando, tras un recodo, vieron una extensión de viviendas encaramadas a la ladera empinada y boscosa y un palacio colosal con torres y torreones que descollaba por encima de los árboles.

—¿Qué es eso? —preguntó pasmada la niña.

—La residencia del virrey, por supuesto —respondió el funcionario—, aunque estará vacía hasta que él llegue de Delhi a finales de la estación fría.

En cuanto tomaron otra curva, la población desapareció como por arte de encantamiento. Parte del personal administrativo del vagón se apeó en la estación de Summer Hill, la más cercana a la residencia del virrey, y, minutos más tarde, el tren estaba entrando en la de Simla y los porteadores corrían a ayudar a los pasajeros con su equipaje. Wesley llamó a un *rickshaw* que los llevó por la ciudad y la avenida comercial, delimitada por un revoltijo de edificios cuyo estilo iba del neotudor o el rural de Suiza al gótico victoriano. Adela lanzó un chillido de placer cuando pasaron ante la recia fachada de piedra del Gaiety.

—¿Qué tendrá ahora en cartel? ¿Podemos ir luego?

—Primero deberíamos aposentarnos —respondió su padre.

Había hecho una reserva en el hotel Clarkes, situado más allá de la avenida y dotado de una vista vertiginosa al valle que se extendía a sus pies. Adela estaba deseando explorar la ciudad y estirar las piernas, agarrotadas después de pasar tantas horas sentada en el tren. Caía la tarde breve de invierno cuando pasaron ante una serie de comercios en dirección a la imponente Iglesia de Cristo, situada en el Ridge, en la parte alta de la avenida, y subieron hasta la colina de Jakko. Adela aspiró el aroma a humo de leña y se emocionó al ver la tenue luz del sol que pintaba de dorado las ventanas al incidir en ellas. Había aún bancos de nieve y partes heladas en los senderos que daban al norte y, a la sombra, el aire frío les cortaba el rostro. Al llegar a lo alto, al templo dedicado a Hánuman, los recibieron con chillidos los monos que se balanceaban de un árbol a otro y saltaban por los tejados del templo.

La luz brumosa y agonizante apenas les permitía distinguir el oscuro telón de fondo de las montañas que se extendían hacia el norte y el este. Entre los árboles se habían empezado a encender luces que delataban la ubicación de los bungalós entre los bosques de pinos y cedros del Himalaya.

—Es precioso —exclamó Adela—. ¡Papi, estoy segura de que es aquí donde quiero estudiar!

Después de mirarla con gesto pensativo, sonrió y le dijo:

—En ese caso, lo único que tienes que hacer es ganarte a la directora mañana.

Aquella noche apenas pudo dormir. Se levantó temprano, se aseó, se vistió y se recogió el cabello con gran esmero mucho antes del desayuno de gachas y huevos que apenas consiguió probar.

La escuela se encontraba sobre una colina situada al norte de la ciudad, más allá del Lakkar Bazaar y a lo largo de una cresta montañosa que albergaba algunos de los edificios más antiguos de Simla, entre los que se incluía la casa en que se habían alojado los virreyes antes de la construcción del colosal palacio que a tal efecto se había erigido en el extremo opuesto de la ciudad. Saint Mary's era una estructura inconexa de madera de dos plantas con verandas cubiertas rodeadas de angostos prados y pistas de tenis que parecían aferrarse al borde del precipicio.

Una niña mayor que Adela con el pelo corto y castaño se acercó hacia ellos con la soltura propia de una bailarina y los invitó a entrar antes de presentarse:

—Prudence Knight, pero puedes llamarme Prue.

La directora, una mujer de mediana edad con las mejillas caídas y una sonrisa jovial, hizo que Prue enseñara la escuela a la recién llegada mientras ella ofrecía café a Wesley en su despacho.

—Así —explicó a Adela la pequeña con un guiño— puede hablar con tu padre y asegurarse de que entiende el espíritu del centro.

—¿Y cuál es el espíritu del centro?

—Cada niña es especial y hay que dejar que se desarrolle a su manera particular —respondió ella de carrerilla—. A las cerebritos las preparan para la universidad y las que tienen una vena artística pueden pasarse el tiempo que quieran en el estudio o el escenario. A mí me encanta pintar y, además, me dejan ir todas las semanas al Club de Arte de Simla.

—A mí lo que me gusta es la interpretación. ¿Podré apuntarme a los grupos de aficionados de la ciudad?

—Lo más seguro es que sí te dejen —dijo Prue con entusiasmo.

Adela dio palmadas de emoción.

—¡Ojalá me admitan!

—¿Cantas? —quiso saber la otra y, al verla asentir, añadió—: A la señorita Mackenzie le encantan Gilbert y Sullivan, conque si cantas bien una suya durante la entrevista…

Aunque hizo lo posible por concentrarse en el examen de ingreso, Adela no lograba dar con nada interesante que escribir sobre el tema propuesto, «Mi familia», y las preguntas de matemáticas la dejaron desconcertada por completo. Era incapaz de pensar en nada que no fuese que, en caso de que la admitieran, podría empezar de nuevo en un lugar en el que nadie conocía su genealogía: reinventarse como Adela Robson, una jovencita británica por los cuatro costados destinada a convertirse en estrella de cine. Lo último que deseaba hacer era escribir sobre su parentela, su abuela medio india o su hermano recién nacido de pelo moreno. Se sentía culpable de pensar en la frecuencia con la que observaba a Harry a fin de ver si delataba la sangre angloindia que corría por las venas familiares. Aterrada, acabó por hablar a vuelapluma de su cachorro de tigresa, Molly, y del príncipe indio que había intentado despellejarlo. En lugar de ecuaciones, elaboró una lista de variedades de té por calidad y por hoja a fin de rellenar la página.

La expresión de desaliento de la profesora que vigilaba su examen le dio ganas de echarse a llorar. Las posibilidades de que la aceptasen parecían menguar con la misma rapidez con la que se derretía el rocío del césped de la escuela. Cuando llegó el momento de presentarse en el despacho de la señorita Mackenzie, decidió proceder con resolución y mantenerse fiel a su convicción de que era mejor causar impresión que caer en el olvido.

Haciendo caso omiso de la silla que se le ofreció al lado de su padre, marchó con paso decidido hasta el escritorio de la directora, saludó con una inclinación de cabeza y atacó «Three Little Maids from School Are We», de la ópera cómica *The Mikado*.

La señorita Mackenzie la observó boquiabierta y, al terminar la niña, miró al padre, quien, a todas luces, debía de pensar que se había vuelto loca. Entonces se oyó a Prue: tras ellos, desde el umbral, había arrancado a aplaudir con entusiasmo.

—¡Vaya, por Dios bendito! —exclamó la directora—. La verdad es que no me lo esperaba. ¡Qué voz tan hermosa tiene usted, señorita Robson! Ahora, por favor, siéntese. Supongo, Prue, que esta función tan divertida ha sido idea tuya. Puedes retirarte, gracias.

Adela volvió la vista para mirar a la niña, que le guiñó un ojo antes de marcharse. ¿No sería todo un ardid para que hiciera el ridículo? Estaba demasiado nerviosa como para sentarse.

—Ya sé que no me ha pedido que cante, señorita, pero he hecho un examen desastroso y, como Prue me ha dicho que era usted aficionada a la obra de Gilbert y Sullivan, quería que supiera que canto bien y que deseo, con toda mi alma, entrar en esta escuela, porque, según me ha dicho Prue, si a una le gusta el teatro, aquí puede hacerlo sin cortapisas, porque si me fui de Saint Ninian's fue solo porque no me dejaban actuar y me metí en líos por defender a Flowers Dunlop, pero de aquí no me iría en la vida…

—¡Adela! —exclamó Wesley entre dientes—. Por el amor de Dios, siéntate y estate callada por una vez en tu vida.

Adela se dejó caer en el asiento que había al lado de su padre.

—Perdón —murmuró.

—Tranquila —repuso sonriente la señorita Mackenzie—. Tu entrada no ha sido precisamente ortodoxa, pero sí muy divertida. Quizá Prudence haya hecho que te crees unas expectativas un tanto exageradas de Saint Mary's. Es cierto que damos mucha importancia a las asignaturas creativas, pero a toda persona que entre a formar parte de la escuela se le exige también un gran rendimiento académico. Me pesa mucho que no fueras feliz en Saint Ninian's, porque es un centro muy bien gestionado y, de hecho, la señorita Black es amiga mía.

Las esperanzas de Adela se desplomaron. Pasó el resto de la entrevista tratando de responder a las preguntas de la directora, pero lo hizo de forma vacilante y muy breve. Sentía el estómago revuelto y le escocían los ojos por las lágrimas. Se despidieron poco después y la señorita Mackenzie les prometió informarlos en breve de su decisión. Mientras caminaban fatigosamente por entre las nutridas existencias de los tenderetes de muebles del Lakkar Bazaar, Adela se volvió hacia su padre y le preguntó llorosa:

—¿Crees que Prue me ha podido decir que cante para meterme en un lío?

—¿Y por qué iba a hacer eso?

—¿Y si es otra abusona, como Nina Davidge?

—A mí no me ha dado esa impresión —respondió Wesley— y, aunque lo fuese, no puedes pasarte la vida evitando a esa gente. Tendrás que hacerles frente.

La llevó al centro de la ciudad y anunció que iban a darse el capricho de tomar el té en el hotel Cecil y ver lo que quisiera que fuesen a representar aquella noche en el Gaiety.

Adela cobró ánimos a medida que daban cuenta de la tarta y el té de la variedad Darjeeling que les sirvieron en aquel comedor ornamentado y de techos altos mientras un quinteto de cuerda interpretaba valses de Strauss y *foxtrots* para los clientes que desearan bailar.

—A tu madre le encantaría —dijo él con una sonrisa.

—Venga, papi: demuéstrame cómo se mueve un bailarín de primera.

Mientras él la guiaba de un lado a otro por la pista de baile, Adela se sintió más adulta que nunca. Notó las miradas de interés que lanzaban las mujeres mayores a su apuesto padre y se sintió muy orgullosa de él.

Después, en el teatro, ocuparon sendos asientos de felpa verde del patio de butacas, enfrente mismo del palco del virrey, y rieron ante las payasadas de los actores aficionados que interpretaban la pantomima de *Cenicienta*. Adela decidió que, si llegaba a entrar en Saint Mary's, algún día volvería al Gaiety para actuar en su escenario.

Al día siguiente, antes de salir hacia Kalka y emprender el largo viaje de vuelta, fueron a visitar el pequeño bungaló de Blandita Hogg, Briar Rose Cottage, en la colina de Jakko. Pese a ser septuagenaria y de constitución recia, Blandita se mantenía en forma caminando, conservaba las mejillas rosadas y tenía un carácter desenfadado y cordial. Tomaron té en la angosta veranda de su casa, desde la que se veían, al norte, las cimas nevadas del Himalaya, iluminadas por el sol de primera hora de la mañana que trocaba con rapidez en un blanco refulgente sus tintes rosados.

—No te preocupes por el examen —la consoló la mujer del coronel—. Si Lilian Mackenzie cree que encajas en su escuela, te admitirá aunque no se entienda siquiera lo que has puesto.

Antes de que se despidieran, le enseñó a Adela el sencillo dormitorio que le pensaba asignar en caso de que entrase en el centro. Estaba pintado de color verde pálido y tenía un cabecero de color musgo y cortinas desvaídas con motivos de rosas. Había también un escritorio pequeño, una silla tapizada y una cómoda oscura rematada con un espejo ovalado. En la pared, al lado de un rollo pintado del Tíbet de colores vivos, pendía una fotografía de una joven con atuendo largo de montar sentada a la amazona sobre un poni.

—Esa soy yo en Quetta —anunció Blandita.

—¡Qué guapa! —exclamó Adela.

La anfitriona soltó una risita.

—¿Quién no es guapa con esa edad?

En ese instante retumbó de súbito el techo de hierro corrugado y Adela dio un respingo.

—Son monos de Simla —explicó Blandita sin inmutarse—. Si vives aquí, tendrás que acostumbrarte a esos diablillos y, si no quieres que te roben tus objetos de valor, tendrás que tener siempre cerradas las ventanas.

Adela miró por la ventana las montañas que se alzaban tras una capa de bruma azul. La carretera que surcaba sinuosa la remota ladera estaba ya poblada de carretas, mulas y porteadores.

—¿Adónde va aquel camino? —preguntó.

—A Narkanda, pero luego sigue adelante hasta llegar al Tíbet.

A la niña le dio un vuelco el corazón al oír mencionar aquel nombre legendario. Cuando se volvió a mirar a su padre y a la anciana viuda, los dos pudieron ver el anhelo que brillaba en sus ojos oscuros.

Una semana después de su regreso de Simla, Mohammed Din entró en la sala de estar, en la que la familia hacía cuanto podía para escuchar la música del gramófono por encima de los chillidos de Harry.

—Creo que nuestro tigrecito vuelve a tener hambre —dijo Clarrie mientras lo sacaba de la cuna.

—Sahib —los interrumpió el *khansama* sin aliento tendiendo a su señor una bandeja de plata—, ha venido el *chaprassi* con una carta de Simla para Adela *missahib*.

La niña dejó su asiento de un salto.

—Gracias, Mohammed Din. —Tomó la carta y rasgó el sobre.

El *khansama* se mantuvo a la espera tan tenso como los padres de Adela. Clarrie mecía con movimientos enérgicos a Harry, pero el pequeño no lograba calmarse. Adela sintió que se mareaba mientras desplegaba la hoja con el escudo azul de Saint Mary's College estampado en el membrete. La estudió con gran detenimiento antes de levantar la vista y decir:

—No me lo puedo creer. —A continuación tragó saliva.

—¿Y bien? —exigió saber Wesley—. Sácanos de este sinvivir. ¿Te han admitido o no?

Al rostro de la niña asomó una amplia sonrisa.

—Sí. ¡Sí, me han admitido! Empiezo a mitad de curso, en marzo.

—¡Bien hecho, cariño! —gritó Clarrie por encima del alboroto del bebé.

El padre se puso en pie de un salto y fue a abrazarla.

—¡Qué lista es mi niña! A ver… —Tomó la carta y la leyó—. Por Dios, Clarissa, dicen que están deseando tenerla en su centro.

—Pues claro que sí —dijo sonriente la madre— y pueden considerarse afortunadas de tenerla. ¡Ven y dame un abrazo!

Adela fue hacia ella, aunque, al tener al bebé en medio, apenas pudo darle un apretón desmañado. Unos minutos después regresó

Mohammed Din con vasos de *nimbu pani*, la bebida de limón favorita de la niña, y galletas de jengibre para celebrar la noticia. También él sonrió y le dio la enhorabuena.

—Gracias, Mohammed Din. Os voy a echar mucho de menos a todos, pero tengo unas ganas de irme…

Cuando el *khansama* terminó de servir el refresco, Wesley tomó la palabra para brindar.

—Aunque no queremos que nos dejes, Adela, tu madre y yo preferimos tenerte en el Punyab, a tres días de viaje en tren, a que te vayas a estudiar a Inglaterra y tengamos que hacer tres semanas de pasaje marítimo para verte. —Dicho esto, sonrió para advertirle—: Eso sí, esta vez no quiero deserciones. Vas a tener que integrarte, porque tu madre y yo no pensamos tenerte otra vez aquí.

—¡Wesley! —lo amonestó Clarrie—. Enhorabuena, cielo —añadió con una sonrisa mientras alzaba su vaso con una mano y sostenía al niño con la otra—. Aquí siempre te vamos a recibir con los brazos abiertos. —Y, besando la cabecita del bebé, añadió—: ¿Verdad, Harry?

Adela percibió la mirada de devoción que adoptaba su madre al dirigirse al pequeño. Clarrie dejó su limonada y se excusó:

—Lo siento, pero tengo que darle de comer.

—¡Vaya monstruito! —dijo Wesley con gesto orgulloso.

Adela sintió una punzada de envidia cuando su madre desapareció en su dormitorio tarareando una canción para calmar a Harry. Sabía que sus padres no la echarían de menos ni la mitad que antes de tener a Harry. Ya no iban a ser tres nunca más: siempre serían cuatro. Tal vez era ese uno de los motivos por los que tanto deseaba labrarse un futuro en Simla, pero, en el fondo, no había nada que la entusiasmase tanto como la ocasión que se le brindaba de empezar de cero en una escuela bien alejada de las torturadoras de Saint Ninian's que, además, le ofrecía incontables posibilidades de actuar en un escenario real. No veía la hora de empezar.

Saint Mary's College de Simla, junio de 1935

Querida prima Jane:

¡Gracias por la preciosa tarjeta de felicitación con quince gatos que me has hecho! Ahora, con el correo aéreo, la correspondencia tarda poco más de una semana en llegar, así que la he recibido con tiempo de sobra para mi cumpleaños. Eres toda una artista y, además, los gatos son unos de mis animales favoritos. Sé que siempre estás ocupada en la cafetería y, por eso, valoro aún más que hayas dedicado parte de tu tiempo libre a pintármela. Me apena saber que la tía Olive ha vuelto a sufrir trastornos nerviosos. Suerte que tenéis una encargada inmejorable. La idea que ha tenido Lexy de cambiar el nombre del Herbert's Tea Room por Herbert's Café me parece muy acertada: suena mucho más moderno. Siento también que haya muerto su amigo Jared Belhaven. ¿No era primo nuestro lejano?

¿Sigue cortejando el primo George a la acomodadora de The Stoll? Al tío Jack debe de irle muy bien si ha sucedido al señor Milner en la dirección de la Tyneside Tea Company. ¡Bien hecho, tío Jack! ¿Por eso os habéis mudado a una casa más grande? Envíame una fotografía o hazme un dibujo cuando puedas.

Mi mejor amiga, Prue, ha expuesto este mes en la Muestra de Arte de Simla y yo actúo la semana que viene en *Santa Juana*. Vamos a representarla en Davico's Ballroom, porque tiene un aforo mucho mayor que el salón de actos de la escuela.

Me habría encantado ser Juana de Arco, pero le han dado el papel a Deborah Halliday, seguro que por tener el pelo rubio. De todos modos, haré de hermano Martín, un joven sacerdote que, al final, se muestra muy amable con la santa. Al menos salgo en la obra. Además, voy a cantar en el concierto de fin de curso. Estoy emocionadísima, porque a este último van a venir a verme la tía Sophie y el tío Rafi. Vendrán a visitar a la doctora Fátima, la hermana de Rafi, que trabaja en el hospital y vive en un piso del Lakkar Bazaar para estar cerca. Es muy guapa para ser médica.

A veces visito con ella a los pacientes y ayudo a prepararles el té. La señora Hogg (la Blandi, como la llama Prue) pensó que sería bueno que me ofreciera como voluntaria y por eso la acompaño los sábados, después de las clases. A veces viene conmigo Prue y la doctora Fátima dice que somos de mucha utilidad, sobre todo en los pabellones de las mujeres que observan el *purdah*, donde no pueden acceder médicos varones ni hombres en general. La doctora va también a las colinas y lleva su clínica ambulante a lugares muy remotos. A lo mejor el año que viene la ayudo también allí.

La ciudad se está llenando de gente de fuera. Desde mediados de abril hemos tenido por aquí a funcionarios de Delhi, pero ahora han acudido también mujeres de militares y de civiles que huyen del calor de las llanuras, así como oficiales jóvenes de servicio. ¡Algunos son guapísimos! No puedes imaginarte cómo les gusta coquetear. Además, casi todas las noches hay bailes y otras actividades.

Quienes acuden pasan delante del bungaló de punta en blanco montados en *rickshaws* (ellas, de satén y lentejuelas, y ellos, de uniforme de gala o frac) y muchas veces me despiertan al volver riendo o cantando a voz en grito. Las luces de los *rickshaws* van dando saltitos en la oscuridad como luciérnagas al subir la pendiente. Todo es muy romántico y me hace pensar en Sam Jackman. No dejo de preguntarme qué habrá sido de él. A lo mejor la tía Sophie sabe algo.

Estoy deseando que me dejen ir a fiestas de verdad, a las de adultos, para llenar mi carné de baile con nombres de jóvenes que se mueran por salir conmigo a la pista. La tía Blandita dice que para eso voy a tener que esperar a los diecisiete. De todos modos, ella también organiza cenas a las que sí puedo asistir y, aunque los invitados suelen ser muy mayores y no paran de hablar de política, muchas veces invita a nativos, como a la doctora Fátima, que no observa el *purdah*, o a oficiales del Ejército indio amigos del difunto coronel Hogg. Hay un oficial sij muy divertido llamado Sundar Singh que sirvió con Rafi en la caballería de Lahore y está aquí haciendo no sé qué trabajo de supervisión. Ha tenido una vida muy triste. Su mujer murió de parto y apenas ve a su hijo, a quien está criando cerca de Pindi una hermana de Sundar, pero aun así siempre está alegre y no deja de contar chistes. Yo diría que está enamorado de la doctora Fátima, aunque dudo que a los sijs les permitan casarse con musulmanas. Una lástima, porque la hace reír muchísimo y eso no es fácil con una mujer tan seria.

Al cine sí me dejan ir. La semana pasada, Sundar nos llevó a la tía Blandita, a la doctora Fátima y a mí a ver *La viuda alegre*. Fue una maravilla y llevo desde entonces fingiendo que soy una bailarina del Maxim's y practicando pasos. ¡La tía Blandita se queja de que hago más ruido en el piso de arriba que los monos por el tejado!

No tardes en escribirme y cuéntame cómo estás. Dile a la tía Olive que la quiero mucho y que espero que se ponga bien cuanto antes.

Tu prima, que te quiere,

Adela

(¡También conocida como Jeanette MacDonald!)

Briar Rose Cottage (Simla), julio de 1936

Querida prima Jane:

Siento haber tardado tanto en responder la preciosa tarjeta de felicitación con las dieciséis libélulas. Es verdad que aquí tienen los colores tan vivos como los que les has pintado: verde, azul y rojo. He estado muy ocupada con la representación de fin de curso (*Doblegada para vencer*, de Oliver Goldsmith, donde hago el papel de Constance, que es, para mí, más interesante que el de Kate, la protagonista) y ayudando en el Gaiety. La tía Blandita se queja de que, desde que me dieron las vacaciones, se podría decir que vivo entre bastidores y de que ya mismo va a tener que mandarme todas las comidas al teatro.

Pero es que ¿sabes qué? ¡Me han dado un papel en el musical *No, No, Nanette*, donde bailo y canto en el coro! Estoy emocionadísima. Me encanta sobre todo «Tea for Two», porque me recuerda a las veces que la cantaba a gritos con mi padre en el coche. Prue también está ayudando pintando las bambalinas. Es mucho más fácil hacerlo en el Gaiety que en la escuela, porque tienen un sistema muy ingenioso para pintar el lienzo que consiste en disponerlo sobre dos pisos con un hueco entre ambos para enrollar o desenrollar el telón de fondo, de modo que Prue está siempre arriba pintando. Sé que está ahí porque no deja de silbar muy alto todas las canciones, cosa que a veces enfada mucho a los actores principales, pero que a mí me hace sonreír y bailar aún mejor. Ha acabado la escuela este curso y se va a quedar aquí hasta que acabe la estación. Luego irá con sus padres a Jabalpur, porque su padre trabaja en la fábrica de cureñas. La voy a echar muchísimo de menos, así que tendré que disfrutar de ella hasta que llegue el frío.

Este verano no iré a casa, porque estoy con lo del musical y, ahora que ha llegado el monzón, está inundado buena parte del camino a Shillong y la familia ha quedado un tanto aislada en Belguri, así que, como te escribí en otra de mis cartas, menos mal que fui para pasar con ellos las vacaciones de Pascua y vi que estaban bien.

Me has preguntado por mi hermano. Siento no haberte hablado de él la última vez. Harry ha crecido muchísimo desde las Navidades. Será alto, como papi, y tiene el mismo pelo negro y ondulado que no hay manera de dominar por más que se lo cepille. Ya habla, aunque tampoco cuenta gran cosa, al menos a los seres humanos, porque charla con Scout como si fuera su mejor amigo y creo que dormiría con él en la veranda si se lo permitieran. De aquí a tres meses cumplirá tres años. Se pasa el día tarareando y le encanta construir torres con tacos de madera para luego derribarlas. El aya Mimi se pasa el día buscando piezas debajo de los muebles. El mejor día de las vacaciones fue el que salí a montar con mi padre y mi madre hasta Um Shirpi para comer al aire libre y nadar mientras el aya cuidaba de Harry. Como en los viejos tiempos. Mi padre dice que el año que viene podría llevarme a cazar a la selva que rodea Gulgat con Rafi y el rajá. ¡Sería divertidísimo! A mi madre no le hizo mucha gracia la idea, pero él se echó a reír diciendo que no hay tigre que se atreva conmigo.

En los bosques de aquí hay leopardos. Anoche vi uno cuando volvía, tarde ya, con la doctora Fátima de la clínica de cerca de Kufri. Cruzó la senda a la luz de la luna delante justo de nuestros ponis, se paró, nos miró con unos ojos enormes y amarillos y movió la cola antes de volver a los árboles de un salto. Por suerte, los ponis y la mula que llevaba el equipaje no se asustaron ni echaron a correr. ¡Yo, la verdad, tenía el corazón en un puño!

Me encanta ir a los montes con la doctora Fátima, pues así puedo montar como está mandado en vez de pasearme por el Ridge y la colina de

Jakko como hacen las niñas ricas de la escuela, que reciben clases de equitación. A veces nos lleva Sundar Singh en su Chevrolet descapotable, pero a la doctora Fátima no le hace gracia sentirse en deuda con él. Puede ser muy terca para lo tímida que es. En realidad, no es tímida, sino reservada con respecto a sus sentimientos. ¡Ella me dice que yo soy demasiado franca con los míos!

Me gusta ir a ver a las gentes de las colinas. Son amables y acogedoras y llevan una vida muy dura. Como los hombres trabajan de culis en la ciudad, las mujeres tienen que encargarse de las labores del campo y de la casa mientras ellos están fuera. Envejecen muy pronto, aunque las jóvenes son muy hermosas (menos las que están picadas de viruelas), se adornan con aros la nariz y llevan ropa muy colorida. Cantan y ríen mucho y se burlan de nosotras por estar solteras. Tendrías que verlas vestirse para la feria de Sipi en mayo, cargadas de collares, pendientes de plata y otras joyas llamativas, además de unas argollas tan grandes en la nariz que casi podrían servir para saltar a la comba. La tía Blandita no aprueba la feria, porque dice que a algunas de las jóvenes las venden en matrimonio como si estuvieran en un mercado de ganado, pero tampoco me impide ir, porque supone una excursión divertida y a mí me gusta ver a las gentes de las colinas esparcirse por un día tras las penurias que sufren el resto del año.

En aquella clínica, la doctora Fátima lleva a cabo operaciones no muy complicadas y administra medicamentos. En aquellos pueblos se producen accidentes terribles: niños con quemaduras por haberse caído a una hoguera o mujeres que se han cortado partiendo leña y a las que se les han infectado las heridas por falta de tratamiento. A veces, la doctora Fátima consigue que los envíen a tiempo al hospital, pero no siempre es así.

Una vez llegó una joven con una bebé a la que había atacado un perro. La chiquilla no dejaba de gritar ni la madre de llorar. La doctora Fátima le curó las heridas y todas pasamos la noche en vela con la criatura. Por cómo lloraba en los brazos de su madre saltaba a la vista que le dolía mucho. Por la mañana parecía haberse calmado un poco, pero poco después sufrió un síncope y murió. Se ve que el animal debía de tener la rabia. Estuvimos presentes cuando incineraron su cuerpecito y echaron sus cenizas al río. Yo no dejaba de sollozar, hasta que la doctora Fátima me dijo que no debía dejarme llevar por las emociones, que no servía de nada, pero sé que, a veces, ella llora en silencio por la noche por toda la miseria de la que tiene que ser testigo. Quiere que mejoren todos. Esa es la misión que se ha impuesto.

A veces llegan a las clínicas de Kufri y Theog tibetanos que hacen todo el trayecto desde su tierra a través de los altos pasos montañosos para vender en las ciudades indias joyas y tejidos artesanales que transportan a lomos de recios yaks, que son como bueyes melenudos. Son las personas más amables que he conocido. Sonríen a todas horas y tienen el rostro arrugado y curtido por el violento sol de la montaña. Cuando no pueden pagar, la doctora Fátima les acepta unas cuantas manzanas o un brazalete hecho con un par de cuentas en una tira de cuero.

En Narkanda hay misioneros que crían manzanos en huertos plantados en los años veinte para que las gentes de las colinas tengan algo que vender en el mercado. Yo todavía no he subido tanto, pero la doctora Fátima me ha prometido que me llevará pronto. Ahora, ya llegado el monzón, hay mucha humedad y mucha niebla, así que prefiero quedarme en Simla, trabajando en el teatro.

El verano que viene dejaré la escuela. Me niego a quedarme más tiempo del necesario. No es que no me guste Saint Mary's, pero no me apasionan los estudios y estoy deseando salir a ver mundo. ¿Qué debería hacer en tu opinión? ¿Cómo es tu vida ahora que trabajas en el Herbert's Café? Yo creo que no estoy hecha para formar parte de la empresa familiar. En el fondo, no quiero volver a Belguri ni dedicarme al té como mis padres. Sé que a mi padre le gustaría, pero mi madre entiende que quiera tener una vida más emocionante. Muchas veces me habla de la infancia que tuvo en Belguri con la tía Olive. Es extraño que tu madre no recuerde nada de aquella época, porque, según mi madre, tenía unos quince años cuando se fue de aquí, es decir, un poco más joven que yo. Yo habría sido incapaz de olvidar la India si hubiese tenido que dejarla a esa edad.

Espero que la excursión al mar sirva de tónico para tus padres, porque da la impresión de que trabajan mucho. ¿Cómo va el romance del primo George con la telefonista?

Por favor, envíame una fotografía de todos vosotros en la playa.

Tu prima, que te quiere,

Adela

P. D.: La tía Blandita dice que puedo ir al baile de clausura cuando acabe el musical en agosto, aunque todavía no haya cumplido los diecisiete. Van a celebrarlo en The Chalet (parte del United Services Club) y allí son famosos por la calidad de sus fiestas.

P. P. D.: ¿Te has enamorado ya, Jane? Yo sigo pensando en Sam, aunque lo más probable es que no vuelva a verlo nunca. La verdad es que no me explico cómo es que todavía no he conseguido quitármelo de la cabeza cuando la última vez que lo vi tenía trece años, pero, cuando una se enamora es por algo más que por el aspecto físico, ¿verdad? Y yo adoro todo lo que tiene que ver con él.

Capítulo 5
Simla, junio de 1937

Adela salió con paso rápido por la puerta trasera del teatro Gaiety con la cara llena aún de maquillaje y corrió por la avenida comercial. La banda militar había empezado a reunirse en el quiosco de la música y, al pasar a su lado a la carrera, saludó con la mano a los integrantes sin poder borrar la sonrisa que llevaba impresa en el rostro. Acababa de cumplir los diecisiete años y aquella misma noche celebraría su puesta de largo en Simla. Blandita Hogg, que llevaba tres años ejerciendo de madre adoptiva, había organizado una cena modesta a la que asistirían la doctora Fátima; Sundar Singh; Prue, que había vuelto a la ciudad con su madre para pasar el verano; Deborah Halliday, quien, pese a ser su rival en la escuela, era muy divertida, y Boz, un escocés desgarbado amigo de Sophie y de Rafi que trabajaba en el Departamento Forestal y estaba destinado en Simla, quien llevaría consigo a su joven ayudante, Guy Fellows, considerado uno de los mejores partidos con que contaba Simla aquellos días.

Guy era apuesto y rubio, había formado parte del equipo de remo de Cambridge y poseía un sutil encanto. Ni Prue ni Deborah cabían en sí de emoción ni de asombro cuando supieron que la Blandi se las había ingeniado para hacer asistir a semejante invitado a la cena de cumpleaños de Adela. Después, todos se sumarían a una fiesta más concurrida que ofrecería uno de los amigos retirados de Blandita, el coronel Baxter, e irían a bailar a la fiesta de la Luna Llena que se celebraba en Davico's Ballroom. Adela había dejado muy claro a sus amigas que quería ver el nombre de Guy apuntado en su carné de baile antes que en el de ellas.

Blandita había pagado a un sastre local para que copiase el vestido que había visto a la actriz Vivien Leigh en una revista y por el que habían suspirado entre bastidores Adela y Deborah, que competían siempre por los mismos papeles en las obras de la escuela y los espectáculos de la ciudad. La primera no había dudado en arrancar la página para llevarla a Briar Rose Cottage y fijarla en la pared de su dormitorio. Por supuesto, no había podido evitar entusiasmarse cuando su tutora le había propuesto mandar hacer uno igual. Aunque la instantánea era en blanco y negro y, por lo tanto, no tenían la menor idea de cuál podía haber sido el color original, Adela tuvo claro que lo quería rosa pálido. Era de crepé y tenía la falda de vuelo, la cintura ceñida y un corpiño de tirantes, que destacaba la figura esbelta y sinuosa de Adela. Le encantaba el sonido que hacía la tela al moverse.

—¡Tía, ya he vuelto! —la llamó al subir corriendo las escaleras de la veranda, desprendiéndose de la chaqueta y lanzando los zapatos al aire a medida que avanzaba.

La señora Hogg estaba vestida con una túnica trasnochada de mangas largas que la estaba haciendo ya sudar por el calor de aquella noche de junio.

—¡Deprisa, chiquilla! —le ordenó Blandita—. Los invitados llegarán de aquí a veinte minutos y no querrás que te vean con la cara pintada como Colombina.

Se lavó la cara con rapidez en el cuarto de baño para quitarse el maquillaje y se puso el vestido nuevo. Se roció el perfume que le habían enviado sus padres. Blandita entró entonces para ayudarla a recogerse el cabello. Llevada por un antojo, Adela tomó una rosa color crema del jarrón que había en la ventana y se la puso en su pelo moreno.

—¿Qué te parece, tía?

Blandita parecía no tener palabras. De hecho, cuando al fin pudo hablar lo hizo con voz temblorosa.

—Estás guapísima, jovencita, y yo, orgullosísima de poder presumir de ti esta noche. Ojalá pudieran estar aquí tus padres…

Ella corrió a abrazarla.

—Calla, que me vas a hacer llorar. Los veré dentro de poco: dos semanas más de escuela y, a no ser que encuentre trabajo aquí, esto se acabó.

La anciana se aclaró la garganta y la apartó.

—Vamos a disfrutar esta noche sin pensar en eso —dijo con firmeza.

Prue y Deborah fueron las primeras en llegar, cuando el *mali* empezaba a encender las lámparas que pendían de los árboles. Adela alcanzó a oír su parloteo nervioso aun antes de que apareciesen a la luz temblona tras dar la vuelta al seto de boj del angosto jardín. En aquel instante sonó el teléfono que había en la sala de estar.

—Ve a recibirlas —le dijo Blandita—, yo estaré con vosotras enseguida.

Prue, que había cumplido ya los dieciocho, llevaba un elegante vestido largo de color azul marino y el pelo castaño ondulado a la moda. Deborah se había apartado el cabello rubio y liso de la frente despejada con una diadema a juego con su vestido lila de seda. Aunque su padre tenía un cargo de relieve en la Burmah Oil Company y a los Halliday no les faltaba el dinero, Deborah no se daba ínfulas. De hecho, en Saint Mary's desalentaban tal actitud.

—¡Adela, estás preciosa! —exclamó Prue, que fue a abrazar a su amiga haciendo resonar el suelo de la veranda con sus tacones nuevos.

—Vivien Leigh se moriría de envidia —añadió Deborah guiñándole un ojo mientras le tendía un regalo—. Para que lo abras luego.

—¿Han llegado los demás? —preguntó Prue.

—Lo que quiere saber es si está ya aquí Guy Fellows. —Deborah puso en blanco sus ojos grandes y azules.

—No: sois las primeras —respondió Adela sonriendo—. Entrad. La tía Blandita dice que podemos tomar jerez.

Prue hizo un mohín.

—Yo en Jabalpur tomo ginebra con lima.

Deborah le dio un empujón con aire travieso.

—Espero que no te pases la noche hablando de Jabalpur.

—Esta es la primera vez que lo menciono.

—La tercera. Me apuesto lo que quieras a que no eres capaz de mantener una conversación con Guy Fellows sin pronunciar esa palabra.

—Sí que puedo.

Las dos se estrecharon la mano después de escupir en ella. Adela las acompañó al interior.

—Entrad, que no quiero discusiones el día de mi cumpleaños.

Blandita apareció entonces y pidió a Noor, su sirviente, que ofreciera cuatro copas de jerez.

—¿Quién era, tía? —preguntó Adela.

La anfitriona alzó su copa y propuso un brindis antes de responder. Entonces, cuando todas hubieron dado un sorbo, dijo:

—Era William Boswell.

—¿Boz? Vendrá, ¿no?

—Sí, pero me temo que el señor Fellows no puede.

Las tres amigas hicieron a la vez un gesto consternado.

—¿Por qué no?

—¡Qué desilusión!

—¿No es muy tarde para avisar?

—Ha contraído fiebre de las colinas —explicó la anfitriona—. Lo siento muchísimo, porque contaba con haberse recuperado para asistir a la cena.

Adela hizo lo posible por parecer alegre, aunque saltaba a la vista que sus amigas estaban decepcionadas.

—Pobre —dijo—. ¡Qué mala suerte!

—¿Verdad que sí? —convino Blandita—. De todos modos, nos queda un consuelo. Boz se las ha ingeniado para buscar un sustituto. Se trata de un conocido suyo de la región montañosa que se encuentra estos días en Simla y al que ha convencido para pasar la noche en la ciudad.

—¡Bien por Boz! —exclamó Adela animándose.

—¡Vaya! ¿Y quién es nuestro hombre misterioso? —preguntó Prue con una sonrisa.

—Espero que sea hijo de algún rajá —deseó Deborah con aire travieso.

—¡Deb! —la reconvino Prue.

—No exactamente —respondió Blandita disculpándose ante Adela con una mirada compungida—. Se trata de un misionero de Narkanda.

—¿Un misionero? —repitió Deborah.

—¡Oh, no! —dijo Prue con un mohín.

—Entonces, será mejor que escondas el jerez, tía —indicó triste Adela tratando de restarle importancia.

—¡Venga, niñas! —repuso Blandita—. Seguro que es una persona muy agradable.

—Y aburrida —masculló Prue.

—En fin, lo más seguro es que prefiera retirarse después de cenar, ¿verdad? —preguntó Adela esperanzada.

—Es verdad: los misioneros no suelen frecuentar el Davico's —corroboró Prue.

—Excepto para evitar que entren jóvenes inocentes —aseveró Deborah con voz dramática— y salvar así sus almas mortales.

Prue y Adela se echaron a reír. En ese instante se oyó la felicitación de Sundar, que acababa de llegar con la doctora Fátima.

—La apuesta sobre la ciudad que empieza por jota sigue en pie —susurró Deborah a sus amigas.

Los invitados habían traído más regalos. Sundar tenía un aspecto espléndido con el uniforme de gala de la caballería de Lahore, rematado con un turbante rojo rubí, y Fátima llevaba un sari azul oscuro con brocado de oro.

—No hacía falta, de verdad —aseguró Adela mientras la besaba en la mejilla—. Lo que yo quería era una fiesta con las personas de aquí a las que más quiero.

—¡Bobadas! —declaró Deborah—. Lo mejor de los cumpleaños son los regalos.

—Que, además, son una buena excusa para consentir a una jovencita muy especial —añadió sonriente Sundar—. Esta noche pareces una princesa.

—Gracias. —Adela sonrió de oreja a oreja mientras sus amigas se deshacían en risitas.

Blandita dio la bienvenida a los recién llegados y Noor les sirvió zumo de fruta. El volumen de la conversación y las risas fue elevándose. Prue dio la noticia de que al apuesto Guy lo sustituiría un misionero.

—Algún vejestorio del que ha echado mano Boz en el último momento. Debe de tener más años que las colinas en las que predica.

—La cumpleañera tendrá que recurrir a sus mejores modales —se burló Deborah.

—Y tú también —repuso Adela con una carcajada.

—Nada de chistes inapropiados, señoritas —advirtió Sundar agitando un dedo con falso gesto de desaprobación—, ni de canciones picantes.

—Las únicas que sabemos son las que nos has enseñado tú —replicó mordaz Adela.

—No todos los misioneros de las colinas son viejos —dijo Fátima— ni sin sentido del humor. De hecho, la mayoría de los que yo conozco son gente agradable y bienintencionada.

Las muchachas refunfuñaron.

—Todavía no te he oído hablar mal de nadie —aseveró Adela poniendo los ojos en blanco.

—A lo mejor deberíamos practicar algún himno religioso antes de que llegue —se burló Prue con aire satisfecho.

—«Jesús, amigo nuestro...» —se arrancó Deborah enseguida.

—¡Niñas, niñas! —exclamó Blandita—. Parecéis chiquillas de siete años y no de diecisiete.

—Algunas tenemos ya dieciocho —corrigió Prue.

—Porque algunas —la remedó Deborah— llevamos un año viviendo en...

—¡Jabalpur! —Adela acabó la frase con esa palabra y las tres prorrumpieron en una carcajada.

Entonces se oyó una voz con marcado acento escocés procedente de la penumbra.

—Buenas noches. Me alegro de que ya se haya animado la fiesta.

—¡Boz! —exclamó Adela antes de echar a correr hacia los escalones de la veranda mientras sus amigas acallaban las risitas.

El cuerpo alto y enteco del recién llegado salió de las sombras vestido con un kilt y una chaqueta negra. Su rostro alargado estaba marcado por los años de sol y su cabello pelirrojo había empezado a retraerse, así que, pese a ser de la misma edad, parecía mayor que su amigo Rafi.

—Gracias por venir. —Adela lo recibió con un caluroso apretón de manos, casi deseando que, al final, hubiera decidido no llevar consigo al misionero.

—No me lo habría perdido por nada del mundo, muchacha —respondió él arqueando los labios—. Y lo mismo dijo mi amigo, aquí presente, cuando supo que era el cumpleaños de la señorita Adela Robson.

—¿Cómo? —dijo ella con una sonrisa incrédula—. Pensaba que no conocía a ningún misionero de Narkanda.

Boz se apartó en el mismo instante en que su compañero subía a saltitos los escalones a su espalda. La primera impresión que tuvo la joven fue que aquel hombre no era viejo y que tenía los hombros demasiado anchos para el traje que, sin lugar a dudas, debía de haberle prestado Boz.

—Adela. —El misionero le regaló una amplia sonrisa mientras la miraba con unos ojos risueños de color miel que ella conocía bien y le tendía una mano grande—. Feliz cumpleaños.

Ella permaneció un instante sin aliento, mirándolo con escepticismo. ¿Cómo era posible? Blandita tosió levemente para hacerla salir de su estado petrificado.

—¿Sam? —La joven tragó con dificultad mientras tendía la mano para estrechar la del recién llegado.

Los dedos cálidos y ásperos de él se cerraron en torno a los suyos y desataron una tormenta eléctrica en el pecho de Adela.

—¿Se conocían? —preguntó Blandita sorprendida.

—Sí, de Assam —repuso Adela con voz ronca mientras se aferraba a la mano de Sam un instante más de lo que marcaban las normas de urbanidad.

Él la retiró para dirigirse a su anfitriona y tenderle con energía una bolsa de yute.

—Sam Jackman —se presentó sonriendo—. Aquí tiene unas cerezas del huerto. Lo siento, pero no tengo nada más refinado que ofrecerle. No sabe cuánto le agradezco la invitación.

—Soy yo la que le está agradecida por haber asistido pese a haber recibido tan tarde la invitación —respondió ella con gentileza.

—Me hago cargo de que no soy más que un sucedáneo del señor Fellows, que era el plato fuerte —bromeó él—. Siento mucho decepcionarlas, señoritas. —Hizo una reverencia a Prue y a Deborah, cuya mirada de asombro no pasó inadvertida a Adela. A continuación, notó la presencia de Fátima—. ¡Vaya! Doctora Kan, es un placer.

—¿Cómo está usted, señor Jackman? —dijo ella sonriente antes de presentarle a Sundar.

Mientras el resto hacía las presentaciones y charlaba, Adela sintió que enmudecía de un modo que le pareció ridículo. Aunque Fátima le había hablado de la misión un par de veces, ella nunca había sentido demasiada curiosidad por los religiosos que la dirigían. Hizo lo posible por no mirar a Sam directamente, pero le fue imposible. En los casi cuatro años que habían pasado desde su último encuentro, el joven había perdido su aire aniñado. En la barbilla tenía un corte reciente debido a una cuchilla de afeitar poco afilada y alrededor de los ojos y la boca le habían asomado ligeras arrugas. También había ensanchado el torso, gracias tal vez a las labores manuales, de modo que los botones de la camisa se tensaban a la altura del pecho y el cuello se le clavaba en la garganta rubicunda. Su pelo seguía siendo hirsuto y rebelde y sus labios adoptaban con la misma facilidad aquella sonrisa burlona que tan bien conocía. Su repentina aparición había acelerado el corazón de Adela, que apenas podía respirar ante su cercanía.

Durante el año que siguió a su huida de Saint Ninian's, la joven había pensado a diario en Sam sin dejar de preguntarse qué habría sido de él, sobre todo después del escándalo que había provocado al perder a las cartas el vapor de su padre. Sin embargo, ni siquiera la tía Tilly y la red de chismorreos que tenía organizada en las plantaciones habían conseguido aclarar nada sobre su paradero. Algunos rumores lo habían situado en Calcuta, en tanto que otros aseveraban que se había alistado en la Marina Mercante o había vuelto a Inglaterra. A nadie se le había pasado siquiera por la cabeza que el revoltoso hijo de Jackman hubiera podido hacerse misionero. Adela no lo había olvidado nunca, si bien, con el paso del tiempo, había acabado por resignarse a la idea de no volver a verlo. Sin embargo, allí estaba, en la veranda de Blandita, como por arte de encantamiento.

Entonces se desinfló de pronto la euforia que le había provocado el verlo de nuevo al reparar en que, si Sam había encontrado a Dios, era probable que hubiese dado también con una esposa que lo ayudase en su vocación misionera. Al cabo, ¿no era eso lo que hacía la mayoría de los hombres de su condición?

—Adela, cariño —dijo de súbito la anfitriona mirándola con curiosidad—, ¿por qué no llevas a la mesa a nuestros invitados?

La joven respiró hondo. Fueran cuales fuesen los pormenores de la vida de Sam, no estaba dispuesta a dejar que le aguase la celebración de su cumpleaños.

—Por supuesto. —Y con una sonrisa los condujo a todos al comedor.

Habían llegado ya al pudin cuando Adela reunió el valor suficiente para preguntar a Sam cómo había acabado en las colinas que se extendían más allá de Simla. Prue había dominado en un primer momento la conversación con chismes relativos a la vida del acantonamiento de Jabalpur, a las excursiones a las grandiosas cascadas de Dhuandhar y a los bailes que se celebraban en el club de la fábrica de cureñas. Deborah había cambiado de tema para centrar la atención de los comensales en el espectáculo que se estrenaría en el Gaiety y, tras recobrar al fin el habla, Adela se había unido a la charla con anécdotas divertidas sobre los enfrentamientos que se daban dentro y fuera del escenario. Los hombres habían debatido los planes de ensanchamiento de las carreteras que llevaban a Kufri y la agitación que se estaba dando en algunos estados principescos. Sundar había criticado las injerencias de los activistas del Partido del Congreso, que estaban alentando la disensión entre los trabajadores.

—A nuestros contratistas les está costando más contratar a peones a precios asequibles.

—Pero esos peones también tienen familias que alimentar —repuso Sam—. No deberían trabajar a cambio de nada.

—Es que nadie les está pidiendo eso.

—Pues yo me temo que es precisamente lo que hace el antiguo sistema de *begar*. Ya va siendo hora de que los rajás de las colinas decreten su abolición. Ellos y los británicos, que llevan mucho tiempo aprovechándose de la mano de obra gratuita que les ofrece.

—Yo estoy de acuerdo con Sam —dijo Boz—. A quien trabaja bien hay que pagarle bien.

—Es verdad —convino Blandita—. Si en nuestro caso es lo que esperamos, ¿por qué va a ser menos para los indios?

Sundar se echó a reír de improviso.

—Ayúdeme, doctora Kan. No puede ser que sea yo el único de esta mesa que esté dispuesto a defender a la Administración británica.

A los labios de Fátima asomó una sonrisa incómoda.

—Pues parece que así es.

Cuando sirvieron la macedonia de frutas con natillas que tanto le gustaba a Adela acompañada de las cerezas de Sam, la joven se lanzó a preguntar:

—Todavía no nos has contado cómo acabaste en Narkanda, Sam. Lo último que supimos de ti es que habías perdido tu barco.

—¡Ja! O sea, que te enteraste.

—La tía Tilly dice que fue la comidilla de Tezpur.

—No me cabe duda —dijo él con aire compungido—. Estuve descarriado un tiempo.

—¡Qué interesante! —exclamó Deborah.

Adela no pasó por alto que su amiga había quedado muy impresionada por aquel misionero apuesto y espontáneo.

—¡Qué va! —Al rostro de Sam asomó una mueca de dolor—. Es una historia muy triste.

—Cuéntala, por favor —lo instó Prue.

—No tienes por qué —musitó Fátima.

La homenajeada vio que se cruzaban una mirada fugaz y se preguntó por primera vez si no se conocerían mejor de lo que habían dado a entender.

—Tal vez sirva de advertencia a otros —dijo él encogiéndose de hombros con gesto humilde—. Bebí y jugué demasiado, perdí cuanto tenía, incluidos los sufridos amigos que me acogían en sus bungalós hasta que les vaciaba los *godowns*. Hasta mi mono me abandonó.

—¿Nelson? —exclamó Adela.

Sam asintió arrepentido con un movimiento de cabeza.

—Si ya no era capaz de cuidar de mí mismo, ¿cómo iba a mirar por él? Pobre. Me había convertido en un borracho, un incordio e iba camino de morir joven, hasta que, no sé cómo, dio conmigo el doctor Black, mi amigo y mentor de toda la vida. —Se volvió hacia la joven—. ¿Te acuerdas del doctor Black, que era misionero?

Ella hizo un gesto de afirmación y se ruborizó al pensar que el médico había sido testigo de su humillación final en Saint Ninian's.

—Él me sacó de un antro del casco antiguo de Delhi, me llevó a su casa, me alejó del alcohol y me trajo de nuevo a la vida. Empecé a echar una mano en la misión, haciendo reparaciones en las casas y cultivando. Por primera vez en mucho tiempo sentí que la vida tenía sentido. Cuando en la misión de Narkanda necesitaron a alguien que ayudase en el huerto, no dejé pasar la ocasión de volver allí.

—No me digas que estudiaste en la escuela del Obispo Cotton —dijo Blandita.

—¡Qué va! Soy un niño de la Lawrence School —repuso sonriente—. Me había olvidado del cariño que les tenía a estas colinas y quería trabajar la tierra, actividad muy recomendable para el cuerpo y el espíritu.

—Entonces —quiso saber Deborah—, ¿no eres un misionero de verdad? Quiero decir que eres más un hombre de campo que un beato.

—¡Deborah! —exclamó Prue.

Sam se echó a reír.

—Supongo que soy una mezcla. Es verdad que cultivo frutas, pero también creo en la necesidad de alimentar el alma. El doctor Black me sacó del arroyo y me dio una segunda oportunidad y yo le prometí que consagraría mi vida a ayudar al prójimo, que es lo que estoy intentando hacer. A fuer de solterón empedernido, no tengo que pensar en mujer ni en hijos y, por lo tanto, puedo dedicar todo mi ser a servir a Dios. Aparte, claro —añadió con la sonrisa infantil de otros tiempos—, de algún que otro viajecito a Simla para revelar las películas que filmo y asistir a encantadoras fiestas de cumpleaños.

Se impuso una pausa incómoda, ya que no estaba bien visto airear semejantes detalles personales ni hablar de Dios. Adela reparó en que sus palabras definían muy bien lo que estaba haciendo Fátima: dedicar su vida a servir al prójimo. No pudo menos de maravillarse ante la afinidad que existía entre la flemática doctora y el enérgico Sam, mayor aún que la que se daba entre la doctora y Sundar, bullicioso pero convencional. Por otra parte, debían de ser de la misma edad. Fátima no debía de superar en dos años al misionero. Sintió una punzada de desengaño ante semejante idea. Por más que estuviera en su puesta de largo, Sam debía de seguir viéndola como la chiquilla rebelde a la que conoció y no como una mujer capaz de despertar su interés.

—Perdone, señora Hogg —dijo Sam—. Ya veo que he perturbado a sus señoritas. Sé que no es de buena educación desnudar el alma de uno a la mesa.

—Solo antes del oporto —repuso Blandita con una sonrisa cautelosa.

Adela advirtió la necesidad de salvar la situación. No debía haber sonsacado a Sam delante de nadie.

—No te preocupes. Briar Rose Cottage ha adquirido una reputación peligrosa por sus tertulias —lo tranquilizó—. La tía Blandita deja que se hable de casi todo durante la comida, siempre que no se blasfeme contra el Partido Liberal ni el ejército indio.

—Brindo por ello. —Sundar sonrió mientras alzaba su vaso de agua con gas.

Boz se puso en pie con gesto de alivio. Adela pensó que aquel escocés tímido debía de estar deseando alejar la conversación de la religión y los temas personales.

—Levantemos nuestras copas por Adela, esta hermosura que cumple diecisiete años.

Los invitados y Blandita dejaron su asiento con entusiasmo para exclamar al unísono:

—¡Por Adela!

—Gracias —dijo ella sonriendo de oreja a oreja—. Y gracias también por haber venido esta noche y hacer de mi cumpleaños algo especial.

—¡Y eso que todavía nos queda el baile! —chilló Deborah.

—Yo que vosotras iría a refrescarme, niñas —dijo la anfitriona—, que los *rickshaws* estarán aquí a las nueve.

Adela se volvió hacia Sam.

—Vendrás con nosotros a bailar, ¿verdad?

Él vaciló un momento antes de responder sonriente:

—Si no te importa salir a la pista con un patoso redomado, estaré encantado.

—Estupendo —dijo ella con otra sonrisa.

Mientras se retocaban en el cuarto de Adela con el lápiz de labios de Prue, sus amigas exigieron que les contara cómo había conocido a Sam y ella les refirió su huida de Saint Ninian's en el maletero de su coche.

—¡Qué mala! —exclamó Prue—. ¿Por qué no nos lo habías contado nunca?

—Porque no quería ni acordarme de Saint Ninian's ni de esa abusona de Nina Davidge.

—¿Por qué era tan antipática contigo? —preguntó Deborah.

Adela se encogió de hombros. No pensaba contarles jamás las cosas vergonzosas que había dicho Nina de sus padres.

—Supongo que estaba celosa de mi amistad con Margie Munro. De todos modos, todo eso es ya agua pasada. Prefiero olvidarlo.

—Desde luego, si algún día le da por aparecer por Simla —declaró Deborah—, se va a enterar de lo que es bueno.

Adela sintió una oleada culpable de alivio al pensar en las pocas probabilidades que había ya de eso, pues hacía más de un año que su madre había sabido de la muerte del coronel Davidge y del regreso a Inglaterra de Nina y su madre.

—Entonces, Sam ha sido siempre un poquito rebelde —dijo pensativa Prue—. Eso de ocultar polizones y jugarse el barco a las cartas…

—Ya no —repuso Deborah mientras se ajustaba la diadema sobre su pelo liso—. Ahora vive como un monje en las colinas, sin interés alguno en el sexo femenino.

—Aparte de la doctora Fátima —rio Prue.

Adela se puso colorada.

—¿Qué quieres decir con eso?

—No le ha quitado ojo en toda la cena. No me digas que no lo has notado.

—Sí, puede ser…

—Todos están enamorados de la legendaria Fátima —declaró Deborah poniendo los ojos en blanco—. Sam se va a tener que poner a la cola detrás de Sundar y Boz.

—Eso no es justo —dijo Prue con un suspiro—. Por lo que yo he visto, a ella no le interesan los hombres en absoluto.

—No es eso —replicó Adela—, sino más bien que no están entre sus prioridades. Ya ha buscado una excusa para no venir a bailar con nosotros.

—Es que el secreto es precisamente ese —aseveró Deborah entre risas—: hay que mostrarse distante e inalcanzable. Eso vuelve locos a los hombres.

—Pero si te muestras distante no querrán bailar contigo —dijo Prue—. Por lo menos, en Jabalpur.

—¡Jabalpur! —cacarearon de inmediato Adela y Deborah.

—Ya lo has mencionado por lo menos treinta veces —añadió esta última—. ¿Por qué no lo usamos como palabra clave con los chicos esta noche?

Las tres se escupieron en la palma de la mano antes de estrechársela y echar a correr escaleras abajo entre carcajadas.

Encaramado a su pendiente como un centinela que observase el bazar nativo iluminado por las lámparas y los valles envueltos en sombras, Davico's Ballroom ardía de luces eléctricas. El aire nocturno era cálido y olía a rosas y pinos.

El coronel Baxter les dio la bienvenida y los hizo entrar en la sala de baile, donde hizo las presentaciones entre los invitados de Blandita y los suyos propios y se deshizo en atenciones para Adela.

—La primera vez que vi a esta jovencita tan hermosa era una chiquilla de tres años —anunció— y yo era edecán del rajá de Gulgat. Estábamos acampando en Um Shirpi por invitación de su padre, el cultivador de té y excelente tirador Wesley Robson.

Adela respondió riendo:

—Me acuerdo de un perro enorme atado a una cadena de oro que yo confundí con un lobo. Me hacía una ilusión tremenda tener a un príncipe acampado al lado de la plantación.

—Así que es usted la chiquilla de la plantación de té —dijo mirándola con interés un hombre de aspecto distinguido, cabello gris como el hierro y ojos celestes—. Boswell me ha hablado de usted. Aspirante a actriz, tengo entendido.

Boz, con el rostro encendido, se acercó a ellos de un salto y los presentó.

—Adela, le presento al señor Bracknall, ingeniero de montes jefe de los bosques del Punyab.

La joven reparó en la turbación del escocés e hizo lo posible por recordar lo que le había dicho acerca de su jefe. Acudieron a su memoria ciertas quejas sobre la negativa de la señora Bracknall a permitir que se jubilara su marido porque no deseaba regresar a Inglaterra y tener que renunciar al lujo de los criados. Boz y algunos de sus compañeros podían despedirse de un ascenso mientras aquel hombre mantuviese su posición.

—¿Cómo está, señor Bracknall? —Adela le estrechó la mano e intentó no hacer una mueca de dolor ante la fuerza con que él apretó la suya.

—Muy bien —repuso él con una sonrisa breve y ojos evaluadores—. ¿Me permite poner mi nombre en su carné de baile antes de que no me dejen un solo hueco los jovencitos? Insisto en compartir con usted el primer vals y dejar para ellos las piezas más dinámicas.

Adela ocultó su consternación. Albergaba la esperanza de reservárselo a Sam.

—Por supuesto —aceptó, sacando el carné del bolso y escribiendo el nombre de él con el lapicito que traía sujeto con una cadena de oro.

No hubo de pasar mucho tiempo para que las tres tuvieran muchas peticiones y estuvieran girando por la pista al ritmo que marcaba el conjunto de diez músicos que amenizaba la velada. La animada fiesta del coronel Baxter había congregado a amigos del teatro, soldados y jóvenes funcionarios de la Administración india. Tampoco faltaban indios en la sala: magistrados con sus esposas llegados de Delhi, un maharajá de Bengala y un productor cinematográfico de Bombay, amén de algunos funcionarios de categoría media de la rama india de la Administración.

Bracknall se quejó al respecto mientras guiaba a Adela por la pista.

—Una cosa así no se había permitido nunca cuando yo empecé mi carrera profesional. Fue en la primera guerra mundial cuando se empezó a pudrir la cosa. No es que tenga yo nada en contra de que nos mezclemos con los indios, porque, de hecho, trabajo a diario con ellos sin ningún problema. Se trata, más bien, de una cuestión de clases. Uno quiere socializar con los de su propia condición, ¿no es cierto?

—Yo diría que la condición de un maharajá es más alta que la de cualquiera de nosotros, señor Bracknall —replicó Adela.

—Sí, sí, claro —se defendió él—. No hay regla sin excepción y la realeza india resulta bastante aceptable.

Aun cuando no había nada que impidiese a los nativos acceder al Davico's, Adela se preguntó si no sería esa clase de actitud lo que llevaba a Fátima a mantenerse al margen de actos sociales como el baile de la Luna Llena. Sundar tampoco había asistido, pues se había empeñado en acompañar a la doctora para asegurarse de que llegaba sana y salva a su apartamento del Lakkar Bazaar. Aunque estaba a solo cinco minutos a pie de la sala de fiestas y, por lo tanto, podía haberse sumado más tarde, Adela sospechaba que, pese a la defensa a ultranza que hacía de las instituciones del Raj británico, el sij seguía sintiéndose fuera de lugar cuando se trataba de tener trato social con sus minorías más selectas.

—Y ahora que pertenece a la sociedad de Simla —dijo Bracknall con un guiño—, no me cabe duda de que tendrá intención de pasarse la estación acudiendo a bailes y meriendas campestres.

—En realidad, lo único que tengo planeado es la participación en el musical del mes que viene. De hecho, si no encuentro trabajo aquí, tendré que volver a Assam antes del fin del verano. La señora Hogg ha sido muy amable conmigo y no quiero abusar más aún de su generosidad. —Era el momento de lanzarse—. Señor Bracknall, ¿necesita ayuda en su despacho? Soy una persona muy metódica y organizada.

Él se quedó atónito unos instantes.

—La verdad es que la contratación de personal auxiliar no está entre mis cometidos. —Sin embargo, a continuación la sostuvo con más fuerza y sonrió—. De todos modos, seguro que daremos con algo con lo que tenerla ocupada.

—Le estaría muy agradecida. —Adela se entusiasmó—. Me gustaría tanto poder quedarme... —No quiso reconocer que su deseo de permanecer en Simla se había multiplicado por diez desde que había descubierto que Sam vivía en las colinas, a unas horas de viaje a caballo.

Bracknall la volvió a evaluar con la mirada de un modo que la llevó a reparar con viveza en el calor de la mano que tenía apoyada en su cintura y en el modo como frotaba su pecho fornido contra los senos de ella cada vez que la hacía girar.

—En el Departamento Forestal se agradece toda ayuda —aseveró él—, aunque no puedo prometerle un sueldo elevado. ¿Sabe manejar una máquina de escribir?

—Claro que sí. Siempre ayudaba a mi padre a redactar las cartas —exageró ella, que solo lo había hecho en un par de ocasiones.

—Hablaré con Boswell y veremos qué se puede hacer. ¿De acuerdo?

—Gracias, señor Bracknall. Es usted muy amable —aseveró con una sonrisa—. Eso sería maravilloso.

Adela corrió a apartarse de él en cuanto acabó el vals.

—Tengo que empolvarme la nariz —dijo tomando su bolso antes de dejar la sala.

Ya fuera, se situó bajo un cedro del Himalaya y se llenó los pulmones con el aire fresco de la noche, entusiasmada ante la facilidad con la que había dado con un modo de quedarse en Simla. El disco reluciente y colosal de la luna llena se elevaba sobre las negras colinas boscosas para iluminar la tierra que se extendía a sus pies y arrojar sobre ella sombras que nada tenían que envidiar a las que dibujaba el sol. Tanta belleza la hizo suspirar.

—Otra vez huyendo, no, ¿verdad?

La voz, que sonó muy cerca, la sobresaltó y la llevó a llevarse la mano al pecho. Sam rodeó el árbol para encontrarse frente a ella, que rio con una mezcla de alivio y emoción.

—No, pero cualquiera diría que tú sí.

—La señora Hogg te ha visto salir corriendo del baile y me ha pedido que venga a ver si estás bien.

—Ah. —Adela sintió una punzada de desengaño al saber que no había ido a buscarla por voluntad propia—. Pues estoy bien. Solo necesitaba un poco de aire fresco: no hay por qué preocuparse. Ya puedes decírselo a mi tía.

Sam se apoyó en el árbol y sacó un paquete aplastado de *bidis* de aquella chaqueta que le quedaba tan apretada. Le ofreció uno y ella dudó antes de aceptarlo. Él encendió una cerilla y prendió el de ella antes que el suyo, haciendo brillar la llama entre ambos. Adela sostuvo el cigarrillo con cuidado entre el índice y el pulgar e inhaló el humo. El sabor intenso le picó la lengua, pero se las compuso para no toser. Deborah y ella habían estado experimentando con los Camel que le había regalado al señor Halliday un estadounidense dedicado al petróleo. El *bidi* le resultaba más acre y áspero en la boca, pero parecía más reconfortante.

Permanecieron unos instantes fumando en silencio a escasa distancia uno de otro. Sam se soltó la corbata y se abrió el cuello de la camisa. La marca que le había dejado en la garganta se apreciaba con facilidad a la luz de la luna. Adela se resistió a la tentación de recorrerla con el dedo.

Él preguntó de súbito:

—¿Qué piensas hacer con tu vida, Adela?

Aquello la tomó por sorpresa. Desde luego, no parecía la pregunta habitual de un adulto, del estilo a «¿Qué vas a hacer cuando acabes la escuela? » o «¿Qué planes tienes para la estación fría?».

—Por encima de todo, quiero actuar, salir al escenario a cantar y a bailar. Es como más feliz me siento. Quiero ser tan famosa como Gracie Fields. Mis primos de Newcastle fueron a verla y, por lo visto, fueron tantos los que se quedaron sin entrada que se subió al tejado del cine para cantarles a todos. ¿Te imaginas, poder ofrecer tanta alegría? —Observó el perfil delgado de él, su nariz recta y su boca y su barbilla firmes—. Pensarás que tengo proyectos muy frívolos.

Sam negó con la cabeza.

—Si es lo que has querido hacer siempre, debes hacerlo. Tienes mucha suerte de saber a tu edad qué es lo que deseas de verdad —añadió con una sonrisa—. ¿Y qué harás para lograrlo? ¿Vas a solicitar una plaza en la escuela de arte dramático?

Ella se echó a reír.

—Mis padres no podrían permitírselo: la plantación lleva varios años con problemas. Lo que sí me gustaría es quedarme en Simla, seguir actuando en el Gaiety y quizá hacer alguna gira. Le he pedido al señor Bracknall un trabajo en el Departamento Forestal. Aunque no sea gran cosa, yo no necesito mucho. Con poder pagarle el alojamiento a la tía Blandita tengo suficiente. Me da igual tener que comer en el bazar si no hay más remedio.

—Entonces, ¡adelante! —la alentó Sam—. Eso, si eres capaz de aguantar de jefe al creído de Bracknall. Boz dice que es insoportable. Si te toma ojeriza, puede hacer que tu vida sea un infierno.

—Pues a mí me da la impresión de que le caigo bien.

—Esa es otra —le advirtió—. Según Boz, es de los que desnudan con la vista a las mujeres.

Adela resopló burlona.

—¡Si es más viejo que mi padre!

—Los hombres como él no se ven viejos, sino que piensan que siguen siendo atractivos para las mujeres, por jóvenes que sean. Creo que deberías ponerte a buscar trabajo en cualquier otro sitio.

—No me digas que estoy recibiendo mi primer sermón del misionero Jackman —se mofó—. No te preocupes, que sé cuidarme solita.

Él soltó una carcajada con aire arrepentido.

—Sí, no me cabe duda. Mucho mejor que yo. No tengo ningún derecho a darle lecciones a nadie.

Adela tendió una mano para posarla fugazmente en el brazo de Sam.

—Siento mucho lo de Nelson.

—Sabía que te iba a preocupar más ese mono granuja que yo —bromeó.

—Lo tuyo te lo buscaste tú —aseveró la joven con sequedad—, pero el pobre Nelson no tuvo más opción.

Él giró sobre sus talones para apoyar la cadera en el tronco del árbol y bajó la mirada para fijarla en ella.

—Tienes razón. Eso es lo que más me gusta de ti, Adela: que siempre dices lo que piensas.

Ella se volvió también hasta quedar frente a él.

—¿Y qué es lo que pienso?

—Que ojalá fuera el joven Guy Fellows quien estuviera aquí contigo bajo este árbol a la luz de la luna.

Adela rio con un solo golpe de voz.

—Pues te equivocas. Me alegra que seas tú.

Los dos se miraron. El corazón de la joven latía como un bombo. Puede que fuera por aquella luna deslumbrante o por el efecto narcótico del *bidi*, pero se sorprendió diciéndole:

—He pensado mucho en ti todos estos años, preguntándome adónde habrías ido y si me recordarías. ¿Has pensado tú en mí, Sam?

Contuvo el aliento. Él dejó escapar un suspiro.

—Sí —murmuró.

—¿Y qué has pensado? —preguntó ella con el corazón acelerado.

—En lo valiente que fuiste.

—¿Valiente?

—Cuando te mantuviste firme y te negaste a volver a Saint Ninian's. Les plantaste cara a los adultos para hacer que las cosas salieran como tú las tenías planeadas. —La voz de él había adoptado la pasión que ella le había oído al hablar de la obra del doctor Black—. Después de dejar Belguri, empecé a darme cuenta de lo vacía que estaba mi vida. Mi padre había muerto, mi madre me había dejado hacía ya muchos años y yo ya no disfrutaba de mi trabajo en el río. —La miró intensamente—. De pronto, todo me parecía carente de sentido, de un propósito claro, y era la pequeña Adela Robson la que había hecho que me diese cuenta.

Ella tragó saliva para ocultar su desengaño y se echó a reír.

—Así que para ti sigo una chiquilla intrépida. —Lanzó el *bidi* encendido y lo aplastó con el pie.

Sam hizo lo mismo, pero, cuando Adela pasó a su lado, la tomó por el brazo.

—Sí, por aquel entonces eras una chiquilla —le dijo—, pero tendría que estar ciego para no ver la joven hermosa en la que te has convertido.

Adela se estremeció ante su contacto y ante el modo como se había plantado ante ella para mirarla a los ojos. Estaba convencida de que los suyos ardían también de deseo. En cualquier momento la besaría y empezaría de veras su vida de mujer. Llevaba ansiando aquel momento desde el día en que se había apeado de su vehículo en Belguri, impaciente por crecer, por sentir los labios de él en los suyos.

Sam tragó con dificultad y la soltó antes de volverse.

—Será mejor que te lleve adentro antes de que la señora Hogg mande a la caballería a rescatarte del misionero loco —dijo mientras la hacía ponerse en marcha.

Adela sintió que le escocían los ojos mientras se mantenía erguida y regresaba con resolución a la sala de baile. No quería que él viera el daño que le había provocado su rechazo. Su instinto andaba errado de medio a medio: lo que él sentía por ella era meramente platónico. Y si la luz de la luna lo había llevado a pensar otra cosa por un instante, Adela sabía que Sam Jackman, el misionero, no dudaría en reprimir tales sentimientos. Seguía siendo demasiado joven para él y, si en algún momento buscaba una mujer para casarse, saltaba a la vista que una aspirante a actriz como ella no sería la esposa más indicada en una misión aislada. Además, tampoco estaba lista aún para el matrimonio. Antes deseaba pasárselo bien y vivir muchas más experiencias. El mundo que se abría tras la escuela refulgía como las candilejas del escenario y se moría de ganas por conocerlo.

Adela pasó el resto de la velada entregada al baile, aceptando cualquier invitación, incluido otro vals con Bracknall. Evitó a Sam tanto que ni siquiera pudo determinar con exactitud en qué momento dejó la fiesta.

—Ha decidido volver de noche aprovechando que la luna se lo permitía —le explicó Boz—. Me ha dicho que te dé las gracias de su parte, él no quería interrumpirte.

Adela fingió que no le importaba, aunque, exasperada, pensó que él había vuelto a darse a la fuga. Tal vez Sam no necesitara como ella la compañía de otras personas. Aquel hombre era todo un enigma: un instante se mostraba amigable y franco y al siguiente resultaba imposible desentrañarlo. Renunció a intentar interpretar todo aquello y volvió a la pista para bailar un *two-step* de aire militar con Boz.

Capítulo 6

El musical del Gaiety tuvo un éxito arrollador. El patio de butacas se llenó por completo durante toda una semana, tanto en las sesiones nocturnas que se ofrecieron a diario como en las dos matinales. El público recibió con un gran aplauso el solo que hizo Adela en «Tea for Two» y sus pasos de claqué, además de los silbidos de admiración de un capitán de artillería excesivamente entusiasta que pasó todo su permiso saliendo con ella. La joven aceptó dos invitaciones suyas para bailar y tomar té en el hotel Cecil y una para una merienda campestre en el hipódromo de Annandale que hubo que suspender por culpa de una tormenta.

Aunque entre el trabajo del Departamento Forestal y las funciones teatrales apenas tenía tiempo para hacer vida social, hacía lo posible por buscar algún hueco. Sam y Boz la habían advertido de las tendencias predatorias de Bracknall, así que la joven ponía mucho cuidado en no quedarse nunca a solas con él. Su empleo consistía en ayudar a los funcionarios de menor categoría a organizar el *dak* en la sala de clasificación postal y no tardó en proponerse poner orden en el caos que imperaba en los *godowns*, atestados de material antiguo de acampada y equipos que habían abandonado antiguos empleados al verse trasladados a otro puesto.

—Tírelo todo —dijo Bracknall sin interés—. Hay cosas que llevan aquí desde los años veinte. Dudo que sus dueños vengan ya a recuperarlas.

Adela no dudó en donar algunos sombreros y raquetas de tenis anticuados a la utilería del teatro y llevar ropa de hombre que estaba criando moho y un par de tiendas a Fátima para que las usara en sus clínicas de montaña.

—Siento no tener tiempo para ayudarte ahora mismo —se disculpó Adela tras dar con la doctora en el hospital.

Fátima sonrió.

—Lo entiendo perfectamente. Además, lo que me has traído me será de mucha utilidad. Gracias. Eres un encanto de muchacha.

Adela no pudo resistirse a preguntar:

—¿Sabes algo de Sam Jackman?

—Sí. Lo vi hace dos semanas, cuando estuve en Narkanda. Estaba muy ocupado recogiendo ciruelas. —Fátima la miró con gesto curioso—. ¿Quieres que le diga algo de tu parte? La próxima vez que vaya podría llevarle una carta.

—No —respondió ella ruborizándose—. Dile solo que me va muy bien en el Departamento Forestal, que no tiene por qué preocuparse.

Cuando Maitland, el apasionado capitán escocés, dejó Simla rogándole que le escribiera con frecuencia, empezó a cortejarla un funcionario de distrito procedente de Patna que se estaba recobrando de un acceso de malaria y que se las ingenió para alargar su baja y llevarla a montar a los claros de los bosques de Mashobra los domingos en que ella libraba, hasta que descubrió, gracias a Prue, que estaba casado y tenía dos hijos, razón por la que de inmediato puso fin a la relación.

A esas alturas, Adela y Deborah estaban ensayando una obra de Noël Coward. La primera había conseguido un papel con diálogo nada desdeñable de *flapper* de la alta sociedad, en tanto que

Deborah interpretaba a la criada, un personaje cuyas características tenía intención de exagerar a fin de compensar con ello el hecho de que no le hubiera correspondido una sola línea. Tommy Villiers, el actor principal, administrativo del Departamento de Obras Públicas e intérprete aficionado de gran entusiasmo, se encaprichó de Adela y le dijo:

—Cuando te canses de esos tipos de permiso, muchacha, que sepas que tienes a Tommy esperándote entre bastidores.

A Adela le gustaba aquel hombre de pelo castaño y rizado y conversación despreocupada y amable. Seguía soltero pese a tener trece años más que ella y, como ella, era uno de esos británicos que habían crecido en la India. Como actor era infalible, capaz de salvar una escena cuando los demás olvidaban el diálogo y siempre estaba dispuesto a tranquilizar a sus compañeros fuera del escenario. Nunca se enzarzaba en rivalidades ni discusiones.

—Puedes llevarme al cine a ver la última película de Cary Grant —dijo Adela sonriendo—, pero eso no significa que estemos saliendo.

—Será algo estrictamente profesional —convino él—, para repasar nuestras dotes interpretativas.

Tommy tenía una hermosa voz de tenor y organizó con Adela y Prue un trío vocal que llamó The Simla Songsters para ofrecer actuaciones improvisadas durante las fiestas a las que asistían. A veces, se unía a ellas dos y a Deborah cuando salían. El círculo de amistades de las jóvenes cambiaba mucho dependiendo de quién estuviese de permiso o de campamento. Deborah se había mudado como inquilina a la casa de Blandita para pasar allí el verano en lugar de regresar a la sofocante ciudad birmana de Rangún antes de empezar su último año en Saint Mary's. El atractivo ingeniero de montes Guy Fellows volvió a defraudarlas al pasar la mayor parte de la estación del monzón recorriendo a pie con Boz la carretera que unía el Indostán con el Tíbet para supervisar la tala que se estaba llevando a cabo en los campamentos remotos de Kalpa y Purbani. Cuando se fundieran las nieves del Himalaya, los troncos se lanzarían desde las laderas escarpadas a las revueltas aguas grises del impetuoso río Satlush para que los arrastrase la corriente.

Prue había acudido a dos bailes con Guy antes de que se sumara a la expedición y se había enamorado perdidamente de él. Una tarde hablaron de ello en el jardín diminuto de Blandita, desde el que se veían los montes distantes envueltos en bruma.

—Ya no volverá hasta la estación fría —aseveró con un suspiro— y, para entonces, mi madre y yo habremos vuelto ya a Jabalpur.

Adela le dio una palmadita en el hombro con gesto compasivo.

—Ahora que lo dices —dijo Deborah guiñando un ojo—, ¿hay alguien más que haya tenido un «Jabalpur» últimamente? Adela, tú has ido a ver muchas películas con Tommy.

—Y eso es lo que hacemos —respondió ella con una carcajada—. Ni siquiera ha intentado tomarme de la mano. Creo que me ha convertido en una excusa para ver todas las películas del mundo sin tener que ir solo.

—Muy romántico no suena —comentó Prue.

—En realidad, no me importa, porque, de momento, me gusta no estar ligada a nadie y, además, Tommy es muy buena compañía.

—¿Sigues esperando a tu misionero? —preguntó Deborah dándole un codazo.

Adela se puso colorada.

—Claro que no. Ni siquiera lo he vuelto a ver desde mi cumpleaños. No parece que le interese nada.

—Pues estaba entre el público del musical —anunció Prue.

—¿En serio? —Adela no cabía en sí de su asombro.

—Arriba, en el anfiteatro. Lo vi, pero no hablé con él.

—Y no vino a saludarme... ¿Estaba...? ¿Viste si estaba con alguien?

Prue se encogió de hombros.

—No sabría decírtelo, pero sí que era él.

—¿Y por qué no le dijiste nada? —exclamó Adela.

—Lo siento, se me pasó.

—Estaría pensando en el portentoso Guy —se burló Deborah, que recibió en pago un empujón de Prue.

—De todos modos, pensaba que no te interesaba. Quiero decir, que ya sé que es guapo, pero parece un poquito raro.

—¡Qué va!

Deborah las miraba sonriente. A todas luces se moría por contarlo:

—Bueno, pues ¿queréis saber quién es mi último Jabalpur?

—Claro que sí —dijo Adela.

—He recibido una carta del estadounidense que le dio los Camel a mi padre, Micky Natini. Dice que la semana que viene estará en Simla de permiso y que me invitará a cenar.

—¿A cenar? —repitió Prue ahogando un grito—. ¿Los dos solos?

—En fin, puede que no sea a cenar —se desdijo Deborah—, pero dice que me buscará.

—Pero, entonces ¿qué es lo que ha dicho exactamente? —preguntó Adela.

La otra se quitó las gafas de sol y mordisqueó una de las patillas antes de contestar:

—Que va a venir a Simla.

—¿Y qué más? —la aguijó Prue.

—Que si le podía recomendar algún restaurante donde se coma bien.

Adela y Prue rompieron a reír. La segunda sonrió con aire de suficiencia.

—Así que no es precisamente un Jabalpur.

—De acuerdo, todavía no —reconoció ella—, pero espera a que me vea vestida de criada —añadió antes de estallar en una sonora carcajada.

Micky Natini resultó ser una adquisición muy valiosa para las fiestas de aquel verano. Aquel joven achaparrado de apuesto aire mediterráneo y bigote poblado era jovial y, después de pasar ocho meses supervisando la conducción del petróleo de los yacimientos de la selva birmana, estaba deseando divertirse. Llegó a Simla montado en una motocicleta estruendosa que tuvo que dejar aparcada fuera del centro cuando supo de la prohibición que pesaba sobre los vehículos motorizados en la avenida comercial.

—Los únicos que pueden cruzar la ciudad en automóvil son el virrey, el gobernador del Punyab y el jefe del ejército —le explicó Deborah.

—¡Mira que os gusta a los británicos inventaros leyes! —rio él.

Organizó partidos de *softball* y meriendas campestres, les enseñó los pasos del *jive* en la veranda de Blandita y aparecía con cigarrillos y ginebra de contrabando. Deborah estaba encantada con las atenciones que le brindaba.

—¡Dice que estoy preciosa de criada! —rezongó divertida.

La última noche que pasó en Simla la llevó a cenar al Grand Hotel.

—¿Verdad que me vas a escribir y que serás mi chica? —la instó antes de partir.

Deborah sabía que lo más seguro era que sus padres no lo aprobasen, porque su madre seguía siendo muy elitista respecto de los nativos de las colonias y los norteamericanos, pero era consciente de que él se encontraba solo en su destino de la selva y, además, se había enamorado un poco de aquel entusiasta encantador. Él la besó bajo un cielo encapotado, envueltos ambos por la humedad y el frío de la noche.

—¿Quién quiere estrellas cuando tiene esos ojos tan hermosos para iluminar la oscuridad? —dijo Micky.

Cuando se fue, Deborah lo echó de menos cada vez más y, de hecho, cuando empezó el curso, aún seguía repitiendo a sus amigas las románticas palabras con que se había despedido.

Prue y su madre salieron hacia Jabalpur a principios de octubre.

—Tommy y yo vamos a echaros muchísimo de menos —le aseguró Adela con un abrazo de despedida—. The Simla Songsters no serán lo mismo sin ti.

Cuando llegaron las primeras neviscas de noviembre, llegaron a Simla del campamento los ingenieros forestales a lomos de ponis extenuados y mulas cargadas. Edith Bracknall no dejaba de importunar a su marido para regresar al clima templado de Lahore y a su agenda social invernal de cenas, bailes, partidos de polo y torneos de tenis.

—Él es el alma de todo aquello —hizo saber a Adela en la última de las muchas visitas que hacía al despacho para ver qué estaba haciendo el señor Bracknall—, así que es muy importante que esté allí cuando empiece la estación fría. Además, ahora que está cambiando el tiempo es cuando se vuelve todo el mundo. ¿Y tú, querida, vas a quedarte aquí o vienes también a Lahore?

La mujer clavó en ella su mirada. Era delgada, con los brazos y el cuello casi esqueléticos y el rostro surcado por arrugas bajo el cabello gris. Adela pensó que en otra época debía de haber sido hermosa y, de hecho, sus ojos azules aún lo eran.

—Me quedaré aquí, señora Bracknall.

No pasó por alto la expresión de alivio de su interlocutora.

—En ese caso, no me cabe duda de que te veremos la estación que viene, a no ser que hayas partido en busca del estrellato.

—Quién sabe —repuso ella con una sonrisa.

De pronto, Edith se inclinó hacia delante y bajó la voz.

—Nuestro hijo Henry trabaja de presentador en la BBC de Londres.

—¿De veras? —Adela abrió los ojos de par en par—. El señor Bracknall no me había dicho nada.

—No. —Edith adoptó una expresión triste—. Es que no está muy orgulloso del pobre Henry. Quería que entrara a formar parte de la Administración india o, por lo menos, se alistase en el ejército. No tiene muy buen concepto del mundo del espectáculo.

—Pues yo creo que es maravilloso. Yo diría que Henry hijo tiene mucha suerte.

La otra le cubrió la mano un instante con sus dedos huesudos y fríos para decirle:

—Gracias, cielo.

La nieve cayó con fuerza y los residentes británicos de la ciudad que pasaron allí el invierno, entre quienes se encontraban Boz y Guy, salieron a las laderas de Prospect Hill con planchas de hojalata para deslizarse por ellas y a patinar al estanque helado de Annadale. Guy mostró cierto interés por Adela, pero ella lo mantuvo a raya, convencida de que Prue jamás se lo perdonaría: su amistad era mucho más valiosa que cualquier relación que pudiese mantener con el apuesto ingeniero.

Aquello la animó a viajar a Belguri para pasar las Navidades en casa, adonde no había vuelto desde hacía un año. Scout, su queridísimo perro, había muerto en marzo y ella había decidido quedarse en Simla para mantener vivo su recuerdo. Sabía que no tenía ningún sentido y, de hecho, cuando fue testigo de la alegría con que la recibieron sus padres, se sintió culpable por haber estado tanto tiempo alejada de ellos.

Clarrie abrazó a su hija con tanta fuerza que la joven tuvo que advertirle a gritos que no podía respirar.

—¡Te has cortado el pelo —protestó Wesley—, con lo bonito que lo tenías!

—Qué va, papá —rio ella—. Sigo teniéndolo por debajo de los hombros.

—Así que ahora soy *papá* —dijo él arqueando una ceja.

—*Papi* suena demasiado infantil, ¿no crees?

—Tienes el pelo precioso —aseveró Clarrie—. Te queda muy bien así. Pareces toda una mujer, cariño mío.

—Demasiado mujer —masculló su padre—. Seguro que tienes a todos los jóvenes detrás como abejas que van a la miel.

—¿Las abejas van a la miel? —se burló Adela—. Yo creía que la fabricaban.

—Ya sabes lo que quiero decir, jovenzuela insolente.

Adela lo abrazó y, al aspirar el olor terroso a té de su chaqueta, se alegró de estar de nuevo en casa. Harry, su hermano de cuatro años, que al principio se había mostrado un tanto retraído, se dedicó a seguirla como si fuese su sombra hasta cuando iba al baño y necesitaba intimidad. Lo encontró mucho más parlanchín y menos solemne que el año anterior.

Lo mejor de todo era que sus queridísimas tías honorarias, Sophie y Tilly, también iban a ir de visita con sus maridos. Sin embargo, ya desde su llegada se hicieron evidentes la tensión y las discusiones que se daban entre la Tilly y James. Este no se quedó mucho tiempo: después de pasar allí dos días, se llevó de cacería a Mungo, que tenía ya nueve años, a los montes de Naga, en las inmediaciones de Kohima.

—Si Tilly no piensa mandarlo a Inglaterra para que estudie —dijo a Wesley en tono gruñón—, no sé por qué no voy a poder enseñarle yo a disparar.

Más tarde, Tilly confesó a las mujeres:

—Se empeña en recordarme que este es el último año que pasa Mungo en Assam. No piensa ceder un ápice: cuando cumpla los diez, tendrá que viajar a Inglaterra con sus hermanos, pero él no es tan independiente como Jamie y Libby. Sigue siendo muy casero y sé que lo va a pasar muy mal.

Clarrie posó una mano sobre la de su amiga con mirada comprensiva.

—¿Y no estaría James dispuesto a considerar un centro como la escuela del Obispo Cotton de Simla?

—Claro —coincidió Adela—. El tío Rafi fue allí, ¿no?

Sophie asintió con la cabeza.

—Es una escuela excelente.

Tilly las miró con gesto azorado.

—A mí no me importaría, pero… En fin, James está más chapado a la antigua y sigue creyendo que no hay nada como la educación inglesa.

—O escocesa —añadió Adela lanzando un guiño a Sophie.

Su tía, sin embargo, no parecía estar de humor.

—Claro, cualquier cosa siempre que Mungo no tenga que ir a clase con indios.

A Tilly se le encendieron las mejillas rollizas.

—Yo no pienso así —repuso encogiéndose de hombros como para pedir disculpas.

—Por supuesto que no —intercedió Clarrie—. Entonces, ¿vais a llevar a Mungo al Reino Unido este verano?

—Sí —suspiró Tilly—. Lo más probable es que reservemos el pasaje para julio, así podremos pasar las vacaciones con Mona en Dunbar antes de dejarlo a él en la escuela.

—Yo podría acompañarte para ver a los míos —propuso la anfitriona.

—¿En serio? —A Tilly se le iluminó el rostro.

—Llevo años aplazando el momento de ir a ver a Olive, pero la verdad es que sus cartas me tienen preocupada. Me da la impresión de que está angustiada por el negocio de Jack. Las cosas no van muy bien en Tyneside últimamente.

—Pero Olive tiene también el Herbert's Café, ¿no? —preguntó Tilly.

—Sí. Se lo traspasé cuando volví a la India en 1922. Sabía que, teniendo de encargada a Lexy, no tendría ningún problema, pero eso fue antes de la Depresión. Tendría que haber ido a verla hace mucho tiempo para asegurarme de que le iba bien, pero entonces se presentó Harry sin que lo esperásemos —apuntó con una sonrisa tímida.

—En fin, aquí tampoco te han faltado preocupaciones —dijo Sophie—. Las plantaciones de té pequeñas también lo han pasado mal.

—Todas —intervino Tilly—. Hasta en las de la Oxford ha habido que apretarse el cinturón y reducir la producción. Aunque eso no parece haber afectado al consumo de *whisky* de James en el club.

Adela temía que su tía acometiese una de las largas diatribas contra el tío James con la que tan incómodas se sentían todas las demás. Sophie en particular apreciaba a aquel cultivador de té huraño que tan bien se había portado con ella al quedarse huérfana y que había costeado la educación que había recibido en Edimburgo. A Clarrie y a su hija también les daba cierta lástima que James se hubiera convertido en el blanco constante de las quejas de Tilly acerca de la vida en Assam sin sus dos hijos mayores.

—Yo no me preocuparía por el café, mamá —dijo Adela tratando de rebajar la tensión—. La prima Jane le está echando una mano a Lexy últimamente y por sus cartas parece muy contenta.

—¿Por qué no vienes tú también con nosotras, Adela? —se entusiasmó Tilly—. ¿No sería maravilloso, Clarrie?

—Sí —convino esta sonriendo a su hija—. Sí que sería maravilloso, siempre que podamos permitirnos pagar el pasaje de las dos… y el de Harry, claro. Tú no te acuerdas de Newcastle, ¿verdad, cariño? Así, además, podrás ver al fin a tu prima Jane.

Adela vaciló. Por supuesto que le encantaría ver a la familia de Newcastle, aunque en aquel momento estaba disfrutando tanto de Simla que la idea de viajar a miles de millas de allí no le resultaba nada cautivadora.

—Me encantaría ir a Inglaterra, claro, pero no podría ausentarme mucho tiempo. A esas alturas estaremos a mitad de la temporada teatral y, además, no quiero perder mi trabajo en el Departamento Forestal.

—Seguro que a la vuelta encuentras otra cosa —aseveró Sophie—. Boz se encargará de que no te falte. Aprovecha para viajar mientras tengas la ocasión.

—Dijo la que lleva años sin salir de Gulgat —se burló Tilly con una risita.

—Viajar es más divertido cuando eres joven y no tienes responsabilidades —contestó Sophie sonriente.

—En realidad no se lo debo a Boz —insistió Adela—: fue el ingeniero de montes jefe quien me hizo el favor al crear un empleo en la sala de clasificación postal y dictarme cartas de vez en cuando.

—¿Quién ocupa ahora el cargo? —quiso saber Sophie.

—El señor Bracknall. Estos días ha vuelto a Lahore, pero…

—¿Bracknall? —la interrumpió la tía sobresaltada y con gesto serio—. ¿Sigue al mando?

—¿Ese hombre odioso que le hizo la vida imposible a Rafi? —preguntó Tilly.

Sophie, agitada de pronto, tardó en responder:

—Sí. Por él dejó Rafi el Departamento Forestal. —Con un movimiento abrupto, tendió el brazo para tomar la mano de la joven—. Es un hijo de perra rencoroso.

—¡Sophie! —la reprendió la anfitriona.

—Perdóname por usar ese lenguaje, Clarrie, pero Adela no debería trabajar a sus órdenes. A ese hombre le gusta acosar a las jovencitas.

—Una persona de su posición no haría…

—Ese hombre envenenó mi matrimonio con Tam, inventó mentiras sobre Rafi y sobre mí, humilló a Tam…

Adela hizo una mueca de dolor ante el apretón de su tía, alarmada ante aquel cambio repentino de actitud.

—No pasa nada. No ha intentado hacer nada indecoroso. Es un hombre mayor.

—Todavía no ha llegado a los sesenta. No puedo creer que Boz haya permitido que te acerques siquiera a él.

La joven no se atrevía a decir que este último había estado en los montes hasta hacía un mes ni que los Bracknall se habían ausentado antes de que regresara. También calló que había momentos en los que él había posado la mano más de lo necesario sobre su hombro mientras mecanografiaba o la había hecho sonrojarse con comentarios relativos a su aspecto o preguntas insistentes acerca de los hombres que la cortejaban. Con todo, nada de aquello había ido mucho más allá.

—No te angusties por mí, tía Sophie, por favor. Sé cuidarme sola. —Restó importancia al asunto—. Además, la señora Bracknall lo tiene bien vigilado: visita el despacho casi a diario.

—Sophie —intervino Tilly—, ¿no estás exagerando un poco? Adela solo está dedicando unas horas a mecanografiar cartas y clasificar correo y estoy segura de que tendrá a media docena de compañeros alrededor. ¿Qué peligro puede haber?

La otra soltó la mano de su sobrina y volvió a hundirse en su asiento, aún temblorosa.

—Lo siento, pero me ha alterado saber que seguía por aquí. Pensaba que ya se habría jubilado y que Edith Bracknall se habría instalado de *burra memsahib* en algún pueblo de Hampshire.

—Yo diría que es ella la que no quiere irse —repuso Adela—. No se hace a la idea de vivir sin la casa llena de sirvientes y sin la posición que le otorga el cargo de su marido.

—Seguro que eso te lo ha dicho él. Muy propio de Bracknall, aferrarse al poder y culpar a su mujer. Es él el que no consiente estar sin nada de eso.

—Pues a mí ese Bracknall tampoco me da buena espina —dijo Clarrie volviéndose hacia su hija—. Deberías pensarte seriamente lo de venir a Inglaterra con nosotros el año que viene.

—Yo estoy de acuerdo —la apoyó Sophie, que sacó con torpeza una pitillera de plata antes de preguntar—: ¿Os importa si fumo?

—No, no, adelante —accedió la anfitriona—. Has sufrido un sobresalto. Adela, hablaremos con tu padre para ver qué opina. Supongo que estaremos fuera tres o cuatro meses.

—No tiene sentido hacer un viaje tan largo para menos tiempo —declaró Tilly.

A la joven se le encogió el corazón al imaginarse tantos días lejos de la India, pero no pasó por alto el vivo interés que había adquirido su madre al respecto. Después de su huida de Saint Ninian's, Clarrie había empezado a hablar con más sinceridad que nunca de su pasado y Adela tenía la impresión de que nunca había llegado a ser tan feliz como lo había sido en Inglaterra. Su vida había sido una batalla continua hasta el momento de contraer matrimonio con Herbert, un hombre entrado en años del que ella había sido ama de llaves. Al menos era eso lo que le había contado su padre.

—Tu madre estaba al cargo del salón de té más próspero de Newcastle —había dicho Wesley con orgullo—, lo levantó de la nada en la peor zona de la ciudad. Es una emprendedora inigualable. ¡Si tuve que casarme con ella para que no echara del negocio a los Robson! —Aquel era el eterno chiste de su padre y siempre hacía que Clarrie se echara a reír y se pusiese a lanzarle cojines.

Pese a todo, saltaba a la vista que su madre estaba deseando volver a ver a su hermana. Las dos se estaban haciendo mayores y estaba claro que era ella quien iba a tener que hacer el viaje. Por lo que contaba la prima Jane, Olive apenas salía de su barrio y no manifestaba deseo alguno de volver a la India.

A fin de cambiar de tema, decidió desvelar el chisme que había estado atesorando para sus tías. Hasta aquel momento, de hecho, tampoco había dicho nada a sus padres por temor a que la interrogasen al respecto.

—A ver si adivináis quién apareció como por arte de magia en Simla poco antes del monzón.

—Danos una pista por lo menos —pidió Tilly curiosa.

—Está de misionero en las colinas de Narkanda y antes tenía un mono de mascota.

Tilly quedó boquiabierta y Sophie abrió los ojos de par en par.

—¡No puede ser Sam Jackman! —exclamó la primera ahogando un grito.

Adela se limitó a asentir con la cabeza.

—¿De misionero?

—De un cruce entre misionero y agricultor, para ser más exactos —repuso ella sonriente.

—Me alegra saber que está bien —dijo Clarrie.

—Empieza por el principio —rogó Tilly— y cuéntanoslo todo.

Adela sintió de pronto que le daba un vuelco el estómago al reparar en que quizá no había sido muy prudente revelar el secreto, pero lo cierto es que estaba contenta de haber desviado la conversación de Bracknall. Además, hablar de Sam le serviría para sentirlo más cerca, aunque fuese solo de palabra, que ya era menos que nada.

Agitado. Así se sentía Sam aquellos días. Estaba ascendiendo a la cima del Hatu entre robles cargados de nieve cuando se detuvo a recobrar el aliento. Había ido allí a rodar, pero el arco del Himalaya se había ocultado bajo unas nubes que no dejaban de perder altitud. El aire era tan frío que hacía daño y agradeció llevar el gorro de yak dotado de cálidas orejeras y el abrigo tibetano. Se estaba volviendo loco encerrado todo el día. Le era imposible leer sin descanso como hacía su compañero, el reverendo Hunt, un hombre agradable, pero reservado, a quien bastaban un poco de soledad y una casa llena de libros para estar feliz.

A él, en cambio, los meses de invierno le resultaban frustrantes, pues dejaban el huerto sin apenas actividad. Aunque disfrutaba visitando a los lugareños, sobre todo en días festivos como el de Navidad, no tenía la habilidad del otro misionero para predicar ni contar historias de la Biblia. Prefería ayudarlos a arreglar sus aperos y apoyar sus reivindicaciones frente al terrateniente en lo relativo a arrendamientos y cosechas.

—No te enzarces en asuntos de política local —le había advertido Hunt—. La situación es delicada últimamente y no queremos que nos cierren la misión.

Como la clínica de Fátima no volvería hasta el deshielo, tampoco contaba con su agradable compañía. Aquella mujer atractiva de ojos hermosos hacía que se le alegrase el alma cuando conseguía arrancar una sonrisa a su rostro circunspecto. Sabía que solo sonreía o reía ante quienes lograban ganarse su respeto... o quizá su afecto.

Sin embargo, no era aquella doctora entregada la que le había robado la calma, sino el tener a Adela Robson a un día y medio de viaje, en Simla. ¡Qué sorpresa le había producido saber por Boz, el escocés afable con quien había entablado amistad hacía dos veranos, mientras se dirigía a Spiti, que vivía tan cerca! Había dado por hecho que la habrían mandado a Inglaterra para que acabase la escuela lejos de las lenguas afiladas de Assam y, por lo tanto, le había producido un gran asombro descubrir que había acabado en Saint Mary's y estaba adquiriendo no poco renombre en el teatro de la ciudad.

Había sustituido de buen grado a Guy Fellows en la cena de cumpleaños de Adela, porque sentía curiosidad por saber más de la chiquilla terca, traviesa y bonita que le había removido la existencia hacía ya cuatro años. Aquella noche de junio, oculto bajo los árboles iluminados con lámparas del bungaló de Blandita Hogg, había contenido la respiración al contemplar a aquella mujer hermosa en la veranda: su pelo oscuro y brillante, recogido de manera que revelaba su cuello esbelto y sus hombros desnudos; su figura bien proporcionada y sus piernas estilizadas, acentuadas por un vestido rosa resplandeciente. Al acercarse, sintiéndose torpe y ridículo con el traje viejo de Boz, se había dado cuenta de que aquella belleza de ojos grandes y rostro en forma de corazón no era otra que Adela.

La joven había corrido a saludar a Boz mientras él permanecía escondido en las sombras, tratando de serenarse, pero cuando Boz se había hecho a un lado para presentarlo, había subido a saltos los escalones con la mano tendida. Adela lo había mirado unos instantes como si acabara de caerse de uno de los árboles, aunque aún no había podido determinar si con incredulidad o desencanto. Con todo, se había recobrado enseguida para estrecharle la mano con unos dedos cálidos y bien formados que al ceñir su palma callosa habían desatado en su pecho un martilleo de emoción hasta que él la había retirado, desconcertado ante el efecto que le había provocado ella.

Adela y sus amigas se habían puesto a parlotear entre risitas nerviosas mientras él hablaba de política con Sundar, el amable supervisor sij, y trataba de hacer que Fátima hablase de la clínica. Sin embargo, la doctora, maestra de la observación, se había contentado con dejar que conversaran los otros. Con todo, fue la curiosidad de Adela la que había dado al traste con las convenciones sociales al preguntar la joven por las crisis vitales que lo habían llevado a empezar de cero en Narkanda. Saltaba a la vista que no era igual que sus amigas, sino más perspicaz y madura, aunque con las ansias de vivir propias de cualquier muchacha de diecisiete años.

Se sintió turbado por la intensidad con la que lo habían mirado aquellos ojos de color castaño verdoso enmarcados en gruesas pestañas oscuras y una piel cremosa y perfecta a la luz de las velas. Aunque aquel escrutinio lo había dejado casi sin aliento, había soltado toda su historia sin poder detenerse. Las amigas de Adela se habían mostrado incómodas, pero Adela había hecho un chiste con el que había logrado deshacer la tensión del momento. ¿Por qué le había resultado tan importante confiarle cómo lo había sacado del arroyo el doctor Black? ¿Quizá porque en otros tiempos ella le había abierto el corazón para hablarle de sus orígenes angloindios y de las abusonas de su escuela?

Sam no había tenido la intención de acompañarlos al baile, pues bailar no se le daba nada bien y, además, se sentía como un pez fuera del agua en palacios deslumbrantes como Davico's Ballroom, pero Adela parecía encantada con la idea. Quizá había sido solo por educación, porque al llegar no le habían faltado solicitudes de jóvenes varones y la promesa de reservarle un vals (lo único que sabía bailar medianamente) había quedado en nada. Aquel ser insufrible de Bracknall, que hedía a brillantina y no se cansaba de mirar con lujuria a las jovencitas, la había monopolizado para aquel baile lento.

Recordaba que le habían entrado unas ganas locas de fumar, de modo que, al ver que Adela abandonaba la sala de fiestas, se había ofrecido a la señora Hogg para comprobar que se encontraba bien y la había seguido. Compartiendo con ella un cigarrillo a la brillante luz de la luna, había sentido que lo abandonaba la tensión. ¿Por qué había tenido que echar a perder aquel momento sermoneándola sobre Bracknall y tratándola como una chiquilla sin voluntad propia? Por un instante peligroso había pensado que la iba a besar. Había sentido un deseo imperioso de atraerla hacia sí y cubrir de besos hambrientos aquellos labios húmedos de color cereza, pero había sabido retirarse a tiempo.

¿Qué podía ofrecerle él, aparte de un abrazo apresurado a la luz de la luna? No tenía riquezas ni ninguna seguridad y había hecho votos de consagrar su vida a las labores de la misión. Era soltero y estaba libre de lazos emocionales de ninguna clase. La vida era mucho más simple y soportable de ese modo. Conque había dado la espalda a las miradas amorosas de Adela y a sus palabras traviesas y ella había sabido interpretar su gesto y había hecho caso omiso de él el resto de la velada.

Entonces, ¿por qué había buscado un pretexto para regresar a Simla hacía un par de semanas y meterse en el teatro Gaiety para verla actuar? El final del verano y la cosecha de manzanas le habían proporcionado un alivio nada desdeñable: semanas de trabajo mecánico recogiendo fruta y metiéndola en cajas pesadas que había que cargar para llevarla al mercado. Si le quedaban fuerzas después de pasar el día deslomándose, organizaba un partido de críquet entre los aldeanos o cabalgaba hasta el Hatu para ver ponerse el sol ardiente entre los robles pardos.

Sin embargo, por más que lograra agotarse físicamente, no conseguía sacarse a Adela de la cabeza. Su recuerdo lo iba a visitar cuando estaba a punto de conciliar el sueño. Su rostro risueño y sensual y aquel cuerpo que se mecía en un vestido rosa le roba-ban la paz, lo dejaban sudoroso y lo torturaban con una sensación de deseo frustrado hasta altas horas de la noche. Atormentado, no encontraba otro modo de apagar su sed que aliviarse a sí mismo en su estrecho camastro antes de caer dormido durante unas horas dichosas de olvido que, sin embargo, concluían cuando se desper-taba avergonzado por su debilidad. Rezaba con ahínco para supe-rar semejante anhelo y aceptar su vida de celibato, la peor parte de la condición de misionero. En Assam no habían faltado esposas británicas aburridas que buscaban que las sedujesen y entablaran breves romances con ellas, mujeres a las que él no había dudado en complacer, porque no deseaban más implicación emocional que un hombre sobre el que llorar.

Al regresar del monte Hatu aquel día de finales de diciembre, preparó un sencillo morral de provisiones, dijo al reverendo Hunt que pasaría unos días caminando por el campo y partió hacia Simla. Ora a pie, ora subido a una carreta de leche y a un carro de leña, llegó a Simla al día siguiente sin tener muy claro qué iba a hacer.

Según le comunicó Sundar cuando dio con él en sus modestos aposentos del barracón número cuatro del United Services Club, Boz estaba fuera de la ciudad disfrutando de un permiso de dos semanas. Las hileras de apartamentos idénticos estaban hechas con madera de cedro del Himalaya, casi negros por las inclemencias de los crudos inviernos, pero resultaban pintorescos por los carámbanos que pendían de sus aleros.

—Ha vuelto a Quetta para visitar a unos amigos. En el fondo se siente pastún. ¡Un pastún con tartán! —exclamó antes de reír su propia gracia—. ¿Por qué no te quedas aquí? Puedo instalar un catre de campaña en la sala de estar en un santiamén, como decís vosotros.

Sam no opuso resistencia alguna y disfrutó de tres días deliciosos en compañía de aquel sij alegre, paseando por la ciudad, pasando el rato en el Simla Coffe House entre partidas de damas y debates políticos, patinando en Annandale y comiendo en la cafetería punyabí favorita de Sundar, donde servían platos de su tierra: *dal* especiado y hojaldres de trigo brillantes de mantequilla clarificada.

—Hassan hace los mejores *puris* que vas a encontrar fuera de Lahore —le aseguró antes de eructar satisfecho—. De no haber sido por él, tendría que haberme vuelto a casa hace ya mucho. ¿No es verdad, Hassan? —preguntó dando con su mano velluda en la espalda del dueño del local.

—Sí que lo es —respondió este mostrando una sonrisa mellada por debajo de su espeso bigote.

Mientras bebían té sin descanso, pues Sam había declinado el *whisky* que guardaba Sundar para sus invitados, conversaron hasta bien entrada la noche. El misionero supo así de la muerte de la mujer de su anfitrión y del orgullo que profesaba a su hijo de diez años, Lalit, cuya fotografía escolar pendía sobre la humilde chimenea.

—Te llevarías muy bien con él —le aseguró con los ojos brillantes—. Le encanta el críquet y es muy buen lanzador. Además, sabe cazar con halcón.

—No me digas que lo usa para lanzarse en picado sobre la pelota al borde del área —bromeó Sam—. Tienes que echarlo mucho de menos.

El sij asintió con la cabeza y se aclaró la garganta.

—¿Y tú? ¿Cuándo vas a buscar esposa y engendrar a un niño sano que perpetúe el apellido Jackman?

El invitado se echó a reír con retraimiento.

—De momento, parece que habrá que esperar.

—Pues tienes que casarte con un hermoso pimpollo británico que te haga compañía en los montes —lo alentó Sundar—. Si no, te harás viejo muy rápido. —Entonces adoptó una sonrisa maliciosa para añadir—: Aunque tal vez haya alguien que te ha dejado ya prendado.

—¿Como quién? —quiso saber él mientras apuraba el té.

—La señorita Adela Robson.

Sam escupió en la taza el té que tenía en la boca.

—Así que he acertado —anunció triunfante el sij.

—Bueno, ella no siente lo mismo —dijo él con una carcajada triste.

—En eso te equivocas, amigo mío. La doctora Kan dice que la señorita Robson le pregunta por ti cada vez que la ve.

—¿En serio? —Sam sintió que se le aceleraba el pulso. ¿Sentiría algo Adela por él después de todo o sería solo curiosidad?—. ¿Está…? ¿Se ha…? ¿Sabes si la corteja alguien?

Sundar dejó escapar una risita.

—Este último verano, ella y esas hermosuras que tiene por amigas han tenido enamorada a media Simla, pero ¿y qué, joven Jackman? ¿Es que la caza no es emocionante?

—Puede ser —dijo él riendo—. ¿Y tú, Sundar? —añadió por desviar la atención—. ¿Qué me dices de tu relación con la doctora Kan, que tampoco es precisamente una mujer fea?

Sam no había visto nunca a su amigo ruborizarse, pero en aquella ocasión al sij se le subieron los colores hasta la raíz de aquella barba que cuidaba con tanta escrupulosidad.

—En ese sentido solo me queda soñar —dijo antes de ponerse en pie de súbito y darse la vuelta para clavar la mirada a las ascuas que aún ardían en el hogar—. Si pensara que me iba a decir que sí —murmuró—, se lo pediría mañana mismo sin importarme la opinión de mi familia.

Sam se presentó en Briar Rose Cottage a la mañana siguiente bajo un cielo azul sin nubes y se animó al ver a lo lejos las deslumbrantes cumbres nevadas del Himalaya. Blandita Hogg estaba tomando su *chota hazri* de té con tostadas en la veranda, envuelta en el antiguo abrigo militar de su marido mientras leía el periódico.

—¡Señor Jackman! ¡Qué sorpresa!

—No me trate de usted, por favor —le pidió sonriendo mientras le estrechaba la mano.

—¿Quieres desayunar conmigo? Noor puede hacerte unos huevos revueltos. No sabía que estuvieras en la ciudad.

—Llevo unos días en casa de Sundar. A lo del desayuno no le diré que no, muchas gracias.

Se sentaron y charlaron mientras el sol se expandía y, arrancando destellos a los árboles, derretía la escarcha matinal. Sam no dejaba de mirar al interior del bungaló, preguntándose impaciente cuándo se despertaría Adela.

—¡Cómo me alegra volver a tener compañía joven! —aseveró sonriente la anciana—. No sabes cuánto estoy echando de menos a Adela, tu presencia resulta muy tonificante.

—¿No está aquí?

—Ha viajado a Belguri para pasar allí las Navidades. Todavía estará una semana más con sus padres. ¡Vaya! Por tu cara de desengaño, no me cabe duda de que habías venido por ella.

Sam hizo lo posible por ocultar su decepción.

—¡Qué va! He venido por el placer de visitar a la persona más encantadora e interesante de Simla.

—Me gusta oír eso, pero no es cierto. —Blandita se echó a reír.

Estuvieron un rato charlando sobre el mundo que se daba más allá de la existencia resguardada que ofrecía Simla y sobre los problemas que acosaban a la distante Europa: los nazis de Hitler estaban exterminando a la oposición en Alemania, la Italia fascista seguía tomando tierras en el África Oriental y España se veía azotada por la guerra civil.

—Me han dicho que hasta en Inglaterra hay jóvenes que desfilan por las ciudades con uniformes negros de milicianos. —La anciana meneó la cabeza con aire incrédulo—. Me alegra haber elegido este lugar para pasar mi jubilación. Aunque la India, claro, también está cambiando.

Sam asintió con un gesto.

—Aquí también estamos deseando ver cambios.

Ella lo estudió con la mirada.

—¿Tú te consideras indio, Sam?

El joven se encogió de hombros.

—Yo sé que soy británico, pero la India es mi país. No siento ningún deseo de vivir en otro lugar.

—Sí —sonrió ella—, a mí me pasa exactamente lo mismo.

Capítulo 7
Simla, 1938

Adela regresó a Simla en enero. Había acordado que acompañaría a su madre y a su tía Tilly en el viaje que habían reservado para el mes de julio. El final de las vacaciones se había visto empañado por el alboroto que se había suscitado en torno a Bracknall. Sophie se había mostrado llorosa, algo muy poco propio de ella, y se había enfadado con Rafi al descubrir que su marido había sabido durante todo aquel tiempo, gracias a Boz, que su antiguo jefe seguía ocupando su cargo. Él se defendió diciendo que lo había callado para no disgustarla. Aun así, se había mostrado horrorizado al enterarse de que Adela había estado trabajando a las órdenes de aquel hombre aborrecible. El odio ardiente que profesaban al ingeniero de montes jefe había desconcertado a la joven, pero ninguno de los dos se había avenido a explicarle a qué se debía tal repugnancia, más allá de referir que aquel abusón había convertido sus vidas en un calvario en el pasado. Adela, por lo tanto, había prometido buscar otro trabajo en caso de que Bracknall regresase con la estación cálida.

—No tardes tanto en venir a vernos la próxima vez —le había suplicado Wesley al despedirse de su hija con un abrazo—. Tu madre y yo te echamos muchísimo de menos y sé que Harry recorrerá la casa de un lado a otro como un cachorrillo perdido. Además, si vais a abandonarme todos en julio, tengo que verte antes.

—Me verás. Te lo prometo. —Adela se acurrucó como hacía de niña y le dio otro abrazo fuerte tomándolo por la cintura.

—¿Y si organizo la cacería que queríamos hacer en Gulgat con Rafi antes de los monzones? Llevamos siglos planeándolo.

—Perfecto —convino Adela, aunque sus ganas de cazar habían ido menguando a la vez que aumentaba su pasión por la escena. Con todo, no dejaría pasar la ocasión de ir de *shikar* con su padre.

—Entonces, ya tienes regalo de cumpleaños para junio —prometió él.

Adela no pudo menos de emocionarse por la entusiasta bienvenida de Blandita Hogg.

—¡Cómo te he echado de menos! Esto ha estado demasiado tranquilo sin ti. Por favor, la próxima vez no tardes tanto en volver. Pero, dime, ¿qué vas a cenar? Había pensado en pedir *kedgeree*.

Estar de nuevo en Simla y ponerse al día con Deborah y el resto de sus amistades le supuso una gran satisfacción. En el teatro, donde habían empezado la última semana de *Jack y las habichuelas mágicas*, Tommy la recibió con gran dramatismo.

—Gracias a Dios que has vuelto. La obra hace aguas por todas partes. La laringitis ha vuelto a dejarnos sin otra actriz del coro. Tienes que salvar la situación.

Adela actuó aquella noche, para lo cual tuvo que lidiar con numerosos cambios de vestuario y bailar en el papel de hada, criada y flor. Antes de Navidad, mientras ayudaba entre bastidores, los había visto ensayar y recordaba los movimientos. Cuando cayó el telón, el elenco se dirigió a The Cottage, el anexo del club, donde las mujeres podían mezclarse con los hombres, y estuvieron de fiesta hasta altas horas de la noche. Cuando salieron, Tommy estaba hablando ya de las producciones que podrían poner en escena para la estación de verano.

—Creo que deberíamos hacer otro de esos cuadros exóticos —dijo entusiasmado—, *Las mil y una noches*, quizá, e invitar a que participen los nababs o los rajás que pueda haber de visita. El virrey quiere fomentar la mezcla de razas, porque cree que así tendrá contentos a los agitadores del Congreso.

Adela sonrió con sarcasmo.

—Yo diría que Gandhi y Nehru esperan algo más que ver a los príncipes indios actuar en el Gaiety.

—Pero tendremos que aportar nuestro granito de arena tendiéndoles una mano amiga —concluyó él con un guiño.

La oleada de turistas que había acudido a Simla por Navidades acabó por dispersarse y Simla volvió a la calma en cuanto a la vida social. El teatro cerró para hacer frente a una redecoración y se destinó a acoger a agrupaciones dramáticas nativas antes de la migración anual de oficinas gubernamentales de principios de la estación cálida.

No había mucho que pudiese hacer Adela en el Departamento Forestal y el afable Guy había tenido que ausentarse para hacer un curso de silvicultura en la Universidad de Dehradun, de modo que la joven no tardó en aburrirse. Tommy y ella pasaron mucho tiempo en el cine. Hubieron de hacer frente a un clima húmedo y ventoso que derribó árboles y envolvió los montes en una bruma espesa durante varios días. El aire olía a tierra mojada y a pino.

—¡Ah! Esto me recuerda a las vacaciones que pasábamos en las Tierras Altas de Escocia —aseveró Blandita, que disfrutaba de aquel tiempo tempestuoso e insistía en sacar a Adela a pasear—. Respira este aire. ¿No es tonificante?

En lo alto de la colina de Jakko, se aferraron a sus sombreros y se inclinaron para hacer frente a un viento que parecía dotado de brazos invisibles. Mientras miraban al noreste, hacia los montes boscosos de la provincia de Bashahr, Blandita anunció:

—Se me había olvidado decirte que mientras estabas fuera vino a verme Sam Jackman.

A Adela se le encogió el estómago ante aquella mención inesperada.

—¿Ah, sí?

—Sí. Estaba de visita en casa de Sundar. Está bien que se hayan hecho amigos, ¿verdad? A veces pienso que sigue llorando a su esposa, por más que aparente estar siempre contento.

—¿Y qué te dijo Sam?

—Hablamos mucho de la actualidad. Pese a estar aislado en las colinas, está muy bien informado de todo lo que está ocurriendo. Es un joven muy agradable. Creo que le pesó no verte.

—¿Eso dijo? —Adela se sonrojó.

—No exactamente, pero dudo que viniese hasta aquí para ver a una viuda vieja y arrugada.

Adela entrelazó su brazo con el de Blandita.

—Tú no estás arrugada y, por lo que cuentas, la visita no le resultó aburrida precisamente.

—Desde luego, se quedó hasta después del *tiffin* —repuso ella sonriendo—. No dejábamos de encontrar temas interesantes de conversación. Creo que debe de sentirse muy solo en Narkanda.

La última semana de enero, Boz llevó a Adela y a Blandita a celebrar la noche del poeta Robert Burns en el hotel Clarkes, donde los escoceses de la comunidad ofrecían una cena en honor a su poeta más famoso. Tras mucho beber *whisky* y recitar sus composiciones, se retiraron las mesas para bailar hasta bien entrada la noche las canciones que interpretaba un gaitero gurja. Cuando dejaron el local y toparon con un cielo que, de pronto, se había llenado de estrellas, las mujeres decidieron volver andando al bungaló en vez de tomar un *rickshaw*. Boz insistió en acompañarlas hasta la puerta.

—¿Qué está pasando aquí? —preguntó Adela observando la zona del bazar del pueblo llano, donde se vislumbraban, pese a la oscuridad, sombras que pendían algo entre los árboles y en los balcones de las casas que atestaban el barrio.

Boz respondió con un gruñido:

—Están sacando banderas del Congreso para el Día del Compromiso de Liberación.

—Claro —recordó Blandita—: mañana es día 26. ¿A quién traerán para los discursos?

—Cada año se envalentonan más —dijo él—. Seguro que traen a algún pez gordo de Delhi para enardecer los ánimos y soliviantar a los culis de los estados montañosos.

—¿Te refieres al movimiento del Praja Mandal? —quiso saber la anciana—. ¿Está teniendo éxito?

—Sí, ha habido disturbios en Dharmi y Nerikot. Tarde o temprano, las autoridades claudicarán ante la presión.

—Pero ¿qué están pidiendo? —preguntó Adela.

—Quieren cambios como, por ejemplo, la abolición de la servidumbre que obliga a los súbditos de un rajá a trabajar gratis varios meses al año —dijo el escocés.

—Pero eso es bueno, ¿no?

—Sí. —Boz bajó la voz—. Pero al Gobierno no le hace gracia nada que pueda poner en peligro la concordia con los principados. Queremos tener buena relación con ellos.

Adela le lanzó una mirada astuta.

—Para poder seguir talando sus árboles y usando a sus culis, supongo.

—Exacto —convino él.

La joven observó la actividad clandestina del bazar. Pudo distinguir el Ganj, la explanada central, donde estaban decorando un estrado.

—Debe de montarse un buen espectáculo, ¿no? Cuando yo estaba en la escuela no nos dejaban ni acercarnos.

—Yo no he estado nunca —dijo Boz—. No se ve con buenos ojos que los funcionarios asistan a cosas así. La Oficina de Tribus Criminales mantiene vigilados a quienes se acercan a escuchar. A ti, desde luego, te conviene no aparecer, no vaya a ser que Bracknall se entere y tengas que despedirte de tu empleo en su despacho.

—Pues a mí —declaró Blandita— no puede impedirme nadie que venga a escuchar los discursos.

Adela no tenía intención de asistir, porque el día era muy desapacible, con un viento cortante y hasta con celliscas, pero al volver al bungaló a la hora del *tiffin*, encontró a Blandita a punto de salir en dirección al Ganj.

—No te voy a dejar que vayas sola —aseveró con firmeza.

—No me haría ninguna gracia que te metieses en un lío por mi culpa, cariño —repuso alarmada la anciana.

—Pero ¡si me dedico a ordenar catres de campaña y clasificar correo! —Adela soltó una carcajada—. ¿Tú crees que puede preocuparse nadie por una empleada de tres al cuarto como yo?

Rodearon la avenida comercial y bajaron los empinados escalones de delante del teatro para acceder al bazar del pueblo llano. Antes de llegar ya oyeron la manifestación, un guirigay de tambores, cantos, gritos y bocinas. Las calles estaban abarrotadas de indios que habían ido a sumarse a la procesión de la carretera inferior o a observarla. Una legión de varones jóvenes y algunas mujeres (vestidos con la ropa de algodón artesanal bajo chaquetas de lana que los identificaba como seguidores de Gandhi) llevaba en alto las banderas tricolores del Partido del Congreso. Les pisaban los talones veintenas de habitantes de las colinas con gorros de colores llamativos. Muchos de los sirvientes de la ciudad, así como cierto número de oficinistas, se habían unido también a la multitud.

—¡Qué aglomeración! —señaló Blandita titubeante.

—¿Seguro que quieres seguir, tía?

—Estoy deseando oír los discursos.

—Pues vamos. De todos modos, no estaremos aquí mucho rato. —Adela entrelazó su brazo con el de su tutora con un gesto protector y se abrió camino entre empellones hacia el Ganj.

No pudieron acercarse tanto como para oír lo que decían los oradores, aparte de retazos sueltos en indostaní sobre la *swaraj*, palabra cuyo significado, «libertad», conocía Adela, y sobre el deber que tenían los británicos de dejar pronto la India en manos de los indios. La joven vio a un joven fornido subir al estrado vestido con un sencillo *shalwar kameez* punyabí y una boina negra.

—Parece comunista —supuso Blandita.

El orador saludó al gentío con un puño en alto y gesto animado. Gritó para hacerse oír por encima del bullicio de los congregados, que no tardaron en lanzar vítores y corear sus consignas. A Adela le sonaba el rostro de aquel joven, aunque sabía que era muy poco probable que lo conociese.

—¡Ay, Dios! —exclamó la anciana tirándole de un brazo—. Parece que va a haber problemas.

Adela apartó la vista del hombre y su hipnótica intervención para mirar a su alrededor. Bloqueando los escalones por los que habían accedido ellas, había docenas de policías armados con *lathi*, las varas largas que usaban de porra. Sintió un calambrazo en el estómago. De pronto, el oficial al mando se llevó a la boca un megáfono y ordenó a la multitud a voz en cuello en indostaní que se dispersase antes de repetir sus instrucciones en urdu.

—¡Todo el mundo a su casa! Se acabó la manifestación. Esta concentración es ilegal. ¡Volved a casa y nadie saldrá herido!

Aunque el exaltado orador se mantuvo firme y expresó su desacuerdo, el gentío comenzó a diseminarse al ver a los agentes. Los demás activistas que había en el estrado se dirigieron con gesto apremiante al comunista, que protestó por los intentos de poner fin a la manifestación, pero no pudo evitar que sus seguidores cerrasen filas en torno a él y lo bajasen de su tribuna. Adela y Blandita recibieron codazos y empujones de quienes trataban de apartarse. Se había desatado el caos.

—Buscan a aquel hombre —logró decir Blandita.

—Tenemos que salir de aquí —gritó Adela por encima del griterío y la confusión.

Sin embargo, la marea de los asistentes las arrastró en el sentido opuesto al de los escalones. Imposible huir de la estampida. La joven tomó el brazo de su tutora y se aferró a él con todas sus fuerzas, consciente de que lo único que podía hacer era dejarse llevar por aquel aluvión. Blandita, entre tirones y empellones, exclamó de pronto:

—¡Mi zapato! ¡He perdido un zapato!

—No te pares, tía —chilló la joven con el corazón en la garganta por el miedo—. Agárrate fuerte.

Un hombre envuelto en una capa sujetó de súbito el otro brazo de la señora Hogg y tiró de ella.

—¡Suéltela! —le espetó Adela.

—Por aquí, *memsahib* —la instó él—. Métase aquí.

—¿Noor? —La mujer ahogó un grito cuando su sirviente se apartó la capa del rostro—. ¿Cómo…?

Él, en lugar de responder, las hizo entrar en un callejón y franquear una puerta baja. En cuanto estuvieron fuera del tumulto, se vieron de pie en la cocina de un puesto de comida en el que se estaba guisando una olla enorme de *dal* humeante sobre la lumbre. El chiquillo flaco que la vigilaba abrió la boca asombrado al verlos aparecer. Noor le dijo algo de lo que Adela solo entendió la palabra *chai*. Él asintió con un gesto y desapareció tras una cortina. De fuera llegaban gritos y el chiflido de los silbatos de la policía. Blandita dejó escapar un suspiro de alivio.

—Siéntense, por favor, *memsahibs* —dijo Noor indicando un par de banquetas bajas—. Esperaremos a que se hayan ido todos.

El niño volvió con una bandeja metálica en la que llevaba vasitos llenos de té y los repartió. Adela bebió agradecida aquel *chai* con leche azucarado y notó que se le aplacaban los latidos del corazón. Blandita había perdido el color del rostro, tenía el sombrero de medio lado y sucio el calcetín del pie que había quedado descalzo. Temblorosa, acabó la pregunta:

—Noor, ¿cómo es que estabas aquí?

—La seguí, *memsahib* —a su rostro enjuto asomó una sonrisa—, por si había problemas.

Los ojos de la anciana se anegaron en lágrimas.

—Gracias. Eres mi ángel de la guarda.

—¿Sabes quién era el orador que ha hablado el último? —quiso saber Adela.

Noor negó con la cabeza.

—Alguien de la ciudad. De por aquí no es.

—¿Qué estaba diciendo?

—Algo del Praja Mandal —contestó él mirando a su alrededor como si temiese que lo oyeran— y hablando mal de los rajás de las colinas.

—La policía lo conocía —dijo Blandita—, porque parece que ha sido eso lo que ha provocado la carga.

—Sí —murmuró Adela pensando en aquel político apasionado, tan lleno de energía y de rabia—. ¿Habrá podido escapar? —Deseó para sí que hubiese conseguido eludir las varas de los agentes.

Esperaron media hora más y Noor pidió un *rickshaw*. La lluvia había vuelto a presentarse y el bazar se encontraba desierto y sumido en una quietud extraña. Las banderas del Congreso, rasgadas y pisoteadas, alfombraban el suelo embarrado. Las mujeres guardaron silencio mientras el vehículo que las llevaba subía la pendiente del

Ridge y la colina de Jakko. El sirviente pidió que preparasen agua caliente para llenar el baño y más té con pastel.

—No sabes lo que te lo agradezco, Noor —le dijo Blandita—. ¿Cómo he podido poner a Adela en semejante peligro?

Noor negó con la cabeza y la joven se sintió invadida por un coraje repentino una vez que se vio a salvo en el bungaló.

—Me alegro de haber ido: ha sido una obra impresionante.

La señora Hogg chasqueó la lengua con gesto impaciente.

—Para los indios no es ningún teatro —dijo—. De hecho, algunos darían su vida por la causa de la *swaraj*.

Al día siguiente, Adela buscó en el periódico alguna referencia a la manifestación o al altercado con la policía y no encontró nada. Se lo comentó a Boz, que se enfadó al saber que había estado allí.

—Chiquilla, mira que te dije que no fueras. Espero que no te viese nadie.

—No era yo quien les interesaba —repuso ella—. ¿Quién crees que podía ser el hombre de la boina?

—Por lo que cuentas, debe de ser algún exaltado. En los estados de las colinas está a punto de haber problemas de verdad, sobre todo en Dharmi, y el Gobierno está empeñado en evitar que salga a la luz.

—Sin embargo, son los que mandan allí quienes tienen que decidir otorgar más poder al Praja Mandal. ¿No se llama así?

Boz soltó un suspiro.

—Sí, tienes razón, y muchos de nosotros nos solidarizamos con lo que quieren conseguir, pero no queremos que cunda el malestar ni que caigan las cosas en manos de radicales como los comunistas.

No hablaron más del tema, pero aquello siguió carcomiendo a Adela. La joven no se había interesado mucho por la política hasta entonces y había preferido leer las revistas que le enviaba desde Inglaterra su prima Jane a los montones de periódicos en los que se sumergía a diario Blandita. Sabía más de lo que ocurría en Hollywood que de lo que se cocía en Nueva Delhi, por no hablar ya de los principados de las colinas que rodeaban a Simla.

Aun así, le caían bien las mujeres de las tribus que había conocido en las clínicas de Fátima y sentía vergüenza por no haber mostrado más curiosidad por cómo eran sus vidas más allá de los quehaceres diarios. Se preguntaba qué opinaría Sam de quienes llegaban de fuera de la región con el fin de revolucionarlos para que exigieran un cambio. ¿Le complicarían la existencia en su misión de las colinas o más bien los apoyaría? Tenía vagos recuerdos de haberlo oído hablar sobre cosas así durante la cena de su cumpleaños, pero lo cierto era que no le había prestado demasiada atención si no era para mirar fugazmente de vez en cuando su rostro apuesto y animado.

¡Oh, Sam! ¿Había ido de veras a buscarla pocos días antes de que ella regresase de Assam o solo pretendía hacer una visita de cortesía a Blandita? No podía dejar de pensar en él. Estando en Belguri, tan lejos y tan dedicada a su familia, había conseguido reprimir sus sentimientos y hasta se había prometido propiciar en la estación siguiente una relación romántica con alguno de los muchos jóvenes de la sociedad de Simla que regresaban en busca de amor de las cálidas llanuras. Le quedaban unos meses para cumplir los dieciocho años y no veía la hora de tener un romance. Los besos enérgicos que había recibido el verano anterior del capitán Maitland habían despertado su apetito de amor físico y deseaba ir más allá.

El recuerdo de Sam le produjo una marcada insatisfacción y el incidente del Ganj la empujó a salir en busca de Fátima para volver a prestarle su ayuda voluntaria. Siempre era mejor ayudar a las mujeres de las colinas que volver a organizar material de acampada por enésima vez. Además, sus padres le habían dado una modesta asignación para que pudiera vivir en Simla hasta junio sin depender de un trabajo en el Departamento Forestal.

En el hospital le dijeron que Fátima estaba enferma y que llevaba un par de días sin ir a trabajar. Preocupada, acudió directamente a su apartamento, situado en el Lakkar Bazaar, y subió las escaleras en penumbra que la llevaban al tercer piso. Su alarma creció más aún cuando golpeó la puerta y vio que no respondía nadie. Temió que estuviese demasiado enferma para ir a abrir, pero pensó que, de cualquier modo, tenía consigo a Sitara, su criada, una viuda hindú de casta humilde que la había acompañado desde Lahore. Volvió a llamar, con más fuerza, y gritó:

—Doctora Fátima, soy yo, Adela. ¿Estás bien?

Aliviada, oyó pasos suaves de pies descalzos y el cerrojo de la puerta que se abría. La hoja se entornó lo suficiente para dejar que la médica mirase a través de la rendija.

—¿Te encuentras bien? Me han dicho en el hospital que estabas enferma.

Ella vaciló unos instantes y respondió a continuación:

—Estoy bien, gracias.

—¿Puedo entrar para hablar contigo? Quiero volver a ayudarte en las clínicas. Sé que de aquí a poco vas a volver a ir a los montes —dijo sin poder contener las palabras— y me gustaría ser de utilidad. En el despacho casi no hacemos nada y a Boz lo voy a volver loco de tanto insistirle en que me busque trabajo.

Fátima dudó de nuevo y, tras volver la vista por encima de su hombro, miró otra vez a la joven.

—¿Vienes sola?

—Sí.

—Entra, rápido. —La doctora abrió la puerta lo suficiente para hacerla entrar antes de volver a cerrar con llave. Parecía nerviosa.

Adela, que no la había visto nunca en tal estado, se descalzó con gesto respetuoso y se preguntó si hacía bien quedándose allí. La médica forzó una sonrisa.

—Lo siento, soy una anfitriona pésima. Siéntate, por favor. Voy a ver si Sitara puede hacernos té.

Mientras desaparecía en la habitación contigua, Adela fue a sentarse en la mesa situada en la ventana en saledizo que dominaba el Lakkar Bazaar. Las casas de madera y los comercios que ofrecían su género en la acera parecían desafiar a la ley de la gravedad, sujetos a la pendiente por los árboles que crecían aquí y allá. El día era frío y húmedo y los edificios se veían desvaídos a la luz acerada de finales de enero.

La sala tenía el techo alto y estaba amueblada de forma sencilla y sin más elementos que los necesarios: una mesa con dos sillas; un escritorio grande y una lámpara de mesa; una estantería atestada de manuales; un sillón; un baúl de médico cerrado con llave, y una serie de cojines apoyada en la pared del fondo, que era donde gustaba de sentarse Fátima cuando estaba sola. Los cojines seguían arrugados. Había algo que no encajaba. Un cigarrillo apagado a la carrera seguía humeando en un cenicero de latón colocado en el suelo. Fátima no fumaba.

Adela ahogó un grito con gesto divertido. No podía ser que su visita inesperada hubiera sorprendido a la doctora, siempre tan recta, con compañía. Con razón se había puesto nerviosa. En ese caso, su amiguito debía de estar escondido en otra habitación o haber salido a hurtadillas de un modo u otro. Sundar no podía ser, porque tampoco fumaba. Se puso en pie de un salto y corrió a la puerta que se abría al otro extremo de la sala: Adela tenía que verlo con sus propios ojos.

En la diminuta cocina se apiñaban tres figuras que la miraban sobresaltadas: Fátima, la morena Sitara y un hombre. Adela abrió los ojos de par en par al reconocer al orador comunista al que había visto por última vez huyendo de la policía.

Él fue el primero en hablar. Se acercó a ella para estudiarla y, aunque no le tendió la mano, la saludó con una sonrisa efímera.

—Yo soy Ghulam, el hermano de Fátima, y usted debe de ser la señorita Robson, la británica que la ayuda en los pabellones de las que observan el *purdah* y de la que tanto me ha hablado.

Ella asintió con la cabeza y le espetó de improviso:

—Y usted es el hombre que habló en la manifestación. ¡Ya decía yo que me sonaba su cara! Se parece un montón al tío Rafi.

Fátima no cabía en sí de asombro.

—¿Estuviste en la protesta?

—Sí, con mi tía.

Los hermanos se miraron y dijeron algo en punyabí que Adela no entendió. Entonces él se encogió de hombros.

—Ahora que se ha descubierto el pastel, vayamos a la sala de estar —dijo la médica tomando de nuevo la voz cantante.

Adela no podía dejar de mirar a Ghulam. Así que aquel era el hermano menor de infausta memoria al que habían metido en la cárcel por incendiar el coche del gobernador en Lahore. Como a Rafi, el resto de su familia lo había condenado al ostracismo, a excepción de Fátima, siempre fiel a sus hermanos varones con independencia de lo que hiciesen. Aunque más bajo y fornido que Rafi y menos apuesto —tenía la mandíbula cuadrada y la nariz torcida, como si se la hubieran partido—, los ojos de Ghulam tenían el mismo color verde extraordinario que los de su hermano mayor. Se movía con agilidad y nerviosismo, como conteniendo su energía.

—¿Por qué llama tío a mi hermano? —preguntó mientras volvía a sentarse en los cojines.

Adela tomó asiento también y ocultó bajo la falda de lana las piernas y los pies enfundados en calcetines.

—Porque está casado son Sophie, que es amiga de mi madre y algo así como tía mía.

—Yo no la conozco, pero mi hermana dice que es guapa.

—Mucho, como una estrella de cine —aseveró Adela con una sonrisa.

—Yo la admiro por haber desafiado a los suyos para casarse con mi hermano y más teniendo en cuenta que los días de ustedes aquí están contados.

—Ghulam —lo reconvino Fátima.

—¿Por qué dice eso? —contestó Adela enojada—. Yo soy de la India tanto como usted.

—No, señorita Robson, no se confunda. Puede ser que su familia haya vivido en esta tierra durante un par de generaciones, pero la mía lleva siglos aquí. La suya está formada por imperialistas que recogen el beneficio de la riqueza de la India, té si no me equivoco, mientras que de los indios se espera que estemos agradecidos por los trabajos de culis y recolectores que nos dan.

Adela quería gritar a voz en cuello que su bisabuela era india, pero temió que él profesara el mismo desdén hacia los angloindios. Además, aquel no era asunto suyo.

—Mis padres se desviven por que a sus trabajadores no les falte nada —se defendió—. Mi madre creció entre ellos, como yo.

—¿Sabe cuánto les pagan o de dónde es cada uno de ellos?

—Exactamente no…

—Eso suponía, pero eso no es culpa suya, señorita Robson, sino del sistema. Sus padres y otros como ellos son, sin duda, bondadosos en un sentido patriarcal, pero todos sus esfuerzos no son más que remiendos que no atajan el problema de raíz: hay que desmontar toda la maquinaria de opresión de las colonias. Llevamos ya demasiado tiempo dejando que nos aplaste.

—¿Eso es lo que estaba diciendo durante el discurso que dio en la manifestación?

Ghulam sonrió con gesto amargo.

—Ellos no necesitan que nadie les hable de la opresión: la viven a diario. Lo que estaba haciendo era tratar de imbuir a los trabajadores el coraje necesario para seguir exigiendo un cambio social y político en los principados, donde viven todavía como siervos medievales. Usted ha estado allí con Fátima y conoce bien su situación.

—Ya está bien, hermano —lo interrumpió esta última—. No estás en tu tribuna. Además, ya has hablado demasiado. —Acto seguido miró a Adela con gesto angustiado—. Por favor, no le cuentes esto a nadie.

—Claro que no —repuso ella, a quien ofendía que pudiese pensar que se le pasaría siquiera por la cabeza la idea de traicionarlos.

—Ghulam no ha hecho nada malo —insistió la doctora—, pero a ciertas personas les gustaría verlo otra vez entre rejas. Hasta ahora, la policía no nos ha vinculado a mi hermano y a mí, pero no puede quedarse aquí mucho tiempo por si llegan a relacionarnos.

Se detuvo cuando vio entrar a Sitara con el té y con pan de jengibre. Ghulam encendió otro cigarrillo. Adela hizo lo posible por dominar sus nervios y actuar con la normalidad propia de quien no está merendando con un activista en busca y captura.

—¡Vaya! Mi favorito. Gracias, Sitara —dijo antes de dar un bocado a aquel bizcocho húmedo—. Buenísimo. —La mujer morena sonrió.

—Té y pastel —subrayó Ghulam con expresión burlona—. Muy británico.

—E indio —replicó Adela de inmediato—. El consumo de té en la India está empezando a igualarse con el del Reino Unido y, en cuanto al pastel, seguro que usted tampoco le hace ascos.

Fátima se echó a reír ante el comentario.

—Tienes razón: Ghulam ha sido siempre el más regordete de la familia por su afición al dulce.

La invitada vio con satisfacción cómo se ponía colorado y daba una calada furiosa al cigarrillo.

—Dígame, señorita Robson, ¿qué la ha traído a casa de mi hermana?

—La verdad es que, aunque no de un modo directo, ha sido usted, señor Kan.

Él abrió los ojos de par en par.

—La campaña que está haciendo para mejorar la situación de la gente de las colinas —prosiguió ella— hizo que me sintiera culpable por haber abandonado la clínica estos últimos meses. He estado un tiempo trabajando en el Departamento Forestal y participo de forma muy activa en la escena teatral de la ciudad. —Se volvió hacia Fátima para añadir—: Pero este año quiero ayudar más, por lo menos hasta que llegue el momento de viajar a Inglaterra.

—¿A Inglaterra? —exclamó la médica.

—Solo a pasar las vacaciones.

Adela les habló de la renuncia de Tilly a enviar a Mungo al Reino Unido para escolarizarlo y de cómo había aprovechado la ocasión de hacerse acompañar por Adela y por Clarrie.

—Piensa que la experiencia no será tan dura si vamos con ella y mi madre está deseando ir a ver a mi tía Olive. Hace quince años que no la ve. En cuanto a mí, supongo que, ahora que está todo planeado, también tengo ganas de vivir la aventura, siempre que no estemos allí mucho tiempo.

—Sí que es una aventura —dijo Fátima sonriente—. Mientras tanto, recibiré encantada toda la ayuda que puedas prestarme.

—A lo mejor —conjeturó Ghulam— se enamora de su patria y no vuelve. Desde luego, más le vale acostumbrarse a ella, porque un día tendrá que dejar para siempre esta tierra.

—¡Ghulam! No seas desagradable.

—Yo ya estoy enamorada de mi patria —aseveró la joven con aire desafiante—, que es la India.

—Entonces pertenece usted a una minoría de británicos —le espetó Ghulam con la mirada encendida de pronto—. Todos los que he conocido hablan del Reino Unido como su hogar. No les importa acaparar aquí los mejores trabajos, pero mandan a sus hijos a escuelas de Inglaterra y se jubilan allí con sus pensiones indias. Quieren tener, y consiguen, lo mejor de ambos mundos. Sin embargo, a millones de indios se nos niegan la voz y el voto a la hora de gobernar nuestro país. Imagine por un instante cómo sería la situación si se invirtieran las tornas y una élite de un millar de indios mandase en Londres sobre millones de británicos.

Adela hizo lo posible por pensar en lo que diría Blandita.

—Las cosas están cambiando, quizá no tan rápido como que-rrían ustedes, pero el Partido del Congreso se ha hecho ya con la administración de varias provincias, ¿no es verdad? Y últimamente se ven en toda Simla bastantes cargos de relieve que son indios.

Ghulam soltó una carcajada desdeñosa.

—Habla usted igual que Rafi, mi hermano no se cansaba de pedirme que tuviera paciencia.

—Yo no le digo que haga nada —repuso ella—, pero creo que comete una gran injusticia al tratarnos igual a todos los británicos, como también a todos los indios. Yo conozco a rajás indios que no tienen, ni por asomo, los mismos objetivos que usted.

—Los príncipes de aquí no representan a las masas de la India —protestó él—. Es verdad que los indios tenemos opiniones distin-tas sobre cómo habría que gobernar el país una vez que se vayan los británicos: yo quiero un estado socialista sin injerencias religiosas, mi devoto hermano Amir sueña con una patria para los musulmanes…

—Yo quiero que haya democracia y se otorguen derechos a las mujeres —corrió a añadir Fátima.

—Sin embargo, todos, todos coincidimos en una cosa —dijo Ghulam—: los británicos tienen que devolvernos el poder y hacerlo cuanto antes.

Adela no pudo sino asombrarse ante la pasión que iluminó su tosco semblante hasta volverlo atractivo y los ojos verdes destellan-tes que le sostenían la mirada.

—Se sorprendería —dijo— al saber cuántos británicos pensamos eso mismo. No se trata de si vamos a ceder el Gobierno, sino de cuándo se hará.

Aquella afirmación pareció desarmarlo y lo llevó a relajarse.

—¿Y qué haría usted, señorita Robson, en una India libre?

—Ser estrella de cine —respondió sin dudarlo.

—Adela canta de maravilla —lo informó Fátima.

—Y tiene el aspecto de una actriz del celuloide —añadió él con una sonrisa fugaz—. Prometo ver sus películas cuando consigamos la *swaraj*.

La joven se ruborizó ante aquel cumplido.

—Pues yo prometo darle entradas para mis estrenos —corrió a contestar.

Se despidió poco después. Ellos no le revelaron los planes de Ghulam ni ella hizo preguntas al respecto.

—No se lo cuentes a nadie —insistió la doctora—, ni siquiera a la señora Hogg, ni tampoco me preguntes por mi hermano cuando nos veamos. Estarás mucho más segura si no sabes qué es de él.

Adela quería volver corriendo a casa y contarlo todo, pero prometió no hacerlo.

Los días que siguieron a aquel encuentro hubo de hacer un esfuerzo sobrehumano para mantenerlo en secreto y no revelarlo a Blandita ni a Boz. La situación empeoró con la visita inesperada del inspector Pollock, un agente de policía alto y calvo a quien encontró Adela tomando el té un buen día al llegar a Briar Rose Cottage.

—El inspector —anunció su tutora con un gesto de advertencia— ha tenido el detalle de venir a asegurarse de que estamos bien.

—Muy amable de su parte, pero ¿por qué no íbamos a estarlo? —respondió ella agitando una mano.

—Las vieron a ambas en la manifestación del Día del Compromiso de Liberación —dijo Pollock— y temíamos que se hubieran visto arrastradas por el tumulto.

—Yo ya le he dicho que estamos perfectamente —lo interrumpió Blandita.

—Perfectamente —repitió sonriente Adela—. Lo vimos desde lejos solamente.

—¿Y qué hacía usted allí, señorita Robson? —insistió él—. ¿Le interesa la política?

—No especialmente.

—Lo de ir fue idea mía —aseveró la anciana—. Adela no tuvo nada que ver. Como sabe, siempre me han interesado los temas de actualidad.

Adela tomó asiento e hizo cuanto pudo por no revelar su intranquilidad y desviar la atención del invitado.

—Espero que tenga intención de venir a ver nuestra producción de *Las mil y una noches*, inspector Pollock. Creemos que va a ser toda una sensación para empezar la temporada.

—Yo no soy muy aficionado al teatro, señorita Robson, pero mi mujer sí. Me aseguraré de informarla.

Hablaron de asuntos triviales: el cambio de director del Banco de Simla, el nuevo menú que habían introducido en el Cecil para la cena y la exposición de arte que se ofrecía en el ayuntamiento. Cuando se puso en pie para marcharse, se volvió hacia la joven y preguntó:

—¿Le dice algo el nombre de Ghulam Kan?

El corazón le dio un vuelco. Con todo, supo clavar en los inquisidores ojos grises del inspector una mirada de desconcierto.

—No, ¿acaso debería sonarme?

—Fueron a verlo hablar en la manifestación.

—Ah, pues no tenía la menor idea de quién era. —Se encogió de hombros con gesto desdeñoso—. Yo solo fui por lo que tenía de dramático el acto. De hecho, no entendí nada de lo que dijo, porque no hablo punyabí.

El agente la estudió con detenimiento.

—En realidad, habló en urdu e indostánico, pero es de Lahore y, por lo tanto, su lengua materna es el punyabí. No deja de ser curioso que lo mencione.

—¡Vaya por Dios! Las lenguas se me dan fatal. Todas me suenan igual, ¿sabe? —dijo riendo.

—Entonces no conoce a Ghulam Kan —insistió él.

—Nunca hemos coincidido con él, ¿verdad, tía? —Al ver a Blandita negar con la cabeza, añadió—: De hecho, ni siquiera sé si lo reconocería si vuelvo a verlo, inspector. —Agitó un brazo con desdén—. Tampoco creo que me vaya a cruzar nunca con él.

—A lo mejor no es tan improbable como piensa —repuso Pollock—, porque resulta que su hermana trabaja en el hospital y es amiga de usted: la doctora Fátima Kan.

—¿La doctora Fátima? —exclamó la anciana.

Adela sintió que el miedo le atenazaba el estómago.

—¡Por Dios bendito! ¿De verdad? Fátima, desde luego, no ha hablado nunca de él. ¿No es así, tía? Lo más seguro es que haya sido por vergüenza. Él debe de ser la oveja negra de la familia.

Blandita la miró con extrañeza. Sabía muy bien que habían hablado de Ghulam en muchas sobremesas y que Fátima lo había defendido por ser idealista y no terrorista.

—De modo que cree poco probable que la doctora Kan haya dado refugio a su hermano en Simla.

—Muy poco probable —respondió Adela, haciendo lo posible por respirar con normalidad—. Ella respeta siempre la ley.

—Jamás encontrará a un médico tan trabajador ni concienzudo como la doctora Kan —aseguró Blandita con aire categórico—. Desde luego, tenemos mucha suerte de contar con ella en

Simla. Adela la ayuda en sus clínicas y le tiene una gran admiración. ¿Verdad, cariño?

Adela asintió con la cabeza.

—¿Ha ido a ver a la doctora Kan? —preguntó con toda la naturalidad posible.

—Sí —contestó Pollock— y sostiene que lleva años sin verlo.

—¿Lo ve? —concluyó satisfecha la anciana.

El inspector se encajó el sombrero y se puso los guantes al llegar a la puerta.

—Si oyen algo de Ghulam Kan, háganmelo saber. ¿Lo hará, señorita Robson? Sobre todo si se aventura a ir a las colinas con la doctora Kan. Puede que sepa más de lo que asegura, de modo que esté siempre atenta, porque creemos que es allí donde ha ido para causar problemas.

Adela sintió repugnancia: aquel hombre le estaba pidiendo que espiase a Fátima. Se las compuso para asentir sonriente mientras lo despedía con un gesto de la mano.

Blandita se aseguró de que se había ido y no podía oírlas antes de volverse hacia ella y preguntar:

—¿A qué ha venido toda esa pantomima?

—¿A qué te refieres, tía?

—A lo de hacerte pasar por la clásica *memsahib* tonta que no sabe nada de lenguas indias. Me ocultas algo, ¿verdad?

—A quien no pregunta no le mienten —murmuró ella.

La anciana le puso una mano en el brazo con un gesto repentino de espanto.

—No estarás metida en nada peligroso, ¿verdad?

Adela posó su mano cálida sobre la de Blandita, surcada de venas, y respondió:

—¿Yo? Yo nunca me acerco al peligro.

—Eso no es verdad —repuso burlona su tutora.

—De todos modos, no tienes por qué preocuparte, porque no estoy envuelta en nada.

—Algún día, preciosa —dijo la otra con una palmadita de afecto—, serás una gran actriz.

Adela se alegró de que la labor de la clínica la tuviese ocupada, aunque a menudo se preguntaba adónde habría ido Ghulam y se sentía frustrada por no poder hablar con Fátima del asunto. Solo habían mantenido una fugaz conversación al respecto para informarla de que la había interrogado Pollock.

Había vuelto a trabajar en el hospital, donde ayudaba en el pabellón de las que observaban el *purdah* haciendo vendajes, recogiendo y vaciando orinales y hasta, a veces, lavando y fajando a recién nacidos. Aunque el parto seguía constituyendo un misterio para Adela, pues nunca asistía a los alumbramientos, no había dejado de maravillarse por el hecho de que todas las puérperas viesen hermosas a aquellas criaturas arrugadas y chillonas.

Cuando llegó la primavera a las colinas y las laderas boscosas se vieron alfombradas de lirios del valle que lanzaban su perfume a un aire cada vez más cálido, Adela partió a Kurfri con Fátima, un puñado de auxiliares y enfermeras y la clínica ambulante. Sitara las acompañó para encargarse de la comida. En el Ford de segunda mano que acababa de adquirir la doctora no cabía un alfiler. Adela hacía turnos al volante con ella para salvar las angostas curvas de la carretera que unía el Indostán con el Tíbet. Las seguían las mulas y los carros tirados por caballos que acarreaban los pertrechos.

Después de pasar tres días en Kufri, siguieron viajando hacia Theog y, al final de la semana, levantaron el campamento y pusieron rumbo a Narkanda. Adela no se había adentrado nunca en los montes. Llegaron a aquel pueblo rebosante de actividad con los nervios a flor de piel después de superar los témpanos de hielo del camino. Dejaron el vehículo en las inmediaciones del río y prosiguieron colina arriba con los carros y las mulas.

—Los misioneros nos dejan acampar en el terreno de su bungaló y usar sus instalaciones sanitarias —le explicó la doctora.

—Todo un lujo —repuso la joven con una sonrisa irónica. Mientras la caravana botaba por la pista irregular a la luz menguante que se colaba por huertos de manzanos y ciruelos cuajados de capullos, el corazón de Adela latía con fuerza ante la idea de volver a ver a Sam.

Llegaron a un claro, una amplia extensión de pasto con un bungaló modesto de tejado verde de hojalata que iluminaban los últimos rayos del sol. Sintió su presencia antes de distinguir la imponente figura de movimientos ágiles que surgía de entre las sombras. La luz solar incidía en su apuesto rostro rubicundo y arrancaba reflejos rubios a su cabello rebelde. Caminó hacia ellas dando grandes zancadas, con la camisa arremangada en torno a sus brazos fuertes y una sonrisa dichosa en los labios ante la presencia de Fátima.

—Bienvenida, doctora Kan. Empezaba a temer que no llegaseis antes de que oscureciese. —Se detuvo en seco al ver a Adela apearse de una mula con los pantalones de montar y el cabello revuelto por la brisa vespertina—. ¿Adela? No te había visto…

—Hola, Sam —dijo ella haciendo lo posible por mantener la voz firme—. Espero que tengas agua caliente a raudales, porque estamos locas por darnos un baño.

El joven recobró de inmediato la compostura.

—En fin, esto no es el Cecil, pero veremos qué se puede hacer. —Sonrió—. Entrad. Hunt está en Nerikot, así que Fátima y tú podéis quedaros en su dormitorio.

Pese al cansancio, Adela no pudo menos de emocionarse ante el júbilo que, a todas luces, le había producido a él la llegada de ambas. Esperaba que su alegría no se debiera solo a Fátima. Al fin estaba en la esquiva Narkanda. Comieron en la veranda, cerrada con postigos, a la luz de las lámparas de queroseno que tenían en las mesas mientras el viento ululaba en el exterior y hacía crujir el viejo bungaló y hablaron de su trabajo y de los planes que tenían para los días siguientes.

Aquella noche, Adela se metió en la cama que tenían para esos casos y, pese a lo hundido del colchón y el olor a humedad de las sábanas por la falta de uso, se sintió feliz al saber que Sam se encontraba al otro lado de la pared, pues podía oír su cama chirriar cada vez que se daba la vuelta. Con aquel sonido se quedó dormida.

Capítulo 8

En los días siguientes no faltó el trabajo duro. El equipo médico estuvo viendo pacientes desde el alba hasta después del ocaso en la clínica que habían montado en la periferia del pueblo con las tiendas del almacén del Departamento Forestal que había donado Adela. Sam iba a verlas de vez en cuando para llevarles provisiones y remendar los desgarrones de la lona por los que se colaba el agua de lluvia. A la joven le resultó asombroso que conociera, al parecer, a todo el mundo. Se paraba a charlar y a bromear con los pacientes y entretenía a los niños llorosos con trucos de magia. Los aldeanos lo querían a rabiar y él hacía cuanto podía por ayudarlos.

Por la noche regresaban extenuadas a la casa de la misión para desprenderse de la suciedad de la jornada y compartir una cena sencilla de *dal*, hortalizas y chapatis.

—Esto está muchísimo mejor que las chuletas pasadas y las verduras recocidas que nos hace comer Hunt —aseveró Sam sonriente—, conque tendré que aprovechar su ausencia. Eso sí, nuestro cocinero, Nitin, hace el mejor arroz con leche y el mejor bizcocho de melaza del Himalaya, así que nos ceñiremos a los postres británicos.

Después se sentaban en los escalones de la veranda a escuchar la llamada de las aves nocturnas que habitaban la arboleda y el zumbido de los insectos. Una noche, mientras descansaban así al fresco,

Adela, Fátima y Sam oyeron a lo lejos la música sugerente de una flauta.

—¡Qué bonito! —dijo Adela emocionada—. ¿Quién la toca?

—Parece un pastor gadi —respondió él—. Los gadis están volviendo ahora.

—¿De dónde?

—De las llanuras en las que han pasado el invierno sus ovejas. Son nómadas y pasan la estación cálida en los pastos de las alturas, a veces en lugares tan elevados como las montañas secas de Spiti. Es todo un espectáculo verlos llevar sus rebaños al Hatu.

—¿Podemos ir a verlos? —preguntó ella entusiasmada.

—Si sois capaces de poner los pies en el suelo antes de que amanezca, os llevaré a la montaña para que estéis aquí antes de que empiece a funcionar la clínica.

—¡Claro que sí! ¿Verdad, Fátima?

—Conmigo no contéis. —La doctora dejó escapar un bostezo—. Yo necesito dormir y, además, no me interesan tanto las ovejas.

La sonrisa socarrona que asomó a su rostro hizo que Adela recordase de pronto a Ghulam, que también torcía los labios con un gesto divertido y asimétrico.

—Yo en casa me despertaba de todos modos antes del alba para salir a montar con mi padre, de modo que no será para mí ningún esfuerzo.

La joven durmió a ratos y oyó a Sam trastear en el dormitorio contiguo cuando empezó a filtrarse por los postigos la luz púrpura que anunciaba el crepúsculo. Se puso los pantalones de montar y una chaqueta abrigada antes de ir a buscarlo a la veranda, donde la esperaba fumando un *bidi*. Sin intercambiar más saludo que una palabra, se pusieron en marcha hacia el establo. El *syce* ya estaba ensillando los dos ponis. Sam le hizo una broma al joven, le dio las gracias y montó sobre su hembra gris moteada, en tanto que Adela subió a un ejemplar pardo de escasa altura.

Cruzaron al trote los huertos de frutales y se internaron en el bosque de cedros del Himalaya que cubría la falda inferior del Hatu. Pese a la oscuridad, los animales avanzaban con seguridad y sabían por dónde pisar por entre las bastas piedras del sendero irregular. Adela aspiró el aire fresco y húmedo de la montaña y recordó fugazmente el de Belguri. ¡Qué placer, sentirse sobre la silla de montar antes del alba entre árboles a los que daban vida los cantos tempranos de las aves!

La pendiente se hizo más pronunciada y de las narices y los ijares de los ponis empezaron a elevarse nubes de vapor a medida que se afanaban en salvarla. La luz se colaba ya entre los árboles cuando los perennifolios dieron paso a robles pardos. Sobre sus cabezas, sobresaltado por su súbita aparición, saltó con un chillido un mono de cara blanca que desapareció al instante. De pronto salieron a un prado que se extendía sin obstáculos por la cresta de la montaña. Sam refrenó su montura, descabalgó e indicó a Adela que hiciera lo mismo.

—Lo veremos desde aquí —susurró.

Aunque la ladera envuelta en sombras no le permitía ver nada que le resultase de interés, la joven se contentó con disfrutar del aire fresco mientras los ponis se echaban a pastar la hierba empapada en rocío. Al este, a lo lejos, a medida que herían el cielo los primeros rayos rosados del amanecer, habían empezado a surgir de la oscuridad las cumbres remotas del Himalaya. Cuando la luz se fue extendiendo y cobró fuerza, Adela empezó a distinguir una serie de figuras y un puñado de tiendas dispersas por la falda.

Más a lo lejos alcanzó a oír un rumor grave de pezuñas y balidos agudos. El ruido fue creciendo como el de un trueno acercándose. Minutos después pasaron ante ellos veintenas de ovejas cornudas y de pelo largo, alentadas por un anciano con turbante y un báculo largo acompañado de un grupo de pastores jóvenes que las seguían dando silbidos para hacerlas subir y rebasar la cima. Cuando llegaron a la cumbre, el alba bañó de luz dorada aquella masa de animales de melena parda, blanca y negra que se daban empujones en torno a los muchachos vestidos con chaquetas y pantalones hechos a mano y gorros de primoroso bordado.

Uno de ellos reparó en los jinetes que los observaban. Adela lo saludó agitando el brazo y él respondió con una sonrisa y un movimiento de su cayado.

—¡Qué espectáculo! —Se volvió entusiasmada hacia Sam, que se apresuraba a fotografiarlo todo con su Kodak.

—Sonríe —le pidió a ella llevado por un impulso mientras la enfocaba.

La joven se echó a reír y posó para él, que al momento siguiente había vuelto a apuntar con la cámara a los pastores gadis antes de que desaparecieran de su vista.

—¿Podemos acercarnos más a su campamento? —preguntó ella.

Sam hizo un gesto de afirmación mientras se colgaba la cámara al cuello y ataba a los ponis a un árbol cercano. Atravesaron a pie el prado. Aunque la hierba húmeda no tardó en mojarle los zapatos, Adela estaba encantada, hechizada por los destellos del rocío y la alfombra de flores blancas y amarillas como estrellas. Toda la ladera resplandecía como un manto incrustado de joyas.

Al otro lado se distinguía ya el brillo de las primeras fogatas y el olor dulzón del humo de leña. Las mujeres, vestidas con faldas acampanadas de colores chillones ceñidas a la cintura con trenzas de lana, habían salido ya a buscar ramitas y cortar manojos de hierba para los animales. Adela se aproximó a uno de los grupos hasta que pudo oír su parloteo y ver los destellos que emitían los dijes de plata que llevaban en la muñeca cuando usaban sus cuchillos.

La emoción la empujó a correr hacia ellas para saludarlas uniendo las palmas de sus manos.

—*Namasté* —exclamó.

Ellas dejaron lo que estaban haciendo para mirarla de hito en hito. Entablaron una conversación acelerada que culminó en una carcajada, tras lo cual una muchacha muy linda con el pelo negro recogido en trenzas se acercó a ella y le devolvió el gesto. Acto seguido dio una carrera hasta llegar a una anciana que cocinaba en la lumbre y volvió con un chapati humeante de un insólito color dorado para ofrecérselo. La chiquillería del campamento fue a arremolinarse en torno a ella.

Adela se volvió hacia Sam y le hizo una señal.

—Ven, vamos a compartirlo. —Partió en dos la torta de pan caliente y se llevó un trozo a la boca—. ¡Qué bueno! —dijo sonriente al notar el marcado sabor a maíz.

Las mujeres se echaron a reír y se cubrieron el cabello con sus chales al ver llegar a Sam, que avanzaba a grandes zancadas con una sonrisa en los labios. Mientras masticaba chapati, hizo lo posible por hacerse entender en el idioma de ellas y logró que sus carcajadas fueran aún más sonoras.

—¿Qué les has dicho?

—Estaba intentando darles las gracias —murmuró él—, pero no me extrañaría que le hubiese propuesto matrimonio a alguna.

Adela se echó a reír también antes de volver al indostánico para dedicar a las mujeres más palabras de agradecimiento. Uno de los chiquillos tiró de la mano de Sam y señaló la cámara.

—¿Quieres que te haga una foto? —le preguntó.

El pequeño sonrió. Sam pidió permiso a las mujeres, que debatieron largamente en voz alta antes de que una de las más ancianas resolviera que sí.

Sam tomó algunas instantáneas rápidas de las criaturas antes de que la joven que les había dado el chapati diera un paso al frente para posar con aire solemne mirando a la cámara con audaces ojos oscuros. Las mayores reprobaron su conducta y la mandaron como castigo al interior de la tienda.

—Tenemos que irnos —anunció Sam mientras corría a guardar la cámara en su estuche marrón— antes de que los hombres nos sorprendan distrayendo a las mujeres que preparan el desayuno.

Adela, que deseaba darles algo a cambio, sacó del bolsillo un pañuelo bordado y se lo tendió sonriente a la anciana que había amonestado a la muchacha de los chapatis y parecía ser la de más autoridad.

—Por favor.

La mujer lo tomó con gesto divertido y recorrió con sus dedos callosos las flores que había creado Clarrie con hilo de seda de vivos colores antes de agradecer el obsequio con una sonrisa que reveló una dentadura mellada. La dejaron mostrándoselo a las otras para que lo admirasen.

Regresaron a la orilla del bosque para recuperar sus monturas. El sol había salido ya.

—Siento que vayas a llegar tarde a la clínica por mi culpa —dijo Sam compungido.

—Yo no lo siento —sonrió ella—. No me lo habría perdido por nada del mundo. Algún día me enseñarás las fotografías, ¿verdad?

—Claro. Así tendré una excusa para ir a verte a Simla —respondió él guiñándole un ojo.

A Adela se le hizo un nudo en el estómago.

—Me encantaría.

Sam le dio la mano para ayudarla a montar, aunque los dos sabían que no hacía falta. Adela se asió a aquella mano tan fuerte y lo miró desde el poni.

—Mi tía me ha dicho que fuiste a Briar Rose Cottage cuando yo estaba en Belguri. ¿Fuiste a verme a mí, Sam?

Vio que se le subían los colores al rostro. Los ojos color miel de Sam le sostuvieron la mirada.

—Sí, tenía la esperanza de que estuvieras allí.

Ella le apretó la mano.

—Siento no haber estado.

A él se le contrajo un músculo del rostro delgado, como si estuviera decidiendo si debía o no decirle algo.

Sin embargo, la soltó y se dio la vuelta.

—Más me vale llevarte a la misión antes de que Fátima mande una partida a buscarnos.

Adela, decepcionada, echó a andar a su poni y se dirigió a la arboleda dejando a Sam en zaga.

Hunt regresó de Nerikot aquel mismo día con un humor de perros.

—Los mandalistas no se cansan de causar problemas. La gente no quiere ir a los grupos de oración por miedo a verse envuelta en una manifestación.

Escandalizado al dar con dos jóvenes solteras viviendo sin acompañante bajo el mismo techo que su compañero de misión, sacó de su cuarto a Fátima y a Adela y mandó a Sam a la remota población de Sarahan a plantar más manzanos.

—Usad mi cuarto —les insistió este último— y perdonad la actitud de Hunt. Normalmente no defiende con tanto celo su territorio. Las protestas de Nerikot lo han sacado de sus casillas. Volveré antes de que os vayáis.

—Tenemos que hablar —le dijo Fátima llevándolo aparte.

Adela los vio discutir en el jardín, muy cerca uno del otro. Poco después, Sam hizo su equipaje y se marchó. La joven se sintió frustrada. Sabía que sentía algo por ella, pero quizá no era tan hondo como lo que sentía ella por él. Había algo que Sam Jackman se afanaba en no dejar que nadie viera, como si temiese mostrar su interior, aunque también podía ser que ella se hubiera equivocado y él no compartiese sus mismos sentimientos.

Decidió centrarse en su trabajo y estar siempre ocupada para no angustiarse con su ausencia. Hunt se mantenía apartado de ellas y comía solo en su dormitorio, aunque ayudó a Adela a reunir provisiones para los nómadas cuando la joven convenció a Fátima para que fuese a visitar el asentamiento de los gadis e hizo acopio de pomadas, vendas, ropa de niño y mantas, pues en la montaña seguía haciendo frío. Le gustaban aquellas gentes trashumantes amables e independientes, que no dudaron en recibirlas en sus tiendas y se sentaban cuando caía la tarde para fumar en sus narguiles mientras las mujeres guisaban entre canciones.

Solo había un hombre a quien su presencia no hacía la menor gracia. Las miraba con hostilidad y debía de ser el responsable de la muchacha arrojada de las trenzas que había entablado amistad con Adela en su visita anterior, porque no se cansaba de censurar su carácter curioso. La niña, que se llamaba Pema, acariciaba el pelo ondulado y la piel clara de Adela con sonrisas de admiración. Ella le regaló dos broches para el cabello, que ella aceptó encantada y que enfurecieron al hombre, hasta el punto de que se puso a golpearla con un palo y la castigó obligándola a meterse en la tienda. Cuando Adela y Fátima protestaron, él les espetó que tenían que irse. Los demás parecían profesarle temor. Adela deseó que Sam hubiese estado allí para enfrentarse a aquel abusón, de quien no dudaba que debía de maltratar a Pema.

Por la noche, tumbada en el catre de campaña que habían dispuesto en el cuarto de Sam y tapada con una de sus mantas al lado de su cama, en la que dormía la doctora, no podía sino consumirse pensando en él. Una semana después seguían sin tener noticias suyas.

Poco antes del día en que debían regresar a Simla, llegaron a la clínica dos pastores gadis agitados que acarreaban a una mujer envuelta en paños y gritando de dolor. Estaba sentada cerca del fuego cuando habían volcado un caldero de agua hirviendo y le habían escaldado todo el lado derecho, desde la mano hasta la mejilla.

Adela contuvo un grito de horror.

—¡Es Pema!

Fátima la atendió de inmediato y curó y vendó sus quemaduras.

—Parece que no la han traído en cuanto ha ocurrido —dijo frustrada la médica—. Una de las heridas está infectada.

Adela intentó calmar a su nueva amiga y ocultar el dolor que le producía verla en semejante estado. Pasó la noche haciendo guardia en la clínica. Los hombres habían querido llevarla de vuelta al campamento de inmediato, pero la doctora había dejado muy claro que debía quedar a su cargo.

—Tiene fiebre y no debería moverse. Ha sufrido daños muy graves.

Los jóvenes dijeron que debían mudarse cuanto antes a Spiti, donde tenían derechos de pastoreo.

—En la misión cuidaremos bien de ella —prometió Adela.

Aunque la idea de dejarla atrás parecía inquietarlos, acabaron por marcharse a regañadientes.

Fátima, muy preocupada por la salud de su paciente, retrasó la vuelta a Simla.

—Cuando pienso en ese abusón —dijo—, me pregunto si habrá sido un accidente.

Aquella noche, Pema se puso a balbucear de un modo incoherente cuando se le disparó la temperatura. Adela permaneció a su lado, cantándole en voz baja y enjugándole la frente y, de cuando en cuando, permitía que la relevase una de las auxiliares para dormir un poco. La fiebre desapareció a los tres días y la niña pudo trasladarse al bungaló de los misioneros. Aunque tenía aún el rostro medio oculto por el vendaje, quiso premiar los desvelos de Adela con su amplia sonrisa. Le hicieron una cama en el suelo de la habitación de

Sam, donde se encontraba más cómoda que sobre un somier. Nitin, el cocinero, le preparó caldos y platos de *dal* para que le resultara más fácil comer y, cuando descubrió su afición a los dulces, no dudó en hacerle arroz con leche con canela y *gur*.

Gracias a Nitin, que se había criado en las colinas y entendía su lengua, Pema explicó que sus padres habían muerto en una avalancha y que, por eso, ella pertenecía a su tío, un hombre fuerte y leal pero con un pésimo carácter, sobre todo cuando bebía *sur*, el licor que ellos mismos fabricaban.

Unos días después se presentó aquel familiar suyo pendenciero con media docena de matones y exigió llevársela, pues, según argumentó una y otra vez, ya se habían retrasado bastante. A Pema la turbó aquella aparición repentina, pero, cuando Fátima plantó cara a los recién llegados, el tío se puso a darle gritos con el palo en alto. La doctora preparó una bolsa con vendajes limpios y recalcó a los más jóvenes que eran para la muchacha y que tenían que cambiárselos con regularidad. La joven gadi lloró desconsolada mientras se despedía a la carrera de sus cuidadoras. Adela la abrazó con ternura y le dijo que se volverían a ver. Entonces le metió en el bolsillo un pañuelo en el que había envuelto la cadena de escaso valor que había llevado puesta a veces y que tanto había gustado a Pema. Tenía la esperanza de que su tío no se la arrebatara.

Como, tras su partida, no había ya nada que las retuviera en Narkanda, la doctora y sus ayudantes recogieron la clínica al día siguiente y volvieron a Simla.

Sam regresó dos días después.

—No puedo decir que me apenara verlas marcharse —aseveró Hunt saliendo del santuario de su habitación—. Esas mujeres se apoderaron de toda la casa y también del jardín. ¡Y qué ruido hacían, riendo y cotorreando hasta las tantas! Encima, vinieron a vernos una docena de rufianes para exigir que les devolviésemos a una pastorcilla. Ya sé que estamos aquí para servir a los nativos, Jackman, pero coincidirás conmigo en que en el futuro pueden arreglárselas con la clínica que tienen en el pueblo, ¿o no?

El recién llegado sintió una gran frustración al ver que no había coincidido con ellas. Seguía recordando la casa llena de las carcajadas de Adela y se dolía del silencio que reinaría en su ausencia.

—¿Qué pastorcilla?

—Una gadi que había sufrido quemaduras graves. Una cosa terrible, pero el hombre que vino a buscarla parecía muy dispuesto a degollarnos a todos. Por suerte ya se han ido todos —dijo Hunt suspirando con gesto aliviado— y podemos cenar en paz. Hay chuletas de cordero. Seguro que te alegras de haber vuelto.

Fue Nitin quien le refirió la tragedia de las heridas de Pema, su llegada apresurada a Narkanda y su recuperación en el bungaló.

—La doctora Kan le salvó la vida y la señorita Adela cuidó de ella como si fuera su propia hermana. Ahora ya se han ido todas. — El cocinero se encogió de hombros con gesto apenado. Parecía tan triste como Sam por la ausencia de las invitadas.

Sam se sentó en su cama y apoyó la cara en una manta que aún conservaba el olor de Adela. Habría vuelto antes de no haber sido porque Fátima le había rogado que buscase a Ghulam. Recorriendo el valle del Satlush, había dado con el activista en Nerikot, donde estaba repartiendo panfletos sin hacer nada por ocultarse, tal como había sospechado la doctora. Le había parecido un hombre muy persuasivo y le había ofrecido asilo en el remoto bungaló de Sarahan, pues sabía que Boz y sus ingenieros no lo usarían hasta mediados de verano.

Ghulam había reavivado la ira apasionada que sentía Sam por las injusticias que sufrían los más pobres de la India a manos de los ricos y los poderosos. Desde su infancia, cuando había sido testigo impotente de cómo los recolectores de té se habían arrojado, desamparados y famélicos, al Brahmaputra para tratar en vano de llegar al vapor de su padre, le había provocado una cólera tremenda que se permitiera que ocurriesen cosas así. Por eso se había alistado en la misión. Por eso debía permanecer célibe y consagrar su vida a propiciar un mundo mejor. Ghulam era igual que él, aunque el activista creía en que, en caso necesario, había que imponer la revolución por la fuerza y Sam era contrario a la violencia. Aun así, su encuentro con el hermano de Fátima le había recordado que para poder abrigar la esperanza de lograr tales objetivos debía ser firme y no tener lazos emocionales.

Haciendo de tripas corazón, guardó la manta y enterró su deseo por Adela. Sabía que la joven sentía algo por él, porque lo había visto brillar en sus hermosos ojos de color castaño verdoso, pero estaba convencido de que la joven merecía algo mejor. Y tenía muy claro que a la encantadora hija de los Robson no le faltarían pretendientes.

Capítulo 9

Adela, en braguitas y camisola, revolvía el armario del camerino buscando el sari amarillo que tenía que llevar en la representación. Deborah, ya vestida con unos pantalones holgados de color verde, una camisa larga y un chal con ribetes dorados, se estaba maquillando.

En ese momento llamaron a la puerta.

—¡Entra, Tommy! —dijo Adela—. ¿Tienes la menor idea de dónde está mi sari? Tommy, como me lo hayas escondido, pienso colgarte por ya sabes dónde.

El chillido de su compañera interrumpió su discurso. Adela sacó la cabeza del armario y vio a un indio joven y apuesto con un abrigo reluciente de oro, pantalones blancos ajustados, babuchas de punta enroscada y un magnífico turbante azul tachonado de joyas.

Adela dio un grito ahogado.

—Lo siento muchísimo, señoritas —dijo con acento inglés refinado—. Estoy buscando al señor Villiers. Es que participo en esta obra... —El gesto divertido de su rostro delgado con bigote hacía evidente que no lo sentía en absoluto.

Adela se ocultó tras la puerta del armario, se puso una bata de seda y volvió a aparecer con una sonrisa de oreja a oreja.

—Yo lo había confundido con Tommy Villiers, que debe de estar por aquí. ¿Quiere que vaya a buscarlo?

—Muy amable de su parte, pero… —añadió mirándola— ¿no debería vestirse primero?

—No hay nada que no haya visto ya Tommy —aseveró ella antes de echarse a reír—. ¿No es verdad, Deb?

Su amiga, sin embargo, estaba demasiado impresionada por la aparición de un indio en el camerino para hablar.

—Tengo que decir —dijo Adela caminando descalza hacia la puerta— que tiene usted un aspecto impresionante con ese atuendo. Desde luego, los responsables de vestuario han tirado la casa por la ventana en esta producción, ¿no es verdad? ¿Es usted del ejército indio?

—No —repuso él desconcertado.

—¿Tampoco es ingeniero forestal? Es que su cara me resulta conocida.

Él adoptó entonces una expresión divertida.

—Tampoco, pero yo creo saber quién es usted: la señorita Robson, de Belguri, ¿no es así?

—Sí. —Adela sonrió—. Así que tiene usted algo que ver con el té.

Él negó con la cabeza.

—Sophie Kan me ha pedido que la busque.

—¿Conoce usted a mi tía Sophie? ¡Estupendo!

La joven salió delante de él al pasillo y se detuvo presa del asombro ante los dos guardas de librea que, de pie a ambos lados de la puerta, la saludaron. Por un instante de aturdimiento, Adela pensó que también debían de formar parte de la producción de *Las mil y una noches*, pero entonces reparó en que llevaban el uniforme de etiqueta amarillo y turquesa del rajá de Gulgat.

Se volvió y clavó la mirada en el actor indio con las mejillas encendidas.

—¡Cielo santo! —exclamó—. ¿Es usted…? No me diga que es usted un príncipe de verdad.

Él le dedicó una sonrisa encantadora.

—Sanjay Singht de Gulgat, sobrino del rajá.

Adela se apresuró a hacer una breve reverencia al mismo tiempo que se cerraba con fuerza la bata con una súbita sensación de ridículo.

—Lo siento mucho, Su Alteza. Lo he tomado por un oficial del ejército indio o por alguien de permiso vestido para la obra.

Él soltó una risita y la miró de pies a cabeza.

—No es necesario guardar el protocolo, señorita Robson, y menos aún dadas las circunstancias. —Entonces, tendiéndole una mano, anunció—: Mis amigos me llaman Jay.

—Entonces, llámeme Adela, por favor. —Le estrechó la mano—. ¡Qué estúpida he sido!

—Tu franqueza resulta reconfortante —la tranquilizó—. La prefiero mil veces a la adulación de los cortesanos o a la formalidad excesiva de los funcionarios británicos. Y sí, voy vestido de mi personaje, pero es más fácil encontrarme vestido para jugar al críquet que de esta facha —dijo recorriendo de arriba abajo su vestuario con la mano abierta y gesto burlón.

—Hay que encontrar a Tommy —dijo ella a la carrera señalando pasillo arriba.

Él insistió en que Adela fuese delante.

—Ha sido todo un detalle que se ofrezca voluntario para la obra —dijo ella volviendo la cabeza mientras caminaba—. ¿Ha actuado antes?

—No, pero el coronel Baxter, que es amigo de mi tío, me lo propuso en el club y no creo que tenga que hacer un gran esfuerzo para hacer el papel de príncipe oriental. Supongo que basta con plantarme ahí como elemento decorativo y no abrir la boca.

Adela se echó a reír, divertida ante aquel humor festivo.

—El coronel Baxter es un encanto. ¿Cómo están la tía Sophie y el tío Rafi?

—Están hechos un par de *junglis* sin remedio —dijo Sanjay—. No sé cómo pueden soportar vivir todo el año en Gulgat. Hasta Riba, la mujer del rajá, insiste en escaparse a Bombay o a Francia de vez en cuando. Yo he pasado estos tres últimos años en Europa, así que ahora me cuesta quedarme allí.

—Yo esperaba que viniesen a Simla este verano para verme actuar. —Adela se detuvo al llegar a la puerta de Tommy.

—Yo, desde luego, si llego a saber que en Simla florecía una rosa de Belguri así, habría venido mucho antes.

Los dos estuvieron un momento de pie estudiándose. Él era apuesto y tenía un aspecto imponente con sus ropajes de príncipe, pero Adela no podía olvidar que sus maneras exigentes habían provocado una discusión entre Sophie y Rafi en Navidad. Por lo que había dicho su tía, lo habían mandado a la universidad —a Oxford, creía recordar— para librarlo de las intrigas de palacio y darle una educación privilegiada. Estaba acostumbrado a salirse con la suya y Sophie lo había calificado de niño consentido, pero desde aquello habían pasado años y no cabía duda de que había madurado.

—En realidad, ya nos conocíamos —dijo ella con la intención de ponerlo en una situación violenta después de la vergüenza que le había hecho sentir él al sorprenderla a medio vestir.

—¿Ah, sí? —dijo él alzando una ceja.

—En una cacería. Yo tenía seis años y usted debía de tener diez. Amenazó con despellejar a mi cachorro de tigresa y yo me eché a llorar.

Él abrió de par en par sus ojos oscuros.

—¡Menudo granuja estaba hecho yo! —exclamó riendo—. Espero que no me guardes rencor todavía.

—Hasta ahora sí, pero de aquí en adelante está perdonado. —Adela sonrió satisfecha.

—Perfecto —dijo Sanjay—. Yo, de todos modos, haré lo posible por compensártelo. Tienes que venir a mi residencia de Mashobra, con tu tutora, por supuesto, para que te ponga al día de las intrigas de la corte de Gulgat. Eso es lo que les gusta a las mujeres, ¿verdad? Oír los últimos cotilleos. Además, seguro que Sophie Kan te habrá dado una impresión equivocada de mí. Prométeme que vendrás, Adela.

La joven no pudo evitar sentirse halagada.

—Prometido. —Sonrió antes de llamar a la puerta de Tommy y entrar sin esperar a que contestase.

No tardó en extenderse entre bambalinas el rumor de que a Adela la pretendía el joven príncipe Sanjay, que pasaba los días cabalgando o jugando al polo en Annandale y las noches en los clubes y los salones de juego de Simla, además de aparecer de cuando en cuando en el Gaiety para ensayar y causar con ello no poca agitación entre las actrices jóvenes.

—Deberías tener cuidado con ese —le advirtió Deborah—. El príncipe Sanjay tiene fama de hacer lo que se le antoja con las muchachas europeas. El amigo de un amigo mío estuvo con él en Oxford y dice que lo expulsaron por meter a una mujer en su cuarto.

—¿Quieres dejar de hacerle caso a los chismes? —repuso Adela con aire despreocupado—. Jay es todo un caballero. De todos modos, llevo siempre a la tía Blandita de acompañante. Ella dice que es encantador. A los dos los apasiona la poesía de Tagore.

Supuso que su desaprobación debía de estar provocada por la envidia. Su amiga rubia estaba habituada a acaparar la atención de los hombres durante su estancia en Simla. No estaba segura de por qué Jay la agasajaba así, si no era por ser ella joven, independiente y popular en el mundillo del teatro y estar él buscando diversión en la ciudad.

A veces le mandaba un *rickshaw* para que la llevase a la estribación boscosa de Mashobra, que albergaba mansiones exclusivas, entre las que se incluía el retiro campestre del virrey, a fin de que pudiera participar en las cacerías que organizaba con sus amigos del club y uno o dos rajás de los estados montañosos de los alrededores. Jay mantenía una amistad particularmente estrecha con el rajá de Nerikot, que compartía su amor por el *shikar* y la vida regalada. No había excursión que no incluyese una parada para disfrutar de un suntuoso almuerzo campestre de caviar, salmón, empanadillas de curri, pudin y champán, servidos sobre mesas en platos de exquisita porcelana que acarreaban docenas de mulas y porteadores de las colinas. Adela se sentía incómoda ante el despilfarro de aquellos banquetes al aire libre, pues era muy consciente de que los culis del rajá pasaban hambre y de la existencia penosa que llevaban las familias de las colinas.

Pensó en Sam, que desaprobaría sin duda aquel lujo, y enseguida se obligó a quitárselo de la cabeza. Habían pasado varias semanas desde el viaje a Narkanda sin que él hubiese hecho nada por comunicarse con ella. Además, era difícil que ella fuese a volver en breve a la misión, ya que Fátima tenía mucho trabajo en el hospital y Adela se había entregado a la temporada teatral.

Prefería con diferencia las veces que se había presentado Jay sin ceremonia alguna para salir a montar a aquellas magníficas expediciones de caza. En aquellas ocasiones, cabalgaban hasta lo alto de la colina Jakko para ver el sol nacer sin más compañía que un criado que los seguía a una distancia discreta.

—Este es el mejor momento del día —sentenció Adela en una de aquellas excursiones, aspirando el aire dulce de primera hora de la mañana mientras los monos se mecían y chillaban entre los árboles que rodeaban el templo.

—Yo odio madrugar —dijo Sanjay—. Solo lo hago para hacer feliz a Robson *memsahib*.

—Me honra, Alteza —respondió ella remedando la sonrisa burlona de él.

—Y haces bien, porque no lo haría por nadie más, excepto, quizá, por el virrey o por mi tío Kishan.

—Quiere mucho a su tío, ¿verdad?

—Muchísimo.

—Mi tío Rafi también. Haría cualquier cosa, cualquiera, por el rajá.

—Ojalá me guardase la misma lealtad a mí —deseó él enfurruñándose de pronto—. Sigue empeñado en apoyar las aspiraciones al trono de Jasmina, la niña mimada de Rita, aunque salta a la vista que yo, que soy hombre, estoy más dotado para las labores de gobierno.

—Dudo mucho que eso sea cosa de Rafi —lo defendió Adela—. Será más bien la opinión del rajá.

—Créeme si te digo que Rafi Kan tiene una gran influencia sobre mi tío. Si él quisiera, sería yo el sucesor de mi tío Kishan. Stourton, el residente británico en Gulgat, cree que debería ser yo, pero Rafi no le hace caso. Encima, Sophie y Rita son como uña y carne y, claro, han hecho frente común. Sophie y Rafi harán lo que les diga Rita. —Sanjay se volvió para mirarla de hito en hito con sus ojos oscuros y almendrados—. Tú podrías hablar con Rafi de mi parte.

Adela vaciló, no quería verse envuelta en los asuntos políticos de Gulgat.

—Si convencieses a Sophie, ella persuadiría sin duda a su marido, que bebe los vientos por ella. —Su voz distaba mucho de ser neutra.

—En fin, si cree que va a servir de algo…

Él sonrió de pronto.

—Claro que sí. ¿Cómo no se va a dejar hechizar Rafi por dos diosas colmadas de belleza? Seguro que cambia de opinión.

Adela se echó a reír ante la facilidad con que podía pasar él de una actitud belicosa a otra encantadora. Cuando él se volvió para mirar el sol naciente, estudió su perfil. Su piel era tan clara como la de ella y sus rasgos esculpidos —la nariz recta y los altos pómulos—, perfectos. Sus pestañas largas y negras le hacían aún más bello. Podría pasarse horas mirándolo. No estaba enamorada de él, pero sí le atraía físicamente.

Sobre el manto de hojas de los cedros del Himalaya, la luz había empezado a teñir de un naranja de caléndula las cumbres distantes de la montaña, que no tardarían en quedar ocultas bajo la niebla. Narkanda y Sam se encontraban en aquella dirección. Adela sintió una punzada aguda de añoranza por aquel hombre esquivo. ¿Por qué habría tenido que enamorarse de alguien así? Sam podía ser una persona apasionada e impulsiva, pero divertida y con los pies en la tierra. Las apariencias y las posesiones no significaban nada para él. Lo único que le importaba era el bienestar de los demás. Podría pasarse la vida en las colinas y ser feliz, lo más seguro era que no hubiese vuelto a pensar en ella desde su partida. Ojos que no ven, corazón que no siente. Estaba convencida de que Sam era de los que vivían el presente.

Por otra parte, tenía muy claro que Sanjay calculaba cada uno de sus pensamientos y de sus gestos. Cuidaba mucho su aspecto y, aunque asegurase que se encontraba más a gusto vestido para jugar al críquet, siempre iba de punta en blanco. Aunque lo planeaba todo hasta el último detalle, gustaba de hacer que pareciera espontáneo, como aquel paseo matutino. Ella sabía, por su mirada y las atenciones que le prodigaba, que la deseaba. Habría sido facilísimo abandonarse a su encanto seductor.

—Sé lo que estás pensando —le dijo él de pronto volviéndose hacia ella.

—¿Ah, sí? —Adela se puso colorada.

—Que te gustaría cenar conmigo el sábado, después de la función.

Adela soltó una carcajada de alivio.

—Es que vamos a celebrar el estreno con una fiesta en The Chalet...

—¿Te parece bien el Wildflower Hall?

—¿El Wildflower Hall? —Adela ahogó un grito—. Solo he ido una vez allí, cuando vinieron a verme Rafi y Sophie y me invitaron a comer un domingo.

—Esta vez será mejor —declaró él— y quizá después, cuando acabe el espectáculo, quieras pasar unos días en el Nido del Águila para relajarte. Podemos ir a la feria de Sipi. Siempre resulta divertido ver los trueques de esposa que hacen los culis.

Los nervios le tensaron el estómago. Blandita y ella habían cenado en la casa de campo que tenía el rajá de Gulgat más allá de Mashobra, pero nunca habían pasado allí la noche.

—¿Puede venir también mi tía?

Él dudó un solo instante antes de responder:

—Por supuesto que la señora Hogg está invitada.

—¡Qué bien! Gracias, alteza.

—Por favor —repuso él antes de tender una mano para asirla por el brazo—, deberías empezar a tutearme. Creo que tenemos ya la confianza suficiente como para que me llames Jay.

—Está bien, Jay —dijo ella sonriendo—. Vamos a contárselo enseguida a mi tía, que debe de estar esperándote para el *chota hazri*.

El joven puso los ojos en blanco.

—Gachas y riñones con especias picantes. ¡Lo que tengo que hacer por mi dulce rosa de Inglaterra! —exclamó burlón.

Si a Blandita la cautivó la idea de pasar unos días en el Nido del Águila, Fátima se mostró más crítica.

—Últimamente no te vemos aparecer por el hospital —le dijo mirándola a los ojos—. Te pasas el día con el príncipe Sanjay.

Era la primera vez que regresaba al apartamento de la doctora desde que había descubierto a Ghulam allí escondido y había ido a verla sin más propósito que asegurarse de que acudiría a la representación.

—La obra me ha acaparado casi todo el tiempo —respondió Adela esquivando su mirada y mirando por la ventana como si algo le hubiera llamado la atención, aunque solo había una mujer tendiendo la ropa en una azotea—. Lo siento. Cuando acabemos podré ir más.

—Si te vas al Nido del Águila, lo dudo.

—Serán solo dos días.

—Me sorprende que quieras pasar el rato con un hombre así. —Fátima fue contundente.

—¿Un hombre cómo? —preguntó ella molesta.

—Pues un hombre que dedica su tiempo al juego y a toda clase de lujos en compañía de autócratas como el rajá de Nerikot, al que no le importa un bledo el pueblo llano —repuso la doctora con desdén—. Mi hermano Ghulam estaría pudriéndose en el calabozo de su palacio si no llega a ser por Sam Jackman.

—¿Sam? —Adela sintió un calambre en el estómago al oír mencionar su nombre de improviso.

—Sí: rescató a Ghulam de Nerikot y lo escondió en un bungaló del bosque. Si las autoridades, el rajá, sin ir más lejos, se enteran, Sam se verá en una situación muy comprometida. —Fátima la miró angustiada—. No vas a decir nada, ¿verdad? Tenía que haber estado callada.

—Claro que no —exclamó Adela—. ¿Cómo puedes pensar otra cosa?

—Lo siento —dijo la doctora posando una mano en la cabeza de Adela con gesto afectuoso—. No quería ponerme así contigo. Es que me preocupa verte con ese hombre. No es de nuestra misma clase, Adela, y cree que puede conseguir cuanto le venga en gana. Vas a tener cuidado, ¿verdad? Esta relación no puede tener futuro.

—¿Y a quién le importa el futuro? —repuso Adela impaciente—. Solo estoy disfrutando de estos momentos. No voy a fingir que no me halagan sus atenciones, porque ¿a quién no le halagarían?, pero sé que no se va a declarar a una muchacha como yo. Somos amigos y se acabó, conque deja de preocuparte.

Sitara llegó con té y bizcocho de jengibre. Fátima le habló del hospital y no volvió a mencionar a Sanjay.

—¿Está a salvo tu hermano? —quiso saber Adela antes de irse.

Fátima se encogió de hombros.

—No sé ni dónde está y quizá sea mejor así.

—¿Lo sabe Sam?

—Llevo un mes más o menos sin saber nada de él, desde que me mandó noticia de que Ghulam estaba a una distancia prudente de Nerikot.

—Entonces, ¿no ha venido Sam a Simla? —Aunque intentó parecer despreocupada, Adela sintió que se le encendían las mejillas.

La doctora volvió a levantar los hombros.

—Sundar lo sabría. Se han hecho muy amigos.

Adela sonrió y dio un codazo a su amiga diciendo:

—Así que hasta la ocupadísima doctora Kan encuentra tiempo para ver a su admirador Sundar Singh.

Encantada, vio como Fátima se ruborizaba también.

—Muy de vez en cuando —reconoció— quedo con él para darle una paliza al *backgammon*.

—Pues espero que consigas hacer que te acompañe a la obra —dijo Adela con un abrazo de despedida.

La víspera del estreno de la obra, mientras corría en dirección al teatro, Adela topó con su antiguo jefe, Bracknall, en las inmediaciones del quiosco de la música, donde acababa de dejar de tocar una banda militar.

—Hola, señor —dijo ella—. ¿Lleva mucho tiempo en Simla?

Él le tomó la mano y se aferró a ella.

—La señora Bracknall llegó la semana pasada para preparar la casa, pero yo llegué anteayer. —La miró de arriba abajo—. He oído hablar mucho de usted, señorita Robson, y de las aventuras que va corriendo por ahí con un príncipe indio, por lo que me cuenta mi mujer.

Ella se echó a reír mientras hacía por apartar la mano.

—El príncipe Sanjay es un amigo de mi familia, nada más.

—Pensaba que su familia era de *chaiwallahs*.

Adela hizo una mueca de dolor ante el tono de desdén que había usado él y, apartando la mano, dijo con orgullo:

—Mi tía Sophie y su marido, Rafi Kan, son buenos amigos del rajá de Gulgat, tío del príncipe Sanjay.

Bracknall la miró como si le hubiese crecido otra cabeza.

—Bueno —dijo ella—, pues me tengo que ir al teatro.

Él la agarró del brazo para impedírselo.

—¿Rafi Kan, de Lahore?

—Sí. —Adela se arrepintió enseguida de haberlos mencionado. Recordó, demasiado tarde, la antipatía que le profesaba Sophie y que en el pasado había sido el jefe de Rafi. No le hacía ninguna gracia la sonrisa torcida de aquel rostro de facciones marcadas.

—Vaya, vaya, conque Sophie Telfer es su tía. Perdón: seguro que ella prefiere que la llamen señora Kan.

—Es que se llama así.

—A lo mejor soy muy antiguo —dijo él sin soltarla—, pero no soy de los que creen en esos matrimonios interraciales. No alcanzo a entender que la ley permita que una cristiana se case con un musulmán, aunque imagino que Sophie Telfer habría hecho cualquier cosa por huir de la vergüenza de su primer matrimonio fracasado.

Adela, atónita ante aquel comentario, se zafó de él con violencia y replicó:

—La tía Sophie se casó con Rafi por amor y los dos se quieren muchísimo.

Bracknall dejó escapar una risotada indulgente.

—¡Desde luego, la inocencia de la juventud resulta encantadora! Yo podría contarle unas cuantas historias sobre sus tíos que la dejarían sin habla.

—Tengo que irme.

—La veré la semana que viene en el despacho, muchacha, y seguiremos nuestra charla sobre los Kan.

—Ya no trabajo en el Departamento Forestal, señor Bracknall.

—¿Cómo?

—No voy por allí desde enero. —Adela tomó como una victoria su irritación—. ¿No le ha dicho nada Boz?

—Pues no —contestó él recobrándose enseguida—, pero tenía usted un papel secundario, ¿verdad? Supongo que, si ha conseguido llamar la atención de un nativo rico, no necesitará un trabajo de oficina para comprarse medias y barra de labios.

Adela, asqueada por la mirada lasciva de su antiguo jefe, se dio la vuelta tras despedirse bruscamente de él. Con razón a Sophie no le gustaba nada aquel hombre autoritario. A ella también le ponía el vello de punta. Sus palabras parecían esconder una amenaza para su tía y eso la había dejado preocupada. Sam le había prevenido contra él y Boz también, pero ella había restado importancia a su inquietud. Sin embargo, en aquel momento, sospechó por vez primera que todo aquel que contrariase al abusón de Bracknall pagaría las consecuencias.

Capítulo 10

Sam salió silbando y con las manos en los bolsillos del estudio de fotografía del lado este de la avenida comercial. Llevaba un sobre de fotografías recién reveladas en el bolsillo interior de la chaqueta. De algunas de ellas había encargado un duplicado. Aunque sintió la tentación de dilapidar su exigua paga tomando té en el hotel Clarkes, prefirió comprar en un puesto del bazar del pueblo llano los *jalebis* que tanto gustaban a Sundar. Este los había obsequiado a Fátima y a él con entradas para el teatro, donde aquella noche ofrecían la función final de *Las mil y una noches* al estilo de Simla.

—Ya verás qué espectáculo, amigo mío —le había prometido el sij—. Prepárate para contemplar a las mujeres más recias de toda la ciudad vestidas de bailarinas y a los corpulentos coroneles retirados tratando de hacerse pasar por Errol Flynn. Sin embargo, nuestra querida Adela salvará la noche con su dulce canto y enseñando fugazmente una de sus piernas bien torneadas. Al menos eso es lo que dicen en el club.

Sam no podía negar que estaba expectante. Era precisamente el recuerdo de Adela lo que lo había atormentado y llevado a la ciudad. Las fotografías no eran más que un pretexto, pues sabía que no hallaría solaz hasta que la viese de nuevo. Había tratado sin éxito de desterrarla de sus pensamientos, pero el sol, al alzarse cada mañana, le recordaba los paseos en poni que habían compartido al amanecer y, en el momento de ocultarse tras el Hatu, la emoción que le había provocado su encuentro con los nómadas gadis. La mujer tibetana que vendía bisutería en Narkanda, los niños que jugaban en las márgenes del río, un poni zaino con una manta de colores vivos por silla, el arroz con leche de Nitin servido en la veranda… Todas estas cosas le traían a la memoria constantemente la presencia alegre de Adela y lo mucho que la echaba de menos.

Tras la obra, cuando pudiera relajarse y tomarse un tiempo libre, iría a verla para regalarle unas cuantas fotografías e invitarla a tomar té en el Clarkes. Si las cosas iban bien, se quedaría hasta la feria de Sipi, adonde podrían ir juntos cabalgando, y le haría saber qué era lo que sentía por ella. Tumbado a solas en su camastro de la misión, mientras oía a Hunt roncar en el dormitorio contiguo, había puesto en duda su celibato. ¿No sería capaz de hacer mejor su trabajo con una esposa, una compañera que estuviera a su lado en términos de igualdad y que formase equipo con él por un mundo mejor? Había visto a Adela ayudar en la clínica y sabía que era de las mejores, de las que no se arredraba nunca ante ningún cometido, por desagradable que pudiera ser. Ni siquiera había evitado el contacto con la leprosa que pedía en la puerta del santuario de la colina, a la que había saludado y a la que había tocado el muñón de la mano antes de poner unas monedas en su escudilla.

Aun así, pese a la madurez con la que trataba a los demás, Adela seguía siendo una muchacha muy joven que, sin lugar a dudas, detestaría la idea de verse confinada en los montes, lejos de las luces brillantes de Simla, su teatro y su animada vida social. Sabía, desde que la había llevado de polizón en su vehículo siendo una niña rebelde de trece años, que ardía en deseos de ser actriz. Si en aquel momento había cumplido su objetivo, ¿por qué iba a renunciar a él para compartir con él un bungaló de misionero lleno de goteras perdido en la selva? Desde luego, no lo sabría nunca a menos que se lo preguntase. Y Sam nunca se había amilanado ante una pregunta incómoda o desafiante. Su propia actitud lo llevó a soltar una carcajada mientras paseaba ladera arriba en dirección a la vivienda de Sundar, donde se alojaba. Pasara lo que pasase, no veía la hora de disfrutar de la comodidad que le ofrecían los asientos del Gaiety mientras comía *jalebis* con su amigo y con Fátima y veía bailar en el escenario a la chica más hermosa de Simla.

—En la entrada de artistas hay alguien que quiere verte —dijo Deborah al llegar corriendo al camerino.

Adela seguía desmaquillándose. Aún le resonaban en los oídos los aplausos y los silbidos del contingente militar de la platea. Aunque su amiga había trastabillado con su diálogo en la escena final y Tommy había olvidado salir justo antes del entreacto y los tramoyistas habían sacado la alfombra mágica una escena antes de tiempo, el público había acabado poniéndose en pie para ovacionarlos. Tal vez se debiera a que aquella era la última noche, pero todos se habían visto envueltos en un ambiente casi febril y el auditorio se había vuelto loco.

Sanjay había disfrutado de un aplauso para él solo al aparecer en escena con sus magníficos ropajes y el turbante resplandeciente de joyas. Durante la ovación final, había besado las manos de las actrices principales y provocado con ello no poca admiración entre la concurrencia. Al caer el telón, el elenco se deshizo en risitas nerviosas y carcajadas.

—Espero que sea un admirador —sonrió Adela deteniéndose ante el espejo.

—Me temo que no. Es una mujer de aspecto imponente que dice que estuvo contigo en la escuela.

Adela la miró intrigada.

—Entonces deberías conocerla.

—No en Saint Mary's —dijo ella mientras se sentaba para quitarse los zapatos que había usado en escena—. Según ella, estuvisteis juntas en Shillong. En Saint Ninian's o donde sea.

Se le encogió el estómago.

—¿Cómo es?

—Es rubia y de rasgos caballunos.

Adela sintió que se le perlaba la frente de sudor. Que fuera Flowers Dunlop o hasta Margie Munro, no tenía la menor importancia, pero daba la impresión de que su amiga estaba hablando precisamente de la compañera de Saint Ninian's a la que había deseado no volver a ver jamás. Aquello parecía imposible: su madre le había dicho que Henrietta Davidge y Nina habían vuelto a Inglaterra después de morir el padre de esta última hacía ya más de dos años.

—¿Y te ha dicho…? ¿Te ha dicho cómo se llama?

Deborah se estaba desprendiendo de la túnica y perfumándose las axilas.

—¿Quieres ir ya a saludarla? Dice que te tienes que acordar de ella. Se llama Nora o Nina, me parece.

Adela se sintió indispuesta. En su interior se elevó una oleada de pánico que fue a atascársele en la garganta. De pronto, se figuró en la escuela. Nina se burlaba de ella mientras le tiraba del pelo, escupiendo comentarios crueles sobre sus padres: «Te faltan dos anas para la rupia. Nadie te quiere. Margie no ha querido nunca ser tu amiga. Ve a jugar con Florecitas Pestilentes». El corazón le latió con fuerza mientras se afanaba en respirar. Todo aquello era ridículo: Nina no podía hacerle daño, las dos eran ya adultas y, aunque fuese ella, lo más seguro era que hubiese ido a felicitarla y no a causarle problemas.

Tragó saliva con dificultad.

—Por favor, Deb, ¿le puedes decir que ya me he ido? Es que no me apetece verla, de verdad.

Su amiga se echó a reír como si estuviera bromeando.

—Haz el favor de no hacerte la Greta Garbo. ¡Ni que tuvieras tantos admiradores! Yo pagaría por que alguien viniera a verme entre bastidores para pedirme un autógrafo.

—Si es quien yo creo, te puedo asegurar que no ha venido por eso. En la escuela no me soportaba.

Entonces Deborah cayó en la cuenta.

—No me digas que es la que se portaba tan mal contigo, la niña de la que nos hablabas a Prue y a mí.

Adela asintió con un movimiento de cabeza.

—Eso parece. Por favor, Deb, es lo único que te pido: dile que he salido por la entrada principal. De todos modos, me está esperando Jay.

Deborah la miró de hito en hito.

—¿De verdad vas a ir a Wildflower Hall en vez de ir a la fiesta?

—Sí —respondió sosteniéndole la mirada.

—¿Qué dice de eso la señora Hogg?

—Ella viene también, como está mandado. Soy una muchacha decente.

Deb arqueó las cejas.

—Pues eso no es lo que se dice en los corrillos de Simla.

—Que digan lo que quieran —replicó ella.

Su amiga soltó una risotada repentina.

—Tienes razón. Ya me gustaría a mí tener tu descaro. De todos modos, si no vas a la fiesta, le partirás el corazón a Tommy.

—El día que a Tommy se le parta el corazón no será por mí, que soy como su hermana menor.

Deborah se puso el vestido.

—Está bien. Súbeme la cremallera, que voy a espantar a Caracaballo.

Adela la ayudó.

—Gracias, Deb —le dijo abrazándola—. Pídeme lo que quieras a cambio.

—Con que me encuentres a un príncipe rico y apuesto como el tuyo me conformo. —Su amiga le guiñó un ojo mientras se apresuraba a salir por la puerta.

Veinte minutos más tarde, enfundada en un vestido de noche de satén rojo adquirido por Jay, se montó en el *rickshaw* con los colores amarillo y azul de Gulgat que había de recogerlas a ella y a Blandita antes de internarse en las sombras. Al final de la avenida comercial, cambiaron dicho vehículo por un Bentley del rajá que las llevó al exclusivo hotel Wildflower Hall, situado en una cima boscosa a las afueras de la ciudad.

El camino de entrada discurría entre árboles y estaba iluminado con faroles. La luz que rebosaba de la alta mansión de madera que había pertenecido en otro tiempo a lord Kitchener se derramaba sobre el césped de los jardines. Jay, que había vuelto directamente allí para darse un baño y cambiarse, salió a recibirlas. Llevaba puesto un esmoquin carísimo de color crema con cuello mandarín sobre una camisa de seda azul de pavo real a juego con el turbante que lo distinguía entre la multitud de comensales británicos, con faldón y pajarita, y dejaba claro que, pese a sus modales occidentalizados, seguía siendo un príncipe indio, estaba en su propio país y se preciaba de ello.

Se mezclaron con el resto durante el cóctel. El coronel Baxter y señora agasajaban a tres protegidos de Delhi y Lucknow que estaban pasando allí la estación cálida y a una serie de oficiales amigos de Jay que jugaban al polo. Todos ellos brindaron un afectuoso recibimiento a la recién llegada.

—Ha acaparado usted todos los aplausos —aseveró un joven capitán.

—¡Quién tuviera su voz, señorita Robson! —exclamó efusiva una de las jóvenes.

—Gracias —repuso ella ruborizándose.

—Van a conseguir que se le suba a la cabeza.

—No merece menos —dijo Jay sonriendo a la vez que le tocaba levemente el codo con gesto posesivo.

Consciente de las miradas curiosas que se intercambiaba el resto preguntándose sobre la relación que mantenía con el príncipe, Adela apuró el combinado con demasiada rapidez. Dudaba que la respetabilidad que le otorgaba la presencia juiciosa de Blandita fuese a hacer mucho por contener las maledicencias.

—¡Por cierto! —dijo el coronel Baxter volviéndose hacia ella—. Acaba de llegar a Simla una antigua amistad suya. Yo tuve la suerte de servir con su padre en Mesopotamia. Tú tienes que acordarte de él, Blandita: el coronel Davidge. Por desgracia, murió hace un par de años. Se casó ya mayor con una mujer hermosa con la que tuvo una hija.

Adela sintió que se le iba el color del rostro. Así que era cierto: Nina había vuelto.

—¿Davidge? —Blandita frunció el ceño y negó con la cabeza.

—¿Cómo no te vas a acordar? —insistió la señora Baxter—. La familia de ella había hecho una fortuna con el yute. La viuda y su hija han alquilado Sweet Pea Cottage para pasar la temporada. Henrietta Davidge no era capaz de hacerse a Inglaterra, así que ha pasado el invierno en Bengala y ahora está en Simla. Nina reconoció a Adela durante la obra. —La señora Baxter se inclinó hacia Adela y le estrechó el brazo—. Creo que te tiene un poco de envidia, porque se tiene por una gran actriz. Henrietta, su madre, ha prometido pagarle los estudios en la RADA.

—¿La Real Academia de Arte Dramático de Londres? —Blandita alzó una ceja—. Pues tendrá que ser muy buena solo para entrar.

Adela tragó saliva.

—Recuerdo que en la escuela disfrutaba mucho actuando. ¡Qué afortunada, Nina!

—¿A qué sí? —dijo el coronel—. Tenemos que presentaros un día de estos. ¿Verdad que sería fantástico que la pobre tuviese una amiga aquí con quien poder entretenerse? Ha estado mucho tiempo confinada con un tío suyo en una ciudad bengalí que tenía por principal atracción una fábrica de yute.

La joven se obligó a sonreír mientras daba cuenta de su segundo cóctel. Blandita posó una mano sobre su brazo desnudo con gesto de advertencia y le preguntó con la mirada si se encontraba bien. Ella asintió sin palabras y dejó que el camarero le rellenase la copa. Podía ser que su tutora hubiese adivinado que estaban hablando de la odiosa Nina de la que había huido (aunque Adela no había llegado nunca a contarle toda la historia), ya que se apresuró a apartarla de los Baxter hasta que dejaron de servir alcohol.

Cuando entraron al comedor, una sala colosal forrada de teca y llena de retratos de virreyes del pasado y de escenas de caza, a Adela le daba ya vueltas la cabeza. Agradeció, por lo tanto, poder sentarse. Por desgracia para ella, el coronel insistió en que el príncipe y sus dos acompañantes se unieran a su fiesta y ella se encontró así entre el militar retirado y uno de los oficiales. Aturdida como estaba, se preguntó si no se habrían propuesto los Baxter mantenerla apartada de Jay.

Preocupada como estaba por el regreso de Nina a su existencia, le resultó extenuante tratar de seguir la conversación. Supuso que no tardarían en correr rumores maliciosos acerca de su ascendencia por las mesas de té de Simla. Además, quería evitar a toda costa al aborrecible Bracknall. La oferta de Jay de pasar unos días en el Nido del Águila le resultó, de pronto, más apetecible aún. De hecho, cuando acabó la cena no pensaba en otra cosa que en escapar un tiempo de Simla y dejar de ser el centro de atención.

Observó a Jay disfrutar de la compañía de sus atléticos amigos y del interés que suscitaba entre las jóvenes y entendió lo importante que era para él sentirse apreciado. Lo vio repartir invitaciones para cazar y cenar en el Nido del Águila.

—Deberíamos ir todos juntos a la feria de Sipi —declaró—. Después celebraré un banquete.

El príncipe pagó la cuenta de todos al final de la velada.

Cuando las dejó a Blandita y a ella en el bungaló con la promesa de mandarles un coche por la mañana, Adela se preguntó si había hecho lo correcto. Aunque cansada, estuvo tentada de ir a ver si sus compañeros seguirían celebrando su actuación en The Chalet. Sintió una punzada de remordimiento por haber accedido con tanta facilidad a cenar con Jay en lugar de irse con sus amigos del teatro, pero no veía la hora de refugiarse unos días en las colinas. Además, el príncipe era tan generoso y atento… Aquella noche le había regalado un hermoso chal de cachemira al salir del hotel.

—¿Qué te ocurre? —preguntó su tutora al entrar a su dormitorio para darle las buenas noches—. Hoy no parecías tú. ¿Te preocupa esa Nina Davidge?

Adela asintió con un movimiento de cabeza.

—Ya sé que es ridículo, pero sigue dándome miedo.

—Pues lo peor que puedes hacer es dejar que se te note —dijo Blandita con decisión—. Tú te bastas y te sobras para defenderte, cariño. Además, ¿qué daño puede hacerte ella?

Adela durmió mal. Pasó la noche consultando el reloj ante el deseo de que amaneciese. Se había vestido y tenía la maleta hecha mucho antes de que estuviera servido el desayuno.

Sam pasó la mañana arreglando el tejado de Saint Thomas, templo cristiano del bazar del pueblo llano que los británicos de Simla conocían como «la iglesia nativa». Tenía amistad con el hospitalario sacerdote, que hacía cuanto podía por sus feligreses con una fracción de los recursos que se destinaban a la acaudalada Iglesia de Cristo, situada en un punto prominente del Ridge.

Se alegraba de tener que hacer ejercicio físico dando marti-
llazos enérgicos en las planchas de hierro corrugado con la camisa
arremangada pegada a la espalda por el esfuerzo y el calor del sol
de mayo. Con cada golpe intentaba borrar el recuerdo de la noche
pasada. Adela se había presentado en escena cautivadora, representando varios papeles, bailando y cantando en el coro antes de salir
para el cuadro final con un radiante sari de color amarillo, como
una mariposa exótica al lado de aquel apuesto príncipe. Por los mur-
mullos que oyó a su alrededor, no tardó en descubrir que se trataba
del príncipe Sanjay de Gulgat y que su nombre iba ligado al de
Adela en los chismorreos de la ciudad.

Al final de la representación, se había apartado de Sundar y
Fátima para ir a fumar cerca del quiosco de la música con la esperanza de abordar a Adela cuando saliera del teatro, pero se había
topado con una muchacha de carácter imperioso con un elegante
abrigo de verano y un sombrero sin ala a la moda que exigía verla.
Había reconocido a Deborah, la amiga de Adela, que hacía lo posible por librarse de ella, y había optado por mantenerse oculto en las
sombras, pero no tan lejos que no pudiera oír su conversación.

—Me temo que ya se ha ido. La esperaba un *rickshaw* para llevarla a la avenida comercial.

—No me lo creo. No ha podido irse tan rápido. Está tratando
de evitarme, ¿a que sí?

—Y, si fuera así, ¿qué, Nina? Tal como la trataste en Saint
Ninian's, no me extrañaría.

La joven alta se había mostrado ofendida.

—No sé de qué estás hablando.

—Pues yo creo que sí. La trataste tan mal que sigue echándose
a temblar solo con oír tu nombre, así que yo, en tu lugar, la dejaría
en paz.

—He venido a felicitarla, pero ya veo que estoy perdiendo el
tiempo. ¿Qué culpa tengo yo de que me guarde rencor por una

tontería? En realidad, fui yo la humillada por su culpa, porque arruinó mi interpretación de la reina Isabel durante los campeonatos teatrales entre las casas de nuestro colegio. Seguro que no tendrías tantas ganas de ser su amiga si supieras lo que yo sé.

—Bueno, pues déjala en paz, ¿quieres?

Sam había reparado en que debía de ser la misma Nina que había coqueteado con él con la mirada durante su visita a Saint Ninian's y había vejado a Adela hacía tantos años. ¿Para qué podía buscarla si no era para causarle más problemas? Había salido de las sombras para exclamar sonriente:

—¡Buenas noches, Deborah! Has estado estupenda en el escenario. Enhorabuena.

Las jóvenes se habían dado media vuelta.

—Hola, Sam. Gracias. No sabía que hubieses venido a vernos.

—No me lo habría perdido por nada del mundo.

—A Adela le va a dar mucha lástima no haberte visto.

—Pero estará en la fiesta de celebración, ¿no?

Deborah había vacilado y a continuación había lanzado una mirada desafiante a Nina para responder:

—No. En realidad, se ha ido a cenar al Wildflower Hall. Con el príncipe Sanjay.

La otra había chasqueado la lengua con gesto de desaprobación.

—En fin, eso es lo que nos distingue de quienes son como Adela Robson, ¿no?

—Yo, sinceramente —había replicado Deborah—, me volvería loca de alegría si me dieran la oportunidad de cenar con un príncipe indio.

Sam había tratado de disimular su frustración.

—Bueno, señoritas, pues que disfrutéis de la velada.

Entonces Nina había dicho de súbito:

—Sabía que te conocía de algo. Tú eres Jackman, el director de cine, ¿no?

Él había reído con sorna antes de responder:

—Ya no: ahora soy misionero.

—Ah, vaya —había dicho ella con gesto desengañado—. Un trabajo muy noble.

Sam se había despedido enseguida para ir con sus amigos a tomar el té al piso de Fátima, donde habían estado hablando del gran interés que se estaba tomando Sanjay en Adela.

—Parece estar muy decidido —había dicho la doctora—. Yo estoy preocupada por ella. No hace más que asegurarme que no siente nada por él, pero está claro que se siente halagada por las atenciones que le presta.

Sundar se había echado a reír.

—¡Quien nos vea entregados al comadreo de Simla…! Seguro que la señora Hogg no permite que ocurra nada indecoroso a su protegida.

Sam, resuelto a verlo con sus propios ojos, había buscado una excusa para llegar un poco más tarde a la vivienda de Sundar durante el paseo de regreso:

—Me gustaría estirar las piernas un rato más. No estoy acostumbrado a estar tanto tiempo sentado.

A la luz de la luna, había salido de la ciudad salvando a trancas y barrancas los ocho kilómetros que la separaban de Wildflower Hall. Cuando llegó, los comensales habían empezado a salir ya de aquella mansión iluminada con corriente eléctrica y subían a diversos *rickshaws*. Había reconocido al coronel Baxter y a su esposa. De pronto, le había dado un vuelco el corazón al ver a Adela dejar el edificio con un vestido rojo entallado y el cabello oscuro suelto sobre sus hombros como una estrella de cine, acompañada de Blandita. Detrás había visto a Sanjay y, a un gesto suyo, uno de sus criados se había acercado con un chal de suave tejido con el que el príncipe había envuelto los hombros desnudos de Adela. Ella lo había mirado con una sonrisa de oreja a oreja para darle las gracias y a Sam se le habían revuelto de envidia las entrañas.

Entonces había llegado un Bentley negro, grande y reluciente. Otro de los sirvientes se había dirigido de inmediato al automóvil para abrir la puerta del pasajero y ayudar a entrar a Blandita, en tanto que el príncipe tomaba la mano de Adela para que se acomodara en el asiento trasero antes de subir tras ella. El vehículo había echado a andar por el camino. La última imagen que se había llevado de Adela había sido la de su rostro vuelto hacia arriba para mirar, aún sonriente, a Sanjay.

Sam hizo lo posible por zafarse de la sensación de pesadumbre que lo angustiaba y, tras acabar las labores de reparación que había ido a hacer en Saint Thomas, declinó la invitación del sacerdote a quedarse a tomar el *tiffin*.

—Tengo que hacer todavía otra visita —dijo antes de darle las gracias y despedirse.

Pensó en regresar a casa de Sundar para asearse y quitarse la camisa mojada de sudor, pero no podía seguir postergando el momento de hablar con Adela, conque, después de ponerse la chaqueta, fue a comprar una caja de caramelos blandos de coco para Blandita y salió con paso rápido del bazar.

En Briar Rose Cottage reinaba la calma y la veranda estaba vacía. Saludó al *mali*, que estaba regando las dalias y las rosas, y a Noor, que apareció en ese instante en la terraza.

—Hogg *memsahib* y Robson *memsahib* no están —dijo el sirviente haciendo un gesto apenado con las manos.

—¿Y cuándo volverán?

Noor agitó la cabeza con gesto incierto.

—De aquí a tres días o quizá cuatro.

—¿Cuatro días? —exclamó. A esas alturas habría acabado la feria de Sipi y él tendría que estar ya en Narkanda—. ¿Adónde han ido, Noor?

—Al Nido del Águila, *sahib*.

Aquello dio al traste de golpe con todas las esperanzas que había abrigado Sam.

—¿La residencia del rajá de Gulgat?

El hombre asintió con un movimiento de cabeza y, al ver el gesto de desengaño, señaló la veranda diciendo:

—Quédese, *sahib*, que haré que le sirvan el *tiffin*.

—No, gracias. No puedo quedarme…

—Claro que sí. Quédese —repitió Noor con insistencia—. Hogg *memsahib* lo habría querido así.

Sam cedió enseguida.

—Gracias, es muy amable de tu parte, pero solo accederé si puedo tomarlo en la terraza contigo. Té y una pipa.

El sirviente sonrió por toda respuesta. Le gustaba aquel joven misionero de expresión franca y además alegre, a pesar de su vestimenta raída y su maltrecho sombrero verde. Las gentes de las colinas hablaban maravillas de él por sus ganas de trabajar y su falta de presunción.

Los dos se sentaron a la sombra con las piernas cruzadas a beber té, comer huevos duros y compartir una pipa de agua. Sam abrió la caja de golosinas que había comprado para Blandita y la compartió también con Noor. No tuvo que esperar mucho para que aquel hombre, mayor que él, se pusiera a hablar de su hogar de Srinagar, en Cachemira, cerca del lago Dal, y de sus cuatro hijos, sus dos hijas y los nietos que le habían dado tres de ellos. Le gustaba vivir en Simla porque las colinas le recordaban a su tierra natal, pero echaba de menos el lago: no había nada más hermoso que el Dal por la mañana en primavera, con los cerezos en flor. Dos de sus hijos varones trabajaban en casas flotantes. Tenía intención de volver algún día, cuando Hogg *memsahib* ya no lo necesitara, y acabar sus días al cuidado de sus nueras si así lo quería Alá.

—¿No te importa tener que vivir lejos de los tuyos? —quiso saber Sam.

Noor meneó la cabeza mientras servía más *chai* caliente y dulce.

—Ese es el camino que se me ha dado. A usted le ocurre lo mismo, *sahib*. ¿Usted también vive lejos de su hogar y su familia?

A Sam lo asaltó una sensación de soledad abrumadora.

—Yo, Noor, amigo mío, no sé dónde está mi hogar ni tengo familia.

—¿Nadie? —insistió el otro lleno de asombro.

Sam sintió que se le tensaba la mandíbula como le ocurría siempre que pensaba en su madre.

—Puede —murmuró— que mi madre viva aún, pero no lo sé.

—¿Y sabe dónde vive, *sahib*?

El más joven hizo un gesto de negación.

—Lo último que supe es que se marchó a Inglaterra.

Noor trató de consolarlo posándole una mano en el hombro.

—Si es la voluntad de Dios, volverán a encontrarse.

—Dudo que me esté buscando —repuso él con una sonrisa amarga.

El sirviente le dio unos golpecitos en el hombro.

—Aquí tiene usted muchos amigos y Dios cuida de usted.

A Sam empezaron a escocerle los ojos ante aquel sencillo y amable comentario. Sintió envidia de los hijos de Noor, que gozaban del orgullo incondicional de su padre. Volvió a dolerse por la muerte del suyo y se preguntó cómo habría sido formar parte de una familia nutrida y disfrutar de su cariño. De pronto se dio cuenta de lo mucho que deseaba volver a ver a Adela, aguijado no solo por un anhelo físico de verla y tocarla, sino por sus ansias de alguien a quien amar y con quien compartir su vida. Ni ella ni Noor, que tenían a mano a los suyos y contaban con su amor, podían hacerse una idea de lo que era sentirse tan solo ni tan vacío.

Sacó el sobre de cartón de duplicados fotográficos que había llevado consigo y dijo:

—Por favor, ¿puedes darle esto a la señorita Robson?

El hombre le respondió que sí y Sam le dio las gracias y se fue. Vagó sin rumbo el resto del día con las manos metidas en los bolsillos y lidiando con pensamientos sombríos: por la colina de Jakko, por el Lakkar Bazaar y a lo largo de la estribación del Elysium para mirar en dirección a Mashobra, preguntándose si no debería viajar hasta allí y luchar por Adela.

Tomó la carretera de Mashobra, pero poco después se amilanó. ¡Qué idea tan estúpida! Lo más seguro era que hiciese el ridículo. Recorrió kilómetros y más kilómetros a pie. Pasó por Sanjouli y Chota Simla, tomó el túnel y volvió a cruzar el desfiladero. ¿Qué hacía allí? Tenía aún mucho trabajo por hacer. ¿Qué sentido tenía todo aquello? Tenía que dejar de compadecerse de sí mismo. A Adela la estaba cortejando un noble indio, alguien que se encontraba muy por encima de él. Adela no era la muchacha que él creía: buscaba una vida de encanto refinado, vestidos de satén, vehículos de lujo y hoteles suntuosos. A fin de cuentas, no era tanto lo que tenían en común. Quizá ni siquiera lo había amado nunca: simplemente se mostraba afable y accesible con todos. De pie entre los altos cedros del Himalaya, dejó escapar un rugido de rabia y frustración que hizo que un mono saliera corriendo entre chillidos de alarma.

Sam regresó al bazar del pueblo llano. Compró una botella del basto *whisky* que elaboraban en las colinas y volvió con él a casa de Sundar. Estuvo una hora mirándola y, a continuación, bebió por primera vez en tres años. Cuando volvió su amigo del trabajo, estaba en el suelo sin conocimiento y con la botella vacía aferrada al pecho.

Capítulo 11

El Nido del Águila era un trocito de paraíso. Su ingente residencia de madera estaba rodeada de verandas y ofrecía vistas espectaculares de las copas de los árboles en todas direcciones: hacia la brumosa Simla, por las laderas orientadas al sur y tostadas por el sol, y hacia el norte, hasta la verde selva de la falda de las colinas y la silueta dentada del Himalaya.

Los interiores eran sombríos y frescos, las habitaciones estaban revestidas de teca y adornadas con pinturas de colores vivos —obras de impresionistas franceses y escenas de caza persas—, así como con fotografías de tigres abatidos y de las visitas del rajá a la Costa Azul de Francia. Había estatuas de dioses hindúes de uno y otro sexo, alfombras de motivos muy variados, muebles antiguos y una biblioteca llena de volúmenes desde el suelo hasta el techo. Las verandas estaban amuebladas con sillones de mimbre, cómodos cojines bordados a mano y mesas de taracea con incrustaciones de marfil. Todo rebosaba de helechos en macetas y flores que recorrían los porches y los escalones hasta llegar a los prados en pendiente y los senderos que recorrían la arboleda iluminada con faroles. Con las dalias y los alhelíes propios de los jardines británicos se mezclaban especies locales de mimosas, rododendros y azaleas al cuidado de una legión de *malis*.

Adela pasó dos días relajándose, comiendo y durmiendo bien, jugando alguna que otra partida de tenis con Jay en una pista de hierba o dando breves paseos por el bosque con Blandita. La víspera de la feria de Sipi, llegó el rajá de Nekirot acompañado de su séquito. Durante la prolongada cena, la conversación acabó tratando los disturbios locales.

—Si te he de ser sincero —aseveró a Sanjay—, me alegro de haber dejado Nerikot. Esos condenados mandalistas están dando problemas otra vez.

—Lo más seguro es que tenga que renunciar a la práctica de la servidumbre, ¿verdad? —lo desafió Blandita—. En otros estados ya se está haciendo.

—Puede ser —repuso el rajá encogiéndose de hombros con gesto desconcertado.

—Pero tampoco puedes dejar que reine la anarquía —dijo Sanjay—. Tendrás que atar en corto a tu pueblo para dejar claro quién está al mando.

—Sí —convino el rajá sintiéndose alentado—. No pienso dejar que me digan lo que tengo que hacer esos propagandistas, pero ¿cómo sostienes las riendas de la situación cuando llegan agitadores de fuera a soliviantar a las masas? A veces tengo la impresión de que mi familia no está a salvo en palacio.

—Seguro que no es tan grave —apuntó Adela—. En el fondo no le desean ningún mal: solo quieren un poco de democracia.

—¿Y qué sabes tú de esas cosas? —Jay la miró con gesto curioso.

—Lo poco que he leído —corrió a decir ella.

—Desde luego, no es cosa de los británicos —replicó él con una sonrisa tensa—. Lo que haya que hacer en los principados se hará a nuestra manera y cuando nosotros lo estimemos oportuno. —Y, volviéndose a su amigo, añadió—: Si amenazan a tu familia, tienes todo el derecho a defenderla. Desde luego, si puedo serte de ayuda, solo tienes que decírmelo.

Adela se sintió incómoda. ¿Estaba Jay incitando a su amigo a tomar represalias violentas? El asunto, de cualquier modo, quedó sin resolver cuando pasaron a hablar de la feria de Sipi.

—Siempre se lo pasa uno en grande con todos esos trueques de esposas —comentó sonriente el rajá.

—Pues a mí me resulta de muy mal gusto —repuso Blandita— que puedan vender de ese modo a mujeres en la flor de la vida.

Sanjay dejó escapar una risa indulgente.

—¿Tanta diferencia hay con los británicos de clase alta que dan en matrimonio a sus hijas a cambio de títulos y grandes mansiones?

—Sí que la hay —declaró la anciana—. Las jóvenes de clase alta tienen derecho a dar su opinión sobre con quién se casan, mientras que a esas chiquillas nativas las canjean como a ovejas.

—Se trata solo de acelerar las transacciones matrimoniales. Los culis que viven en la ciudad no tienen tiempo de volver a sus aldeas para buscarse una esposa.

—Pero la opinión de las chicas no vale nada —intervino Adela—. Yo, cuando me case, lo haré por amor.

—¡Qué romántica eres! —dijo Jay con una sonrisa—. Eso es porque ves demasiadas películas de Hollywood en el Rivoli.

—No, más bien porque veo lo felices que son mis padres. Mi padre dice que está tan enamorado de mi madre como el día que se conocieron. Y la tía Sophie y Rafi también son muy felices.

Jay hizo un mohín.

—Eso ya no lo tengo tan claro. La familia de Rafi Kan ha cortado toda relación con él y, cuando las familias no están de acuerdo, el matrimonio se resiente por la tensión.

—Su hermana Fátima y su hermano Ghulam no le han dado la espalda.

—¿Ghulam Kan, el radical? —preguntó el rajá.

—Sí, eh...

—¿Lo conoce usted?

Adela se puso colorada.

—Sé quién es.

—Me temo —dijo Blandita— que eso fue por culpa mía. Fui a oírlo hablar al mitin del Día del Compromiso de Liberación y Adela me acompañó para que no me ocurriera nada. Por desgracia, aquello acabó en refriega.

—Es que no podía acabar de otro modo —comentó el rajá con desdén—. No son más que vándalos que habría que erradicar de nuestras calles.

—Tendrían que tener más cuidado, señoras —recomendó Jay con ceño preocupado— y no dejarse envolver en asuntos de propaganda comunista. Sus autores son gentes sin moral resueltas a sacar de aquí a la fuerza a los británicos y de acabar con los principados.

Adela pensó en Ghulam y consideró que no era un hombre sin moral, aunque sí falto de paciencia. Recordó que la había desafiado a ver más allá del mundo acomodado que tenía en Simla y entender que él estaba luchando por una India libre sin barreras de clase ni injerencias religiosas. ¿Podía suponer un peligro para todos ellos si veía frustrados sus empeños? En tal caso, ¿debía advertir al rajá y a Jay? Sin embargo, hacerlo sería traicionar a Fátima y abocar a su amiga a muchos problemas. Solo cabía albergar la esperanza de que se aplacaran las revueltas de las colinas y que Ghulam prosiguiese su campaña en cualquier otra parte.

Ojalá pudiera hablar de todo aquello con Sam, seguro que él tenía una visión sensata al respecto. Pensando en Sam, se preguntó si saldría de Narkanda para acudir a la feria. Sintió una honda añoranza de él y pensó que sería horrible no poder verlo antes de partir al Reino Unido en julio.

Blandita se retiró a su dormitorio. Había luna llena y Jay propuso dar un paseo por el jardín. El rajá declinó su ofrecimiento, de modo que Adela y él salieron juntos a recorrer la senda mientras se alzaba una bruma nocturna procedente del valle que parecía un mar argénteo a la luz de la luna. Por entre los árboles se filtraba una luz fantasmal que recortaba motivos bien definidos sobre el camino. El aire estaba cargado del aroma de las magnolias doradas. Al llegar a un banco dispuesto bajo un arco de trepadoras en flor, Jay propuso que tomaran asiento.

—Has estado muy callada durante la cena. ¿Qué te ronda por la cabeza? —preguntó.

—Nada, a decir verdad.

—No deberías preocuparte por los asuntos de política local.

—¿De verdad está en peligro la familia del rajá?

—El rajá sabe cuidar de su familia. Y yo sé cuidar de ti y de tu tutora. Aquí no corréis ningún peligro. De eso me encargo yo.

—Yo no estoy preocupada por mí.

—Eres una mujer excepcional.

Dicho esto, se llevó la mano de ella a los labios y le besó los dedos. Adela sintió un escalofrío delicioso por todo el cuerpo. Miró al rostro apuesto de él, cincelado por la luz de la luna, y vio el deseo que habitaba en sus ojos oscuros. Su corazón comenzó a latir con fuerza. Él se inclinó más hacia ella y recorrió con un dedo su frente hasta llegar a la mejilla y, tomando un mechón rebelde, colocárselo tras la oreja. Aunque apenas la había tocado, su tacto le provocó pequeñas descargas eléctricas en el pecho y la boca del estómago. Entonces el joven pasó la yema del dedo por la garganta y la clavícula de ella y le rozó el seno con el dorso de la mano.

Adela no pudo evitar que de su boca se escapara un suspiro. Jay inclinó la barbilla de la joven para darle un beso suave y exploratorio que le hizo cosquillas en los labios. Adela sabía que no debía alentar aquella actitud, pero aquel rincón secreto y perfumado, la luz etérea y el susurro repetitivo de los insectos nocturnos tenían algo que parecía haberlos dejado suspendidos en aquel instante, como una escena romántica de película. Así que, cuando él la atrajo hacia sí para besarla con más ímpetu, ella se dejó llevar y los dos abrieron los labios para saborearse y explorarse.

—¡Qué hermosa eres, mi rosa inglesa! —musitó él sembrándole de besos el rostro antes de mordisquearle la oreja—. ¿Me permites que vaya a visitarte esta noche a tu dormitorio?

Adela se echó hacia atrás. Aquello estaba yendo demasiado deprisa.

—Lo siento —dijo él—. No pretendía ofenderte. Solo he pensado que...

Adela tragó saliva.

—No me has ofendido, pero tampoco estoy lista todavía.

—Lo entiendo. —Jay sonrió—. La noche te ha hecho demasiado irresistible, pero, por ti, Adela, seré paciente.

La abrumaban emociones encontradas: deseo, vacilación, deslealtad hacia Sam —a quien amaba— y una gran agitación por el hecho de sentirse deseada por aquel príncipe poderoso y apuesto, que debería ser inalcanzable.

—¿Qué soy yo para ti, Jay? —preguntó—. Tengo que saberlo.

—Eres tan deseable como las estrellas del cielo. Me enamoré de ti en el instante en que te vi en paños menores en el camerino. Todavía no he logrado quitarme esa imagen de la cabeza —aseveró con una sonrisa sensual.

Adela rio azorada. Estaba coqueteando con ella y aquello la ayudó a romper el encantamiento.

—Soy virgen —le dijo—, cosa que debe de ser evidente a un hombre de mundo como tú, pero tienes que saber que solo me entregaré al hombre con el que contraiga matrimonio. No hay discusión.

Él abrió los ojos de par en par ante semejante franqueza. Tardó un momento en recobrar el habla para, llevado de un impulso, pedirle:

—Entonces, Adela Robson, cásate conmigo. Ven a vivir conmigo a Gulgat o al Midi francés, a Londres o adonde tú quieras.

—¿Que me case contigo? ¡Te estás burlando de mí!

—Lo digo en serio.

—Seguro que ya te han escogido una esposa —repuso desafiante.

—Yo puedo hacer lo que quiera. ¿No se casó mi tío Kishan con esa mujer de Bombay? El mundo está cambiando.

—Tu familia nunca me aceptará, Jay —replicó ella con una risita incrédula.

—¿Por qué no? —Él le tomó la mano—. Podría hacerte raní de Gulgat. Contigo a mi lado, ni siquiera Rafi podrá oponerse a que me nombren sucesor. ¿No es verdad?

—¿Y qué me dices de tu madre y tu abuela?

—Las dos harían cualquier cosa por verme feliz —declaró él.

Adela se apartó.

—No puedo negar que me siento atraída por ti y halagada por tus palabras, pero lo que dices es imposible.

Sin embargo, cuantos más obstáculos ponía ella, mayor era el entusiasmo con que abrazaba él aquella quimera.

—Por lo menos, considéralo —le rogó—. Te deseo, Adela, como nunca he deseado a nadie.

La joven apenas pudo conciliar el sueño aquella noche. Daba vueltas en la cama de plumas, hostigada por el recuerdo del tacto electrizante de Jay y de sus besos y preguntándose si podía tomar por cierto cuanto le había dicho. Deborah la había advertido sobre la reputación del príncipe, que se enamoraba y se desenamoraba con igual facilidad de las mujeres. A Fátima también le había preocupado que entablase una relación con alguien de su posición. Entonces, ¿por qué se dejaba tentar por sus dulces palabras? ¿Quizá porque el hecho de unirse a él en matrimonio acabaría de forma definitiva con sus sentimientos de inferioridad frente a las Ninas y las Margies de este planeta? Siendo la esposa de un noble indio, su ascendencia dejaría de revestir la menor importancia. Sophie había demostrado que era posible cruzar las barreras raciales para casarse y ser feliz.

¿Cómo podía ser tan superficial, tan patética? ¡Si no lo amaba! Solo lo estaría usando para tener una posición, seguridad y una carta de presentación frente al mundo. Tras caer rendida cuando el alba había empezado ya a asomar tras las cortinas, Adela se despertó agotada, pero con las ideas muy claras de pronto: rechazaría las proposiciones de Jay para volver a Simla tras la feria y consagrar sus energías una vez más a ayudar a Fátima en el hospital.

A Sam le batían las sienes como timbales. No sabía cuántos días llevaba entregado a beber sin parar cuando lo encontraron Fátima y Sundar vagando confuso por el distrito de Sanjauli. Recordaba, de forma muy poco precisa, haber estado buscando la vieja vaquería en la que había trabajado siendo estudiante, cuando aún abrigaba esperanzas de entrar en el Departamento de Agricultura. En aquel momento lo invadía una oleada de remordimiento por haber preocupado a sus amigos y haber abandonado con tanta facilidad el tren de la abstinencia.

Si aquello llegaba en algún momento a oídos de Hunt o —Dios no lo quisiera— de su mentor, el doctor Black, era muy probable que lo echaran de la misión. ¿Cuántas veces había oído a su compañero despotricar contra la falta de moderación en la bebida y el consumo de opio de que adolecían algunos de los nativos? Hasta se había ofendido cuando Sam le había dado a entender que, en muchos casos, los sirvientes y los culis no fumaban sino para mitigar el hambre y hacer mínimamente llevaderas las extenuantes jornadas que pasaban caminando cargados.

Él, sin embargo, no tenía siquiera aquella excusa: se había dejado abrumar por la rabia y la desesperación solo con ver a Adela disfrutar del suntuoso entorno de Wildflower Hall y de las atenciones del príncipe Sanjay. Tras serenarse, se había deshecho en disculpas con sus sufridos amigos. Cuando había expresado sus intenciones de regresar de inmediato a Narkanda, como un hermano mayor indulgente, Sundar le había dado una palmada en la espalda y le había dicho antes de soltar una risotada:

—Primero vamos a disfrutar de un día en la feria de Sipi, Jackman, y luego puedes echar a correr hacia las colinas.

Sam había aceptado la propuesta. Tomaron la carretera de Mashobra para unirse a la multitud de quienes se habían tomado unos días libres a fin de dirigirse al claro del bosque de Sipi haciéndose a un lado de cuando en cuando para dejar pasar los vehículos cargados de residentes británicos que iban también a ver el espectáculo. El sol brillaba con fuerza y el cielo estaba despejado. Sam se alegró de llevar gafas oscuras. A medida que se acercaban, comenzó a dolerle la cabeza al ritmo de los instrumentos de percusión y de viento de las bandas locales.

Bajo los árboles se había instaurado un campamento de tiendas y de toldos y el aire estaba preñado de humo de leña y del olor de las ollas en las que hervían estofados bien cargados de especias. Las sartenes chisporroteaban y los cocineros echaban en su interior aceite humeante y discos de masa que se transformaban en segundos en piezas de *puri* que se inflaban como globos mágicos.

Los tragafuegos y los malabaristas entretenían al gentío y los niños huían entre chillidos de los danzantes tibetanos disfrazados con máscaras horripilantes. Las mujeres de las colinas estaban aparte, sentadas sobre una pendiente de hierba, ataviadas con sus mejores galas, adornadas con collares, brazaletes y pendientes brillantes de plata y con sus delicadas narices atravesadas por aros enormes. Tan cargadas iban de joyas que cuando les daba el sol deslumbraban a los concurrentes. Su cháchara se hacía más viva a medida que contemplaban la escena y hacían comentarios procaces sobre los británicos que se acercaban a observarlas boquiabiertos.

Sam empalmaba un cigarrillo tras otro mientras hacía por librarse de su crispación. Si solía disfrutar de aquella feria, ese año detectaba cierta tensión agitada en aquel lugar. Con todo, llegó a la conclusión de que no debían de ser más que sus nervios, que estaban a flor de piel.

—Vamos, Jackman —dijo Sundar con jovialidad—, ven conmigo a echarles un ojo a los ponis. Luego quiero que me ayudes a buscar un chal para Fátima, que nunca se compra nada.

Sam lo siguió obediente por entre los empujones de la multitud. Los británicos comían al aire libre en una pendiente contigua a la que ocupaban las mujeres de las colinas y desde la que se veía bien cuanto ocurría. Los atendían varias docenas de criados que cocinaban y les servían alimento y bebidas. Los olores le provocaron náuseas. Fue entonces cuando vio a Ghulam. Iba vestido con una túnica blanca y una gorra del Congreso sin hacer ningún esfuerzo por mezclarse entre los hombres de las colinas y caminando hacia las mujeres. Le resultó increíble que quisiera arriesgarse a que lo viesen tan fácilmente en una feria de pueblo. Aquello no era ningún mitin político. A no ser, pensó sombrío, que pretendiera convertir las celebraciones en uno. En ese instante lo sobresaltó la voz de Sundar, que exclamó de súbito:

—¡Mira! Ahí están Adela y la señora Hogg.

La joven estaba sentada en una silla plegable con las piernas esbeltas cruzadas, un vestido de verano con flores de vivo color naranja y un *topi* y charlaba animadamente con Blandita. Sundar las llamó y Adela se volvió hacia él, lo saludó agitando el brazo y dejó su asiento de un salto. Sam se vio dividido entre la emoción de verla y sus intenciones de vigilar a Ghulam.

Adela los animó a acercarse con un gesto.

—Vamos —dijo Sundar—. Esta es tu oportunidad de impresionar a la señorita Robson.

Sam vaciló, pero su amigo lo empujó para que no se quedara atrás. Adela se encontró con ellos a mitad de camino y les dio un caluroso recibimiento.

—Hola, Sam —lo saludó sonriente mientras alzaba la cabeza para dedicarle una mirada inquisitiva—. Tenía la esperanza de verte por aquí. ¿Te vas a quedar unos días? La tía y yo volveremos a Simla cuando acabe esto.

Sam negó con un movimiento de cabeza.

—Voy a volver a la misión. Llevo ya una semana en Simla. —Miró hacia atrás para comprobar que Ghulam estaba aún a la vista.

—¡Ah, vaya! —Adela no hizo nada por ocultar su desengaño—. Nosotras hemos pasado unos días de vacaciones…

—Sí, lo sé. Habéis estado en el Nido del Águila.

—¡Cómo cunden las noticias en Simla! —repuso ella con una risa nerviosa.

—Estás preciosa, Adela —dijo Sam sonriendo—, y en el Gaiety fuiste la sensación.

—¿Fuiste a verme? —Ella ahogó un grito.

—Por supuesto —respondió Sundar por él—. No faltó ni uno de tus admiradores.

—¿Y por qué no me lo dijiste?

—Porque últimamente te ha tenido acaparada otra persona —se burló Sam.

—El príncipe Jay —dijo ella ruborizándose—. Sí, ha sido muy generoso conmigo.

El aludido apareció entonces como si hubiese esperando a que le dieran el pie y Adela corrió a hacer las presentaciones. Jay les ofreció una sonrisa de cortesía.

—Caballeros, ¿quieren sumarse a nosotros para tomar el *tiffin*? También nos acompaña el rajá de Nerikot.

A Sam se le encogieron las entrañas. ¿Sería eso lo que había llevado a Ghulam a salir de su escondite? ¿Se estaría preparando para

221

encararse con el rajá? Miró por encima de su hombro para estudiar a la multitud, pero había perdido al joven activista. Su miedo se intensificó. ¿Y si planeaba una protesta violenta destinada a exaltar a una concurrencia ya agitada? Cabía la posibilidad de que el objetivo fuese la fiesta del príncipe Sanjay y, por lo tanto, la vida de Adela podía correr peligro. Tenía que averiguar adónde había ido el hermano de Fátima.

—Muy amable de su parte —dijo Sundar—. Estaríamos encantados…

—Me temo que no podemos quedarnos —zanjó Sam bruscamente—. Tenemos que ir a otro sitio.

Y con esto tomó al sij por el brazo y lo apartó de allí.

—Sam —lo reconvino Adela—, quédate, por favor.

Jay puso una mano en el codo de la joven con gesto posesivo.

—Se diría que el señor Jackman tiene prisa. Mejor deja que se vayan. Quizá en otra ocasión. —Se despidió de Sam con una rápida inclinación de cabeza y se dio la vuelta a la vez que encaminaba a Adela al toldo bajo el que se encontraban sus comensales.

Adela se sentó con aire frustrado mientras Jay iba a conversar con el rajá. Blandita se abanicaba con ojos vidriosos por el calor.

—¿Esos no eran Sam y Sundar? —preguntó sin aliento—. ¿No van a comer con nosotros?

—No —respondió la joven—. Sam se ha buscado un pretexto para evitarlo.

—Quizá tiene obligaciones que atender.

—Sundar quería quedarse, pero Sam no se lo ha consentido. No veía la hora de irse. No dejaba de mirar a todas partes como si quisiera estar en cualquier sitio antes que con nosotros.

—Yo diría que son imaginaciones tuyas.

—¡Qué va! Lo más seguro es que desapruebe todo esto. —Adela abarcó con un gesto toda la celebración del príncipe.

—Eso sí es probable —concluyó la anciana suspirando.

—¿Estás bien? —preguntó Adela, preocupada de súbito—. ¿Quieres que te lleve a la tienda?

—No —dijo la otra sin dejar de abanicarse—. Allí tiene que hacer más calor todavía. ¡Qué bien vendría ahora un buen aguacero que despejara el aire! ¿No crees?

—Yo prefiero que no llueva hasta que se acabe la feria —repuso Adela sonriendo—. No sea que se le agüe la fiesta a todo el mundo. ¿Quieres que te traiga una *nimbu pani* para refrescarte, tía?

—Sí, por favor, cariño.

Mientras Blandita bebía y cerraba los ojos, Adela buscó a Sam entre la multitud. Al final, había ido a verla actuar. De haber sabido que estaba entre el público, lo habría buscado. ¿Por qué no le había dicho nada? Tal vez no había pensado siquiera en ella hasta aquella noche y, de hecho, podía ser que no hubiese ido de no habérselo propuesto su amigo Sundar. Pensar que llevaba todo aquel tiempo en Simla sin que ella tuviese noticia de su presencia. De lo contrario, jamás habría acudido al Nido del Águila. «¿O sí?», oyó que le decía burlona una voz interior. No había dudado en aceptar la oportunidad que se le ofrecía de pasar unos días en aquella lujosa mansión y recibir las atenciones que le prodigaba aquel príncipe apuesto. Si le diesen a elegir una vez más, ¿no se decantaría de nuevo por Jay? La víspera, de hecho, había estado pensando si acceder a su impulsiva petición de matrimonio. ¿Tan mudable era?

De todos modos, le había bastado ver a Sam para que el corazón le diese un vuelco y empezara a batirle acelerado. Nadie había causado nunca semejante efecto en ella. Parecía un tanto abandonado. Lucía barba de varios días y el cabello revuelto. Aunque las gafas de sol hacían difícil determinar lo que podía estar pensando, la sonrisa fugaz que le había dedicado había alimentado sus esperanzas… para a continuación segarlas de golpe con su brusca negativa a unirse a su fiesta. Se esforzó en vano por encontrarlo, pero Sam se había vuelto a mezclar con el hervidero de asistentes a la feria.

A medida que avanzaba la tarde, fue aumentando el bullicio de la feria, que parecía más agitada que el año anterior. Blandita dormitaba en su asiento y Jay empezaba a aburrirse de todo.

—Cuando quieras, nos vamos —le dijo—. El rajá tampoco tardará en irse.

Adela estaba a punto de decir que sí cuando, a escasos metros, estalló una riña, donde varios hombres discutían por una mujer. Adela se puso en pie para mirar haciéndose visera con las manos. Sin duda debía de tratarse de una de esas transacciones que tanto desaprobaba su tutora y el resto de británicos encontraba emocionante: varones que se deshacían de las mujeres que ya no querían para dárselas a otros que sí deseaban tenerlas.

La joven en cuestión, una belleza adornada con joyas de plata, le resultaba conocida. Empezó a caminar hacia ellos.

—Adela, no te acerques a los culis —la llamó Jay.

—¡Es Pema! —dijo apretando el paso. Reconoció al violento de su tío, que la empujaba hacia otro hombre mientras ella hacía lo posible por cubrirse con el chal la mejilla derecha, la que había quedado marcada por el accidente, pero el otro no dejaba de dar tirones al tejido para dejarla al descubierto—. ¡Déjenla en paz! —gritó mientras corría hacia ellos.

La muchacha alzó la vista y adoptó un gesto suplicante al verla salvar la pendiente a la carrera. Los curiosos habían empezado a arracimarse en torno a ellos, aunque le era imposible determinar si para apoyar a Pema, a su tío o al otro hombre. En ese mismo instante, Adela topó con otro rostro que conocía: el rostro de Ghulam Kan. Se detuvo en seco, confundida ante aquella súbita aparición. Él se abría camino hacia el lugar del altercado en sentido contrario. Los dos hombres que discutían por Pema se gritaban y trataban de apartar de sí a empujones a la joven. El hombre más joven exigía que le devolviesen lo que había pagado.

Cuando Ghulam llegó hasta ellos, puso los brazos en alto como si fuese a hablar. En aquel momento apareció Sam como de la nada y apartó al activista con un fuerte empellón en el costado antes de situarse a codazos entre los que discutían. Pema se encogió bajo el chal y miró a Adela con ojos aterrados. Ella contuvo el aliento imaginando la que estaba a punto de caerle a Sam por interferir en la transacción. Él, sin embargo, los engatusó y los aplacó con palabras y golpecitos en la espalda y dejó que cada uno expusiera su caso. El lugar parecía un polvorín a punto de estallar. Sam miró a Adela y le pidió que se fuese con un movimiento de cabeza casi imperceptible.

—Devuélvale su dinero —ordenó a continuación al tío.

Este protestó y dejó claro que no tenía intención alguna de hacerlo. Entonces, Sam vació allí mismo cuanto tenía en los bolsillos y dijo al más joven:

—Todo suyo. Ahora es mía. —A continuación, envolvió a Pema con un brazo protector y la apartó de los dos.

El más joven se agachó a recoger el dinero que había caído a sus pies y el tío, aun mirando a Sam con recelo, no hizo nada por impedir que se llevase a la muchacha. El gentío se hizo a un lado para dejar pasar al esbelto misionero. Adela lo observó estupefacta llevarse a la gadi. ¡Sam acababa de comprarse una mujer delante de sus propios ojos! Aunque permaneció de pie un buen rato mientras lo veía alejarse, Sam no volvió la mirada una sola vez. Sintió que estaba a punto de desfallecer por el calor y los empujones, pero, incapaz de creer lo que acababa de ver, siguió clavada al suelo.

Jay mandó a un sirviente a llevarla de vuelta sana y salva al toldo del sultán. Cuando ella llegó con paso vacilante al lugar en que celebraban la comida campestre, haciendo lo posible por ocultar su aflicción, la noticia había empezado a correr como la pólvora entre los británicos. Sam Jackman, el misionero inconformista, acababa de comprarse una esposa después de regatear con entusiasmo por ella como un campesino indígena más.

El príncipe, preocupado por la perturbación de Adela, dio orden de preparar un medio de transporte para llevar a sus invitadas al Nido del Águila y dejó a los criados recogiendo el campamento. Estaban ya a bordo del vehículo, dejando atrás aquella feria caótica, cuando la joven recordó de pronto haber visto a Ghulam. ¿Qué estaba haciendo allí? ¿No lo habría confundido con otra persona? Al haber centrado toda su angustia en Pema, apenas lo había visto unos instantes, pero muy en el fondo sabía que no se había equivocado. Ghulam no había dejado la zona, sino que seguía por allí y, sin duda, activo. Su presencia no hacía presagiar nada bueno para la paz de las colinas. Sin embargo, Ghulam no le dejó más que una inquietud molesta, en tanto que la espectacular intervención de Sam en la puja por la muchacha la había impactado en lo más hondo de su ser. En el momento de partir, los rumores habían magnificado ya lo ocurrido.

—¡Que haya que ver a un hombre de Dios comportarse de ese modo…!

—Puede que estuviese borracho. Tengo entendido que ha estado varios días bebiendo por toda Simla.

—Una vergüenza, si quiere saber mi opinión. La iglesia debería expulsarlo.

—Hay que admitir que el hombre tiene pelotas.

—¡Arthur!

—Su actitud nos salpica a todos.

—Eso es lo que pasa cuando un hombre se vuelve nativo.

Adela no había podido evitar defenderlo ante tanta maledicencia.

—Lo único que pretendía era proteger a esa pobre chiquilla. Yo la conozco: es una pastora gadi y su tío la estaba vendiendo como ganado.

Sin embargo, todos se habían limitado a mirarla con recelo y a chasquear la lengua al verla alejarse.

Cuando regresaron al Nido del Águila, a Adela la acosaban las dudas. ¿Qué había podido llevar a Sam a intervenir de esa manera? Si pensaba que Pema estaba en peligro, ¿por qué no había llamado a la policía?, ¿por qué había actuado de un modo tan impulsivo pagando por ella? A no ser que quisiera quedarse con la muchacha. Tal vez se encontraba solo en Narkanda y había querido aprovechar la ocasión que se le presentaba. Sintió repugnancia solo de pensarlo. Fuera cual fuese el motivo, la reputación de Sam había quedado por los suelos. Si era la mitad de hombre de lo que ella pensaba, no podía renunciar a Pema. Ya no había vuelta atrás. De pronto sintió náuseas al reparar en que tampoco había esperanza alguna de que Sam pudiera casarse con ella.

Capítulo 12

En cuanto llegaron al Nido del Águila, Blandita se retiró a su dormitorio.

—Creo que sufre una insolación —explicó Adela a Jay, muy preocupado por ella.

—En ese caso, debería recuperarse aquí, hace fresco y puede estar tranquila —insistió él—. Voy a llamar al médico. Mis cocineros pueden prepararle lo que le apetezca.

—Seguro que estará bien para viajar mañana —dijo ella—. Noor y yo podemos encargarnos de la casa y la doctora Fátima la cuidará.

—No. —El príncipe fue tajante—. No pienso dejar que saquen de aquí a mi querida señora Hogg. Ya tendréis tiempo de volver a casa cuando se encuentre mejor.

Los dos cenaron solos, pues el rajá de Nerikot había vuelto ya a su residencia. Después salieron a la veranda a beber oporto seco añejo. Adela estaba mareada y extenuada después del ajetreo de aquel día.

—No teníamos que haber ido a la feria —aseveró él—. Detesto verte disgustada.

—Estoy bien.

Él le tomó la mano.

—Sé cuando una mujer está disgustada, Adela. ¿Es solo por lo de la muchacha gadi?

Adela se encogió de hombros, pero no se apartó de él.

—En ese caso, deberías estar contenta por ella, porque ese inglés tan apuesto no ha dudado en intervenir para salvarla del culi y del sinvergüenza de su tío.

A la joven no le hizo gracia aquel tono de mofa, que dejaba claro que, para él, todo el episodio había sido poco más que una diversión fugaz.

—Estoy muy cansada —declaró poniéndose en pie—. Gracias por esta velada tan agradable y por ser tan amable con mi tía y conmigo.

Él se levantó también.

—No estoy siendo amable, Adela —dijo con calma—. Lo hago porque estoy enamorado de ti.

Sus palabras le hicieron dar un respingo.

—Me miras con los ojos, esos ojos tan hermosos, abiertos como platos, pero no deberías estar tan sorprendida. Seguro que sabes lo mucho que significas para mí.

—Jay, yo…

—Acompáñame al jardín, por favor, Adela. Hace una noche preciosa: sería una lástima que te retirases tan pronto y no disfrutaras de su magia.

La joven se dejó llevar por su persuasión. El cielo estaba cuajado de estrellas y a lo lejos se alcanzaba a oír aún el latido de los tambores de los asistentes a la feria, cuya diversión se había prolongado por la noche. La llevó por un sendero por el que no había paseado nunca. Estaba en pendiente y presentaba una serie de peldaños que Blandita había considerado demasiado peligrosos. Al llegar a una cima poco pronunciada se hacía más llano. Todo el camino estaba iluminado por faroles semejantes a luciérnagas que titilaban en los árboles. Al fondo, en el borde mismo, había un pequeño pabellón a cuyos pies, a plomo, se extendía el valle.

—Esta es la construcción que le dio nombre al lugar —anunció él mientras la guiaba al interior del cenador—, porque está situado en una aguilera. Un antiguo agente de la Compañía de las Indias Orientales se hizo aquí una casa. El abuelo del tío Kishan la compró a finales del siglo pasado y edificó la suya propia sin cambiarle el nombre.

Alguien había encendido ya las lámparas de la sala. Su luz cálida hacía retroceder las sombras solo lo necesario para que Adela viese un gran diván cubierto de cojines mullidos orientado hacia las vistas que ofrecía el lugar. Las ventanas estaban abiertas y la estancia estaba preñada del aroma especiado de las varillas de incienso con las que se pretendía mantener a raya a los insectos.

—Siéntate a mi lado —la persuadió Jay— y dime cómo puedo disipar tu tristeza.

Adela se posó en el borde de aquel amplio asiento. La luz de la luna iluminaba las espectaculares laderas que los rodeaban y las aves nocturnas cantaban. Desde algún lugar situado a sus pies creyó oír la llamada de un leopardo.

—Este es uno de los lugares más hermosos que he visto en mi vida —aseveró ella con voz suave, como si temiera romper el encantamiento si la alzaba—. No quiero estar triste en un sitio así: voy a olvidar todo lo que ha pasado hoy.

Se volvió para mirarlo. El joven le pasó los dedos por el cabello y le provocó escalofríos por la espalda.

—Deja que te haga el amor, Adela, en este sitio tan especial.

Aquellas seductoras palabras hicieron que se sintiera inundada por el deseo. Había bebido demasiado vino y oporto durante la cena como para pensar con claridad en lo que estaba haciendo y, de todos modos, no quería pensar. Estaba disfrutando de aquel instante, del entorno mágico y del amor que le ofrecía Jay. Estaba sedienta de amor y deseaba enterrar de una vez por todas cuanto sentía por Sam y los desengaños que le deparaba. El príncipe era el único que podía despejar su rabia y su amargura. Llevaba cinco años suspirando por Sam y abrigando la esperanza de que un día le correspondiera y hacía pocas horas había visto desmoronarse aquel sueño ante sus propios ojos.

Delante tenía al hombre más apuesto que jamás había conocido, declarándole, además, de forma explícita que la deseaba. El príncipe Jay le estaba ofreciendo un placer apasionante y prohibido.

Adela tenía seca la garganta por los nervios y la expectación y la voz le salió como un susurro ronco cuando respondió:

—Sí, Jay, quiero que me ames.

Por un instante vio la sorpresa que reflejaron los ojos oscuros de él y a continuación la sonrisa satisfecha que se apoderaba de su sensual boca. Jay se inclinó hacia ella y la besó lenta y suavemente en los labios. La recostó sobre los cojines y Adela cerró los ojos y se entregó.

No bastó con una vez: cada noche, cuando Blandita se retiraba a su habitación tras tomar las infusiones destinadas a combatir el resfriado que había seguido a dos días de fiebres, Adela y Jay se escabullían hacia el pabellón. Ella no veía la hora de estar a solas con él. Ansiaba sus besos y el tacto de su piel suave y bronceada y su cuerpo musculoso. Se deshizo de las inhibiciones que había sentido ante la idea de que la viese desnuda y disfrutó al verlo admirarla a la luz de las lámparas, abriéndose paso a besos por todo su cuerpo y haciéndola gritar de éxtasis.

Una noche, cuando rompió la magia del caluroso mes de mayo una tormenta precursora del monzón de junio, Jay había aseverado que el camino era demasiado peligroso como para emprender una excursión nocturna. Adela había acabado por colarse en sus aposentos a altas horas de la noche, incapaz de soportar la idea de pasar una noche sin amor. Jay se había mostrado sobresaltado y divertido a un tiempo, aunque había acallado el entusiasmo de ella posándole un dedo sobre los labios. A continuación, se habían amado en silencio por miedo a despertar a Blandita. A Adela no le importaba: se sentía temeraria, viva y enamorada. Jay se había convertido en su adicción embriagadora.

Cuando tocaba a su fin la semana siguiente, Blandita, del todo recuperada, estaba impaciente por volver a su bungaló. La renuencia de Adela la hizo sospechar.

—Espero que no hayas hecho ninguna locura durante el tiempo que he estado confinada en la cama, jovencita.

—Me he enamorado —soltó ella— y Jay también me quiere. Hasta me ha hablado de matrimonio.

Su tutora dejó escapar una risita burlona.

—No digas tonterías. No se lo permitirán jamás.

—Cuando dos personas se quieren —repuso dolida—, cualquier cosa es posible.

Blandita clavó en la joven su mirada.

—Pensaba que el que te hacía suspirar era el joven Sam Jackman.

Adela se ruborizó ante aquel recordatorio de su enamoramiento.

—Eso fue solo un capricho infantil. Lo de ahora es de verdad. Y, de todos modos, Sam ha decidido casarse con una nativa.

—¿Con una nativa? —repitió la anciana arqueando una ceja—. Espero que no te estés volviendo una pedante.

—Tía, por favor, ¿no podemos quedarnos un poco más? —le imploró Adela—. Si tú quieres volver a casa, deja por lo menos que me quede yo.

—Por supuesto que no —contestó Blandita—: volveremos juntas. Si el príncipe Jay siente lo mismo que tú, irá a buscarte a Simla.

Adela se resolvió a pedirle que lo hiciera en cuanto volviese de cazar con el rajá de Nerikot. Había salido antes del alba hacia las tierras de su amigo. La joven había dejado su cama cuando aún no se había levantado el servicio, después de que él le prometiese volver cuando cayera la tarde. Se había sentido frustrada ante su negativa de llevarla consigo.

—Nerikot está anclado en el pasado. Es mucho más tradicional y nadie aprobaría que vinieses a cazar con nosotros como un hombre —le había dicho sonriendo antes de besarla en la nariz—. Volveré esta noche o, como muy tarde, mañana.

Sin embargo, no volvió aquel día ni al siguiente. Adela, alarmada, se propuso cabalgar hasta Nerikot para asegurarse de que estaba bien, pero Blandita se negó en redondo a permitirlo y le hizo llegar un mensaje en su lugar. El *chaprassi* volvió para informarlas de que el príncipe se había visto retenido de manera insoslayable por sus negocios y les recomendaba regresar a Simla.

—¿Qué diablos quiere decir eso? —exclamó Adela—. ¿Crees que está en peligro, tía? Puede que haya problemas en Nerikot.

—No digas tonterías.

—En la feria de Sipi vi a Ghulam Kan, el comunista.

La confesión desconcertó a la tutora, quien, sin embargo, repuso con optimismo:

—El príncipe es muy capaz de cuidarse. Además, deberíamos hacerle caso y volver a casa antes de que empecemos a molestar.

Al llegar a Briar Rose Cottage, no tardaron en recibir noticia de que, en efecto, se habían dado disturbios en Nerikot.

—Hubo una gran manifestación —dijo Noor—. En el bazar dicen que la situación se salió de madre y hasta hubo tiros.

—¡Te dije que Jay no estaba a salvo! —exclamó Adela aterrada.

—¡Qué horror! —Blandita estaba agitada—. Espero que no les haya pasado nada al rajá ni a su familia.

El sirviente los miró con un gesto extraño.

—No, *memsahib*. Todo lo contrario: fue la guardia de palacio la que disparó contra los manifestantes. Por lo visto, han matado a decenas.

Las dos se miraron, incapaces de articular palabra ante aquella pavorosa información. Noor vaciló antes de tender a Adela un sobre de gamuza.

—Jackman *sahib* trajo esto para usted.

—¿Para mí? —Adela lo tomó con los músculos en tensión—. ¿Cuándo ha estado aquí?

—Poco antes de la feria de Sipi, *memsahib*.

A solas en su dormitorio, Adela abrió el sobre y sintió que le daba un vuelco el corazón al ver las fotografías de Narkanda. Las pasó con rapidez y se detuvo al llegar a una en la que aparecían Sam y ella apoyados sonrientes en la veranda. Debió de tomarla Fátima. Con todo, la mayoría de las instantáneas eran de los pastores gadis, incluido un primer plano de Pema, que sonreía hermosa. Irritada, las lanzó a un cajón.

Adela esperó a diario noticias de Jay que anunciaran que había vuelto sano y salvo de Nerikot, pero fue en vano. En Simla cundían toda clase de rumores. La policía estaba investigando el incidente y Blandita y ella fueron a ver al inspector Pollock para ver qué se sabía.

—Quienes dicen que hubo muchas muertes exageran —les garantizó—. Por lo que sabemos, mataron a dos hombres e hirieron a otros tres.

—Pero eso no deja de ser terrible —dijo Adela ahogando un grito.

—¿Qué le va a ocurrir al rajá? —preguntó Blandita—. Estuvimos con él en el Nido del Águila.

—¿Y qué les pareció? —quiso saber él.

—Un hombre muy agradable —respondió Adela.

—Agradable sí —convino la anciana—, pero blando. El príncipe Sanjay estuvo intentando hacer que se resolviera a poner freno a los manifestantes mandalistas.

Adela no dudó en salir en defensa de Jay.

—Pero no dijo nada de usar la violencia.

Pollock la estudió.

—De todos modos, ¿puede usted confirmar que el príncipe Sanjay se encontraba en Nerikot en el momento de los disparos?

Adela sintió que la frente se le perlaba de un sudor frío.

—También es posible que estuviera de *shikar* en las colinas.

—En fin, todo esto es un verdadero quebradero de cabeza. Alguien ha disparado a gente desarmada y, si queremos que no cunda la noticia del descontento del pueblo, tienen que ver que hacemos algo. El rajá tendrá que dar explicaciones a las autoridades británicas.

—¿Podría ser que lo llevasen a juicio? —preguntó Blandita.

—Es posible —repuso el inspector mirando con dureza a Adela para añadir—: A él y a quien pueda haber estado implicado también.

Poco después, en los rumores que plagaban las tiendas y los clubes de la avenida comercial empezó también a airearse el nombre de Jay.

—Dicen que quien dio la orden de disparar fue el príncipe Sanjay, convencido de que el rajá estaba siendo demasiado blando.

—Yo he oído que fue él quien efectuó el primer disparo sobre los nativos como si fuesen piezas de caza.

Adela, furiosa ante sus empeños en manchar el nombre de Jay, censuró a Blandita por haber sugerido semejante idea al inspector.

—No teníamos que haber ido a verlo. Y tú, tía, no tendrías que haber mencionado a Jay.

—También puede ser que tú no quieras ver la realidad sobre el príncipe —le soltó ella—. Si no tiene nada que ocultar, ¿cómo es que no ha vuelto a Simla para prestarte algo de atención?

Al ver que no podía hablar de ello con su tutora, Adela fue en busca de Fátima para tratar con ella los disturbios de Nerikot. Las dos se mostraron aliviadas por la ausencia del nombre de Ghulam entre los de las víctimas, pero corrían rumores de que las descargas habían provocado más actos de rebeldía y las fuerzas policiales de Simla estaban alerta por si se extendían las revueltas. Había una gran tensión en el ambiente. Sundar trató de animarlas llevándolas a tomar té al Davico's, pero Adela estaba convencida de que la gente murmuraba a sus espaldas. Bracknall, de hecho, la encaró con unas copas de más.

—¡Vaya, la señorita Robson! A ver si usted puede aclararme lo de Nerikot. ¿Fue o no su amorcito nativo, el príncipe Sanjay, quien dio la orden de disparar?

—Señor Bracknall, sus palabras me resultan ofensivas —contestó ella sin dudarlo.

—Pero es su amorcito, ¿no? —insistió él mirándola con lascivia—. Ha pasado varias semanas encerrada en su nidito de amor. Lo dice todo el mundo.

Sundar se levantó entonces.

—Por favor, señor, deje en paz a la señorita Robson.

Adela se revolvió indignada.

—El príncipe Sanjay no dispararía nunca contra ciudadanos desarmados. ¡Nunca!

—Vaya, pues yo lo veo muy capaz —replicó Bracknall arrastrando las consonantes—. ¿No ve que ellos no tienen los mismos escrúpulos que nosotros? —Tras dedicar a Sundar una mirada de desdén, siguió su camino.

Cuando volvieron a quedarse solos, Adela preguntó:

—¿De verdad han estado diciendo esas cosas de Jay y de mí? ¿Y de un modo tan desagradable?

Sus acompañantes se miraron con aire incómodo.

—¿Qué esperabas? —dijo sin rodeos la doctora—. Está muy mal visto que las *memsahibs* solteras confraternicen con indios, por muy príncipes que sean, si no es para conversar de forma ocasional en un cóctel.

A Adela se le encendió el rostro al pensar en qué medida había superado ella aquel límite.

—De todos modos —señaló Sundar con una sonrisa triste—, eso no es nada comparado con las habladurías que ha despertado Sam al comprar a la pastora.

—¡Qué hombre tan estúpido! —dijo la doctora entre irritada y afectuosa—. ¿Cómo se le pudo ocurrir hacer algo así?

Adela sintió el corazón en un puño ante aquel recuerdo. Miró a su alrededor y bajó la voz.

—Creo que pudo tener algo que ver con tu hermano.

Fátima la miró de hito en hito.

—¿Qué quieres decir?

—Que también estaba allí. Creo que tenía la intención de formar un revuelo alrededor de la discusión, pero Sam lo apartó de un empujón para intervenir en su lugar.

Solo al exponer en voz alta por primera vez lo que pensaba se convenció Adela de que podía haber sido aquello lo que había llevado a Sam a actuar de aquel modo. Se había cegado de ira, convencida de que el día de la feria la había rechazado de forma deliberada, cuando en realidad bien podía haber sido algo totalmente distinto. ¿Y si se había dejado llevar por el impulso de proteger no solo a Pema, sino también a Ghulam? Aquella idea la revolucionó. Fuera cual fuese el motivo, aun en el caso de que hubiera sido un simple instinto visceral, Sam tenía que cargar con las consecuencias de sus actos apresurados. Y ella, también. Sintió una oleada de pánico. Se había arrojado a los brazos de Jay y se había deleitado con su aventura romántica, pero ¿qué había sido de él?

Una semana después, sin que aún se hubieran recibido noticias de Jay en Simla, Blandita echó de la casa a una Adela cada vez más apática.

—Ve al teatro a ver a tus amigos —le ordenó—. Tienen que estar haciendo las audiciones para *La tía de Carlos* y no tendrás más oportunidades de actuar antes del viaje a Inglaterra.

La joven se armó de valor y se propuso ir aquella tarde. Las densas nubes que cubrían el cielo y hacían sofocante el aire habían teñido la ciudad de color gris perla. Se avecinaba otra tormenta.

En el auditorio, Tommy estaba repartiendo copias del texto e intentando hacer que la nutrida concurrencia de actores dejase de charlar y saliera de entre bambalinas para distribuirse entre los asientos. La aparición de Adela supuso una gran sorpresa. De hecho, todos se sumieron en un silencio incómodo al verla subir los escalones.

Deborah fue a saludarla.

—Mira quién ha vuelto. —Le dio un beso en la mejilla y le susurró al oído—: Eres muy valiente.

A Adela se le tensaron las entrañas.

—Siéntate en el patio de butacas, muchacha —dijo Tommy con una breve sonrisa, aunque evitando mirarla—. Si quieres, puedes quedarte a vernos.

—¿A veros? —Soltó una carcajada—. Había venido a hacer la audición.

A su izquierda vio a alguien salir de las sombras y oyó una voz que conocía decir:

—Lástima que te hayas perdido esa fase. Ya están asignados todos los papeles. ¿No es verdad, Tommy?

—¿Nina? —preguntó Adela ahogando un grito.

—Hola —respondió ella sonriente mientras le lanzaba un beso sonoro—. Por fin volvemos a vernos. Les he estado hablando a todos del tiempo que pasamos juntas en la escuela y del diablillo que estabas hecha. —Dejó escapar una risita crispada.

El corazón de Adela comenzó a latir asustado. No hacía falta que nadie le dijese que Nina había estado emponzoñándolo todo. Lo único que podía hacer era tratar de contrarrestarlo con gentileza.

—Sentí mucho la muerte de tu padre. Debió de ser durísimo para tu madre y para ti.

Nina la miró con desconcierto y, por un instante, frunció el labio superior para adoptar ese gesto de desdén que conocía tan bien Adela antes de volver a cambiar a una sonrisa arrepentida.

—Tranquila. Tú no llegaste a conocerlo. Recibimos muchas cartas de condolencia que fueron un gran consuelo. Es una lástima que tus padres y tú no nos escribieseis y eso que tu padre y mi madre fueron muy amigos en su juventud. Desde luego, no puedo negar que resultó un poco doloroso.

—Lo… Lo siento —balbuceó Adela—, pero puedo decirte…

—Lo acepto —repuso la otra con una expresión triste—. Tú no tienes la culpa de no saber lo que es perder a un padre amantísimo. En fin, ¿seguimos con el ensayo? Prefiero no hablar de cosas tristes.

—Claro —corrió a responder Tommy—. ¿Por dónde íbamos?

Adela sintió crecer su frustración. Su madre había insistido en escribir una nota de pésame a pesar de cuanto había dicho la señora Davidge de la familia. Miró a Deborah en busca de su apoyo, pero su amiga se había sumergido en el estudio de su texto.

En consecuencia, se retiró para tomar asiento en el patio de butacas. Al principio, el ensayo preliminar pareció rígido y el ambiente tenso (no pudo evitar preguntarse si no se debería a su presencia), pero Tommy no tardó en hacer que los actores se sintieran cómodos y todos empezaron a reír y a hacer sugerencias. Adela permaneció en su lugar, resuelta a no dejar que la apartara del grupo la malevolencia de Nina, por almibarada que se mostrase ahora. Todos los complejos de inferioridad y los nervios que le había infundido aquella abusona hacía cinco años regresaron para atormentarla. Sin embargo, si en el pasado le había plantado cara, en aquel momento no tenía intención de amilanarse: las dos eran ya personas adultas y no tenía sentido abrigar ningún resentimiento por algo que había ocurrido cuando tenían trece años. De cualquier modo, Nina seguía ejerciendo cierto poder sobre ella y Adela alcanzaba a oír como si hubiera sido ayer a su compañera de escuela diciendo que era una «dos anas».

Aunque esperó a Deborah al final del ensayo, su amiga se había entretenido con un grupo de muchachas congregado en torno a Nina. ¿La estaría evitando de manera deliberada? Haciendo de tripas corazón, se obligó a unirse a ellas.

—¿Vais a ir a Davico's? —preguntó con aire radiante.

Nina se volvió ligeramente para hablar por encima del hombro.

—No, voy a llevar a las chicas a mi bungaló para jugar al tenis y tomar té.

—Adela puede venir también, ¿no? —preguntó Deborah—. Es una gran tenista.

—Cuánto lo siento —repuso Nina—. Por mí no hay problema, pero no quiero que mi madre se sienta incómoda por todo lo que pasó con el padre de Adela.

Ella mordió el anzuelo.

—No sé qué habrás estado diciendo, pero mi padre no dejó plantada a tu madre. Eso son tonterías.

—¿Y eso cómo lo sabes? —preguntó Nina con aquella sonrisa triste que estaba empezando a odiar Adela—. Es normal que tu padre no quiera admitirlo, pero para una mujer se trata de una experiencia devastadora. Eso puedes entenderlo, ¿verdad?

—Si fuera verdad.

—Mi madre nunca me mentiría. —Nina se llevó la mano a la boca como para contener un sollozo.

—¡Adela! —la recriminó Deborah—. No seas tan desconsiderada.

—Vamos, señoritas —intervino Tommy—, que hay que recoger y tengo que cerrar. Os veo mañana en el ensayo.

Todas se desperdigaron tras despedirse y desaparecieron dejándolo solo con Adela.

—En las tres semanas que han pasado desde el último espectáculo, parece que he pasado de ser la mejor amiga de todo el mundo a la muchacha a la que nadie quiere ver —dijo ella mirándolo fijamente con gesto compungido—. ¿Qué ha pasado en solo tres semanas?

Tommy le sostuvo la mirada.

—De entrada, tu aventura con el príncipe Sanjay. Todas estaban celosas, y yo también, de que prefirieses salir con él a acompañarnos a la fiesta que celebramos después de la última función. No deberías dar la espalda de esa manera a los que te quieren, chiquilla.

—Ahora me arrepiento…

—Eso lo habrían superado sin problema —siguió diciendo él—, pero luego, al irte con él a su retiro campestre, provocaste rumores muy jugosos, que a todos nos encantan, ¿verdad?

—Cosa de Nina, ¿verdad? —supuso ella—. Ha sido ella quien ha puesto a todos en mi contra.

Tommy exhaló un suspiro.

—Sí, ha estado muy ocupada dándole rienda suelta a esa lengua suya. Nada de lo que dice es demasiado malicioso: se limita a dejar caer un chisme tras otro con esa mirada afligida que tanto dominan sus ojitos azules. Es una profesional de tomo y lomo.

Adela tragó saliva con dificultad.

—Entonces, os ha puesto al día… sobre mi familia.

Él hizo un gesto de asentimiento con la cabeza.

—Se ha asegurado de que todos conozcamos tu origen euroasiático. Dice que tu abuela era recolectora de té o algo así.

Adela sintió que le subía la bilis a la garganta. Se la tragó y dijo emocionada:

—Mi bisabuela era de Assam y trabajaba la seda, era una mujer muy cualificada, y mi abuela era maestra. Mi madre es una mujer de negocios de éxito que dirigió sus propios salones de té en Inglaterra y una plantación de té en la India. ¿Por qué tienen que mirarme con aires de superioridad Nina y las que son como ella y meter sus narizotas en mi vida? ¿Eh, Tommy?

Él la miró con gesto compasivo.

—Tú lo sabes, Adela.

—¿Porque mi familia ha defraudado a su estirpe? —dijo ella sonriendo amargamente—. ¿Porque no soy una niña inglesa de sangre pura?

—Es muy cruel, pero eso es lo que siguen pensando muchos británicos. Les gusta sentirse superiores porque es eso lo que han mamado desde pequeños.

—¿Tú también piensas eso, Tommy? —lo desafió Adela—. ¿Por eso tú tampoco quieres que participe en tu obra?

—Yo te habría dejado hacer la audición si te hubieses molestado en aparecer por aquí.

—¿Lo dices de verdad?

Tommy bajó la mirada.

—Siéntate un momento, ¿quieres? —dijo y, al ver que permanecía desafiante donde estaba, añadió—: Por favor. —La llevó con suavidad a un asiento y se sentó a su lado. Estuvo unos instantes sin decir nada, mirando a su alrededor para asegurarse de que no los oía nadie.

—Yo, en realidad, no me llamo Villiers de apellido —dijo con la voz tan baja que ella tuvo que inclinarse para oírlo—. De hecho, no sé cuál es mi apellido verdadero.

—¿Qué quieres decir?

—Pues que me adoptaron siendo un bebé. Mis padres adoptivos habían perdido tres hijos y mi madre no soportaba la idea de pasar por otro embarazo, conque fueron a un orfanato y me eligieron a mí. —Tommy soltó una risa amarga—. Debía de ser el bebé de piel más blanca y pelo más rubio que encontraron entre los mestizos, porque eso era lo único que había allí: bebés a los que habían repudiado los británicos o habían dado los indios por vergüenza.

A Adela no le resultó fácil asimilar aquella sorprendente revelación. Pese a haber sido amigos durante mucho tiempo, no habían sabido nunca que compartían el mismo secreto. Posó una mano sobre la de él.

—Lo siento, Tommy. No tenía ni idea.

—Claro que no. Todos lo ocultamos como algo deshonroso, aterrorizados por si alguien se entera.

—Eso es lo peor —convino ella—: el miedo que hacen que sientas. ¿Por qué hay que darle tanta importancia?

Él se encogió de hombros y dejó escapar un largo suspiro y Adela le estrechó la mano.

—Pero tú tampoco sabes con certeza si eres angloindio, ¿no? Puede que tus padres fuesen británicos y murieran o algo así.

—Es muy poco probable —gruñó él.

—Pero posible. ¿Has vuelto alguna vez para intentar averiguarlo?

—¿Y para qué demonio voy a querer hacer eso? Soy un Villiers de los pies a la cabeza y estoy orgulloso de serlo —aseveró en tono burlón.

—¿Sabes dónde estaba el orfanato?

Tommy entrelazó sus dedos con los de ella.

—Por tu pueblo, creo. Mi padre estuvo destinado en Shillong un par de años con el Departamento de Obras Públicas.

—¿Cuándo?

—Creen que nací en 1907. La gente tenía mucho miedo en aquella época, porque hacía cincuenta años de la Rebelión india y todos los británicos temían que hubiese ataques. Hubo un montón de niños eurasiáticos expósitos y mis padres se quedaron con lo mejorcito.

Adela ahogó un grito.

—¡Qué raro!

—¿Qué? —quiso saber Tommy.

—Algo que descubrí hace un par de años, estando en casa. Mi familia me habló de una tragedia que ocurrió en nuestra casa antes de que nos mudáramos allí. Mi tía Sophie vivía en Belguri con sus padres en 1907 y pasó algo terrible. Su padre estaba enfermo, tenía problemas mentales. No hay otra explicación al hecho de que matase a su mujer de un disparo antes de suicidarse y dejar huérfana a la pobre Sophie con seis años, pero también tenían un bebé. Su aya, la misma que después me crio a mí, dice que lo llevaron a un hospicio de Shillong. —Miró a Tommy y estudió sus ojos castaños y su pelo, que tiraba a rubio. ¿Podía ser que se le pareciera a su tía?

Tommy la miraba con gesto de pavor.

—¡Dios santo! —exclamó—. ¡Qué historia!

—¿A que sí? Mi madre dice que Sophie sigue echando de menos al hermano que no llegó a conocer.

Tommy la miró incrédulo.

—No me estarás diciendo que podríamos ser parientes, ¿no?

—Tranquilo —repuso ella con una sonrisa—. Sophie no es nada mío, pero ¿y si tú fueras ese bebé?

—No se puede vivir de hipótesis —advirtió Tommy.

—Supongo que no. —Adela suspiró—. Pero, entonces, ¿podemos seguir siendo amigos?

—Claro que sí.

—¿Y no te harán el vacío por confraternizar con el enemigo?

—Me encanta jugar con el peligro —aseveró él con una sonrisa antes de besarle los dedos.

Adela le correspondió con un beso en la mejilla.

—Las cosas habrían sido mucho más sencillas si hubiéramos podido enamorarnos uno del otro sin más, ¿verdad?

Tommy la miró con gesto triste.

—Mucho más sencillas, sí.

Pese a las promesas de amistad de Tommy, Adela no tardó en sentir que su presencia en el teatro no era bien recibida. Nina se mostraba amable de puertas afuera, pero las demás la trataban con frialdad. Un día abordó a Deborah en el exterior de Saint Mary's.

—Sabes que la mitad de las cosas que dice Nina de mí son falsas —le dijo.

—Así que la otra mitad no lo es —se burló ella.

—¿Qué más da? —replicó impaciente Adela—. Llevamos años siendo amigas y yo sigo siendo la misma persona que hace un mes. ¿Por qué me tratas como si tuviese la lepra?

—Porque no eres la misma. ¿O sí? Tendrías que haber sido sincera conmigo, con todas las del grupo, en vez de dejar que pensásemos que eres, en fin, como nosotras.

Adela la miró con expresión cáustica.

—Pensaba que nuestra amistad era más fuerte que todo eso.

Deborah se mostró incómoda.

—Si dependiera de mí…

—Es que depende de ti, Deb. Nadie te obliga a acabar con nuestra amistad. Ni siquiera Nina puede hacer algo así. La elección es tuya.

—Pues no me obligues a elegir —le espetó irritada—. Nina ha sido muy amable conmigo y su madre se ha ofrecido a dejar que me quede con ellas cuando acabe la escuela. Mis padres están encantados con la idea. ¿Por qué no te esfuerzas un poco más en ser amable con ella?

—¿Que sea amable con ella —dijo incrédula Adela—, con la niña que me hizo la vida imposible en el colegio?

—Eso es lo que tú dices —replicó Deborah—. Ella tiene una versión muy distinta. Todavía conserva una cicatriz en el dedo por el bocado que le diste. Parece que la que saca los pies del plato eres tú.

Se sintió desfallecer al ver cómo había deformado Nina la realidad para hacer ver que era ella la abusona. Sí, se había propuesto volver contra ella también a sus amigas de Simla. Miró a Deborah con gesto impotente.

—Mira —le dijo la otra—, limítate a pasar inadvertida hasta que pase todo este follón del príncipe y los disparos. Seguro que con el tiempo volvemos todas a ser amigas.

Adela asintió con un movimiento de cabeza, aunque sabía que Deborah no pretendía otra cosa que aplacarla para evitar una escena. Sonrió aliviada.

—Cuéntame, entonces, ¿cómo fue?

—¿Qué?

—Lo de estar con Jay. Seguro que es tan buen amante como dicen.

Adela, de piedra ante aquel comentario inesperado, logró reponerse y responder sin pensarlo:

—Haces que suene sórdido cuando no lo es. Nos queremos.

Y, dicho esto, se dio la vuelta y se alejó antes de que la otra pudiese manifestar su incredulidad.

A principios de junio llegó una carta de Sophie.

Queridísima chiquilla:

El tío Rafi y yo hemos pensado mucho en ti. Hemos leído con gran alarma los artículos que se han publicado sobre los altercados de Nerikot y estamos muy preocupados por la implicación de Jay. Sé que le tienes mucho cariño, cielo, y he supuesto que querrías saber que ha vuelto ya al palacio de Gulgat. Tengo miedo de que se haya aprovechado de tus sentimientos, pero lo cierto es que apenas cuenta nada del tiempo que estuvo en Simla. Ha sido Blandita Hogg la que nos ha escrito para hablarnos de vuestra estancia en el Nido del Águila.

Espero que vuelvas a casa para celebrar tus dieciocho años y podamos mimarte y consentirte en ese día tan especial, sobre todo si luego vas a estar una temporada en Inglaterra. Tilly está entusiasmadísima ante la idea de viajar juntas. Echa muchísimo de menos a Jamie y a Libby y está deseando volver a verlos. Hasta yo estoy empezando a querer acompañaros con Rafi. Me encantaría volver a ver Escocia, aunque desde la muerte del tío abuelo Daniel, de Perth, no tengo allí ningún pariente.

Vuelve pronto, que hace ya mucho que no nos damos un abrazo ni charlamos. Dale muchos recuerdos a la señora Hogg. Como imagino que Boz está trabajando en las colinas, dale un beso a Fátima de mi parte.

Tu tía Sophie, que te adora

Adela se sentó en la cama y se echó a llorar. Llevaba una eternidad esperando noticias de que Jay estaba a salvo y deseando que regresara a Simla para estar con ella, pero en aquel momento se encontraba a miles de kilómetros, en Gulgat. ¿Cuánto tiempo llevaba allí? ¡Si ni siquiera le había dicho nada! Se había limitado a dejar que se enterase por otros. ¡No podía tomarla en tan poca consideración! ¿No sería más bien que seguía en peligro e intentaba pasar inadvertido? ¿Y si Sophie había cometido una imprudencia al decírselo y lo estaba poniendo en peligro al revelar por escrito su paradero? Las autoridades podían haber interceptado la carta para conocer su contenido.

Adela volvió a leerla y se avergonzó, ante la ternura que la impregnaba, de haberse enfadado con su tía por comunicarle esa noticia. Jay había huido de las colinas sin acordarse siquiera de ella. De lo contrario, se habría encargado de hacerle llegar un mensaje o de intentar verla una vez más antes de partir. Adela se hizo un ovillo en la cama y lloró hasta sentirse vacía.

Aquella noche se sentó en la veranda con Blandita para observar la tormenta eléctrica que desgarró el cielo en mil pedazos dentados con sus restallidos. Entonces reveló a su tutora que Jay había vuelto a Gulgat. La señora Hogg no mostró sorpresa alguna.

—Sospechaba que habría salido de la región —aseveró.

La joven sintió que le volvían a escocer los ojos contra su voluntad.

—Quizá no fuera seguro para él que lo viesen en Simla —dijo buscando excusarlo.

—Tal vez —convino Blandita—. ¿Qué quieres hacer ahora, cariño?

Adela se sintió desolada ante la rapidez con que se había desmoronado a su alrededor su vida en Simla: la habían desterrado del grupo de teatro, en la avenida comercial se habían desatado los rumores sobre ella y Jay la había abandonado. Había dejado su trabajo y descuidado sus deberes en el hospital por una vida social de bailes, cenas y excursiones a caballo, disfrutando de haberse convertido en el centro de atención e incitando al príncipe Jay. Y lo que era peor de todo: Sam vivía a pocos kilómetros de ella, en las colinas, pero fuera de su alcance para siempre.

—Creo que debería volver a Belguri —respondió con calma—. ¿Qué piensas tú?

—Estoy de acuerdo. Además, estoy convencida de que a tus padres los vas a hacer felices.

Adela sintió una punzada de culpabilidad al reparar en lo poco que había pensado en ellos y en su hermano los últimos meses. Se había consagrado a divertirse sin apenas dedicar tiempo a responder a sus cartas, extensas y cargadas de afecto. Lo único que les había enviado era una nota redactada a la carrera y adjunta a una de las largas epístolas de Blandita.

—Has sido un ángel conmigo, tía. Eres lo que más voy a echar de menos de Simla.

La anciana sonrió.

—Yo también voy a echarte de menos, cariño. No podía haber esperado una compañía mejor. A Noor y a mí, la casa nos va a parecer vacía cuando no estés.

—Querrás decir *tranquila* —corrigió ella con una sonrisa triste.

—Sabes que puedes volver cuando quieras. —A continuación, le dedicó una mirada franca de las suyas—. Sin embargo, creo que te ha llegado el momento de cambiar de aires, de salir ahí afuera a perseguir tu sueño de ser actriz sin dejar que te desanimen las mezquindades de Simla.

La joven sintió que se le encogía el corazón.

—Tía. —Tragó saliva mientras se obligaba a preguntar—: ¿Cuándo te enteraste de… de la ascendencia de mi madre? ¿Lo sabías antes de que llegase Nina? Ese no es el motivo por el que quieres que me vaya, ¿verdad?

Blandita la miró con aire sorprendido.

—¡Por Dios bendito! ¿Cómo puedes pensar una cosa así? Yo lo he sabido siempre, desde que conocí a tu encantadora madre en el barco en 1922 y tú no eras más que una chiquilla que corría de un lado a otro de cubierta como un gatito nervioso. Algunas de las mujeres la trataban con muy poco respeto, pero ella sabía ponerlas en su lugar con su talante educado pero firme. A ella le daba igual que supiesen que era angloindia o, por lo menos, eso parecía por su actitud, y a ti tampoco debería importarte.

Adela sonrió con lágrimas en los ojos ante las palabras, tan sabias como directas, de su tutora, que fueron a aliviar en cierta medida el vacío que sentía. Se inclinó sobre el sofá de mimbre para abrazar a su corpulenta benefactora, inspirando su aroma a alcanfor y a lavanda.

—Gracias, tía. Gracias por todo lo que has hecho por mí.

Capítulo 13

Adela había olvidado lo hermoso que era Belguri. Lo observó todo como si lo viese por vez primera mientras su padre la llevaba de Shillong a las colinas de Jasia. Las orquídeas estaban floreciendo y el aire olía a miel. El vehículo hacía lanzarse al vuelo a su paso una multitud de mariposas. La selva se abría de cuando en cuando como el telón de un teatro para revelar terrazas sembradas de patatas. De entre los árboles salían cabezas de ganado dispuestas a cruzar la carretera ante la mirada vigilante de chiquillos con gorras propias de las gentes de la montaña que cantaban mientras aguijaban a las reses para que se apartasen.

Cuando la pendiente se hizo más pronunciada, el motor comenzó a revolucionarse y, entre arbustos de té de color verde esmeralda, el automóvil se puso a dar botes por las pistas de la plantación. Adela sintió que la emoción le oprimía la garganta. Saludó con el brazo a las mujeres que regresaban de la máquina de pesar con cestos de hojas sujetos con cintas a la cabeza.

—¿La segunda cosecha de la sección oriental? —preguntó.

Wesley sonrió mientras inclinaba la cabeza para asentir.

—Me alegra ver que no se te ha olvidado todo lo que tiene que ver con el té.

—No llevo tanto tiempo fuera —repuso sonriente.

—Pues a tu madre y a mí nos ha parecido una eternidad. —Le revolvió el cabello como hacía cuando era pequeña y ella se inclinó para abrazarlo.

—De aquí a una semana estaréis deseando que me vuelva con la tía Blandita.

—Seguro que sí —dijo él guiñándole un ojo y acelerando mientras rebasaba la fábrica y entraba en el recinto de la casa tocando la bocina sin parar.

Clarrie y Harry bajaron la escalera del bungaló atraídos por el ruido. El pequeño se lanzó a abrazar a su hermana mayor en cuanto se apeó del coche.

—¡Ya está aquí Delly!

Ella lo alzó en volandas y giró sobre sí misma con el niño en brazos antes de volver a dejarlo en el suelo.

—¡Santo Dios! ¡Si pesas más que un saco de patatas! Casi no puedo levantarte.

Él levantó los brazos para que volviese a hacerlo girar, pero Adela había echado ya a correr hacia su madre para recibir el abrazo que más necesitaba. Se aferraron la una a la otra.

—Te he echado mucho de menos, mamá —musitó con la cabeza enterrada en el pelo de Clarrie, donde vio por primera vez algún mechón gris.

—Yo a ti también, cariño. —Clarrie la estrechó con energía y le besó la cabeza. Entonces la apartó para poder estudiarla bien—. Te veo un poco delgada y pálida. Mohammed Din va a tener que darte bien de comer. En esta casa no queremos ni oír hablar de esas dietas tan a la moda que se llevan en Simla.

—Me alegra saberlo —dijo Adela sonriente—, pero estoy bien, de verdad. —En la mirada de ella había algo que la cohibía. ¿Era posible que una madre pudiese saber a simple vista que su hija había perdido la inocencia? Adela se dio la vuelta preguntando—: ¿Dónde está el aya Mimi?

—Ve a verla. Últimamente se pasa la mayor parte del tiempo durmiendo y rezando en su choza.

—Pero ¿está bien?

—Sí —respondió Wesley—, aunque sigue negándose a venir a vivir a la casa. Come menos que un estornino del Himalaya, pero nos enterrará a todos.

Adela pasó los primeros días cabalgando de madrugada por la plantación en compañía de su padre. Empezaba a hacer calor y había habido un par de tormentas apagadas, el monzón principal estaba aún por llegar. Estuvieron pendientes de los informes que ofrecía la caprichosa radio sobre su avance por el subcontinente. Había empezado ya a llover en Ceilán.

Clarrie volvía a estar ocupada en la fábrica, supervisando con ojo de águila el proceso de secado, enrollado, fermentación, eliminación de la humedad y clasificación, además de participar en la cata del producto. Su *mohurer*, Daleep, tenía cierto don para el té y había recibido la formación necesaria para llevar a cabo esta última labor y ella disfrutaba discutiendo con él sobre el carácter de sus tés y si tenían un sabor fresco y enérgico o más bien apagado y sin contrastes.

—Ni se te ocurra discutir con Clarissa Belhaven en lo que se refiere a las bondades del té de Belguri —había advertido Wesley en tono de chanza al contable jefe cuando lo ascendieron—. Limítate a escuchar y aprender.

Con el tiempo, Daleep había adquirido tanta pericia como el cabeza de familia y estaba a un paso de alcanzar a Clarrie.

Adela saludó a las mujeres de la sala de clasificación, sentadas sobre el suelo ante los cedazos con los que separaban por grosor las hojas de té procesadas, con los chales subidos hasta la nariz para protegerse del polvo. Aspiró el embriagador aroma del té que impregnaba los cobertizos, un olor que le otorgaba seguridad y la transportaba a su primera infancia.

A diario visitaba a su antigua niñera, el aya Mimi, para llevarle cuencos de *dal* y hacerle té. Nadie sabía su edad. Sophie había calculado que debía de ser septuagenaria, aunque parecía mayor. Después de cuidar a su tía, la vida la había tratado muy mal. Se había ganado la vida a duras penas antes de acabar refugiada como anacoreta en la cabaña del claro del bosque en que se había alojado el templo de la cima de la colina, donde Sophie la había encontrado de nuevo hacía muchos años. Mimi había sido la última del cuerpo de criados que había visto al hermano bebé de Sophie después del día aciago en que su padre había matado a su madre antes de pegarse un tiro. El aya Mimi había huido con el recién nacido y lo había cuidado hasta que se había visto obligada a entregárselo a un oficial de policía que lo había dejado en un orfanato. Había pasado años buscándolo en vano, igual que lo había buscado sin hallarlo Sophie al regresar de mayor a la India.

Adela esperó una semana antes de mencionar un asunto tan doloroso para la anciana niñera, no se le iba de la cabeza que Tommy podría ser el niño desaparecido. Se sentó sobre una esterilla tendida en el suelo desnudo de la cabaña del aya y le hizo saber que Sophie tenía intención de viajar a Belguri por su cumpleaños.

—La tía Sophie quiere venir, entre otras cosas, para verte, aya Mimi. En las cartas que le escribe a mi madre pregunta siempre por ti.

La anciana sonrió y movió la cabeza con gesto de asentimiento.

—Me pregunto si recordará la vida que conoció aquí de pequeña. No puede recordar mucho, ¿verdad? Y debe de tener sentimientos encontrados sobre este lugar.

Mimi repitió el mismo gesto, aunque esta vez con expresión meditabunda.

—Aya, no tienes por qué hablar de esto si te resulta incómodo, pero ¿te importa si te pregunto algo sobre el hermanito recién nacido de Sophie?

Mimi no se sobresaltó, pero la miró de hito en hito antes de darle su consentimiento sin pronunciar palabra.

—Un amigo mío de Simla estuvo de bebé en un orfanato de Shillong antes de que lo adoptase una pareja de británicos y por la edad podría ser perfectamente hermano de Sophie. Ya sé que hace mucho tiempo de aquello, pero ¿serías capaz de recordar el nombre del hogar al que llevaste... al que llevaron al pequeño de los Logan? ¿Sabes si era católico o de los baptistas de Gales?

Aya se puso a retorcerse las manos, apoyadas en el regazo, y fijó los ojos en un punto distante. Entonces habló con voz débil y aguda, semejante al viento que silba por las cañas.

—No lo sé.

—Pero yo tenía entendido que entraste a trabajar en uno de ellos con la esperanza de encontrarlo.

—Sí —musitó ella—, pero solo porque pensaba que el oficial de policía lo habría llevado allí.

—Ya. —Adela sintió una punzada de desengaño.

—Aquella noche, antes del suceso terrible, llevé al bebé *sahib* a la aldea en un cesto tal como me había dicho Logan *memsahib* —rememoró con dolor el aya—. Ella estaba convencida de que el pequeño corría peligro estando cerca de Logan *sahib*, que no paraba de gritarle. Ama, una mujer muy sabia, nos dio refugio. Sin embargo, Burke *sahib*, el policía, me encontró y se lo llevó. Dijo que estaba robando a un bebé blanco y que no intentase encontrar a Sophie si no quería ir a la cárcel.

De su garganta salió entonces un sollozo seco que hizo que Adela se apresurase a rodear con los brazos a aquella mujer diminuta.

—A pesar de sus amenazas —graznó la anciana—, hice todo lo posible por encontrar a Sophie, porque sabía, por lo que me

255

había dicho Burke *sahib*, que seguía viva. Logan *memsahib* había conseguido mantener sana y salva a su hija fingiendo que jugaban al escondite, pero eso lo supe muchos años después, cuando Sophie me encontró a mí.

—¡Aya, no tenía que haberte hecho recordar…! —Las dos se pusieron a mecerse.

—Nunca se me olvida, ni un solo día de mi vida. Llevo siempre al pequeño *sahib* en el corazón. —Miró a Adela con un resplandor de esperanza en sus ojos llorosos—. Puede que ese *sahib* de Simla sea él.

—Eso es lo que no dejo de preguntarme —dijo Adela—. ¿Crees que debería decírselo a la tía Sophie?

—¿Cómo se llama? ¿Es buena persona?

—Se llama Tommy Villiers y, sí, es buena persona. Es divertido y un poco presuntuoso, pero eso es solo una fachada: basta rascar un poco para ver que es un hombre amable y muy cariñoso.

—Tommy Villiers —repitió la anciana—. ¿Y cómo es físicamente?

Adela sacó del bolsillo el programa de *Las mil y una noches*.

—La foto no es muy buena y, además, lleva puesto un turbante, pero ese que hay sentado delante es Tommy. ¿Puede que se parezca a los padres de Sophie?

—Tiene la misma mirada cordial de Logan *memsahib*.

No parecía gran cosa a la que aferrarse.

—¿No será muy cruel alimentar las esperanzas de la tía Sophie? —preguntó Adela con aire preocupado.

—Más cruel es no saberlo nunca. Si hay una posibilidad, cuéntaselo —la instó el aya.

—Pero ¿cómo vamos a demostrarlo?

La otra suspiró ante lo imposible de la situación.

—Si los dioses han sido buenos, seguirá teniendo el brazalete del elefante.

—¿Qué brazalete?

—Logan *sahib* tenía dos: uno se lo dio a Sophie y otro a mí para que lo vendiese para darle de comer al pequeño. Yo lo puse en el chal con el que lo envolví cuando me lo quitó aquel hombre.

—Yo he visto el de Sophie, está hecho con cabezas de elefante de marfil. Tenía doce cabecitas y a mí me gustaba contarlas de pequeña.

El aya Mimi asintió sin palabras.

—Voy a escribir a Tommy para preguntárselo.

La anciana sonrió y tomó el rostro de ella entre sus dedos huesudos. Por primera vez en años, Adela oyó a su vieja niñera cantar una canción de regocijo.

El 13 de junio llegaron las tías de Adela para celebrar su cumpleaños, Tilly con Mungo, que tenía ya diez años, y Sophie con Rafi. Harry chilló de alegría al ver al niño mayor, que corrió a enseñarle su tirachinas casero. Los dos salieron de inmediato al jardín para probarlo.

—El tío James te manda sus disculpas y muchos besos por tu cumpleaños —anunció su tía besando a Adela—, pero está demasiado ocupado en la hacienda de la Oxford para viajar. Tienen que adelantar todo el trabajo posible antes de que los monzones vuelvan impracticables las carreteras.

—Lo entiendo. Lo que más siento es que se pierda la merienda campestre.

No había querido una gran celebración para su decimoctavo cumpleaños. En cierto sentido se sentía muy mayor. Se avergonzaba cuando sus padres bromeaban con la idea de lo que había crecido su pequeña, que tenía ya edad de enfrentarse al mundo.

Bajaron al río y nadaron en su poza favorita, donde caía una cascada desde el barranco y destellaban pececitos diminutos bajo lirios acuáticos. Tanto salpicaban Harry y Mungo que Adela lo dejó por imposible y se sentó en bañador sobre las rocas al lado de Tilly, que en ese momento estaba dando cuenta de una porción del colosal bizcocho de jengibre con un baño de crema de mantequilla que había hecho Mohammed Din y sudando bajo un *topi* de grandes dimensiones.

—¡Qué delgada y qué guapa que estás! —exclamó Tilly entre un bocado y otro—. Con ese cuerpo, está claro que has nacido para ser estrella de cine, Adela.

La joven se acercó las piernas a la barbilla con aire cohibido y cambió enseguida de tema.

Avanzada la tarde, regresaron a la casa y jugaron al tenis en la pista de hierba seca bastante irregular que había en un lateral. Rafi y ella se enfrentaron a Sophie y Wesley mientras los niños corrían de un lado a otro recuperando las pelotas que caían en los arbustos o debajo de la casa. Ganaron Adela y Rafi. Este conservaba su agilidad y su cuerpo atlético y ella sabía que su padre la había emparejado con el marido de Sophie para que ganase el día de su cumpleaños.

—Antes no siempre me ganaba, ¿sabéis? —dijo sonriente su tía—. Rafi, ¿te acuerdas de la primera vez que jugamos juntos, en Edimburgo, con Boz y la tía Amy?

La boca de Rafi hizo una mueca divertida.

—¿Cómo quieres que me olvide? Nos ganasteis por tres sets a uno y no me hiciste ningún caso. En aquel momento me enamoré perdidamente de ti.

—¡No seas mentiroso! —rio ella—. Pensabas que era una *memsahib* pretenciosa y la verdad es que no me porté muy bien contigo.

—Desde entonces me lo has compensado con creces —dijo él sonriente mientras la tomaba de la mano y la atraía hacia sí para darle un beso rápido en los labios.

Adela pensó con un escalofrío en los labios sensuales de Jay. El príncipe se había equivocado en lo referente a Rafi y Sophie: saltaba a la vista que, tras años de matrimonio, seguían muy enamorados. No parecían necesitar a nadie más para ser felices y eso la llevó a plantearse de nuevo si debía mencionar a Tommy Villiers.

Wesley anunció su regalo aquella noche, durante la cena.

—Un *shikar* a Gulgat, como te prometí —anunció con una sonrisa de oreja a oreja—. El rajá también vendrá con nosotros. ¡Dime que no es todo un honor!

El corazón de la joven se aceleró al oír hablar de Gulgat.

—Claro que sí. ¡Qué maravilla! —Miró a Sophie, quien la observaba con expresión angustiada—. ¿Y... vendrá alguien más con nosotros?

—Rafi, por supuesto —respondió su padre—, y quizá Stourton, el residente británico, que no deja pasar nunca la ocasión de hacerse con un tigre.

—¿Un tigre? —preguntó Adela emocionada.

—El rajá quiere librarse de un par de tigres —le explicó Rafi— que han estado matando piezas de ganado de una de las aldeas ribereñas.

—¡Si solo fuera eso! —añadió Sophie—. También ha desaparecido un aldeano que estaba recogiendo pasto. Creen que la tigresa podría estar coja y lo atacó por considerarlo una presa fácil.

—¿Que ha devorado a un hombre? —Clarrie ahogó un grito—. No me gusta nada cómo suena eso.

—Pues no le digáis nada a Mungo —exclamó Tilly— o se empeñará en ir también. A mí, desde luego, no se me ocurre nada más horroroso. ¡Para tener pesadillas! James, sin embargo, no lo entiende, para él la caza es lo mejor de vivir en la India.

—No correremos ningún peligro —garantizó Rafi—. Adela estará siempre en un lugar seguro.

—Pero las fieras homicidas son muy astutas —apuntó inquieta Clarrie.

—Confía en mí, cuidaré bien de tu hija —dijo Wesley—.
¿Tú habrías dejado pasar esa oportunidad cuando tenías su edad,
Clarissa?

Ella sonrió.

—Tienes mucha razón. Mi padre también me llevaba de *shikar*.
Dejaré de preocuparme.

—¡Qué ganas tengo! —gritó Adela—. Mi primer tigre. Más
nos vale practicar antes de que llegue el día, papá.

—Saldremos al alba —le prometió él guiñándole un ojo.

Dos días después, los dejaron Tilly y Mungo.

—La próxima vez que nos veamos será en Gauhati —recordó
aquella a su sobrina mientras sonreía y le daba un abrazo sudoroso—, de camino a casa. ¿No es emocionante?

Adela intentó mostrar cierto entusiasmo, aunque lo cierto era
que no había pensado mucho en el viaje. Se había avenido a hacerlo
para complacer a su madre, pero había algo en aquel viaje que no
parecía real. No albergaba ningún recuerdo de Inglaterra, la tía
Olive ni el resto de los Brewis. De no ser por las cartas afectuosas y
cargadas de noticias de la prima Jane, ni siquiera podría decir que
los conociese. La cacería que habían programado y la posibilidad
de ver de nuevo a Jay acaparaban todos sus pensamientos en aquel
instante.

Se resolvió a hablar a solas con Sophie antes de que los Kan
dejasen Belguri. Adela ya le había dado una carta de Fátima con
noticias de Ghulam que la doctora no se había atrevido a enviar
por correo. Sin embargo, no había tenido ocasión de poner al día
a su tía favorita acerca de cuanto había ocurrido en Simla aquel
verano. Llevó a Sophie al jardín, le pidió que se sentara y le habló
de Tommy. Los ojos castaños de su tía se abrieron de asombro antes
de llenarse de lágrimas sin previo aviso. Abrazando con fuerza a su
sobrina, preguntó casi sin respirar:

—¿Lo crees posible? ¿Cuándo puedo conocerlo? ¿Será mejor que le escriba primero?

La joven quedó desconcertada por la eufórica reacción de Sophie, que parecía haber tomado la idea de que Tommy podría ser su hermano como un hecho más que probado. De pronto sintió cierto recelo: ni siquiera tenía claro que él fuese a querer tener una hermana. Su amigo había recibido la posibilidad como una broma. Era feliz siendo el hijo de los Villiers. Ante el resto del mundo no era otra cosa y, de hecho, quizá no le hiciese ninguna gracia verse desenmascarado y tener que confesar que era otra persona.

—Puede que sea preferible que le escriba yo primero —se apresuró a decir— y le comunique que te gustaría ponerte en contacto con él... si a él no le parece mal.

—¿De verdad lo harías? —preguntó la tía sonriendo y con lágrimas en los ojos—. Te estaría muy agradecida. Puede que te resulte difícil entenderlo, pero yo sigo teniendo la sensación de que me falta algo. Saber que tienes un hermano y no tener ni idea de quién es ni dónde está... Ni siquiera sé si sobrevivió. No hay ninguna tumba con su nombre, ni una explicación. Nada. —Los ojos le brillaron—. Hasta me he inventado historias sobre él. Ya sé que es una estupidez, pero mi favorita es la de que se lo dieron a algún maharajá con una familia numerosa y amable y que acabó convertido en un hombre fuerte y apuesto que ayuda a administrar con sabiduría las tierras de su padre cuando no está jugando al polo o componiendo música para sitar.

—Pues la verdad —repuso Adela con una sonrisa triste— es que Tommy no se parece en nada a ese hombre. Eso sí, lo más seguro es que sea capaz de acompañarse con la guitarra mientras canta. Desde luego, toca el piano de maravilla.

Sophie se echó a reír.

—Si es tan amigo tuyo, me encantará tenerlo de hermano.

Adela cambió de tema para hablar de Jay y desahogarse con su tía.

—Yo lo quiero y pensaba que él también me quería, pero no he sabido nada de él desde lo que pasó en Nerikot. ¿Te ha dicho algo de mí?

La tía meneó la cabeza.

—Ha estado en el palacio antiguo desde que volvió, así que apenas lo he visto. Stourton le recomendó que tratara de hacerse notar lo menos posible. Jay y Rita discuten cada vez que está por el palacio nuevo. Rafi hace lo posible por no interferir, pero, por lo que ha podido averiguar a través de Stourton, las autoridades de Simla apoyan al rajá de Nerikot y consideran que fue un caso de legítima defensa frente a comunistas armados. Si es así, Jay podrá ir adonde quiera en breve y supongo que no se quedará en Gulgat.

—Sería un gran alivio que el rajá y él quedasen libres de cargos.

—A Rafi le preocupa más Ghulam. Fátima se lo contó todo en la carta que nos diste. Lo que pasa es que a su hermano pequeño le da igual su propia seguridad.

Adela le contó el incidente de la feria de Sipi y le dijo que había visto a Sam darle un empujón para apartarlo del peligro.

—Creo que Sam Jackman lo salvó de que lo arrestase la policía, pero se metió a sí mismo en un buen lío. Solo Dios sabe lo que estará haciendo ahora.

Sophie le acarició el pelo.

—Lo querías, ¿verdad?

—Mucho —reconoció Adela. No quería pensar en Sam, porque aquello le causaba dolor y hacía que se sintiera triste y airada al mismo tiempo—. Pero ahora es Jay a quien amo. Lo único que quiero es volver a verlo para saber... ¿Puedes hacer que Rafi lo invite al *shikar*?

—Adela, me preocupas.

—¡Por favor!

—Sabes muy bien que, aunque Jay te corresponda, no hay nada que hacer.

—¿Por qué no?

—Porque ya está prometido a otra joven en matrimonio, desde que tenía doce años. Todavía no se han casado, porque ella está en Bengala Oriental, pero lo harán tarde o temprano. Lo sabías, ¿no?

Adela se sintió como si le hubiesen dado un puñetazo en el estómago. ¿Prometido? ¿Por qué no le había dicho nada? ¡Si le había pedido que se casase con él! La había llevado a pensar que era posible.

—No, me dijo que podríamos estar juntos.

—¡El mismo chiquillo desvergonzado de siempre! —espetó furiosa Sophie—. Te estaba dando falsas esperanzas.

La joven sintió náuseas. Dejó el banco en que estaba sentada y trató de tomar aire entre arcadas.

—Adela, cariño —dijo su tía—, ¿estás bien?

—No —respondió ella con voz ronca—, tengo que… —Y con esto echó a correr por la hierba, tomó el camino que llevaba a la plantación y no se detuvo hasta quedar oculta entre los arbustos de té. Entonces cayó de rodillas y lloró para aliviar su dolor.

Pasó el día siguiente en la cama con retortijones. Aunque no oía lo que decían sus padres y los Kan, alcanzaba a distinguir que conversaban en voz baja al otro lado de su habitación y sabía que estaban hablando de ella. Podía ser que Sophie estuviera revelándoles la humillación a la que la había sometido Jay al darle falsas esperanzas. Al menos se había contenido de contar a su tía que había perdido la virginidad con el príncipe. Pensaba llevarse aquel secreto a la tumba. ¡Qué estúpida había sido! ¡Qué mentiroso había sido él! Estaba furiosa con Jay, pero era incapaz de desterrar de su cabeza su hermoso rostro, que se presentaba ante ella cada vez que cerraba los ojos y perturbaba sus sueños cada vez que conseguía dormir.

Los Kan partieron. Adela se sintió aliviada al ver que nadie mencionaba a Jay y se dijo que seguramente Sophie no había dicho nada a sus padres de su ingenua pasión. Salió de su cuarto para sentarse lánguida en la veranda. Le molestaban las chiquilladas de Harry, que no dejaba de trepar a su regazo y fastidiar con una goma elástica que había convertido en tirachinas.

—Quizá habría que anular el *shikar* —propuso Wesley—. No te encuentras bien para ir, ¿verdad?

Parecía tan decepcionado que Adela se obligó a salir de su abatimiento.

—No lo hagas. Seguro que me pongo bien. Debe de ser una gastroenteritis.

—¿Estás segura?

—Claro que sí —repuso ella con una sonrisa forzada—. Me apetece mucho, de verdad.

Su padre alegró la cara y le besó la coronilla.

—A mí también, cariño.

Tres días después, salieron a despedirlos Clarrie y Harry —este último, lloroso al ver que lo dejaban atrás— mientras los dos ponían rumbo a Gulgat. Las temperaturas se fueron elevando a medida que descendían de las brumosas colinas de Jasia, cubiertas de pinos, al terreno ondulante de la selva y los valles fluviales de su región de destino. La humedad del aire hacía que se les pegase el cuerpo al cuero de los asientos. El cielo vibraba de calor y reducía el verde vivo del bambú y los plataneros a un gris reluciente.

Adela disfrutó de la atención exclusiva de su padre. Tenía la impresión de que habían pasado siglos desde la última vez que habían hecho algo juntos sin su madre ni Harry. Además, estaba exultante, tal como demostró cantando a voz en cuello «Tea for Two».

Por el camino hablaron de muchas cosas, anécdotas de infancia: cuando Wesley le enseñó a cazar perdices; cuando criaron a Molly, el cachorro de tigresa que había quedado huérfano, o cuando fueron a ver actuar a una compañía de gitanos en Shillong en su tercer cumpleaños.

—Ese es uno de mis primeros recuerdos —aseveró Adela—. Quería ser funambulista y bailar en el cielo. Aquello me parecía algo mágico.

—Te aterraban los tragafuegos —dijo Wesley con una risita— y te escondiste debajo de mi chaqueta hasta que dejaron de actuar.

—Pensaba que se estaban haciendo daño. Sigo sin entender cómo lo hacen. —Sonrió con gesto confundido.

—Pocas cosas te asustaban.

—Nunca tuve miedo, porque tú estabas siempre ahí para protegerme. Siempre me has defendido, aun cuando hacía trastadas como la de huir de la escuela. Desde luego, no era una niña muy obediente. A veces tenía que resultar desesperante.

—¡Nunca! Tienes mi tozudez y el corazón enorme de tu madre: una combinación imponente. Tu madre y yo no querríamos que fueses de otro modo. Hagas lo que hagas, nos alegras la existencia.

Adela sintió una oleada de gratitud y se inclinó para besar la mejilla de su padre, marcada por el tiempo.

—Gracias, papá. Yo tampoco habría querido nunca otros padres.

Él le sonrió con dulzura y, tras unos momentos, le preguntó:

—¿Hicimos bien enviándote a Simla? Allí has sido feliz, ¿no?

—La mayor parte del tiempo, mucho —le aseguró—. La tía Blandita es una tutora increíble. Era muy firme conmigo, pero siempre estaba interesada en lo que estaba haciendo y se encargó de que conociese a las mejores personas de Simla. No me refiero a los celestiales, que se creen mejores que nadie por ocupar los cargos más altos del Gobierno, sino a gente como la doctora Fátima, Sundar Singh o Boz, con los que he hecho una gran amistad. Saint Mary's me ha encantado, también me ha gustado muchísimo actuar en el teatro y visitar las colinas con la clínica de Fátima.

Wesley le lanzó una mirada fugaz.

—¿Y ver a Sam Jackman? Durante un tiempo no hablabas de otra cosa en tus cartas.

Adela sintió que se le encogía el corazón al oír su nombre.

—Sí, también ver a Sam. —Le contó todo lo relativo a su estancia en la misión, la excursión que hizo con Sam para ver a los nómadas gadis y el terrible enfrentamiento que se produjo en la feria de Sipi.

Wesley le posó una mano en la rodilla y se la estrechó con gesto reconfortante.

—Siento que haya vuelto a ponerse las cosas tan complicadas. Jackman me cae muy bien, pero parece un alma atormentada. Y siento que te hicieras ilusiones con él. Yo, desde luego, no habría tenido nada que objetar.

Los ojos de Adela se llenaron de pronto de lágrimas.

—No me digas que fue él quien te rompió el corazón —dijo su padre—, quien te hizo volver a casa antes de lo que habías planeado. Sophie dice que has sufrido un desengaño.

El corazón le dio un vuelco. Negando con la cabeza, respondió:

—No, fue por otro.

—¿Y me vas a contar de quién se trata?

—Mejor no.

—Vaya, pues maldita sea su suerte —exclamó irritado—. No se hable más del tema. Vamos a disfrutar juntos del mejor *shikar* que se haya conocido. ¡Y al infierno con los dichosos jovencitos a los que se les ocurra romperle el corazón a mi hija! ¿Tú qué dices, cielo?

Adela secó con un dedo la lágrima que le caía por la mejilla.

—Que es el mejor bálsamo que puede tener una muchacha —dijo entre risas—: salir de *shikar* con su padre.

En aquel momento se propuso superar su aventura con Jay. Ella había sido tan imprudente y egoísta como él en sus deseos, pero estaba resuelta a olvidarlo y a pasar los días siguientes disfrutando de la vida con su padre y su tío Rafi.

Fue un alivio que, en lugar de dirigirse al palacio, fueran a encontrarse con el rajá y el resto en el campamento que habían instalado en un claro cercano al río. Pasaron al lado de cuadrillas de trabajadores de uno y otro sexo que sacaban pesadas piedras del lecho del río —la riqueza del rajá se debía, en parte, a la venta de material para sillares y muelas— antes de que la carretera se convirtiese en poco más que una pista plagada de baches. Wesley estacionó el vehículo y agradeció no haber sufrido ningún pinchazo. Rafi fue a saludarlos y enlazó su brazo con el de Adela para estrecharlo.

—¿Te encuentras bien? —preguntó entre dientes con una sonrisa preocupada.

—Sí, gracias —respondió ella, azorada, aunque agradecida por su desvelo.

En ese momento lanzó un grito ahogado ante la contemplación de las magníficas tiendas dotadas de alfombras, mesas y sillas para comer y camas de verdad para Wesley y para ella, además de un tocador con espejo y una bañera de hojalata tras una cortina para poder bañarse con intimidad. Curiosamente, el rajá y Rafi preferían dormir en catres de campaña de lona y asearse en el río.

—Parte de la gracia de estar de *shikar* —explicó sonriente Kishan— es precisamente alejarse de toda la pompa de palacio.

Adela recordaba al rajá de cuando era pequeña y le profesaba un gran cariño. Era un hombre amable, paciente y apuesto, aunque no pasó por alto cuánto había envejecido desde la última vez que lo había visto: tenía la frente surcada de arrugas.

—Los *shikaris* han salido ya a buscar pistas —anunció mientras comían verduras al curri, ave asada y arroz con azafrán—. Hace dos

267

días encontraron huellas en la arena río arriba. Están convencidos de que la pareja de tigres se ha retirado al desfiladero, donde han encontrado un jabalí a medio devorar.

—Podemos ir hasta allí en elefante —añadió Rafi—, pero, si se han metido en una de las quebradas estrechas de los laterales, habrá que hacerlos salir con algún cebo.

—No ponga esa cara de preocupación, señorita Robson, que no está hablando de cebos humanos —comentó el rajá en tono burlón.

Se levantaron antes del alba y tomaron té con tostadas de *chota hazri*. Entonces, cuando se disponían a subir a los elefantes, el silencio se vio roto por el ruido de un motor y la oscuridad por las luces que inundaron la colina desde la cima.

—Debe de ser Stourton —anunció Kishan—. Llega justo a tiempo.

Del automóvil del residente descendieron dos hombres, iluminados por las lámparas de queroseno. Uno era Stourton pero el otro era alguien más conocido que hizo que Adela se tensara en el instante que echó a andar hacia ellos.

—Sanjay —exclamó el rajá.

—Tío —lo saludó el príncipe con aire respetuoso—. ¡Qué suerte que me haya hablado Stourton de la cacería! No me la habría perdido por nada del mundo.

—Yo pensaba que te lo habría dicho Rafi —dijo Kishan volviéndose hacia su edecán.

Este se disculpó.

—Su alteza, creí que el príncipe Sanjay tenía que seguir recluido en el palacio.

—No hace falta, Kan —repuso el residente con aire brusco—. ¿Quién va a molestarlo en un sitio tan remoto de Gulgat?

Jay sonrió.

—Es verdad.

Wesley, al sentir cierta tensión, se adelantó a saludar a Stourton y, a continuación, al príncipe.

—Alteza, tengo entendido que conoce a mi hija, Adela. Por lo que me ha contado, los dos han compartido escenario.

Él respondió con una inclinación:

—Es cierto. Además, también hemos cabalgado juntos. La señorita Robson es una amazona excelente. ¿Cómo está mi querida señora Hogg?

El corazón de la joven se aceleró. Había muy poca luz para leer la expresión del rostro del joven.

—Muy bien, gracias —respondió con voz que ella misma consideró chillona y nerviosa.

—Alteza —intervino Rafi—, los elefantes están listos y deberíamos ponernos en marcha si queremos dar con pistas frescas.

Adela agradeció la distracción que supuso el inicio del viaje. Se encaramó con su escopeta a una elefanta llamada Rose y Wesley subió para sentarse a su lado en el palanquín. Después de que se sentara a horcajadas en el cuello del animal uno de los cornacas más expertos del rajá, se pusieron en marcha tras el rajá y Rafi y seguidos por el resto.

—Cariño, estás temblando —dijo el padre preocupado—. ¿Te encuentras bien?

—Sí. —Adela tomó aire con dificultad—. Solo me he puesto un poco nerviosa ahora que ha llegado el momento.

—Pues no tienes por qué estarlo —respondió él sonriendo y dándole una palmadita en el hombro.

Siguieron la arenosa margen izquierda del río, prácticamente seco, por donde habían dado los *shikaris* con las huellas de los tigres, y a continuación se internaron en la selva. Cuando rayó el alba por encima de los árboles, se elevaron con gran estruendo bandadas de periquitos verdes y los monos empezaron a chillar y a cruzar sobre las cabezas de los cazadores a medida que avanzaban los elefantes.

Adela no tardó en encontrarse disfrutando del rítmico balanceo del animal colosal que los transportaba, fascinada al verlo tan silencioso y seguro pese a su tamaño. La frescura empapada en rocío del bosque y la luz de color albaricoque que se filtraba por entre las hojas y las enredaderas conferían un aire mágico a cuanto los rodeaba. Habría sido feliz dedicándose a explorar la selva todo el día.

Salieron a una pradera y a una serie de terrazas cultivadas con pimenteros y naranjos. La ladera estaba salpicada de cabañas de bambú con techos de paja a cuyo alrededor crecían altas espigas de jengibre. Una niña pequeña cuidaba de una docena de cabras cerca de la corriente. Se apearon para comer algo y avanzaron hacia los toldos que estaban instalando ya los criados a la sombra de una arboleda de salas.

—De aquí era el aldeano que desapareció mientras recogía pasto —los informó Rafi.

—¿Lo han encontrado? —preguntó Adela.

Él negó con la cabeza.

—A estas alturas es muy difícil que lo encuentren con vida. Si se lo llevó la tigresa…

—Pobre hombre —dijo ella con un escalofrío.

Jay acaparó la atención de los comensales con anécdotas sobre las distintas cacerías en las que había participado en los estados montañosos que rodeaban Simla. Se dirigió a Adela con gentileza y naturalidad, como si fueran amigos que comparten intereses similares, como si no hubieran alcanzado nunca el grado de intimidad que los había unido hacía tan poco. Resultaba asombroso recordar que la última vez que lo había visto había sido en el calor de la cama del joven y que, desde entonces, él había huido de la vida de ella y la había dejado sin saber qué había sido de él. Adela le respondía con indiferencia cortés, resuelta a no darle la satisfacción de saber cuánto daño le había hecho.

Rebasaron la aldea hasta entrar en un valle profundo de densa selva en el que los elefantes tenían que aplastar la maleza para ir abriendo senda. El calor y el balanceo de Rosa habían empezado a inducir a Adela al sueño cuando se elevó un grito desde la cabeza de la expedición. Al despertarse sobresaltada, vio la conmoción que se había creado entre los rastreadores. Wesley tomó su escopeta de doble cañón.

—¿Es un tigre? —quiso saber ella ahogando un grito.

Rose siguió caminando pesadamente tras el resto de elefantes. Llevó la trompa a una rama baja y apartó algo de ella. El cornaca se inclinó hacia delante para hacerse con ello y lo sostuvo en alto a fin de inspeccionarlo. Era un jirón de tela de algodón blanca y roja. Gritó algo a los hombres de delante y mantuvo con ellos una conversación apresurada. El grupo se detuvo.

—¿Qué ocurre? —preguntó Wesley.

—Han encontrado el arrastre.

—¿Del jabalí?

—No, del aldeano.

A Adela se le revolvió el estómago. Sabía lo que quería decir con «el arrastre»: los restos de la presa que había arrastrado el tigre para ocultarla y volver por ella cuando volviera a tener hambre.

—¡Dios santo! —exclamó Wesley—. Adela, no mires.

La joven volvió a fijar la vista en el andrajo que tenía el cornaca en la mano, que no era otra cosa que un trozo de tela ensangrentado, y sintió de súbito que se le apagaba todo el optimismo con que había empezado la jornada. Eran los restos de un padre, un hermano o un hijo, acarreado y devorado por un depredador salvaje. Apenas podía imaginar el terror que había tenido que experimentar la desdichada víctima mientras luchaba en vano por su vida.

Prosiguieron la marcha después de que el rajá ordenase a uno de sus hombres que avisara a los aldeanos para que fueran a recuperar los restos de su vecino. Adela apartó la mirada mientras pasaban a su

271

lado, aunque lo hizo demasiado tarde y atisbó un torso sin piernas con la ropa desgarrada. Temió ponerse a vomitar.

—Tenemos que matar a ese tigre antes de que vuelva a hacer algo así —declaró con vehemencia.

—Lo haremos —prometió su padre.

Poco después llegaron al lecho seco de un río, salpicado de pedruscos e islotes cubiertos de árboles raquíticos entre balsas de agua aisladas. La cabecera desaparecía en un desfiladero empinado hacia el que dirigieron su paso pesado los elefantes. Se detuvieron ante el sitio en el que, a mano derecha, se abría otra garganta más angosta. Los hombres de delante pasaron la noticia de que aquel era el punto en el que habían matado al jabalí. En su lugar había un búfalo joven, atado para servir de cebo a los tigres.

En la embocadura de la quebrada menor, los *shikaris* se habían ocupado de instalar *machans*, puestos de caza en los árboles desde los que observar la presa sin ser vistos. Más allá, la pendiente se elevaba hasta una loma que apenas superaba en altura la de árboles. Rose se arrodilló y ayudó a los pasajeros a bajar con su trompa. Adela apenas había tenido tiempo de estirar las piernas cuando su padre la aguijó a subir la escalerilla que llevaba a una de aquellas cunas improvisadas de bambú. Aunque eran poco más amplias que las de un bebé, Wesley logró apretujarse con ella en el interior. Los dos se cubrieron con ramas y aguardaron. Stourton ocupó el *machan* contiguo al de ellos y Jay, el siguiente, en tanto que Rafi y el rajá caminaron hacia el lado opuesto de la garganta y desaparecieron entre los árboles.

El calor resultaba sofocante. No se movía nada, ni siquiera el dócil búfalo atado a su árbol. Todos esperaban totalmente quietos. Tras unos minutos, Adela empezó a sentir las piernas dormidas y deseó poder menearlas.

—¿Es él? —susurró su padre.

Adela lo miró a los ojos y vio el sudor que le corría por la cara.

—¿Es el príncipe Sanjay —siguió diciendo él— el que ha jugado con tus sentimientos?

Apenas podía respirar. Cerró los ojos. No era el mejor momento para mantener aquella conversación.

—Sé que acierto —aseveró él entre dientes—. Salta a la vista por los comentarios que hace, por las indirectas. Me dan ganas de darle un puñetazo en esa cara arrogante.

—No, papá —rogó Adela—. No dejes que nos estropee el viaje.

En ese preciso instante oyeron el grito de un ciervo desde el interior del desfiladero y de los frondosos matorrales echaron a volar bandadas de pájaros. Al fin había movimiento. Todos guardaron un silencio sepulcral. La hierba empezó a agitarse, pero no corría viento alguno. El tigre estaba tan bien camuflado con la sucesión de luces y sombras que se daba entre los árboles que Adela no lo vio hasta que estuvo casi a sus pies. Se trataba de un macho enorme de más de dos metros y medio de largo. Aquella fiera magnífica avanzó con lentitud, sacudiendo la cola y olfateando el rastro de los elefantes. El búfalo se puso a bramar y a tirar de sus ligaduras. El tigre miró a su alrededor y se agachó con agilidad, listo para dar un salto. Entonces se oyó un disparo como un petardo ensordecedor. El animal se desplomó en el suelo con una bala alojada en el cuello.

—¡Le he dado! —exclamó el residente—. ¡Al cuerno, con la fiera!

—Buen tiro, Stourton —aseveró Jay.

En aquel momento aparecieron los *shikaris* de entre los elefantes para inspeccionar la presa, haciendo ruido con silbatos y disparando al aire para espantar a cualquier otro animal salvaje que pudiera andar por los alrededores antes de que descendiesen los cazadores de los *machans*. El residente estaba eufórico con su hazaña.

—Rafi, haz un retrato de Stourton con su tigre —pidió el rajá.

Stourton posó con la escopeta en la mano y el pie apoyado en la cabeza de su presa mientras Rafi tomaba varias instantáneas con su cámara de cajón. La escena llevó a Adela a pensar en Sam y su pasión por la fotografía. Se había deshecho de todas menos de una de las imágenes que había dejado para ella en el bungaló de Blandita Hogg, porque no podía soportar el recuerdo de aquellos días felices e inocentes vividos en Narkanda. Con todo, había sido incapaz de separarse de aquella en la que aparecía apoyada con Sam en la balaustrada de la veranda, rozándose con los brazos mientras sonreían a Fátima.

Contempló con asombro el cuerpo musculoso del gigantesco ejemplar abatido, cuyas quijadas habían quedado como congeladas en un rugido en el momento de morir. Tenía sobre los ojos sendas manchas blancas semejantes a otro par de globos oculares que los observaran ciegamente desde el suelo. Sus dientes eran como dagas y las garras, curvas como miniaturas de los mortíferos cuchillos que los nepaleses llamaban *kukris*. El corazón le latía con fuerza ante la sensación de alivio de hallarse tan cerca de un tigre que ya no podía hacerles daño y la lástima que, sin embargo, le despertaba el animal. Molly, su tigresa, a la que habían dejado en libertad en la selva hacía ya muchos años, debía de haberse convertido ya en un animal adulto y estar tratando de burlar a cazadores como ellos.

Se discutió mucho y de forma animada sobre el mejor modo de transportar aquella presa corpulenta al campamento sin dañar su espléndida piel.

—¡Qué alfombra le voy a mandar a mi madre para que la ponga delante de la chimenea en casa, en Inglaterra! —exclamó Stourton—. La cabeza la pondré en mi bungaló. Se la daré a Van Ingen para que la embalsame.

Cargaron el animal al lomo de un elefante con la ayuda de media docena de *shikaris* para llevarlo al campamento, en tanto que los cazadores se retiraron a la aldea vecina para tomar un *tiffin* tardío.

—Podríamos abatir alguna perdiz o una cervicabra de camino al campamento —propuso Kishan.

—Pero ¿cómo vamos a volver ya? —protestó Jay—. Si todavía anda suelta la hembra, que es la peligrosa.

Su tío dejó escapar una risa fatigada.

—Mañana volveremos a la garganta para cazarla.

—Para entonces se habrá ido. Esta podría ser nuestra única oportunidad.

—Tu tío está cansado —dijo Rafi.

—Quienes estén cansados no tienen por qué quedarse —repuso el príncipe—, pero algunos todavía tenemos ganas de *shikar*. ¿No es verdad, Adela?

La joven dio un respingo ante aquella alusión repentina, pero él prosiguió con voz persuasiva sin darle tiempo a responder:

—Ni siquiera has podido usar la escopeta cuando se ha organizado este *shikar* por tu cumpleaños. ¿Me equivoco?

—Tienes razón, Sanjay —concluyó Kishan—. Stourton ha sido muy descortés al hacerse con el tigre que estaba destinado a la señorita Robson.

—Lo siento muchísimo —aseveró avergonzado el residente.

—No pasa nada. En realidad, no me importa —lo tranquilizó ella.

—Aun así, deberíamos dejar que se quedara si le apetece —insistió el rajá.

—¿Qué dices, Adela? —la desafió Jay—. ¿Volvemos para ver si ha regresado la tigresa en busca del cebo?

No quería que el príncipe la tomase por débil y, además, deseaba tener la oportunidad de abatir a aquella fiera homicida.

—De acuerdo, vayamos —respondió.

—¿Estás segura? —preguntó Wesley con una mirada de advertencia.

Adela hizo caso omiso de aquel gesto y contestó sonriente:

—Sí, muy segura: esta podría ser la última ocasión que se me presente de cazar un tigre antes de volver a Inglaterra.

—En ese caso, os acompañaré yo —declaró Wesley lanzando a Jay una mirada implacable.

—No hace falta —repuso él—. Su hija ya es mayorcita para cuidarse sola.

—Eso no lo dudo, pero no pienso perderla de vista durante este viaje. Se lo prometí a su madre —concluyó con una sonrisa crispada.

El rajá, Rafi y Stourton emprendieron su regreso al campamento. El último iba exultante y deseoso de supervisar el desentrañamiento y la decapitación de su tigre. Adela, Wesley y Jay partieron en sentido opuesto con un grupo menor de *shikaris*.

—Antes de que anochezca tenemos que estar todos allí —pidió el rajá—, ¡que hay algo que celebrar!

Al llegar al lugar, el príncipe comentó que era mejor que cada uno ocupase un puesto de tiro diferente. El calor seguía siendo sofocante y Adela se sentía somnolienta después de la opípara comida. Debió de caer dormida, porque se despertó cuando sintió que se agitaba su *machan*. Se incorporó sobresaltada. ¿Habría vuelto la tigresa? Entonces se dio cuenta de que había alguien subiendo la escalerilla de cuerda.

—Jay —dijo conteniendo un grito—. ¿Qué estás haciendo?

—Venir a verte —susurró él con una risita suave.

El corazón se le aceleró. ¿Lo habría visto su padre? El príncipe había sido tan sigiloso que supuso que no, aunque los *machans* estaban bien ocultos en el follaje y, por lo tanto, no alcanzaba a ver el de su padre.

—No deberías estar aquí —le espetó ella sin alzar la voz.

—Llevo todo el día intentando hablar contigo, pero tu padre no te deja ni a sol ni a sombra. —Se dejó caer al interior del escondrijo y encajó la escopeta en un rincón—. Te he echado de menos, Adela.

—No tanto como para decirme qué había sido de ti —lo acusó—. ¿Tienes la menor idea de lo angustiada que estaba?

Él le pidió disculpas con un gesto sonriente.

—Me alegra que te preocupes por mí.

—Sin embargo, yo a ti te importo poco.

—No es eso —insistió él—, pero me encontraba en una situación muy difícil. Tenía que salir de Nerikot sin que lo supiera nadie si no quería que me arrestasen.

—¿Disparaste contra aquellos manifestantes? —exigió saber Adela.

—Esa chusma no merece tu compasión: estaban armados y eran peligrosos y habían salido a la calle para hacerles daño a mi amigo y a su familia.

—Así que sí que hiciste fuego contra ellos —concluyó ella horrorizada.

Él apartó la mirada de la de Adela.

—Disparé al aire como advertencia nada más, pero algunos de los guardias de Nerikot perdieron la cabeza.

No sabía si creérselo. Él le tomó la mano y se la llevó a los labios, pero ella la apartó de golpe a pesar de la violencia con que le latía el corazón.

—Me diste falsas esperanzas —dijo entre dientes— haciéndome creer que podríamos estar juntos cuando te habías prometido en matrimonio a otra.

Él la miró con gesto divertido.

—Yo no te dije nunca que no estuviera comprometido.

—Ni tampoco que lo estuvieses —replicó ella fulminándolo con la mirada.

—Pero tú sabes cómo funcionan las cosas con gente de mi posición: hay ciertos deberes que tengo que cumplir, como el matrimonio y la provisión de herederos para Gulgat, pero lo nuestro es diferente. ¿Por qué no vamos a poder estar juntos? Puedes viajar conmigo cuando vaya al extranjero. Podemos vivir en Delhi o en el Midi francés: donde tú desees.

—Como amante tuya —dijo ella con desdén—, pero nunca como tu esposa.

—¿Tan malo es eso? Tendrás cuanto se te antoje, Adela. —Su boca sensual hizo una mueca divertida—. En el Nido del Águila me dio la impresión de que eras feliz siendo mi… compañera.

—Me porté como una imbécil —repuso sonrojándose—. Creí que me amabas. Dijiste que te enfrentarías a tus mayores para hacer mi voluntad. Me prometiste que te casarías conmigo.

—Dijimos todo eso en un arrebato. Viniste a mí tan de buena gana, con tantas ansias…

Ella lo abofeteó con fuerza y él se apoderó de su muñeca y acercó el rostro al suyo con un movimiento rápido.

—Ahora no te hagas la *memsahib* casta. Lo que buscábamos no era amor, sino puro placer.

Adela tragó saliva con fuerza para reprimir una confesión, pues durante unos momentos fugaces se había vuelto loca de pasión por él. Apartó la vista con gesto avergonzado y él le soltó el brazo.

—Lo siento —dijo el príncipe—. No tenía que haberme ido a Nerikot. De haberme quedado contigo, tal vez estaríamos aún divirtiéndonos en Simla.

La joven sintió una gran tristeza al comprobar que era aquello lo que había sido siempre para Jay: una diversión. ¿Cómo había podido suponer en algún momento que sería otra cosa? Había hecho caso omiso de cuantas advertencias le habían hecho sobre su reputación y se había dejado seducir por el Nido del Águila tanto como por el encanto del príncipe. Ambos habían resultado tan efímeros como una noche de verano. En el fondo, no obstante, sabía que había otro motivo por el que se había entregado de un modo tan impulsivo a Jay: la ira que sentía por saberse no correspondida por Sam. Había querido que Jay llenase su doloroso vacío y borrara de una vez por todas lo que sentía por Sam. Sentada en aquel angosto *machan* con su antiguo amante, Adela reparó en que no había conseguido extinguir su amor por el misionero… y en que ya no deseaba a Jay.

—No veo ningún motivo —dijo él, tomando su silencio por otorgamiento— por el que no podamos reanudar lo nuestro por donde lo dejamos. Yo te sigo considerando una mujer muy deseable.

—Jay, yo no…

—¿Qué diablos pasa ahí? —gritó Wesley—. Adela, ¿estás bien?

—Sí, papá —respondió ella—. Solo estaba teniendo una conversación con el príncipe Jay.

—Pues seguro que habéis espantado a la tigresa. Se está yendo el sol, así que podemos dar por concluida la jornada.

—No —objetó Jay—: todavía hay tiempo.

—Cuando el sol se va a su casa, se acabó la caza —recitó Wesley a modo de orden—. Sabes que es muy peligroso cazar cuando cae la tarde.

—Mi padre tiene razón —dijo la joven poniéndose de pie con esfuerzo.

Tenía ya un pie en la escalerilla cuando oyó a sus espaldas un rugido bajo. Se dio la vuelta y quedó petrificada: la tigresa se hallaba apostada en la pendiente que se extendía tras los árboles y agitaba la cola con furia. Tenía los ojos casi a la misma altura que Adela, de la que apenas la separaba una decena de metros.

—Jay —dijo con voz ronca—, está ahí.

Él se dio la vuelta, vio el peligro, tomó la escopeta, la amartilló y la descargó contra la cabeza del animal. La tigresa rugió y, por un instante, Adela pensó que se arrojaría contra ellos, pero a continuación saltó de forma abrupta por la cresta de la montaña y desapareció.

—Le he dado. Estoy seguro de que le he dado —exclamó el príncipe.

Cuando descendieron por la escalerilla, ya los estaba esperando Wesley. Adela, con las piernas flojas por la impresión, se desplomó en los brazos de su padre, quien no dudó en enfrentarse a Sanjay.

—¿Se puede saber qué estaba haciendo en el *machan* de mi hija? ¿No ve que la ha puesto en peligro, que con tanta charla ha llamado la atención de la tigresa?

—Le he dado en el cuello —replicó Jay—. Está herida de muerte. Si enviamos a los *shikaris*, seguro que la encuentran sin vida en lo alto de la loma.

—Pues a mí no me ha dado la impresión de estar moribunda.

—Eso ya lo veremos, ¿verdad? —lo desafió Jay.

—Ahora no vamos a mandar a nadie a comprobarlo —dejó claro Wesley—. Ya casi se ha puesto el sol.

—Soy yo quien está a cargo del *shikar*, no usted —repuso el príncipe con displicencia.

—En todo caso, no debería poner en peligro a ninguno de sus hombres.

—Jay, por favor —intervino Adela posando una mano sobre su brazo—. Dejémoslo hasta mañana. Entonces podrás volver y reclamar la presa.

Él le lanzó una mirada fugaz antes de volverse hacia el padre con una sonrisa satisfecha.

—Tiene usted una hija muy persuasiva, señor Robson. Por ella haría cualquier cosa.

Dicho esto, se dirigió a los elefantes. Adela era muy consciente de que su padre echaba humo por el sarcasmo de Jay.

—Vuelve en mi elefante, Adela —le pidió el príncipe con aire imperioso.

—Adela se viene conmigo en el mío —respondió furioso Wesley.

—No, yo me vuelvo sola con Rose —dijo la joven, cansada de ser objeto de disputa entre los dos. No veía la hora de volver al campamento y disfrutar de un baño frío. Rafi y el rajá sabrían llevar paz y cordialidad a aquella díscola partida de caza.

Su padre se deshizo en atenciones cuando ella fue a subir al palanquín.

—Puedo arreglármelas sola —repuso irritable la hija.

Se pusieron en marcha por la garganta y a través de la selva, con Rose a la cabeza. No hubo que esperar mucho para que se desplomara la noche sobre ellos como un telón que cae tras la obra. La luna se elevó en el cielo y el grupo salió al claro contiguo a la aldea. Se había levantado el campamento provisional y en los umbrales de las chozas refulgían pequeñas lámparas de aceite. El aire estaba preñado del olor acre de los fuegos en que se preparaba la cena. Adela sintió que la noche la calmaba.

La columna de elefantes siguió avanzando pesadamente entre árboles hasta alcanzar la ribera arenosa del río. Se hallaban a media hora de viaje del campamento cuando Adela vio algo, apenas un atisbo de movimiento a la luz de la luna. Oyó un sonido extraño, como de salivazo, y de improviso tuvo delante, plantada ante Rose, a la tigresa. Tenía la cara ensangrentada, Jay debía de haberla herido en la boca. Abrió sus fauces maltrechas y lanzó un rugido. Una fracción de segundo después, saltó hacia la elefanta y de un zarpazo se aferró a su trompa. El animal lanzó un bramido de dolor y trató de zafarse. Adela chilló y, tras ella, el elefante de Wesley barritó aterrado.

El cornaca emitió un grito de advertencia y se agarró al cuello y las orejas de Rose, que daba sacudidas para librarse de su atacante.

—¿Qué pasa? —preguntó Wesley a voz en cuello.

Adela estaba demasiado horrorizada como para responder. El palanquín se había inclinado casi hasta el punto de arrojar despedida a la joven, que volvió a gritar mientras se asía frenética a los lados de la estructura. El aire se llenó con los rugidos de la tigresa enloquecida, que había hecho presa en la piel de la elefanta con los dientes que le quedaban.

—¡Socorro, papá! —consiguió exclamar Adela—. ¡Mátala!

Rose luchó con la fiera. Intentaba pisar sus patas traseras mientras se agitaba de un lado a otro. De pronto se encabritó y volcó hacia atrás el palanquín. Adela salió despedida y fue a estrellarse contra el suelo con un golpe aturdidor. Sintió un dolor terrible en el hombro. Hizo por levantarse, sabiendo que los pies de su montura podían aplastarla en cualquier momento. En la oscuridad se entremezclaban gritos, alaridos, rugidos y barritos. Adela gimió de miedo.

Al momento siguiente tenía a Wesley a su lado.

—¡Agáchate! —bramó el padre, que a continuación hizo puntería y disparó.

El ruido ensordecedor estalló en los oídos de la joven. Su padre volvió a descargar el arma. La tigresa rugió furiosa y cayó de la elefanta, que dio un salto y obligó al cornaca a aferrarse a ella con todas sus fuerzas.

—¡Que alguien acerque una antorcha! —ordenó Wesley mientras recargaba frenético.

En aquel instante saltó hacia él la fiera herida. Adela estaba tan cerca que oyó las garras rasgar la sahariana de su padre, quien le encajó la escopeta de medio lado en las fauces ensangrentadas. El animal lo arrojó hacia atrás, asestándole zarpazos como un gatito que jugase con una muñeca de trapo. Wesley lanzó un aullido de dolor.

—¡Haz algo, Jay! —gritó Adela arrastrándose hacia su padre.

El príncipe, iluminado por el parpadeo de las antorchas, se puso en pie sobre su palanquín y exclamó:

—¡Apártate!

La joven se alejó rodando y se hizo un ovillo. Disparos. La tigresa lanzó un último rugido furioso y cayó hacia atrás. Gritos, confusión. Los cornacas intentaban dominar a sus elefantes alterados mientras los *shikaris*, provistos de antorchas, se aseguraban de que la tigresa estaba muerta. Adela, entre sollozos y jadeos, gateó hacia Wesley.

—¿Papá? ¡Papi, dime algo!

Él la miró con gesto calmo.

—Estoy bien. Estoy bien.

Adela lloró aliviada mientras lo rodeaba con sus brazos. Él lanzó un gruñido y su hija se incorporó con los brazos mojados. Estaba bañada en la sangre de su padre. Jay, a su lado, trató de apartarla.

—Me necesita —aseveró ella mientras se resistía—. Está sangrando.

Jay empezó a dar órdenes a voz en grito. Se quitó el turbante e intentó envolver con él el vientre abierto de Wesley sin lograr contener las arcadas. Adela solo pensaba en sostener la mano de su padre.

—Ya verás cómo te pones bien, papá.

Mientras esperaban a que los hombres llevasen una camilla improvisada con varas y tela desgarrada, notó que él apretaba cada vez menos. El hombro le ardía de dolor.

—¡Que alguien vaya al campamento a pedir ayuda! —gritó.

—Ya lo he hecho —aseveró Jay, cuyos ojos se veían ensombrecidos por el terror a la luz de la luna.

Los hombres de las angarillas corrieron con Wesley por el lecho seco del río. Adela, que los acompañaba al mismo ritmo, lo oía gruñir con cada brinco que daban en su avance precipitado. «¡Por favor, Señor, que no se muera!», repetía para sí como un mantra. A unos minutos del campamento, apareció Rafi a la cabeza de una partida de rescate. Ella corrió a su encuentro.

—¡Haz algo! Ha perdido mucha sangre —dijo entre sollozos.

Rafi la rodeó con un brazo y la llevó con los demás. En cuanto vio la magnitud de las heridas de Wesley, se hizo con las riendas de la situación.

—El médico más cercano está en el hospital de la misión, a una hora de aquí. Yo lo llevaré en el coche.

—Yo te acompaño —insistió la hija.

El rajá tenía el rostro desencajado.

—¿Cómo ha podido pasar? No es normal que los tigres ataquen a los elefantes. Debía de estar enloquecida. Su pobre padre ha sido muy valiente al enfrentarse a ella.

Jay apartó a Kishan diciendo:

—Deja que se vayan, tío. No pueden perder ni un minuto.

Adela casi deseó que el príncipe se ofreciera a acompañarla, pero él no hizo nada y el rajá envió a uno de sus guardias para que les prestase su ayuda.

—Por favor, que alguien vaya a buscar a mi madre —rogó la joven mientras tendían a Wesley en el asiento trasero de uno de los automóviles del rajá y ella subía a su lado.

—Claro que sí —prometió Kishan.

Adela volvió la vista, pero no alcanzó a distinguir la expresión de Jay. Lo último que vio del campamento fue a los trabajadores que apartaban la carne de la piel del primer tigre a la luz de las antorchas. Apretó los dientes para contener las náuseas.

Mientras recorrían el firme irregular de la pista, Adela se agazapó en el suelo del vehículo con la mano de su padre entre las suyas mientras luchaba por reprimir el llanto. Los vendajes provisionales que habían puesto a la carrera sobre el turbante de Jay estaban ya empapados y el hedor dulzón de las entrañas sanguinolentas de su padre la empujaba a vomitar.

—Vas a ponerte bien, papá. Ya verás cómo te pones bien. El médico te va a curar. Te va a poner bien.

Él la miró de hito en hito. Adela le acarició el cabello al apartárselo de la frente sudorosa. Aún no habían cambiado la pista accidentada por la carretera de asfalto cuando empezó a temblar de manera incontrolable.

—Me parece que está en estado de choque —anunció a Rafi—. Está frío y no deja de tiritar.

Rafi aceleró y los botes se hicieron más violentos. Wesley, sin embargo, no se quejó.

—Háblale —la instó su tío—. Que siga consciente.

Adela se puso a parlotear sobre cuanto le venía a la cabeza: los planes que tenía su padre para la plantación de té, la posibilidad de buscar otro perro, lo que podía comprar en Inglaterra para el quinto cumpleaños de Harry…

De pronto, Wesley se afanó en incorporarse. Tenía los ojos empañados por el dolor. Acto seguido, volvió a desplomarse con un quejido agónico.

—No intentes moverte, papá —le dijo Adela poniéndole una mano en el hombro—. Te estamos llevando al médico de la misión. Vas a ponerte bien.

Tomó su mano inerte y la presionó contra su mejilla.

—Te quiero —le susurró—. Te quiero mucho. No sabes cuánto lo siento. Todo esto ha pasado por mi culpa.

Al llegar a la carretera de asfalto, Rafi tomó la ladera en dirección a su destino, con lo que aumentó de forma drástica las revoluciones del motor. Wesley murmuró algo de un modo tan inaudible que Adela pensó que podía ser simplemente su respiración afanosa.

—¿Qué has dicho?

—Clarissa —dijo alzando un tanto más la voz—. Cariño, ¿eres tú?

A la joven le dio un vuelco el corazón. Tragó con fuerza para contener las lágrimas.

—No, papi: soy yo, Adela.

Él dejó escapar un largo suspiro.

—Pero mamá viene de camino. Enseguida estará contigo.

Siguieron avanzando entre sacudidas y, aunque él no apartaba los ojos de su hija, los párpados habían empezado a cerrársele.

—No te vayas, papá —le rogó—. Sigue con nosotros.

Al rostro de él asomó una sonrisa atribulada.

—Clarissa, amor mío.

Aquellas fueron las últimas palabras que le oyó Adela. Cuando el vehículo llegó al recinto de la misión, Wesley había muerto ya.

Capítulo 14

El cuerpo de Wesley fue trasladado a Belguri para darle sepultura al lado de los padres de Clarrie: Jock y Jane Belhaven. La madre de Adela se había negado a hacer caso a quienes proponían que lo enterrasen en suelo sagrado en el cementerio británico de Shillong, junto a otros cultivadores de té.

Su respuesta fue sencilla:

—Este es el lugar de Wesley.

Aquel día bochornoso y nublado, Adela aguardó de pie con su madre ante la fosa recién cavada. Harry estaba entre ambas, de la mano de las dos. Los rodeaban sus amigos y una legión de trabajadores. Adela había estado tres días como entumecida, pero en aquel momento, al verse en el jardín de Belguri, sus sentimientos empezaron a aflorar de pronto: cada palabra, cada roce, cada canto de pájaro y hasta el aroma de las rosas le causaban dolor. El féretro, sencillo, salió de la casa transportado por Rafi, James, Daleep y Banu, nieto de Ama, la anciana matriarca de la aldea.

Mientras avanzaban hacia la tranquila arboleda en que habría de descansar el difunto, llegaban a ellos los sonoros tambores de los aldeanos y los cantos y los gritos de duelo de las mujeres. Adela se sintió sobrecogida. Sabía cuánto querían a su madre las gentes de Jasia, pero la efusión de afecto que demostraban para con su padre le atravesó el corazón. El doctor Black acudió a oficiar la ceremonia y habló con elocuencia del finado.

—Todos queríamos y admirábamos a este hombre —aseveró el misionero de cabello blanco, alzando la voz para que pudieran oírlo todos—. Wesley Robson se hizo merecedor de respeto y afecto tanto en el Burra Bazaar de Shillong como en los clubes de agricultores del Alto Assam. Se encontraba tan a gusto charlando sobre arcos y flechas con los cazadores de Jasi como tomando té con los gobernadores de la provincia o participando en carreras de caballos con el resto de cultivadores de té.

»Tenía una presencia imponente. Al comienzo de su estancia en la India, algunos, incluida su esposa, pudieron pensar que se trataba de la arrogancia propia de un hombre joven. —Se detuvo para mostrar una sonrisa triste y buscar los ojos llorosos de Clarrie—. Pero todo el mundo sabía muy bien cuándo entraba Wesley Robson en una sala. Cualquier reunión se volvía más animada y jovial y se avivaba con discusiones y también con risas. Era extremadamente ducho en dos campos en particular: la caza y el comercio del té. Pasó la mayor parte de sus días trabajando con ahínco para traer la prosperidad a Belguri y dar al mundo la delicada mezcla de té de la China y de Assam que solemos asociar a la variedad Darjeeling. También ha sido un patrón justo y bondadoso. De hecho, fue como un padre para las gentes de Jasia que viven y trabajan aquí.

»La caza fue otra de sus grandes pasiones desde su llegada a la India. Fue precisamente en una de sus expediciones a las colinas de Jasia cuando conoció a su esposa. Por eso no deja de ser una tragedia terrible que muriese estando de *shikar*, pero la tragedia ocurrió cuando defendía a su queridísima hija, Adela. No hace falta decir más de la talla de este hombre.

Adela sintió que le brotaba un sollozo desde la boca del estómago. Harry no paraba de llorar. Tenía los ojos hinchados y la cara contraída por el dolor. Su madre, en cambio, mantenía a raya sus emociones con gesto estoico.

—Todos conocemos bien su vertiente pública de agricultor, jinete y comerciante de té, pero Wesley era, sobre todo, un hombre de familia. En ningún lugar era más feliz que en Belguri, con su mujer y sus hijos. Adoraba a Adela y a Harry y, cuando hablaba de ellos, no podía disimular su orgullo, pero era Clarrie a quien más quería y de quien más dependía. Una vez me preguntó por qué yo seguía soltero. Yo le dije que estaba casado con la Iglesia y él se echó a reír y respondió: «Ni punto de comparación con mi Clarissa. Si su amor y su pasión por la Iglesia son tan firmes como los que profeso yo a mi mujer, el cristianismo debe de gozar de muy buena salud por estas tierras».

Adela vio que la boca de su madre se torcía en una sonrisa al tiempo que corría una lágrima por su mejilla.

—Wesley compartía el amor de Clarrie por este lugar, sus plantaciones de té y sus gentes. Cuanto hay en Belguri lo hizo por ella. Vamos a despedirnos, pues, de este buen amigo y dar su cuerpo a la tierra y su alma a Dios. Caminemos juntos en la fe…

La joven apenas pudo oír las palabras que siguieron, porque rompió a llorar. Sus sollozos fueron a unirse a los de Harry y las docenas de recolectores de té que tenían tras ellos. Tilly la rodeó con un brazo con la intención de consolarla y ella hundió el rostro en el hombro rollizo de su tía.

Después, dejaron que los sepultureros llenasen la fosa de aquella tierra rica y regresaron al bungaló. Mohammed Din había preparado un agasajo de *pakora*, samosas, empanadillas de curri, huevos, emparedados, tartas y bizcochos. Tilly y Sophie ayudaron a pasar las bandejas entre los asistentes al funeral: agricultores con sus esposas, llegados de lugares tan remotos como Tezpur, y oficiales del cuartel de Shillong con los que había montado a caballo y había ido de cacería.

Adela, al ver la entereza de su madre, se obligó a dejar de llorar y mostrarse hospitalaria. A Harry lo mandaron a pasar la tarde con el aya Mimi mientras las dos Robson atendían a sus invitados. Adela sonreía al oír anécdotas sobre su padre, por más que le doliera refrescar tantos recuerdos. Jamás había hecho una actuación tan convincente ni había distado más su apariencia externa de la pena que sentía por dentro.

En aquel momento todos eran sus amigos y nadie habría dicho que su madre había sido mal recibida antaño en los clubes de agricultores o los salones de Shillong por ser angloindia. Todos eran conscientes de lo frágil que podía ser la suerte de quienes vivían en las plantaciones y de la facilidad con que allí podían perder la vida hombres fuertes como Wesley y por eso habían acudido a ofrecer su apoyo. Adela sintió una oleada de gratitud por aquellos hombres de rostro rubicundo y sus imponentes esposas, que llenaron la casa de risitas y palabras amables y obsequiaron con dinero a los dos hermanos además de invitarlos a visitar sus hogares. Mientras observaba a su tío James —el familiar varón adulto más cercano a Wesley— estrechar la mano de los congregados y darles las gracias por haber asistido, Adela se preguntó cuánta influencia habrían ejercido Tilly y él sobre ellos para que acudieran con tanta premura.

Cuando se marcharon todos menos los Kan y los Robson, lograron convencer a Clarrie para que se echara. No volvió a aparecer hasta ya avanzada la mañana siguiente, con los ojos amoratados pero con una sonrisa en los labios para sus amigos. Adela apenas había podido dormir: cada vez que cerraba los ojos, la asaltaba la imagen de la tigresa saltando y el sonido de sus zarpas desgarrando a su padre. Tampoco era capaz de comer nada.

Su madre no hablaba de ello. Tras las horas terribles que siguieron a la muerte de Wesley, cuando la habían llevado a la misión, medio histérica por su hija y su marido, y había descubierto que este había fallecido ya, Clarrie la había bombardeado con preguntas.

¿Se encontraba bien? ¿Le dolía mucho el hombro? ¿Cómo es que se habían quedado en la selva hasta tan tarde? ¿Qué hacía en el campamento el resto de la expedición? ¿Qué hacía Wesley fuera de su palanquín? ¿Quién había herido a la tigresa homicida? ¿Por qué había insistido Jay en regresar para cazarla cuando quedaban tan pocas horas de luz? ¿En qué diablos estaba pensando Adela para avenirse a acompañarlo? ¿Había sufrido Wesley? ¿Había preguntado por ella?

Adela estaba demasiado turbada como para responder con coherencia y fue Rafi quien había intentado informarla de todo y proteger a la joven de aquel bombardeo de preguntas. Tal vez fue la calma y la gentil preocupación de este lo que ayudó a Clarrie a hacer acopio de valor, pero lo cierto es que ella había insistido en ayudar a lavar el cadáver y envolverlo en un sudario perfumado con clavos de olor. Desde entonces no se habían vuelto a mencionar los terribles acontecimientos.

La fábrica estuvo cerrada los tres días que siguieron al funeral y los peones se abstuvieron de recolectar por respeto a Robson *sahib*. Sin embargo, al cuarto día, Clarrie dio orden de volver a encender las máquinas de secado e insistió en ir a las instalaciones para supervisar la producción.

James insistió en que podía encargarse él, pero ella repuso con firmeza:

—Gracias, pero mi plantación es responsabilidad mía. Ya sé que todos estáis intentando confortarme y ser de ayuda y os lo agradezco de todo corazón. Sin embargo, es la única manera que tengo de hacer frente a la situación, conque, por favor, dejad que haga mi trabajo.

Al concluir la semana, convenció a sus amigos para que regresaran a sus casas y siguiesen con sus vidas.

—James, en esta época del año haces mucha falta en las haciendas de la Oxford y tienes que volver. Y tú, Rafi, también: el rajá ha sido muy generoso al prescindir de ti tanto tiempo, pero Adela y yo podemos arreglárnoslas.

—Pero ¿qué vas a hacer tú sola con Belguri? —preguntó Tilly—. James podría asesorarte. No puedes tomar decisiones así sin nadie más.

—Necesito tiempo para pensar —repuso ella—. Cuando pueda hablar, os pediré ayuda.

—Pero la necesitas ya —señaló James—. ¿Quién va a estar pendiente de los culis y hacer todo lo que hacía mi primo?

—Yo —dijo ella—. Además, tengo buenos encargados: Daleep supervisa la fábrica y Banu, el nieto de Ama, las plantaciones.

—Clarrie, cariño, detesto la idea de dejarte aquí sola —aseveró Tilly en tono quejumbroso—. ¿Seguro que no quieres que se quede ninguno de nosotros a hacerte compañía?

Ella le estrechó las manos.

—Sois muy amables, pero ya tengo a Adela y a Harry.

—Prométeme que nos llamarás si nos necesitas —le pidió Sophie— y lo digo también por Adela —añadió mientras se volvía hacia su sobrina con una sonrisa preocupada.

—Por supuesto —convino Clarrie.

Adela sintió que el pánico le oprimía el pecho ante la partida de sus tíos. Se sentía segura teniéndolos cerca. Oír su voz en la casa y sus pasos en las escaleras le daba solaz y le hacía albergar la ilusión de que su vida podría volver a ser normal algún día. De noche, cuando no lograba conciliar el sueño, su presencia mantenía a raya las sombras aterradoras que iban a visitarla.

Sin embargo, reprimió sus miedos y les aseguró que estaría bien. Quería pedir a Sophie que le escribiese para mantenerla informada de Gulgat y de Jay, pero ni siquiera se atrevía a pronunciar su nombre. Sus sentimientos al respecto estaban mezclados hasta un extremo terrible. Su temeridad había llevado a aquella fiera homicida a malherir a su padre en un ataque frenético del que nadie habría salido con vida sin su presencia. Solo alguien dotado de la fortaleza y el valor de Wesley podía soportar las largas horas de agonía que precedieron a su muerte. Sin embargo, había sido Jay quien, al final, había abatido a la tigresa y había hecho cuanto había podido por mantenerlo con vida. ¿Qué estaría pensando en ese momento? ¿Lamentaría haber visto su vida unida de ese modo a la de Adela como ella lamentaba haber quedado ligada a la de Jay? Con todo, por más que clamase contra el egoísmo hedonista del príncipe, sabía que nunca podría culparlo tanto como se culpaba a ella misma de la muerte de su padre.

Los días pasaban lentos y el calor no dejaba de aumentar. Adela no tenía más consuelo que el de ensillar antes del alba y recorrer los arbustos de té cubiertos de rocío, observar el humo procedente de los primeros fuegos que pendía sobre la aldea y la ola de vivos colores que formaban las hileras de recolectores al subir por los caminos de la plantación con los cestos atados a la cabeza. Le dolía el alma que su padre no pudiera volver a cabalgar con ella ni estar a su lado en el momento de saludar a las mujeres como habían hecho tantas veces en el pasado. No tenía valor para internarse más en el bosque.

Las más de las veces permanecía confinada en el recinto de la casa, haciendo lo posible por distraer a Harry, quien vagaba en su duelo como un perrillo perdido que buscase a su dueño.

—Delly, ¿cuándo va a volver papá?

—Ya no volverá, Harry. Lo siento mucho.

—¿Estará aquí cuando yo cumpla cinco años?

—No. Sabes muy bien que no.

—Pero me prometió que, cuando cumpliera los cinco, me enseñaría a pescar y si lo dijo es porque es verdad.

Aunque, cada vez que se lo preguntaba, volvía a abrirle la herida, era mucho peor cuando pedía información de la tigresa.

—¿Tú la viste, Delly? ¿Se comió a papá?

293

—¡Claro que no!

Al pequeño le temblaban los labios ante el tono airado de ella.

—Mungo dice que sí.

—Pues Mungo es tonto por decir esas cosas —le espetó Adela—. Él no estaba allí.

—Entonces, ¿se comió solo un poco de papá?

—¡Deja de hacer preguntas! ¿De verdad te parece agradable hablar de eso?

Después de aquello, Harry dejó de atormentarla con sus preguntas macabras. De hecho, dejó de dirigirle la palabra. El niño, cada vez más triste, se volvió retraído y empezó a mojar la cama por las noches. A Adela la consumía la culpa por no haber sabido ser paciente con él, pero tampoco lograba aplacar la envidia que le profesaba por ser capaz de consolar a su madre cuando a ella le resultaba del todo imposible.

Clarrie parecía depender de Harry un poco más cada día. Lo dejaba meterse en su cama por la noche (en la de ella nunca se orinaba), pero, cuando Adela preguntó una vez si podía unirse a ellos, su madre había contestado en tono burlón:

—Yo ya no estoy para encargarme de dos bebés. Además, cariño, hace ya mucho calor para que durmamos todos juntos.

Aquello ocurrió la noche en que había empezado a azotar con fuerza el monzón y la lluvia había golpeado el tejado de hierro corrugado con estruendo de timbales. Adela lloró a voz en grito con las colchas retiradas, agradecida por aquel ruido que ahogaba su ruidosa pena. A mitad de la noche, sin poder pegar ojo, se dirigió en camisón a la ventana y abrió los postigos. Apenas necesitó unos segundos para quedar empapada. El cabello le caía sobre los hombros como un conjunto de cordones húmedos y el camisón de algodón se le pegaba al cuerpo como una mortaja de agua. Invocó a los dioses del monzón para que fuesen a llevársela con ellos, para que la fulminasen con un rayo.

—¿Por qué lo quisisteis a él en vez de a mí?

Tres días después estaba en cama con fiebre, tiritando de frío para al momento siguiente arder de calor. Su madre mandó a buscar al doctor Hemmings.

—Es culpa suya por exponerse de esa forma a la lluvia —dijo malhumorada—. ¡Como si no tuviese yo bastantes preocupaciones!

El médico le prescribió unos comprimidos para el dolor de cabeza y un linimento para el hombro, que seguía teniendo hinchado de la caída de la elefanta.

—Que Mohammed Din le dé té caliente azucarado y toda clase de infusiones para que sude y eche la fiebre.

También fue a cuidarla el aya Mimi y, una semana después, Adela consiguió restablecerse. Seguía estando débil y tambaleante, pero se encontraba mucho más tranquila. Las dulces atenciones de su anciana niñera habían sido como un bálsamo para su corazón roto. Su estado de salud le permitió ver con más claridad con qué afán luchaba su madre por mantener la plantación y la casa y entender que no le quedasen energías para consolar a una hija acosada por la culpa.

—¿En qué puedo ayudar yo, mamá? —quiso saber.

—Pórtate bien con tu hermano —fue la única respuesta de Clarrie.

En adelante, Adela hizo cuanto pudo por armarse de paciencia con Harry, a quien montaba en su poni, delante de ella, para dar paseos y llevaba hasta las estruendosas cascadas y las pozas rebosantes para ver a los aldeanos pescar con sus redes.

—¿Qué vamos a hacer, mamá? —preguntó una noche después de que acostasen a Harry—. ¿Sigue en pie lo de ir a visitar en julio a la tía Olive?

—Tú deberías ir, pero yo no puedo. Ahora mismo, no.

—Pues yo no pienso dejarte aquí sola —se opuso Adela.

—No voy a estar sola. Harry me hará compañía y estoy rodeada de amigos y ayudantes.

Adela tragó saliva.

—Pero es a ti a quien quiere ver la tía Olive. Yo podría quedarme aquí cuidando de todo por ti.

Clarrie soltó aire con un suave gesto burlón.

—Administrar Belguri es un poco más complicado que recorrer las plantaciones en poni y probar la primera cosecha.

—Ya lo sé —dijo ella haciendo un mohín—, pero…

—Te lo agradezco mucho, cariño, de verdad, pero he decidido quedarme y tratar de encauzar todo esto. Mi vida está aquí y esto es lo que quiero hacer. He escrito al tío James y a la tía Tilly. James se ha ofrecido muy amablemente a ayudarme si lo necesito a la hora de negociar precios y tratar con los agentes de Calcuta. Además, vendrá una vez al mes para asegurarse de que no me he dado a la bebida —añadió con una sonrisa triste.

—Así que lo tenías todo organizado —concluyó Adela llena de asombro.

—Hasta donde he sido capaz.

—Pero en ningún momento me has preguntado a mí qué quería hacer.

Clarrie rehuyó su mirada.

—No, eso es verdad. Di por hecho que seguías teniendo ganas de ir a Inglaterra. No quiero que te sientas atada a este lugar y sé que ahora que no está aquí tu padre no será el mismo. Te hace ilusión ir a ver a la tía Olive, ¿no?

—Supongo que sí, pero sin ti no.

—Yo no puedo ir en este momento. Supongo que lo entiendes. —Entonces sí la miró a los ojos—. Quiero que vayas, porque creo que te va a venir bien conocer al resto de tu familia.

Adela tragó saliva con dificultad.

—¿No quieres tenerme por aquí?

Su madre no respondió de forma directa.

—Le he propuesto a Sophie que aproveche mi pasaje. Sé que le encantará volver a Escocia y tú disfrutarás mucho de su compañía. ¿No es verdad? Sé que estáis muy unidas.

Esto último animó un tanto a Adela.

—Sí que me gustaría ir con ella, pero solo si es estrictamente necesario que tú te quedes aquí.

—Entonces, no se hable más —dijo Clarrie aliviada—. Cualquier día me llegará su respuesta.

La segunda semana de julio había quedado todo resuelto. El billete de Clarrie se había puesto ya a nombre de Sophie y dos días después Rafi iría a recoger a Adela para llevarlas a las dos a la estación de ferrocarril de Gauhati, donde se encontrarían con Tilly y Mungo para empezar el largo viaje al Reino Unido.

Para su última tarde en Belguri, Adela había planeado una excursión a caballo a las cataratas y una merienda campestre, pero Clarrie se entretuvo en la fábrica y la joven, por lo tanto, acabó dando golpes a una pelota de tenis con Harry hasta que se hizo demasiado tarde para salir. Cenaron tarde y, aunque Adela quiso quedarse un buen rato hablando con su madre, esta se resistió diciendo:

—Estoy muy cansada y tú tienes mañana un día de viaje agotador. Será mejor que te acuestes.

Adela no durmió apenas. A la luz verdosa del crepúsculo matinal salió del bungaló y se dirigió a la arboleda en que yacían los restos de su padre. El monzón había propiciado un nuevo verdor y, de no ser por la sencilla cruz que marcaba el sepulcro en espera de la recargada lápida que había encargado su madre, no habría sido fácil determinar dónde se había removido la tierra de forma reciente.

Quería sentir allí la presencia de su padre, pero le fue imposible: estaba en otro lugar. El recuerdo de los restos desgarrados que yacían bajo tierra le provocó una arcada. Se dobló sobre sí misma y dejó escapar un chillido animal.

—¡Lo siento mucho, papi! Nunca me perdonaré por la muerte que tuviste. Mamá tampoco me perdonará jamás. Me odia por eso. Se ve a la legua. Ni siquiera puede mirarme. Me quiere lejos de ella. Yo no quiero dejarte, pero no tengo más remedio: es la única manera de que mamá pueda asumir lo que ha ocurrido. Desde luego, no tengo ningún derecho a quejarme después de lo que le he hecho: arrebatarle a la persona a la que más quería en el mundo y a la que más querrá. Da la impresión de que todavía te ve y te oye por aquí. Sé que habla contigo. Harry dice que la oye por la noche y eso lo tiene confundido. Es muy desdichado y yo siento que eso también es culpa mía.

Se limpió los ojos y la nariz con la manga. El cielo que asomaba entre los árboles empezaba a inundarse de luz dorada que hacía destellar el rocío que se había posado en la hierba. El aire se henchía de cantos de aves. Adela dejó de llorar. Sintió como si le estuvieran aplicando un bálsamo en su corazón herido: las vistas y los sonidos de Belguri formarían parte de su propio ser allá donde fuera. Se puso en pie.

—Gracias, papá —susurró antes de inclinarse para besar la cruz de madera—. Prometo hacer cuanto me sea posible por reparar la calamidad que he provocado. —Se llenó los pulmones de aire y el fragante olor terroso de Belguri le infundió valor—. Volveré, te lo juro. Volveré.

Capítulo 15

Adela se apoyó en la barandilla del barco mientras observaba las caóticas escenas del muelle de Bombay, que iban quedando atrás —los hombres que agitaban los brazos para despedir al pasaje, los porteadores que iban de un lado a otro, los vendedores de fruta y los funcionarios de la dársena— y veía la India desaparecer tras la bruma provocada por el calor de la tarde. Los tres últimos días de viaje, los trenes a Calcuta y, a continuación, a Delhi y Bombay, la habían dejado agotada emocionalmente. Tilly no había dejado de cotorrear, de señalar a Mungo elementos del paisaje ni de hablar de todas las cosas divertidas que harían aquel verano antes de que empezara la escuela. Estaba encantada ante la idea de que Ros Mitchell, su mejor amiga de Assam, fuese a pasar también aquella estación en el Reino Unido con su familia política. Ya lo había organizado todo para encontrarse con ella, que se alojaría en la ciudad escocesa de Saint Abbs, cerca de Dunbar, donde vivía su hermana Mona.

Adela se estaba empapando de las imágenes y los sonidos de la India como si los fuese a ver y a oír por última vez y Sophie se encontraba a su lado con el brazo apoyado en su hombro.

—Yo también tengo una sensación agridulce, Adela —murmuró—. Esta es la primera vez que dejo la India desde que llegamos en 1922 y la primera vez que me alejo de Rafi desde que nos casamos.

La joven vio que su tía tenía lágrimas en los ojos.

—Pues yo me siento como si me estuvieran desterrando —dijo con aire triste—. No quiero salir de la India.

—Nadie te está desterrando. Además, no estarás fuera mucho tiempo —la animó Sophie— y tal vez ayude a aliviar el dolor durante un tiempo. Estoy convencida de que tu tía Olive y tus primos te tratarán muy bien.

—Eso sí es verdad. La prima Jane es un encanto o, al menos, eso dan a entender sus cartas. Me envió una nota preciosa de pésame por correo aéreo. Debería dejar de compadecerme de mí misma a todas horas. Mucho peor es lo que tiene que soportar mi madre, que se queda sola. ¿Crees que estará bien?

Sophie asintió con un movimiento de cabeza.

—Yo diría que, si hay alguien capaz de superar los malos tiempos, esa es Clarrie. Es la persona más fuerte que conozco. De todos modos, no deberías ser tan dura contigo misma. Has perdido a tu padre, a quien sé que estabas muy unida, y tienes todo el derecho a estar tan afligida como tu madre.

Adela soltó un suspiro.

—No es solo aflicción, sino culpa. Si no hubiera coincidido con Jay, si no me hubiese dejado convencer para volver a cazar a la tigresa, si los dos hubiésemos escuchado a mi padre… —Llegado a este punto se interrumpió, demasiado afectada para hablar.

Sophie le estrechó los hombros.

—No deberías dejar que te consuma el remordimiento, chiquilla. Si no, nunca estarás en paz contigo misma. Pasara lo que pasase entre el príncipe Sanjay y tú, no fue lo que provocó la muerte de tu padre. Los animales salvajes son impredecibles y eso lo saben todos los cazadores y Wesley, el primero. Actuó de ese modo porque era el hombre que era: tu padre lo habría hecho por cualquiera, no solo por ti. De hecho, aquella noche les salvó también la vida a los cornacas y a los *shikaris*.

Contemplaron juntas la distancia creciente que quedaba entre la tierra y la embarcación. El ciclópeo arco conocido como la Puerta de la India descollaba como una ceja levantada a medida que dejaba de distinguirse el muelle. Adela se sintió paralizada mientras pensaba en todos los seres queridos que dejaba atrás: su madre, Harry, la señora Hogg y sus amigos de Simla, las gentes de Belguri, Rafi y James. Y Sam. Su recuerdo hizo que le doliera el alma. Lo más probable era que nunca más volviese a verlo. No tenía palabras para describir la desolación que le producía aquel convencimiento. No tenía sentido: apenas habían coincidido unas cuantas veces y, sin embargo, había hecho mella de manera muy marcada en su joven corazón.

Se había enamorado de su apostura y su esbeltez, de la sensualidad con la que entornaba los ojos al sonreír, su risa fácil y su pelo alborotado. El roce de sus manos fuertes y encallecidas y la pasión que reflejaban sus ojos cuando hablaba de su trabajo o sus fotografías. La manera que tenía de hablar con todo el mundo, su humor y su carácter amable. La intensidad con que la miraba hacía que sintiera el corazón latirle en la garganta. La boca firme que había anhelado besar y que ya no probaría jamás. Guardaba en un bolsillo interior de su bolso de mano la fotito de los dos. Eso era lo único que conservaba de él.

—¡Venid! —las llamó entonces Tilly desde el otro costado—. ¡Rápido! —El pequeño y ella habían estado mirando al oeste para ver los primeros rubores de la puesta del sol—. Corred a deleitaros la vista con esto. Mungo ha avistado un delfín.

Sophie sacó un pañuelo para Adela.

—Toma. Sécate los ojos, cielo. La tía Tilly se ha encomendado la misión de alegrarte.

Fue mucho más tarde, mucho después de dejar atrás las temperaturas abrasadoras del océano Índico y el paisaje polvoriento que rodeaba el canal de Suez, cuando Adela encontró el paquete. El vapor avanzaba por el Mediterráneo y los cielos encapotados y la brisa fresca y recia la habían llevado a buscar una chaqueta de abrigo y cambiar el *topi* por un gorro de fieltro. En el bolsillo de aquella dio con un bulto envuelto en un ejemplar antiguo de la *Shillong Gazette*. En su interior guardaba un trozo de papel de seda liado que olía a especias de casa y una nota doblada con la letra de su madre.

Adela, amor mío:

Intenta pasártelo bien en Newcastle. Estoy convencida de que te va a encantar, ¡y no me refiero solo a los teatros y las salas de cine! Espero que la tía Olive te dé todos los caprichos. Desde luego, ahora mismo va a ser, con diferencia, mejor compañía parta ti que una madre triste y vieja. Siento no haberte dedicado más tiempo desde la muerte de tu padre. Intentaré portarme mejor contigo a tu regreso. Puede que a las dos nos venga bien estar separadas un tiempo. El verano pasará en un suspiro y en otoño estarás aquí de nuevo, a no ser que prefieras quedarte allí más tiempo (la tía Olive dice que ella estaría encantada). No quiero que pienses que debes darte prisa en volver: tu padre no me permitiría jamás interponerme entre tú y tu carrera en el mundo de la interpretación en caso de que se te ofrezca la oportunidad en Inglaterra.

Quería que tuvieses el collar que acompaña a esta carta. A mí me lo dieron cuando tenía tu edad y estaba a punto de viajar por primera vez al Reino Unido, asustada y con un futuro incierto por delante. Fue un regalo del viejo *swami* del templo en ruinas, que pensó que me protegería, y desde entonces lo he llevado puesto casi a diario. Ahora quiero que lo tengas tú para que estén siempre contigo la protección de aquel asceta y mi amor.

Harry y yo te vamos a echar mucho de menos, mi niña. Cuídate mucho.

Tu madre, que te quiere como nadie

Adela limpió las lágrimas que había derramado sobre el papel y desplegó el papel de seda. Dentro estaban la piedra rosa y la sencilla cadena que siempre llevaba su madre. ¿Cómo era que no había notado que no lo tenía el día de su partida? Frotó entre los dedos aquel mineral suave que tenía forma casi de corazón antes de abrochárselo al cuello. Besándolo, lo ocultó bajo la blusa para sentir su peso en la piel y no olvidar nunca que, pese a todo, su madre seguía queriéndola. Subió a cubierta con paso más ligero y una sonrisa en los labios que resultaba extraña tras semanas de duelo.

Se resolvió a sacar todo el provecho posible de su viaje al Reino Unido. En adelante, dejaría de obsesionarse con el pasado y los remordimientos. Por primera vez, sintió curiosidad por su familia de Tyneside y el colosal puerto industrial de Newcastle, que serían su hogar provisional durante el verano.

—Tía Tilly —dijo al llegar al banco que ocupaba para observar a Mungo jugando al tejo con otros niños—, háblame de los teatros de Newcastle. ¿Hay compañías de repertorio?

—Mi hermano Johnny actuaba con una sociedad dramática de aficionados en Jesmond, pero supongo que tiene que haber. Tu tía Olive seguro que lo sabe. ¡Muy bien, Mungo! —Se interrumpió para aplaudir a su adorado benjamín—. ¿Estás pensando en unirte a un grupo durante tu estancia en casa?

—Quizá sí —respondió.

Le chocaba oír llamar *casa* a aquella ciudad que ni recordaba, aunque lo cierto es que, para Tilly, Newcastle no había dejado nunca de ser su hogar. Hasta Adela se había dado cuenta de ello.

Su tía le besó la mejilla con gesto satisfecho.

—Me alegra verte sonreír de nuevo, cariño. Debe de ser el frescor del aire de Europa, que anima el corazón. ¡Dios! —Suspiró feliz—. ¡Qué ganas tengo de volver a sentir en la cara la bruma de mi querido mar del Norte!

Debían de estar desembarcando Adela y sus tías en Marsella, ciudad del Mediodía francés, para tomar el tren que las llevaría al norte —Tilly había propuesto atravesar Francia en ferrocarril para ahorrar casi una semana de navegación en torno al golfo de Vizcaya—, cuando Clarrie recibió una visita inesperada.

Desde la sala de catas, vio pasar frente a la fábrica un Ford maltrecho que se dirigía hacia el recinto de la casa.

—¿Qué ocurre? —preguntó James, que llevaba allí tres días ayudando a tasar la cosecha del monzón y había llevado consigo a uno de sus mecánicos para que arreglase la antigua máquina de enrollar que siempre había conseguido echar a andar Wesley.

—Viene alguien a verme, pero no reconozco el coche.

—Iré a ver quién es —se ofreció él de inmediato.

—No, déjame a mí.

—Entonces, te acompaño.

Ella le lanzó una de sus miradas y James atemperó sus palabras:

—Si quieres, claro.

Clarrie soltó un suspiro ligero, entre divertido e impaciente, e hizo un gesto de asentimiento con la cabeza para decir:

—Gracias.

Banu, a caballo, había detenido el vehículo a la entrada del recinto y estaba hablando con el conductor desde la silla. Clarrie reconoció el sombrero verde arrugado de copa baja.

—¿Sam Jackman? ¿Eres tú?

El recién llegado bajó sonriente y, dirigiéndose a ella sin más preámbulos, tomó sus manos y las estrechó entre las suyas.

—Señora Robson, no sabe cuánto siento la muerte de su esposo. Me he enterado por el doctor Black. Imagino que debe de ser un momento muy difícil para todos ustedes. Por favor, acepte mi más sentido pésame. Yo le tenía un gran aprecio al señor Robson. He venido por ver si hay algo que pueda hacer por ustedes.

Clarrie se sintió abrumada de pronto por la amabilidad y la franqueza de las palabras del joven y la fuerza y la calidez de las manos que envolvían las suyas. Había oído tantos tópicos últimamente —cuando no tenía que soportar que sus conocidos de Shillong cambiasen de acera a fin de no tener que hacer frente a una viuda de luto— que se creía inmune a los gestos de condolencia. Sin embargo, había algo en el estilo directo y sincero de Sam que le llegó al alma. Inclinó la cabeza y dejó escapar un sollozo sintiendo que le fallaban las piernas como a un potrillo recién nacido. Sam la atrajo hacia sí para abrazarla y dejar que se apoyara en su hombro para llorar.

James se sintió incómodo y comenzó a hacer aspavientos.

—Escuche, Jackman, no creo que haya necesidad de disgustarla. Vamos a llevarla a la casa.

Todos subieron al automóvil de Sam, que los condujo al bungaló. Cuando se apearon, Clarrie había vuelto a serenarse y a hacerse con las riendas de la situación.

—Lo siento. ¿Qué pensarás de toda una mujer que se echa a llorar como una colegiala? Ha sido muy amable por tu parte venir a vernos. Quédate a tomar algo. —Y con esto desapareció para pedir que preparasen té y *tiffin* y lo llevasen a la veranda.

James se volvió hacia Sam en su ausencia.

—Creo que no debería quedarse mucho tiempo, Jackman. La señora Robson se encuentra en un estado muy frágil. Está superando el duelo, pero no necesita que le recuerden a Wesley a cada minuto, conque hable de otra cosa y sea breve.

Sam lo miró con interés. No profesaba un gran respeto al cultivador de té que llevaba años gobernando con mano de hierro las haciendas de la Oxford. Nunca olvidaría el día que, siendo aún un niño, había visto a los culis de las plantaciones de los Robson, agonizantes y desesperados, arrojarse al Brahmaputra para huir de la esclavitud y el hambre. Sin embargo, no pensaba dejarse provocar.

—Me alegra ver que la señora Robson cuenta con su consejo. ¿Se quedará mucho tiempo?

James sintió que la sangre le afluía a su cuello de toro.

—Eso no es de su incumbencia. He venido para ayudar a Clarrie mientras me necesite.

—Me alegra oírlo. ¿Ha venido también su esposa?

—Mi esposa está de viaje a Inglaterra para llevar a nuestro hijo a la escuela. Fue ella quien tuvo la idea de que viniese aquí a prestar ayuda cuando pudiera. —No pudo menos de exasperarse ante el gesto sarcástico de la ceja del joven. ¡Por Dios bendito! Él no tenía que dar explicaciones a nadie, y menos aún a Jackman, aquel idealista que no sabía lo que era trabajar duro ni hacer cara a ninguna responsabilidad. Él no se había dejado engañar por su conversión repentina al fervor religioso ni se había sorprendido al ver que, incapaz de mantener su buena conducta, había acabado descarriándose con una nativa. En el mejor de los casos, no era más que un tarado con buenas intenciones y, en el peor, un subversivo peligroso sin lealtad alguna para con los británicos de la India.

Clarrie llegó antes de que pudiese provocar al misionero con el escándalo de Sipi.

—Bueno, Sam, dime, ¿qué te ha traído a estas tierras? —preguntó la anfitriona mientras bebían té en tazas de delicada porcelana que en las grandes manos del joven parecían sacadas de una casa de muñecas.

—Gertrude, la hermana del doctor Black, ha muerto de forma repentina y he vuelto para ofrecerle mi apoyo en el funeral.

—¡Vaya! ¡Cuánto lo siento! No sabía nada.

—Ya has tenido bastante con tu propio dolor —dijo James mientras miraba a Sam como si hubiera cometido una imprudencia al presentarse con más malas noticias.

Clarrie hizo caso omiso del comentario.

—¿Y qué va a pasar ahora con la escuela?

—El doctor Black está intentando dejarlo todo en orden y nombrar a una sucesora.

—¿Y tú, Sam? ¿Sigues en la misión?

Él sorbió su té y meneó la cabeza para responder:

—No exactamente.

—¿Qué quiere decir «no exactamente»? —dijo James arrugando el ceño.

—Sigo haciendo más o menos el mismo trabajo que hacía antes: plantar los huertos de frutales, recoger los frutos y ayudar a los nativos a llevarlos al mercado, pero ya no vivo en la casa de los misioneros de Narkanda.

—¿Dónde vives? —preguntó Clarrie.

—Más al este, hacia la frontera tibetana de Sarahan.

—Pero ¿sigue pagándole un salario la misión? —quiso saber el otro.

—James —lo censuró ella—, eso no es de tu incumbencia.

Sam lo miró a los ojos con gesto impasible.

—Ellos son los que pagan los árboles que hay que plantar, pero yo no me quedo con nada del dinero: el doctor Black tiene a bien concederme una asignación de su propio bolsillo para mí y… eh… las personas a mi cargo.

James lo miró incrédulo.

—Y todavía puedes permitirte un automóvil.

—Es del doctor Black —repuso sonriente el joven—, me lo ha dejado para venir a ver a la señora Robson y a Adela.

—Pues si vienes a ver a Adela, llegas tarde —dijo el otro sin rodeos—, porque ha vuelto a Inglaterra. Está de viaje con mi mujer y la señora Kan.

Clarrie vio el gesto consternado de Sam y sintió una punzada de lástima. No sabía por qué estaba James tan quisquilloso con aquel joven.

—Ha ido a pasar un tiempo con la familia de Newcastle —le explicó—. Pensé que le vendría bien alejarse de todo esto.

—Y de ese condenado príncipe de Gulgat que le rompió el corazón —masculló James.

Esta vez fue Sam quien sintió que se ruborizaba.

—El príncipe Sanjay, supongo.

—Prefiero no hablar de eso —aseveró Clarrie con gesto atribulado—. No puedo evitar culparlo por sus actos. Si no hubiera insistido en cazar a la tigresa, quizá Wesley estaría aún entre nosotros.

—No le des más vueltas, querida. —James tendió una mano para tomar la de ella—. No tenía que haberlo mencionado. Perdóname.

Sam estaba luchando con sus emociones. Había ido a Belguri con la esperanza de volver a ver a Adela y tener la ocasión de explicárselo todo y arreglar las cosas entre ellos. Lo último que había visto de ella había sido su gesto horrorizado cuando, en la feria de Sipi, decidió, en cuestión de una fracción de segundo, intervenir en el trueque matrimonial para evitar que la policía apresara a Ghulam. ¿Qué otra cosa podía haber hecho? Por lo menos, había librado a Pema de sufrir cierta forma de esclavitud con un hombre que la habría tratado como un ser inferior a su perro y de tener que seguir a disposición del abusón de su tío. Sin embargo, a los ojos de la comunidad británica —tan liberal y tan conservadora a un mismo tiempo—, había traspasado los límites de lo aceptable. Él, que era misionero, había comprado a una mujer pagana como si fuera un bien semoviente para meterla en su casa.

—Háblame de cuando Adela fue a visitar la misión de Narkanda —le pidió Clarrie de improviso—. Sus cartas eran escuetas, pero me dio la impresión de que fue muy feliz.

Sam sintió que se le encogía el estómago con aquel recuerdo agridulce.

—Yo también lo fui —dijo sonriente—. Su hija tiene un talento natural para tratar con las personas. Consigue que se sientan mejor solo con su presencia. Además, es muy buena enfermera. La doctora Fátima quedó deslumbrada con su forma de trabajar, amable pero muy competente. No se dejaba arredrar por la sangre, por mucha que hubiera.

Se detuvo al ver la mueca de dolor que adoptaba su anfitriona.

—Jackman, por Dios —protestó James—. En estas circunstancias…

—Lo siento, no pretendía mortificarla.

—No, no. Sigue, por favor —insistió ella—. Cuéntame más cosas.

Sam le habló de las clínicas y de la labor siempre jovial de Adela y de su interés en los nómadas gadis. Le contó que había llevado a Fátima a conocerlos y darles medicamentos, y que las mujeres le habían tomado mucho cariño. Clarrie lo escuchaba embelesada.

Aquella era una faceta de su hija que desconocía. Sabía que podía ser muy valiente —y hasta imprudente—, pero solía demostrarlo en su búsqueda de diversión y otros fines egoístas. La había visto crecer y convertirse en una hedonista de gran hermosura, tanto que se preguntaba si Wesley y ella la habían consentido demasiado. Sin embargo, Sam le estaba mostrando atisbos de una Adela muy diferente, dispuesta a anteponer a los suyos los intereses del prójimo y a ayudar con coraje a los marginados de la sociedad. Clarrie había sospechado que su hija se había ofrecido a trabajar en las clínicas con el único fin de ver a Sam, pero había demostrado ser una persona arrojada y compasiva.

Su garganta se tensó de emoción al pensar en la dureza excesiva con la que había juzgado a su hija respecto de la muerte de Wesley y reparar en que, en aquel instante, se encontraba a miles de kilómetros de sus brazos. Ni siquiera había sido capaz de darle un abrazo de despedida. En lugar de eso, la había empujado al vehículo de Rafi diciéndole que debía darse prisa. Había tenido que ser la siempre amable Sophie quien rodeara con un brazo a la infeliz muchacha para sentarla en el asiento delantero, al lado de Rafi.

Estaba lidiando con sus pensamientos cuando apareció el pequeño procedente del jardín. Como ya no corría de un lado a otro haciendo ruido ni saltaba por los muebles fingiendo ser un maharajá, la solía sobresaltar al presentarse de pronto a su lado.

—¡Hombre, tú debes de ser Harry! —Sam se puso en pie de un salto y se agachó sonriente delante del niño cerca de los escalones de la veranda—. Adela me ha hablado mucho de ti.

Harry lo miró con cautela con sus ojos oscuros.

—¿Está contigo Delly?

—No, pero me ha dicho que te gustan los dulces de color verde, así que te he traído esto —anunció sacándose del bolsillo una golosina de pistacho en forma de tableta—. Se ha derretido un poco con el calor, pero está igual de bueno.

El chiquillo miró a su madre para ver si podía aceptar el obsequio de aquel extraño y ella asintió con una sonrisa.

—Te presento a Sam, amigo de Adela. Come un poco ahora y guarda el resto para después de la cena.

Harry lo desenvolvió y se metió un extremo en la boca. Su expresión solemne empezó a disolverse de placer. Se acercó al joven con gesto furtivo y, apoyándose en un brazo, susurró:

—No tengo papá, porque se lo comió un tigre, y Delly se ha ido a un castillo nuevo —añadió refiriéndose a Newcastle—. Solo quedamos aquí mi madre y yo y, a veces, el tío James. ¿Te quieres quedar conmigo y ser también mi amigo, Sam?

Él le despeinó el cabello —gesto muy propio de Wesley que hizo que a Clarrie le diera un vuelco el corazón— y le dijo que, aunque sería su amigo con mucho gusto, no podía quedarse, porque tenía trabajo.

—Pero puedo venir a verte en cualquier otro momento —le prometió.

—¿Con dulces? —preguntó Harry.

—Por supuesto —repuso Sam con un guiño.

Cuando se levantó para marcharse, Clarrie tendió una mano y lo asió por el brazo.

—Gracias, Sam. Eres un buen hombre. No sabes lo que ha significado para mí tu visita y siento mucho que Adela no esté aquí. Sé que le habría encantado verte.

Él sonrió con gesto pesaroso.

—No merezco sus elogios, señora Robson. Lo de «bueno» no es algo que vaya muy a menudo con «Jackman», pero muchas gracias.

—¿Volverás a Sarahan?

Él asintió sin palabras.

—¿Con tu mujer nativa? —preguntó James en tono desagradable.

Sam respondió con mirada desafiante:

—Sí, con Pema. —Disfrutó del gesto escandalizado que asomó al rostro de rasgos duros del agricultor. Estrechó la mano de Clarrie, se despidió de James con una inclinación de cabeza y se encasquetó el sombrero verde antes de tender la mano a Harry diciendo—: ¿Te apetece un paseo en coche hasta la puerta?

El rostro del niño se iluminó.

—Sí, por favor.

—Pues vamos allá. ¿Te encargas tú de la bocina?

Clarrie lo observó mientras él bajaba en volandas al pequeño de la veranda y lo metía en el Ford.

—Yo los acompañó —dijo James con gesto seco.

Los vio marcharse. Sabía que James desaprobaba a aquel joven misionero —o antiguo misionero— inconformista, pero ella lo encontraba adorable. No le chocó que hubiese tomado por esposa a la muchacha gadi, aunque sabía lo abatida que se sentiría su hija al tener noticia de que seguía con Pema. Aun así, no podía menos de sentirse agradecida con Sam por haberle ofrecido una visión distinta de Adela y un modo de volver a quererla después del resentimiento que había llegado a sentir al culparla en parte por la tragedia. No había podido soportar la visión de sus ojos verdes —tan parecidos a los de Wesley que le causaban angustia— mirándola con gesto de tristeza y de culpa. De hecho, se había sentido aliviada al ver a Rafi alejarse y llevarse consigo a su hija. Sin embargo, en ese momento, se dio cuenta de lo injusta que había sido. Se resolvió a compensárselo cuando regresara con el otoño. Entonces volverían a ser una familia como está mandado.

Exhaló un suspiro al ver volver a James con Harry vociferando a su lado. Sabía que el marido de Tilly se estaba desviviendo por ser de ayuda y suponía que su actitud no hacía otra cosa que enmascarar su propio desconsuelo ante la ausencia de su mujer y de su adorado hijo menor, pero tendría que adoptar una actitud firme y mandarlo a su casa. No estaba dispuesta en convertirse en paño de lágrimas de su soledad: lo que deseaba por encima de todo era que la dejasen tranquila para poder llorar a Wesley a su manera.

Capítulo 16

El tren entró en la cavernosa Estación Central de Newcastle siseando y expeliendo una nube de humo. Adela se despidió con un abrazo de sus tías y de Mungo, que proseguían camino hasta Dunbar, donde las esperaba Mona, la hermana de Tilly, y que la ayudaron a continuación a bajar del vagón con las dos maletas y la sombrerera.

—Nos veremos pronto —prometió Tilly—, cualquier día vendré a visitar Newcastle.

—Y no olvides que estás invitada a pasar unos días en Saint Abbs en septiembre —le recordó Sophie—. La prima Jane puede venir también si le apetece.

—Por supuesto. —Adela sintió de pronto que le brotaban las lágrimas al quedarse sin su compañía—. Que disfrutes mucho de tu reencuentro con Jamie y Libby. Diles que tengo que jugar al tenis con ellos.

—Claro que sí, cielo —dijo Tilly sonriendo y agitando los brazos como una niña emocionada.

Adela miró a su alrededor en busca de un porteador. En cualquier estación de la India la habría rodeado ya un grupo de culis con chaqueta roja para ofrecerle su ayuda y echarse su equipaje a la cabeza antes de que pudiera decir que sí. Cuando el tren se alejó, se quedó en el andén sintiéndose estúpida. Hizo una señal a un hombre que pasó con un carrito.

—Lo siento, señorita —le respondió en *geordie*, el dialecto distintivo de la zona—, pero tengo que atender a los señoritingos que viajan en primera. —Dicho esto, llamó a un joven flacucho para que la ayudase.

Mientras aquel joven lidiaba con las dos maletas, Adela llevó la sombrerera hasta la barrera tras la que se arracimaba una multitud de personas expectantes que había acudido a recibir a los pasajeros. Estiró el cuello tratando de localizar a algún Brewis y temió no reconocer a ninguno. Una mujer alta y delgada con peinado *à la garçonne* y un sombrero cloche pasado de moda levantó entonces la mano con una sonrisa insegura.

—¿Prima Jane? —preguntó Adela y, al verla asentir con la cabeza, se coló por la barrera, aliviada al ver que habían ido a recogerla. Dejó caer de golpe la sombrerera y se lanzó a abrazar a su prima, que se tensó sobresaltada ante tan efusiva muestra de cariño—. Me alegro muchísimo de conocerte por fin —dijo sonriente—. Podríamos ser hermanas, ¿verdad? Tenemos el mismo pelo oscuro y la misma forma de ojos.

Jane se ruborizó, encantada ante el comentario.

—Tú eres mucho más guapa.

—¡Qué va!

—George nos está esperando fuera con la furgoneta. Tenía que estar trabajando, pero no ha querido consentir que tengas que tomar el tranvía.

—¡Qué detalle! —sonrió Adela. Bajo el atrio ennegrecido, vio una furgoneta de color verde oscuro con el rótulo de la Tyneside Tea Company, la empresa de su tío Jack.

El conductor tocó la bocina antes de apearse de un salto y recoger las maletas del porteador, que se deshacía en resuellos.

—¡Esto pesa más que un muerto! —masculló el joven mientras tendía la mano para recibir una propina.

George se la dio antes de volverse hacia Adela con una sonrisa de oreja a oreja y el brazo totalmente extendido.

—Conque tú eres mi prima la exótica. Eres más guapa aún que en todas las fotos que nos has mandado.

La recién llegada se echó a reír mientras le estrechaba la mano.

—Y tú, tanto como se ve en las tuyas. —Le resultó divertido ver cómo se encendía la tez pálida de él.

Sí que era apuesto. Tenía los rasgos proporcionados y el cabello rubio y bien peinado. Los dos hermanos no se parecían en nada y, por cómo charlaba George mientras Jane guardaba silencio, supuso que tampoco coincidían en lo que se refería al carácter.

Subieron todos a la parte delantera del vehículo. Adela se apretujó entre sus dos primos mayores y George no tardó en meterlos en medio del tráfico.

—Siento lo del tío Wesley —dijo él.

—Gracias.

—Tuvo que ser terrible.

—Sí que lo fue —repuso ella clavándose las uñas en la palma de la mano.

—Todo un figura, tu padre.

—¿Un figura?

—Sí, un hombre muy simpático. De niños nos lo pasábamos en grande con él. La última vez que estuvisteis en casa, me enseñó a jugar al críquet y me llevó a cabalgar. Yo debía de tener unos nueve años.

A Adela le empezaron a escocer los ojos.

—De eso no me acuerdo.

—¡Si eras una cría! Apuesto a que fue un padre de fábula.

315

Ella hizo un movimiento de afirmación con la cabeza mientras trataba de contener las lágrimas. ¿Cuándo iba a dejar de tener ganas de llorar con solo oír hablar de su padre?

Haciendo un esfuerzo por pensar en otra cosa, se dedicó a contemplar la escena que se desarrollaba a su alrededor mientras el vehículo traqueteaba sobre el empedrado y a tomar nota de las modas. Las jóvenes llevaban el pelo ondulado y más corto que en la India y muchos de los hombres se cubrían la cabeza con una boina grande con visera. No se veía ni un solo rostro oscuro ni tampoco los colores deslumbrantes de los saris ni los *rickshaws* de tonos chillones que tanto animaban las calles de las ciudades indias. Lo que sí había era muchos más automóviles y menos carros tirados por caballos.

Las fachadas de los edificios estaban cubiertas de anuncios colosales de bebidas calientes o polvos de limpieza. Pasaron delante de un teatro en el que se estaba representando *El tiempo y los Conway*, de J. B. Priestley.

—¡Cómo me gustaría ir a ver esa obra! —exclamó—. ¿Habéis ido ya?

—Esas cosas tan serias no son lo mío —dijo George—. Prefiero un buen concierto popular.

—Pues tenemos que ir las dos —concluyó Adela dando un codazo a Jane.

—Mi hermana no va al teatro. Se pone nerviosa cuando hay mucha gente.

Adela la miró con gesto inquisitivo, pero su prima apartó la vista para mirar por la ventana. Qué distinta parecía de la persona que le había escrito cartas extensas y cargadas de noticias durante los últimos diez años.

—Entonces —le dijo—, iremos durante una función matinal tranquila.

Al rostro de Jane asomó una sonrisa fugaz, pero George repuso con un bufido:

—Inténtalo si quieres.

Al llegar a lo alto de una loma empinada, giró a la derecha y luego a la izquierda hasta llegar a una calle de casas adosadas y detenerse frente a una con la puerta principal de color verde oscuro.

—El número 10 de Lime Terrace. Hogar, dulce hogar —declaró—. Mamá está dentro, pero el viejo no llegará hasta tarde. Os veo a la hora del té.

Bajó de un salto, sacó las maletas de entre los paquetes de té, abrió la puerta de la vivienda y las dejó en el recibidor.

—¡Su majestad la maharaní ha llegado! —bramó antes de guiñar un ojo a su prima y volver corriendo a la furgoneta para alejarse echando humo y haciendo sonar con gran estruendo la bocina.

Adela se asomó a un pasillo sombrío e intentó adaptar la vista al contraste con el sol del exterior. Olía a jabón carbólico y a desinfectante. La alfombra, larga, angosta y de color rojo oscuro, desaparecía tras subir la escalera pintada de negro que tenía justo enfrente tras pasar tres puertas. Dentro hacía más frío que fuera.

—¡Aquí! —oyó decir a una voz procedente del otro lado de la puerta que se abría a la derecha.

—Ve —le indicó Jane—. Es mi madre.

Adela se quitó los alfileres del sombrero para colgarlo en una de las perchas que había en la pared, al lado de un abrigo de caballero, abrió la puerta y accedió a una sala de estar. La estancia estaba atestada de muebles oscuros y recios: dos sofás, tres sillones, varios juegos de mesas nido y una radiogramola, entre los que se vislumbraba una moqueta con motivos de color azul oscuro. Sobre un hogar de aspecto extraño rodeado de losetas pardas pendía de una cadena un espejo de grandes dimensiones. Adela se preguntó dónde estaba su tía.

—Aquí, chiquilla. Estaba mirando por la ventana.

La joven dio un respingo. Se volvió hacia el mirador, cubierto de visillos y cargado de tiestos de helechos, y vio ponerse de pie a una mujer delgada y pálida como una aparición a la luz que se filtraba entre los encajes y hacía que su rostro ovalado se asemejara al alabastro cincelado con primor. Tenía el cabello rojizo recogido en un moño bien apretado y vestía con grueso paño escocés pese a ser pleno verano.

—¿Tía Olive?

—Claro que sí. Ven, chiquilla, y deja que te vea.

Adela corrió a darle un beso, pero ella tendió las manos para contenerla y examinarla. Tenía el tacto frío y macilento. Su sobrina le estrechó las manos con un gesto desmañado y una sonrisa en los labios.

—¡Mírate, por Dios! Pero ¡si eres idéntica a mi Clarrie! —exclamó Olive—. Más bonita incluso. Tienes los ojos de tu padre, eso es. Tu madre tiene que estar orgullosísima de ti. Ya me gustaría a mí tener una chiquilla que se me pareciera.

La recién llegada lanzó una mirada incómoda a Jane, quien, sin embargo, permanecía impasible.

—¡Y qué bien te queda ese vestido! ¿Eso es lo que se lleva ahora en la India? ¿Flores vistosas y escote en forma de corazón?

—Tiene ya un par de años —reconoció la joven—. El *durzi* de la señora Hogg lo copió de una revista francesa.

—¿Qué es un *durzi*? —preguntó Olive.

—Un sastre —contestó Jane.

—¿Y tú cómo diablos sabes eso? —exclamó su madre.

—Porque Adela me lo contó en una carta. El señor Roy, un *durzi* de Delhi, visitaba Simla durante la estación fría y recorría las casas británicas haciendo vestidos.

—Eso es —confirmó Adela con una sonrisa—. Tía Olive, ¿no te acuerdas del *durzi* de Shillong que os hacía los vestidos a mamá y a ti? Pues su hijo sigue cosiendo para nosotros de vez en cuando, aunque la mayoría de las veces los mandamos a Calcuta o los pedimos por correo al Reino Unido.

La tía hizo un gesto desdeñoso con la mano.

—Hace mucho que se me olvidaron todas esas palabras extranjeras. De hecho, casi no me acuerdo de la India, pero siéntate, chiquilla —dijo dando unas palmaditas en el sillón que tenía al lado del suyo frente a la ventana—, y cuéntamelo todo de tu vida. Jane puede servir el té. Es Ceylon. Mi querido Jack cree que es el mejor del mercado.

Adela se acomodó en el asiento de cuero y vio que, pese a que no hacía mucho que había pasado el mediodía, en la mesa del mirador había ya un juego de té de plata y una bandeja alta para tartas cubierta con una servilleta grande de lino.

—Habéis tenido todo un detalle dejando que me quede con vosotros. Mamá te manda muchos recuerdos. Siente no haber podido venir, pero no se hace a la idea de dejar Belguri en este momento sin… En fin, creo que me entiendes.

—Pobre Clarrie. Sin Wesley se sentirá perdida —dijo la tía meneando la cabeza—. Él era su sostén. Y eso que al principio no lo soportaba. Si no hubiera sido tan terca, podría haberse casado con él antes de salir de la India por primera vez, pero ¿qué le vamos a hacer si ella es así? Igual que nuestro padre: pensando siempre que sabe más que nadie.

Su sobrina se encogió ante aquel dictamen tan categórico.

—En fin, que, como te he dicho —repitió Adela—, te manda muchos recuerdos.

—Tuvo que ser horrible para ti estar presente cuando murió tu padre. No acabo de entender cómo te dejó Clarrie internarte en la selva con todos esos tigres y esas fieras salvajes.

—Mi padre quiso regalarme un *shikar* para mi cumpleaños. La caza nos encantaba a los dos.

Olive volvió a cabecear.

—Desde luego, a una hija mía no la verás nunca practicar una actividad tan peligrosa. ¿Verdad, Jane?

La muchacha negó con la cabeza mientras colocaba en sus platillos las delicadas tazas de porcelana con motivos de rosas.

Sirvió té con leche de una tetera de plata y una jarra, que estaba cubierta, como el azucarero, por redecillas bordadas con cuentas a fin de mantener a raya a las moscas imaginarias, y se lo tendió a su prima.

—¿Puedes ponerme el mío sin leche, por favor? —dijo esta antes de pasar la taza a su tía.

—En esta casa no tomamos té negro —repuso Olive— y este está demasiado claro para mí.

—No pasa nada, mamá. —Jane se hizo enseguida con la taza de Adela—. Yo me quedo con este.

Llenó otra taza sin leche y se la dio a su prima con manos temblorosas. Entonces retiró la servilleta de la bandeja y reveló una serie de emparedados y trozos de tarta cortados con esmero.

Adela tomó uno de los primeros.

—¡Qué buena pinta! —dijo sonriendo a Jane. Al darle un bocado, topó con que el pan había empezado ya a endurecerse: debía de llevar varias horas hecho. El interior tenía una textura blanda y un sabor insulso.

Tragó lo que tenía en la boca. Jane mordisqueó el emparedado que había elegido, en tanto que Olive no comió nada.

—Tómate otro —la animó su tía—, que estás en los huesos.

La joven probó un trozo de bizcocho Victoria. También estaba seco y se preguntó cuántas veces lo habrían sacado de la lata para dejarlo en la bandeja sin que lo probara nadie.

—¿Vive con vosotros vuestra cocinera? —preguntó.

Olive dejó escapar una carcajada breve.

—Llevamos cinco años sin cocinera. Jane es quien cocina. Nunca ganará un premio por sus platos, pero, desde luego, nos tienen bien cuidados con recetas sencillas.

—Me ha enseñado Lexy, la encargada del café —dijo ella—. Se le da muy bien la repostería.

—En Belguri, Mohammed Din me deja a veces que le eche una mano cuando hace pudin.

—Pues, si quieres, puedes ayudar a nuestra Jane en la cocina. De hecho, si vas a estar mucho tiempo aquí, me gustaría que colaborases también con las labores domésticas.

—Lo haré encantada —respondió Adela, preguntándose qué supondría tal cosa.

¿No tenían servicio? Jane le había hablado de una criada llamada Myra a la que quería mucho. ¿Tampoco tenían limpiador que se encargase de vaciar los inodoros o vaciar las tinas para bañarse?

Olive preguntó por Harry.

—El pobrecillo debe de estar muy triste. Perder a un padre a esa edad es algo terrible. Los varones necesitan tener a un hombre adulto en la casa. Yo pasé las de Caín cuando hicieron preso a mi Jack en la guerra del Káiser. No podía soportar la idea de que lo matasen y George tuviera que crecer sin su padre.

Sus palabras resultaron muy dolorosas a Adela.

—Harry tiene por lo menos al tío James, que visita Belguri a menudo para ayudar a mi madre.

—¿James Robson, el marido de Tilly? —Aquello tomó por sorpresa a Olive.

—Sí.

—¿Estando Tilly en Inglaterra? No me parece nada apropiado. Pero, claro, a Clarrie siempre le ha dado igual lo que piensen de nosotros. No como yo. Yo soy la más prudente: ella hace siempre lo que le viene en gana.

—Tampoco tiene mucha elección —la defendió Adela—. Además, fue la tía Tilly la que lo propuso.

—Un hombre extraño, ese James Robson. Nunca ha sido un gran conversador ni nos ha prestado mucha atención a los Belhaven.

321

—En fin, ahora lo está compensando ayudando a mi madre con la plantación.

De pronto, Olive sacó una mano como una garra para darle unas palmaditas en la rodilla.

—Eso es bueno. En vida de Wesley no tuvo nunca nada bueno que decir de él, pero, al menos, ahora está apoyando a la familia.

Adela cambió de tema y preguntó por el tío Jack y su negocio.

—Mi Jack trabaja como una mula —respondió Olive—, pero el negocio no ha ido bien desde que empezó la Depresión. Yo no estoy al tanto de los pormenores, porque él no quiere que me preocupe, pero hemos tenido que apretarnos el cinturón. Aun así, lleva al frente de la Tyneside Tea desde que se jubiló el señor Milner hace cinco años y yo estoy muy orgullosa de él.

—Además, tiene a George, que lo ayuda —apuntó sonriente Adela.

Fue testigo de la transformación del rostro de su tía ante la mención de su primo: la tensión de sus rasgos se relajó para adoptar una sonrisa y los ojos le brillaron.

—Jack no podría seguir adelante sin nuestro George. Tiene un talento innato para la venta. Y un pico de oro, como su padre cuando empezó en el negocio. Jack era quien traía el té a la casa de Summerhill en la que vivíamos, aunque lo tomaba como una excusa para verme. Fue entonces cuando nos hicimos novios. Tu madre estaba casada con el viejo Herbert Stock. Había sido su ama de llaves. No lo amó nunca: se casó con él por su dinero, para poder montar su propio negocio. El mío con Jack fue un matrimonio por amor.

—Mi madre —señaló la sobrina— encontró en mi padre el amor de su vida.

—Eso sí es verdad —reconoció Olive antes de ponerse a hablar del rosario de novias de George—. No tengo claro que vaya a sentar nunca la cabeza. Les da todo lo que quieren hasta que se aburre y se busca otra. De todos modos, solo tiene veinticinco años. No me gustaría que se precipitara y acabase con la muchacha equivocada. La de ahora no me hace mucha gracia, para qué te voy a engañar. Es camarera del club de críquet.

—Joan es muy agradable —intervino Jane de forma inesperada—, muy dulce.

—Se sienta ahí y no hace un ruido, como tú —se quejó su madre—. George se aburrirá de ella. Lo que necesita él es una chiquilla que sea capaz de hilar dos frases, que sea guapa, pero no mucho, y que sepa hacer algo más que servir pintas. Si está trabajando en el club es por ser la hija del encargado. George tiene que casarse con una muchacha de su propia clase con un poco de educación.

Adela centró entonces la conversación en Jane.

—¿Y tú, prima? ¿Tienes novio?

—¿Nuestra Jane? —exclamó Olive—. Demasiado tímida. Nunca viene nadie a cortejarla. ¿Qué me dices de ti, Adela?

Ella se ruborizó ante lo imprevisto de la pregunta.

—No, no tengo pareja.

—Pero te han cortejado ya varios, ¿verdad? Eso le decías a Jane en tus cartas. ¿Cuál fue el último? ¿No fue un príncipe hindú?

Adela miró horrorizada a su prima. En ningún momento se le había pasado por la cabeza que fuese a enseñarle a nadie más sus cartas. Jane estaba colorada y se mordía el labio con gesto arrepentido.

—Actué con un príncipe en el Gaiety —admitió ella—, pero no salgo con nadie. —Cambió enseguida de tema—. Me encantaría hacer una visita al Herbert's Café. ¿Me llevarás, tía Olive? Mamá me habló de la decoración tan bonita que le hiciste.

—Ya no estoy para pintar murales. Tengo problemas de pecho.

—¡Qué lástima! Mi madre dice que eres una gran artista.

Su tía sonrió, encantada con el piropo.

—Lo fui hace tiempo, pero ahora tengo que dedicar todo mi tiempo a cuidar de la familia, de la casa y de mi marido. Eso por no hablar del café. Llevo años sin poder dedicar un segundo al arte.

—En fin, ahora que yo también estaré aquí ayudando, quizá tengas tiempo para volver a coquetear con él.

Olive se encogió de hombros. Jane empezó a recoger los platos y las tazas de té en una bandeja.

—Yo puedo llevarte esta tarde al café si te apetece —se ofreció su prima.

—Me encantaría —repuso Adela con una sonrisa, encantada ante la idea de salir de aquella estancia tan deprimente y alejarse de las preocupaciones enfermizas de su tía. A continuación, se puso en pie de un salto y empezó a ayudar.

—No —dijo Olive—. Iremos todas más tarde, cuando George pueda llevarnos en la furgoneta colina abajo. Soy yo quien debería enseñártelo, porque soy la que lo ha estado cuidando todos estos años. Deja que Jane se ocupe de esto y vete tú a deshacer tu equipaje. Compartirás cuarto con tu prima. Jane, cielo, enséñale a Adela dónde está tu habitación y ayúdala con esas maletas tan pesadas. Ya acabarás esto luego. Yo voy aquí al lado, a tomar el té con la señora Harris. Estaré pendiente de si vuelve George.

Jane ocupaba un dormitorio limpio y espartano. Habían despejado la mitad del armario y de la cómoda para hacer sitio a la ropa de Adela y bajo la ventana habían puesto una cama plegable que habían cubierto con un centón desvaído confeccionado con piezas de algodón estampado de color amarillo, rojo y naranja. La estructura oscura del lecho de Jane estaba cubierta por una colcha de tela afelpada que hacía juego con las cortinas de color azul celeste. No había nada que revelase cuáles eran los intereses de su prima. Ni fotografías, ni recuerdos dispuestos en el tocador: solo un montón de libros en la mesilla de noche. Todos eran de la biblioteca: dos volúmenes de historia, uno de viajes sobre Grecia y dos novelas,

South Riding, de Winifred Holtby, y *Lo que el viento se llevó*, de Margaret Mitchell. Así que su prima, tan inhibida en apariencia, tenía una faceta romántica.

Cansada de sacar sus cosas, Adela se dirigió a la ventana. En la parte de atrás de la casa había un patio extenso con un arriate de geranios y dos construcciones independientes, y al otro lado, otra hilera idéntica de casas. Más allá, los edificios de ladrillo se extendían hacia el horizonte humoso y el río Tyne. Descorrió el cierre de la ventana de guillotina y la levantó. La brisa entró en la aséptica habitación de su prima y la llenó del olor mineral a lumbre de carbón que, de pronto, la llevó a recordar un baño del que disfrutó siendo muy niña frente al hogar crepitante de una casa acogedora y pintada con colores vivos. ¿La de la tía Olive, quizá? Desde luego, no era aquella vivienda oscura y respetable en la que se encontraba.

Seguía sacando vestidos de las maletas y colocándolos en perchas cuando regresó Jane. La recién llegada corrió a cerrar la ventana.

—A mamá no le gusta que se cuele el hollín, que acaba por toda la casa.

—Perdón, no había pensado en eso. ¿Dónde pongo las maletas vacías?

—Sácalas al descansillo para que las suba luego George a la buhardilla. Puedes dormir en mi cama y yo, en la plegable.

—Ni pensarlo —insistió Adela—. No voy a sacarte de tu propia cama. Ya has hecho bastante con compartir conmigo tu cuarto.

Jane sonrió con gesto cauto.

—Espero que disfrutes del tiempo que estés con nosotros. Estaba deseando que vinieras. Igual que mamá. No ve la hora de presentarte a todo el mundo para presumir de sobrina.

—¿Y por qué iba a querer hacer eso?

—No se cansa de hablarles a todos del éxito de la tía Clarrie ni de jactarse de estar emparentada con los Robson de la industria del té. Por cómo lo cuenta, da la impresión de que son dueños de la mitad de la India.

Adela soltó una carcajada.

—Desde luego, es verdad que pueden ser un poco engreídos.

—No, no es por criticaros a vosotros —se apresuró a decir la prima—. Es la forma que tiene mamá de ponerse por encima de la gente de por aquí.

Adela observó a su prima y, reparando en el tono resentido de su voz, pensó que tal vez no fuera tan indiferente como parecía a las quejas constantes de Olive.

—En fin, intentaré ofrecer una actuación estelar en el papel de *memsahib* —dijo guiñando un ojo—. Mira: te he traído una cosa. No es mucho, pero me ha dado la impresión de que te interesa la India y he pensado que te gustaría leer algo sobre ella.

—No tenías por qué. —Jane tomó con entusiasmo el obsequio que le ofrecía su prima, desató con cuidado el bramante y retiró el papel de color pardo que lo envolvía. Pasó una mano delgada por la cubierta mientras leía el título en voz alta—: *Simla, Past and Present*, de Edward J. Buck. Gracias, parece muy interesante.

—Está ilustrado con fotografías. —Adela se sentó en la cama, a su lado, y fue volviendo las páginas—. Mira, esto está al lado de la casa de la tía Blandita. Lo que pasa es que en blanco y negro es imposible hacer justicia al paisaje o a los amaneceres.

—Siento lo de mamá y tus cartas —aseveró Jane sin alzar la voz—. No se las he enseñado yo: fue ella la que entró y rebuscó en mis cajones. Cuando éramos pequeñas me hacía que se las leyese, pero dejé de hacerlo cuando… en fin, cuando empezaste a hablarme de chicos, de tus sentimientos y todo eso.

Adela se ruborizó al pensar que su tía sabía tanto de ella. Intentó recordar lo que había escrito acerca de Sam y de Jay y se dolió de que su prima de veintitrés años no fuese capaz de plantar cara a la tía Olive.

326

—Da igual —dijo no obstante—. Eso sí: a partir de ahora, tenemos que inventar nuestro propio código. Es lo que hacía yo con las amigas de la escuela. Cuando queríamos referirnos a nuestra relación con los chicos, usábamos la palabra *Jabalpur*.

—A mí no creo que me sirva de mucho —repuso Jane con una sonrisa triste.

—Pues yo me voy a asegurar de que no sea así mientras esté aquí. Mi objetivo va a ser encontrarte un Jabalpur este verano.

Aquella fue la primera vez que oyó reír a su prima, quien emitió un gorjeo profundo y gutural que chocaba con su aspecto tímido e insustancial.

Capítulo 17

La casa volvió a la vida en el momento en que entró George con paso decidido por la puerta principal y gritó por el hueco de la escalera:

—¡Salgan de su escondite, damiselas! Adela, ¿quieres que te dé una vuelta en coche? Había pensado llevarte a ver la ciudad. Mamá dice que quieres ir a ver el Herbert's Café.

Las dos primas salieron con estruendo del dormitorio, donde habían pasado el rato tumbadas en la cama, absortas en los dos ejemplares que tenía Jane de *Picture Post*, revista fotográfica de reciente aparición. Jane había resultado ser una gran aficionada a la fotografía, pero no podía permitirse comprar ni revelar grandes cantidades de película. Adela quedó fascinada con las instantáneas de la vida cotidiana del Reino Unido: mineros que se dirigían a pie al trabajo envueltos en la bruma, mujeres con delantales de flores que tendían la ropa en callejuelas angostas, un niño que iba al colegio en bicicleta…

—Me apunto a todo —respondió Adela sonriente mientras bajaba a saltitos las escaleras.

Olive se había vestido ya para salir con un abrigo verde y un sombrero a juego.

George había cambiado la furgoneta por el automóvil de su padre para enseñar la ciudad a su prima recién llegada. Todos subieron al pequeño Austin, Olive delante, con George, y las dos jóvenes en el asiento trasero.

—No vayas muy rápido —advirtió la madre, que se tensó al ver al conductor pisar el acelerador y tomar la carretera principal hacia el centro.

—Esta zona se llama Arthur's Hill y la avenida, Westgate Road —indicó George, que fue señalando los elementos destacados del paisaje urbano a medida que avanzaban. Pasaron la estación de ferrocarril y los impresionantes edificios palladianos del centro de Newcastle, con ciclópeas columnas manchadas de hollín y ventanales inmensos, y se dirigieron, ladera abajo, al muelle.

—¿De verdad esperas que veamos el Tyne, con lo mugriento que está siempre? —exclamó Olive—. Adela querrá ir a ver tiendas.

—Todo a su tiempo —replicó George.

Se puso a silbar «The Lambeth Walk» y Adela se unió a él cantando.

—¡No me digas que conoces el musical *Me and My Girl*!

—A lo mejor no lo sabes —contestó ella sonriente—, pero a la India también llega la radio. Además, Tommy, un amigo mío del teatro, me regaló la partitura. —Y para demostrarlo, se puso a interpretar a voz en cuello «The Sun Has Got His Hat On».

—Cantas de maravilla —dijo Olive—. A ver si puedes enseñar a tu prima, porque George me ha salido a mí en eso: tiene muy buen oído musical.

—Mi madre dice que tocabas muy bien el violín —apuntó Adela.

—Llevo años sin sacarlo de su estuche.

Pasaron por debajo del puente del Tyne, la recia estructura metálica que se erigía entre las dos orillas del río parduzco. El muelle era un hervidero de estibadores que desembarcaban fardos y hacían rodar barriles, carretas que avanzaban esquivando a los operarios y hasta un rebaño de ovejas descarriadas.

Cuando regresaban siguiendo la ribera, George y Adela entonaron «The Teddy Bears' Picnic».

—Cantad algo más romántico —los exhortó Olive.

Adela interpretó «I've Got You Under My Skin» con voz sonora y melodiosa.

—Con esa le vas a romper el corazón a algún infeliz —aseveró George mientras la miraba por el retrovisor.

Ella apartó la vista. Sintió cierta desazón fugaz al reparar en que aquella melodía le recordaba a Sam. La canción había alcanzado una gran popularidad de manera reciente y había sonado en su fiesta de cumpleaños cuando cumplió los diecisiete.

No tardaron en llegar a un distrito obrero de *pubs* y tiendas con toldos de rayas que habían sacado el género al pavimento a fin de llamar la atención de los clientes. Aunque había gente entrando y saliendo de las mismas, era mayor el número de los que se encontraban ociosos bajo un sol difuso, apoyados en un muro, charlando o contemplando a los viandantes. Más allá vieron cobertizos mugrientos y establecimientos industriales que, según la informó George, eran fábricas de armamento.

—Están empezando a producir más desde que los alemanes se anexionaron Austria.

—¿Por qué? —quiso saber Adela—. ¿Están vendiéndoles armas a Alemania?

—No seas tonta —respondió George—. Están fabricando todas las que pueden. Tenemos que asegurarnos de que les llevamos ventaja, ¿o no? Por si hay guerra, me refiero.

—No digas esas cosas —dijo Olive con un escalofrío.

—Seguro que no es muy probable. —Adela se sentía ignorante de cuanto estaba ocurriendo en Europa. En casa no se hablaba más que de la agitación de los indios por la autonomía y de las agresiones japonesas a la China.

—Pues parece que cada vez está más cerca. Hitler no deja de mangonear por todas partes y Mussolini se ha puesto a lamerle la bota a su amiguito fascista.

—Dejad de hablar de política —ordenó Olive a voz en cuello—. Mira, ya hemos llegado: el Herbert's Café. ¡Por Dios bendito! Las ventanas necesitan una buena limpieza.

Se detuvieron en Tyne Street y, al bajarse, se congregó a su alrededor una bandada de chiquillos gritando:

—¿Podemos vigilarle el coche, señor?

George le dio una moneda al que parecía mayor y dio paso a las mujeres al establecimiento. Si el local parecía anodino desde el exterior, el interior tenía cierto encanto desaliñado. El papel amarillo de la pared había adquirido un tono pardo por el humo de los cigarrillos, pero había murales enormes de colores vivos con escenas locales y palmeras desteñidas en maceteros de cobre deslustrado en torno a un piano vertical. Las mesas estaban cubiertas con manteles de lino desteñidos, pero el personal se había molestado en colocar en ellas jarrones con claveles frescos que empezaban a marchitarse. En la mayoría había uno o dos clientes que leían el periódico o charlaban ante platos vacíos. El ambiente estaba cargado y olía a pastel de carne. Adela ocultó su desengaño, pues aquel distaba mucho de ser el distinguido salón de té del que había oído hablar a sus padres con orgullo tan a menudo.

Una mujer rolliza de mediana edad ataviada con una blusa blanca y una falda negra, cargada de maquillaje y con el cabello negro a todas luces teñido se acercó a ellos esquivando mesas.

—¡Vaya! ¡No me digas que es esta nuestra Adelita! —exclamó con los brazos abiertos de par en par—. ¡Ven a darle un buen achuchón a Lexy, guapetona!

La joven se vio envuelta en sus brazos y en un leve olor agrio a sudor disimulado por el aroma floral de un perfume empalagoso.

Tenía un recuerdo muy vago de una mujer de risa estridente llamada Lexy que le daba pasteles de nata, pero la recordaba rubia.

—¿No es el vivo retrato de su madre? —dijo a Olive—. ¿Cómo está Clarrie? No sabes, tesoro mío, lo que sentimos la muerte del señor Robson. Era un caballero de los pies a la cabeza. Todas las chicas de aquí sentíamos debilidad por él, ¡y eso que llevábamos años sin verlo! Pero a todas nos ayudó. Si no llega a ser por él, no estaríamos aquí. Salvó el café de la ruina y a mí me libró de acabar en el hospicio. ¡Vaya que sí! ¡Qué encanto de hombre!

Volvió a asfixiarla con otro abrazo. Adela estaba demasiado abrumada como para hablar.

—¿Nos traes té, Lexy, por favor? —Olive volvió a hacerse con las riendas.

—Y unos cuantos bollos de nata de los tuyos —añadió George con un guiño.

—Porque me lo pides tú, ricura —contestó la encargada pellizcándole una mejilla antes de dar instrucciones a una muchacha llamada Nance, que vestía un delantal enorme y un gorro con volantes por el que asomaban dos orejas grandes, y llevarlas a una mesa situada al lado del piano. A juzgar por la capa de polvo que tenía en la tapa, aquel instrumento llevaba mucho tiempo sin tocarse—. Jane, tengo una receta nueva para ti —anunció—. Tartaleta francesa de crema. La semana pasada tuve por aquí a un marinero belga que me contó que su familia lleva un café en Amberes. Ya verás qué suave y qué rica. Te va a encantar.

—Suena caro —comentó Olive.

—Pues mañana vuelvo —dijo Jane con una confianza en sí misma que sorprendió a Adela— para que me enseñes a hacerla.

Lexy se sentó con ellos hasta que llegaron el té y los dulces y bombardeó a la recién llegada con preguntas sobre su familia y Belguri y también sobre Tilly y Sophie.

—Estarán casi todo el tiempo en Dunbar con la hermana de Tilly, pero Tilly está deseando ver la ciudad.

—Entonces, dile que venga a comer y a verme —dijo Lexy—, que le haré pastel de riñones y su tarta de chocolate favorita.

—Pues que no se vaya sin pagar —murmuró Olive.

Cuando llegó lo que habían pedido, la encargada no quitó ojo a Nance mientras dejaba en la mesa el té, los dulces y las tazas con sus platillos de porcelana.

—Trae otra jarra de agua caliente, criatura, que Adela lo tomará sin leche y puede que esté demasiado fuerte.

—¿Cómo lo sabes? —preguntó riendo la aludida.

—Porque eres hija de tu madre —repuso Lexy con una sonrisa.

Más tarde, George las paseó por el centro de la ciudad y fue señalando los grandes almacenes de Fenwick y de Binns, el Teatro Real y varios cines.

—¿Podemos ir a ver una película juntos una noche de estas? —preguntó Adela emocionada. Estaba entusiasmada con el bullicioso centro de la ciudad y la amplia oferta de ocio.

—Que os lleve George —dijo Olive—. A Jack y a mí no nos hacen mucha gracia las películas ni las bobadas de los espectáculos de variedades.

Adela vio a su tío cuando regresaron a la casa. Era un hombre más bien bajo que había empezado a perder el pelo rubio y tenía ya blanco su hirsuto bigote. Aunque parecía de constitución frágil, el traje le estaba un tanto ancho y las arrugas surcaban su rostro con profusión, tenía unos ojos muy atractivos y no costaba adivinar que en otro tiempo tuvo que ser bien parecido. George, desde luego, había salido a él. Jack le dio una bienvenida afable antes de retirarse para asearse y cambiarse de ropa. Olive lo siguió para colmarlo de atenciones.

Cenaron en el comedor a las seis y media en punto. La sala daba sensación de humedad y de frío, como si se usara muy de vez en cuando. George llevó casi todo el peso de la conversación y los obsequió con anécdotas de sus clientes.

—Yo no me creo ni la mitad —gruñó Jack—. A nuestro pequeño le encanta exagerar.

—Primo, deberías dedicarte al teatro —dijo Adela entre risas.

—Antes muerta que permitírselo —sentenció Olive—. George será un hombre de negocios respetable, como su padre.

—Pues eso es precisamente lo que quiero hacer yo —anunció Adela—. Dedicarme a actuar.

Su tía meneó la cabeza mientras chasqueaba la lengua con aire de desaprobación.

—Menos mal que mi Clarrie no te lo va a permitir.

—A mi madre no le importa. De hecho, me anima.

—¡Qué bien! —exclamó su primo—. Yo, desde luego, iría a verte encantado.

Después de aquello, Jack se levantó y se retiró a la sala de estar para dormitar con el periódico en las manos frente al hogar de gas apagado. George dio un beso a su madre y salió diciendo:

—No me esperes levantada, que tengo llave.

Adela ayudó a fregar los platos por primera vez en su vida. Jane, de hecho, tuvo que enseñarle.

No tardó en acostumbrarse a la vida de la ciudad. Le encantaba Newcastle con su energía incombustible envuelta en humo, su ribera estruendosa y sus edificios majestuosos, su amplia variedad de comercios, desde los prestigiosos grandes almacenes hasta los tabaqueros de las esquinas, el traqueteo de los tranvías y los vecinos amigables, que trababan conversaciones sobre fútbol y sobre el tiempo en las paradas de tranvía y las colas que se formaban en las tiendas. Aunque no alcanzaba a comprender todo lo que decían, pues hablaban muy rápido y con un acento muy marcado, entendía que Tilly echase de menos su antiguo hogar.

Olive la exhibió entre los vecinos de Lime Terrace, donde bebieron una cantidad inagotable de tazas de té fuerte azucarado y comieron galletas con mermelada que se pegaban como goma arábiga a los dientes. Al parecer, las visitas matinales eran inaceptables socialmente, de modo que su tía no dejaba la casa hasta después de las tres de la tarde. Jane no las acompañaba nunca, pues pasaba el tiempo comprando, guisando para la familia y ayudando a Lexy en el salón de té. Adela le pidió que la enseñara a cocinar, pero los resultados dejaban mucho que desear y la convertían en blanco de las burlas del resto.

—¿Pero esto qué es? ¿Masa para pastel o lo que habéis sacado desatascando el fregadero? —se mofaba George.

—No me puedo creer que mi Clarrie no te haya enseñado a manejarte en la cocina —comentó Olive.

—De eso se encarga Mohammed Din —explicó ella— y él no me deja ni acercarme a los fogones.

Aquello causó no poca risa entre los Brewis, hasta el punto de que lo de «De eso se encarga Mohammed Din» se convirtió en muletilla habitual cada vez que Adela manifestaba su ignorancia sobre cualquier asunto doméstico.

Dos veces a la semana acudía una escocesa llamada Myra a limpiar y hacer la colada. A Adela le resultó extraño ver a una mujer hacer las labores de las que se encargaban en su casa los hombres de casta inferior. Myra, ruidosa y alegre, cantaba al son de la radiogramola mientras sacaba brillo, por más que Olive le repitiera incansable que no encendiese aquel aparato, porque le daba jaqueca.

—Con música se limpia muchísimo mejor —decía ella riendo en tono desafiante.

Cuando Olive se retiraba a descansar, Adela no podía resistirse a sumarse a Myra. La de «Silbando al trabajar» se convirtió en la canción que compartían mientras aquella iba retirando los muebles y esta pasaba el cepillo mecánico por la moqueta.

—La señora Brewis me aguanta —le confió la limpiadora— porque no hay nadie más por aquí que esté dispuesto a trabajar para ella. Siempre está quejándose. Si trabajase gratis, seguiría empeñada en que le estoy robando de forma descarada. —Se echó a reír y siguió diciendo con la franqueza que la caracterizaba—: El señor Brewis es un santo por aguantarla y Jane debería rebelarse y hacerse respetar en vez de esconderse como un animalillo asustado. ¡Si fuese yo, desde luego, no dejaría que me hablara de ese modo!

En el café, sin embargo, Adela tuvo ocasión de conocer a otra Jane distinta: su prima gozaba de una gran popularidad entre el personal y la clientela. Era cordial y eficiente y parecía saber algo de todo aquel que entraba en el local. Conversaba con las mujeres sobre sus familias, hablaba con los hombres de fútbol y regalaba golosinas a los niños que cumplían años.

—Esa tradición la inauguró tu madre —le dijo Jane— o, al menos, eso es lo que dice Lexy. Ese es uno de los primeros recuerdos que conservo: la barra de regaliz que me dieron en una bolsa de polvos azucarados por mi cuarto cumpleaños, aunque por aquel entonces acabábamos de salir de la guerra y no era precisamente fácil conseguir chucherías. Yo adoraba a mi tía Clarrie.

A Adela le encantaban sus visitas al salón de té y la hospitalidad de Lexy. No le resultó difícil convencerla para que le dejase levantar la tapa del viejo piano para acompañarse mientras cantaba melodías populares. Había aprendido a tocar en Saint Mary's y Tommy le había enseñado un puñado de canciones más modernas. La encargada se sumaba a ella y el café se llenaba con más rapidez cuando la música atraía a los parroquianos.

Necesitó insistir durante dos semanas para que Jack se aviniera a hacerle un recorrido por la fábrica de la Tyneside Tea Company.

Estaba situada río arriba, en un edificio austero con una fachada que en otra época había sido majestuosa y en aquel momento presentaba la pintura descascarillada y estaba manchada por el humo. Tras ella había un parque de vehículos de reparto, algunos de ellos motorizados, aunque la mayoría seguía siendo de tracción animal. El aire estaba preñado del olor a estiércol de los establos y de algún que otro relincho. La joven no pudo menos de sorprenderse de que no estuvieran todos fuera distribuyendo mercancías.

Aspiró y dijo:

—El olor a caballo me recuerda a Belguri.

—Pues verás cuando entres y huelas el té —señaló Jack sonriendo.

Le hizo un recorrido por las salas de empaquetado, donde echaban el té suelto en bolsas de papel antes de sellarlas. Por todas partes había polvo suspendido de té seco. Aunque los trabajadores se dirigían a él con deferencia, su actitud para con ellos era afable y alentadora.

George se unió a ellos en la sala de cata. Adela sintió una punzada de añoranza por la de Belguri. Como en casa, allí no había más que un banco en el que alineaban vasijas de degustación de porcelana blanca, escupideras y muestras de distintas variedades de té.

—De aquí salen nuestras mezclas —le explicó su tío—. Prueba alguna, Adela, y nos das tu opinión. Tu madre era la mejor catadora que yo he conocido nunca. ¡A ver si te ha dejado bien enseñada!

La joven fue recorriendo el banco a medida que George preparaba las muestras, bebiendo sorbos de té entre los dientes para dejar que el líquido le envolviese la lengua antes de escupirlo.

—Intenso y de suelo arcilloso, cosechado probablemente durante las lluvias. Alto Assam. Yo lo mezclaría con algo más suave.

Jack hizo un gesto de asentimiento mientras ella pasaba al siguiente.

—Mmm… Este me gusta mucho. Fresco, primera cosecha, color agradable y de suelo un tanto ácido. Darjeeling o Ghoom. Muy bueno para el desayuno.

—En Tyneside no —corrigió Jack—: aquí prefieren algo con más cuerpo para despertarse.

Ella siguió probando, escupiendo y dando su opinión.

—Afrutado, con aroma de albaricoque, rico y equilibrado, maduro, cosecha de otoño, quizá se la región de Sylhet.

George, impresionado, no dejaba de hacerle preguntas sobre la vida de las plantaciones de té y el procedimiento que empleaban en Belguri. Cuantas más cosas recordaba ella, mayor era el entusiasmo de él.

—Daría cualquier cosa por viajar allí y conocer el lugar donde crece el té. Debe de ser una vida de fábula. ¿Juegan al críquet?

—Sí, aunque no hay mucho tiempo. El tenis es quizá más popular.

—Pues me conformo con el tenis —dijo él sonriendo—. Sobre todo, dobles mixtos.

—Tienes que venir a hacernos una visita —lo animó su prima—. Mi madre estará encantada.

—Quizá algún día.

—Tampoco necesitas ir a la India para saber de té —aseveró Jack—. Yo puedo enseñarte todo lo que hay que saber del negocio, igual que me enseñó a mí el señor Milner. Además, no podemos permitirnos mandarte de viaje: haces mucha falta aquí.

Adela no insistió, pues era evidente que la idea inquietaba a su tío.

—¿Han cambiado mucho las cosas desde la última vez que estuvo aquí mi madre, tío Jack?

Él suspiró.

—Hemos pasado unos años difíciles, no voy a negarlo. Antes compraban nuestro té en todo el noreste. Lo vendíamos puerta a puerta. Los clientes son muy leales, sobre todo en los pueblos y ciudades más pequeños, pero las cadenas de establecimientos que han surgido ahora por todas partes están bajando muchísimo los precios. Compran al por mayor y venden muy barato, aunque la calidad del producto deja mucho que desear. La gente recurre a ellos para ahorrar unos peniques y es normal que lo haga.

—Sin embargo, vosotros les seguís ofreciendo comodidad y un trato personal —lo alentó Adela—. Seguro que George y el resto les alegran el día a las amas de casa.

Su primo se echó a reír.

—Por lo menos lo intento.

—Si queremos mantener el negocio, necesitaremos algo más que la labia de George —comentó Jack taciturno—. Me gustaría invertir en empacadoras nuevas y en un par de furgonetas, pero no puedo permitírmelo. Para competir con ellos no hemos tenido más remedio que bajar los precios y ahora mismo estamos limitadísimos.

—Lo siento, tío Jack. Ojalá pudiésemos hacer más por ayudar, pero mi madre ahora está centrada en evitar que se hunda Belguri.

—Claro que sí —coincidió George—. Papá no está pidiendo ayuda económica.

Jack, decaído, guardó silencio un momento antes de recobrarse y añadir:

—Si hay alguien capaz de salvar un negocio, esa es Clarrie. Ojalá tenga suerte.

Cuando salieron de la sala de catas volvió a adoptar el ceño de antes para advertir:

—No le digas nada a mi Olive, ¿de acuerdo? De lo mal que van las cosas, quiero decir. Se preocupa mucho y no quiero angustiarla.

—Por supuesto que no —repuso Adela posándole una mano en el brazo con gesto tranquilizador—. Pero ¿no sería preferible que estuviera al tanto de lo que ocurre? Lo digo para que luego no se le venga todo encima de golpe.

Su tío se encogió de hombros con gesto de impotencia.

—Es que no sabría por dónde empezar.

Aunque Adela no pudo menos de preocuparse por Jack, desde aquella visita él se negó a hablarle del negocio y, de hecho, evitaba quedarse a solas con ella. Hasta las pocas palabras que intercambió con él en el pasillo parecieron molestar a Olive.

—No incordies a tu tío con cosas de su trabajo —la reconvino—. Cuando llega a casa, lo que quiere es dejar todo eso atrás.

Así que no volvió a intentar charlar con su melancólico tío, tan diferente del hombre jovial y ambicioso que le habían descrito. Por encima de todo, disfrutaba con la compañía de George. Fue a verlo jugar al críquet en el club y conoció a Joan, su novia. A pesar de sus aires de rubia soñadora, le pareció un poco sosa, pero saltaba a la vista que su primo era feliz sintiéndose adorado por ella. George llevó a Adela a hacer su ruta de reparto por los pueblos mineros del sur del Tyne, donde quedó fascinada por las ruedas de las bocaminas, con su ruido metálico; los mineros, que, negros de carbón, regresaban extenuados del turno de la mañana, y las mujeres que se asomaban corriendo a la calle al oír la bocina de George. El carácter alegre y atrevido de estas últimas le recordaron a las recolectoras de té y los comentarios salaces que hacían sobre los hombres cuando no las oían.

Con su primo fue a ver *Alarma en el expreso*, de Alfred Hitchcock, en el Pabellón, un edificio que antaño había sido teatro y sala de conciertos y conservaba su decoración de columnas recargadas y bustos de mujeres desnudas. George la llevó también a ver *El prisionero de Zenda* en el Gaumont y a Adela le gustó tanto que estuvo hostigando a Jane hasta que consiguió que se aviniera a ir con ella para verla una segunda vez.

—Ronald Colman está para morirse —le aseguró—. Si quieres, nos sentamos en la última fila, al lado del pasillo, para que puedas salir si te encuentras mal. Y hay un órgano Wurlitzer enorme que tocan en el descanso. George dice que lo trajeron desde el Bronx de Nueva York. ¿No es una maravilla?

Aunque fue a regañadientes, la velada resultó todo un éxito. No sintió ningún miedo al lado de la parlanchina de su prima, con la que compartió una bolsa de caramelos de limón, y la película la cautivó de tal manera que no se levantó hasta mucho después de que hubiera acabado. A la vuelta, algo avergonzada, reconoció que era la primera que veía desde los doce años y que, hasta entonces, nunca había ido a ninguna de cine sonoro.

—Solo recuerdo una música aterradora mientras aparecía aquel monstruo en la pantalla... Parecía tan real que me puse a chillar y me pasé el resto de la película escondida detrás del asiento. Mamá se enfadó mucho con el espectáculo que di y me dijo que no pensaba volver nunca.

—¿Ni tampoco te ha dejado volver a ti?

—Me dijo que no valía la pena correr el riesgo de que me pusiese histérica. Ya sé que parece una tontería —añadió poniéndose colorada—, pero siempre he tenido miedo de la oscuridad y de verme encerrada en un lugar del que no puedo salir.

—No es ninguna tontería, pero, desde luego, ya no tienes que volver a asustarte: has demostrado que puedes hacerlo.

—¡Es verdad! ¿No? —dijo Jane sonriente.

—Cuando inauguren ese Essoldo del que todos hablan a finales de agosto, nos vamos a sentar las dos en primera fila, para hartarnos de chocolatinas y embelesarnos con las estrellas.

Cuando se organizó la siguiente reunión social en el club de críquet, Adela insistió en que Jane asistiera también.

—No sé bailar ni tengo nada que ponerme —protestó ella alarmada.

Adela subió con ella al dormitorio y sacó los vestidos de verano que había llevado desde la India.

—Pruébatelos.

—Pero yo soy más alta que tú.

—Pues le sacamos el bajo.

—Y tú tienes más… más pecho, vaya.

—Pero solo desde que os habéis propuesto engordarme con esos platos tan deliciosos que preparas.

Las dos se deshicieron en carcajadas nerviosas mientras Jane se iba enfundando las prendas de Adela y se paseaba por el cuarto con un *topi* en la cabeza y representando el papel de una *memsahib*.

—Se te dan muy bien las imitaciones —aseveró su prima entre risas.

Al final se decantaron por una falda a media pierna con la cintura ajustada hecha de raso turquesa con una de las blusas de manga corta de Jane, un cinturón ancho de color rosa y un pañuelo translúcido a juego que le sujetó Adela a los hombros con alfileres y un pasador madreperla en el cabello corto y oscuro. También le prestó su barra de labios fucsia.

—Estás arrebatadora —aseveró conteniendo el aliento.

Jane se ruborizó al ver su imagen en el espejo, fascinada ante la mujer serena y de ojos oscuros que la miraba firmemente desde él. Adela se decidió por un vestido amarillo vivo que le acentuaba las curvas.

—Si quiero que me siga estando bien, tendré que moderarme con tus pasteles —bromeó.

Se recogió el pelo con una redecilla dorada, se puso ajorcas en las muñecas y se pintó de rojo oscuro los labios carnosos.

Olive se horrorizó al verlas listas para salir.

—¿Pintura de labios? —exclamó a voz en grito—. ¡Quítatela ahora mismo! ¿Me has oído?

—No tiene nada de malo, tía Olive —se plantó Adela, tomando la mano de su prima para que no echase a correr escaleras arriba.

—Jack —dijo la tía recurriendo a su esposo—, ¿tú ves bien que nuestra Jane salga con esa facha?

Él alzó la vista del periódico y parpadeó sorprendido ante las dos jóvenes.

—Estás preciosa, tesoro —sentenció—, y tú, Adela, tan guapa como tu madre.

Olive, hecha una furia, arremetió contra su hija:

—Más te vale portarte bien. ¿Me oyes? Si me entero de que has estado haciendo el tonto, despídete de volver a salir. Y nada de hablar con los chicos.

—¡Vamos, Olive! —la defendió su padre—. ¿Ya no te acuerdas de cuando eras joven ni de lo feliz que eras charlando conmigo mientras paseábamos del brazo?

Ella contrajo el gesto.

—Nosotros lo hicimos como estaba mandado. Yo no iba a las fiestas con los labios pintados.

—George estará con nosotras —dijo Adela para tranquilizarla y, en ese momento, como si hubiera estado esperando la señal, llegó de fuera el sonido de la bocina—. Vamos, Jane. Adiós, tía Olive. Adiós, tío Jack. Volveremos pronto.

Ya en el coche, Jane soltó una risotada de alivio mientras refería la discusión a su hermano.

—No sé de dónde sacas tanto descaro —aseguró admirada.

—La tía Olive no es ninguna ogresa. Simplemente se preocupa por cosas que no van a ocurrir nunca. Y ese no es motivo para prohibir que te diviertas.

—¡Así me gustan a mí las mujeres! —dijo George con una risita mientras aceleraba para tomar la calle con gran estruendo.

Las primas estuvieron muy solicitadas en la pista de baile aquella noche. Adela no dejó de bailar un instante, aunque de lo que más disfrutó fue de ver a Jane florecer ante la atención que le brindaban varios de los amigos de George.

—¿Cómo es que has tenido tanto tiempo escondida a tu hermana, Brewis? —quiso saber Wilf, un muchacho desgarbado que trabajaba de carpintero en la Vickers-Armstrongs y que la habría acompañado gustoso a casa dando un paseo si ella no se hubiera resistido. —¿Puedo ir a verte algún día? —le preguntó con entusiasmo.

—A mi madre no le gusta tener visitas.

—¿Por qué no vas al Herbert's Café? —intervino Adela—. Jane es la encargada del local.

—La encargada no, exactamente…

—¿El salón de té tan antiguo de Tyne Street? —preguntó él abriendo los ojos como platos—. ¡Qué pasteles tan buenos hacen allí!

—Receta casera de Jane —dijo Adela, que la tomó del brazo de inmediato y se la llevó de allí antes de que pudiera negarlo—. Mañana estará allí.

En el automóvil, de vuelta a casa, comentó:

—Desde luego, eso cuenta como Jabalpur.

Y las dos se desternillaron en el asiento de atrás.

—¿Qué decís de Jabalpur? —preguntó George con aire divertido.

Y, como le fue imposible entender nada de lo que le explicaban su hermana y su prima entre interminables risitas, se puso a canturrear. Las dos jóvenes se sumaron a él durante todo el trayecto hasta Arthur's Hill.

Capítulo 18

A finales de agosto, llegó Tilly a visitar Newcastle con Jamie y Libby y dejó a Mungo en la granja de Dunbar con su hermana y su cuñado.

Lexy armó un escándalo al ver a los chiquillos pelirrojos de Tilly. El mayor no parecía tener solo quince años. Altísimo, aunque lucía la quijada recia de su padre, sus gustos estaban más en armonía con los de su madre. Era todo un ratón de biblioteca y parecía más tímido de lo que recordaba Adela. De pequeños habían sido muy amigos. Libby tenía trece años y se había puesto más gordita y terca desde la última vez que la había visto en la India, cuando solo tenía siete años. Se encendió cuando Tilly insistió en que se sentara erguida y no apoyase los codos de la mesa.

—¿Por qué? —fue su reacción—. ¿Qué daño le hago a nadie?

—Siempre tiene una respuesta insolente para todo —señaló su madre con un suspiro irritado.

—En realidad, era una pregunta —replicó Libby—. La señorita MacGregor dice que deberíamos cuestionarlo todo.

—Estoy un poco harta de oír hablar de esa testaruda señorita MacGregor —dijo Tilly a Adela poniendo los ojos en blanco—. La profesora de historia de Libby es un poco subversiva.

—A mi madre no le gusta porque es antiimperialista —aclaró la niña— y yo también.

Jamie le dio una palmadita en la espalda.

—Hemos tenido la suerte de que nos obsequien con sermones diarios sobre los males de la dominación colonial y, por encima de todo, sobre lo malos que somos los británicos en la India.

Libby se apartó de él.

—A nosotros no nos haría ninguna gracia que nos gobernasen personas que viven a miles de kilómetros de aquí, ¿verdad?

Adela dio un respingo al oírlo y recordar la pasión con la que hablaba Ghulam Kan sobre aquello mismo. Le resultaba extraño oír la misma idea en boca de su joven prima segunda.

—Pues resulta, jovencita —dijo Tilly exasperada—, que si no fuese por británicos como tu padre, que se matan a trabajar a miles de kilómetros de aquí, no podrías ir a una escuela tan buena como la tuya, conque díselo a tu señorita MacGregor.

—Por lo que yo recuerdo —contraatacó la niña—, cientos de culis son los que hacen la mayor parte del trabajo. Si papá puede permitirse enviarme a la escuela aquí es gracias a lo poco que les paga.

—¡No seas maleducada!

—Como si alguien me hubiera preguntado a mí dónde quería estudiar.

Adela vio que a Tilly se le empañaban los ojos. Sabía que su tía se había mostrado muy reacia a mandar tan lejos a sus hijos, así que no ignoraba que Libby pretendía herirla con sus palabras.

—No empieces otra vez con eso —le rogó su madre.

—Ojalá me hubieseis dejado quedarme en la India como Adela —insistió—. Tú elegiste dónde estudiar, ¿a que sí, Adela? Y te escapaste de una escuela que no te gustaba.

—En realidad, fueron mis padres los que decidieron enviarme a Saint Mary's —repuso Adela sin querer echar más leña al fuego— y fue tu prima Sophie la que lo propuso.

—Pues ojalá hubiera propuesto que fuese yo también allí.

—¿Tanto te cuesta dejar ya el tema? —le espetó Tilly—. Si estás contentísima en Saint Bride's.

Lexy salvó la situación al irrumpir con otro plato de pasteles. Jamie y Libby no dudaron en atacar el contenido, de modo que, durante un rato, la conversación se centró en lo que había estado haciendo Adela en Newcastle. Hasta que los interrumpió la aparición inesperada de George.

—Hola, señora Robson —dijo mientras se acercaba a Tilly a grandes pasos para besarla con decisión en la mejilla.

—¡Por Dios bendito, George! —exclamó—. ¡Qué guapo que te has puesto! Niños, ¿os acordáis de George Brewis, el primo de Adela?

Jamie se puso en pie y le estrechó la mano con aire formal, en tanto que Libby se irguió en su asiento con una sonrisa. George le dio en la mejilla un besito que hizo que a la niña le asomasen los colores al rostro.

—No podía perderme a los Robson —dijo el joven guiñando un ojo antes de sentarse y servirse un emparedado—. Vosotros dos, como no os acabéis esos pasteles, Lexy no os volverá a dirigir la palabra en la vida. —A continuación, se puso a charlar con aire distendido y a hacer preguntas a los dos adolescentes sobre sus vacaciones en Dunbar.

Adela no pasó por alto cómo brillaban los ojos de color azul oscuro de Libby cuando miraba a George ni que sus mejillas seguían encendidas mientras le respondía. Reconoció el anhelo que reinaba en su expresión y sus ansias por que la tratasen como a una mujer adulta. Al cabo, ella tenía la edad de aquella niña cuando se había enamorado de Sam Jackman, pero no se había rebelado nunca contra su madre como Libby. Lo cierto, sin embargo, era que aquella desdichada llevaba seis largos años separada de su madre, durante los cuales había ejercido de madre su tía Mona en Dunbar. Tilly quería que siguiera siendo la chiquilla que había dejado en el Reino

347

Unido hacía ya tanto tiempo, en tanto que Libby se encontraba en plena pubertad y no estaba dispuesta a que la tratasen como a una cría.

—Libby, ¿te gustaría que te lleváramos a pasear George y yo esta tarde en la furgoneta? —propuso Adela—. Mientras, tu madre y Jamie pueden ir a visitar la biblioteca y el museo.

—Me encantaría —contestó ella con una sonrisa de oreja a oreja.

—¿Qué dices, George? —preguntó Adela mirándolo con gesto intencionado—. Podríamos echarte una mano con los pedidos.

Él captó la señal.

—Me muero por disfrutar de la compañía de dos damas encantadoras. Hoy voy a Wylam, río arriba. Luego, de vuelta a casa, podemos tomar un helado en Prudhoe.

—Qué amable. —Tilly sonrió aliviada—. Te comportarás, ¿verdad, Libby?

—Te prometo no poner los codos donde no deba —respondió ella levantando las comisuras de los labios.

A comienzos del mes de septiembre, antes de que tuvieran que empezar el curso escolar los hijos de Tilly, Adela debía reunirse con ellos en Saint Abbs, en la costa de Berwickshire, donde alquilarían una recia casa de piedra sobre el acantilado durante una semana. Poco antes de su partida recibió un paquete de té de Belguri que había enviado su madre por correo marítimo a principios de agosto y que incluía una carta en la que la ponía al corriente de la visita inesperada de Sam. Su corazón se aceleró.

> … Le dio mucha lástima no encontrarte aquí. No fue capaz de disimular su desengaño. James no fue muy amable con él —se ve que no le cae muy bien— y por eso no estuvo mucho rato, pero he

pensado que querrías saber que vino a vernos para darnos el pésame por tu padre. Me habló mucho del tiempo que pasaste en Narkanda, ayudando en la clínica. No sabes lo orgullosa que estoy de ti, cariño. ¡Y yo que estaba convencida de que dedicaste la mayor parte de tu estancia en Simla a pasártelo bien! Siento mucho haberte juzgado mal.

Sam ya no vive en la misión, aunque parece que sigue haciendo su labor en las montañas de Sarahan. ¿Sabes? Es un hombre encantador y creo que la comunidad británica de Simla está cometiendo una injusticia tremenda al condenarlo al ostracismo por haberse hecho responsable de Pema. Me apena decirte, cariño, que están viviendo como marido y mujer. Eso, al menos, es lo que me dijo él…

Como marido y mujer. Encajó aquellas palabras como una patada en el estómago. Adela sintió una gran desolación ante aquella noticia. Una parte de ella seguía abrigando la esperanza de que Sam se hubiese limitado a proteger a Pema como a un familiar más. Sin embargo, parecía que, a todos los efectos, se había convertido en su esposo. Se dobló de dolor sobre sí misma al pensar en la vida marital de ambos. Tuvo la impresión de que estaba a punto de enfermar. No deseaba ningún mal a la muchacha gadi y, de hecho, agradecía que se hubiera librado de aquel tío suyo tan cruel, pero lo habría dado todo por que hubiese sido cualquier otro hombre quien hubiera dado un paso al frente para salvarla.

Con el corazón roto, se preparó para emprender sus vacaciones en Saint Abbs. Olive rechazó el obsequio de su hermana.

—¡Qué cosas tiene Clarrie! Siendo mi Jack comerciante del ramo, el té es lo último que necesitamos en esta casa.

—Pero es de Belguri —señaló Adela—, para que te acuerdes de tu hogar.

—Pues yo prefiero el de Ceilán. Además, no quiero que nadie me recuerde Belguri. Aquel hace ya muchísimo que no es mi hogar. Mi hogar está aquí, con Jack y con George.

—Y Jane —le recordó Adela, incómoda al ver que no la tenía en cuenta, pese a que se encontraba en la misma sala que ellas.

—Sí, y la niña.

Adela llevaba toda la semana pidiéndole que dejara que Jane la acompañase a Saint Abbs, pero su tía se había empeñado en negarle su permiso. Optó por aprovechar la ocasión para sacar el tema por última vez.

—No —respondió Olive—. Los Brewis no tenemos vacaciones. No podemos permitírnoslas.

—El tren lo puedo pagar yo —se ofreció su sobrina— y para el resto no necesitará dinero.

—¿También vas a cocinar para George y Jack? No —dijo ella inflexible—. Hace mucha falta aquí y en el café.

Adela se sintió tentada de contestar que su tía podía encargarse por una vez de la comida, pero al ver la expresión angustiada de Jane optó por callar. Su prima le dijo más tarde:

—No vale la pena molestarse. Lo único que vamos a conseguir es enfadar a mamá.

—¡Tienes ya veintitrés años! —protestó ella—. Tienes derecho a tener tu propia vida social. ¿Por qué no te defiendes? Ni siquiera vas a consentir salir con Wilf cuando es evidente que le gustas mucho.

—Tú puedes permitírtelo —reaccionó Jane—, porque no estarás aquí más que unas cuantas semanas. Puedes ir a donde te plazca y hacer lo que te venga en gana, porque luego te volverás a la India, pero esta es mi casa y tengo que acatar las normas de mis padres tanto si me gustan como si no.

—Las normas de la tía Olive.

—Lo que sea. Mamá no puede estar sin mí. Tiene miedo de quedarse sola y por eso George y yo nos turnamos para que siempre haya alguien aquí. No puede evitar ser como es. Ella siempre ha estado delicada y tú no eres de gran ayuda removiendo las cosas.

A Adela la tomó por sorpresa aquel arranque repentino de su prima.

—Lo siento, no quería molestar a la tía Olive: solamente pretendía que tú pudieses tener un poco de diversión.

Jane apartó la mirada.

—Ya lo sé y te lo agradezco, pero tú y yo somos distintas y queremos cosas diferentes. Yo soy feliz con la vida que tengo.

Adela se fue al día siguiente. Aunque no estaba del todo convencida de que Jane estuviera satisfecha con su existencia, tuvo que reconocer que quizá no la conocía tan bien como pensaba. La ilusión de ver de nuevo a los Robson y a Sophie hizo que se olvidara pronto de preocuparse por su insondable prima. George la dejó en la estación y se despidió de ella con un movimiento alegre de la mano.

—Que te lo pases bien —le dijo—. Acuérdate de mandarnos una postal.

Adela llevó consigo el té de Belguri a modo de regalo para Tilly y Sophie, que lo aceptaron con chillidos de gozo. Hizo sol la mayor parte de la semana y los días pasaron entre meriendas campestres, paseos por la cima de los acantilados, excursiones en barca y baños en la cala arenosa de Coldingham. Estuvieron con Ros, la amiga de Tilly, que los invitó a tomar el té en la casa de sus suegros.

Sophie no paraba de hablar de los días que había pasado en Edimburgo en casa de su antigua jefa, la señora Gorrie. Habían ido a ver las Tierras Altas con dos de las amigas de esta y habían llegado nada menos que a la isla de Iona, donde había llevado por primera vez san Columba el cristianismo a las islas británicas durante el siglo VI.

Tanto Sophie como Adela hicieron cuanto les fue posible por entretener a Libby y mantenerla alejada de la inquieta atención de Tilly. Cuando estaba sola, la pequeña era un encanto y demostraba un sentido del humor muy ágil y un vivo interés en casi todo. Quería saber qué opinión tenían de la actitud bélica de Hitler respecto de los Sudetes y de si era posible que se diera un conflicto bélico por la cuestión de Checoslovaquia.

—No deberíamos volver a entrar en guerra con Alemania —repuso Sophie—. La última vez fue horrible.

—Pero tampoco podemos cruzarnos de brazos mientras Hitler y sus matones invaden otros países, ¿no? —las desafió Libby.

—Habrá que rezar para que no se llegue a eso —dijo Adela—. Dicen que Chamberlain va a viajar a Alemania para hacer entrar en razón a Hitler.

Cuando tocaba a su fin la semana, las tensiones del mundo exterior acabaron por teñir el carácter despreocupado de aquellas vacaciones. Tilly se mostró demasiado efusiva con Mungo, quien como reacción se reveló dependiente hasta extremos insólitos. Libby se peleaba con Jamie cada vez que él la zahería diciéndole que estaba enamorada de George. Sin embargo, cuando Mungo expresaba sus miedos ante la idea de tener que empezar el curso en la escuela de Dunelm, era su hermana quien se encargaba de calmarlo.

—Vas a estar en la misma casa que Jamie. Ya verás como él te cuida. Además, en vacaciones nos veremos todos en casa de la tía Mona y para eso quedan solo cinco semanas. Luego volveremos a estar juntos por Navidades y yo, además, os escribiré todas las semanas. Saint Bride's está a una hora en tren de vuestra escuela, así que puede ser que algún fin de semana vaya a veros.

La última noche, Sophie apartó a Adela del resto para preguntarle:

—¿Has decidido ya si te vas a quedar más tiempo en el Reino Unido o prefieres volverte a casa con nosotras en octubre?

—Todavía no lo tengo claro. No sé cuánto tiempo más podré estar en casa de la tía Olive. Creo que se está cansando de tenerme por allí y no quiero abusar de su hospitalidad. Sin embargo, por lo que me escribe mi madre, me da la impresión de que está arreglándoselas muy bien sin mí.

Había puesto al corriente a sus tías de la visita que había hecho Sam a su madre, aunque no había revelado cuánto había sufrido al saber de su vida con Pema. No podía menos de angustiarse imaginándolos juntos, trabajando codo a codo, riendo en las sobremesas, compartiendo lecho... Los celos le roían las entrañas, pero no podía hacer nada por cambiar la situación. Estando Sam tan fuera de su alcance, tenía menos motivos aún para volver a la India.

—¿Entonces?

—Pues que he estado pensando que, cuando vuelva a Newcastle, intentaré entrar en una compañía local de repertorio, aunque al principio tenga que conformarme con echar una mano entre bastidores.

—Parece un buen plan —repuso Sophie con una sonrisa—. Me da la impresión de que Newcastle te sienta bien. Yo, al menos, te veo espléndida. Eso sí: no le digas a Tilly lo bien que te lo estás pasando si no quieres que se empeñe en quedarse contigo en vez de volver conmigo en el barco a finales del mes que viene.

Las tres quedaron en verse en octubre, antes de que tuvieran que zarpar. A esas alturas, Adela habría tomado ya una decisión. Mientras hacían las maletas, Libby entregó con discreción una hoja de papel doblada a Adela.

—¿Puedes dársela a George de mi parte, por favor? —le pidió sosteniéndole la mirada, aunque en sus ojos azules se adivinaba la incertidumbre—. Es una caricatura.

—Claro que sí. —Adela lo tomó—. ¿Puedo verla?

—Tú sí, pero no se lo enseñes a nadie más.

Adela lo abrió. Se trataba de la figura inconfundible de George, con las ondas de su pelo rubio exageradas y media cara ocupada por una boca enorme y sonriente. Estaba golpeando en el aire una pelota de críquet que volaba muy alto. Bajo aquel gigantesco proyectil deportivo corrían como desesperados personajes diminutos vestidos con uniforme nazi y Hitler encabezaba la retirada.

La joven se echó a reír ante el parecido y el sucinto mensaje del dibujo.

—Le va a encantar. George el héroe, al rescate. —Sonriendo a la pequeña, añadió—: Tienes mucho talento, Libby.

—Ojalá pensara lo mismo mi madre —dijo ella y salió corriendo antes de que Adela pudiese contestarle que Tilly nunca lo había dudado.

Al regresar a Tyneside, Adela puso en marcha su plan de encontrar trabajo en el mundo del espectáculo. Pasó una semana infructuosa recorriendo los teatros en busca de una ocupación remunerada y acabó consiguiendo un puesto de media jornada como acomodadora en el Stoll Pictura Theatre. A final de mes no se hablaba de otra cosa que del regreso triunfal de Chamberlain, el primer ministro, de sus negociaciones con Hitler, durante las cuales había logrado un acuerdo de paz con Alemania, Italia y Francia. Adela no pudo menos de preguntarse qué pensarían de todo aquello Libby y la señorita MacGregor.

A principios de octubre empezó a trabajar a jornada completa. Además, cuando no estaba en el cine, acudía a ayudar al Herbert's Café. A veces, antes de su turno, acababa tomando té en el pisito que tenía Lexy encima del establecimiento, alentándola a recordar los viejos tiempos en los que era su madre la mujer al mando. Ya casi no aparecía por casa de la tía Olive, adonde solo regresaba para dormir y, de cuando en cuando, para comer. Insistió en pagarle parte de lo que ganaba a cambio del alojamiento y la manutención.

—Te agradezco muchísimo que dejes que me quede con vosotros tanto tiempo —le dijo—. Cuando ahorre un poco más, buscaré un lugar en el que vivir.

—¿Y por qué vas a hacer eso —exclamó la otra— cuando puedes seguir compartiendo dormitorio con mi Jane? ¿Qué va a pensar Clarrie de mí si dejo que te vayas a vivir a un apartamento como cualquier chiquilla de clase obrera? No quiero que los vecinos vayan diciendo que no soy capaz de cuidar ni de los míos.

A Adela le gustaba mucho aquel trabajo, que le permitía ver todos los últimos estrenos, aunque fuese a trozos, y en el que disfrutaba de alguna que otra noche libre para salir con George y sus amigos. Acabada la temporada de críquet, iban a bailar o a disfrutar de algún espectáculo de variedades. Jane no se sumaba a aquellas veladas y había rechazado a Wilf tantas veces que el afable carpintero había acabado por buscar en otra parte. Estaba cortejando a Nance, la camarera del café. Adela no sabía por qué se había enfriado su amistad desde su viaje a Saint Abbs. Su prima se mostraba educada con ella, pero distante. Tal vez temía la censura de la tía Olive o quizá eran demasiado diferentes para ser amigas íntimas.

Dos días antes de la fecha en la que había quedado con Tilly y Sophie, la abordó Myra, la limpiadora, cuando salía. Sin alzar la voz para que Olive, sentada ante la ventana de la sala principal para no perder detalle de cuanto ocurría en el vecindario, no pudiese oírla, le dijo:

—Venga a la cocina un minuto, lucero.

—No tengo tiempo, Myra: tengo que entrar a trabajar de aquí a veinte minutos. ¿No puede esperar?

—Mejor ahora, que Jane está fuera y la señora Brewis le ha dado al jerez.

Adela dio un grito ahogado.

355

—¿Qué quieres decir con que le ha dado al jerez?

Myra la observó con gesto incrédulo.

—No puede ser que no se haya dado cuenta —susurró.

—Pues no…

—Yo soy la que tiene que comprárselo, además de los caramelos para la tos con los que intenta disimular el olor. Está convencida de que el señor Brewis y Jane no lo saben, pero no es así. Todos fingimos que es medicinal. «Mi tratamiento de por la mañana», lo llama ella. La ayuda a soportar el día.

—No tenía ni idea —repuso ella perpleja.

—De todos modos, no era eso lo que le quería decir. —Myra señaló la cocina con un movimiento de cabeza y Adela la siguió.

—Siéntese, lucero. —Esperó a que se hubiera acomodado ante la mesa para proseguir—: Yo soy la que lava toda la ropa de esta casa, incluida la suya. ¿Tengo razón?

—Sí, es muy amable de su parte —respondió Adela en tono distraído, tratando aún de asimilar la noticia de que su tía bebía en secreto. ¿Sería ese el motivo de aquel humor tan cambiante y de que nunca saliera de casa hasta bien pasado el mediodía?

Myra restó importancia a su comentario agitando la mano.

—No tiene importancia: es mi trabajo. Lo que quería preguntarle es si no se encarga usted de ninguna de sus prendas. De sus prendas más personales, quiero decir.

—A veces, un par de medias cuando las necesito para el día siguiente.

—No estoy hablando de medias, chiquilla, sino de compresas. Lleva usted aquí más de tres meses y todavía no ha tenido el periodo una sola vez.

Adela la miró desconcertada.

—Es que nunca he sido muy regular —dijo ruborizándose, completamente abochornada.

—Eso es lo que yo pensaba —repuso Myra sin apartar la vista de ella— al principio.

—¿Qué quieres decir? —El corazón le empezó a latir con fuerza.

—Una conoce bien todos los signos, lucero, y usted tiene los pechos más grandes y ha engordado. Además, últimamente ha dejado de tomar té. Yo también lo dejé cuando estaba encinta.

—¿Encinta? —repitió horrorizada—. Yo no estoy… No puedo estar…

—Sí, criatura, creo que sí. Y por la cara que pone puedo imaginar que su familia no lo sabe.

Adela tragó saliva con dificultad. ¿Embarazada? ¡Imposible! No había sentido ningún cambio y normalmente podía pasar meses sin menstruar. El pulso empezó a acelerársele. ¿Cuántos meses llevaba ya? Se devanó los sesos tratando de recordar. Había sangrado dos semanas antes del estreno de *Las mil y una noches* en el Gaiety, conque desde finales de abril o principios de mayo. Antes de su aventura con Jay, hacía más de cinco meses. Se echó las manos a la cabeza.

—¡Ay, Dios! —exclamó con un gemido.

—Ya, ya, criatura. —Myra corrió a rodearle los hombros con los brazos—. Cosas peores se ven en la mar. ¿Ha sido uno de los amigos de George? Entonces, lo único que tiene que hacer es portarse como un caballero y ponerle un anillo en el dedo antes de que se note de veras. Además, tendrá que escoger bien el momento de contárselo a la reina del jerez. Es una lástima que esté usted tan lejos de casa.

Adela sintió que le subía un sollozo por la garganta.

—No puedo —dijo atragantándose—. No ha sido ningún amigo de George. No ha pasado en Newcastle, sino en la India.

Myra soltó un suspiro.

—¡Ay, mi niña! Entonces no sé qué es lo que va a hacer.

Capítulo 19

Adela le rogó que no se lo contara a nadie y salió para ir a trabajar. La cabeza le daba vueltas. No podía ser verdad. ¡Tenía que ser mentira! En el trabajo estuvo distraída y aquella noche, tumbada en la cama plegable y escuchando la respiración regular de Jane, se preguntó si su prima también habría tenido sospechas. ¿Podía ser que la estuviese evitando por eso? Pensaría que se trataba de algo contagioso o quizá tenía miedo de lo que podría hacer la tía Olive en caso de enterarse. ¡Pero cómo no se iba a enterar! Sintió que la clavaba al colchón una oleada de pánico. La impresión de la noticia iba a hacer que su tía cruzase la línea angosta que la separaba de la histeria.

De allí a una semana podía estar de regreso a la India. Eso era lo que iba a hacer: volver a casa, a Belguri. Su madre sabría lo que debía hacer. Sin embargo, ella también montaría en cólera o, lo que era peor, se mostraría avergonzada y defraudada por su propia hija. No podría soportar su desengaño después del dolor que ya le había causado. ¡Dios! ¡Era una persona odiosa, una cría estúpida y egoísta! ¿Y si llegaba a enterarse Sam? Empezó a sentir calor y luego frío solo de pensarlo. Su desaprobación sería lo peor de todo. No podría soportarlo.

De madrugada, sin poder dormir, pensó en Jay por primera vez en siglos. Pensó bien en él. Estaba convencida de que había tomado precauciones. Le había hablado del *coitus interruptus* y le había dicho que con él no había posibilidad de que quedase en estado. Ella se lo había creído como había creído cuanto él le había dicho. ¡Qué egoísta había sido él! Y ella, qué imbécil. ¿Cómo no se había dado cuenta de que estaba embarazada? Solo tenía que haber reparado en todos los signos: el peso que había ganado y el extraño sabor metálico y repulsivo que sentía en la boca. ¿No habría hecho caso omiso de forma deliberada de los cambios que se estaban produciendo en su interior por ser incapaz de concebir que fuese cierto? La idea de estar llevando en su interior la semilla de él la llenó de miedo y de repugnancia. Lo último que quería era tener un bebé, ¡y menos de aquel hombre! Ya era mucho el daño que les había hecho a ella y a su familia.

No podía volver a casa. Aquel fue el último pensamiento que cruzó su cabeza antes de sumirse en un sueño agitado. Dos horas más tarde, se despertó extenuada y bajó a desayunar casi sin fuerzas para obligarse a comer gachas con té. Tenía que evitar, por todos los medios, levantar sospechas.

Dos días más tarde se reunió con Sophie y con Tilly para dar un paseo por las tierras del Town Moor y comer en Fenwick. Se puso maquillaje y la falda y el jersey de lana que había comprado en el mercado buscando prendas que no acentuaran su figura y alegró la cara cuanto le fue posible.

—¿Seguro que no quieres volver con nosotras? —dijo Tilly consternada.

—Aquí me lo estoy pasando en grande —repuso ella— y, además, sigo teniendo esperanzas de entrar pronto en una compañía teatral.

—Sí, serías tonta si dejases pasar la ocasión —convino Sophie.

—Te vamos a echar mucho de menos, cariño —aseveró Tilly con un suspiro.

—Pero así podrá estar pendiente de tus hijos —señaló Sophie.

A Tilly se le iluminó el rostro.

—¿De verdad?

—Claro que sí —prometió Adela.

—Quizá puedas ir a casa de Mona por Navidades. Si tu tía Olive puede estar sin ti, claro. Sería todo un consuelo pensar que estás allí con mis tesorillos. —Tilly se dio la vuelta con lágrimas en los ojos y rebuscó un pañuelo.

Adela pensó que era mejor no alargar la despedida.

—Tengo trabajo a las dos —anunció levantándose.

Envuelta en el jaleo del restaurante, abrazó con rapidez a sus tías y se obligó a despedirse de ellas con una sonrisa. La enfermaba tener que dejarlas, pero no podía dejar que percibiesen su agitación ni aferrarse a ellas en un abrazo estrecho.

Se volvió hacia la salida y les dedicó una última sonrisa de oreja a oreja mientras agitaba la mano antes de echar a correr escaleras abajo. Cuando salió al aire acerado del otoño, le corrían lágrimas por las mejillas. En realidad, todavía le quedaba una hora para entrar a trabajar, pero sabía que no habría podido guardar las apariencias ni un minuto más. ¿Cuántas veces había estado a un paso de dar rienda suelta a sus preocupaciones ante sus tías, que además eran sus mejores amigas y sus confidentes? Los días siguientes no paró de preguntarse cómo habrían reaccionado Sophie y Tilly si les hubiera revelado aquel secreto bochornoso.

Sin embargo, llegó y pasó el día de su partida, Adela no sabría nunca su reacción. Se había metido sola en aquel brete y sola tendría que afrontarlo. ¿Sería posible librarse de lo que llevaba en su interior? Myra debía de saberlo. ¿Podía confiar en Lexy y pedirle consejo?

Aquella noche, cuando volvía tarde de trabajar a la casa de Lime Terrace, tuvo una sensación extraña en el estómago. Al principio pensó que podía deberse a haber subido a la carrera la colina con aquel frío y aquella humedad. Era como un latido fuerte, pero no era regular. Dejó de sentirlo unos instantes y, cinco minutos más tarde volvió a notarlo, esta vez más semejante al aleteo de un pajarillo diminuto. Ya le había pasado en otras ocasiones, aunque las anteriores no le había prestado atención. Aquella, sin embargo, el instinto le dijo de lo que se trataba: su hijo —el hijo de Jay— se revolvía en su interior.

—¿Qué has dicho? —Olive se asió con fuerza a su asiento antes de hundirse en él.

—Que voy a tener un bebé —repitió Adela antes de lanzarse alarmada hacia delante al ver la palidez sepulcral que había asomado al rostro de su tía.

Llevaba un mes dando vueltas y más vueltas a su problema, pero llegado noviembre supo que no tardarían en llegar los rumores. Tenía ya una tripa prominente bajo las capas de jerséis y chaquetas de punto con que se envolvía con el pretexto de tener siempre frío en Inglaterra.

—¡No me toques! —chilló su tía.

—Lo siento, tía Olive. Llevo todo este tiempo intentando reunir el valor suficiente para contártelo.

—¿Y de quién es? —preguntó la otra aterrada—. ¿De algún estibador que has conocido en el cine o en el salón de té?

Adela negó con un movimiento de cabeza.

—¿Entonces? ¿De alguien del club de críquet? Sabía que no tenía que haberte dejado ir a esos bailes. ¡Y pensar que llevaste también a mi Jane…!

—Tampoco es nadie del club de críquet. Da igual de quién sea.

—¿Cómo va a dar igual? —dijo la tía entre dientes—. ¿Cómo va a dar igual? Tendrás que casarte con él de inmediato.

—No puedo. —Adela intentó mantener la calma—. Ni quiero.

—¿Cómo que no quieres? ¿Habrase visto una chiquilla más desvergonzada? ¡Que me digas quién es el padre! No será mi George, ¿no? —Ahogó un grito llevándose una mano a la boca.

—¡Claro que no! —La espantó que pudiese pensar siquiera una cosa así—. No tiene nada que ver con tu familia ni con ninguno de sus amigos. Los únicos culpables aquí somos yo y el hombre que me hizo esto, y él ya no pude hacer nada por ayudarme.

—¿Cómo has podido hacerle esto a tu madre? ¡Qué vergüenza le vas a dar! ¡Y qué va a pensar de mí, que no he sido capaz de evitar que no salgas con hombres como una vulgar mujerzuela? ¿No habrá sido ese tal Wilfred que rondaba a tu prima? ¡No me digas que al final lo contentaste tú!

—No —insistió ella—. No lo conoces. Pasó en la India.

—¿En la India? Pero ¿de cuánto estás?

—De seis meses.

—¡Por Dios santo! —exclamó la tía al borde de las lágrimas.

—Ya sé que es una impresión terrible, pero estoy decidida a tenerlo. Lo que quería que supieras es que lo voy a dar en adopción en cuanto nazca y después voy a buscar otro sitio para vivir.

Olive la miró de hito en hito.

—Aquí no te puedes quedar. En tu estado, no. ¿Qué van a decir los vecinos? ¿Y mi Jack? ¿Qué quieres, que le dé un ataque! No —recalcó poniéndose en pie agitada—. Vas a tener que buscarte otro sitio hasta que nazca la criatura. No puede enterarse nadie.

A Adela se le cayó el alma a los pies. Aunque había sospechado que sería la más probable, aquella era la reacción que más había temido. Vio a su tía que, temblando, cruzaba la sala para llegar al aparador y, tras tomar de su interior una botella de jerez, se servía un vaso hasta arriba y lo vaciaba de golpe.

—Myra lo sabe —dijo la sobrina— y Jane puede que sospeche algo.

Ella la miró horrorizada.

—Como se te haya ocurrido corromper a mi niña…

—Yo no he hecho nada de eso. Jane es una mujer hecha y derecha.

—Myra tendrá que irse también —aseveró con aire inquieto— o se lo contará a todas las vecinas a las que les limpia la casa.

—¡No la despidas, por favor! Me prometió que no se lo diría a nadie. Fue ella la que se dio cuenta, no yo, y en más de un mes no ha dicho una palabra.

Olive se sirvió y apuró un segundo vaso antes de encajarle:

—Dime quién es el padre.

—No tienes por qué saberlo.

—Puede que no sea tan tarde para hacerlo venir de inmediato para casarse contigo. ¿Tiene dinero? Si es uno de tus amiguitos ricos, podría venir en avión. Dicen que solo se tarda cuatro días.

—Tiene dinero, pero lleva años prometido a otra persona.

La expresión de su tía cambió entonces para dar paso de nuevo al miedo.

—No será ese indio con el que actuaste. —Al ver que su sobrina no lo negaba, avanzó hacia ella con el rostro convulso de terror—. ¡No me digas que te has acostado con un nativo! ¿Cómo has podido…? ¡No me digas que llevas a un mestizo en tus entrañas!

Adela hizo una mueca de dolor ante la repulsión que impregnaba su voz.

—¡Un bastardo eurasiático!

—¡Calla, tía Olive! —exclamó ella mirándola a los ojos—. Lo dices como si nunca hubiera ocurrido una cosa así en la familia.

—¿Qué quieres decir?

—Pues que lo sé todo. Me lo contó mi madre. Lo de vuestra abuela india que se casó con un funcionario británico y tuvo con él a Jane Cooper, vuestra madre. Eso significa que todos nosotros somos mestizos.

—¿Cómo te atreves…? —Olive le dio un golpe en la mejilla, mitad bofetada, mitad arañazo, y Adela retrocedió llevándose la mano a la cara—. Ni se te ocurra volver a decir nunca una cosa así. George y Jane no saben nada de eso y tú no vas a contárselo. Eres la vergüenza de la familia y no te quedarás bajo este techo. ¡Desaparece ahora mismo de mi vista!

—¿Me vas a poner de patitas en la calle embarazada de seis meses? —exclamó ella—. Mi madre no haría nunca nada así a una de tus hijas.

—Es que yo no tendría nunca una hija tan desvergonzada. —La tía la fulminó con la mirada.

Adela tragó saliva y respiró hondo.

—Tienes derecho a estar furiosa conmigo. Sé que me voy a arrepentir el resto de mi vida de lo que he hecho, pero, por favor, tía Olive, ayúdame. Somos familia.

Su tía volvió a desplomarse en su sillón.

—¿Qué voy a hacer contigo?

—A lo mejor puedo quedarme en el apartamento de Lexy.

—No: en el café no. Seríamos la comidilla de la ciudad. Vas a tener que dejar de ir allí.

—Entonces, ¿dónde? Déjame por lo menos que vaya a hablar con Lexy para ver si puede hacer algo.

—Está bien, pero no se lo cuentes a nadie más. No te quiero ver compartiendo habitación con mi Jane, conque más te vale buscar otra cosa rápido.

Lexy quedó estupefacta con la noticia de Adela, pero se recuperó enseguida.

—Claro que voy a ayudarte, criatura.

—La tía Olive dice que tengo que irme de Lime Terrace y que no quiere verme tampoco cerca del café.

—Si será cobarde… —dijo ella airada—. Siempre lo ha sido. Con lo que bregó Clarrie con los críos y la ayudó a ella… Lo mínimo que podía hacer ahora era echarte a ti una mano. ¿Por eso tienes la mejilla marcada?

Adela hizo caso omiso de la pregunta.

—Tiene que haber algún lugar al que pueda ir hasta que naz… hasta que llegue el momento. —En ese instante recordó las historias espeluznantes que había oído acerca de los hogares para mujeres descarriadas, que formaban parte del sistema de asilos para pobres, y se estremeció con solo pensarlo.

—No voy a dejar que acabes en uno de esos sitios —aseveró Lexy inflexible—. Buscaremos algo. De hecho, se me está ocurriendo ya alguna idea.

Dos días más tarde fue a buscar a Adela al cine cuando acababa su turno y la puso al corriente de su plan.

Olive anunció la noticia aquella misma semana estando todos reunidos a la mesa.

—¿A Edimburgo? —preguntó Jane consternada—. Pero ¿no es muy repentino?

—Es que me han dado la oportunidad de trabajar en el teatro —mintió Adela— y uno de los empleados del cine tiene que hacer el trayecto desde Newcastle y puede llevarme, pero tiene que ser mañana.

—¡Qué bien, chiquilla! —dijo Jack.

—¡Enhorabuena! —exclamó George—. ¿En qué teatro?

—El Playhouse —respondió ella, deseando que hubiese un lugar llamado así o que su primo supiese tan poco como ella de Edimburgo.

—Pues a lo mejor un día voy a verte actuar —dijo sonriente—. Vas a ser una estrella, lo sé.

—Me alegro por ti —aseveró Jane sin entusiasmo—, aunque siento mucho que te vayas.

—Gracias. —A Adela la sorprendió y la conmovió la evidente desilusión que sentía su prima.

Olive estuvo toda la comida sonriendo con gesto tenso y apenas tocó su plato. Adela se sintió aliviada cuando se acabó y pudo retirarse a su dormitorio. Jane la siguió y la observó mientras metía unas cuantas prendas en la más pequeña de sus dos maletas.

—¿Cuánto tiempo vas a estar fuera? ¿Vendrás por Navidades?

—No lo sé muy bien. De momento, voy a ver cómo va la cosa. —Cerró la maleta—. Si hay algo mío en el armario que te guste, no dudes en usarlo.

—Pero lo necesitarás cuando vuelvas.

Adela vaciló.

—Pues utilízalo mientras.

—Vas a volver, ¿verdad? —Jane la miró alarmada.

—Seguro que sí —repuso con una sonrisa. Podía soportar la ira de su tía, pero la tristeza que había provocado su marcha en su prima hizo que se le saltaran las lágrimas de pronto. Enseguida se volvió de espaldas y tomó la maleta de encima de la cama.

—¿De verdad te has hecho esos arañazos de la cara al caerte en el hielo? Yo diría que son arañazos.

—Tienes razón: me los hizo un borracho en el cine, pero ya no me duelen.

Aquella noche casi no durmió. La enfermaba tener que mentir a su prima y no veía la hora de que amaneciese. Por la mañana, se levantó temprano y se vistió en el frío dormitorio mientras Jane preparaba huevos fritos y pan para el desayuno. El olor le provocó náuseas. Jack salió enseguida, después de desearle lo mejor. Olive prefirió quedarse en la cama y ni siquiera apareció cuando Adela se disponía a marcharse.

—Despídete de tu madre de mi parte, ¿quieres? —pidió a Jane—, y dale las gracias por haberme acogido todo este tiempo.

Las primas se dieron un abrazo.

George metió el equipaje en la furgoneta y Adela ocupó el asiento contiguo al suyo. Lo último que vio del número 10 de Lime Terrace fue a Jane de pie en el umbral envuelta en la gélida luz púrpura del alba y agitando el brazo.

La dejó en la puerta de la Estación Central.

—¿Quieres que me espere hasta que vengan a recogerte? —preguntó.

—No hace falta —corrió a responder Adela—: llegarán en cualquier momento. Vete, que tienes trabajo.

Él la estudió pensativo. Ella se inclinó y le dio un beso en la mejilla antes de que se pusiera a hacer preguntas incómodas.

—Gracias por hacer tan divertida mi estancia.

—El gusto ha sido mío —repuso su primo sonriente—. Ni me acuerdo ya de la última vez que se oyeron tantas risas en mi casa. Mi hermana te va a echar muchísimo de menos. Contigo ha salido del cascarón.

—¿De verdad? —Estaba convencida de que había fracasado con su prima, porque pensaba que al defenderla le había puesto las cosas peor.

—De verdad. La Jane de antes se habría sentado a la mesa sin decir dos palabras seguidas.

—Asegúrate de que no se deja pisotear. Te tiene en un pedestal.

George prometió hacerlo y la besó en la coronilla y le dijo:

—Mejor te dejo, que voy a llegar tarde por tu culpa.

Se marchó tocando la bocina y Adela esperó hasta haberlo perdido de vista antes de dar media vuelta y echar a andar para internarse en la ciudad.

Lexy la esperaba en la estación de autobuses con los billetes de las dos. De camino a la costa, le explicó lo que debía esperar.

El aire gélido del mar las golpeó de costado cuando descendieron del autobús. El mar del Norte estaba gris y revuelto, coronado de olas blancas. Caminaron hacia el sur desde Whitley Bay, pasando por delante de hoteles cerrados y casas de campo respetables. Lexy había insistido en llevarle la maleta. Adela tiritaba de frío y de nervios, con las manos heladas metidas en los bolsillos. Al final se detuvieron al llegar a una hilera de casas de campo achaparradas situadas en lo alto de un acantilado de pendiente pronunciada. En la playa que se extendía a sus pies estaban varando una embarcación pesquera. En las puertas de las viviendas había dos mujeres sentadas en banquetas reparando una red, a todas luces inmunes al frío. El aire olía a pescado y a sal.

Al final de la sucesión de casas había una pequeña y aislada con las ventanas opacas por las manchas de rociones. Por Lexy sabía Adela que había pertenecido a un guardacostas ya difunto, cuya anciana madre viuda seguía viviendo allí gracias a los cuidados de una de las amigas de Lexy. Aquellas mujeres habrían de ser las tutoras y compañeras de la recién llegada en los tres meses siguientes.

La mujer que apareció en la puerta trasera con una bata morada de andar por casa tenía el rostro curtido y arrugado y el cabello gris y descuidado y despedía un fuerte olor rancio a humo de tabaco. A su rostro asomó una sonrisa de pirata —pues le faltaba la mitad de los dientes— mientras tendía los brazos.

—¡Pero bueno, si eres clavadita a tu madre! Bienvenidas a Cullercoats. Meteos dentro, chiquillas. Que este frío se os mete enseguida en los huesos.

Lexy hizo pasar a Adela. La puerta daba directamente a una cocina de techo bajo con un fogón negro de aspecto anticuado. Con el de sopa de patatas se mezclaba olor a incontinencia. Frente al fogón había sentada una mujer diminuta con un vestido de los años veinte. Parecía muy anciana. Tenía el cabello ralo y la piel pálida y tensa sobre los huesos de la nariz y de las mejillas.

—Yo soy Maggie —se presentó la primera— y ella es Ina. Somos viejas amigas de tu mamá. Ina trabajaba en el salón de té con Lexy. Haríamos cualquier cosa por Clarrie. —Levantó la voz y gritó a la mujer que había junto a la lumbre—. ¿Verdad que sí, Ina, que haríamos cualquier cosa por nuestra Clarrie? Ella es su hija, Adela.

La anciana la miró con ojos miopes desde el otro lado de la estancia y la invitó a acercarse con una mano aquejada de artrosis.

—Ve —la animó Lexy—. No te asustes, que Ina no muerde, pero si no te pones a su lado mismo, no puede verte.

Adela se adelantó para tomar la mano de la anciana, cuya expresión confundida se transformó de pronto en una de admiración.

—Clarrie —dijo con voz ronca—, has venido a verme.

La joven sintió que se le llenaban los ojos de lágrimas. Aquellas mujeres, dos perfectas desconocidas, la estaban tratando con una amabilidad indecible por el amor y el respeto que profesaban a su madre. Ina, de hecho, la había confundido con ella. No dudó en estrechar su mano y sonreír diciendo:

—Sí, he venido a verte, Ina.

Capítulo 20

Se pasaba el día en la casa, ayudando a Ina, alimentando el fuego y haciendo ollas interminables de sopa de verduras. Allí vestía un par de pantalones anchos de un vivo color naranja que había llevado consigo de la India para usar a modo de pijama y que dejaba sin ceñir para estar más cómoda. Maggie se encargaba de hacer la compra. Después del té, una vez que habían acostado a Ina, se abrigaba y salía por Cullercoats. Envuelta en la oscuridad, recorría el promontorio en dirección al norte, hacia Whitley Bay, o al sur, hacia Tynemouth, preguntándose si la madre de Sam seguiría viviendo en la región. ¡Qué curioso, acabar viviendo en el pueblecito pesquero en el que había nacido la señora Jackman! Al principio, Maggie ponía el grito en el cielo ante aquellos paseos nocturnos.

—¿Para qué vas a salir? Vas a pillar una pulmonía o, peor, a escurrirte en el suelo helado y hacerte daño tú o hacer daño a la criatura.

Ella, sin embargo, no estaba dispuesta a encerrarse todo el día.

—No soy ninguna inválida, Maggie: necesito aire fresco y ejercicio. Te prometo no alejarme mucho.

Lexy le había dado un anillo barato para que llevase puesto a modo de alianza. A los vecinos les habían dicho que Adela era una viuda joven que ayudaba en las tareas del hogar a cambio de comida y alojamiento. Si alguien sospechó que estaba embarazada, nadie dijo nada. Sin embargo, ella, convencida de que su estado era cada vez más evidente, prefería salir cuando la mayoría estaba ya en sus casas. Además, no quería topar con nadie que pudiera haberla visto en Newcastle. Vivía en un estado extraño de indecisión, nerviosa por el calvario que la esperaba, pero impaciente por superarlo. Aunque sus anfitrionas eran personas amabilísimas que jamás hacían que se avergonzase del aprieto en que se hallaba metida, añoraba cada día más a Clarrie.

Deseosa de mostrar su gratitud a las amigas de su madre, poco antes de Navidad se arriesgó a salir de compras a plena luz del día para adquirir unos detalles: mandarinas, chocolatinas y castañas para asar, agua de lavanda para Ina y cigarrillos y una bufanda suave de lana para Maggie del color morado que tanto le gustaba. Para Lexy, envolvió las pulseras de colores que había llevado puestas aquel verano y de las que se había quedado prendada la encargada del café. Aquel día reparó en una tiendecita que vendía artículos de costura: agujas, hilo, botones y piezas de tela.

Al alzar la vista al nombre que había sobre la puerta, sintió un nudo en el estómago: Jackman. Quedó petrificada ante el local y con el corazón acelerado. ¿Cómo podía sentirse tan afectada con solo contemplar el apellido de Sam? ¿Por qué le había provocado semejante conmoción? Sabía que la madre de Sam procedía de aquel pueblo pesquero y que cabía la posibilidad de que hubiera regresado allí. Desde que se había mudado a Cullercoats, la había inquietado la posibilidad de cruzarse con ella y se había preguntado si debía buscarla. Aun así, podía ser que aquella mercería no tuviese nada que ver con aquella mujer.

Se obligó a asomarse al interior y vio a una mujer bajita y rellena tras el mostrador que le hacía una señal y la pregunta:

—¿Puedo ayudarla?

Sintió que se le secaba la boca y se le tensaba la garganta. Incapaz de hablar, meneó la cabeza con una sonrisa forzada y echó a correr. Maggie se preocupó al verla volver a casa agitada, sin aliento y asiendo con fuerza cuanto había comprado. Más adelante, a las preguntas que le hizo Adela sobre aquella tienda, Maggie contestó que la dueña había vivido un tiempo en el extranjero, en algún país cálido al que no había logrado adaptarse, y la joven tuvo claro que debía de ser la madre de Sam. Sintió deseos de ir a preguntárselo, pero ¿qué diablos iba a decir si la mercera le decía que sí? ¿Y si se molestaba o se enfadaba? A fin de cuentas, no la movía más que el anhelo egoísta de poder hablar de Sam y, de algún modo, sentirse más cerca de él al estar con su madre. Con todo, el encuentro podría suscitar preguntas incómodas sobre su embarazo y sobre lo que la había llevado a aquel pueblo. Adela, por lo tanto, contuvo su curiosidad y redujo cada vez más sus salidas.

El cariño que profesaba a las amigas de su madre no dejó de aumentar. Maggie había conocido una vida muy dura con un trabajo muy mal pagado lavando ropa y casada con un hombre que la maltrataba. Cuando, hacía ya cinco años, uno después de la muerte de su marido, habían cerrado la lavandería, se había visto casi en la indigencia. Entonces había acudido a Lexy, que le había conseguido la ocupación de cuidar a Ina, antigua amiga de ambas. Tras la muerte de su hijo soltero, Ina se afanaba en mantener en pie la casa familiar y cada vez estaba más confundida. Tres de los cinco hijos que había tenido habían muerto ya y de las dos que le quedaban, Sally había emigrado al Canadá con su marido y Grace se había casado con un farero y vivía en un lugar remoto de las Hébridas escocesas. El guardacostas había dejado unos ahorros modestos, pero suficientes para que Maggie pudiera sustentarlas a las dos.

Ina era una mujer muy dulce y no se quejaba nunca por estar recluida en la casa a causa de una lesión de cadera que se había agravado con los años. Hablaba de sus hijos difuntos como si siguieran vivos y llamaba con frecuencia a Adela Clarrie.

—Enviudó muy joven —le dijo Maggie—, pero se las arregló para criar a cinco chiquillos. Nuestra Ina vendió ropa de segunda mano por todo Tyneside para darles de comer y todos ellos salieron adelante.

De todas ellas, fue Lexy con quien más confianza adquirió. Daba igual cuántas horas trabajase en el salón de té: la extravertida encargada encontraba siempre tiempo para ir a visitarlas dos o tres veces a la semana y asegurarse de que Adela estaba bien. Con su optimismo irreprimible y su humor picante era capaz de animar a cualquiera.

El Herbert's Café cerró el día de Navidad y Lexy, pese a la invitación de sus hermanas y sus sobrinos, optó por viajar a Cullercoats para comer con sus amigas. Llevó pudin y galletas saladas para acompañar la oca y las verduras asadas que había preparado Maggie. A Adela le llevó la correspondencia de su madre, de Sophie y de Tilly, que le había entregado Olive y que iba acompañada de una serie de regalos en forma de prendas de vestir, un broche y más té de Belguri. Habían convenido con Olive en fingir ante Clarrie que Adela seguía viviendo con los Brewis en Newcastle, razón por la que Lexy se encargaba también de echar al correo desde la ciudad las cartas que escribía a casa la joven. Además, a fin de evitar la posibilidad de que tratasen de dar con ella los Robson, Adela había tomado la precaución de escribir a Tilly e informarla de que, si bien no iba a poder ir a ver a sus hijos en Navidades, esperaba poder visitarlos para Pascua.

Adela compartió los regalos, pero, consciente de que se emocionaría con su lectura, anunció que dejaría las cartas para más tarde. ¿Cómo estarían pasando su madre y Harry sus primeras Navidades sin ella y sin su padre? Aunque había pensado que le resultaría más fácil estar tan lejos de casa por no tener siempre presente algo que le recordara la ausencia de su padre amado, había podido descubrir que era peor no disfrutar del consuelo de su madre y de su hermano.

Llevaba en su interior el peso ingente de la pérdida y, por más que hiciese un esfuerzo sobrehumano a fin de que no se le notara, se pasaba el día sintiéndose a un paso del llanto.

Comieron bien y, alentada por Lexy, Adela les dio el pie para que cantasen canciones ritmos populares. Ina recordó con lágrimas en los ojos «Red Sails in the Sunset», una canción que había gozado de no poca fama durante la Gran Guerra y que le había enseñado de niña su madre. Aquello provocó que se cantasen toda una serie de éxitos como «Life Is Just a Bowl of Cherries», «Sally» y «On the Sunny Side of the Street». Sin embargo, cuando Maggie interpretó «Tea for Two», fue Adela la que rompió a llorar.

—Es que le recuerda a su padre —aclaró Lexy dándole un abrazo—. Siempre la cantaban juntos.

—Vaya, lo siento, chiquilla —se disculpó la ejecutante.

—No pasa nada —repuso entre lágrimas la joven—. Es muy reconfortante estar con gente que lo conoció.

—Es verdad. Era todo un caballero —aseveró Maggie estrechándole el brazo—. Ojalá yo hubiera tenido un hombre la mitad de bueno que él.

Después, se sentaron en torno a la lumbre iluminadas por la lámpara mientras pelaban castañas asadas, fumaban cigarrillos y recordaban la época en la que Lexy, Ina y Maggie habían vivido en el sector occidental de Newcastle y habían sido parroquianas del Cherry Tree. Allí habían conocido a Clarrie, que trabajaba de sol a sol para el primo de su padre, Jared Belhaven, y su mujer, Lily.

—¡Vaya una bruja que estaba hecha! —exclamó Lexy—. Jared, sin embargo, era un buen hombre.

—Eso lo dices porque no te quitaba ojo —rio Maggie— y porque se desvivió por ti cuando enviudó de Lily.

—No te creas que se desvivió tanto —respondió ella con una carcajada—. No era precisamente un hombre atento. De todos modos, es verdad que, antes de morir, tu primo por parte de los Belhaven me hizo pasar unos ratos muy felices, Adela.

—Y que tú le alegraste sus últimos días —añadió Maggie.

La joven las animó a hablar de los viejos tiempos. Le gustaba oír la historia de cómo se había adaptado su madre a vivir en un lugar tan lejano a la India. Por lo que le contaron, lo había pasado mucho peor que ella, conque no pudo menos de avergonzarse de haberse angustiado tanto con su embarazo cuando tenía amigas dispuestas a ayudarla. Su madre y su tía habían llegado a Newcastle sin tener a nadie más que al primo de su padre, un hombre a quien ni siquiera conocían y que las había tratado como poco menos que esclavas.

Habían sido aquellas mujeres —gentes pobres, bulliciosas y de gran corazón— quienes habían ayudado a su madre a superar los primeros meses aterradores, en los que aún lloraba la muerte de su propio padre, Jock, el abuelo materno de Adela. Habían sido aquellas mismas amigas, a pesar de su vida modesta, las que habían corrido a compartir con ella lo poco que tenían cuando su propia tía le había cerrado la puerta.

—¿Cómo era entonces la tía Olive? ¿Como ahora?

—Siempre ha tenido miedo de su propia sombra —repuso Maggie—. No habría sobrevivido a su experiencia en el Cherry Tree si Clarrie no la hubiese protegido de Lily y hubiera cargado con todo el peso del trabajo. El puesto que encontró en casa de los Stock fue lo que las salvó a las dos y las ayudó a prosperar.

—Aunque no te vayas a creer que Olive se lo agradeció —intervino Lexy—. Cuando se casó con Jack, estuvo un tiempo que ni siquiera se hablaba con ella: cortó todos los lazos que las unían. Tu madre se sintió muy mal. No lo decía, pero se le veía a la legua.

—Es que Olive siempre ha tenido celos de tu madre —dijo Maggie.

—¿Celos? —preguntó Adela desconcertada—. ¿Por qué, por casarse con Herbert, que era abogado y rico, y tener el salón de té?

—No, porque la había cortejado Jack Brewis antes que a tu tía.

—¿En serio? —exclamó ahogando un grito—. No tenía ni idea.

—Sí, Jack se fijó primero en tu madre.

—Yo creo —aseveró Lexy— que Olive se ha pasado toda su vida de casada temiendo que Jack estuviese enamorado de tu madre todavía.

Adela quedó estupefacta ante la idea no ya de que el tío Jack hubiera deseado a su madre, sino de que Olive hubiese pretendido castigar a su hermana por ello. ¿Sería por eso por lo que se había mostrado tan protectora con su marido durante la estancia de la joven en Lime Terrace? ¿Era posible que a su tía le hubiese molestado su presencia por los celos que había profesado hacía ya tanto tiempo a Clarrie por Jack? ¡Qué triste, dejar que el rencor se recrudeciera con los años! Lo más seguro era que su madre no sospechase nada. Desde luego, aquello hizo que pensara en ella de un modo diferente. En otro tiempo había sido una joven hermosa de la que se habían enamorado otros hombres: Jack, el ya mayor Herbert Stock y Wesley. Sin embargo, seguía sin tener la menor duda de que el amor de su vida había sido el padre de Adela.

Siguieron conversando sobre Olive.

—Todavía se asusta por todo —dijo Lexy con un suspiro—. No puedo evitar sentir lástima, aunque lo único que pediría es que no fuese tan dura con Jane. Era una chiquilla encantadora y muy lista, pero con los años ha ido pagando con ella todos sus miedos. No hace falta que te diga que George ha sido siempre el ojito derecho de tu tía. Siempre, desde que eran niños.

—La tía Olive bebe jerez a solas todos los días —las informó Adela—. Supongo que eso le da el valor necesario para salir a enfrentarse al mundo.

—Ya lo sé. Además, lo paga con los beneficios que da el café.

—De hecho, el salón de té es lo que mantiene en pie el negocio de tu tío Jack —apuntó Maggie—. ¿No es verdad, Lexy?

—¡Calla, mujer! Lo que nos falta es preocupar a Adela en su estado.

—Pero ¿hay peligro de que haya que cerrar el café? —preguntó Adela con gesto preocupado.

—Si yo puedo evitarlo, no, desde luego —respondió la encargada—. Tenía la esperanza de que Clarrie viniese contigo y resolviera las cosas con Olive y Jack. Sin embargo, al morir tu padre… en fin, que prefiero no molestarla con nada de eso.

—¿Legalmente no pertenece a los Brewis? Mi madre dice que se lo traspasó a la tía Olive la última vez que estuvo en Newcastle, siendo yo pequeña.

—Sí, pero ella y tu padre seguían invirtiendo en el café. Lo que no sabían era que, desde la Depresión, su dinero iba a parar la mayoría de las veces a la Tyneside Tea Company.

—Clarrie tiene derecho a saberlo. —Maggie estaba indignada. Miró a Adela a través del humo de su cigarrillo—. A lo mejor deberías ser tú quien se lo cuente, tesoro.

—Adela ya tiene bastante de lo que preocuparse sin el café —aseveró Lexy—. Si pensara que corre peligro de verdad, ya le habría escrito yo a Clarrie. —Sonrió a la joven. Estaba sentada de piernas cruzadas ante la lumbre, apoyada contra la silla de Ina—. Conociendo a tu madre, no dudaría en seguir pagando para mantener a flote el negocio de Jack: cualquier cosa para ayudar a Olive y a sus hijos. ¡Dime si no es una lástima que Olive no sea ni la mitad de buena!

El año de 1939 se presentó con un granizo violento y con noticias angustiosas de concentraciones de tropas en el continente. Los periódicos hacían conjeturas sobre si Hitler iba a hacer extensiva su ocupación de los Sudetes al resto de Checoslovaquia. El Gobierno estaba creando un registro para el servicio militar, amén de un Servicio Territorial Auxiliar. Entre las crepitaciones de la radio de

Ina oyeron hablar de la fabricación de refugios Anderson para la población civil.

—¿Y qué puñetas es eso? —preguntó Maggie.

—Algún tipo de construcción que entierras en el jardín para protegerte de las bombas —explicó Adela.

Para la joven, todo aquello parecía demasiado disparatado para ser cierto. Ella seguía estando más interesada en encontrar música en la radio. «Blue Skies Are Round the Corner» se convirtió en su canción favorita y, de hecho, se aferró a ella como a un mantra mientras se le hinchaba la barriga y la criatura de su interior se retorcía sin descanso y la dejaba sin aliento con solo subir las escaleras de su diminuto dormitorio.

A principios de febrero llegó Lexy con noticias sobre la adopción. A través del pastor de la misión de los marineros había entrado en contacto con una iglesia que organizaba el prohijamiento de niños expósitos.

—A casi todos los mandan al extranjero, al Canadá o a otras colonias. Por lo visto, se crían muy sanos trabajando en granjas. Perfecto, ¿verdad?

El corazón empezó a latirle de forma errática y las palmas de las manos le sudaban.

—Supongo. —En realidad no quería pensar demasiado en nada de eso. Para ella, aquel bebé era una fuente inagotable de vergüenza. No quería pensar en él como en una persona que tendría una existencia futura en cualquier otro lugar. Una vez nacido, dejaría de ser asunto suyo. Quería librarse de aquello con tanta rapidez como le fuera posible—. Después de que nazca, no quiero saber nada —aseveró—. Ni siquiera si es niño o niña.

Sin embargo, a medida que se acercaba el momento del parto y el bebé daba vueltas en su vientre, no pudo evitar preguntarse qué sería de él. La cabeza se le llenaba de imágenes de los niños pobres que poblaban las calles de la India abandonados a su suerte sin padres que los amparasen, a merced de la enfermedad y el hambre, mendigando alimento.

—Quiero que vaya a un buen hogar —pidió a la siguiente visita de Lexy—. ¿Cómo puedo saber que lo van a cuidar bien? ¿No puede adoptarlo una pareja sin hijos del Reino Unido para que lo escolaricen como está mandado y sea más que peón de granja o criada?

La otra la miró fijamente.

—Yo no hago milagros, criatura.

—Lo siento. —Adela apartó la vista—. Has hecho más por mí de lo que merezco. Ya sé que no tengo derecho a pedírtelo.

—De todos modos, lo diré. Son buena gente, gente de iglesia. No a todos los mandan al extranjero.

Una semana después, mientras ayudaba a dar sopa a Ina, sintió un chorro que se le escapaba entre las piernas. La avergonzaba la idea de haberse orinado, pero Maggie la tranquilizó:

—Eso es que has roto aguas, cariño. Estás a punto.

La llevó a la cama y forró el colchón con toallas y papel de estraza. No ocurrió nada. Adela observó por la ventana los primeros copos gruesos de nieve mientras esperaba. El cielo se oscureció y la paralizó el miedo. Había visto a las recolectoras de té ponerse de parto entre los arbustos y sabía que las llevaban a la carrera al interior del recinto, pero a ella siempre la apartaban de en medio mientras su madre acudía a ayudar en el alumbramiento. No tenía la menor idea de lo que debía esperar a continuación. ¡Cómo echaba de menos a su madre! Hasta la trabajadora más humilde podía contar con las atenciones solícitas de Clarrie y ella, sin embargo, se encontraba a miles de kilómetros de casa, sin el amor ni el consuelo de una madre cuando estaba por nacer su hijo prematuro. Nunca compartirían aquel momento y la culpa era solo suya. Sintió una soledad terrible y se levantó para ayudar a fregar los platos, pero Maggie la regañó y la volvió a mandar al piso de arriba.

—Todavía no estoy de parto —protestó ella—. Deja que te ayude con Ina.

Media hora después se estaba retorciendo de dolor y llamando a gritos a su madre. Lexy apareció como por arte de encantamiento.

—Está nevando con fuerza —anunció mientras golpeaba el suelo con los pies y dejaba entrar una ráfaga de aire helado. Convenció a Adela para que volviera a acostarse y la ayudó a soportar aquel suplicio—. Respira con calma. Así, tesoro.

Sin embargo, el dolor era insoportable. La asaltaba en oleadas abrasadoras cada vez más intensas. ¿Eso era lo que tenían que soportar las mujeres de las colinas de Jasia y las que estaban ingresadas en los pabellones de las que observan el *purdah* de los centros que visitaba Fátima? Nunca había valorado su sufrimiento.

Gritó a voz en cuello:

—¡Que me muero!

—Mira que eres melodramática —señaló Lexy con una carcajada—. He ayudado a traer al mundo a diez sobrinos, además de a mi hermana pequeña, y nunca he perdido a uno solo. Así que hazme el favor de gritar hasta que tiemble la casa.

Aunque pareció una eternidad, aún quedaba algo de luz en el cielo cuando salió al mundo el bebé de Adela sobre aquel tosco lecho. El parto fue rápido —apenas duró dos horas— y sin complicaciones. Minutos después, estaba dejando escapar un fuerte llanto. Lexy se encargó del cordón umbilical y envolvió a la criatura en una sábana limpia.

—¿Quieres tenerlo en brazos? —preguntó.

Adela se reclinó jadeante.

—No.

—¿Quieres saber el sexo?

La madre se limitó a negar con la cabeza. Le escocían los ojos y los sentía llenos de lágrimas. Los cerró con fuerza.

—Si cambias de opinión, avísame. De todos modos, si la nieve no nos deja salir, tendrás que alimentarlo.

Cayó dormida y se despertó oyendo a las mujeres reír en el piso de abajo mientras hacían carantoñas al bebé. Se dio la vuelta para apoyarse en un costado con ojos llorosos. Lloraba de alivio, pero una vez que empezó, fue incapaz de dejarlo. Recordaba perfectamente a su madre sosteniendo a Harry recién nacido en sus brazos, su rostro cansado rebosante de amor, absorto en el gozo de acunar a su hijo. Aquella imagen la dejó sin aliento. Hundiendo la cabeza en la almohada, silenció su llanto hasta caer agotada.

Por la noche se despertó y salió de la cama con piernas tambaleantes con ganas de evacuar. Usó el orinal. Del piso de abajo le llegó un sonido extraño. Bajó. A la luz de la lumbre distinguió a Lexy dormida en el sofá. El pequeño dormía al alcance de su mano, envuelto en mantas dentro de una caja de pescado bien limpia y haciendo al respirar ruiditos que aumentaban de intensidad.

Adela hizo de tripas corazón para inclinarse a mirar. Tenía una corona de pelo negro y la carita de un tono rosado oscuro. La acarició con un dedo y el bebé abrió los ojos, dos charcos oscuros a la luz tenue, y los fijó en ella un instante. Ella sintió una sacudida y, alarmada, apartó la mano. Un minuto después, la criatura estaba llorando tan alto que despertó a Lexy.

—Tienes que darle de comer al crío —dijo esta bostezando.

—¿Crío?

—Sí: es un chaval. Vale más que lo sepas, tesoro, no vayas a pasarte la vida preguntándotelo. Llévatelo arriba, que yo te ayudo a ponértelo.

—Prefiero quedarme aquí, delante de la candela. —La joven fue a su cama por mantas, que apiló ante la lumbre para acomodarse en el suelo. Con la ayuda de Lexy, se puso de costado y guio al pequeño hasta su pecho. Hizo una mueca de dolor al sentir los primeros tirones.

—¿Cómo sabe lo que tiene que hacer?

—Es su naturaleza, ¿no? —dijo la otra sonriendo.

Adela contempló la expresión seria del niño mientras su diminuta boca de color rosa mamaba rítmicamente y su cabello suave brillaba a la luz de las llamas. Quedó fascinada. La criatura no tardó en cansarse y soltarla, tras lo cual cerró los ojos y se quedó dormido. Adela hizo otro tanto. En aquel estado medio inconsciente entre la vigilia y la inconsciencia, la asaltó el pensamiento de que, de vivir aún, su padre habría sido ya abuelo. Aquella criatura diminuta que yacía en una casita de Cullercoats era el nieto de Wesley Robson. Parte de ella agradecía que su padre no fuera a saber nunca de aquel oprobioso nacimiento y, sin embargo, también la apenaba que no se hubieran conocido. Pese a los remordimientos que sentía por haber quedado encinta de Jay, estaba convencida de que su padre no habría rechazado a aquel bebé y de que, en otras circunstancias, hasta podría haber llegado a quererlo. Adela se vio abrumada por un pesar agridulce. Se inclinó para besar la cabecita suave y aterciopelada del crío y se vio asaltada de pronto por una fugaz oleada de añoranza, aunque estaba demasiado cansada para determinar si era por su padre o por el bebé.

Adela se negó a dar un nombre al recién nacido.

—No es mío. Que se lo ponga su familia adoptiva.

—Es que hay que registrarlo, cielo —dijo Maggie—. Cualquier cosa vale.

Al final fue Lexy quien se encargó de hacerlo con el pretexto de que la madre estaba demasiado enferma con la fiebre puerperal para acudir en persona.

—Le he puesto John Wesley, como tu abuelo Belhaven y tu padre.

A Adela se le encogió el corazón al oír el segundo nombre.

—¿Y a quién has puesto como padre? —preguntó ella aterrada.

La otra no se anduvo con rodeos:

—Desconocido.

Adela sintió que le afloraban las lágrimas mientras hacía un gesto de asentimiento con la cabeza. De haber sido sincera y haber declarado que se trataba de un príncipe indio, la habrían acusado de novelera o mentirosa.

Estuvo cuatro días más amamantando al bebé, hasta que dejó de nevar, pero ya no volvió a experimentar la intimidad ni la fascinación de aquella primera toma al calor de la añosa estufa negra, como si se hubiera vendado el corazón para reprimir cualquier sentimiento respecto del bebé. Si no podía cuidarlo, ¿qué sentido tenía hacerlo más difícil permitiéndose tomarle afecto? Aquello solo serviría para empeorar la situación de ambos. No veía la hora de separarse de él y, de hecho, no pensaba ya sino en el momento de abandonar su reclusión en aquella casa.

Buscaría trabajo en Whitley Bay o en la ciudad. De hecho, podía poner rumbo a Londres y probar suerte en los teatros de allí. Se cortaría el pelo y compraría otra barra de labios. En pocos meses habría olvidado que había tenido un hijo y que había cometido un error tan estúpido. Lo dejaría todo atrás. Se resolvió a ahorrar el dinero suficiente para pagar la instalación de un retrete interior para que Ina no tuviese que hacer sus necesidades en una letrina asquerosa. Le compraría ropa a Maggie y le regalaría a Lexy unas vacaciones. Les debía mucho y, aunque no había nada que pudiese pagar su amabilidad, quería intentarlo.

El día que fueron a recoger al bebé los encargados de la iglesia, Adela anunció que iba a dar un paseo. No quería verlos ni que la vieran. En el último instante, sintió la necesidad imperiosa de hacer algo por su hijo, algo que compensara, aunque en muy pequeña medida, su abandono. Con dedos temblorosos, se quitó el collar con la piedra rosa que le había regalado su madre y se lo dio a Maggie.

—Dales esto y diles que lo guarden para el bebé. Es lo único que puedo darle y, además, viene de la India como él. Es de un santón y seguro que lo protege.

Se marchó sin más preámbulos. Cuando salió a aquel día gris y desapacible, reprimiendo el impulso de volverse a mirar por última vez al niño, se sentía físicamente enferma. Inhalando una bocanada de salobre aire marino, corrió a quitarse de la vista. Vagando sin propósito, tratando de pensar en todo menos en lo que estaría ocurriendo en aquella casa, volvió a encontrarse frente a la mercería de Jackman. Estuvo a punto de entrar y, de hecho, tenía la mano puesta en el pomo de latón, cuando volvió a verse sin fuerzas. ¿Qué iba a decir? ¿Y si se enfadaba Sam con ella por entremeterse? ¿Y si era la señora Jackman la que se enfurecía ante el recuerdo de su matrimonio y su maternidad fracasados? Se alejó. No era de su incumbencia. Sin embargo, se quedó más intranquila que antes. Quería que la madre de Sam fuese capaz de detener la dolorosa pena que la atenazaba, de tranquilizarla asegurándole que era posible sobrevivir a semejante angustia y desengaño.

Cuando regresaba a duras penas en dirección a la casa del guardacostas, entendió de pronto qué era lo que la había llevado a la puerta de la señora Jackman. No era la madre de Sam a quien quería ver, sino al mismísimo Sam. Ansiaba sentir sus brazos fuertes y consoladores rodeándola, mirar su rostro apuesto y ver la compasión en sus ojos de color miel y su sonrisa amable y asimétrica, pero nada de eso iba a pasar. Aun en el caso de que se volvieran a encontrar por algún milagro, nada podría ser igual que cuando se había enamorado de él. El día de la feria de Sipi y cuanto ocurrió después les había cambiado el destino para siempre. ¡Cómo la despreciaría por la aventura egoísta que había tenido con Jay y por haber abandonado a su hijo! Ni siquiera soportaba la idea de que él pudiese llegar a enterarse de aquello. Prefería no volver a verlo a conocer su desdén por lo que había hecho.

A su regreso reinaban en la vivienda un silencio y un vacío extraños. Maggie había estado llorando. Reparó entonces, de súbito, en que las mujeres habían disfrutado de la presencia de un bebé al que colmar de mimos. Cuando ella se había mostrado irritada por sus llantos, ellas habían corrido a calmarlo. Habían tenido una actitud más maternal por la criatura que ella misma en todo aquel tiempo y eso la hizo sentirse miserable.

—Yo me encargo del té esta noche —anunció.

Hizo salchichas con crema de nabo y puré de patatas espolvoreado con nuez moscada como solía hacer Mohammed Din. Lexy volvió con una botella de vino de cebada.

—No me mires así, Maggie —dijo la recién llegada—, que yo no lo voy a probar, pero he pensado que quizá Adela lo necesite.

A la joven, el alcohol se le subió directamente a la cabeza. Agradeció el efecto adormecedor instantáneo que tuvo sobre sus sentidos. Cantó todas las canciones que logró recordar. La llevaron a la cama y se sumió agotada en un sueño exento de preocupaciones. Cuando se despertó al alba, se solazó unos instantes en la dichosa sensación de quien no tiene en qué pensar, hasta que, de pronto, recordó dónde estaba y la asaltó de nuevo el doloroso recuerdo de los últimos días y de la experiencia de dar a luz a su hijo.

Capítulo 21

Pese a su intención de dejar Cullercoats tan pronto como le fuera posible, Lexy insistió en que se quedara en la vivienda hasta que su cuerpo se hubiese recuperado por completo. Maggie le vendó los pechos irritados para que dejaran de producir leche con más rapidez y un mes más tarde había cesado también el sangrado. Aunque aquella primavera hizo lo posible por evitar oír las noticias, cada vez más preocupantes, que daba la radio, no pudo evitar saber que los ejércitos nazis habían marchado sobre Checoslovaquia e Italia y habían invadido Albania.

—Están alistando a los varones de veinte y de veintiún años —anunció Lexy a las demás.

Ina se puso a hablar del káiser y a expresar su preocupación por Will.

—¿Quién es Will? —quiso saber Adela.

—El hijastro de tu madre, Will Stock. Era el muchacho más agradable que te puedas echar a la cara. Clarrie lo quería muchísimo. Todas lo queríamos. Murió en Francia, cuando la guerra ya había acabado. Tu padre sirvió con él. ¡Chiquilla! Nos hizo llorar a todas en el funeral que celebraron en su honor con las cosas tan bonitas que dijo de él. Mira si es así, que fue allí donde se dio cuenta tu madre que Wesley era un buen tipo.

Cada vez más impaciente por hacer algo de provecho, Adela hizo saber que ya iba siendo hora de volver a buscar un modo de ganarse la vida.

—¿Puedo irme a vivir contigo en el apartamento del café, por favor? —preguntó a Lexy—. No me veo capaz de volver a casa de la tía Olive, ni aunque ella me lo permitiese.

—Por supuesto que sí, alhaja —repuso ella sonriendo—. Será un placer tener por allí tu carita alegre. Va a ser como en los tiempos en los que lo compartíamos tu madre y yo.

El regreso de Adela a Newcastle fue recibido con entusiasmo por Nance y el resto de camareras del café, así como por su prima Jane.

—¿No te ha ido bien en Edimburgo? —preguntó esta con gesto de curiosidad.

Ella sacudió la cabeza.

—Prefiero no hablar de eso —contestó para no inventar más mentiras sobre los últimos meses.

—Yo te habría enviado con gusto el correo que recibías —aseveró la prima—, pero mamá me pidió que se lo diera a Lexy para que se encargase ella.

—Gracias, es un detalle.

A fin de evitar más preguntas, llevó la conversación a las últimas películas que habían proyectado en el Stoll o el Essoldo, pero Jane insistió:

—Entonces no vas a volver a Lime Terrace para compartir habitación conmigo.

—Tus padres han sido muy amables al acogerme tanto tiempo. No puedo pretender que me tengan allí para siempre. De todos modos, Lexy me ha ofrecido su apartamento y yo, a cambio, ayudaré cuanto pueda en el café.

Aunque no tenía del todo claro que su prima se hubiera creído que hubiese pasado todo aquel tiempo en Edimburgo, George no puso en duda su historia.

—¡Cómo me alegro de verte, chiquilla! —dijo con una de sus sonrisas mientras la levantaba del suelo y la hacía girar—. Newcastle ha estado muerto sin ti.

—No me lo creo —repuso ella con una carcajada—. ¿Sigues saliendo con esa hermosura de Joan?

Tomó el guiño de él por una afirmación.

Una semana después, Adela había conseguido un trabajo en el nuevo cine Essoldo, de acomodadora y ayudando a servir los veladores del teatro. Alentada por Lexy, se decidió a visitar el Teatro Popular de Rye Hill, lugar de éxito dirigido por un grupo de aficionados entusiastas en lo que había sido antes una capilla situada poco más allá del Herbert's Café.

—No se te vaya a ocurrir pasar todo tu tiempo libre echando una mano aquí —le dijo la encargada—: ve a divertirte con los actores, a ver si puedes cantar y bailar un poco.

—El Teatro Popular no hace espectáculos de variedades —sonrió ella—. Son mucho más serios.

—Pues alégralos un poco.

Cuando se presentó, una noche de principios de verano, encontró abierta la puerta que daba al escenario y descubrió a Wilf, el amigo de George que jugaba al críquet y había estado saliendo brevemente con Nance, ayudando con las labores de carpintería entre bastidores.

—¡Qué sorpresa verte aquí! —exclamó ella.

Él se puso colorado.

—Estoy sustituyendo a un chaval con el que trabajo. —La llevó enseguida a la sala principal, donde los actores ensayaban *El hombre y las armas*, una sátira sobre la guerra escrita por George Bernard Shaw. En un descanso, Wilf la presentó a un hombre demacrado de mediana edad llamado Derek, director de la obra, que la miró con recelo al oír que solo había actuado en Simla.

—No serás una de esas divas *memsahibs*, ¿no?

—No habría estado mal —respondió con igual desenvoltura—. Normalmente me tocaba hacer el papel de tercer soldado con lanza o de monje.

Una mujer de rostro redondo que había allí cerca exhaló el humo de un cigarrillo con una risita.

Derek frunció el ceño.

—Lo digo porque aquí no soportamos a los imperialistas —siguió diciendo—. Estamos orgullosos de nuestra tradición socialista de obras radicales. Si lo que quieres es canto y baile, prueba con los amigos de la ópera.

—También he hecho a Shaw —insistió la joven—. *Santa Juana.* Estuve de sustituta de la actriz principal en mi internado.

—En tu internado. —El otro soltó un bufido desdeñoso.

—Deja de pinchar a la chiquilla —dijo la gordita, que apagó el cigarrillo en un plato antes de adelantarse—. Yo soy Josey Lyons. Todo aquel que quiera ayudar es bienvenido aquí: no hay por qué ser un paladín de la clase obrera como Derek. —Estrechó la mano a Adela y sonrió para añadir bajando la voz—: De hecho, hasta él es sospechoso. Su padre era jefe de estación, lo que lo convierte en clase media baja.

—Guardavía —protestó él—. Era guardavía y mi abuelo, minero.

—Siempre ayuda tener un minero en el árbol genealógico —remató Josey guiñando un ojo.

Adela optó por no decir nada de su familia de cultivadores de té.

—Yo tengo a braceros de granja en la generación de mis abuelos —dijo—. ¿Es ese requisito suficiente para echar una mano entre bambalinas? Puedo hacer cualquier cosa.

—Pues claro que sí —repuso ella ofreciéndole un cigarrillo.

Adela vaciló antes de aceptar uno. Aquello estaba siendo más angustioso de lo que había supuesto.

—¿Por qué no le hacemos una prueba? —dijo Josey a Derek—. Si actúa bien, podría ser mi sustituta en el papel de Louka.

—¿La criada descarada? —exclamó Adela—. Me encantaría.

—Así que conoces la obra —comentó escéptico Derek.

—He visto tres veces la película. De hecho, intenté imitar el peinado de Anne Grey. Está espectacular en el papel de Raina. También sé que es una obra contra la guerra y supongo que por eso la vais a representar en este momento, aunque sea una comedia.

Él arqueó las cejas pobladas y grises.

—Está bien —convino—. Siéntate aquí y ve apuntando, pero, por favor, no vuelvas a hablar de internados.

Adela iba al teatro de Rye Hill cada vez que tenía un minuto libre y descubrió que mantenerse ocupada era el mejor remedio para sobrellevar sus emociones destrozadas, así no tenía un solo momento que dedicar a las desdichas del año anterior, el dolor por la muerte de su padre y el modo como había echado a perder su vida. Ayudar a los otros en lugar de rumiar sus propios errores le resultaba consolador. La actividad aliviaba el vacío que le roía las entrañas.

Cosía vestuario, pintaba bambalinas, apuntaba durante los ensayos y se aprendió de memoria el papel de Louka. Resuelta a impresionar al lúgubre Derek, ayudó también a vender entradas por toda la ciudad, anunció la obra en el Herbert's Café y le dio publicidad entre los clientes habituales del Essoldo. El resto de los compañeros eran amables y serviciales. En particular resultaba fácil querer a Josey. Aquella mujer de treinta años poseía buena dicción —y una voz grave a causa de su pasión por el tabaco—, pero vestía como una pordiosera, con pantalones viejos de pana y chaquetas difíciles de combinar. Vivía en un alojamiento barato de Westagate

Road gestionado por un contable jubilado de una cooperativa con un grupo variopinto de solteronas bohemias.

—Llevo ya doce años viviendo con ellas —explicó a Adela, que la miraba llena de curiosidad, tras un ensayo—. Ya son más familia mía que mis propios parientes. Y muchísimo mejor.

—¿Por qué lo dices? —preguntó ella mientras regresaban juntas al centro.

—Pues porque los míos daban miedo. A mi padre lo metieron en la cárcel por fraude, no tengo la menor idea de dónde estará, y a mi madre, que no podía vivir sin criados ni dinero, no se le ocurrió otra cosa que encomendarse a mi tío rico Clive. Hace diez años lo vendieron todo y emigraron a la Argentina. Mi hermano se fue con ellos, pero yo me negué en redondo. Ya había empezado a colaborar con el Teatro Popular y, además, fue cuando el teatro empezaba a crecer y nos mudamos a la antigua capilla. Así que me quedé. Por eso me acepta Derek, porque, aunque creciera entre los señoritos, le di la espalda a todo ese mundo. Hasta me cambié de apellido —añadió con una risita—. Picked Lyons, como mi restaurante favorito.

—Fuiste muy valiente al hacer todo eso estando sola. Yo no habría sido capaz de dejar a los míos y venir al Reino Unido si no hubiera tenido aquí familia con la que quedarme.

—Tú no hablas mucho de tus orígenes —aseveró Josey con una sonrisa—. No te dejes asustar por Derek. ¿De dónde dijiste que venías? ¿De Birmania? No serás hija de ningún gobernador general famoso ni de ningún comandante en jefe.

—De la India. De Assam, país de plantaciones de té, aunque fui a la escuela en las colinas de Simla. Y no, no soy hija de ningún pez gordo. Mi padre es cultivador de té... —Sus propias palabras le hicieron perder el aliento—. *Era* cultivador de té: murió el año pasado de manera muy repentina. —Los ojos se le anegaron en lágrimas cuando fue a asaltarla el dolor que tanto conocía.

—Lo siento mucho —dijo la otra llevándola enseguida a un muro bajo de ladrillo situado frente a una casa para que tomara asiento.

Adela se encontró llorando en el hombro reconfortante de Josey y revelándole algunos de los detalles de la espantosa muerte de su padre y del sentimiento de culpa que la embargaba.

Cuando se apartó para sonarse la nariz, Josey la estaba mirando con gesto extraño.

—Debes de pensar que soy horrible —dijo Adela sorbiendo.

—¿Robson dices que te llamas de apellido? —preguntó Josey en tono brusco—. Tu madre no se llamará Clarrie, ¿verdad?

—Sí. ¿Cómo lo sabes?

La otra dejó escapar un silbido grave y buscó sus cigarrillos para encender uno antes de responder:

—Conque Clarrie y Wesley Robson son tus padres. ¿Quién lo habría dicho? —Se volvió para mirarla—. Sí, ahora sí te veo el parecido.

—¿De qué conoces a mi madre? —Adela sintió una nueva punzada de añoranza.

Josey le dedicó una sonrisa nostálgica.

—Clarrie era mi abuelastra.

—¿Tu abuelastra? —repitió anonadada—. ¿Cómo es posible?

—Porque estaba casada con mi abuelo Herbert Stock. Yo la adoraba de niña. A mi hermano mellizo y a mí nos llevaban una vez a la semana a pasar el día con Clarrie y el abuelo Herbert. Yo contaba los días para que llegasen aquellas visitas. Cuando empezó la escuela, empezamos a verla menos. Luego murió mi abuelo. Mis padres no se llevaban bien con ella. La culpaban de sus dificultades económicas, aunque, evidentemente, todo era responsabilidad de mi padre, que con el dinero era un desastre.

Adela la miró con asombro. ¡Y pensar que había conocido a su madre desde pequeña!

—Cuéntame más cosas de ella —la apremió—, por favor.

Josey echó una bocanada de humo con aire pensativo.

—Clarrie fue más una madre para mí que la que me trajo al mundo. Verity es una antipática que ni siquiera soporta a los niños. Detestaba que yo le repitiera que quería ir a ver a Clarrie. Cuando tu madre se casó con Wesley, pariente lejano de mi madre, nos envió una invitación a mi hermano y a mí. Mis padres se pusieron furiosos y la tiraron al fuego. —Soltó una risotada mustia—. Yo me salté el cole y fui de todos modos. Lo malo era que me confundí de hora y, cuando llegué al Herbert's Tea Rooms, ya había acabado todo y se había ido todo el mundo.

—¿Se enteró de eso mi madre? —preguntó Adela sintiendo una oleada de lástima por la joven Josey.

—No, me fui de allí y no le dije nada a nadie. No quise volver a acercarme a la familia de Clarrie, porque sabía que no había buenas relaciones con mis padres. Sin embargo, con los años empecé a ir de vez en cuando al Herbert's para comer algo y enterarme de lo que se decía. Gracias a ese encanto de Lexy supe que hacía mucho tiempo que Clarrie se había ido al extranjero.

Adela le puso una mano en el brazo sintiendo un arrebato de afecto por ella.

—Yo se lo contaré cuando le escriba. Seguro que le encantará saber de ti.

—¿Tú crees? —No parecía muy convencida. Apagó el cigarrillo en el suelo.

—Estoy convencida. —Le estrechó el brazo con ademán tranquilizador. De pronto se sintió muy próxima a ella, dichosa ante el vínculo que compartían las dos a través de su madre.

—Siempre me he preguntado… —dijo Josey.

—¿Qué?

—Sobre el dinero que recibí cuando cumplí los veintiuno.

—Dime.

—Fue precisamente cuando me enfrenté a mi madre y a mi tío, que querían que me fuese con ellos al extranjero. El dinero me vino que ni llovido del cielo y me permitió quedarme en mi propia vivienda mientras empezaba a actuar. Mi madre decía que debía de ser de mi padre, pero yo nunca me lo creí del todo. Supongo que tuvieron que enviarlo Clarrie y Wesley. Mi hermano despilfarró el que le mandaron a él en un Austin Windsor que acabó por empotrar contra una farola.

—Me alegro de que tú te quedases y salieras adelante aquí —aseveró Adela con una sonrisa temblorosa—. ¿Te das cuenta de una cosa?

—¿De qué?

—Si mi padre y tu madre eran familia lejana, nosotras tenemos algún parentesco seguro.

Josey abrió los ojos como platos.

—¡Claro que sí! —Se echó a reír y pasó un brazo por los hombros delgados de la amiga—. ¡Adela, mi prima!

—¡Prima Josey! —sonrió ella mientras se dejaba abrazar y sentía que se le animaba el alma.

Había estado temiendo el mes de junio de su decimonoveno cumpleaños, pues era además el del primer aniversario de la pesadilla de la caza del tigre en que se produjo la espantosa muerte de su padre. Había empezado a no dormir bien y, a veces, estaba a punto de conciliar el sueño cuando la despertaban vívidos destellos de recuerdos de aquella noche que la dejaban tiritando y descompuesta. Peores aún eran los sueños que no podía contar a nadie porque eran sobre el bebé. En todos ellos reinaba el pánico. Adela trataba de ocultar a la criatura y, a continuación, se despertaba sobresaltada para descubrir que no estaba con el pequeño. Salía de la cama, sin dormir y con una sensación de pérdida, y miraba por la ventana preguntándose qué habría sido de él. A veces, el impulso por descubrirlo era tan poderoso que tenía que asirse al alféizar para evitar salir corriendo en plena oscuridad para buscarlo.

—Te has pasado la noche rechinando los dientes —le dijo Lexy preocupada—. Quizá no sea mala idea que vayas al médico para que te recete un sedante.

Adela, sin embargo, se negó por no tener que revelar a nadie más aquellos secretos tan vergonzosos. Fue Josey quien salvó su cordura. En la nieta de Herbert encontró un alma gemela, alguien que amaba la vida, el teatro y la diversión y, además, la unía a sus padres. Con su humor y su amabilidad, manteniéndola ocupada en el teatro y protegiéndola como una hermana mayor, fue ella quien hizo que superase aquel mes de verano. Presentó a Adela a sus excéntricas amigas de la casa laberíntica que habitaba en Westgate Road y a su casera, la hospitalaria Florence, que resultó conocer también a su madre de los comienzos del Herbert's Tea Rooms.

—Las sufragistas queríamos muchísimo a Clarrie —le dijo entusiasmada—. Nos dejó usar el salón de té para hacer nuestra protesta la noche del censo, antes de la guerra, y también nos reuníamos allí a menudo para debatir nuestras estrategias. Siempre hacía que nos sirviesen más pastel para que no decayesen los ánimos. Mándale muchos recuerdos de mi parte, ¿quieres, cariño?

Adela ansiaba oír historias así sobre su madre, que la hacían sentirse más ligada a ella pese a la distancia. No dudó en escribirle para hablarle de Josey y Florence. Clarrie respondió encantada por la noticia y le pidió que les diera muchos besos de su parte, sobre todo a la primera. Reconoció que la modesta asignación de dinero había sido idea suya y que Wesley lo había hecho posible. Sin embargo, en ningún momento la animó a volver a casa, sino todo lo contrario. Adela no dijo a nadie lo frustrante que resultaba que su propia madre se empeñara en mantenerla alejada.

Me alegra que te vaya bien la vida en Newcastle y que, además, estés disfrutando. Has hecho lo correcto. No dejes el teatro, porque nunca sabes lo que puede surgir de allí. No sabes lo nostálgica que me pongo de imaginar que estás compartiendo piso con Lexy. Por lo que veo, tenemos una gran amiga en común.

Ya no cuentas nada de Olive y el resto de la familia. Espero que vaya todo bien con los Brewis. Si hubiese algo de lo que preocuparse, me lo contarías, ¿verdad? Dales muchos besos, como siempre…

Aquello empujó a Adela a hacer una visita a su tía. Desde su regreso a la ciudad solo había ido una vez, breve y complicada, a Lime Terrace para informar a su tía en confianza de que había resuelto ya el problema del bebé no deseado. La había invitado a la fiesta de cumpleaños que habían preparado Lexy y Jane para el 13 de junio en el Herbert's Café, pero su tía no había asistido.

Una noche de finales de junio llevó a Josey para que conociera a Olive y a Jack. Su tío se había mostrado cohibido, aunque muy amable.

—¡Josephine Stock! Claro que te recuerdo de las reuniones familiares de Summerhill. No parabas de hablar y compartías siempre tus juguetes con mi hijo George, no como tu hermano.

Olive no pudo menos de sentirse agitada por aquella aparición de un fantasma del pasado.

—Tus padres nunca intentaron disimular que nos consideraban inferiores.

—Muy típico de ellos —repuso Josey sin ofenderse—. Yo recuerdo que usted hacía unos dibujos preciosos. ¿Sigue pintando, señora Brewis?

—Qué va. Llevo años sin hacer nada.

—Los murales del café son suyos, ¿verdad?

—Sí, pero ahora he perdido práctica.

—¡Qué lástima! Porque tiene usted un gran talento. Si algún día decide retomarlo, nos encantaría tener algo suyo en el teatro. Intentamos incentivar a los artistas locales y no solo a los actores.

—Eso sería magnífico —dijo Jack—. Estaría muy bien que volvieses a tomar los pinceles.

—No es tan fácil. —Olive no dejaba de retorcerse las manos en el regazo—. Lo decís como si fuera pan comido.

Adela pensó que debería haberse asegurado de que George estaba en casa antes de presentarse allí: él habría sabido relajar el ambiente. Trató de cambiar de tema enseguida.

—Nos preguntábamos si queríais venir a ver la obra en la que actúa Josey la semana que viene. Tengo entradas de cortesía para los dos.

Aunque la idea no pareció entusiasmar a ninguno de sus tíos, Jack fingió estar encantado.

—¡Qué amable!

—Sabes que no puedo ir a sitios concurridos —repuso Olive con gesto aterrado.

—Puede que George quiera llevar a Joan —propuso él.

Adela dejó las invitaciones sobre la mesa.

—Como queráis —dijo con una sonrisa, haciendo lo posible por no incomodar a su tío. Se excusó a fin de despedirse pronto de ambos y, una vez fuera, se disculpó ante Josey.

—Siento haberte traído. Pensaba que ayudaría a mi tía encontrarse con alguien del pasado, dar con algo que pueda atraer su interés. Últimamente casi no sale de casa.

—Yo apenas me acuerdo de Olive, solo de su cabello rojo con tonos dorados tan bonito, pero, desde luego, no tenía nada que ver con el esqueleto asustadizo de ahí dentro.

397

—Es verdad —convino Adela—, parece que todo le da miedo.

—¡Qué triste! —señaló Josey entrelazando un brazo con el de su amiga—. De todos modos, sean cuales sean los problemas que tiene tu tía, tú no tienes la culpa. Vamos, que tenemos que montar nuestro espectáculo.

El grupo del Teatro Popular estuvo actuando toda la semana ante una sala llena a reventar. Adela ayudó tanto como pudo durante los preparativos, aunque su trabajo del Essoldo le impidió estar presente durante la mayor parte de las funciones. La matinal del miércoles coincidía con su tarde libre, de modo que se resolvió a asistir de público aquel día. Sin embargo, aquella mañana llegó una nota urgente de Florence al Herbert's Café, donde estaba sirviendo desayunos.

—Josey lleva toda la noche enferma —la informó Lexy— y pregunta si podrías sustituirla esta tarde.

—Pobre —dijo ella preocupada.

—Es verdad —convino la encargada—, pero es la oportunidad que estabas esperando para desplegar todas tus dotes en el escenario. Quítate el delantal y corre al teatro.

Derek rezongó ante aquel cambio de última hora, aunque sin mucha convicción, pues había visto a Adela ensayar el papel con Josey y sabía ya que era muy capaz de representar a una Louka desvergonzada y presumida. En su opinión, Josey era una actriz de reparto de gran talento que sacaba adelante su papel a fuerza de personalidad más que de físico, pero Adela, si no se dejaba amilanar por el miedo escénico, daría al personaje un aire divertido que iría a sumarse a su cautivador atractivo externo.

En cuanto salió al escenario y sintió el calor y el brillo de los focos, no pudo menos de sentirse eufórica. Todo lo demás se desvaneció: su angustia presente, las aflicciones, el dolor y los remordimientos del pasado se apartaron de su mente cuando se convirtió en

Louka. Se dejó embelesar por el personaje y bordó el papel de criada coqueta. Las risas del auditorio la embriagaron como si hubiese estado bebiendo champán.

Tras la actuación, mientras se quitaba el maquillaje en el camerino atestado y charlaba con sus compañeros, entró Josey con Derek siguiéndole los pasos.

—¿Te encuentras bien? —preguntó a la recién llegada poniéndose en pie de un salto.

—Parece que ha tenido una recuperación pasmosa —dijo el director con sequedad—. De hecho, ha tenido salud de sobra para ver la función desde el patio de butacas.

Adela la miró boquiabierta.

—Ha estado usted maravillosa, señorita Robson. —Josey sonrió y le dio un beso en la mejilla—. Estoy empezando a pensar que cometí un error gravísimo al elegirte de suplente.

—No me digas que te has hecho la enferma para dejar que actuase. No, ¿verdad?

—A ver cómo te lo explico —gruñó Derek—: esta noche volverá a estar rebosante de salud y en el escenario.

Su amiga se sintió abrumada ante tanta generosidad.

—Gracias —dijo abrazándola.

—Y eso no es todo —añadió él—: Cecil McGivern estaba entre el público y ha preguntado quién eres.

Adela ahogó un grito.

—¿El productor de la BBC?

Derek asintió con un gesto.

—Actuó con el Teatro Popular hace años, mucho antes de empezar a hacer dramas y documentales.

—¿Y qué le has dicho de mí? —Adela seguía con los ojos como platos.

—Que eras una *flapper* ricachona de Simla que, sin embargo, nos viene muy bien para la sección de vestuario.

—¿Una *flapper*? —farfulló Josey—. ¿Quién usa ya esa expresión? Desde luego, Derek, estás hecho un viejales. —Y volviéndose a Adela añadió—: Evidentemente está de broma. Lo he oído hablarle de ti con entusiasmo a Cecil.

Al rostro de Derek asomó una sonrisa fugaz.

—Está haciendo un programa sobre el Teatro Popular. Va a entrevistar a antiguos patrocinadores, como George Bernard Shaw o la dama Sybil Thorndike, y quería reconocernos a todos parte de mérito.

Adela se emocionó con aquel gesto.

—Gracias, Derek. Yo llevo aquí muy poquito, has sido muy amable.

—No me lo agradezcas a mí: no habría dudado en renegar de ti si no hubieses ofrecido una actuación excelente ahí arriba —reconoció—. No se te da nada mal formar parte de la clase gobernante.

Aquel verano, Adela siguió ocupando cada momento de su día a día trabajando en el Essoldo, ayudando en el teatro, aprendiendo a hacer pasteles y tartas en el Herbert's con Lexy y con Jane y viajando a Cullercoats para ver a Maggie y a Ina. Lexy intentó animarla a tomarse una noche libre de cuando en cuando.

—¿Por qué no vas el sábado al baile del club de críquet? —propuso—. George va a dejar de invitarte si sigues rechazando sus ofertas.

—A George le da igual —dijo ella—. Pregunta solo por educación y, además, creo que a Joan no le hago gracia. Sería una situación muy incómoda.

La encargada la miró con lástima.

—Escucha, tesoro. Cometiste un error y te metiste en un lío. En uno muy gordo. Pero no tienes por qué castigarte para siempre. Encuentra un chico que te trate bien.

El corazón le dio un vuelco al pensar de pronto en Sam. Por enésima vez la invadió el remordimiento por haber perdido su amistad. ¡Qué diferente habría sido todo si nunca hubiera conocido a Sanjay o si Sam no hubiese estado en la feria de Sipi aquel día fatídico del mes de mayo del año anterior! Ojalá le hubiese dicho lo que sentía de verdad por él antes de ocurriera todo aquello. Estaba convencida de que él también había sentido algo por ella. Además, al saber de la muerte de su padre, no había dudado en viajar a Belguri para verla. ¿Habría aprovechado simplemente que estaba por allí para hacer una visita de cortesía y darles el pésame o se había sentido de veras decepcionado al topar con que se había ido a Inglaterra? Tal vez no lo sabría nunca. Desde luego, no había hecho nada por escribirle.

Si había sentido algo por ella en algún momento, las circunstancias habían evitado que aquello llegase a más. En aquel momento debía cuidar de Pema. Además, Sam era misionero y, como tal, se sentiría horrorizado si llegase a saber de su embarazo y de que había tenido el hijo de Sanjay fuera del matrimonio. La invadió la vergüenza ante la idea de que pudiera enterarse. Ya no era digna de su amor y solo pensarlo resultaba desolador. Aun así, no podía sino preguntarse si algún día dejaría de dolerle el corazón al recordar a Sam Jackman. En aquel momento bastaba el sonido de un transbordador silbando en el río o la visión de un montón de manzanas rojas para recordarlo. Tenía que encallecer su alma si quería superarlo algún día.

—No quiero chicos —repuso ocultando su tristeza—: no dan más que problemas.

—Eres muy cínica para ser tan joven.

—Tú te tomaste tu tiempo para sentar cabeza con el primo Jared —le recordó Adela.

—Es verdad —reconoció Lexy—. Cuando llevaba el Cherry Tree ni se me habría ocurrido fijarme en él, pero más tarde se volvió más dulce. Compartí con él quince años muy felices, de modo que no puedo quejarme.

—Pues yo —concluyó Adela inflexible— tampoco pienso precipitarme con más romances.

—Tú sabrás, pero, por lo que me cuenta Josey, tienes enamorados a la mitad de los del teatro. Te va a costar darles calabazas a todos.

Había una faceta de su vida en Newcastle que seguía causándole aflicción: hiciera lo que hiciese, no conseguía contentar a su tía Olive. Había propuesto redecorar el Herbert's, pero ella había rechazado toda invitación a visitar el café para dar su opinión. Adela no podía sino sentirse preocupada por el creciente aislamiento de Olive en Lime Terrace, pues sabía que la consolaba beber jerez en soledad y cavilar. Según Jane, apenas salía ya de casa, ni siquiera para visitar a su vecina la señora Harris.

—Le preocupa que estalle la guerra en el continente y se aliste George.

—No va a haber guerra y George tampoco va a presentarse voluntario, ¿no? El tío Jack lo necesita en el negocio.

—Eso es lo que le dice siempre mi padre, pero ella no lo escucha. No deja de hablar de la Gran Guerra y de que él estuvo a punto de no volver con vida.

Una tarde de julio, fue a visitar a su tía y nadie acudió a abrir. Llamó a la ventana del mirador.

—Tía Olive, soy yo, Adela. Sé que estás ahí. Abre, por favor, que te traigo un trozo de tarta de limón.

Casi podía sentirla contener el aliento tras los visillos de encaje y las plantas mientras esperaba a que se marchase su sobrina. Se preguntó qué habría hecho su madre y llegó a la conclusión de que tal vez habría rodeado la casa para colarse por la ventana de la cocina para obligar a su hermana a hablar con ella y apaciguar sus miedos.

Sin embargo, Clarrie era quizá la única persona a la que Olive habría estado dispuesta a escuchar: nada de lo que Adela pudiera decirle despejaría sus preocupaciones.

Lo dio por imposible y se marchó. El rechazo de su tía le resultaba muy doloroso. Deseaba llevarse bien con ella aunque fuese solo por su madre. Recordó las palabras con las que la había instado a ayudarla: «Haz todo lo que puedas por nuestra Olive, que se preocupa siempre por todo». Sin embargo, ni siquiera cuando la había acogido en su hogar el verano anterior se había sentido Adela cerca de ella. Olive actuaba siempre con reserva y se mostraba en tensión constante, como si en todo momento se estuviera preparando para hacer frente a alguna catástrofe. ¿Era posible que siguiese sintiendo celos de Clarrie después de tantos años y estuviera resentida con su sobrina por presentarse de pronto procedente de la India y monopolizar a su familia? Eso era lo que había dicho Lexy al hablarle del temor que albergaba su tía de que Jack siguiera enamorado de Clarrie.

Adela bajó hasta Tyne Street. Había vuelto a decepcionar a su madre. Tenía los ojos llenos de lágrimas de frustración y se sentía abrumada por una punzada repentina de añoranza por Belguri, su madre y su difunto padre. ¿Qué estaba haciendo en Newcastle? Aquel no era su hogar. Aparte de la única aparición —embriagadora, cierto era— en escena, no había tenido papel alguno en el teatro. Sus días se reducían sobre todo a quehaceres de poca importancia. Después de hacer turnos interminables en el Essoldo o el café, tenía que encargarse de sus propias tareas domésticas. Muchos días, a medianoche, seguía lavando ropa interior y calcetines para tenerlos listos por la mañana. Hacía cosas que ni siquiera se le habrían ocurrido en casa.

Con todo, si su madre le escribiera el día siguiente para pedirle que volviese con ella y con Harry, no sabía si lo haría. Observó a la brumosa luz del sol las hileras de desaliñadas casas adosadas que llegaban hasta el río gris y aceitoso, el revoltijo de tejados, chapiteles de iglesias y puentes que marcaban el abarrotado corazón de la ciudad. Sabía que en aquel instante sería un hervidero de tenderos y comerciantes y que a diez minutos de donde se encontraba podría acudir a docenas de cines, veintenas de comercios y cafés y oír música para bailar en cien aparatos de radio diferentes.

Por primera vez en su vida llevaba una existencia independiente en la que nadie la decía cómo tenía que organizarse. Estaba feliz en el apartamento diminuto de Lexy, cargado de humo de tabaco, donde intercambiaban historias tomando té al final del día. No: pese a los accesos de nostalgia, se dio cuenta de que, al menos todavía, no quería volver a casa. Habría sido muy distinto si hubiera existido la menor probabilidad de que Sam regresara a su vida. Aquello, sin embargo, no pasaba de ser una quimera, pues él se había hecho inaccesible al tomar como esposa a Pema y ella había dado al traste con la posibilidad de estar con él al haberse lanzado a una aventura con Jay, cosa que habría de lamentar el resto de sus días.

Además, su madre no le estaba pidiendo que volviera, conque no le quedaba más remedio que sacar el mayor provecho posible de su experiencia en Inglaterra.

Al entrar al café por la puerta de atrás, vio iluminarse el rostro de Jane. No podía soportar el gesto expectante de su prima.

—Lo siento, Jane, pero ni siquiera me abre la puerta.

—Ya me lo imaginaba. —Jane la tomó de la mano y la llevó a cruzar con ella la cocina—. Te hemos estado esperando. Verás que sorpresa te llevas. ¡Ven al café, corre!

Adela se dejó arrastrar. Al otro lado de la puerta batiente, el local rebosaba de actividad, lleno de clientes que tomaban té y niños que metían largas cucharas en sus vasos altos de helado. Lexy charlaba con alguien en una mesa que no alcanzaba a ver del todo por una de las palmeras que decoraban el establecimiento. La encargada las vio de la mano y les hizo un gesto para que se acercasen. Tenía el rostro muy maquillado y sonreía.

Cuando llegó Adela, se encontró con un coro que gritaba:

—¡Sorpresa!

Boquiabierta, contempló la colección de rostros sonrientes que la miraban.

—¡Tía Tilly!

Tilly, ataviada con un estridente vestido de algodón estampado de flores y rodeada de sus hijos, se puso en pie y le tendió los brazos.

—¡Cariño! —gritó—. Mientras te esperábamos, hemos comido más pastel del recomendable.

La joven sintió que se le aflojaban las piernas ante los rostros de emoción que había alrededor de la mesa y la expresión amorosa de Tilly. Parecía que hubiesen aparecido allí por arte de encantamiento para hacer que dejara de compadecerse de sí misma. ¡Qué extraño que en aquel preciso instante hubiera estado pensando en su hogar y en la India! Se abandonó al abrazo de su amiga.

—¿Qué estáis haciendo aquí? No me lo puedo creer. —De pronto la asaltó un sollozo que se apoderó de ella—. ¡Cómo te he echado de menos! —Se aferró a Tilly como si fuese su madre y se sumergió en un llanto sonoro que fue incapaz de contener.

Su tía se limitó a sostenerla y a acariciarle el pelo como si fuese una chiquilla, en tanto que Jamie, Libby y Mungo las miraban azorados. A Adela le daba igual: lo que importaba en ese instante era el tacto de los brazos rollizos y cálidos de Tilly, que, envolviéndola, le hacían saber mejor que con mil palabras que la quería de verdad.

Capítulo 22

—Fue mi amiga Ros Mitchell quien me dio la idea —le explicó Tilly una vez que Adela había logrado dominar el llanto y se había sentado a su lado—. A su marido, Duncan, lo han vuelto a destinar a Newcastle. ¿Sabes que trabaja para la agencia Strachan's? Pues resulta que tienen aquí la oficina central. Ros es la mejor amiga que tengo en Assam y no soporto la idea de tenerla aquí mientras yo sigo allí, pero eso es lo que hay. Me propuso acompañarla en su viaje a casa y pasar aquí el verano.

—¿Por qué no me has avisado de que venías? —Adela sonrió pese a tener aún los ojos rojos—. Mi madre tampoco me había dicho nada.

—Es que fue todo muy precipitado. He tenido suerte de encontrar una litera a bordo. De todos modos, ha habido mucha gente que ha cancelado su pasaje por estar poco convencida de que sea buena idea volver a casa en este momento. —Se detuvo y miró a sus hijos—. A su padre no le hacía gracia. Se le ha metido en la cabeza que Europa está al borde de la guerra.

—Y tiene razón —la interrumpió Libby—: Hitler le ha echado el ojo a medio continente. La próxima será Polonia y...

—De acuerdo, no necesitamos un sermón político. Gracias, cariño —la calló su madre con un gesto impaciente de la mano.

—Pues yo espero que haya guerra —dijo entusiasmado Mungo, que ya había cumplido once años—. Me pienso alistar en el Ejército en cuanto me dejen para luchar contra los alemanes.

—No seas estúpido —replicó Jamie—. La guerra es una cosa horrible y tú no eres más que un niño.

—Sé más amable con tu hermano, que lo único que hace es ser patriótico —contestó Tilly en defensa del menor de sus hijos mientras posaba una mano protectora sobre la mata de rebeldes rizos pelirrojos que tenía por cabeza.

—Es que es idiota —murmuró él recostándose en su asiento.

Adela no había pasado por alto que los dieciséis años habían hecho de Jamie un muchacho desgarbado de movimientos algo torpes, como si no supiera bien qué hacer con sus largas extremidades. La voz se le había hecho más grave en el último año. Libby seguía teniendo la cara regordita y peinándose con trenzas infantiles, aunque su figura había empezado a desarrollarse. No dejaba de cruzar los brazos ante el pudor que le provocaban sus pechos, como si así fuese a lograr ocultarlos. Sintió cierta compasión por aquella niña desmañada de catorce años.

—El caso es que solo pasaré aquí las vacaciones de verano —prosiguió Tilly—. Ros ha tenido el detalle de invitarnos a su casa de Jesmond. Está solo a dos calles de la casa en la que me crie. ¿Te lo puedes creer? Vamos a pasar una semana en Saint Abbs con su familia política y, por supuesto, iremos a Dunbar para ver a Mona, pero donde más vamos a estar es aquí, en Newcastle.

—¡Qué bien! —exclamó Adela—. Entonces podremos pasar tiempo juntas.

—Sí, señorita —dijo Tilly tomando la mano de Adela entre las suyas y estrechándola.

—No has venido a verme a la escuela —la acusó, por su parte, Libby clavando en ella sus ojos de color azul oscuro.

Adela se ruborizó.

—Es verdad y lo siento mucho. Este año ha sido una locura.

—Pues yo lo estaba deseando.

—No seas maleducada, cariño —intervino Tilly—. Adela es una joven muy ocupada.

—Estas vacaciones tendremos tiempo de estar juntas —corrió a decir la joven—. Si quieres, puedo llevarte al Teatro Popular y presentarte a los actores.

—¿El teatro socialista? —preguntó la niña con mucho interés.

—Creo que sí —repuso Adela—. Salió del Clarion Theatre.

—Entonces sí es —sonrió Libby—. Me encantaría que me llevases. ¿Cuándo podría ser?

—¡Por Dios bendito! —exclamó su madre—. Deja de atosigar a la pobre Adela. Y siéntate bien si no quieres acabar con los hombros caídos como yo.

La pequeña se puso colorada y se irguió con gesto indómito.

—Este fin de semana mismo, Libby —prometió la joven—. Tú y yo solas. —Se volvió hacia Tilly—. ¿Cómo le va a mi madre? ¿Sabes algo de Sophie y de Rafi? ¡Cuéntamelo todo!

—Como cabía esperar, tu madre sigue al pie del cañón, firme como una roca. Está llevando adelante de un modo extraordinario la plantación de té y el resto del negocio. Harry también la tiene entretenida. No sé de dónde saca tiempo para dormir. Es verdad que Daleep, su encargado, vale su peso en oro. James, además, va a verla todos los meses para asegurarse de que todo va bien. Yo suelo acompañarlo. El clima de Belguri es mucho mejor y en Cheviot View casi no puedo dormir con el calor. ¡Los sudores nocturnos me están matando! Se ve que no estoy hecha para el clima de Assam. No sabes qué alivio es para mí estar de nuevo en el Reino Unido. Allí el viento parece una vaharada salida de un horno.

—¿Y Sophie?

—A tu tía ya la conoces: disfrutando de su vida de *jungli*. Nos vimos en Belguri durante la estación fría, porque James quería ir a pescar en una excursión que habían organizado Rafi y el rajá. Ella también se apuntó, claro, y yo me dediqué a leer en esa maravilla de veranda vuestra las obras de Dickens que tiene tu madre. De todos modos, te habrán escrito las dos para contártelo.

—Sí, pero no me han dado muchos detalles. ¿Fue a la excursión… el príncipe Sanjay?

—¡Qué va! A él no lo invitaron. Rafi pensó que a Clarrie no le resultaría nada fácil recibirlo siquiera y recordar aquella espantosa caza del tigre.

Adela hizo una mueca de dolor.

—Claro.

—¡Perdona, cariño! —Tilly la tomó de la mano y se la apretó—. Mejor no hablamos del dichoso príncipe. Por lo que sé, ni siquiera vive ya en Gulgat: se ha ido a hacer su vida de donjuán a Simla o a Bombay.

A la joven se le revolvieron las entrañas al pensar en que podía estar encandilando a cualquier otra chiquilla ingenua para llevársela a la cama. Se encendía de vergüenza al recordar la facilidad con la que se había rendido ella a sus encantos.

—En fin, ya está bien de hablar de la India —dijo mirando al resto de la mesa y obligándose a sonreír—. Contadme cómo os va todo. ¿Y la escuela?

El verano se hizo cortísimo en compañía de Tilly y su familia, un lazo reconfortante con su hogar. Tilly, además, estaba encantada de volver a Newcastle. Adela fue dos domingos a Jesmond, a comer en casa de los Mitchell —la calma de Ros ayudaba a equilibrar el carácter de Tilly y Duncan era un anfitrión genial— y en una ocasión viajaron todos en tren a la costa para jugar al críquet en la playa. Libby tenía una rapidez sorprendente, veía la pelota mejor que Jamie y no era menos competitiva que sus hermanos varones.

Sin embargo, la mayor revelación de todas fue la visita de Libby al Teatro Popular. Lejos de su familia, la niña perdió su expresión taciturna y rebelde y se volvió muy animada y divertida. Cuando se reía se le iluminaban aquellos ojos oscuros y se le transformaba su carita rolliza. Sophie habría dicho que parecía un sol. Hasta Derek se dejó cautivar por el entusiasmo que desplegaba respecto de aquel teatro y por sus conocimientos sobre la lucha obrera.

—Esta prima tuya es toda una encantadora de serpientes —apuntó en tono de aprobación—. Vuelve a traértela cuando quieras.

Y eso hizo Adela. A medida que avanzaba el verano, de hecho, Libby se presentaba sola en el teatro para ayudar. Como era muy organizada y se le daban bien los números, Derek la puso a trabajar en la oficina, poniendo en orden el caos que tenían en el archivo. A Libby le encantó enseguida Josey, tal como le había ocurrido a Adela, y la actriz la mimó como no hacía Tilly, animándola en lugar de atosigarla o criticarla. Una vez que fueron juntas Libby y Adela a Rye Hill, la niña confesó:

—Ojalá pudiera vivir contigo en casa de Florence, Josey. Tú me tratas como a una adulta y mamá sigue pensando que soy una niña.

—Por lo que he oído, tu madre es un ángel en comparación con la mía. ¡Créeme! —dijo ella con una carcajada.

—Es solo —explicó Adela— que Tilly no quiere que crezcas tan rápido. Estando ella a miles de kilómetros de ti, le resulta muy duro.

—Fue ella la que decidió meternos en una escuela que está en la otra punta del mundo.

—Lo más seguro es que fuese tu padre —la corrigió Josey.

—Pues ella no hizo nada por evitarlo. Y, de todos modos, yo creo que le gusta tenerme lejos, porque solo echa de menos a mis hermanos. A mí siempre me regaña y a ellos, nunca. Todo lo que hago le parece mal.

—Estás en una edad difícil —aseveró Adela.

410

—Ya estás hablando como mamá —se burló Libby.

Adela se echó a reír.

—Lo siento. Es que me estaba acordando perfectamente de cuando tenía tus años y me desesperaba por que los mayores me tomaran en serio. Tenía tantas ganas de crecer… Sin embargo, si algo he aprendido estos últimos cinco años es que es mejor no precipitarse.

—De todos modos —concluyó la niña con un suspiro—, estoy deseando dejar la escuela y vivir en una casa llena de gente interesante como tú, Josey.

Libby y Adela estaban en el teatro el día de finales de agosto en que se recibieron noticias alarmantes sobre un pacto de no agresión entre Alemania y la Unión Soviética.

—Stalin ha hecho un trato con Hitler —dijo Libby con gesto de repugnancia.

El director tomó el dato con escepticismo.

—No me lo creo. Debe de ser cosa de la propaganda antisocialista.

—Es verdad, Derek —aseveró Josey—: los soviéticos se han ido a la cama con los nazis.

—No tiene sentido —exclamó indignado—. Los comunistas odian a los fascistas más que nosotros.

—Está claro lo que quieren hacer —señaló la niña—. La señorita MacGregor advirtió de lo que iba a pasar: las dos potencias quieren exportar sus revoluciones y dominar a sus vecinos.

—Pero no si para eso hay que compartir mesa con el diablo —protestó Derek—. La izquierda se ha opuesto siempre al fascismo. No hay más que ver el caso de España y hasta el de Alemania.

—Y han perdido siempre —recordó Libby—. Así, tanto Stalin como Hitler consiguen territorio sin que interfiera el otro. Polonia será la primera: se la van a repartir entre los dos como hicieron el siglo pasado.

Adela, asombrada ante el dominio de la actualidad que poseía la pequeña, exclamó:

—Pero eso es ya historia. Estamos en 1939 y no dejaremos que pase algo así.

Los ojos oscuros de Libby la miraron preocupada.

—Y precisamente por eso habrá guerra —respondió.

Quizá Adela, ensimismada con la vida nueva que llevaba en Inglaterra, se había contentado con hacer caso omiso a lo que estaba ocurriendo en Europa con demasiada facilidad. Después de la aflicción de su embarazo y el oprobioso nacimiento de su hijo había centrado toda su energía en crearse una existencia desde cero, con amigos e intereses nuevos. Si la radio del apartamento emitía noticias, no dudaba en apagarla o buscar canciones populares o música de banda. Siempre estaba cantando, hasta el punto de que Lexy la llamaba «ruiseñorita»; pero así alejaba los demás pensamientos.

Sin embargo, después de la conversación que habían tenido aquel día en el teatro, dio la impresión de que todo se movía con una velocidad vertiginosa. Una semana más tarde, Hitler estaba amenazando con marchar sobre la ciudad polaca de Dánzig y el Reino Unido y Francia habían reafirmado su compromiso de salvaguardar la independencia de Polonia. Se decretaron órdenes de emergencia para poner el país en pie de guerra. En las escuelas empezaron a practicar evacuaciones de los niños al campo, se pintaron los bordillos de blanco en previsión de los apagones nocturnos, se distribuyeron máscaras de gas y se prohibió el uso de cámaras en determinadas zonas. Los periódicos y los noticiarios ofrecían instrucciones a la población civil, en tanto que los soldados y los marineros vieron cancelados sus permisos y corrieron a presentarse en cuarteles y puertos.

Tilly llegó al café anunciando histérica:

—Dicen que el Almirantazgo ha prohibido la entrada de embarcaciones británicas en el Mediterráneo por estar en la zona de exclusión. ¿Qué será de las comunicaciones con la India?

—No lo sé —dijo Adela haciendo lo posible por no mostrarse alarmada—, pero podríamos ir a las oficinas de embarque del muelle y averiguarlo.

De camino, percibieron la actividad frenética de los ciudadanos que protegían con sacos terreros los edificios y la multitud de hombres de uniforme que se arracimaba en torno a la entrada de elevada techumbre de la Estación Central. Las oficinas de las líneas navieras estaban sitiadas por gentes que deseaban información sobre los pasajes transatlánticos a los Estados Unidos y el Canadá, así como sobre los que iban a Oriente. Adela hizo que Tilly diese media vuelta después de que un empleado atosigado les hiciera ver que lo más recomendable era viajar a la India en aeroplano.

—Pueden llegar a Karachi en cuatro días haciendo escala en El Cairo y Damasco —les dijo—. Eso es lo que yo haría si quisiera reunirme con mi familia.

Adela sintió que se le encogía el estómago de pánico. Todo aquello parecía una pesadilla. Sin embargo, la angustia de aquel hombre resultaba contagiosa. Habría guerra. Ninguna abrió la boca mientras subían con esfuerzo Dean Street en dirección al centro. La joven llevó a su tía a un local y pidió café. Tilly estaba sudando y tenía el ceño fruncido por el desasosiego.

—¿Qué quieres hacer? —preguntó Adela. La agitación le impedía pensar.

Tilly contempló su taza mientras removía el contenido con una cuchara, pese a haber olvidado echarle azúcar, y al fin alzó la vista para clavarla en la de su sobrina y declarar con voz pausada:

—Mi familia está aquí y no pienso volver a la India sin ella.

—Pero ¿y el tío James? Estará esperándote.

La otra encogió ligeramente los hombros.

—Se las arreglará como hace siempre. Además, todavía puede ser que todo esto quede en nada. Al fin y al cabo, yo no tenía que volver hasta después de que volvieran los niños al colegio a mediados de septiembre. —Posando una mano sobre la de Adela, preguntó—: ¿Y tú qué vas a hacer?

Adela se había negado a reflexionar sobre su situación hasta aquel instante, convencida de que, de algún modo, alguien acabaría por evitar un conflicto bélico, pero ya no podía obviar lo que estaba ocurriendo. Si había guerra, su madre querría que volviese a casa. Evidentemente. En la India seguían estando sus seres más queridos: su madre, su hermano, Sophie y Rafi, la tía Blandita y, en algún lugar de las montañas, viviendo su vida, Sam. Sintió el vacío que ya conocía bien al pensar en él. En aquel momento, parecía estar más lejos de ella que nunca.

Pero ¿y si Tilly tenía que quedarse? Adela se había hecho en Newcastle con una nueva vida y con amigos nuevos a los que sentía que debía lealtad. Tenía la sensación de que darles la espalda y huir a un lugar seguro en la India sería traicionar a quienes le habían abierto su corazón y la puerta de su hogar: Lexy y las camareras, Josey y los actores, Maggie e Ina, sus primos y el tío Jack. Aunque a la tía Olive le hubiera resultado difícil quererla, el resto le había brindado su amistad y su apoyo. Asida aún a la mano de Tilly, reconoció:

—Tengo el corazón dividido. No tengo claro qué hacer.

Su tía le estrechó la mano.

—Lo entiendo: necesitas tiempo para pensarlo. Mi caso es muy diferente. Para mí, mis hijos son lo primero.

Salieron del establecimiento dejando los cafés fríos y a medio tomar. De regreso a Tyne Street, Adela estuvo lidiando con sus pensamientos. La feroz actitud de protección de Tilly respecto de sus hijos la atormentaba. En lo más hondo de su alma, Adela tenía otro motivo para permanecer en Inglaterra que apenas conseguía admitir siquiera ante ella misma: su bebé. John Wesley no dejaba de pesarle un solo segundo en el corazón. Sabía que no tenía sentido, porque nunca podría ser suyo. ¿Cómo iba a reconocer que había tenido un hijo? Ignoraba por completo si seguiría en el país —de hecho, lo más probable era que no estuviese ya allí— y, sin embargo, no se sentía capaz de abandonar el lugar en el que había nacido. Aquellas semanas extrañas e intensas que había pasado con sus anfitrionas en Cullercoats y los pocos días que había compartido con el bebé parecían formar parte de un sueño y, no obstante, la ataban a la zona. Le resultaba consolador vivir con Lexy, que sabía lo que había sufrido y a lo que había tenido que renunciar. Que sabía que había sido madre. No podía revelar nada de ello a Tilly y, con todo, cuando llegaron al Herbert's Café, tenía claro lo que iba a hacer.

—Tía, si tú te quedas —aseveró vacilante—, creo que yo también. Por lo menos ahora que la situación sigue sin aclararse. Como has dicho, puede ser que todo quede en nada.

A Tilly se le iluminó el semblante.

—¿Estás segura? —Al verla asentir sonrió aliviada—. ¡Ay, cariño! Tenía la esperanza de que dijeras eso.

Al día siguiente, el primer ministro Neville Chamberlain anunció por radio que el Reino Unido estaba en guerra con Alemania.

Capítulo 23

Belguri (la India), agosto de 1940

Las colinas que se extendían tras la veranda estaban envueltas en la bruma. El aire estaba preñado de humedad después de un chaparrón torrencial. Clarrie, que acababa de volver de supervisar las labores de recolección de la estación del monzón, calada hasta los huesos y de pie sobre el suelo gastado de madera, leía la última carta de Adela y hacía caso omiso a las súplicas de Mohammed Din, que trataba de convencerla para que se cambiara de ropa.

—De aquí a un minuto. Lo prometo.

Aunque el papel delgado y azul del correo aéreo se empezaba a empapar en sus manos, leyó el contenido de cabo a rabo y a continuación volvió a leerlo, como si de algún modo pudiera hacer aparecer a Adela memorizando sus palabras.

> Querida madre:
>
> No sé qué noticias os llegarán, pero no tenéis por qué preocuparos. Aquí, en realidad, no lo estamos pasando demasiado mal. Claro que hay alarmas antiaéreas, pero eso se ha convertido ya en algo cotidiano. Todos sabemos lo que hacer y adónde ir y la vida sigue.

Ahora, te cuento las novedades que de verdad resultan emocionantes: la semana pasada hicimos una audición para representar *Pigmalión* y… ¡adivina! ¡Derek me ha dado el papel de Eliza Doolittle! No sabes lo entusiasmada que estoy por haber conseguido al fin poder representar a un personaje importante. Seguro que, si hubiese estado aquí Josey, se lo habrían dado a ella sin pensarlo. Nos ha tenido a todos muy preocupados durante un tiempo. Lo más seguro es que te lo contase en la última carta, pero se acababa de unir a la ENSA cuando la mandaron a Francia. Imagínate: con las noticias tan poco claras que nos llegaban de lo de Dunkerque y sin saber quién había conseguido cruzar sano y salvo el canal de la Mancha, no hacíamos más que rezar por que no la hubiesen capturado.

Sin embargo, hace dos semanas me llegó una carta que decía que había vuelto a Londres: había salido del continente en un carguero de Saint-Malo y parecía tan alegre como siempre. Aunque no podía decir cuál será el siguiente destino de su compañía, sé que, si tiene que venir cerca de Newcastle, no dudará en venir a vernos. Derek finge que no le importa, porque sigue enfadado por que se presentara voluntaria a la ENSA en vez de seguir ayudando a mantener a flote el Teatro Popular. Dice que los mineros y los obreros de las fábricas de municiones y demás merecen que los entretengan tanto como las fuerzas armadas. Sin embargo, sé que la echa muchísimo de menos.

Libby vendrá otra vez a echarnos una mano en el teatro durante sus vacaciones de verano, pese a que Tilly quería que se quedara con ella y los niños en la granja de Mona y Walter. Lexy dice que podría quedarse en el piso si me hago responsable yo de ella. Es una niña muy valiente y me ayuda en la cantina de la estación. Desde que la tropa volvió de Francia, no hemos tenido nunca tanto ajetreo. Por allí pasa de todo, desde marinos polacos hasta aviadores de la Francia Libre, además de nuestros hombres. Libby tiene una sonrisa para todos, aunque a veces se le suben los humos a la cabeza y no puede evitar darles una lección de historia.

Espero que estés bien al recibo de la presente. Dale a Harry un beso y recibe tú uno fortísimo de tu hija. Dile al tío James que Tilly y el resto están a salvo y animados (quizá sea mejor no revelarle que Libby está en Newcastle sin su madre; dile solo que todos están bien, cosa que es cierta).

Con todo mi amor,

Adela

Clarrie sintió que se le llenaban los ojos de lágrimas ante tan tierna despedida. Su hija estaba a salvo y parecía feliz. Se fijó en la fecha y, al ver que había escrito la carta hacía ya un mes, volvió a angustiarse pensando que, desde entonces, podría haber sucedido cualquier cosa. Por los boletines de noticias que crepitaban en la radio, sabía que la Luftwaffe había empezado a bombardear ciudades británicas desde que había caído Francia en junio y que las noticias habían mencionado Tyneside.

Le resultaba asombroso que siguieran llegando cartas, pues, después de la declaración de guerra de Italia al Reino Unido, ninguna de las embarcaciones que surcaban el Mediterráneo podía estar segura de que no la atacarían y volar se había trocado en una actividad punto menos que imposible. El correo llegaba por mar doblando el cabo de Buena Esperanza, pero ¿cuánta correspondencia se habría perdido junto con un número devastador de buques mercantes? Adela se había referido a una carta en la que hablaba de la decisión de Josey de sumarse a la ENSA (la asociación destinada a entretener a los soldados), pero la misma no había llegado nunca a su destino.

Por un instante volvió a dolerse de que su hija hubiera elegido quedarse en Inglaterra en lugar de volver a la India y a la seguridad que le ofrecía. Al principio había tomado la decisión con incredulidad y, acto seguido, con indignación, preguntándose injustamente si Tilly la habría presionado para que se quedara. Sin embargo, su ira se había tornado de inmediato en culpa. Había sido ella quien había apartado a Adela de su lado. ¿De qué se sorprendía si su pequeña no volvía corriendo a sus brazos? Durante un tiempo la angustió la idea de que no se sintiera feliz en Newcastle, pues el año anterior había estado dos meses sin enviarle una sola línea. Sin embargo, desde que había estallado la guerra, daba la impresión de que hubiera vuelto a animarse. Tal vez había encontrado una motivación nueva.

Clarrie fue a cambiarse la ropa empapada. No sabía nada de Harry, el niño debía de estar aún con Banu, el supervisor de la plantación. Si lo dejaba, podía pasar todo el día montando a caballo con aquel nativo de las colinas de Jasia, verdadero dechado de paciencia, o jugando con sus hijos. Tal vez se equivocara al dejarlo correr a sus anchas por ahí, pero lo cierto era que todavía no había cumplido siquiera los siete años y que su madre deseaba que disfrutase de su infancia en Belguri y gozara de la aceptación de los lugareños como había hecho ella.

El aya Mimi, pese a no gozar ya de buena salud, seguía cuidándolo en la casa cuando Clarrie estaba atendiendo la fábrica y entre las dos le estaban enseñando a leer y a contar. Al niño le encantaban las historias de dioses hindúes que refería la anciana. La educación reglada podía esperar aún un tiempo. Quería tener a Harry a su lado el mayor tiempo posible. En aquel momento era el único vínculo que la unía a Wesley y Harry cada año se parecía más a su padre: las ondas rebeldes de cabello oscuro, los ojos verdes de gran viveza que se llenaban de arrugas cuando se reía, su pasión por las actividades al aire libre…

Adela seguía lejos y posiblemente no quisiera volver a vivir en Belguri nunca más. ¿Era muy egoísta de su parte aferrarse a Harry y no mandando a la escuela? ¡Ay, Adela! ¿Cómo estaría tratando la vida en realidad a aquella hija inquieta suya? Sabía que estaba restando importancia al peligro que corría, pues, al cabo, el salón de té estaba cerca de las fábricas de municiones y los astilleros del Tyne, que tenían que contarse entre los objetivos de los aviones enemigos.

Sus angustiosas meditaciones se vieron interrumpidas por el motor de un vehículo que se aproximaba por el camino. Corrió a ponerse un vestido suelto de algodón y a cepillarse el cabello ondulado y húmedo. Poco después, James subía los escalones a grandes zancadas con el aspecto desaliñado de quien lleva varios días sin dormir y con expresión adusta.

—¿Qué ha pasado? —preguntó Clarrie con un nudo en el estómago—. ¿Noticias de Tilly?

—No, precisamente eso es lo que necesito —gruñó él lanzándole el sombrero a Mohammed Din antes de aceptar un vaso de nimbu pani y apurarlo con avidez.

—Por favor, James —lo urgió ella—, siéntame y dime qué te preocupa.

—Mi mujer no contesta mis telegramas —dijo mientras se dejaba caer en una silla de mimbre ajada que crujió bajo su corpulencia.

—¿Cuándo fue la última vez que supiste algo de ella?

—Hace dos semanas. No quiere traer a los niños, porque dice que corren más peligro viajando que allí.

—Puede ser que tenga razón.

—¿Tienes la menor idea de lo que está pasando en casa? —preguntó él en tono imperioso—. Tyneside está en la línea de fuego por sus astilleros y sus fábricas de municiones. La semana pasada, los alemanes bombardearon Newcastle a plena luz del día. La BBC informa de que los escuadrones que operan en el noreste han derribado setenta y cinco bombarderos, pero no dice nada de lo que habrán logrado destruir antes de que acabasen con ellos nuestros muchachos.

Clarrie se sintió abrumada por la angustia, pero hizo lo posible por tranquilizarlo.

—Hoy he recibido una carta de Adela.

El rostro demacrado de él se iluminó por un instante.

—¿Sí?

—Sí, y dice que están todos bien. Insiste en que te diga que Tilly y los… los niños están con Mona en la granja de Berwickshire, de modo que no corren peligro.

—¿Cuándo la escribió?

—En julio —confesó ella.

James dejó escapar un reniego.

—Tenía que haber zarpado en junio, cuando yo le dije. Jean Bradley llegó sana y salva a Assam con sus dos hijos. Las plantaciones de la Oxford han removido cielo y tierra para que las mujeres y las familias de nuestros empleados pudieran venir en avión. Y Tilly, allí todavía. —Se puso en pie y recorrió de un lado a otro la veranda—. No pensaba que pudiese ser tan terca ni tan irresponsable.

—Pero es un consuelo que esté allí con los niños. Por lo menos están todos juntos.

Él se volvió hacia ella para mirarla de hito en hito.

—Yo los quiero aquí, conmigo. ¡Maldita sea! ¿Cómo voy a protegerlos cuando están a miles de kilómetros? El Reino Unido está al borde de la invasión. ¡Prefiero no pensar en lo que puede significar eso! Están totalmente aislados: Dinamarca, Noruega, los Países Bajos están todos bajo la bota de los nazis. ¡Y ahora, Francia! Es solo cuestión de tiempo. ¡Por Dios, Clarrie! ¿A ti no te preocupa Adela?

—¡Claro que sí! —saltó ella, ofendida ante semejante acusación—. Pero desde aquí no podemos hacer nada.

—Algo tiene que haber. —James la miró con gesto desesperado.

—Rezar y tener esperanza —respondió clavándose las uñas en las palmas de las manos para no echarse a llorar.

El cultivador de té se dio la vuelta, estrujó el barandal y humilló la cabeza. Sus espaldas anchas y sus anchos hombros, que tensaban la tela arrugada de su chaqueta de lino, empezaron a temblar. Clarrie se acercó alarmada.

—¿James?

Apoyó una mano en el hombro de él, que dejó escapar un gruñido grave y trató de zafarse y de ocultar el rostro. Clarrie, sin embargo, lo obligó a darse la vuelta. Su rostro ajado estaba rojo y surcado de lágrimas.

Clarrie le frotó el brazo.

—No te rindas. Tenemos que ser fuertes y sostenernos el uno al otro.

Él la miró con sus intensos ojos azules y preguntó con poco más que un susurro rasgado:

—¿Cómo voy a componérmelas sin mi Tilly? Ella es la razón por la que me levanto cada mañana para hacer mi trabajo. Cheviot View está tan solo sin ella. ¡Tan solo, coño…!

—Lo sé —dijo ella con voz suave—. Lo único que puedes hacer es ser valiente y seguir con tu trabajo. Algún día no muy lejano, si Dios quiere, volverán ella y los niños, igual que regresará Adela a Belguri.

—¿De verdad lo crees? —preguntó él.

—No tengo más remedio. Y tú también tienes que creerlo.

En ese instante oyó un chillido infantil y repiqueteo de pasos. Había vuelto Harry.

—Hola, tío James —dijo sonriente—. He visto llegar tu coche y he venido corriendo. ¿Te vas a quedar?

—Sí, se queda —anunció Clarrie enseguida.

—¿Has estado corriendo? —preguntó el niño con aire curioso—. Estás colorado.

James se compuso y se secó las lágrimas con la manga.

—No, solo me había entrado algo en un ojo —repuso despeinando al chiquillo—, pero tu madre me lo ha quitado. —Sonrió agradecido a su anfitriona sin que él lo viera.

James estuvo tres días en la casa, inspeccionando con Clarrie las plantaciones y la fábrica. Hablaron de negocios y no volvieron a mencionar a Tilly. Aunque el cultivador de té volvió a adoptar sus ademanes enérgicos, ella no conseguía olvidar los atisbos que le había ofrecido de un James más vulnerable que había bajado la guardia en lo emocional para llorar por su esposa y el resto de su familia. Pese a sus fanfarronadas y la franqueza con que expresaba sus opiniones, tenía el corazón blanco, por lo menos en lo que se refería a Tilly. Clarrie sintió una nueva punzada de dolor por la muerte de Wesley al pensar que tal vez los dos primos eran más parecidos de lo que había imaginado, hombres leales y amorosos bajo su fachada de dureza.

Antes de partir de nuevo al Alto Assam, James le hizo una propuesta. La víspera habían estado hablando de la educación de Harry y él había criticado la renuncia de ella a enviarlo a la escuela, aunque fuese a Saint Mungo's, en Shillong, desde donde podría ir a visitarla los fines de semana. Le había recordado que le faltaban un par de meses para cumplir los siete años y que era de sobra inteligente para asistir al colegio, pero Clarrie no había cedido y había dejado claro que era ella y nadie más quien debía tomar la decisión.

—Sé que piensas que no es asunto mío —dijo él—, pero tengo un ayudante joven y de gran talento, llamado Manzur Ahmad, que quiere ser maestro. Es hijo de mi sirviente, Aslam. Su madre, Meera, fue el aya de los niños. Puede que te acuerdes de ella.

—Claro que sí. Meera ha estado aquí varias veces. Es un encanto de mujer. ¿No pagasteis Tilly y tú la educación de Manzur?

—Sí. Tilly le tomó mucho aprecio al niño y dijo que se lo debíamos a Meera por todo lo que había hecho por los nuestros. Tú ya la conoces: siempre embobada con los críos.

—Fue un gesto muy amable —respondió ella, que no veía la hora de que le explicara por qué había sacado a Manzur a colación.

—El caso es que su padre quiere que se forme como administrativo en la oficina de la plantación, que es donde ha estado trabajando desde que acabó el colegio el año pasado, y es muy eficiente. No me gustaría perderlo, pero es un joven muy despierto e independiente y tengo miedo de que se canse y se vaya.

—¿Y en qué estás pensando? —lo tanteó Clarrie.

—En que si le ofreciese venir aquí, digamos una vez al mes, para darle clases al pequeño Harry, estaría encantado de quedarse conmigo.

Clarrie meditó aquella idea. Podía ser muy beneficioso para Harry tener un tutor joven con la energía y la paciencia suficientes para enseñarle. Por otra parte, la conmovió que James hubiese pensado en ello.

—Si Manzur está dispuesto —dijo al fin sonriente—, yo estaré encantada. Te agradezco mucho la oferta. Podemos probar un par de meses y ver cómo le va con Harry.

—Buena idea —repuso James inclinando la cabeza.

Se fue silbando «Los granaderos británicos», lo que Clarrie reconocía ya como signo de que volvía a recobrar los ánimos.

Capítulo 24
Newcastle, otoño de 1940

Adela nunca hablaba de las incursiones aéreas en las cartas que enviaba a su madre. La primera, ocurrida en el mes de julio, había sido espantosa. Las sirenas habían coreado su advertencia bien entrada la tarde un martes en que se encontraba rellenando una tetera en la cantina instalada en la estación de ferrocarril. Había dejado la vasija de metal y había corrido con el resto de voluntarias y con los clientes al pasaje subterráneo situado entre los andenes, que hacía las veces de refugio antiaéreo.

Un marinero se había puesto a tocar la armónica para distraerlos de lo que pudiera estar ocurriendo sobre sus cabezas. A Adela se le había tensado el pecho casi hasta impedirle respirar mientras aguardaban. Las primeras bombas habían sonado al estrépito de un tren distante. En la oscuridad, alguien había tendido la mano para tomar la suya y ella la había apretado hasta perder la sensibilidad de los dedos.

Los estallidos se habían vuelto más graves e intensos. Habían agitado los muros mientras el marinero seguía tocando. Adela había apretado los dientes para no ponerse a gritar hasta que le habían dolido. Convencida de que había llegado su hora, se había echado a rezar para que Lexy y las demás sobrevivieran, el café siguiese estando en pie y los Brewis y Tilly se hallasen a salvo.

Cuando salieron, temblando y riendo eufóricos por haber sobrevivido, la calle estaba llena de camiones de bomberos y ambulancias que pasaban a gran velocidad en dirección al muelle. Más tarde había descubierto que los bombarderos habían atacado muy cerca de allí, en la fábrica de Spillers, situada a orillas del río y a un paso del High Level Bridge. El aire hedía a goma quemada y a metal abrasado y el sol se había ocultado tras una cortina de humo negro. Jarrow, la ciudad de los astilleros que se extendía por la margen meridional del Tyne, también estaba en llamas. Aquel día se habían dado trece muertos y los heridos superaban con creces el centenar.

Aunque las incursiones se sucedieron durante el verano y el mes de septiembre, Adela aprendió a disimular el miedo haciendo chistes como hacían los demás.

—Hitler debe de haberse enterado de que te has ofrecido para hacer de Henry Higgins en la obra —se burló ante Derek.

—Entonces, Josey debe de estar actuando en Londres —repuso él con no poco humor negro.

Sabían que, por nefasta que fuese la situación en Newcastle, siempre era peor en Londres, que sufría ataques una noche tras otra. Adela deseaba con todas sus fuerzas que su amiga se encontrase de gira fuera de la capital. Nunca podría dejar de agradecerle el cariño y la atención que había desplegado con ella el verano anterior, cuando pensaba que la vida le estaba mostrando su peor cara. El cuerpo y las emociones de Adela seguían estremecidos después de parir y dar a su hijo cuando la había vuelto a golpear el duelo por su padre en el aniversario de su muerte. Josey no había husmeado en los motivos de su tristeza ni la había colmado de mimos, pero su calidez y su talante alegre la habían ayudado a superar los peores momentos.

Cada vez era mayor el número de menores que trasladaban las autoridades al campo y la escuela de Libby fue a realojarse en una casa señorial destartalada situada al norte de Alnwick, desde donde la niña escribía a Adela cartas en que expresaba su apremiante deseo de estar en Newcastle prestando sus servicios y jurar que, cuando cumpliese los dieciséis, dejaría el colegio. Tilly había alquilado una casa adosada en South Gosforth a fin de dar cobijo a los niños y, a instancia de su hija, había acogido a dos refugiados polacos por mediación de la Cruz Roja. Además, había abrazado con entusiasmo las labores de colaboración con la causa bélica y se había alistado en el Servicio Voluntario Femenino y colaboraba en los centros de refugiados, distribuyendo ropa y alimento entre quienes habían perdido su hogar en los bombardeos.

Aunque los cines habían vuelto a abrir después de ser clausurados a principios de la guerra, Adela solo hacía media jornada en el Essoldo a fin de poder brindar más ayuda en la cantina y en el Herbert's, que permanecía abierto hasta tarde para ofrecer un precario remanso de paz a la legión de obreros nuevos de las fábricas de armamento. El escaso tiempo libre que le quedaba lo consumía en el teatro de Rye Hill.

Poco antes de las Navidades, mientras preparaban *Cenicienta* —donde Adela hacía de príncipe azul—, irrumpió Josey en el ensayo. Su amiga del alma corrió hacia ella y las dos se abrazaron con fuerza.

—No, no puedes quedarte con mi papel —rio Adela—, así que ni se te ocurra pedirlo.

—¡Con lo que me gustan esas botas altas, señorita Robson! —repuso sonriendo la recién llegada—. A mí Derek nunca me ha dejado ponerme nada tan llamativo.

—Es que nunca serías capaz de meter dentro esos muslos tuyos —gruñó él, que, sin embargo, no pudo resistirse a darle un beso en la mejilla.

Celebraron la visita en el camerino, con una botella de *whisky* que había regalado a Josey un intendente agradecido en el cuartel de Ripon, y ella los obsequió con anécdotas de su gira.

—No todo se reduce al *whisky* y las fiestas que se dan en el comedor de suboficiales después del espectáculo, ¿sabéis? —aseveró—. El trabajo es durísimo y en algunos de los barracones en los que hemos estado dudo que hayan cambiado las sábanas desde las guerras napoleónicas.

—Todavía te acuerdas de ellas, ¿verdad? —dijo Derek.

—No, pero sí que recuerdo haberte oído a ti contar batallitas de aquellos tiempos —contestó sacando la lengua.

Josey tenía dos semanas libres antes de su siguiente compromiso.

—Florence les ha cedido mi habitación a dos obreros de la fábrica de municiones —anunció con una mueca de dolor—. La entiendo perfectamente. Ha tenido el detalle de guardarme la maleta, pero eso quiere decir que estoy sin techo.

—Pues quédate con nosotros a celebrar las fiestas —la invitó Adela—. En mi cuarto hay un catre de campaña.

Lexy, tan hospitalaria como siempre, se avino enseguida a la idea de acoger a una amiga sin hogar. Las tres tenían una relación excelente y, de hecho, Josey y Lexy compartían un sentido del humor que rayaba a menudo en lo obsceno. Lexy propuso preparar para Navidad un almuerzo en el café para los Brewis y para Tilly y su familia.

—¿No te echarán de menos tus hermanas o tus sobrinos? —preguntó Adela.

—A ellos puedo verlos cualquier otro día de la semana. Además, siempre acabo fregando yo todos los platos y, si me quedo aquí, lo podréis hacer Josey y tú.

Tilly aceptó encantada.

—Ros pasará las fiestas en Saint Abbs con los padres de Duncan. Parece que la Strachan's sabrá arreglárselas con el petróleo. Nos ha invitado a ir con ellos, pero los niños preferirán Newcastle.

—Así que te has decidido a quedarte hasta que acabe la guerra —le preguntó Adela.

—Ya sé —respondió ella compungida— que James está dolido por que no haya vuelto corriendo a la India para estar a su lado, pero no podía hacerlo. Teniendo aquí a los tres, no, y tampoco pienso correr el riesgo de hacer un viaje por mar. —Adoptó una sonrisa valiente—. Además, de momento, hemos sobrevivido, ¿no? Y los nazis no nos han invadido todavía. Así que esta Navidad, por lo menos, tenemos algo que celebrar.

—Sí que es verdad —convino ella preguntándose si su tía se despertaría cada mañana con la misma angustia nauseabunda que la aquejaba a ella al preguntarse si el día les depararía más incursiones aéreas o noticias de barcos hundidos. Al menos durante un día podrían intentar olvidar los peligros constantes y reunirse para animarse unos a otros.

La tía Olive, sin embargo, mostró una clara oposición a los planes de Adela y Lexy y se negó a dejar Lime Terrace. Jane se disculpó apesadumbrada, pero sin obviar la fidelidad debida a su madre.

—Ella está mejor donde se siente segura, que es en casa. No es culpa suya. No deja de dolerse de que nuestro George vaya a alistarse voluntario. Lleva un tiempo hablando de sus intenciones de unirse a la fuerza aérea de la Armada.

—No me extraña que esté preocupada —se compadeció Adela, consternada por la ausencia futura de George—, pero ¿no lo iban a reclutar dentro de poco de todos modos?

—Eso es lo que él le dice siempre, pero quiere poder elegir adónde va.

—¿Qué piensa tu padre?

Jane exhaló un suspiro.

—Él solo dice lo que piensa que puede hacer que mamá deje de preocuparse: que necesita a George en el negocio. Y mantendrá ese argumento delante de cualquier tribunal. Imagínate la tensión que está creando en casa todo esto.

—¿Y Joan? Ella tampoco querrá ver a George en el Ejército, ¿no?

La prima hizo un mohín.

—Lo está presionando para que se case con ella. Dice que todas sus amigas se están casando. Y yo creo que ese es uno de los motivos por los que él quiere irse de aquí.

En Nochebuena llegó una tarjeta de la antigua tutora de Adela, su querida Blandita Hogg, que le felicitaba las fiestas. En el reverso había escrito algo que hizo que la joven contuviera el aliento al distinguir el nombre:

> He pensado que querrías saber que tu amigo el misionero Sam Jackman ha dejado el distrito de Sarahan. Me lo ha contado Fátima. Por lo visto, ha ido a verla, pero, por desgracia, ella estaba en Lahore, visitando a su madre, que está enferma, y no coincidieron. Él no ha dejado ninguna dirección. Creemos que quizá la misión le ha dado una segunda oportunidad y lo ha enviado a cualquier otra parte para que empiece de cero en breve.

Adela leyó varias veces con el corazón acelerado aquella nota perturbadora que apenas ofrecía información. ¿Por qué se había ido Sam? ¿Adónde había ido? ¿Llevaba consigo a Pema? Saber de él de ese modo resultaba angustioso. Había desaparecido del Himalaya y las probabilidades de volver a verlo parecían más remotas aún que antes. «¡Sam, por Dios! ¿Dónde estás?», se preguntó desolada.

Incapaz de soportar la idea de tener la tarjeta a plena vista, la metió en el cajón de su mesilla de noche, bajo el camisón y al lado de la fotografía que se habían hecho en la veranda de Narkanda. La miró unos instantes. ¡Qué felices parecían juntos! El corazón le dio un vuelco al pensar en lo que podría haber sido. Sin embargo, aquello no era más que un atisbo de una vida pasada que jamás volvería a ser suya.

El día de Navidad, con el café decorado con guirnaldas caseras y viejos farolillos chinos (los que recordaba Tilly que había usado Clarrie para celebrar, hacía ya mucho, sus veintiún años), se reunieron para comer juntos los Robson, Lexy, Josey y Derek. Tilly y Josey se cayeron bien de inmediato —la primera recordaba aún a la chiquilla vivaracha que había asistido al almuerzo de Navidad en casa de Clarrie durante la Gran Guerra— y el café se llenó de sus risas estridentes mientras intercambiaban anécdotas relativas a su infancia en Newcastle entre familiares excéntricos y autoritarios.

Más tarde, cuando tocaba a su fin aquel breve día y echaban las cortinas destinadas a no llamar la atención si se daba una incursión aérea, se presentaron George y Jane con una botella de vino casero de jengibre y un barril de cerveza con el que se había hecho él a cambio de té.

Adela y Josey se turnaron para cantar a dúo y tocar el piano mientras Libby miraba embelesada a George y se unía a su interpretación de «Blaydon Races» y «Teddy Bears' Picnic» pese a las protestas de Tilly, que comparaba las voces de los dos con un coro de gatos.

—Pues yo solo veo una gatita preciosa —dijo él con un guiño rodeando a la pequeña con un brazo y haciendo que se pusiera colorada de placer.

Al final, Josey hizo que George bajase el gramófono que tenía en el piso —tardaron tanto que provocaron comentarios subidos de tono por parte de Lexy sobre lo que podían estar haciendo— y la fiesta se prolongó hasta bien entrada la noche mientras bailaban al ritmo de Glenn Miller y de Henry Hall y la BBC Dance Orchestra.

Mungo se hizo un ovillo y se echó a dormir debajo de una mesa y Adela, mareada al no tener costumbre de beber tanta cerveza, cantó «Cheek to Cheek», «Smoke Gets in Your Eyes» y «The Nearness of You» e hizo que Tilly se echase a llorar emocionada.

—¡Lo que disfrutaría Clarrie oyéndote, cariño! —dijo entre sorbetones.

A Adela también se le saltaron las lágrimas con aquel comentario. ¡Ojalá pudieran estar juntos todos!

—Si pudiera estar papá con nosotros… —suspiró Libby.

Adela tendió un brazo para darle un estrujón.

George se levantó como movido por un resorte y rellenó sus vasos para levantar el suyo diciendo:

—Antes de que nos vayamos todos a casa y dejemos en paz a estas señoritas encantadoras, brindemos por los parientes y los amigos que no están aquí hoy con nosotros.

—Por los parientes y los amigos —repitieron a coro.

A Adela se le representó de pronto la imagen de Sam con el sombrero verde arrugado echado hacia atrás sobre el cabello desaliñado y su rostro delgado sonriéndole con gesto juguetón. Volvió a sentir la misma inquietud que la había asaltado la víspera, al enterarse de que había vuelto a desaparecer. «Sam, amor, por que estés a salvo y seas feliz», deseó en silencio mientras se le anegaban los ojos de lágrimas.

George, confundiendo su emoción con nostalgia, le estrujó los hombros mientras comentaba:

—A lo mejor la Navidad que viene estás con tu madre.

Adela forzó una sonrisa y asintió sin palabras.

Luego, se abrazaron todos más apesadumbrados mientras Jane y George se internaban en la noche negra como boca de lobo. Adela lo echaría muchísimo de menos si sentaba plaza en el Ejército, su humor era un verdadero tónico para todos. Adela convenció a Tilly para que se quedase, porque si recorría a pie el largo trayecto a su casa corría el riesgo de tener problemas con los guardias de la ARP encargados de proteger a la población de las incursiones aéreas. Entre todas subieron a Tilly y a sus hijos al piso de arriba para que durmiesen en la sala de estar diminuta de Lexy.

Aquel día especial, en el que habían bromeado y se habían reconfortado unos a otros, supuso un breve respiro respecto de las penalidades y tensiones diarias de la guerra, lo que demostraba, pensó Adela mientras se metía en la cama, que lo que más importaba en aquellos días difíciles era el amor y la amistad.

Capítulo 25
Septiembre de 1941

Tilly se abrió paso con cuidado entre las ruinas aún incendiadas, haciendo lo posible por contener las arcadas ante el hedor a cadáveres y edificios abrasados. Sobre cuanto la rodeaba pendía una masa de humo espeso que le irritaba los ojos y la garganta. A lo lejos, las llamas de la estación de mercancías de New Bridge Street iluminaban la mañana. Sonaban las ambulancias y los camiones de bomberos. Ni en sus peores pesadillas había llegado a pensar que tendría que contemplar escenas semejantes.

—¡Aquí! —gritó un guardia de la ARP—. Estoy oyendo algo.

Ella, pertrechada con mantas, echó a correr y se asomó a la entrada medio derrumbada de un refugio Anderson. La casa había recibido un impacto directo que la había reducido a un montón de ladrillos quemados. En el resto de la calle no quedaba mucho más en pie. Habían pasado aquella noche pavorosa, en la que habían descendido sobre la ciudad veintenas de bombas explosivas, incendiarias y de minas navales lanzadas en paracaídas, llevando al paisanaje a la seguridad que brindaba la escuela Shieldfield, convertida en centro temporal de refugiados, y brindarles alimento y consuelo sin saber si serían ellos el próximo objetivo.

—Espera —le ordenó él mientras apartaba cascotes a patadas y se aventuraba a entrar en el refugio.

Tilly estaba extenuada. Las incursiones aéreas se habían reanudado en abril. ¿No iban a librarse nunca del miedo al chillido de las bombas? Quizá había cometido un error al no querer volver a la India con los niños cuando había tenido la ocasión, pero ya era tarde para darle vueltas a aquello. Al menos, Mungo y Libby habían vuelto a sus escuelas y estaban a salvo (Libby se había rebelado, pero la señorita MacGregor la había convencido para seguir estudiando al menos un año más y completar su sexto curso). Jamie también se había dejado persuadir para empezar medicina en lugar de alistarse y estaba en algún lugar de la ciudad ayudando en un puesto de primeros auxilios.

Los miembros de la ARP reaparecieron con un bulto quejicoso en brazos y Tilly fue de inmediato a auxiliarlo.

—Es un crío —anunció el guardia.

—Démelo a mí —dijo ella alargando los brazos y cambiándolo por las mantas, de las cuales conservó una para envolverlo con ella.

Él la miró con unos ojos enormes que destacaban en su rostro cubierto de tierra.

—Ya está, ya está, muchachote —dijo con voz suave mientras lo mecía dulcemente—. Ya estás a salvo. —Miró al guardia—. ¿Alguien más?

Él negó con la cabeza con gesto atormentado.

—Un par de muertos en los escalones. Debían de estar entrando en ese momento. Los padres, imagino. —Le tendió una caja metálica con dinero—. La madre tenía esto en la mano.

Tilly tragó con fuerza para contener las lágrimas. Otro chiquillo huérfano. ¿En qué mundo cruel e infernal les había tocado vivir?

—Dame la caja. Me lo llevaré a la escuela para que lo limpien. Pobre criaturita —señaló besando el pelo enmarañado que le cubría la cabeza. Estaba tiritando en sus brazos, pero había dejado de llorar.

En el centro de refugiados, la escena era un tanto menos caótica que hacía unas horas. Quienes acababan de quedarse sin hogar estaban ayudando a los voluntarios a disponer dormitorios comunales provisionales, en tanto que otros hacían cola para recibir gachas y té. En el ambiente bochornoso predominaba un olor acre y Tilly no pudo menos de preguntarse si no lo llevaría ella en la ropa.

—Estás agotada —observó una compañera del Servicio Voluntario Femenino—. Vete a casa y descansa, que yo me encargo de este.

—Creo que acaba de perder a sus padres —repuso ella aferrándose al niño y con las lágrimas en los ojos—. Debería llevármelo a casa. ¿Quién cuidará de él ahora?

—Nosotras —le aseguró aquella mujer madura y corpulenta con una sonrisa amable—. Además, quizá haya sobrevivido algún familiar suyo y venga a buscarlo.

Tilly informó del lugar en el que habían encontrado al chiquillo y se fue a dormir. Un par de días después supo por un vecino de la calle que había sufrido el bombardeo que el niño se llamaba Jacques y era el único hijo de un matrimonio belga apellidado Segal.

—Su padre era electricista. Eran una pareja muy salada y la madre era muy guapa. —El vecino agitó la cabeza con gesto incrédulo—. Pensarían que aquí iban a estar más seguros que en su tierra.

—Entonces, el crío podría tener familia en el extranjero —dedujo ella esperanzada.

Él la miró abatido.

—No los conocía tan bien.

Tilly descubrió que el mayor alivio que tenía después de aquellos días angustiosos era acudir al Herbert's y compartir un té, por aguado que estuviese, con Adela y Lexy. Por iniciativa de Jane, el café se había transformado en un centro de distribución de comida gratuita para quienes habían perdido su hogar —como parte del Plan de Sustento Comunal de Newcastle— y Tilly acudía a menudo a colaborar en nombre del Servicio Voluntario Femenino. Sus amigas reconocían que lo que buscaba en realidad era un momento robado de camaradería y de los chismes que contaba Adela sobre el teatro.

Esta última no tenía la menor idea de cuánto dependía de ella su tía para hacer frente a los horrores de su existencia cotidiana. Tilly no dejaba de decirse que, si ella, tan joven y tan lejos de casa, era capaz de mantener su coraje y su alegría, ella, «Tilly la tontili», como se llamaba desde pequeña, no tenía derecho alguno a quejarse. A veces se sentía culpable por no haber intentado convencer a Adela para que volviese a casa con su madre y hasta se achacaba el haberla alentado a quedarse con su ejemplo al decidir permanecer en Newcastle. Esperaba que Clarrie no le guardase rencor por pasar tanto tiempo con aquella hija suya tan llena de vida, pero lo cierto era que estaba agradecida de tenerla cerca.

Aquel día, sin embargo, sabía que, tras un ataque aéreo tan brutal, Adela y Lexy estarían desplegando una actividad frenética para atender a todo un aluvión de ciudadanos aturdidos y desamparados, así que tardó unos días en ir a verlas al café. Al entrar, encontró a la más joven presa de la euforia.

—Los de la ENSA me van a hacer una entrevista —comunicó a Tilly—. La semana que viene me voy a Londres. Josey lleva meses insistiendo en que presente una solicitud, pero, en realidad, se lo debo a Derek.

—¿Derek? —repitió Tilly tratando de ocultar su consternación—. Pensaba que no querría perderte.

—Está harto de oírme hablar de que quiero hacer algo más por colaborar con la campaña bélica, sobre todo ahora que están adiestrando a un montón de soldados más para acudir al norte de África. ¿Te acuerdas de Cecil McGivern, el productor de la BBC? Pues resulta que está en Londres y Derek le ha pedido que les hable bien de mí a los representantes de la ENSA. Yo estaba convencida de que no daba la talla, pero, por lo visto, ahora están admitiendo a más aficionados. El caso es que me han enviado una carta para invitarme a hacer una audición en el Teatro Real de Drury Lane y demostrarles mi valía. ¿No es emocionante?

—Por supuesto —dijo Tilly sonriente—. Cruzaré los dedos de las manos y de los pies por ti.

¡Qué guapa y qué animada estaba! Desde que Gracie Fields había visitado Tyneside en julio para levantar la moral de la población tras una serie de ataques a los astilleros y el resto de la ciudad, Adela se moría por hacer algo más que ayudar en la cantina.

—Yo también quiero cantar por mi país —había declarado, emocionadísima tras asistir a uno de los conciertos para trabajadores de fábrica en los que la había colado Wilf.

Tilly pensó que aquel lugar iba a ser mucho más soso sin la hija de Clarrie. Adela era una mujer de sobra madura para sus veintiún años. Siempre jovial y un poco tozuda, la adolescente precoz de Belguri se había convertido en una joven mucho más estoica y generosa. Lexy, Jane, Derek y ella misma eran solo algunas de las personas que dependían de su energía y su buen humor, inagotables, para resistir un día más.

Cuando salió del café, Adela la acompañó a la calle.

—Solo hay una cosa que me preocupa de irme a Londres —le dijo— y quería comentártela sin que pueda oírme Jane.

—Pues adelante —repuso Tilly.

—Lo más seguro es que la llamen antes de que acabe el año. Antes o después llamarán a todas las mujeres de menos de treinta años, así que es cuestión de tiempo.

—Lo que te preocupa es que Lexy tenga que arreglárselas sin ella —supuso—. Yo estaré encantada de ayudar más.

Adela sonrió y le posó una mano en el brazo.

—Muy amable de tu parte, tía Tilly. Estoy convencida de que a Lexy le alegrará mucho la oferta. Sin embargo, no es eso lo que más me preocupa, sino la tía Olive. Ahora que George está haciendo instrucción con la fuerza aérea de la Armada, no me la imagino sin Jane. Se va a quedar destrozada.

—Yo no conozco mucho a Olive, pero, por lo que sé, es un manojo de nervios. En mi opinión, debería tranquilizarse y salir más.

Adela la miró con gesto meditabundo.

—No siempre lo ha tenido fácil, pero es verdad que lo más insignificante le parece abrumador. No me gustaría nada tener tanto miedo a la vida.

—Sí, a mí tampoco —suspiró Tilly—. Entonces, ¿qué propones?

—Le escribí a mi madre y se le ocurrió una idea que puede funcionar o hacer que eche la casa abajo a gritos.

Unos días después, armada con botes medio vacíos de pintura que había sobrado en el Teatro Popular, llegaron al número 10 de Lime Terrace Adela, Tilly, Jamie y Derek. Jack, instado por su hija, había persuadido a Olive para que dedicase el día a acompañarlo en una insólita visita a la Tyneside Tea Company a fin de probar una mezcla nueva.

Cuando volvieron, la sala de estar del número 10, donde ella pasaba la mayor parte de sus horas de vigilia, había quedado transformada. El anodino papel pintado y los colores sombríos —parduzco y rojo oscuro— habían desaparecido para dar paso a una combinación resplandeciente de amarillo y melocotón y, en una de las paredes, había un mural enorme que representaba un bungaló enjalbegado rodeado de exuberante follaje verde y alegres flores de color rosa y carmesí. Por el aire volaban periquitos de vivos tonos verdes y tras la balaustrada de la veranda se veían de pie tres figuras: dos mujeres jóvenes y un criado con turbante.

Adela apenas podía estarse quieta. Los nervios la hacían ir de un lado a otro, pensando que tal vez todo aquello resultaría demasiado chillón para el gusto de su tía. Sabía que, en caso de que le disgustara, ella sería el blanco de la ira de su tía.

Olive lanzó un chillido de horror al verlo y se desplomó en un sillón.

—¿Qué habéis hecho? Jack, ¿tú sabías lo que estaban planeando? ¡No te pienso perdonar en la vida!

A Adela se le hizo un nudo en el estómago. Se mordió los carrillos para evitar echarse a llorar.

—La culpa es de mi madre y mía —dijo en defensa de su tío—. La idea se nos ocurrió a las dos. Mi madre me contó que te encantaba pintarlo todo con colores vivos. Esta sala de estar tan oscura no representaba, ni por asomo, tus gustos.

—Pero tú ¿cómo te atreves a...? —masculló Olive—. ¿Qué sabes tú de mis gustos?

—Mamá, no... —trató de intervenir Jane.

—¿Te he pedido a ti tu opinión?

—Tía Olive —dijo Adela con aire suplicante—. Mi madre pensó que, si vas a tener que pasar mucho tiempo sentada aquí, quizá te levantara los ánimos algo que te ayudase a recordar Belguri.

Olive la miró estupefacta.

—¿Belguri?

Adela prosiguió:

—Mira, esas dos sois mamá y tú apoyadas en la veranda. Y ese es vuestro viejo *khansama*, Kamal. Espero que se parezca en algo.

Olive le lanzó una mirada recelosa antes de volver a centrar su atención en el mural. Apretó con fuerza los brazos de su sillón mientras lo contemplaba. Entonces dio un grito ahogado.

—¿Kamal?

De pronto se esfumó su indignación. Se encogió hacia delante con la cabeza entre las manos y se echó a llorar. Jane corrió a consolarla.

—No te enfades, mamá. Podemos pintarlo otra vez. Debería haber sabido que no te iba a gustar.

—No —dijo ella incorporándose de golpe.

Todos la observaron ponerse en pie vacilante y caminar hasta la pintura. Entonces, con gesto inseguro, tendió una mano para tocar las figuras de la veranda. Adela contuvo el aliento.

—Clarrie y yo —murmuró pasando un dedo por la mujer de cabello oscuro y la niña pelirroja— y nuestro querido Kamal. —Acarició la figura del criado indio.

—Sí —dijo Adela—. Mamá insistió en que lo representáramos.

—Dejadlo así —susurró y, volviéndose hacia su sobrina con lágrimas en los ojos, añadió—: dale las gracias a Clarrie.

Movida por su instinto, Adela corrió hacia su tía para abrazarla. Olive se tensó un instante y, a continuación, respondió al gesto con una palmadita en la espalda de la joven. Pese a lo torpe de la reacción, Adela sabía que para Olive aquello era una ligera señal de afecto. Llevaba dos años sintiéndose culpable por haber sumado a las preocupaciones de su tía la conmoción de su embarazo y en aquel momento tuvo la esperanza de que podrían dejar atrás aquel tiempo angustiante. El cambio de decoración había sido todo un éxito. Su madre estaría orgullosa de ella y eso le hizo sentirse bien.

Tilly fue a despedir a Adela a la Estación Central. La joven seguía eufórica por la transformación del rincón de Olive.

—¿Cómo sabía mi madre que a la tía Olive le gustaría tanto el mural sobre Belguri? Yo casi no la he oído mencionarlo desde que llegué.

—Supongo que le habrá traído recuerdos de un momento más feliz de su vida, una época en la que no le daba miedo todo. Parece que lo más eficaz fue el dibujo de Kamal.

—Sí —coincidió ella—. Mi madre dice que Olive le tenía un cariño especial a su *khansama*. Le costó mucho tener que dejarlo atrás cuando vinieron a Inglaterra.

—Desde luego, ha sido un gesto muy amable y valiente. — Tilly sonrió mientras tomaba entre las suyas las manos de Adela—. ¿Tienes intención de quedarte en Londres si te aceptan?

—No lo sé. Depende de lo que quieran ellos. Si me aceptan, claro.

—Muy locos tienen que estar para rechazarte. Pero ¡si serías capaz de animar al soldado más cascarrabias!

A Adela se le llenaron los ojos de lágrimas.

—Gracias, tía Tilly. Voy a esforzarme al máximo.

—Lo sé. Y yo voy a visitar a Olive de tu parte de vez en cuando para que no tengas que preocuparte por ella. Lo de Libby es otra cosa. No sé cómo le voy a dar la noticia de que te has ido a Londres. Me va a hacer la vida imposible.

Adela vaciló.

—Sé buena con ella. Trátala como me tratas a mí.

Tilly se ruborizó ante aquella gentil reprimenda. Ojalá pudiera querer a su hija con la misma facilidad que a la de Clarrie. Adela era guapa y cautivadora y tenía una gran facilidad para llevarse bien con todos. Sí, sabía que Libby también podría florecer con el tiempo y aprender a escuchar en lugar de dar sermones, pero, de todos sus hijos, era la que le hacía saltar con más facilidad e irritarse con más rapidez. Jamie era sensible y amable, como su tío Johnny. Aunque llevaba años sin ver a este último, destinado en algún lugar de Mesopotamia en calidad de médico de regimiento, Tilly lo había querido siempre más que al resto de sus hermanos. El más pequeño, Mungo, era un niño bullicioso y sencillo que obedecía sus órdenes y no le daba quebraderos de cabeza. En cambio, Libby tenía claro lo que quería y no respondía a engatusamientos ni a amenazas. Desde luego, no podía negar que fuese hija de su padre: se parecía tanto a

James… Se preguntó si no sería eso lo que la llevaba a ser más dura con ella que con los otros. ¿No sería que sentía celos de la adoración que profesaba a James, a pesar de que los niños habían vuelto al Reino Unido para ser escolarizados por insistencia de él y no de Tilly?

¡Oh, James! No quería pensar en su marido, porque su recuerdo hacía volver el sentimiento de culpa por no haber regresado junto a él. Con todo, había una parte de ella que se sentía aliviada por no tener que llevar la vida de aislamiento de la mujer de un cultivador de té. En Newcastle volvía a ser ella misma y podía elegir dónde vivir y qué hacer. A él lo echaba mucho de menos, no tanto físicamente —pues su apetito sexual había disminuido desde el difícil parto de Mungo— como por su compañía y su presencia firme y tranquilizadora. Se obligó a volver a centrarse en lo que le había pedido Adela.

—Haré lo que pueda —prometió. Tras besarse en la mejilla como dos adultas, exclamó—: ¡Dame un abrazo, anda!

Estuvieron asidas unos instantes hasta que Tilly la dejó marchar. Mientras la observaba recorrer el andén atestado de gente, contuvo las lágrimas y el miedo ante la posibilidad de no volver a verla en mucho tiempo.

—Adiós, cariño mío —murmuró y le lanzó un beso cuando la otra se volvió por última vez para despedirse de ella agitando el brazo antes de subir al tren.

Cuatro días después llegó un telegrama para anunciar que Adela acababa de entrar a formar parte de la ENSA.

Capítulo 26

Alto Assam, mayo de 1942

James miró con gesto incrédulo a través de sus binoculares. La carretera que descendía de las colinas hervía de soldados desaliñados. Bajaban como una plaga de langostas, cubriendo las laderas y avanzando con paso pesado bajo aquel calor abrumador o a bordo de camiones abiertos que hacían las veces de ambulancia. En el cielo zumbaban un par de aeroplanos que a continuación desaparecieron en dirección a la frontera birmana.

Aquella primavera no se había hablado en el club de otra cosa que la invasión del ejército japonés, cuyas fuerzas habían caído como tigres sobre toda Malasia para irrumpir después en Birmania tras la captura de Singapur en febrero.

—Vamos a contener su avance en el río Sittang —había dicho él confiado mientras apuraba un *whisky* doble. Había empezado a beber más en ausencia de Tilly.

Sin embargo, en Birmania, la 17.ª división de infantería del ejército indio, a las órdenes del general Smyth, no había tardado en verse rebasada y obligada a retroceder hacia el norte y el oeste. A principios del mes de marzo, había caído su capital, Rangún. La había seguido Mandalay, situada más al centro. Desesperados, los soldados indios se habían batido en retirada a través del río

Chindwin y las selvas y montes casi impenetrables de la India. James había cazado en aquellos bosques de tecas de joven, cuando Birmania pertenecía aún a la India, y conocía a agricultores que habían ido a trabajar allí y a parte de su personal nativo.

Las noticias aún fueron más funestas. Llegado el mes de abril, los japoneses habían ocupado las islas Andamán y estaban bombardeando las bases navales de Ceilán y el sur de la India. Se estaba evacuando Madrás. Entre los cultivadores de té, los responsables de las minas de carbón y los trabajadores del petróleo de Assam había cundido el pánico ante la velocidad con que se sucedían los hechos. Si un año antes habían estado convencidos de que en la India podrían estar «más tranquilos que en un búnker», como había aseverado Reggie Percy-Barratt, vecino suyo dedicado a su mismo negocio, en ese momento estaban empezando a pensar en enviar a sus familias a Calcuta o Delhi, suponiendo que hubiese algún sitio en la India que pudiera considerarse seguro.

El enemigo avanzaba con firmeza hacia la frontera. Birmania estaba en llamas: las ciudades y los campos petrolíferos ardían, aunque James ignoraba si incendiados por el invasor o por los británicos en retirada. Corría el rumor de que también habían empezado a huir miles de indios que se habían visto abandonados: braceros de plantaciones, tenderos y personal administrativo con sus familias.

—Digo yo que tendrán que dar prioridad a los británicos en los buques, ¿no? —preguntaba a la defensiva Percy-Barratt—. Rangún no va a poder hacer frente a semejante número de refugiados.

A James lo había incomodado aquella idea. Aquellos indios estaban en Birmania trabajando para los británicos y eran también súbditos del rey Jorge VI. Conocía el terreno y el calor sofocante del oeste de aquel país y sabía que a las mujeres y a los niños les resultaría casi imposible recorrer grandes distancias a pie. Dudaba que pudieran sobrevivir muchos ni aun si conseguían escapar a la persecución de los japoneses. Volvió a mirar a través de los prismáticos, sorprendido ante el gran número de soldados que había conseguido cruzar la frontera. Se rumoreaba que eran miles los que no lo habían logrado. Había unidades enteras que habían muerto o caído prisioneras.

Atormentado, se debatía entre el impulso de echar a correr a las plantaciones de la Oxford y emprender los preparativos para sacar de allí a las esposas y demás familias del personal que quedaba allí y el de seguir ascendiendo hacia la divisoria y ver qué podía hacer para ayudar.

—¡Maldita sea! —renegó entre dientes. Volviéndose hacia su ayudante, Manzur, dijo—: Vamos, llévame a Kohima.

Encontraron el pueblo fronterizo sumido en el caos. En los terrenos de los bungalós británicos se habían montado tiendas militares y refugios provisionales, en tanto que las pistas de tenis y las caballerizas estaban ocupadas por hospitales de campaña de emergencia, vehículos, toldos para el rancho y pertrechos. Por todas partes deambulaban hombres extenuados con uniformes mugrientos y manchados de sudor. Sin embargo, lo que llenó de terror el pecho de James fue lo que había más allá, congregado en la ladera: una masa inquieta de personas consumidas, desfallecidas, suplicantes, medio desnudas, sucias y enfermas, acampada al aire libre hasta donde alcanzaba la vista. Lo paralizó aquella escena casi bíblica de sufrimiento.

Los funcionarios de la frontera estaban abrumados ante aquella situación. James intentó sacar algo en claro de un joven.

—No es culpa mía —repuso él poniéndose a la defensiva—: tenemos órdenes de no dejar pasar a Assam más que a los europeos.

—Pero si no los dejáis, morirán —le aseveró.

—¿Y qué puedo hacer yo? —El joven se quitó las gafas y se frotó los ojos con gesto cansado.

—¡Pues demostrar un poco de compasión!

El funcionario, sin embargo, se mantuvo en sus trece.

—Plantéeselo a mis superiores. Yo solo hago mi trabajo.

El cultivador de té se fue echando humo al comprobar que la situación no tenía arreglo. Ordenó a Manzur que lo llevase a la plantación.

—Ofreceremos provisiones al ejército —anunció con un suspiro de frustración—. Quizá también mano de obra para ayudarlos a construir defensas o crear carreteras de abastecimiento. Mira a ver qué necesitan. Si vienen los japoneses, estaremos en primera línea de combate.

Por el camino, el joven ayudante propuso:

—Sahib, podríamos extender las hileras de casas de los trabajadores y construir refugios provisionales para albergar a algunas de esas gentes. Antes o después tendrán que dejarlos cruzar la frontera.

James se limitó a emitir un gruñido. Tenía que haber reprendido al muchacho por impertinente, ya que, al cabo, no era de su incumbencia lo que decidieran hacer las autoridades. Sin embargo, guardó silencio: cada vez profesaba un mayor respeto a aquel joven y, además, admiraba en secreto que tuviese la confianza necesaria para expresar su opinión a su jefe.

Clarrie también le tenía mucho cariño. Manzur se había revelado como un maestro paciente y alentador para Harry, que se estaba convirtiendo en un niño más bien serio. Estaba encantada con su esfuerzo. A ella, por descontado, le habría resultado indignante el trato que estaba sufriendo la población civil que huía de Birmania.

Aquella noche, James no logró deshacerse de la imagen de los refugiados desamparados de la ladera. Le hicieron rememorar recuerdos funestos de los campos de braceros huidos de las plantaciones que habían ocupado hacía veinte años los ghats del Brahmaputra. Se sentó a oscuras en la veranda, a beber mientras recordaba el día en que había llevado a Tilly a Assam como esposa suya. En aquel momento se había sentido avergonzado al ver que lo primero que había conocido ella de sus dominios eran veintenas de alborotadores

447

aquejados por el cólera. Aunque desesperados y desposeídos, él los había visto solo como una carga y como responsables de su propia desgracia. Además, le habían resultado irritantes los comentarios descabellados de Clarrie, quien opinaba que todos los cultivadores de té debían unirse para ayudarlos. ¡Por Dios bendito! Hasta había hablado de oponerse a la asociación de empresarios del té y aumentar los sueldos de manera unilateral, iniciativa que no podía estar llamada sino a crear más altercados y disensión en las plantaciones. Él se había mostrado muy desdeñoso ante sus propuestas y ante Wesley por dejar que su esposa influyera de un modo tan marcado en los asuntos de Belguri.

Bebió un sorbo de *whisky* y se maravilló por haber empezado a ver las cosas desde el punto de vista de Clarrie. Estaba claro que había que hacer algo respecto de los refugiados procedentes de Birmania. Se puso en pie y fue a apoyarse en la balaustrada. Los árboles que se extendían a sus pies parecían haber cobrado vida con los sonidos nocturnos en medio de aquel aire cálido y pegajoso. El monzón no tardaría en llegar. Tal vez fuese aquel el único elemento capaz de contener la invasión nipona: las gargantas inundadas e impracticables de la selva. Sin embargo, también llevarían la fiebre y más padecimiento a quienes huían y trataban de llegar a la frontera.

—¡Fue culpa suya, Robson! —le había espetado en cierta ocasión, hacía algo más de un lustro, un joven furioso en el club de Tezpur—. Aquellos pobres desgraciados a la fuga... Yo los vi de niño y no los he olvidado nunca. Nadie merece morir de ese modo.

Sam Jackman. Lo habían expulsado del club por alteración del orden público. En su momento James no lo entendió. Sin embargo, aquel muchacho, amable y divertido estando sereno, se había granjeado cierta reputación por calumniar a los cultivadores de té cuando bebía. Sobre todo por la subversión protagonizada por los culis hacía veinte años. Algunos lo habían disculpado por el efecto nefasto que había tenido en él la muerte de su padre, el viejo patrón del vapor. James, indignado por sus acusaciones, había sido mucho menos tolerante.

Dio un hondo suspiro y se preguntó qué habría sido de aquel joven ardiente, defensor apasionado de la justicia que, sin embargo, manifestaba cierta debilidad por los juegos de azar. No había visto al misionero caído en desgracia desde que, hacía cuatro años, había visitado Belguri tras la muerte de Wesley. Hizo una mueca de dolor al recordar la rudeza con la que lo había tratado entonces, cuando no había merecido ninguno de sus comentarios hirientes, y se preguntó si habría sentado plaza en las fuerzas armadas o seguiría en la India. Pobre Sam: lo había destrozado enterarse de que Adela se había marchado a Inglaterra. James había aprendido ya lo que era echar de menos a una mujer.

Se irguió y contempló con tristeza el vaso vacío. El *whisky* parecía ser uno de los lujos del que todavía disponían en abundancia en Assam por incierta que fuese su situación. Tenía que moderar su consumo. Tilly se lo diría si estuviera allí, pero no estaba. Sintió una nueva oleada de rabia al recordar a aquella esposa desobediente suya. De allí a pocas semanas podía estar muerto, atravesado por una bayoneta japonesa, y ella, llena de remordimiento por haberlo abandonado.

—Deja de compadecerte de ti mismo —le había dicho Clarrie exasperada cuando se había quejado hacía poco por la ausencia de Tilly—. Deberías sentirte feliz por tener a tu esposa, aunque esté en la otra punta del mundo. Además, está cuidando de tu familia.

En ese momento, asomado de noche a la veranda, concluyó en voz alta:

—Tienes razón, Clarrie Robson: no tengo motivo alguno para quejarme. Tilly volverá pronto, si es que queda algo a lo que volver cuando acabe esta condenada guerra.

Dio la espalda al paisaje iluminado por las estrellas con una nueva determinación: volvería a Kohima para obligar a las autoridades a dejar entrar a los refugiados. La Oxford daría cobijo a algunos o los ayudaría a seguir adelante. No estaba dispuesto a que lo acusaran otra vez de mirar hacia otro lado ante el sufrimiento.

—Si vamos a morir todos —declaró a la noche—, al menos lo haremos luchando y moriremos juntos en tierra india.

Capítulo 27
Octubre de 1943

El trío de danza The Toodle Pips gozó del estruendoso recibimiento del auditorio de integrantes del Ejército Femenino de la Tierra que atestaba el granero de una casa señorial de Cumberland.

—Van a comerte vivo, Tommy —bromeó Adela al entrar del precario escenario con Prue y Helen.

No llevaban más atuendo que un maillot negro y un tutú púrpura y estaban sin aliento después de cantar su tema más representativo: «Don't Sit Under the Apple Tree».

Tommy Villiers se ajustó la pajarita y les guiñó un ojo.

—Gracias por tener el detalle de prepararme al público, chicas. Y, ahora, atentas a mi magistral interpretación. —Apagó el cigarrillo que tenía a medio fumar, lo guardó en el bolsillo de su esmoquin, respiró hondo y salió con paso tranquilo a escena.

Prue y Adela lo observaron desde bastidores.

—Se parten de risa con sus chistes —dijo Adela—. La mitad querría que fuese su hijo y a la otra mitad no le importaría que le hiciera uno.

Prue soltó un bufido burlón.

—Pues se llevarían una gran decepción, porque él solo tiene ojos para Henry Bracknall hijo.

—No seas cotilla —dijo la otra dándole un empellón en el brazo.

—Pero si sabes que es verdad.

—Henry simplemente le da alojamiento cuando Tommy está en Londres.

—Pues eso mismo —concluyó Prue dándose unos golpecitos en la nariz con gesto de complicidad.

—Desde luego —añadió Adela con una sonrisa triste—, harían una pareja perfecta. Henry es un hombre tan dulce y atento… ¡Nada que ver con el déspota de su padre!

—No me digas que todavía tienes esperanzas de que Tommy se enamore de ti.

—Claro que no —Su amiga se echó a reír ante semejante idea—. Hasta en Simla era más un hermano que un novio para mí.

Corrieron a ponerse el uniforme de la ENSA. Así, si les pedían otra, estarían listas para cantar «Mi héroe», de la opereta *El soldado de chocolate*.

Adela recordó el día feliz en el que había vuelto Tommy a su vida. Acababa de hacer su audición en el Teatro Real y estaba esperando nerviosa en uno de los camerinos convertidos en oficina. Reinaba el nerviosismo y cierta anarquía. Entonces, tras la puerta, había oído un comentario procaz y esa risa que tan bien conocía y había salido corriendo a preguntar:

—¿Tommy Villiers?

—¡Adela Robson! ¡Adela, guapísima! ¿Qué demonio estás haciendo aquí?

—He venido a fregar el suelo. ¿Tú qué crees que estoy haciendo? —Le había sacado la lengua antes de abrazarlo.

Tommy le había preparado una taza asquerosa de sucedáneo de café mientras se ponían al día de los tres últimos años.

—Me vine a ayudar a la madre patria —le había dicho Tommy— del único modo que sé.

—Nunca llegaste a contestarme las cartas sobre Sophie Kan y sobre la posibilidad de que seas su hermano —le había regañado Adela.

—¿Toda esa extraña maravilla sobre brazaletes con cabezas talladas? Pero ¡si parecía sacado de una novela de Agatha Christie! ¿Qué querías que te respondiera?

—Sophie se moría de ganas de conocerte. Por lo menos podrías haber dicho algo.

Tommy la había mirado con expresión sorprendida y, abandonando un instante sus aires de indiferencia, había contestado:

—No tengo claro que quiera reinventarme como el hermano de nadie. Eso cambiaría todo y yo no quiero cambiar nada. Sé quién es Tommy Villiers y no sé qué clase de persona podría ser el hermano de Sophie Kan. ¿Lo entiendes?

—Supongo que sí. —Ella le había dado un beso en la mejilla y no había vuelto a mencionar a Sophie.

Solo habían hablado una vez sobre el doloroso final del último verano de Adela en Simla y del ostracismo que había sufrido por sus amigos del teatro tras su aventura con Jay. Tommy le había contado que la madre de Nina Davidge se había unido en segundas nupcias a un oficial del distrito viudo y se había ido a vivir a Sialkot, adonde había arrastrado consigo a Nina.

—Ella quería quedarse en Simla, pero su madre no pensaba permitírselo. Nunca creí que pudiera sentir lástima por esa muchacha, pero su madre era una bruja.

—Entonces, ¿no llegó a entrar en la RADA? —le había preguntado Adela.

Tommy había dejado escapar un bufido.

—Para eso tienes que saber actuar.

Adela había esperado sentir un destello de triunfo al saber que a aquella joven privilegiada y popular no le habían sido tan fáciles las cosas, pero lo único que sintió fue una discreta punzada de lástima.

La angustia que le había provocado durante tantos años el nombre de Nina Davidge se había desvanecido.

Deborah Halliday, al parecer, había regresado a Birmania. A los dos les preocupaba lo que habría sido de ella y su familia, pero Tommy había perdido el contacto con la compañera de colegio de Adela y no sabía nada de ella. Las noticias que llegaban de aquella zona eran cada vez más aciagas y Adela no dejaba de intentar obtener información, pues su queridísima Assam se encontraba en aquel momento en primera línea de fuego.

Lo último que había sabido de su madre era que el tío James estaba trabajando hasta la extenuación para dirigir la construcción de defensas. Mientras otras compañías habían retirado a su personal, los cultivadores de té se habían reunido para defender los valles superiores de Assam, pero los periódicos apenas decían nada al respecto. Los censores debían de estar manteniendo en secreto cuanto ocurría en aquel frente y Adela no dejaba de angustiarse. Le remordía la conciencia por no haber regresado a Belguri a principios de la guerra, pero ¿cómo iba a haber podido imaginar que la India sufriría amenaza de invasión por parte de Japón? En aquellos momentos entendía el miedo que tenía que haber experimentado su madre ante la idea de que su única hija se viera rodeada por el enemigo. Con todo, no tenía sentido alguno obsesionarse con las decisiones del pasado cuando no podía hacer nada por cambiarlas y Adela aprendió a enmascarar su miedo constante por su familia y su tierra natal manteniéndose ocupada y actuando con alegría.

Estaban reuniendo una compañía de revista para hacer una gira por Escocia a principios de 1942 cuando apareció Prudence Knight silbando y ofreciéndose para pintar bambalinas. Adela se había vuelto loca de alegría al volver a ver a su compañera de escuela de Simla. Luego, cuando una de las tres Toodle Pips contrajo el sarampión, la joven castaña la sustituyó. Aunque sus pasos de baile carecían a veces de soltura y no siempre llevaba bien el ritmo,

Prue tenía una voz de contralto excelente y suficiente descaro para compensarlo.

Cuando no estaba de gira con alguna obra, Josey a veces se unía también a ellas para representar una serie de cuadros breves escritos por Tommy. El resto del espectáculo estaba conformado por dos acróbatas que montaban en monociclo, un cantante melódico con voz ronca de fumador, un ventrílocuo mediocre y una banda desenfadada formada por un acordeonista, un violinista y un batería que siempre hacía que el público siguiera el ritmo con los pies. Si en el sitio al que iban había un piano que estuviera medianamente afinado y conservase la mayoría de las teclas, Adela interpretaba algunas canciones en solitario mientras Tommy lo aporreaba.

Llevaban dieciocho meses recorriendo el Reino Unido en trenes atestados de viajeros y camiones maltrechos con aquel espectáculo, desde Newquay, al sur, hasta las Orcadas, en el extremo septentrional, y desde Blackpool, al oeste, hasta Lincolnshire, al este. Actuaban en campamentos castrenses multitudinarios, aeródromos de la RAF, teatros de guarnición y ayuntamientos, a veces ante cientos de hombres y otras para un puñado de soldados adscritos a alguna remota batería antiaérea. Visitaron hospitales, fábricas, minas y campos de prisioneros de guerra. En cierta ocasión en que el número cómico de Tommy no provocó más que silencio y caras serias entre el público, volvieron a hacer salir a escena a The Toodle Pips para salvar la velada. Después se supo que aquel auditorio perplejo estaba conformado por aviadores polacos que no habían entendido el humor de Tommy ni su discurso acelerado. Josey se había pasado semanas riéndose de él después de aquello.

—¡Venga, Villiers —le decía—, que queremos oír tus mejores chistes polacos!

Actuaban sin descanso. Los viajes eran agotadores y el alojamiento, precario las más de las veces, pero eran muy conscientes de que lo estaban haciendo no solo para divertir, sino para levantar la moral a soldados extenuados y reclutas nerviosos en periodo de adiestramiento. Durante aquellas giras no podían considerarse nunca fuera de servicio y, de hecho, se esperaba de todos ellos que socializaran tras la actuación.

—Id siempre directos al comedor de suboficiales —les había aconsejado Josey—, allí os darán comida caliente y litros de té, siempre que no os importe que lo hayan hervido directamente con la leche en polvo y el azúcar.

—¿Azúcar? —había exclamado Tommy—. ¡Estoy en el cielo!

Sin embargo, a las mujeres las monopolizaban a veces los oficiales y tenían que acabar en fiestas en las que corría el alcohol y se bailaba lento. Desde el principio se lo había advertido una funcionaria de la ENSA:

—Sed amables con los chicos y dadles conversación, porque lo más seguro es que necesiten que los alegren, pero no seáis frívolas ni les deis esperanzas falsas. —Había clavado en ellas la vista para añadir algo que hizo que Adela se encogiese de miedo—. Nada de comportamientos casquivanos ni de embarazos durante las giras. ¿Me oís?

Prue citaba a menudo estas palabras en tono fingidamente severo, ignorante de lo dolorosas que resultaban a su amiga al recordarle el vergonzoso error que había cometido con Jay. Prue era siempre una de las últimas en retirarse y disfrutaba horrores de la atención que le brindaban.

—¡Mira que eres gazmoña! —decía a Adela en tono burlón—. Ni siquiera dejas que te den un beso de buenas noches.

—Por no ser casquivana —bromeaba ella antes de cambiar de tema.

Cuando pensaba en los tiempos de Simla y en su encaprichamiento con el príncipe Sanjay, se preguntaba si aquella mujer podía haber sido ella de veras. Por fin podía pensar en él de un modo desapasionado y, aun reconociendo su condición de hombre apuesto y encantador, no sentir el menor deseo ni emoción para con él. Sam, en cambio, era harina de otro costal. Miraba a los jóvenes oficiales y soldados que buscaban con ansia entablar amistad y ninguno le aceleraba el corazón como lo había hecho él. A veces vislumbraba una mata de cabello rubio despeinado o unos hombros musculosos y se le revolvían las entrañas. Por una fracción de segundo pensaba que había vuelto a encontrarlo y deseaba con desesperación que fuese él. Sus esperanzas se veían siempre defraudadas y Adela se limitaba a darse la vuelta y ocultar su desconsuelo. Sabía que no sería capaz de enamorarse de nadie como se había enamorado de Sam y, aunque tal convencimiento le hacía más fácil resistirse a los galanteos de otros hombres, la dejaba con una gran sensación de soledad y de anhelo por lo que jamás podría tener.

Después del espectáculo que ofrecieron en Cumberland a las mujeres del Ejército Femenino de la Tierra, Adela y sus compañeros emprendieron viaje al sur. Transcurridas ya cinco de las seis semanas que duraba la gira, era inevitable que la conversación se centrara en lo que harían a continuación. Tommy propuso ir al extranjero.

—Ahora que se han rendido los alemanes que combatían allí, están buscando más voluntarios para el norte de África. El desierto estará plagado de soldados deseosos de entretenimiento para no volverse locos de calor ni aburrimiento.

—Yo había oído que la ENSA quiere mandar a gente de gira más al este, a la India —dijo Josey.

—¿A la India? —el interés de Adela se avivó de pronto—. ¿De verdad?

—Oí a Basil Dean comentarlo la última vez que estuve en Londres. Él piensa que no se está prestando suficiente atención a las tropas del mando del Sudeste Asiático de Mountbatten en lo que se refiere al ocio. Son el ejército olvidado.

—A mí no me vais a ver viajando allí —aseveró Helen, una de las integrantes de The Toodle Pips—. Son todo enfermedades, bichos y un calor terrible, ¿no?

—No siempre —repuso Tommy guiñando un ojo a Adela.

—¿Creéis que existe de verdad la posibilidad de que manden allí a la ENSA? —preguntó Adela.

—Si todos somos tan delicados como Helen, no, desde luego —dijo Josey burlona.

—¿Tú te apuntarías si pudieses? —quiso saber Tommy.

Adela no lo dudó.

—Sí. ¿Y tú?

Él parecía no tenerlo tan claro.

—Yo iré si va Adela —dijo Prue—. Vamos, Tommy, que somos The Simla Songsters. Tenemos que mantenernos unidos.

—Prefiero —contestó él con una sonrisa zumbona— mil veces quedarme en las islas y ver aquí el final de la guerra, pero, si insistís en hacerme cruzar mares plagados de peligros para actuar en un país que está a un paso de ser invadido, supongo que no tengo más remedio que aceptar.

—¡Qué teatrero que eres, Villiers! —resopló Josey—. Conmigo también podéis contar.

Llegado el mes de noviembre, Adela, Prue, Tommy y Josey habían firmado un contrato de nueve meses para Oriente Próximo y la India. Helen, su compañera rubia, se había negado en redondo a ir y tuvieron que sustituirla con una bailarina mayor que ellas llamada Mavis, que aseguraba haber formado parte de las Bluebell Girls del Lido de París.

—Más bien habrá entretenido a los parroquianos de la taberna Bluebell de Pontefract —susurró Tommy a Adela.

—Pero baila bien y tiene una peluca rubia —respondió ella—. Nos la quedamos.

El otro integrante de su compañía de revista dispuesto a viajar hasta la India era el acordeonista, un escocés de mediana edad conocido sin más como Mack. Tommy se quejó de la escasez de talento que los acompañaba.

—Imitador incapaz de parodiar a ningún famoso, malabarista torpe y mago alcohólico. ¡Ah! Y no una, sino tres intérpretes de ukelele. ¡Con lo que a mí me gusta el ukelele!

—A los muchachos les encantará —aseveró Josey.

—Nos van a echar del escenario a fuerza de carcajadas.

—Peor será que nos abucheen —apuntó Adela sonriente—. Además, igual que haces con nosotras, tú te encargarás de cuidar de todos como una madraza.

Con los pasaportes y las nueve vacunas en orden, los vestidos confeccionados, los guiones aprendidos y los números bien ensayados, Adela y Josey se las compusieron para hacer una escapada a Tyneside durante la semana de permiso que se les había concedido antes de embarcar. Tomaron un tren nocturno y a Josey no le costó nada conciliar el sueño en un asiento de lo más incómodo. Adela, sin embargo, no pudo dormir por los nervios. Llevaba más de un año sin ir a Newcastle. Desde entonces, George había regresado de su instrucción de vuelo y había permanecido allí el tiempo suficiente como para casarse con Joan, lo que había animado a Olive según una de las cartas de Jane, que estaba trabajando en Yorkshire, ayudando en el funcionamiento de los reflectores y de un cañón antiaéreo. Su prima parecía feliz y tenía permiso para volver a casa cada vez que transcurrían unas cuantas semanas, pero no había podido acudir a la boda relámpago de su hermano, celebrada en julio.

Poco más que un trámite: visita al registro civil y té en el número 10. Lexy hizo una tarta y Joan se mudó a casa de sus suegros.

Aquello había sorprendido mucho a Adela, quien no pudo menos de preguntarse cómo iba a aguantar la novia estar a las órdenes de Olive. Con todo, podía ser que el natural sosegado de Joan resultara beneficioso para su tía y, además, no dejaba de ser una buena noticia que el tío Jack tuviese a alguien con quien compartir la carga de mantener a raya la melancolía de Olive.

Tilly tenía más trabajo que nunca con el Servicio Voluntario Femenino y seguía teniendo acogido a uno de los refugiados polacos. Libby había dejado el colegio al cumplir los diecisiete y había vuelto un tiempo a Newcastle para trabajar como voluntaria en la cantina militar. La última carta de Tilly la había informado de que su hija, mayor de edad ya, se había alistado en el Ejército de la Tierra y estaba sirviendo en una granja cerca de Morpeth, en Northumberland. Tilly se quejaba de que ya casi no la veía. Lexy no escribía nunca. Y, por todo ello, esperaba a que regresara Adela para reanudar su amistad. La idea de poder verla pronto hizo aparecer una sonrisa a los labios de Adela.

Mientras su tren traqueteaba por las vías del High Level Bridge al rayar el alba sobre una Newcastle envuelta en humo neblinoso, Adela se asomó a la ventanilla y aspiró el olor acre a lumbre de carbón, que le hizo sentir una punzada de afecto por su segundo hogar. Las mujeres fueron directamente a desayunar al Herbert's Café y recibieron la eufórica bienvenida de Lexy.

—¿Por qué no me has dicho que venías, chiquilla? Habría horneado algo especial.

—Porque no lo he sabido hasta el último minuto. Te hemos traído mermelada, café y chocolate norteamericano —anunció ella con una sonrisa—. Lo hemos guardado desde que fuimos a visitar una base aérea estadounidense.

La recién llegada se quedó estupefacta al ver a Maggie trabajando en la cocina del café y enterarse de que estaba viviendo en casa de Lexy.

—Ina, la pobre, murió en octubre —le explicó la nueva cocinera—. No sufrió, pero ya estaba harta de todo. Detestaba las sirenas y todo lo demás. Al final me confundía con su hija.

—Era un encanto —dijo Adela con los ojos cargados de lágrimas de emoción al recordar las semanas que pasó alojada en casa de la anciana hacía ya casi cinco años. Ina la había acogido cuando su tía la había echado de casa. Daba la impresión de que hubiese transcurrido una eternidad.

Mientras comían huevo en polvo revuelto, lonchas finísimas de beicon y pan frito, Adela se fue informando de todas las novedades. La más sorprendente fue que Joan, la mujer de George, había dado a luz a un bebé hacía un mes.

—¿Un bebé? —exclamó ella—. Pero sí...

—Sí —dijo Lexy—, tres meses después de la boda. No salen las cuentas. Es una cría. Joan le ha puesto Bonnie, como la chiquilla de *Lo que el viento se llevó.*

Adela sintió que se le encogían las entrañas. Trató de disimular su aturdimiento ante aquella noticia inesperada.

—En fin, siempre le ha gustado ir al cine —bromeó.

—Sí que es verdad —convino Josey— y no siempre con George. Todas se volvieron para mirarla.

—¿Qué quieres decir? —preguntó Adela.

—Nada, nada —repuso ella—. No me hagáis caso.

Adela hizo lo posible por librarse de la molesta sensación que la había asaltado.

—Seguro que George está encantado de ser padre —aseveró con una sonrisa forzada.

—Todavía no ha visto a la recién nacida —contestó Lexy—. Su barco zarpó hacia Ceilán la semana anterior al nacimiento.

—¡Qué horror! Pobre George.

—Sí —dijo la encargada con un suspiro— y pobre cría. Es poco probable que llegue a conocer a su padre antes de que acabe la guerra.

Se impuso el silencio. Adela pensó en lo incierta que era la vida para todas ellas. Aunque había signos de que las tornas del conflicto

461

se estaban volviendo en su favor en el norte de África y el sur de Italia —y los soviéticos habían frenado el avance de los nazis en la Europa Oriental—, la mayoría del continente seguía en manos del enemigo.

—Vamos —dijo Josey para sacarlas de aquel lúgubre ensimismamiento—. Vamos a ver a Tilly, ya tendremos tiempo de visitar a los Brewis y adorar al bebé.

—Sí, vamos. —Adela sonrió agradecida. Se consideraba mucho más allegada a Tilly de lo que jamás se sentiría respecto de aquella tía con la que compartía sangre y Josey lo sabía.

Adela y Josey pasaron la semana en casa de Tilly. A Josey, la amabilidad que reinaba en esa casa le resultó estimulante y la anfitriona la acogió con el mismo trato maternal que brindaba a Adela. Pasaron allí unos días exentos de preocupaciones en los que frecuentaron el café y fueron a visitar a Derek y a sus demás amigos del teatro, que se estaban preparando para poner en escena *La importancia de llamarse Ernesto*, la sátira de Oscar Wilde.

—Es lo más cerca de dirigir una pantomima que voy a estar en mi vida —dijo Derek con una sonrisa lúgubre.

Libby, al saber de la fugaz visita de su prima y su amiga a Newcastle, no dudó en buscar transporte en un camión de reparto de leche para ir a verlas.

Cuando entró dando saltos y las saludó con fuertes abrazos, Adela se maravilló al verla convertida en toda una mujer. Su rostro había perdido toda redondez infantil para adquirir una forma más ovalada que acentuaba la boca carnosa y unos ojos de intenso color azul que seguían iluminándose con aquella mirada audaz que tan bien recordaba. Las pecas que salpicaban su nariz menuda iban a sumarse a su hermosura y a su aspecto saludable y las ondas rebeldes de su oscuro cabello pelirrojo refulgían como el fuego al sol invernal.

—¡Libby, estás estupenda! —exclamó Adela—. Tu madre no me había dicho nada de lo guapa que te has puesto.

—No esperaba más de ella —preguntó ella con una risa grave.

—Ella siempre ha sido guapa —aseveró Tilly sin sonar demasiado convencida.

Pasaron una tarde feliz de invierno en torno a la lumbre de la cocina de Tilly, tostando pan correoso y bebiendo té de una reserva especial que había conseguido mandar James desde la Oxford. Libby pasó la noche allí y se fue antes de que amaneciera.

—He quedado para que me lleven de vuelta al norte —hizo saber a su madre, que había empezado a inquietarse—. Llegaré antes de desayunar y así no me echarán de menos. —Entonces se volvió hacia Adela, que bostezaba soñolienta envuelta en una manta.

—¡Qué envidia me da que te vayas a la India! —le dijo—. Podrás ver a mi padre antes que yo.

—Espero poder pasar por Assam, pero no sé adónde nos enviarán. —Sonrió con gesto comprensivo—. ¿Quieres que le dé algún recado si lo consigo? —Se alarmó al ver que se le habían llenado los ojos de lágrimas, porque Libby no lloraba casi nunca.

—Dile que lo quiero —respondió con la voz quebrada— y que volveremos todos en cuanto podamos. Díselo.

Libby plantó un beso rápido en la cálida mejilla de Adela y desapareció de un salto en la oscuridad.

Dos días antes de concluir su permiso, Adela paró mientes en que no podía postergar más la visita a su tía Olive. Su propia renuencia la dejó perpleja y la llevó a pensar que debía de tratarse, sin más, del esfuerzo que suponía mostrarse alegre ante las protestas habituales de su tía.

—¿Vas a venir conmigo? —le preguntó a Josey.

—Refuerzos listos para entrar en acción —respondió ella.

Adela se alegró al encontrar a Olive de mejor humor que nunca. Fue a recibirlas a la puerta con un alegre vestido azul en lugar de las anodinas prendas negras o grises a las que la tenía acostumbrada y con la permanente hecha.

—¡Entrad, entrad! Me habían dicho que estabas por aquí y pensé que vendrías a verme antes.

—Lo siento, tía Olive…

—En fin, aquí estás. Pero ¿queréis entrar las dos?

La sala de estar seguía pintada con colores vivos y los muebles oscuros estaban cubiertos con mantas llamativas y apartados para hacer sitio a la parafernalia propia de un recién nacido. Joan, que se había recogido el pelo en un moño suelto y cubría su voluptuosa figura con un vestido poco ajustado y un cárdigan largo, alzó la mirada desde la mantita de bebé en la que estaba arrodillada y sonrió.

—Hola, Joan —la saludó Adela acercándose—. He oído que hay que felicitarte dos veces.

Joan se apartó y Adela vio a la cría retorciéndose en la mantita. Llevaba puesto una prenda de lana de color amarillo y agitaba dos manos como estrellitas mientras con la boca, rosada, redonda y carnosa, hacía ruiditos de pompas. Adela detuvo sus pasos.

—Hola, Adela, te presento a Bonnie. —La madre la recogió de la manta para tomarla en brazos y ponerse en pie. Besó el escaso pelo rubio de la niña y puso voz infantil para decir—: ¿Quién es la niñita de mamá? ¿Eh, Bonnie, bonita? Pues ¡tú! Vamos a saludar a la prima Adela, que es una actriz famosa. ¡Vaya si lo es!

Sonriendo orgullosa, avanzó hacia la recién llegada y le tendió a la recién nacida. Adela se quedó petrificada. No podía mirarla. Sus ojos se dirigieron más bien a Joan, cuya expresión era tímida y expectante. Sabía que estaba deseando su aprobación. Al ver que no hacía ademán de tomar al bebé, empezó a flaquearle la felicidad que le había asomado al rostro.

—Venga, que no muerde.

—Sí, venga —la alentó Olive—. Dime si no es una joyita, mi primera nieta. En eso he adelantado a tu madre, ¿verdad? —Su tía lanzó una risita triunfal. Daba la impresión de haber olvidado por completo que su sobrina hubiese estado embarazada y hubiera tenido un hijo.

Adela sintió que se mareaba y se le aceleraba el pulso. No podía soportar tocar a la pequeña. Temía que el corazón se le hiciera añicos. Dio un paso atrás.

—Lo siento, pero soy un desastre con los bebés. —Se obligó a reír—. A ver si lo voy… la voy a tirar…

Entonces intervino Josey.

—Déjame a mí, que yo todavía no sé lo que se siente. —Arrebató a Bonnie de los brazos de Joan. La chiquitina lloró ante aquel movimiento brusco, pero Josey fue a la ventana mientras la mecía y cantaba «I'm Just Wild About Harry» adaptando los versos para incluir el nombre de Bonnie.

Aquello brindó a Adela el tiempo que necesitaba para recobrar su aplomo. Estuvieron allí media hora, aunque para Adela cada minuto fue un calvario. Olive y Joan no paraban de hablar del bebé… hasta que a Bonnie le entró hambre. Entonces, la madre se la llevó a la cocina para amamantarla al calor de la sala contigua. Cuando Josey se despidió de Olive al llegar a la puerta, Adela tomó fuerzas para asomarse a la cocina y disculparse ante Joan. Se sentía fatal por haber decepcionado a la mujer de George y no quería que pensara que no le había gustado la criatura. La madre estaba sentada en una silla baja y se oía mamar a la cría, oculta bajo un chal.

—Nos vamos. Es muy bonita tu hija Bonnie: el nombre, desde luego, le pega. Siento lo que ha ocurrido antes.

Joan la miró.

—Ya sé que crees que George merece algo mejor que yo.

Aquello la tomó por sorpresa.

—Yo nunca he pensado…

—Crees que soy muy poca cosa para tu primo, pero que sepas que ahora somos marido y mujer y todo va de maravilla.

—Me alegro mucho por vosotros.

—Da igual que la cría llegase tres meses después de la boda. Por lo menos, Bonnie nació cuando estábamos casados y yo tenía ya la alianza en el dedo. ¿No es eso lo que importa?

Adela sintió que se le aceleraba el corazón.

—Sí, eso está muy bien.

Joan la miró con gesto compasivo.

—No como tú.

Adela se sintió sin aliento por un instante. Se aferró al marco de la puerta.

—No sé a qué te refieres.

—Sí que lo sabes. Te vi en Cullercoats, caminando por el acantilado, cuando se suponía que estabas en Edimburgo. Yo iba en el autobús y estaba oscuro, pero supe que eras tú. Tenías la tripa a punto de estallar. No se lo he dicho a tu familia, porque lo sentí mucho por ti.

Adela tragó saliva con dificultad.

—Gracias.

—Ni voy a hacerlo nunca, siempre que tu amiga no vaya diciendo cosas de mí.

—¿Josey?

—Sí, Josey. —Joan se ruborizó—. Solo estaba siendo amable. Es lo que tenemos que hacer las chicas para colaborar en la campaña bélica, ¿no? Reconfortar a los muchachos.

Adela respondió perpleja:

—No dirá nada contra ti, lo prometo.

—¿Diste a tu bebé? —quiso saber Joan.

A Adela se le encogió el pecho mientras asentía. Joan apoyó una mano en la cabecita de Bonnie con gesto protector.

—No quiero imaginar lo que tiene que ser eso. Lo siento mucho, de verdad. ¿No estaba dispuesto el padre a apoyarte?

—No —respondió ella con un susurro.

—George no me habría dejado nunca en la estacada.

—No, George es un buen hombre. —Adela sintió que le afloraban las lágrimas—. Cuídate y cuida mucho a Bonnie. —Se las compuso para sonreír y, antes de que Joan pudiera hacer más preguntas, huyó de aquella cocina sofocante que olía a leche y a bebé.

Josey la sacó a pasear. Las dos se sentaron en un banco del parque para tomar el aire gélido y húmedo de noviembre mientras Adela descargaba cuanto tenía en el corazón. Reveló a su amiga todo lo relativo a su aventura amorosa, al embarazo y al momento en que renunció a su hijo, así como al dolor que, en lugar de aliviarse con los años, se había trocado en un nudo de remordimiento que le oprimía las entrañas.

—Nunca le había contado todo esto a nadie —dijo entre lágrimas, agotada después de la revelación—. Pensaba que solo lo sabían Lexy, Maggie, la tía Olive y Myra, su limpiadora. Puede que Jane lo sospechara, pero nunca me preguntó nada, pero durante todo este tiempo lo ha sabido también Joan. ¿Por qué no me lo contó?

—Puede que sea verdad que sintió compasión por ti. Joan no será la más lista de la clase, pero tampoco es tan estúpida como para no imaginar que algo así le podría haber ocurrido también a ella. De hecho, si no llega a ser porque George se casó con ella a la carrera, se habría encontrado en tu misma situación.

—¿Y qué es eso que sabes de ella? —le preguntó Adela.

—La vi con otro hombre durante una fiesta que se celebró el año pasado después de un espectáculo. Un alférez de navío con el que estaba bailando muy pegada. Uno de sus compañeros de barco me dijo que su amigo estaba coladito por ella, de modo que me dio la impresión de que no era la primera vez que se veían.

—¿Y ella te reconoció? Estaría abochornadísima…

Josey dejó escapar una risotada.

—¡Qué va! Se acercó a mí, me dijo que le había encantado el espectáculo y me preguntó si sabía algo de ti. Desde luego, te digo yo que esa no tiene mucha actividad entre una oreja y otra.

—Pobre George —dijo Adela.

—A lo mejor es precisamente lo que él quiere —repuso la amiga encogiéndose de hombros—: una mujercita sin complicaciones que piense en él mientras está en el extranjero.

—Ojalá.

Adela prefirió pasar sola su último día en Newcastle. Tomó el tren de la costa hasta llegar a la hilera de casas que conformaban Cullercoats y se plantó delante de la vivienda del antiguo guardacostas en la que había habitado con Maggie y con Ina y en la que había dado a luz a su hijo. Por primera vez en casi cinco años se permitió recordar, recordar de verdad, la experiencia del parto. Era tan joven y se sentía tan confusa. Había sentido miedo, vergüenza, firmeza y pasmo ante el dolor, pero también euforia al sobrevivir y al sostener en sus brazos una vida nueva. Un varón, un niño que lloraba y cuyo corazón bombeaba sangre, una criatura de ojos brillantes, mirada confiada y cabello negro suave como el plumón. Sus pechos se estremecieron al recordar el tacto de sus labios de lactante. John Wesley. Su sol.

Hasta que había visto a Bonnie, la hermosa hija de su primo, no había reparado de veras en aquello a lo que había renunciado. La pequeña le había dejado en carne viva la herida emocional que había conseguido cauterizar el día que abandonó a su hijo.

De pie sobre los adoquines, azotada por el crudo viento marino, dejó que la envolviese una ola gigante de remordimiento y de pena. Se había centrado demasiado en dejar atrás la experiencia de su embarazo y en desdeñar su aventura con Jay como un terrible error de juventud. En el momento de tenerlo, había considerado al bebé un fastidio, un secreto vergonzoso que debía esconder.

Sin embargo, aquel crío había sido también suyo y no solo la prueba de la existencia de un antiguo amante por el que hacía mucho que se habían desvanecido sus sentimientos. En algún lugar del mundo tenía un hijo. ¿Se parecería a ella o a Jay? ¿Tendría la nariz de su abuela Clarrie o los ojos de su abuelo Wesley? ¿Correría igual que Harry o tendría los dedos largos y diestros del rajá? Nunca lo sabría. Mientras daba la espalda a la casa sintiendo el escozor de las lágrimas en sus mejillas frías, rezaba por que estuviese a salvo, creciera sano y recibiese todo el amor del mundo. Abrigó la esperanza de que, a la postre, lo hubieran llevado al Canadá o a los Estados Unidos y gozara de una vida llena de oportunidades en contacto con la naturaleza.

Las playas seguían valladas y los paseos marítimos tenían el paso restringido pese a que hacía tiempo que había dejado de existir la amenaza de invasión. Adela tomó una calleja de camino a la estación y se encontró al final de la calle en la que se encontraba la mercería Jackman. Se detuvo ante la puerta. ¿Sentiría la madre de Sam los mismos remordimientos que ella por haber abandonado a su único hijo? ¿Sería demasiado tarde para intentar curar las heridas de la traición que tan vivas sentía Sam? Tal vez estaba en su mano reparar la brecha que se había abierto entre él y su madre huida.

En el escaparate había una nota escrita a mano en la que se anunciaban arreglos y reparaciones. Aunque, pese a la escasa luminosidad de aquel día gris, no se veían luces encendidas en el interior, empujó la puerta, que se abrió e hizo sonar una campanilla. En el exiguo charco de luz que entraba del escaparate estaba sentada la misma señora que había visto tras el mostrador hacía ya varios años, con gafas redondas apoyadas en la punta de la nariz mientras cosía los bajos de una falda. Aunque estaba más delgada que la última vez y tenía el pelo mucho más canoso, se trataba, sin duda, de la misma.

—¿Puedo ayudarte, guapa? —dijo alzando la cabeza con gesto sonriente. No parecía una mujer capaz de abandonar a su marido con un hijo menor, pero ¿quién era ella para juzgarlo?

—Soy Adela Robson y me crie en Assam, en una plantación de té llamada Belguri. ¿Ha vivido usted en Assam, señora Jackman?

La mujer la miró con gesto pasmado y la boca abierta. Tras unos instantes movió la cabeza en señal de asentimiento.

—Hace ya muchísimo tiempo.

—Es solo que soy amiga de Sam Jackman —siguió diciendo para no dar tiempo a que la abandonara el coraje— y me preguntaba si no sería… si no será su hijo.

La mujer se puso en pie a medias y dejó caer al suelo la labor de costura.

—¿Sam? —repitió ahogando un grito—. ¿Conoces a mi hijo?

Adela asintió y la señora Jackman rompió a llorar.

Más tarde, Adela refirió a Tilly y a Josey aquel encuentro, fruto de un impulso, y el desahogo emocional de Marjory Jackman.

—Ella insiste en que nunca había pretendido abandonar a Sam. Por lo visto, había tenido la intención de llevárselo consigo, pero Jackman padre no lo había consentido. Según me ha dicho, no podía soportar pasar un minuto más en la India: el clima, el aislamiento, un marido que la subestimaba…

—Yo, desde luego, creo que la entiendo —murmuró Tilly.

—Dice que tenían unas peleas terribles. Ella le decía que, en lugar de casarse con ella, bien podía haber contratado a una criada y le preguntaba por qué la había arrastrado hasta allí si no pensaba hacerle caso y se pasaba la vida en aquel dichoso barco. Según Marjory, se habría vuelto antes a Inglaterra de no haber sido por Sam.

—Pero al final lo abandonó, ¿no? —apuntó Josey.

—Dice que su marido la amenazó con ir a la policía. Ella tenía intención de llevárselo, pero Jackman se lo llevó en el barco y ni siquiera la dejaba que lo viese, así supo que él jamás permitiría que su hijo se marchara con ella.

—¡Qué dilema tan terrible! —exclamó Josey.

—Pues yo me habría quedado de todos modos —aseveró Tilly—. Al menos, eso creo. Por el niño. Era todavía muy pequeño, ¿verdad?

—Creo que tenía siete años más o menos —repuso Adela sintiendo una punzada de dolor al reparar en que su propio hijo debía de tener esa edad en aquel momento.

—¿Y por qué no luchó más por el pobre Sam? —preguntó Josey. La otra soltó un suspiro.

—Marjory se juzgaba a sí misma con demasiada dureza. Según ella, su marido, pese a todos los defectos que tenía como esposo, era un buen padre para el niño, mejor que ella. —Tragó saliva sintiendo que se iba a echar a llorar—. Lo abandonó porque pensaba que estaría mejor con su padre.

—Pero ¿qué clase de madre hace una cosa así? —saltó Tilly.

Josey miró a Adela con gesto solidario para concluir:

—Una muy valiente.

Todas guardaron silencio, hasta que lo rompió Tilly preguntando:

—¿Y te ha dado algún mensaje para Sam?

—Me ha pedido sus señas para poder escribirle, pero yo no tengo ni idea de dónde está. —Adela sintió que se le encogía el corazón—. Así que le he dado la dirección de mi madre, en Belguri, y le he dicho que trataríamos de averiguar su paradero a través del doctor Black para hacerle llegar sus cartas si damos con él.

—Eso ha sido un detalle de tu parte —aseveró Tilly—, aunque, por lo que cuentas de Sam, quizá no te lo agradezca.

—No —reconoció la joven—. Lo más seguro es que se enfade conmigo por entremeterme. De todos modos, ¿no es mejor que sepa que su madre lo quiere y que no quería abandonarlo? —La garganta se le tensó de la emoción.

—Por supuesto que sí —coincidió Josey.

—Espero que consigas encontrar a Sam. —Tilly trató de darle ánimos con una sonrisa—. Piensa que de aquí a un par de semanas estarás otra vez en la India.

La joven sintió que le bullía la emoción al recordar de pronto aquel detalle. Tras la agitación emocional de los últimos días, se aferró a aquella idea cargada de esperanzas. ¡Cómo deseaba en aquel instante estar en casa con su madre! Por primera vez en más de cinco años, sabía que estaba lista para volver a la tierra que la había visto nacer.

Capítulo 28
La India, 1944

Cuando Adela volvió a pisar la India ya corría el mes de febrero. De camino habían pasado un mes en el norte de África, entreteniendo a los soldados de los hospitales militares y los campamentos del desierto, antes de tomar el tren que habría de dejarlos en el extremo más meridional del canal de Suez para poder embarcar en el Port Ellen, una modesta embarcación fondeada en Puerto Taufiq cargada de piezas de cazas Spitfire y Hurricane en la que apenas cabía un par de centenares de pasajeros, en su mayoría aviadores estadounidenses y personal de la Armada Real. El viaje que habían hecho por el Mediterráneo en un barco colosal de transporte de tropas en diciembre había sido muy angustioso, ya que dos meses antes los torpedos del enemigo habían hundido uno en el que navegaban diversos integrantes de la ENSA, pero Adela no experimentó temor alguno mientras recorrían el mar Rojo para encontrarse en Adén con una escolta naval.

La presencia de marsopas y de peces voladores que saltaban del azul celeste del mar había aplacado la agitación que les provocaba el Oriente y los nervios con que afrontaban los simulacros diarios de emergencia y la vigilancia submarina. Adela deseaba con toda el alma haber podido compartir su entusiasmo con Josey, pero su amiga había contraído una neumonía antes de la partida y seguía convaleciente en Newcastle, en casa de Tilly. Adela había tenido que marchar sin ella con todo el dolor de su corazón.

Prue, sin embargo, había estado disfrutando de las atenciones que le prodigaba un aviador estadounidense llamado Stuey con el que jugaba a las cartas y al tenis en cubierta. Las dos amigas habían estado durmiendo bajo las estrellas para que Prue pudiese charlar con él hasta altas horas de la noche. Adela daba vueltas inquieta, preguntándose si tendría ocasión de visitar Belguri durante la gira. Además, a aquello se había sumado la misión de dar con Sam de parte de Marjory Jackman, lo que le brindaba la excusa perfecta para descubrir qué había sido de él.

Su mayor temor era que hubiera echado raíces en alguna parte con Pema y hubiera formado con ella una familia. De cualquier manera, tenía que averiguarlo, pues resultaba diez veces peor no saberlo. Tumbada sobre la superficie cálida de la cubierta, se veía asaltada por las mismas dudas de todos aquellos años. Los sentimientos de Sam nunca habían sido tan intensos como los de ella y, una vez que conociera su vergonzoso secreto, se apagarían.

Se aferró al pensamiento de que volvía a su hogar. Belguri actuaría como un bálsamo para su corazón herido y, además, contaba con la feliz posibilidad de volver a ver a su amada tía Sophie.

A Rafi lo habían asignado a la producción de madera para las fuerzas armadas y estaba destinado en la fábrica de cureñas de Jabalpur. Aunque Rafi tenía que viajar por toda la India para dar con fuentes de material e inspeccionar el rendimiento, Sophie se había instalado en el acantonamiento. Los padres de Prue también vivían allí y las dos amigas habían comentado ilusionadas la posibilidad de ir a visitar a sus seres queridos. Sin embargo, para cuando empezaron a avistar los remolcadores y las islitas que rodeaban Bombay, Prue ya no hablaba de otra cosa que de su romance con Stuey. Reconoció que estaba perdidamente enamorada de aquel aviador de Carolina del Norte y que se habían prometido de manera extraoficial hasta que él pudiese pedir el consentimiento del padre de ella.

—Estoy previendo que este será el primero de los muchos desengaños que va a tener que sufrir nuestra Prue —aseveró con sequedad Tommy mientras vaciaba su pipa. Se había aficionado a ella desde que habían salido de Londres, pues, aunque no le gustaba el sabor, estaba convencido de que le daba un aire más distinguido.

—¡Dios, cómo apesta este sitio! —exclamó Mavis—. Peor que el muelle del pescado de Grimsby.

La ciudad era un hervidero de soldados de uniforme mezclados con los vivos colores de las mujeres vestidas con sari y los trajes de un blanco cegador con que se ataviaban los indios de casta alta. Mavis no dejaba de quejarse del estado en que se encontraba la fonda sucia y atiborrada de gente en que los habían alojado. Adela la sacó a ver la ciudad antes de que Tommy, exasperado, se atragantara con la pipa. Sin embargo, todo lo que a ella le evocaba recuerdos cautivadores —el olor a aceite de freír y las manchas rojas de *paan* que salpicaban el suelo después de que lo hubiesen escupido sus consumidores— causaron en Mavis chillidos de terror y la empujaron a recluirse bajo techo.

Mavis tenía el don de irritar a los demás sin darse cuenta. Tommy no le perdonaba que hubiese arruinado su primer espectáculo en Egipto. Hasta entonces no se habían dado cuenta de que desafinaba. Después de aquello, Tommy le había ordenado que se limitara a mover la boca en todas las canciones de The Toodle Pips mientras Betsie, una de las intérpretes de ukelele, cantaba por ella entre bastidores.

Pasaron tres días sin apenas ver a Prue, que pasaba todo el tiempo que podía comiendo helado con Stuey en el hotel Taj Mahal y saliendo a bailar con él. A continuación, la compañía embarcó en un tren con destino a Lahore y la joven tuvo que despedirse llorosa de su prometido norteamericano. Desde Lahore viajaron en camión por carreteras polvorientas a Rawalpindi y estuvieron en el hotel Flashman's durante la semana en que ofrecieron dos representaciones diarias a los numerosos soldados acantonados en la ciudad. No había noche que no los invitaran a las fiestas que se celebraban en los comedores militares para atiborrarlos de *whisky* mientras los oficiales chismorreaban y pedían noticias del Reino Unido.

El mes siguiente lo pasaron en el norte de la India. Hicieron una gira por el territorio tribal de la frontera noroeste con una escolta de soldados sijs en un convoy de camiones que no dejaban de averiarse. Adela y Prue llevaban la cabeza cubierta con pañuelos a fin de protegerse el pelo del polvo y Mavis no dejaba de quejarse porque se le hinchaban los pies con el calor.

—¿A esto lo llamas calor? —se burló Tommy—. ¡Pero si esto es una merienda campestre primaveral! Espera a que lleguemos a Calcuta y a Bengala, comprobarás la temperatura que tienen las calderas del infierno. Ahí sí que te vas a derretir.

Las temperaturas eran altas en las colinas rocosas y áridas que rodeaban Peshawar, pero las noches seguían siendo frescas. Actuaron para los pilotos que se estaban adiestrando con la fuerza aérea india, ante soldados gurjas y ante reclutas británicos. Los paracaidistas de un campamento remoto montaron tal alboroto con sus comentarios groseros y sus risas procaces que a las cantantes les costó oír sus propias voces.

—¡ENSA: En Ningún Sitio Atinan! —gritó uno cuando al malabarista se le cayeron las mazas por tercera vez.

Se mofaron del imitador y abuchearon a las del ukelele. Tommy, sin saber qué hacer, hizo que volviesen a salir al escenario The Toodle Pips, que arrancaron vítores entusiastas entre el público.

—Prefiero a las mujeres de los oficiales de Rawalpindi tricotando en primera fila a esta panda —aseveró Mavis sin resuello con la cara roja como un tomate y la peluca rubia de medio lado después de un último bis.

Siguieron viajando hasta Risalpur, donde tocaron ante distintos auditorios de la RAF. Al llegar el mes de marzo, se trasladaron a las colinas que rodeaban Murree. Tras dejar la llanura, con sus pueblos amurallados, sus templos y sus terneros, subieron carreteras empinadas y sinuosas rodeadas de arbustos de color verde esmeralda. A medida que cobraban altura con gran rapidez, Adela empezó a sentirse en casa. Se asomó a la ventanilla del camión y aspiró el dulce olor a pino que la transportó a Simla.

Al llegar al puesto de montaña de Murree, le llamó la atención el parecido que guardaba con su antiguo hogar de la capital de la India británica por sus bungalós de madera, hoteles y comercios dispuestos a lo largo de una cresta plagada de *rickshaws* al estar la carretera cerrada a los automóviles. Hasta tenían un Cecil Hotel, que ofrecía vistas de vértigo a la llanura distante, brumosa y azul, y un bazar que se extendía ladera abajo y hervía de actividad y de ruido en la atmósfera enrarecida.

El chalé en el que se alojaban, al que se accedía desde el jardín del hotel por una escalera de madera y que ofrecía vislumbres del Himalaya tras los abetos, la llevó a recordar con nostalgia el bungaló de Blandita Hogg. Los ojos se le llenaron de lágrimas al recordar la vida despreocupada que había conocido con su amable tutora, quien todavía le escribía de manera ocasional. Por ella sabía que Sundar Singh se había distinguido en los campos de batalla del norte de África frente a los italianos y que Boz se había reenganchado y estaba adiestrando a sirvientes de morteros. Fátima seguía en el hospital de Simla, trabajando de sol a sol, pero tampoco ella le había podido dar noticias de Sam ni de su paradero.

Mientras, de pie en la veranda, contemplaba las cumbres de Cachemira, sintió de nuevo una acerada añoranza por Sam Jackman. Pese a ser mayor y más sabia que la impulsiva adolescente de diecisiete años que se había enamorado profundamente del apuesto antiguo patrón de barco aquella primavera embriagadora de 1938, lo que sentía por él no había perdido intensidad. Aunque habían pasado muchos años y habían vivido en continentes separados, sabía que seguía amándolo y que lo amaba con más vehemencia ahora que había vuelto a la India. Le había bastado el olor dulzón de los pinos y la visión de las cimas nevadas para revivir en su memoria el rostro sonriente y la mirada vital, la risa profunda y la conversación apasionada de Sam.

Sacó del bolsillo de la pechera de su uniforme la fotografía que les habían tomado en Narkanda y comprobó que, a pesar de estar arrugada y doblada por el uso, la imagen de Sam seguía acelerándole el pulso.

—¿Dónde estás, Sam? —susurró.

Adela se juró que no abandonaría la India sin saber qué había sido de él.

—Bailar aquí es peor que el calor —aseveró Mavis sin resuello—. Ni se puede respirar.

La letanía de sus quejas se había prolongado durante todo el mes que habían estado aventurándose a los distintos campamentos periféricos. Recorrieron carreteras angostas y con curvas cerradísimas que a veces desdibujaba el agua. En esos casos tenían que apearse mientras los conductores pasaban con cuidado por las rodadas para tratar de evitar caer a las quebradas. En otras ocasiones se cruzaban con autobuses locales que los obligaban a quedar a escasos centímetros de caídas de vértigo. Una noche, al descender a plomo las temperaturas, su camión patinó hacia el borde de la garganta. El conductor pidió que saliesen todos mientras trataba de recobrar el agarre de las ruedas y volvía a colocar el vehículo en la curva.

—Estos indios tienen los nervios de acero —dijo admirado Mack, el acordeonista.

—Pero son un desastre como mecánicos —replicó Mavis—, porque estos trastos no dejan de averiarse.

—¡Pues viaja en mula! —le espetó Prue—. Estamos en guerra y lo nuestro no es ninguna prioridad. Hacen todo lo que pueden.

Tras la serie interminable de actuaciones y la tensión de aquellos viajes, todos tenían los nervios a flor de piel. Compartían cabañas con el tejado de cinc plagado de cucarachas rojas gigantescas y tenían que cambiarse todos en la misma tienda diminuta, sin sillas ni espejos. Los monos invadían su territorio y escapaban con vestidos, joyas y sombreros. El malabarista sufrió disentería y el mago cayó de un escenario ruinoso y se partió una pierna. Tuvieron que dejarlo en un hospital de Abbottabad para proseguir el camino en cuanto les fue posible viajar. Por si fuera poco, Mavis tenía razón al quejarse de la falta de oxígeno del aire: para cantar hacía falta respirar mucho más y las intérpretes acababan por marearse.

Para Adela, la tensión y el cansancio se compensaban con los momentos de camaradería que compartían con los soldados, cuyos rostros se relajaban al disfrutar de un espectáculo que les hacía olvidar la guerra durante unos minutos preciosos. Bailaban en tiendas comedor con los ruidos de los chacales procedentes de los bosques de más allá y se sentaban con las piernas cruzadas con la tropa en torno a sus hogueras para cantar cuanto les venía a la cabeza antes de quedar roncas. Los reclutas nostálgicos a los que estaban a punto de enviar a los campos de batalla de Birmania se rifaban a las jóvenes a fin de tener alguien que mantuviese correspondencia con ellos.

—¿No vas a ser mi chica y escribirme? —decían siempre.

Prue se aplicó con entusiasmo a la labor.

—¿Y qué pasa con Stuey? —preguntó Mavis—. Tú ya tienes pareja.

—La mayoría de estos muchachos también tienen novia —repuso ella—. No se trata de eso: solo quieren cartas, eso es lo que los hace seguir adelante.

Aunque nadie contaba a los artistas cuáles eran las órdenes que habían recibido los soldados, saltaba a la vista que había comenzado la contraofensiva ante el ejército japonés en la frontera oriental de la India, porque en los campamentos tenía todo el mundo los nervios a flor de piel.

Adela y Tommy habían retomado su antigua costumbre de acudir juntos al cine cuando tenían la tarde libre en la base de Murree para ver noticiarios trasnochados. Las imágenes mostraban, por ejemplo, el traslado por aire a Birmania del general Orde Wingate y su fuerza de guerrilleros, los chinditas, y daban cuenta de sus logros, cuando la película se había rodado hacía seis meses. Por lo que pudo deducir Adela, se había combatido con mucha violencia en la península de Arakán, cercana a Chittagong, desde el mes de diciembre. Sin embargo, lo que quería conocer era la situación que se daba en aquel momento más al norte, en la frontera de Assam.

Cuando regresaron a Murree desde Abbottabad, la esperaba una carta de su madre. Adela se sentó en los escalones del chalé y la leyó emocionada. Clarrie y Harry se encontraban bien y las cosas no iban mal en Belguri. Su madre estaba preocupada por James, que no dejaba de exigirse hasta caer agotado, pues a las labores de la plantación había sumado numerosas actividades de defensa civil.

Le he prohibido que venga a Belguri mientras no disminuya la gravedad de la situación —escribía Clarrie—, porque yo puedo arreglármelas perfectamente con la ayuda de Daleep y de Banu.

Adela se preguntó preocupada a qué situación se refería. ¿A la guerra en general o a la que se daba en particular en Assam? Sintió que, de la tensión, se le formaba en el estómago el nudo de siempre.

La semana pasada vino a verme Sophie. Está sirviendo de voluntaria en la Cruz Roja como conductora e iba de camino a Dimapur. Es muy valiente. Daba la impresión de que no le importara ir directa a una zona de conflicto, porque estaba tan jovial como siempre. Dice que Rafi apoya por completo lo que está haciendo. Además, él está fuera tanto tiempo que apenas se ven. Le hace mucha ilusión la posibilidad de topar con tu espectáculo y poder verte en caso de que te envíen a Dimapur. Ya sé que soy muy egoísta, pero tengo la esperanza de que no te manden a ningún lugar cercano al Alto Assam. Aunque la prensa no habla nunca de la presencia japonesa en suelo indio, por lo que me cuenta James, Imfal está amenazada y Kohima, también. ¿Te acuerdas de las Navidades en las que jugaste al tenis allí con papá? Uno de sus compañeros de pesca tenía un bungaló con pista de tenis. Ahora todo eso parece tan lejano…

Adela alcanzó a oír la añoranza que impregnaba las palabras de su madre. Habían pasado ya casi seis años desde la muerte de su padre y para ella el dolor de la pérdida se había mitigado lo bastante como para permitirle pensar en él y sonreír en lugar de verse ahogada por las lágrimas. Sin embargo, tenía la impresión de que su madre seguía teniendo la herida en carne viva.

Estaba doblando ya la carta cuando vio una posdata en el reverso y el corazón le dio un vuelco al distinguir el nombre de Sam:

P. D.: Escribí al doctor Black como me pediste por si sabía dónde paraba Sam Jackman y hasta la semana pasada no recibí su respuesta. Parece ser que se alistó en la Real Fuerza Aérea. El doctor

Black dice que estaba de maniobras en Irak, pero que, desde que regresó a la India, lo han adscrito a la unidad cinematográfica. No sabe bien dónde está, aunque sospecha que podría estar en Chittatong o cualquier otro lugar del frente. Lo más seguro es que cualquier carta enviada a la Dirección de Relaciones Públicas de Delhi le llegue antes o después.

El corazón le latió con fuerza en el pecho ante aquella noticia inesperada. Así que Sam era aviador y estaba haciendo películas. Se sintió mareada. Había estado tanto tiempo sin saber nada… Había inventado una docena de historias sobre lo que había podido ser de él y en ningún momento había pensado que pudiese haberse unido a la RAF. El alivio de saber al fin de su vida la llevó a sentirse eufórica. Debía de sentirse como pez en el agua detrás de una cámara, aunque fuese solo para hacer noticiarios y fotografías de propaganda. Sin embargo, su alegría se trocó de inmediato en miedo al pensar que podía estar en la frontera birmana, en la que estaban activos los combates. ¿Seguiría pilotando aviones? Quizá formara parte del personal de tierra. La joven pasó el resto del día alternando entre el alborozo que le había producido el hecho de saber de él y la angustia de saberlo en peligro constante.

Una semana después, a principios de abril, hicieron el equipaje para dirigirse de nuevo a la llanura.

—Muy propio de la desorganización de la ENSA —rezongó Mavis—: cuando todos los demás van a las colinas para librarse de lo peor de la estación cálida, a nosotros nos mandan otra vez a achicharrarnos al sol.

Adela y Prue sintieron un gran desengaño al saber que se cancelaban las actuaciones de Jabalpur y los enviaban en cambio a Bihar para actuar frente a compañías de ingenieros, artilleros, unidades de transporte y provisión y sanitarios. El calor se hizo insoportable y el polvo lo invadía todo.

—No se puede decir que no estemos aportando nuestro granito de arena —bromeó Tommy.

Adela se encontró tratando a todas horas de calmar los ánimos entre sus compañeras de baile y mantener a Mavis y Prue separadas siempre que estuviesen fuera del escenario. A la primera le preocupaba no poder ver a Stuey antes de que lo enviasen a Birmania, toda vez que había concluido ya su periodo de instrucción en el sur de la India. En el comedor de oficiales oyeron cierto rumor inquietante que aseveraba que Imfal se hallaba sitiado y que en torno a Kohima se sucedían combates encarnizados. La base de abastecimiento de Dimapur estaba amenazada. Si los japoneses lograban romper las líneas de Kohima, quedarían a su merced Dimapur y el resto de Assam. Adela se consumía pensando en que Sophie se encontraba en el frente y James y sus vecinos cultivadores de té corrían un riesgo inminente. Belguri estaba a pocos días de marcha de allí. Sin embargo, las noticias oficiales no mencionaban conflicto alguno. Las autoridades guardaban un ominoso silencio por motivos de seguridad. Trató de ocultar sus temores y poner al mal tiempo buena cara, pero Tommy la conocía demasiado bien.

—Tus armas son el canto y el baile —le dijo abrazándola—, conque ve a usarlas. Con una voz como la tuya, no podemos perder la India.

Llegado el mes de mayo estaban de camino a Calcuta. En condiciones normales, el viaje habría durado tres días. Sin embargo, después de cinco jornadas de trenes lentos, incontables paradas en estaciones caóticas y protestas de Mavis, que lo abarcaban todo, desde el sabor a queroseno del té hasta el hedor de las fogatas de estiércol, Prue se encontraba al borde de la exasperación.

—¡Cállate si no quieres que te estrelle esta lata de *tiffin* en esa boca miserable y te lance del vagón de una patada!

—No tienes por qué hablarme así —dijo Mavis llena de asombro.

—Pues claro que sí: nos vas a volver locos a todos.

—Lo único que hago es decir lo que está pensando todo el mundo —repuso ella con la respiración alterada mientras se abanicaba con un periódico viejo—. La India huele mal y te hace sudar y todos queremos volver a casa.

—No —le espetó la otra—: aquí la única que huele y suda eres tú. Sabía que no teníamos que haberte dejado venir. No sabes cantar y tampoco bailas demasiado bien. ¿Y dices que has actuado en el Lido? ¡Querrás decir con chiflidos!

—¡Pero bueno! ¡Nunca me habían insultado de ese modo! —exclamó ella—. ¿De verdad me quieres dar lecciones de baile? ¡Si tú pareces un pato borracho!

Adela intentó mediar entre ambas.

—Ya está bien. Vamos a tranquilizarnos y a intentar dormir un poco. Es el calor, que caldea los ánimos.

—Pues yo no pienso volver a bailar con ella —declaró Mavis— hasta que se disculpe.

—¿Disculparme? Tú eres la que debería pedir perdón al resto por ser la peor de todas. Estaríamos mejor siendo dos Toodle Pips que dos y un elefante asmático.

—¡Se acabó! —gritó la otra con el semblante morado—. No voy a bailar contigo nunca más. —Y volviéndose a Adela con los ojos anegados en lágrimas, añadió—: Tendrás que decidir.

—¿Qué?

—Con cuál de las dos Pips te quedas, aunque yo tengo claro que mi Pip encaja mejor con tu Pip que su Pip.

Adela miró a Tommy. Él se mantenía siempre al margen de las discusiones, pero en aquel instante saltaba a la vista que estaba haciendo cuanto podía por contener una carcajada ante aquella argumentación de Mavis sobre Pips. Entonces sintió que a ella le sería imposible: por más que se llevó una mano a la boca, no pudo evitarlo y, segundos después, los dos estaban desternillándose, revolcados por el suelo con las manos en el estómago y llenando el fétido vagón con sus risotadas. Mavis rompió a llorar y Prue los miró como si hubieran perdido el seso. Sin embargo, su risa resultó ser contagiosa y poco después se había extendido al resto, incluida Mavis, lo que ayudó a aplacar la tensión de varios meses de carretera con el miedo constante a una invasión.

Calcuta les resultó impactante. Adela, que llevaba seis años sin verla, se asombró ante las escenas de miseria que vio a lo largo de las vías del tren. Tenía noticia, por su madre, de la terrible hambruna que había azotado Bengala el año anterior —aunque al Reino Unido apenas había llegado información al respecto—, pero no esperaba topar con las lamentables escenas que seguían dándose en la ciudad. En los arcenes y bajo los arbustos yacían gentes desnudas y esqueléticas con las extremidades secas y ojos enormes que miraban desde sus cabezas cadavéricas. Reducidas aquellas personas a poco más que la armazón de lo que habían sido, resultaba imposible distinguir si se trataba de hombres o mujeres. Adela sintió náuseas. ¿Cómo era posible haber llegado a semejante extremo? ¿Por qué no habían hecho nada al respecto las autoridades?

El exterior de la estación también estaba invadido de moribundos. Los miembros de la ENSA miraron incrédulos a su alrededor. Adela vio a algunos retroceder cuando se les acercaban brazos secos como estacas para pedirles alimento. Los militares que los escoltaban les dieron firmes instrucciones de no entregarles sus raciones.

—Lo siento, pero esas son las normas. Me temo que acabarán por acostumbrarse.

Adela conocía bien la pobreza de la India y sabía de los vagabundos que vivían de la limosna, pero aquella penuria rayaba en lo repulsivo. Se preguntó qué efecto podría tener en los soldados indios la contemplación de compatriotas suyos reducidos a un montón de huesos y de pellejo agonizante ante sus ojos. ¿Qué pensaría Rafi? Él tenía que haber visto los efectos de la hambruna en sus viajes. Por un momento recordó a Ghulam, su hermano, quien con tanta pasión despotricaba contra el trato que recibían los indios bajo el dominio británico, y reparó en que no tenía la menor idea de lo que habría sido de él.

Corrieron a alejarse del sonido que hacían las escudillas metálicas vacías al ser golpeadas contra el suelo y el olor agrio a humanidad en descomposición, sintiéndose culpables por sus carnes sanas y por el convencimiento de que aquella misma noche volverían a alimentarse.

El centro de Calcuta, en torno a Chowringhee Street, donde la ciudad rebosaba de soldados y aviadores de permiso procedentes del frente sinobirmano, era otro mundo diferente en cuyos bares, hoteles, cines, clubes y heladerías florecía el negocio y corría el dinero de las pagas de británicos y estadounidenses.

A Adela y sus compañeros los llevaron al Gran Hotel, que se preciaba de ofrecer comidas de siete platos y cuyo comedor estaba a rebosar de oficiales jóvenes que agasajaban a mujeres del ejército y secretarias angloindias. En el bar atestado tocaban *jazz* mientras los clientes trasegaban combinados de ginebra con lima y hablaban de deportes y de su tierra. Sin embargo, las habitaciones no tenían ventilación ni eran espaciosas. Aquella noche, Adela trató de conciliar el sueño empapada en sudor mientras el único ventilador removía el aire espeso y caliente y en el cuarto de al lado se escuchaba a alguien vomitar.

Dos días después, los enviaron a Panegar, el colosal campamento que había instalado para el frente birmano el mando del

Sudeste Asiático en la ardiente llanura. Las cabañas y las tiendas se extendían por el páramo, tostándose al calor que precedía al monzón e infestadas de insectos. Hicieron cuatro representaciones al día en un cobertizo dotado de un escenario improvisado. Pese a lo insoportable de la temperatura, no se desprendían de los abrigos hasta salir del camerino a fin de mantener a raya a los mosquitos que plagaban las paredes. Tommy, que solía tener un carácter apacible, se puso a lanzarles piezas de utilería y gritos incoherentes hasta que Adela lo arrastró al escenario para que la acompañase al piano.

Fue casi un alivio regresar al Gran Hotel, tan colosal como concurrido, aunque aquello supusiera compartir habitación con la desdichada Mavis, comida de ronchas y convencida de que alguien del personal le estaba robando el maquillaje.

—Claro que sí —se burló Mack—: es ese limpiador que se pasea por ahí con sombra de ojos morada y los labios pintados de rojo. Su imprudencia lo delata.

Prue, en cambio, no cabía en sí de dicha después de haber encontrado una nota por la que Stuey le anunciaba que tenía tres días de permiso en Calcuta antes de las operaciones. Mientras Adela y Tommy iban a cantar y a tocar a un hospital, ella se escapó para reunirse con su amado en el Tollygunge Club y regresó dos días después con un anillo de compromiso en el dedo —su padre había escrito para darle a regañadientes su beneplácito—, aunque afligida porque Stuey había marchado a cumplir con una misión peligrosa en Birmania.

Desde Assam se filtraban noticias de que el Ejército indio había roto el sitio de Imfal y avanzaba para liberar Kohima. Las autoridades llegaron incluso a admitir, por primera vez, que esta última había corrido el riesgo de ser invadida. Más al sur, en Arakán, también se había hecho un avance considerable. Adela y Tommy corrieron al cine para informarse, pero los noticiarios no hablaban sino de los intrépidos desembarcos que habían efectuado los aliados en el norte de Francia a principios de junio y de la creación de un esperadísimo segundo frente en Europa. Al sur del continente, en Italia, Roma se había visto librada por fuerzas que incluían, entre otras, a la 4.ª división de infantería del ejército indio.

Animado por las noticias, el grupo de la ENSA se unió a las celebraciones de militares de uno y otro sexo, aunque todos ellos deseaban saber algo más de Birmania. Una semana después, Adela, Tommy y Prue volvieron al cine, donde esta vez sí mostraron imágenes de Assam.

Los combates que se habían prolongado con vehemencia durante medio año en Arakán se habían resuelto al fin con la victoria de las tropas británicas e indias. A continuación se habían enviado refuerzos hacia el norte con la intención de apoyar a los combatientes de Imfal y Kohima, cuya lucha heroica había librado a la India de una invasión.

A estas nuevas siguieron las noticias de la batalla de Church Knoll, en Kohima: una trinchera con mortero en primer plano y, más allá, vegetación espesa y una oscura cadena montañosa. Adela se sorprendió al reconocer a un oficial de artillería que miraba a través de los binoculares y señalaba hacia un objetivo situado en la ladera.

—¡Es Boz! —exclamó agarrando a Tommy por el brazo—. Estoy segura. Un amigo de mi tío Rafi de cuando estudiaban ingeniería de montes. Vivía en Simla. ¿No te acuerdas de él?

—Baja la voz, mujer —dijo él divertido.

La voz desenvuelta, aunque entrecortada, del comentarista había pasado ya a la escena siguiente, en la que una serie de soldados del 15.º regimiento del Punyab se agazapaban detrás de un muro a la espera de la orden de cargar y tomar la colina. La película se centraba entonces en un comandante herido tendido en una camilla y fumando mientras una enfermera le curaba el abdomen.

—¿Estará también por ahí la tía Sophie? —susurró Adela casi sin atreverse a pestañear por miedo a perderse algún detalle.

La cámara pasó acto seguido a un plano panorámico para mostrar los cazabombarderos Hawker Hurricane que volaban bajo para descargar sus bombas en el extremo más alejado de la cadena montañosa, desde donde se elevaron penachos mudos de humo que oscurecieron la visión. En el metraje final se veían una recua de mulas que regresaba a la base y a los arrieros que se afanaban en descargar los pesados serones cargados de pertrechos antes de almohazar a las bestias. En primer plano, un grupo de oficiales bebía té como si acabara de regresar de una expedición de pesca.

El público recibió la escena con vítores y a Adela le brillaron los ojos.

—Espero que sea té de Assam —comentó sonriente.

—Por su puesto. —Tommy la tranquilizó con una palmadita en el brazo—. Lo mejor de Belguri.

Al salir del cine, Adela no pudo menos de preguntarse si no habría sido Sam quien había filmado la parte de la batalla de Church Knoll. ¿Sería uno de los aviadores de los Hurricane que figuraban en la pantalla? La aparición de Boz en las colinas de Assam hizo más marcada su resolución de viajar al frente. Aunque tenía claro que lo que había visto era una versión aséptica de lo que estaba ocurriendo en realidad, el estoicismo de los soldados que protagonizaban la película le infundió seguridad.

Los días siguientes no pudo pensar en otra cosa. Sabía que en junio habían enviado a miembros de la ENSA a Chittagong. Vera Lynn había acudido en avión para hacer una gira breve, aunque frenética, por dicha ciudad y por Arakán. Se había hablado de mandar a algunos a Imfal cuando resultara menos peligroso, aunque casi todas las compañías eran demasiado numerosas y poco manejables para viajar a posiciones adelantadas como aquellas. Adela no dejó de presionar al oficial responsable de espectáculos destinado en Calcuta para que despachara a un grupo más reducido.

Al final, en julio, el ENSA accedió a enviar a una representación a Assam por el Brahmaputra. A esas alturas ya dominaba el monzón, que había supuesto cierto alivio respecto del calor intenso, aunque también había creado balsas cenagosas plagadas de mosquitos y convertido las carreteras en fajas de lodo. De las paredes salía toda clase de insectos y las termitas se comieron la peluca de Mavis. La mitad de la compañía había caído enferma de malaria o ictericia y había sido trasladada a las montañas de Darjeeling para recuperarse. Prue tuvo ocasión de alegrarse al ver que Mavis, descorazonada y sin su peluca, formaba parte de aquel grupo.

Nada de eso disuadió a Adela de presentarse voluntaria para ir a Assam. Junto con Tommy, Prue, Mack, Betsie y un par de bailarinas de otra compañía, tomó el tren que partía de Calcuta y dos días más tarde embarcó con ellos en la nave con el que recorrerían el caudal hinchado del Brahmaputra. Pensó en Sam y en su vapor y supo que no habría dudado en poner el grito en el cielo ante las condiciones que se daban a bordo, con los trabajadores hacinados en el entrepuente y soportando el calor sofocante mientras los de la ENSA y un puñado de oficiales británicos disfrutaban de la relativa comodidad que ofrecían los camarotes abarrotados de la cubierta de paseo. Habría sido mucho más fácil viajar por aire, pero todo el espacio de que disponían los aeroplanos estaba ocupado por tropas preferentes y sus pertrechos.

Para Adela supuso una dulce tortura pasar ante Gauhati sabiendo lo cerca que estaba de Belguri, de su madre y de su hermano, sin poder verlos.

—¿Por qué no le escribes? —preguntó Tommy—. Quizá luego puedas verla a la vuelta.

—Lo único que conseguiré es preocuparla haciéndole saber que estoy cerca del frente. Si en el viaje de vuelta tengo la ocasión, prefiero sorprenderla.

Las ciudades por las que pasaban ofrecían escenas deprimentes: calles y *ghats* sucias y llenas de pobres, quizá refugiados de Birmania que habían vuelto a la India hacía dos años sin lograr ir más allá. Entonces, tras pasar varios días en barcos hacinados, los habían metido de nuevo en un tren para llevarlos a Dimapur. A Adela se le aceleró el corazón al ver las laderas de arbustos de té de color verde esmeralda que se deshacían en ondas en el horizonte bajo aquel calor. Aunque no eran las plantaciones de la Oxford, sintió igualmente una oleada de nostalgia por los campos que tan bien conocía.

Dimapur, una masa de tejados grises empapados, se mostraba desaliñada por la explosión demográfica que había sufrido: cipayos heridos y aquejados de fatiga de combate, culis y porteadores que cooperaban en las labores extenuantes de construcción de carreteras, proveedores, cocineros, vivanderos, personal sanitario, ferroviarios, enterradores y familias de refugiados. Al preguntar en el hospital de división por Sophie Kan y por la Cruz Roja, Adela supo que lo más seguro era que estuviese prestando sus servicios en Kohima.

Actuaron en el hospital y en los cuarteles de los alrededores. En una de las funciones hubo un grupo de niños gurjas que se colocaron en primera fila y observaron los números entre risas. Cuando acabaron, Adela y Tommy fueron a charlar con ellos. A la joven no se le había ocurrido que a los soldados podían acompañarlos sus mujeres y sus hijos. De pronto, el chiquillo de ojos oscuros que había estado hablando con ella vio a su madre y echó a correr hacia ella para abrazarla por las piernas entre carcajadas. A Adela la dejó sin respiración contemplar la sencilla adoración que profesaba a la muchacha que le había dado la vida y por un instante quedó paralizada por el dolor al recordar que ella había renunciado a su propio hijo. Había abrigado la esperanza de que la distancia colosal que había puesto entre ella y Newcastle ayudase a amortiguar la pena que sentía por su bebé. Sin embargo, la contemplación de aquellos críos indios no hizo sino avivar su añoranza.

Días después los subió un camión a la cadena montañosa de Kohima, situada entre las colinas de Naga. El antiguo pueblo de la tribu oriunda de las mismas y los bungalós de los funcionarios británicos habían quedado arrasados. El lugar se había convertido en un vasto campamento militar rodeado de cráteres que relucían de agua de lluvia, edificios incendiados y un paisaje destrozado por los intensos bombardeos. The Toodle Pips —con Betsie en sustitución de Mavis— ofrecieron su primera actuación a campo raso y ante un auditorio de soldados extenuados que las contemplaban de pie, sonriendo sorprendidos al ver a aquellas mujeres y chiflando con fuerza entre los dedos.

Los días siguientes fueron recorriendo los campamentos y ofreciendo hasta seis funciones diarias sin más recompensa que la gratitud de hombres con fatiga de guerra que, en algunos casos, llevaban años lejos de sus hogares. El monzón lo empapaba todo a diario: de las tiendas y los árboles chorreaba agua, sus vestidos apestaban a sudor y a moho y todos habían adquirido una tonalidad amarilla por la cantidad de Flit que tenían que echarse para mantener a raya a los mosquitos. Adela se aficionó a fumar cigarrillos con el único fin de quemar con ellos las sanguijuelas de color púrpura que se le asían a los tobillos, los muslos y los brazos.

Aun así, olvidó todas estas molestias cuando encontró al fin a su tía en un hospital de campaña. Reconoció su pelo rubio cortado à la garçonne y su figura delgada ataviada con pantalones de montar y camisa de uniforme en cuanto descendió de la cabina de un camión de la Cruz Roja.

—¡Sophie! —gritó mientras corría a abrazar contenta a la amiga de su madre.

—Adela, cariño —dijo ella sonriente y con destellos de lágrimas en los ojos—. ¡No me lo puedo creer! ¡Si eres toda una mujer! ¿Estás bien? Te veo espléndida. —Y volvió a abrazarla.

—Estoy muy bien y me alegro un montón de verte. Os he echado mucho de menos a Rafi y a ti. Y a mi madre. ¿La has visto últimamente?

—Sí, y está tan increíble como siempre. Lleva las riendas de todo sin una queja y, claro, te echa mucho de menos.

—Puede ser —repuso ella con una sonrisa compungida.

—¿Cómo que «puede ser»? Pues ¡claro que sí! —insistió Sophie pasando un brazo por los hombros húmedos de la joven.

Apenas tuvieron tiempo de intercambiarse noticias cuando su tía tuvo que emprender de nuevo el arduo trayecto a Dimapur para transportar a dos zapadores heridos.

—¡Pobres! Se han quemado en un accidente ocurrido en la tienda que usan de comedor. A uno de ellos habrá que amputarle el brazo si no logramos salvárselo en el hospital principal. Además, están desmontando el hospital de campaña para llevarlo más allá de Imfal.

—¿No se ha detenido el avance por el monzón? —preguntó Adela.

—Parece que no. Se ve que se han dado órdenes de seguir hasta Birmania tras los japoneses a pesar de las condiciones atmosféricas.

—Sam Jackman está pilotando aviones —anunció sin más preámbulos— y rodando películas para el ejército. ¿Lo has visto?

—No —repuso Sophie con una sonrisa compasiva—, pero eso no quiere decir que no esté aquí. Somos miles.

—Claro —dijo Adela, que se sintió estúpida y añadió a la carrera—: Vi a Boz en un noticiario sobre Kohima. Parecía muy tranquilo y dueño de la situación.

Su tía amplió aún más su sonrisa.

—¡Bravo por el comandante Boz! Me alegro mucho. Sabía que su compañía de artillería estaba aquí, pero tampoco me he topado con él. Tal vez esté de permiso o haya acabado sirviendo más cerca del frente.

Se dieron un beso de despedida.

—Si me necesitas, estaré en el hospital de división de Dimapur —dijo Sophie—. Ve a verme cuando pases por allí.

—Te lo prometo —respondió ella sonriente, aunque detestaba tener que separarse tan pronto de ella después de lo que le había costado encontrarla.

—¡Y cuídate mucho!

Adela pasó los días siguientes insistiendo para que los enviasen a Imfal.

—Por lo que tengo entendido, aquello está hasta los topes de soldados del frente, además de tener un hospital de campaña importante.

Tommy intentó sin éxito que los llevasen en aeroplano. Una semana más tarde, a mediados de agosto, tomaron la ruta por carretera, más peligrosa, con un convoy de ingenieros. Tras dos días de trayecto entre la selva destrozada, por carreteras en las que trabajaban los zapadores como mulos bajo la lluvia incesante a fin de hacer transitable el barro, llegaron al anfiteatro de Imfal, rodeado de colinas.

Aquella tarde actuaron The Toodle Pips en una sala extra improvisada del hospital de campaña destinada a oficiales que habían de guardar cama y entre los que había heridos recién llegados y enfermos procedentes de las líneas de combate. Con todo, daba la impresión de que estuvieran muriendo más soldados por el dengue, la malaria y un brote de tifus provocado por las garrapatas que a manos del enemigo.

Habían acabado y se disponían a irse cuando la llamó con voz ronca un enfermo desde una cama situada en un rincón.

—¡Señorita Robson! ¡Bravo, Adela!

Ella se volvió sorprendida y vio a un hombre de rostro cetrino y demacrado —aquejado tal vez de ictericia— con la cabeza rapada. Enseguida tuvo la impresión de haber visto antes aquellos ojos castaños.

—No te acuerdas de mí, ¿verdad? —dijo él intentando sonreír, aunque su mirada delataba no poco desengaño—. Jimmy Maitland. Simla, 1937. Estaba de permiso en Craig Dhu, la residencia de oficiales.

—¡Jimmy! ¡Claro que me acuerdo! —Adela ocultó la impresión que le había producido semejante cambio. El joven capitán escocés de artillería con el que había estado saliendo aquel verano en Simla era robusto y atlético, tenía el pelo oscuro y tupido y mostraba dos hoyuelos en las mejillas al sonreír. Había seguido escribiéndose con él durante unos meses antes de perder todo interés—. ¡Cuánto me alegro de verte! Habría preferido que fuese en otro sitio, claro, pero me alegro de todos modos. ¿Cómo estás?

—Mucho mejor ahora que te he visto —dijo él sonriente—. Estás tan guapa como siempre y tienes la misma voz dulce que recordaba.

—Tú tampoco has perdido una pizca de tu encanto. Así que eres uno de los héroes de Imfal.

Él negó con la cabeza.

—¡Qué va! Yo no he hecho nada que no hayan hecho los demás.

Viendo que se tensaba su expresión y suponiendo que la herida estaba aún demasiado fresca como para poder hablar de ella, optó por preguntarle por su familia y él le respondió que estaba de permiso en Escocia en el momento de estallar la guerra.

—¿Y tú, Adela? —Alargó su mano huesuda para tomar la de ella—. Veo que todavía no llevas alianza. ¿Significa eso que sigue habiendo esperanzas para un comandante herido de amor?

—¿Comandante eres ahora? Pues nunca se sabe. —La joven soltó una risotada.

—Siento mucho que perdiésemos el contacto —aseveró Jimmy, demasiado caballeroso para culparla por haber dejado de escribirle.

—Dejé Simla en 1938 y me trasladé a Inglaterra. Tenía que haberte informado.

—No —respondió él—, fui yo quien tenía que haber sido más persistente.

—Me tengo que ir —anunció ella sonriendo—, pero vendré a verte.

—¿De verdad?

—Por supuesto.

—Me encantaría. Hablar contigo sería mejor tónico que la porquería que me hacen tragar aquí.

—Jimmy —le apretó la mano—, te prometo que no dejaré Imfal sin volver a verte.

Se fue enseguida para evitar que viera las lágrimas de compasión que habían asomado a sus ojos. El número de vidas sesgadas que había visto durante su gira resultaba muchas veces abrumador, pero topar de repente con un hombre al que había conocido antes de la guerra, al que había amado de algún modo, y verlo reducido a poco más que una sombra de lo que era en otro tiempo resultaba desgarrador.

Cada mañana, antes del frenético programa de sus actuaciones, Adela hacía el esfuerzo de acudir temprano a visitar a Jimmy. La mayoría de las enfermeras de guardia la alentaba a hacerlo, pues lo cierto era que elevaba la moral de todo el pabellón cuando cantaba durante el desayuno.

A finales de su segunda semana en Imfal, empezaron a correr rumores de la llegada inminente de un personaje importante.

—A lo mejor es Mountbatten, que viene a repartir medallas —conjeturó Tommy.

—Eso espero —sonrió Prue—, porque es todo un bombón. ¿Creéis que nos pedirán que actuemos para él?

Sin embargo, antes de que pudiera ocurrir tal cosa, Adela, Tommy, Prue y Betsie aceptaron la propuesta de acudir a un puesto de triaje de Tamu, a cien kilómetros de allí, para actuar ante el personal sanitario y los pacientes. Las lluvias del monzón ya no eran tan intensas y las carreteras comenzaban a secarse. Se metieron todos en un todoterreno en el que no cabían utillaje ni vestidos y que conducía un gurja de talante jovial que los llevó al sur. Aunque el hecho de estar acercándose al frente los inquietaba —Jimmy, de hecho, había implorado a Adela que no emprendiera aquel viaje—, la alegría con la que recibió el personal médico en apuros su llegada inesperada valió la pena.

En realidad, aquel puesto sanitario no era más que un conjunto de construcciones de lona situado en un claro del bosque cercano al río, con pacientes tendidos en camillas que mantenían levantados del suelo con horquillas. Las enfermeras se habían deshecho de los uniformes blancos y almidonados del hospital, vivían en tiendas dotadas de agujeros en el suelo a modo de letrinas y se sustentaban con el alimento que se lanzaba desde el aire. Adela tuvo ocasión de maravillarse al topar con una compañera de escuela de Shillong, la única con la que había entablado una amistad real, aunque de forma breve.

—¡Flowers Dunlop! ¡No me lo puedo creer!

La joven, vestida con pantalón corto y camisa y con el pelo negro recogido aún en una trenza bien poblada, la miró boquiabierta. Un instante después, las dos se estaban abrazando y charlando como si volvieran a tener trece años.

—Me han enviado aquí desde un hospital militar de Bengala Oriental para echar una mano —explicó Flowers—. Nos están llegando muchísimos casos de fiebre y no sirve de nada enviarlos al hospital de la llanura durante la estación cálida, porque solo conseguimos que empeoren, así que tratamos aquí a todos los que podemos atender y dejamos que se recuperen en las colinas.

—Sí, he visto a algunos en Imfal, incluido un antiguo novio mío —dijo Adela—. Les canto todas las mañanas, mientras ellos se toman su huevo y su tostada.

—Seguro que eso los anima —aseveró la amiga guiñándole un ojo.

Más tarde, después de cantar con sus compañeros ante pacientes que balbuceaban delirantes o gruñían de dolor, se sentó con Flowers en su catre de campaña bajo una mosquitera y bebieron té a la luz de un quinqué. Su amiga le habló de su formación de enfermera y de la labor que estaba llevando a cabo en Rangún cuando invadieron Birmania los japoneses. Había conseguido huir en uno de los últimos barcos que, cargados hasta los topes, zarparon del puerto. Después de aquello se alistó en calidad de enfermera castrense y la destinaron a Oriente Próximo.

—Desde que volví, he trabajado en Calcuta y, después, con una unidad de neurocirugía en Comilla antes de acabar aquí.

—¡Vaya! Pues sí que te gusta la aventura —dijo admirada Adela—. Y además eres muy valiente.

Flowers la miró divertida.

—No es lo que habrías esperado de la chiquilla tímida que conociste en Saint Ninian's, ¿verdad?

—No, desde luego —reconoció Adela—; pero es que entonces éramos unas crías.

—Tú, sin embargo, has sido siempre valerosa. Ojalá hubiese tenido yo el coraje de escaparme como hiciste tú. Yo odiaba el colegio. Además, no puedes imaginarte la que se montó con tu huida. Sobre todo, cuando se supo que ya no volverías.

—Espero que no la tomasen más contigo al no estar yo por allí —dijo Adela con cierta culpabilidad.

—Es verdad que se me complicó todo mucho más —respondió Flowers sin ambages—, pero eso me hizo más fuerte. No dejaba de decirme que era mejor que ellas y que algún día llegaría a hacer algo por mí misma en lugar de limitarme a aprender urbanidad y aumentar mis probabilidades de resultar deseable a un marido. Y eso te lo debo a ti, Adela, así que gracias por hacer que te echaran. —La joven le dedicó una sonrisa de oreja a oreja.

Las dos se echaron a reír y bebieron más té. Adela le hizo un breve resumen de cuanto había hecho en los años transcurridos, omitiendo, claro, los detalles dolorosos de su aventura y su deshonroso parto.

—Siento lo de la muerte de tu padre —dijo su amiga—. El mío no está bien de salud. Mi madre quiere que vaya al sanatorio de Simla, pero él no consiente en abandonar sus deberes de jefe de estación, ni siquiera después de que el ejército le requisara la casa y tuvieran que irse a vivir los dos a un bungaló con goteras en Srimangal.

—Jaflong está más cerca que Simla para una temporada de convalecencia. ¿No era de allí tu madre?

—¡Qué memoria! Sí, está más cerca, pero, si se lo propusiera, podría hacer que los ferrocarriles le pagasen la estancia en Simla. Sin embargo, él no lo solicitará jamás. —Guardaron silencio y cada una de ellas pensó en sus padres, hasta que Flowers murmuró—: Es curioso haber acabado aquí, tan cerca de las plantaciones de té. Espero tener ocasión de ver Assam mientras estoy aquí.

—¿Por qué? ¿Por qué te recuerda a las de Sylhet?

—No: es por algo que me contó mi padre. Él nació en una hacienda de té. Yo me enteré la última vez que fui a verlos a casa. Se hablaba tanto de Kohima y de Assam que se puso a recordar. Me dijo que su padre era un cultivador de té escocés, pero se crio en Shillong, no sé cómo encaja una cosa con otra. De todos modos, él parecía muy orgulloso de la conexión que lo une a esta tierra.

—Pues tendrás que hacerle más preguntas la próxima vez que lo veas —dijo Adela sintiendo de pronto una punzada de nostalgia por Belguri.

Poco después se metió en la tienda que compartía con Prue y cayó dormida de puro agotamiento. Por la mañana la despertaron unos gritos. Al salir a la carrera de su alojamiento, su compañera y ella vieron a Betsie agazapada en el interior de una bañera portátil de lona tras el faldón de la tienda.

—¡Detenedlos! —gritó.

—¿A quién? —preguntó Adela mirando a su alrededor con furia en busca de atacantes.

—¡Ahí! —Betsie señaló hacia arriba.

Adela alzó la mirada al árbol que tenían sobre sus cabezas y descubrió a un grupo de monos gritando. De pronto, uno de ellos lanzó una ramita a su compañera desnuda. Prue la recogió y se la arrojó al animal.

—¡No! —exclamó Adela—. Tienes todas las de perder.

En efecto, en aquel momento cayó sobre ellas una lluvia de palos. Adela agarró la toalla de Betsie y la sostuvo para ella.

—Sal, rápido —le ordenó a la vez que se agachaba.

Prue fue a refugiarse en la tienda y Adela la siguió poco después con Betsie envuelta en la toalla. Las tres se desplomaron histéricas entre carcajadas. Necesitaron varios minutos para recobrar el aliento.

—¿Tenéis alcohol ahí dentro? —les gritó Tommy desde fuera—. ¿Qué os pasa, chicas?

—Nada, que nos hemos echado unos amigos muy monos.

El comentario de Adela les provocó otro ataque de risa.

Estuvieron allí otros tres días antes de que regresara el conductor a recogerlos. La última noche, uno de los ordenanzas lanzó una granada al río, con lo que hizo aflorar no pocos peces muertos a la superficie y una sonrisa al rostro de las enfermeras, que pudieron cenar pescado.

A la mañana siguiente, temprano, Flowers y Adela se dieron un abrazo de despedida, se desearon suerte y prometieron mantenerse en contacto. La compañía de la ENSA regresó dando botes en el todoterreno, con el cuerpo magullado por las irregularidades del camino. El conductor mantuvo bajada la capota para dejar que la brisa los refrescara, de modo que, al llegar a Imfal, estaban todos cubiertos de una gruesa capa de polvo.

Capítulo 29

Archibald Wavell, el nuevo virrey y antiguo comandante en jefe de la India, llegó a Imfal a bordo de un aeroplano de transporte Douglas Dakota junto con otros dignatarios: el teniente general Stopford, del 33.ᵉʳ cuerpo del ejército indio; el general de brigada del aire Vincent, y Bodhchandra Singh, maharajá de Manipur, en cuyos dominios habían aterrizado.

Aquella vez no pilotaba Sam el avión: le habían encomendado que hiciese una película de aquel prestigioso acontecimiento para la unidad cinematográfica del mando del Sudeste Asiático, ya que necesitaban elementos que elevasen la moral del ejército indio. Tanto entre la oficialidad como entre las tropas se había hablado mucho, en tono muy poco amigable, de la guerra olvidada que se había librado en el frente de Birmania, y Sam, que había pasado aquellos meses peligrosos haciendo llegar provisiones a los soldados que habían quedado atrapados tras las líneas japonesas y había sido testigo de los empeños hercúleos de la infantería, la artillería y el cuerpo de ingenieros en evitar que cayeran Kohima e Imfal en manos del enemigo, era más consciente que la mayoría de que los soldados supervivientes se habían ganado a pulso sus medallas.

Sus compañeros del 194.º escuadrón, del que había entrado a formar parte él cerca de Rawalpindi en 1942, no habían tenido un comportamiento menos heroico. Su piloto, Chubs MacRae, sus operadores de radio y el personal de tierra, conformado por veteranos que hacían turnos de veinte horas para tener a punto los aeroplanos, se habían convertido ya en su familia. La camaradería de aquella unidad le había valido el sobrenombre de The Friendly Firm. Habían pasado semanas interminables llevando provisiones, transportando soldados, sacando a los heridos al amparo de la oscuridad y recorriendo aquellos montes traicioneros sin mapas propiamente dichos ni sistemas de radar. Sirviéndose de las estrellas y los ríos durante las noches despejadas y memorizando la disposición de las colinas y los valles, Sam había acabado por conocerse al dedillo el norte de Birmania.

Había aterrizado en las pistas precarias que habían creado los chinditas de Wingate despejando franjas de vegetación en la selva, había evitado los cazas nocturnos japoneses para lanzar municiones y agua en paracaídas y había convencido a no pocas mulas asustadas para que embarcasen en su aeroplano a fin de que pudieran usarse en los montes de Birmania. Las operaciones habían sido inacabables y rigurosas, pero, hasta el momento, el mayor riesgo al que había tenido que enfrentarse no habían sido los ataques del enemigo ni el terreno, sino la orden de seguir volando durante el monzón... y a plena luz del día.

No había nada más aterrador que verse metido en gigantescos bancos de cumulonimbos y sentirse arrojado de un lado a otro mientras el granizo ensordecedor golpeaba como una descarga de balas el fuselaje metálico. A Sam le dolía la quijada de tenerla apretada de continuo. El corazón se le aceleraba hasta que daba con un claro en el que poder lanzarse en picado con la esperanza de encontrar la zona de lanzamiento y no una pared montañosa. Chubs, asiendo con fuerza el mapa que con tanta precisión había elaborado, mantenía la calma como si solo estuvieran buscando el mejor sitio para disfrutar de una merienda campestre.

—Cuando quiera, padre —lo animaba, usando el título que le había asignado después de descubrir que había sido misionero.

Al regresar a su base de Agartala, en Assam, brindaban con ginebra en el húmedo comedor de oficiales para celebrar que habían sobrevivido y le lanzaban golosinas a la mascota que tenían en el recinto, un oso negro del Himalaya. Tras unas cuantas horas de sueño inquieto, los despertaban para que reanudasen la inflexible ronda de vuelos.

Sin embargo, aquel día Sam podía tomarse un respiro para ejercer de director de documentales y disfrutar del hecho de verse de nuevo tras la cámara, observándolo todo.

Tomó primeros planos del virrey mientras pasaba revista al 15.º regimiento del Punyab, el de infantería ligera de Durham, el regimiento real de Berkshire, el de Gales y el 1.º de fusileros gurjas. Wavel fue imponiéndoles las medallas. Sam filmó también a los soldados mostrando a la cámara los pertrechos militares capturados al enemigo: cañones de montaña con ruedas con radios de madera. Un intérprete estadounidense de ascendencia japonesa se encargaba de hacer inteligible lo que decían tres prisioneros de guerra. Sam no ignoraba cuál era la intención de aquello: demostrar al mundo que los aliados trataban con humanidad —o, al menos, con alimentos, un techo y medicinas— a los soldados enemigos apresados.

A continuación, Wavell visitó el hospital. Sam tomó algunas imágenes: que decidieran después los censores de la Oficina de Guerra si las escenas de hombres encogidos por la fiebre o vendados hasta ser irreconocibles debían mostrarse o no a un público amplio. Él era de la opinión de que no debía ahorrarse su contemplación a un auditorio remilgado: aquellos soldados merecían recibir el mismo reconocimiento que los que lucían medalla. Sin embargo, dudaba que se lo concediesen.

Mientras los peces gordos disfrutaban de un refrigerio con los médicos, Sam salió a disfrutar del sol que le calentaba los hombros.

No le importaba el calor de las colinas: lo que lo dejaba sin energía y sin ánimos eran las ciudades húmedas y claustrofóbicas como Calcuta.

Estaba acabando un cigarrillo y esperando al virrey cuando llegó al recinto un todoterreno polvoriento al que dieron el alto los guardias. Lo sorprendió ver a tres mujeres bajar de la parte trasera con los *topis* echados hacia atrás con aire informal, riendo y empujando al hombre que las acompañaba por algún comentario que debía de haber hecho. Estaban coqueteando descaradamente con los guardias con la intención de conseguir que las dejaran acercarse un poco más a los peces gordos visitantes. Sam bufó con gesto divertido. Llevado por un impulso, levantó la cámara que llevaba al cuello y enfocó al grupo. A través de la lente solo distinguía las insignias de la ENSA que llevaban en las camisas y la figura hermosa y bien proporcionada de las tres. La del pelo oscuro se quitó el sombrero lleno de polvo y se sacudió el cabello. Era la viva imagen de Vivien Leigh.

El corazón se le aceleró en el pecho. No podía ser. Sin dudar un instante, echó a andar con paso resuelto hacia aquel grupo tan escandaloso. Estaba ya cerca cuando la joven alzó la mirada y sus ojos se abrieron de par en par. A continuación, le sonrió y él sintió un hormigueo en el estómago. Aunque tenía la cara sucia de polvo y de sudor, estaba aún más guapa de lo que la recordaba.

—Adela.

—Sam.

Se acercó a él y le tendió la mano. Sam se la estrechó y se sintió ridículamente formal: lo que quería hacer en realidad era estrujarla contra su pecho y no soltarla. Los dos se sonrieron. Adela no parecía haberse extrañado al verlo allí, pero él casi no podía hablar.

—Había oído que estabas en la RAF —dijo ella— y que, además, rodabas películas para ellos.

—Sí. —La voz que le salió le pareció ronca hasta un extremo vergonzoso—. ¿Cuándo te has alistado en la ENSA? ¿Hace mucho que has vuelto a la India? —Todavía no le había soltado la mano—. Cuéntamelo todo.

Adela soltó una carcajada que hizo que a él se le encogiera el pecho. ¿Cómo había podido olvidar lo que le gustaba su forma de inclinar la cabeza hacia un lado y entornar los ojos con gesto divertido?

—En febrero —respondió ella—. Vine con el resto. ¿Te acuerdas de Prue y Tommy, de The Simla Songsters? —Le soltó la mano para señalar a sus compañeros—. Y ella es Betsie, que todavía no se ha repuesto de que la atacasen los monos mientras se bañaba.

Sam los saludó a todos.

—¿Podemos conocer al virrey? —preguntó Prue con un guiño.

—¿Y salir con estas pintas en la película? —exclamó Betsie horrorizada.

—Quizá a la vuelta podáis hacer algún número ante la cámara —dijo Sam—. Podría proponérselo al edecán.

—¿A la vuelta de dónde? —quiso saber Adela.

—Esta tarde vamos a Bishnupur y, luego, a Kohima.

—¿Tan pronto? —Adela puso gesto de tristeza—. Pero ¿vas a volver?

—Mañana por la noche, antes de regresar con Wavell a Calcuta.

—Bien. Entonces, nos pondremos los trapitos de gala para el virrey.

No hubo tiempo para más charla, ya que uno de los ayudantes de Wavell solicitó entonces su presencia. Sam se encogió de hombros con aire compungido y, mirándola fijamente, se alejó con paso largo.

El resto del día de Sam pasó como desdibujado. Descendieron al campamento de Bishnupur por entre las nubes que ocultaban los montes. Sam tenía los nervios a flor de piel, como le ocurría siempre que viajaba de pasajero y no de piloto. Cuando comenzó de nuevo la ceremonia de concesión de distinciones y enfocaba con la cámara a un artillero de los Gordon Highlanders al que estaban condecorando, no tenía sino a medias la cabeza puesta en lo que hacía. Había pensado mucho en Adela aquellos años, pero la había imaginado siempre en el Reino Unido. Suponía que estaría colaborando con la campaña bélica, trabajando de actriz o criando los hijos del afortunado hombre perteneciente al mundo del té con quien hubiera contraído matrimonio.

En los numerosos momentos de miedo, de cansancio o de descarga de adrenalina que se habían dado en aquella guerra infernal, Sam se había torturado pensando en ella. De algún perverso modo, todo resultaba mucho más tolerable si tomaba conciencia de que Adela estaba viviendo, respirando y riendo en algún lugar del mundo que si imaginaba un mundo sin ella. Aun teniendo en cuenta que quizá nunca volvería a verla, solo pensar que su existencia se desarrollaba bajo la misma luna y las mismas estrellas que las de él ya se le hacía reconfortante y hacía del mundo algo por lo que valía la pena luchar.

Sin embargo, hacía solo unas horas la había visto en Imfal, apeándose de un todoterreno sucio para volver a entrar en su vida. Se mofó de sus propios pensamientos desbocados: que pareciese contenta de verlo no quería decir que compartiese sus poderosos sentimientos. No podía. Habían estado más de seis años sin verse. Adela apenas había salido de la niñez. En aquel momento había tenido claro que la joven sentía algo por él, hasta que él había incurrido en aquel acto impetuoso en la feria de Sipi. Al menos, tendría la ocasión de explicárselo todo, siempre que regresaran a Imfal según el calendario previsto. La impaciencia empezó a roerle las entrañas.

Sam se centró en la labor de rodar cuanto veían mientras viajaban hacia Kohima. Ya había contemplado desde el aire toda aquella carnicería y devastación. Resultaba increíble que un solo monzón hubiera empezado ya a cubrirlo todo, la tierra castigada y las fosas comunes, con exuberante vegetación recién brotada. Filmó a Wavell mirando a través de los prismáticos las zonas en las que acababan de desarrollarse combates. Cuando se despejaba la cubierta nubosa que cubría los montes de Naga, los valerosos indígenas que habían ayudado a los aliados se alineaban para saludar al virrey y al maharajá a la manera tradicional, uniendo las palmas de sus manos debajo de la nariz.

El joven se sintió abrumado de pronto. Aquellas gentes habían visto destruidos sus pueblos y sus animales por la guerra de otros y, sin embargo, obsequiaban a los británicos con machetes y prendas tejidas a mano. Su generosidad, su falta de reproche, hizo que se le formara un nudo en la garganta. Una vez más, se sentía insignificante ante el espíritu arrojado de las gentes de las colinas.

Adela no tenía la menor idea de cómo había conseguido hacer ver que mantenía la calma al ver de nuevo a Sam. ¡Sam! Había avanzado hacia ella con la cámara bailándole en el pecho, como si hubiese estado esperando verla aparecer. Parecía mayor y tenía el rostro bronceado surcado de arrugas más profundas en torno a sus ojos de color miel y su boca firme. Llevaba el pelo muy corto y la gorra metida en el cinturón para que no le estorbase a la hora de rodar. Sin embargo, su sonrisa fácil seguía siendo igual de amplia y sus ojos brillaban con la misma mezcla de calidez y picardía que le había acelerado siempre el pulso.

Luego le había estrechado la mano hasta casi aplastársela. Adela había sentido que el corazón se le salía del pecho ante su contacto. Él debía de haberse dado cuenta de que estaba temblando o haber visto el rubor que le subía del cuello.

—Así que sigue gustándote Sam Jackman tanto como siempre —la pinchó Prue.

Adela respondió con una risotada compungida.

—¿Tanto se me ha notado?

—Yo sí me he dado cuenta, aunque, claro, también es verdad que has hablado mucho de él desde que volvimos a la India.

—¿Ah, sí? —dijo llevándose las manos a las mejillas encendidas.

—Sí y él tampoco era capaz de apartar los ojos de ti. —Sonrió—. Creo que cabe la posibilidad de que haya Jabalpur esta noche cuando vuelva.

—Si sigue casado con Pema, me temo que no.

—Eso no fue un matrimonio de verdad —aseveró Prue con aire desdeñoso—, sino una tradición de Sipi.

—Pero mi madre me dijo hace ya siglos que estaban viviendo juntos como marido y mujer.

—En fin, lo único que tienes que hacer es preguntárselo. Sin rodeos, al estilo de Adela.

Al día siguiente, llegaron noticias de que la comitiva de Wavell deseaba asistir aquella noche a una representación de la ENSA y la modesta compañía se dejó arrastrar por el pánico.

—¡Yo no puedo tocar el ukelele delante del virrey! —gritó Betsie.

Una de las bailarinas se echó a vomitar.

A Tommy se le ocurrió una componenda y consiguió que tocase con ellos una banda militar.

Prue tuvo un ataque de nervios muy poco propio de ella cuando cayó la tarde y se supo que había vuelto a Imfal la comitiva de Wavell.

—¿Qué más da? —dijo Tommy—. Lo que cuenta es que el público salga con la moral bien alta gracias a vosotras.

Poco antes de la hora en que debían empezar se les notificó que el virrey había salido hacia Calcuta, pues sus obligaciones le impedían quedarse allí una noche más. Adela hizo lo posible por ocultar su desengaño y Prue le estrechó el hombro con gesto compasivo en el momento de salir al escenario. Adela se detuvo para inspirar hondo tres veces y a continuación sonrió hacia los focos, resuelta a ofrecer lo mejor de sí pese a la decepción que sentía en el fondo.

The Toodle Pips gozaron de una acogida entusiasta por parte del público, conformado por suboficiales y soldados rasos. El sofocante interior de la tienda estaba atestado de hombres cuyos rostros sudorosos brillaban a la luz de las lámparas.

Cuando salieron del escenario y le llegó el turno a la banda castrense, Tommy la tomó por el brazo para anunciarle:

—Echa un vistazo ahí afuera: te acaban de filmar.

Ella miró desde bastidores y vio que en el centro de la sala estaba Sam agachado ante su cámara. El corazón le dio un vuelco. Se había quedado atrás para rodar. ¿Tendría que irse tras la actuación o podría estar con él algo más que un momento fugaz? Mientras la banda tocaba melodías populares, sintió todo un revoltillo de euforia y angustia. Se cambió enseguida para ponerse el vestido de noche de seda verde que le habían hecho en Bombay a su regreso a la India.

Llegó el momento de volver a salir a escena para cantar mientras Tommy la acompañaba al piano. Aunque el instrumento tenía cierto sonido metálico por los daños sufridos por el calor, su amigo supo atacar con entusiasmo las teclas. Adela cantó «A Lovely Way to Spend an Evening» y «A Nightingale Sang in Berkeley Square». La tercera debía ser una de aire desenfadado perteneciente al musical *Oklahoma!* Sin embargo, en el último momento, se dejó llevar por un impulso y, dando un golpecito en el hombro a Tommy, le pidió en voz baja:

—Toca «You'll Never Know».

Él la miró con gesto compasivo.

—No me digas a quién se la dedicas —dijo, pero tocó igualmente los primeros compases.

Adela anunció entonces:

—Voy a interpretaros una canción especial que hizo famosa Alice Faye el año pasado en la película *Hello, Frisco, Hello*, y quiero dedicársela a todas las mujeres que os están echando de menos en casa, para que podáis reuniros con ellas lo antes posible.

Dicho esto, comenzó a cantar aquella canción tierna de añoranza sobre una mujer que declara su amor a un hombre que no parece notar cuánto lo ama y que nunca sabrá cuánto lo echa de menos. Le ha robado el corazón y, si no se da cuenta en aquel instante del amor que le profesa ella, jamás será capaz de apreciarlo. Cantó mirando directamente a la cámara y dejó que el corazón se le hinchiera con la letra agridulce. Así, si no se le presentaba otra ocasión de hablar con Sam como estaba mandado, podía tener la esperanza de que aquellas palabras expresaran cuanto había que decir.

Al acabar, hubo un instante de silencio total antes de que la sala estallase en aplausos y vítores. Adela sonrió y tomó la mano de Tommy para saludar con él al público. Betsie salió entonces con el ukelele y ofreció dos números desenfadados antes de que volviesen The Toodle Pips para cantar la que se había convertido ya en la canción que cerraba sus espectáculos: «Don't Sit Under the Apple Tree».

Después, las arrastraron al comedor de suboficiales para invitarlas a beber y casi se ven atropelladas por aquellos hombres eufóricos. Daba la impresión de que el ambiente mismo estuviera enfebrecido, como si todos supieran que el descanso que se les ofrecía en Imfal estaba llegando a su fin y que no tardarían en volver a la acción.

Cuando Adela empezaba a temer que se le fuera de las manos la ocasión de ver a Sam, lo vio de pronto entre la vorágine de soldados, a muchos de los cuales les sacaba una cabeza, avanzando hacia ella. Con una simple sonrisa, sin palabra alguna, tendió la mano para tomar la suya y no soltarla mientras la apartaba de la multitud. Se oyeron comentarios procaces y las protestas de quienes aseveraban que los oficiales siempre se llevaban a las chicas de la ENSA, pero Sam los obvió mientras la sacaba de la sala y dejaba a Tommy tocando el piano del comedor.

La condujo hasta una hilera de bungalós de oficiales que habían permanecido intactos durante el asedio y, dando la vuelta a uno de ellos, hasta un jardincillo con un banco y con vistas a los montes orientales, bañados por la luz de la luna. En la maleza se oía rítmico el canto de los grillos, en tanto que el de las aves nocturnas daba vida a los árboles.

—Espero que te hayas tomado mepacrina —bromeó—. No me gustaría ser responsable de que contrajeses la malaria por haberte traído aquí.

—Claro que me la he tomado, pero siempre podemos compartir un cigarrillo y mantener a raya a los mosquitos. —En realidad, tenía la esperanza de que fumar calmase los nervios que la habían acometido al verse de pronto tan cerca de Sam en la oscuridad. Después de seis largos años de separación, ¿seguirían teniendo algo que decirse? ¿Tendría él aún el mismo entusiasmo vital que la había hecho sentir tan viva y tan especial cuando habían trabajado juntos en Narkanda?

Sam encendió dos cigarrillos y le dio uno.

—Empieza tú —le ordenó—. Cuéntame qué has hecho estos últimos seis años.

Tal vez él se estuviera preguntando lo mismo de ella. Adela ofreció la misma historia neutra que había compartido con Flowers Dunlop y lo hizo reír con las anécdotas relativas a sus parientes los Brewis y a los personajes del teatro de Newcastle. Acabaron sus cigarrillos y él tomó la mano de ella entre las suyas con dulzura, pero con firmeza.

—Sentí muchísimo la muerte de tu padre, Adela. Fui a verte a Belguri, pero ya te habías ido a Inglaterra.

—Sí, lo sé. Mi madre me lo contó en una carta. Fue muy amable de tu parte.

—No fue tanto por amabilidad como porque quería explicarte lo que ocurrió en la feria de Sipi.

Adela sintió que el corazón le latía con fuerza ante el tacto de él, pero temía lo que podría estar a punto de decir. Conque le pidió de improviso:

—No digas nada todavía.

—Es que es importante que lo sepas. Creo que entonces sentíamos algo el uno por el otro.

—Bésame, Sam —lo interrumpió—. Bésame antes de decir nada más.

Los dos se miraron fijamente y, a continuación, Sam la atrajo hacia sí y bajó la boca para buscar la de ella. La besó largamente y con fuerza, como si llevase años ansiando aquel momento. Ella, desde luego, lo había anhelado durante mucho tiempo. Las manos de Sam sostenían su cuerpo y el corazón de Adela latía con violencia ante su roce. Sus besos la consumieron y removieron las ansias que sentía de él. Adela recorrió con sus manos el rostro y el cabello de él, deseosa de sentir su piel bajo los dedos. Sabía bien lo que era la pasión, pero aquella era más que un deseo físico: quería cada ápice de su ser.

Se detuvieron para tomar aire y Sam musitó:

—Te amo desde hace tanto…

—¿De verdad? —Ella no pudo menos de maravillarse ante la idea.

—Te he añorado tanto… —insistió él.

—Y yo he soñado tantas veces con este momento…

—Por eso quiero dejar las cosas claras respecto de lo de Sipi.

Adela respiró hondo.

—En realidad, no quiero saberlo. No quiero oír hablar de tu esposa, aunque no fuera un matrimonio en toda regla. Tomaste una decisión en lo que respecta a Pema, una decisión muy valiente y honorable, pero que lo cambió todo.

Sam la estrechó con fuerza.

—No tiene por qué ser así. Pema no es mi mujer. Le ofrecí un hogar, pero nunca hicimos vida marital.

—Pues mi madre me dijo lo contrario.

Él lanzó un grito exasperado.

—Tu tío James no dejaba de pincharme, así que dejé que creyera lo que quería creer.

—Entonces ¿no es verdad? ¿No habéis vivido juntos?

—No. Por lo menos, no en el sentido que tú imaginas. Estuve a su lado mientras me necesitó. Tuvo un hijo —reconoció y, al ver que Adela ahogaba un grito, clavó en ella la mirada para aclarar—, pero no fue mío.

—¿Qué quieres decir?

—La pobre lo llevaba ya en sus entrañas cuando la rescaté en la feria. Su tío la había forzado y por eso estaba intentando librarse de ella en Sipi.

Adela soltó un gemido.

—¡Qué horror!

—Tiene un hijo.

Adela lo miró consternada.

—No puedes abandonarlos, Sam.

—Y no lo he hecho. —Disminuyó la fuerza con que la tenía asida al mismo tiempo que endurecía el tono de su voz—. Yo nunca abandonaría a un crío. Eso fue lo que hizo conmigo mi madre. ¿Qué clase de mujer renunciaría a su propio hijo?

La joven sintió que se le helaban las entrañas. Sam, sin embargo, no notó que se tensaba.

—Me aseguré de que Pema no se viera en semejante situación. Ahora tiene por protector a mi criado Nitin. Se enamoró de ella y yo lo animé a adoptar a su hijo. Se casaron hace cinco años. Fue una boda como las que manda la tradición hindú y ahora tienen también una hija. Nunca he visto a un padre tan orgulloso de su prole como Nitin.

Adela tragó saliva. Tenía el corazón desbocado.

—Eres un buen hombre, Sam —susurró.

—No, qué va: he hecho cosas muy estúpidas en mi vida y la peor de todas fue la de permitir que te fueses de Simla pensando que no sentía nada por ti. Sé que herí tus sentimientos. Te vi aquel día en Sipi con el príncipe Sanjay. Me volví loco de celos, sobre todo cuando Fátima me dijo que te había advertido de su fama. Tú eras tan inocente… Sin embargo, no lo amaste, ¿verdad?

Ella se avergonzó ante aquellas palabras.

—No.

Había llegado el momento de confesarlo todo, de referirle su aventura y hablarle del bebé y de cómo se había convertido en una de esas mujeres horribles que renuncian a sus hijos; el momento de hacerle ver qué clase de persona era en realidad: no la niña inocente de sus sueños, sino una mujer descerebrada y sin corazón.

Pero no fue capaz de decírselo. No podía soportar la idea de ver aquella expresión amorosa de sus ojos, aquella pasión, trocarse en desilusión y desengaño. Sam la atrajo otra vez hacia sí y la besó con dulzura. Adela sintió que le caían por las mejillas lágrimas lentas y calientes. Sam se echó hacia atrás.

—Adela, cariño, ¿qué te pasa? —La miró con tal compasión enamorada que ella creyó que el corazón se le iba a partir en dos mitades.

—Nada —dijo. ¡Qué cobarde!—. Creo que es mejor que me vaya.

—Adela. —Evitó que se levantara—. Dime, ¿he ido muy rápido? No pretendía atosigarte: simplemente pensaba que sentíamos lo mismo, pero, si es lo que quieres, esperaré.

Adela apartó la mirada.

—Te quiero, Sam. Te quiero muchísimo, pero….

—Pero ¿qué? ¿Hay alguien más, Adela? ¿Te has prometido a otro? Después de tanto tiempo, desde luego, no podría recriminártelo.

—Al ver que no respondía, la soltó con un suspiro—. Sabía que era demasiada suerte que no te hubieras comprometido ya.

—No es eso. —Adela hizo lo posible por explicarse.

—Entonces ¿qué es, amor?

Adela se puso en pie. No debía darle esperanzas. Ya había arruinado la posibilidad de que estuvieran juntos al elegir tener un romance con Jay. Sabía que Sam la despreciaría por lo que había hecho; quizá no por la aventura amorosa, sino por haber abandonado a su hijo. Aquello debía de ser imperdonable a los ojos de Sam Jackman y su inflexible sentido de la lealtad y la justicia. De pronto, tuvo más claro que nunca que jamás conocería la paz hasta que regresara a Newcastle e hiciera lo posible por dar con su hijo. Si seguía en el orfanato y no lo habían dado aún en adopción, lo reclamaría como suyo. Su corazón lo anheló quizá con más fuerza de lo que había ansiado el amor de ningún hombre.

—Sí que hay alguien, alguien a cuyo lado, en Inglaterra, debo regresar en cuanto acabe esta guerra. —Se obligó a no flaquear en su resolución—. Es a él a quien debo mi lealtad. Lo siento, Sam.

Él la miró pasmado. La confusión que manifestaban sus apuestas facciones le provocó una mueca de dolor y vergüenza. Sam se levantó también e intentó componer el gesto.

—Un tipo afortunado —dijo.

Adela supo entonces que lo más seguro era que no volviese a ver nunca a Sam. No obstante, aún podía hacer algo por él, aunque era muy probable que él no se lo fuera a agradecer nunca. Así, le habló de la visita que había hecho a su madre en Cullercoats.

—Es una mujer muy agradable, muy amable. Hizo que me sintiese como en casa.

La expresión de Sam pasó del pesar a la incredulidad.

—¿Cómo se te ocurrió hacer una cosa así? ¿Para qué querías ir a ver a esa mujer?

—Pensé que podría hacer que os reconciliarais. Se arrepiente muchísimo de haberte dejado atrás. Dice que intentó llevarte con ella, pero que tu padre no la dejó, que hasta la amenazó con denunciarla a la policía.

—¡Mentira cochina! —se encendió—. Te lo decía solo para que no pensaras mal de ella. No puedo creer que te lo tragases. Espero que no le hayas dado esperanzas de que pueda yo querer tener nada que ver con ella. ¿Eh, Adela?

—Pues sí. —Lo miró a los ojos—. Le dije que podía escribir a Belguri, que yo me encargaría de hacerte llegar su correspondencia cuando averiguase dónde estabas. Entonces, cuando supe que estabas haciendo documentales para el mando del Sudeste Asiático, le escribí para darle la dirección de Delhi. ¿Te ha mandado alguna carta?

—¡No, gracias a Dios! —La fulminó con la mirada—. Por favor, dime que no me has seguido la corriente esta noche para convencerme de que le escriba a mi madre.

—¡Claro que no! —Adela le tendió una mano, pero él mantuvo los puños apretados a uno y otro lado del torso—. ¿Por qué eres tan duro con ella? Cometió un error al darte la espalda, pero está deseando que te reconcilies con ella. ¿No podrás perdonarla nunca?

—¡No! —respondió Sam apretando la mandíbula—. Cuando nos dejó a mi padre y a mí, destrozó por completo la familia. Nunca he sabido lo que es vivir en familia, hasta que me alisté en el escuadrón. Ellos son ahora mi familia. Nos protegemos los unos a los otros y puedo estar seguro de que siempre estarán allí cuando los necesite. Eso es lo que hacen las personas cuando se importan.

Aquello fue lo último que dijo Sam hasta después de dejarla sana y salva en su alojamiento. Acto seguido, le deseó buenas noches con una breve inclinación de cabeza.

—Cuídate, Adela —añadió—. Espero que tengas una vida feliz y que el hombre al que amas te merezca.

Adela respondió con voz ronca:

—Cuídate tú también, Sam. —Lo vio alejarse y permaneció un buen rato allí de pie, envuelta en la oscuridad y escuchando la llamada penetrante de los chacales en la selva como un eco de la desolación que reinaba en su alma.

Capítulo 30

Adela solo conocía un modo de aliviar su corazón roto: trabajar con más ahínco, exigirse cada vez más. Así, insistió en que había que hacer más funciones y, cuando acababan, se mantenía despierta hasta tarde haciendo de confidente de soldados aquejados de nostalgia y de fatiga de guerra. Aunque pasaron un mes más en la frontera birmana, no volvió a cruzarse con Sam. Oyó decir que el 194.º escuadrón estaba operando en el interior de Birmania y rezó por que conservara la vida y pudiese perdonarla algún día por el daño que le había hecho.

A veces, mientras daba vueltas en la cama de incómodos acantonamientos, se preguntaba si no habría cometido un error terrible al no haberle confesado todo lo que había hecho para que fuese él quien decidiera si, pese a todo, quería estar con ella. Sin embargo, siempre llegaba a la conclusión de que el amor de él se habría visto emponzoñado con semejante revelación. Adela le habría recordado demasiado a su propia madre, tan poco ejemplar, y ella habría sido incapaz de soportar su desdén.

Prue y Tommy no lograban entender qué había podido torcerse.

—Preguntó por ti en el hospital la mañana que se fue —le aseveró Prue—. Eso dice una de las enfermeras. Por lo visto, había oído que ibas temprano a cantarles a los pacientes. ¿Qué puñetas le dijiste para desanimarlo de esa manera?

Adela no respondió nunca al vehemente interrogatorio de su amiga.

—Yo, desde luego, no habría dejado que se me escapase de las garras —declaró Prue antes de renunciar a hacer más preguntas.

Regresaron a Calcuta y en octubre llegó a su fin su gira de nueve meses. Adela se sintió mejor al descubrir que Sophie y Rafi estaban también en la ciudad. Él estaba obteniendo del Sundarbans madera de goran para fabricar mástiles de tiendas, pues las maderas duras escaseaban desde la ocupación de Birmania, y ella había solicitado un traslado para poder estar con su marido mientras ayudaba en el almacén que tenía allí la Cruz Roja. Su sobrina pasó un par de días muy felices con ellos en un alojamiento provisional abarrotado. Rafi había envejecido. Tenía canas en las sienes y el bigote y su rostro apuesto estaba más demacrado. Aunque parecía agotado, la saludó con la alegría y la cordialidad habituales.

—Como puedes ver, mi marido está trabajando demasiado —comentó Sophie—. Además, no deja de preocuparse por Ghulam y eso le ha encanecido el pelo más todavía.

—¿Qué le ha pasado a Ghulam? —preguntó Adela alarmada.

—Está otra vez en la cárcel —repuso Rafi suspirando—, por participar en el movimiento Quit India.

—Lo detuvieron en una redada con otros socialistas y partidarios del Congreso —añadió Sophie.

—Esta vez no puedo hacer nada por ayudarlo —aseveró el hermano con desaliento—. Por lo menos, hasta que acabe la guerra.

Adela, viendo que aquel asunto angustiaba a su tío, optó por cambiar de tema y preguntar por el rajá. Krishan, Rita y sus hijas estaban bien. Había alentado a muchos de sus súbditos de Gulgat a sentar plaza en el ejército indio a fin de defender el país, pero la familia pasaba buena parte de su tiempo en Bombay, que era donde mejor se encontraba Rita. Sanjay se había casado y vivía en Delhi, pero no había dejado su vida de donjuán. Sophie le enseñó la foto de un periódico reciente en la que se veía en un partido de polo.

—Ya ha empezado a perder su apostura —apuntó la tía—. Es lo que tiene la buena vida.

Adela observó aquella imagen borrosa. Jay tenía el cuerpo más recio y el rostro más relleno. Sabía que Sophie estaba intentando que se alegrara al verlo fuera de su vida, aunque lo cierto es que no había necesidad alguna de recurrir a una estrategia así: Adela podía oír su nombre y ver su imagen sin sentir la menor emoción.

—Pareces cansada, tesoro —señaló Sophie con una sonrisa preocupada—. ¿Por qué no vas a ver a tu madre y la dejas que te mime un poco?

Mientras la compañía de la ENSA decidía si firmaba otra temporada en la India, les ofrecieron dos semanas de permiso en las colinas.

—¡Lo de siempre! —rio Tommy—. Justo cuando empieza la estación fría, nos mandan a helarnos en Darjeeling.

Prue y Tommy decidieron ir a Jabalpur y alojarse con los padres de ella, que abrigaba esperanzas de que Stuey pudiese conseguir también unos días de permiso para verla. Adela decidió seguir el consejo de Sophie y, tras enviar un mensaje a su madre, puso rumbo a Belguri. No tenía más remedio que hacer frente a la realidad de que, pese a las ganas que tenía de volver, en el fondo había estado retrasando aquel momento porque sabía que iba a remover el dolor de la muerte de su padre y del abismo que había abierto entre madre e hija. Por muchas que fueran las cartas cargadas de afecto y amor que le había escrito Clarrie en los años transcurridos desde entonces, Adela sabía muy bien que su madre la había culpado de la tragedia ocurrida en Gulgat. Sin embargo, no podía eludir eternamente aquel conflicto y, de hecho, convenía aclarar la situación para que pudieran tratar de recuperar la relación de cariño que habían tenido en otro tiempo. Con el corazón hecho añicos por Sam, la necesitaba más que nunca.

A medida que se acercaba a su hogar, sentía que se le iba animando el alma. Tras dejar el transbordador, tomó un autobús abarrotado que la llevó a Shillong, donde la aguardaba Daleep con el coche, ya aherrumbrado, de su padre. Harry, de pie en el asiento del copiloto, la saludaba agitando una mano. Durante un instante sintió que le daba un vuelco el corazón ante el parecido que guardaba el niño con Wesley.

—¡Qué alto! —exclamó ella mientras lo bajaba al suelo para darle un abrazo.

El pequeño, de once años, se sintió de pronto abochornado y se limpió el beso que le plantó ella en la mejilla. Adela se echó a reír.

Daleep estuvo hablándole de las plantaciones durante todo el trayecto a Belguri. La joven lo escuchaba a medias mientras observaba pasar el paisaje que tanto conocía y se dejaba asaltar por los recuerdos de cuando había hecho aquel mismo camino con su padre —y también con Sam—. Ahogó aquellos pensamientos cuando Daleep hizo sonar la bocina para anunciar su llegada y, minutos después, subió a la carrera los escalones de la veranda y se lanzó a los brazos de su madre.

Los primeros días no hizo mucho más que dormir. Se levantaba a la hora de comer —Mohammed Din no había dudado en consentirla con todos sus platos favoritos—, pero hasta cuando se sentaba en la veranda a leer las cartas que había recogido de la oficina de la ENSA antes de partir se quedaba dormida durante horas.

No había un solo día que Clarrie no estuviera ocupada en la fábrica. Harry estaba recibiendo dos veces al mes las lecciones del apuesto Manzur. Su madre estaba haciendo cuanto podía por mantenerse firme en su decisión de que el niño iría a la Saint Mungo's School de Shillong después de las Navidades, porque ya había diferido dos veces su partida. Con la amenaza de invasión cada vez más vaga, ya no le daba tanto miedo la idea de apartarlo de su lado.

Adela fue a visitar al aya Mimi, que seguía viviendo feliz en una cabaña en el jardín, y a poner flores en la tumba de su padre. Volvió a derramar lágrimas, pero sintió su presencia de un modo intenso que la ayudó a aliviar su corazón herido. Cuando se sintió recuperada, salía a montar por las mañanas mientras Harry estudiaba y a continuación llevaba a su hermano a pescar.

Tuvo que esperar a que estuviera por acabar la semana, una vez que se hubo marchado Manzur, para tener al fin un momento a solas con su madre. Después de irse a la cama Harry, las dos se sentaron en el sofá de la veranda con las ventanas cerradas para protegerse del frío aire nocturno de octubre, y Adela leyó en voz alta las cartas que había llevado consigo desde Calcuta.

Había dos de Jane, que seguía disfrutando de su puesto en la batería de defensa antiaérea. Olive no había dejado de mimar a Bonnie, de quien cuidaba mientras Joan trabajaba en el café. George llevaba más de un año ausente con la fuerza aérea de la armada, pero la correspondencia que enviaba muy de cuando en cuando estaba escrita en tono alegre.

Las otras cartas eran de Tilly y Libby. La primera abundaba en noticias de la familia: Jamie estaba trabajando mucho en el hospital, Mungo se había aficionado a los deportes que practicaba en la escuela, Josey se estaba alojando con ellos mientras descansaba entre una gira y otra y Libby… seguía siendo Libby. La carta de esta, por su parte, apenas mencionaba a ningún pariente, pero transmitía el gran regocijo de la pequeña por la liberación de París por parte de los Aliados. Resultaba divertido cómo hablaba de su trabajo con el Ejército de la Tierra y sobre las bromas que habían gastado sus amigas y ella a los prisioneros de guerra italianos que habían ido a ayudar con la cosecha.

—James echa muchísimo de menos a su familia —aseveró Clarrie— y, en lugar de ir acostumbrándose, parece que cada vez lo lleva peor, el pobre. Le he escrito para contarle que estás aquí y que puedes darle noticias de primera mano si consigue escaparse un día o dos. No te importa, ¿verdad?

—Claro que no. Tengo muchas ganas de verlo. No sabes lo frustrante que me resultó estar cerca de las plantaciones de la Oxford y no poder ir cuando nos mandaron a Dimapur. Además, así también le podré decir cuánto le echan de menos ellos también, y sobre todo Libby. Creo que la única vez que la he visto llorar fue cuando se enteró de que probablemente fuese a ver a su padre antes que ella.

—Mi querida Libby… —dijo Clarrie con aire afectuoso—. Siempre ha sido la más expresiva de los tres.

—Está claro que no se calla nada de lo que piensa —coincidió Adela con una sonrisa triste.

A continuación, le habló de su gira y le contó su reencuentro con Flowers Dunlop después de tantos años, y con Jimmy Maitland.

—Lo último que sé es que, gracias a Dios, se estaba recuperando. Ahora que ha pasado el calor lo han trasladado al hospital militar de Comilla.

—¿Vais a seguir en contacto?

—Solo como amigos. Jimmy sabe que solo siento afecto por él.

Su madre la dejó hablar y, cuando se detuvo, le preguntó:

—Adela, ¿hay algo que te preocupe? ¿Algo que no me hayas contado?

A la joven se le hizo un nudo en el estómago. Vaciló y, de pronto, el peso del secreto que había llevado tanto tiempo a cuestas se le hizo excesivo. Si quería recuperar los lazos que la habían ligado a su madre, no podía seguir ocultando la pena tan honda que tenía en su interior. Sintió que le brotaban las lágrimas al mirar la expresión preocupada de su madre.

—En Imfal volví a encontrarme con Sam Jackman. Fue maravilloso. Me dijo que me quiere. En realidad, Pema y él no llegaron a vivir nunca como marido y mujer. Ella está casada como está mandado con Nitin, el sirviente de Sam. Sin embargo, he rechazado a Sam y he hecho que se vaya convencido de que hay alguien más, a pesar de quererlo también yo con todo mi ser.

—¿Y por qué has hecho eso? —preguntó Clarrie con voz dulce.

—Porque es verdad que hay alguien más. —Adela tragó saliva con fuerza—. Un niño de cinco años y medio.

Su madre la miró perpleja, hasta que, a renglón seguido, hubo algo que cambió en sus ojos oscuros al reparar en lo que significaba aquello. Tendió el brazo para apoyar una mano en la rodilla de su hija.

—Cuéntamelo —la animó.

Todo salió entonces como agua de un surtidor: la confesión completa de su encaprichamiento del príncipe Jay y la aventura que mantuvo con él estando enamorada de Sam; su voluntad de restañar la herida que le había dejado el impulsivo casamiento de este con Pema; el descubrimiento —por parte de Myra— de su embarazo; la conmoción que le produjo su estado y el terror que sintió Olive.

—No culpo a la tía —aseveró Adela— y tú tampoco deberías. Estaba asustadísima por lo que pudiese decir la gente. Sin embargo, Lexy me apoyó. Se portó conmigo de un modo admirable. Igual que tus amigas Maggie e Ina. ¡Mi querida Ina…!

Clarrie le estrechó la mano. Parecía demasiado abrumada para hablar, así que se limitó a invitarla a seguir con un movimiento de cabeza. Adela le refirió entonces el nacimiento de su hijo, con la ternura y la dicha profunda propias de una madre, y con más detalle de lo que había hecho nunca. Por último, hizo de tripas corazón y le confesó que lo habían dado en adopción y que, en un primer momento, no había sentido otra cosa que alivio.

—Fue mucho más tarde cuando me arrepentí de lo que había hecho —reconoció—. Mucho. Cuando Joan me tendió a Bonnie para que la tuviera en brazos, pensé que iba a perder el sentido del dolor que sentía en mi interior, pero seguía convencida de que había hecho lo mejor para él. Ahora, en cambio, me invade el anhelo de buscarlo y dar con él. Quizá no hayan llegado a adoptarlo por su sangre india. De todos modos, aunque no sea así, quiero saber qué ha sido de él. ¿Lo entiendes?

Su madre tenía la cara empapada de lágrimas, pero había preferido callar mientras Adela se liberaba del peso. Al fin, tragó saliva y dijo con voz temblorosa:

—Claro que lo entiendo, mi vida. —Atrajo a Adela hacia sí y la meció como si fuera una cría—. No sabes cómo siento que tuvieses que soportar todo eso tú sola. Yo tenía que haber estado allí contigo cuando me necesitabas, pero fui egoísta en mi dolor por la muerte de tu padre y te aparté de mí. Espero que puedas perdonarme.

La joven abrazó con más fuerza a su madre.

—Nada de todo eso ha sido culpa tuya —susurró—. Soy yo la que tiene que pedir perdón por lo que le ocurrió a papá. No hay un solo día que no me arrepienta de aquella terrible expedición. Ojalá pudiera deshacerlo todo, pero no puedo. Lo único bueno que ha salido de todo aquello es ese bebé tan dulce.

Clarrie le apartó el pelo con suavidad para besarle la frente.

—¿Llegaste a ponerle nombre?

Adela negó con un movimiento de cabeza y añadió:

—Pero Lexy sí. Se empeñó en que había que ponérselo y lo llamó John Wesley, por el abuelo Jock y por papá.

Su madre dejó escapar un sollozo.

—Mi Lexy…

—Hice una cosa por mi bebé —aseveró Adela—: le di la piedra rosa del *swami* para que lo protegiese. Espero que todavía la tenga. ¿Crees que puede estar a salvo gracias a ella?

Clarrie asintió con un gesto y volvió a besarle la frente. Las dos permanecieron abrazadas unos instantes, embargadas por sentimientos demasiado intensos como para expresarlos con palabras. Adela sintió una gran paz. Nunca había sentido semejante sosiego desde antes de la muerte de su padre. Era un gran alivio que su madre lo supiera todo… y que no la odiara por ello. Tomó prestado el pañuelo de Clarrie para secarse las lágrimas.

—¿Por eso has rechazado a Sam?

—Sí. —Adela volvió a sentir una oleada de arrepentimiento—. Guarda tanto rencor a su madre por haberlo abandonado que sabía que a mí también me odiaría.

—Eso no lo sabes —apuntó su madre—. ¿No es un poco injusto para él dejar que piense que amas a otro? Te hará falta valor para decírselo, pero, si te rechaza por eso, no sería ni la mitad del hombre que pienso que es y, por lo tanto, no te convendría.

Adela no pudo menos de sorprenderse por lo tajante de aquellas palabras. Resultaba inquietante pensar que podía haber tomado la decisión incorrecta. Clarrie se puso en pie.

—Se me había olvidado por completo —dijo—, pero ahora que has hablado de Sam y de su madre me acabo de acordar.

—¿De qué?

—De un paquete que llegó a tu nombre hace varias semanas. Lo metí en mi baúl para que no se lo comieran las termitas. No tengo ni idea de lo que puede ser, pero venía de Cullercoats y el remitente se apellida Jackman.

Adela la siguió a su dormitorio. La suave luz de la lámpara arrancó destellos a tres fotografías enmarcadas que descansaban sobre la mesilla de noche. La más grande era un retrato de sus padres con las galas del día de su boda y en las otras dos se veía a Adela sonriente a lomos de un poni y a Harry montado en un triciclo con ceño de impaciencia. Su madre abrió el arcón forrado de cinc que había en un rincón y rebuscó bajo una capa de ropa antes de sacar un paquetito de papel marrón atado con un cordel y entregárselo.

Volvieron a la veranda mientras Adela lo abría. Al ver el contenido ahogó un grito.

—Es un chal de la madre de Sam. ¡Qué detalle!

Lo desplegó en parte y sintió su tacto suave. Estaba hecho de lana fina de color crema y tenía en el dobladillo un intrincado bordado de colores verde y turquesa.

Clarrie pasó los dedos por la superficie.

—¡Qué bonito es! Yo diría que es cachemira.

—¿Y por qué me lo habrá enviado a mí?

—Piensa que no tiene hijas a las que dárselo en herencia. ¿Qué dice la carta?

Adela la tomó y se inclinó hacia la lámpara a fin de leerla. El corazón empezó a latirle con fuerza. A medida que avanzaba iba creciendo su asombro. La releyó desde el principio. Sentía los latidos cada vez más violentos. Apenas podía creer lo que había escrito la señora Jackman. ¡No podía ser! Alzó la vista para mirar boquiabierta a su madre.

—¿Qué pasa? —Clarrie arrugó el entrecejo.

—Léela —le dijo su hija tendiéndole el papel—. Esto lo cambia todo.

Mientras su madre tomaba las gafas de leer, ella abrió por completo el chal y encontró el otro obsequio que le había enviado la madre de Sam.

Capítulo 31

Sam recogió la carta que lo aguardaba en el comedor de oficiales de Jessore y que habían remitido desde Agartala. Llevaba un mes de instrucción en Bengala Oriental con un escuadrón de operaciones especiales que incluía pilotos recién llegados de Europa con experiencia en esta clase de vuelos. Aunque lamentaba haber dejado el 194.º, The Friendly Firm, no podía quejarse de aquel nuevo reto. ¿Qué podía perder? El peligro no le preocupaba, no tenía más ataduras ni obligaciones que las que había contraído con sus compañeros de dotación. En diciembre volarían hacia aquella región birmana para lanzar tropas y pertrechos a los montes Toungoo a fin de llevar a cabo ofensivas de guerrilla y reunir información. Solo tenían que esperar a la luna llena.

Se las había compuesto para seguir adelante tras el rechazo de Adela, día a día y vuelo a vuelo, protegido por cierto entumecimiento emocional. La última mañana en Imfal había ido al hospital para tratar de verla y disculparse por haber pagado con ella la rabia que le provocaba el recuerdo de su madre, pero no la había encontrado y la enfermera del pabellón de oficiales se hallaba tratando de calmar a un comandante joven muy agitado, un escocés por apellido Maitland.

—A veces no viene —le había dicho—, pero siempre es por un motivo de peso.

Sam había hecho lo posible por animar al hombre, que a continuación le había confesado lo enamorado que estaba de Adela, a la que conocía desde que había coincidido con ella en Silma, y las intenciones que tenía de pedirla en matrimonio una vez que se recobrase. Sam había salido de allí resuelto a enterrar de manera definitiva cualquier sentimiento por Adela.

Y, de pronto, meses más tarde, tenía ante sí una carta suya. Se la metió en el bolsillo sin saber bien si debía abrirla. Al fin había encontrado el equilibrio en su vida y leer lo que tuviese que decirle podía arruinarlo todo. Media hora más tarde, sin embargo, no podía seguir obviándola. Salió, encendió un cigarrillo y la abrió maldiciendo su pulso tembloroso.

> Querido Sam:
>
> Sé que no esperarás tener noticias mías y hasta que podría irritarte que te escriba después de cómo te rechacé. De todos modos, espero que te llegue este mensaje. Tengo algo muy importante que contarte y que prefiero no confiar al papel. ¿Es posible que nos encontremos en Calcuta para que pueda explicártelo en persona? Sé que a veces visitas la ciudad entre maniobra y maniobra. No te lo pido por mí, sino por alguien cercano a mí. He estado descansando en Belguri, que ha sido como un pedacito de cielo para mí, pero la semana que viene regreso a Calcuta y me alojaré con Sophie y con Rafi (en la dirección que consigno al final de la presente). Allí podrás comunicarte conmigo.
>
> Por favor, Sam, no faltes.
>
> Con todo mi afecto,
>
> Adela

Sam no sabía cómo tomárselo. ¿Qué podía ser tan importante? ¿Había habido algún cambio en las circunstancias que había hecho que ahora sí quisiera estar con él? El atisbo de esperanza que había creído ver se esfumó enseguida al releerla: fuera lo que fuere, no se lo pedía por ella. Sintió un destello de rabia. No sería de parte de su madre, ¿verdad? ¡Cuándo iba a dejar de entremeterse! Sin embargo, así era Adela, siempre empecinada en defender a los demás. Dejó escapar un largo suspiro.

Aquella noche respondió con otra carta en la que convenía en encontrarse con ella la semana siguiente... si lograba escapar.

Adela abrió la puerta del piso de los Kan con el corazón dolorosamente agitado. Ante ella estaba Sam, esbelto y apuesto con su uniforme de piloto.

—Gracias por venir —dijo con una sonrisa nerviosa—. Entra, por favor. —Sus palabras sonaban formales hasta un extremo ridículo, pero lo cierto es que no estaba dispuesta a dejar que sus propias emociones se interpusieran en lo que tenía que decir. Pensó que, por su aspecto, él debía de estar tan cohibido como ella.

—Sophie está haciendo té en la cocina y Rafi vendrá más tarde. Espero que te quedes el tiempo suficiente para verlo.

Sam no respondió. La siguió hasta la salita de estar, cuyos horribles muebles militares habían alegrado con mantas y cojines de colores vivos. Parte de la mesa del comedor estaba ocupada por un gramófono y un rimero de discos. Adela le indicó que se sentara frente a una mesilla baja tallada.

—¿Qué es lo que querías decirme, Adela?

—Vamos a tomar té primero, prometo explicártelo todo.

Sam dejó la gorra sobre la mesa y se pasó una mano por el cabello corto.

—¿Qué estás haciendo en Jessore? —quiso saber ella.

—Operaciones especiales —repuso él sin más.

—¿Ya no estás con The Friendly Firm?

—No, solo con Chubs MacRae, que se ha venido conmigo.

—Me alegro.

—¡Adela! —Sam la miró con gesto impotente—. Esto me está costando muchísimo.

En ese momento entró Sophie con una bandeja en la que llevaba tazas de té y una tetera.

—Hola, Sam. Hace siglos que no nos vemos. Ya sé que te resultará extraño verme hacer las labores del sirviente, pero me ha parecido que sería más fácil si estamos nosotros solamente.

Sam se puso en pie, tomó la bandeja para colocarla sobre la mesa y a continuación le estrechó la mano.

—Seguro que no te acuerdas de mí —dijo la anfitriona con una sonrisa—. No eras más que un niño cuando viajé en el vapor de tu padre, en 1923.

Sam sonrió también.

—Sí que me acuerdo, porque te molestaste en hablarme, cosa que no hacía la mayoría de las *memsahibs*. Además, he sabido de ti desde entonces por Adela.

—Claro.

Adela sirvió el té mientras Sam preguntaba por urbanidad por Rafi. La joven sintió muchísima ternura por él y sus intentos de ser sociable cuando sabía que debía de estar confuso y nervioso. Adela se levantó y recogió el paquete de la mesa del comedor.

—Voy a contarte algo, Sam, y no quiero que me interrumpas hasta que haya acabado. Es difícil de asimilar. Al final, podrás hacer todas las preguntas que quieras.

Él la miró perplejo.

—La semana pasada, mi madre me dio este paquete. Lo había enviado la tuya hace ya un par de meses. —Adela levantó una mano para impedir que formulase la protesta que estaba viendo asomar a sus labios—. Pensé que los regalos que contenía eran para mí, pero no: eran para ti.

Sacó el chal del envoltorio de papel marrón y se lo dio.

—La señora Jackman explicaba en su carta cómo llegó a ella. Ella no es tu verdadera madre, Sam: la mujer que te dio a luz fue Jessie Logan, esposa de un cultivador de té. Cuando tenías una semana, te salvó la vida envolviéndote en este chal y dándote a su aya para que te pusiera a salvo. También le entregó un brazalete de marfil para comprar alimento o cualquier cosa que pudieses necesitar hasta que le fuera posible rescatarte, pero eso no llegó a pasar, porque su marido, Bill Logan, tu padre real, la mató de un disparo antes de suicidarse con la misma arma.

Adela se detuvo. Sam la estaba mirando de hito en hito y con gesto pasmado.

—Las autoridades no dijeron nada de las muertes, porque la situación del momento no era la más estable: se cumplía medio siglo de la rebelión de los cipayos y temían que hubiese altercados. El inspector de policía que ocultó la verdad del asesinato también se aseguró de que el aya le entregase el bebé. Te dio a los Jackman, porque tu padre adoptivo era compañero suyo de la logia masónica de Shillong. Como no podían tener hijos, estuvieron encantados de acogerte.

Volvió a guardar silencio para dejar que Sam asumiera aquella revelación trascendental. Él negó con la cabeza con aire incrédulo.

—Eso es imposible —sentenció—. Es otro de los cuentos que inventa esa mujer para que le tengáis lástima y la traigáis hasta mí.

—No, Sam: es verdad —intervino entonces Sophie—. Si abres el chal, encontrarás dentro el brazalete. Míralo.

Sam hizo lo que le ordenaba. Sostuvo en alto el arito de cabezas de elefante talladas que el paso del tiempo había teñido de amarillo. Sophie se recogió la manga de su cárdigan para revelar uno igual.

—¿Lo ves? Es el mismo. A mí me dieron uno igual. Mi madre era Jessie Logan también. Yo estaba en el bungaló de Belguri aquel día…

—¿Belguri? —preguntó Sam boquiabierto.

—Sí, papá y mamá lo habían alquilado, quizá para salvar su matrimonio lejos de las maledicencias de las plantaciones de la Oxford. Yo cumplía seis años y vi al aya Mimi salir corriendo contigo en brazos. Mamá me hizo que me escondiera. Nunca la volví a ver.

De pronto calló con los ojos cargados de lágrimas.

—¿Me estás diciendo —susurró Sam— que tú eres mi hermana?

—Sí —respondió Sophie entre lágrimas— y tú, el hermano que llevo tanto tiempo buscando. ¡Pensar que llevamos años viviendo en la misma parte de la India y conociéndonos! —Le tendió los brazos—. ¿Puedo recibir un abrazo de mi hermano pequeño, por favor?

Los dos se pusieron en pie y se acercaron. Sam la rodeó con dulzura con los brazos y le frotó la espalda. Adela contuvo sus lágrimas. Al sentirse de pronto intrusa en aquel emotivo reencuentro, se levantó. Sophie se apartó de Sam para anunciar con una sonrisa:

—Si nos hemos encontrado ha sido gracias a Adela. Esto nunca habría pasado si no se llega a poner en contacto con la señora Jackman ni se hace su amiga.

Sam miró a la joven, que lo vio luchar con emociones encontradas. Todavía iba a necesitar un tiempo para reconciliarse con la verdad.

—Os dejo solos —dijo sonriendo— para que Sophie pueda contarte más cosas de tu familia. Estaré en el Gran Hotel con Prue. —Y, con esto, recogió su chaqueta y se encaminó hacia la puerta.

—Adela —dijo Sam con voz ronca—. Gracias.

Adela no regresó al piso aquella noche ni Sam acudió a buscarla. Prue compartió con ella su cama y le habló de sus hazañas en Jabalpur y de la frustración que le había provocado el no ver a Stuey.

—Pues a mí me da la impresión de que has encontrado otras distracciones en el club de la fábrica de cureñas —se burló Adela.

—¿Es delito que las prometidas de guerra nos divirtamos un poco? —preguntó con aire despreocupado.

—¿Existen las prometidas de guerra?

—Si hay viudas de guerra, no sé por qué no van a existir. —Prue soltó un suspiro—. A mis padres no les hace ninguna gracia que me haya prometido en matrimonio con un estadounidense. Creen que vamos muy rápido, pero yo me casaría con él mañana mismo. ¿Para qué vamos a mirar tanto al futuro cuando estamos en guerra? En estas condiciones, hay que aprovechar la ocasión en cuanto se presente.

Hablaron sobre si debían permanecer allí para embarcarse en otra gira.

—Si tú te apuntas, yo voy contigo —dijo Prue—. Podrían enviarnos más al este si llegan a recuperar Rangún. En ese caso, será más probable que vea a Stuey.

—Sí, yo me quedo hasta que termine la guerra.

Al día siguiente fueron al piso de los Kan, pero Sam se había ido. Sophie seguía muy emocionada.

—Nos pasamos la mitad de la noche sin parar de hablar. Él quería saberlo todo sobre nuestros padres, aunque, claro, tampoco yo podía contarle gran cosa. Sin embargo, le hablé de la tía Amy, de Edimburgo, y de lo maravillosa que había sido como tutora, y del tío abuelo Daniel, que me enseñó a pescar en Perth. Por supuesto, también le dije que ahora es primo segundo de Tilly. La verdad es que toda esta información le resultó un poco abrumadora. Yo diría que se fue por eso. Dijo que tenía que volver a la base, pero yo creo que necesita tiempo para hacerse a la idea.

—¿Te ha dicho cuándo podría volver? —preguntó Adela.

—No. —Sophie hizo un gesto apenado—. Creo que su escuadrón se está preparando para algo gordo, pero él no suelta prenda. —Exhaló un suspiro—. Es durísimo: acabo de encontrar a mi hermano y se me va de operaciones especiales. Ahora voy a pasarme el tiempo preocupada por él hasta que vuelva a verlo.

Adela sintió que le picaban los ojos. Sophie la miró con aire de compasión.

—A ti te está pasando lo mismo, ¿verdad, cielo?

Adela no lograba centrarse en nada. Estaban ensayando canciones nuevas y nuevos pasos de baile para la gira siguiente, que en esta ocasión los llevaría a la India meridional y Ceilán, y Tommy y Prue empezaban a exasperarse con su falta de concentración.

—¡Por Dios santo! —exclamó esta—. ¿Por qué no vas a ver a ese hombre antes de que tenga que despegar? Si Stuey tuviera la base a un par de horas de aquí, yo iría corriendo como una bala.

—¿Y qué le digo?

—¡Que lo quieres! ¿Qué vas a decirle si no?

Aquella noche, Adela se sentó a escribir a Sam una carta larguísima en la que expresaba cuanto sentía por él y le hablaba de su hijo ilegítimo.

> Entenderé —concluía— que no quieras volver a verme, pero he acabado por darme cuenta de que no hay nada peor que ocultar secretos a la gente a la que quieres. Cuando acabe esta guerra (y quiera Dios que sea pronto), tengo intención de volver a Inglaterra para descubrir qué ha sido de mi niño. No hay otro hombre en mi vida, ni nadie se ha acercado nunca al lugar que ocupas tú en mi corazón, así que quiero que sepas que, cuando

hablaba de la lealtad que debía a otro, me refería
a mi hijo.

Cuídate mucho, Sam, por favor, porque te
quiero más que a nada.

Te querré siempre,
Adela

No la echó al correo. En lugar de eso, se puso el uniforme de la
ENSA, convenció a Tommy para que la acompañase, tomó un tren
a Jessore y consiguió que la montasen en un todoterreno que partía
hacia la base aérea. Consiguieron entrar con un poco de teatro, gracias a que Tommy se inventó que pretendía organizar un espectáculo en el aeródromo. Los llevaron al comedor de oficiales.

—El capitán Jackman está en misión de adiestramiento —les
dijeron.

—Pues lo esperaremos —aseveró Adela.

—No vendrá hasta después de anochecer.

—Vamos, chiquilla —le dijo Tommy—. ¿No ves que no nos
podemos quedar aquí? Deja aquí la carta para que se la den.

Mientras los escoltaban a la puerta sobrevolaron sus cabezas
algunos aparatos que volvían a la base.

—No son Dakotas —anunció Tommy con aire triste.

De nuevo en Calcuta, Adela se dedicó en cuerpo y alma a los
ensayos. El trabajo duro era para ella el mejor remedio para un corazón dolido. Cuando estaba sobre el escenario, cantando o bailando
con The Toodle Pips, lograba dejar fuera todo lo demás. Les quedaba una semana para tomar el tren a Bangalore. Si bien Sam no le
había contestado, Sophie había recibido una carta larga y afectuosa
en la que decía estar encantado por tenerla de hermana y por contar
con toda una familia nueva de primos a través de Tilly. Esperaba
poder reunirse con todos ellos algún día. Adela la había leído con

una mezcla de alegría por Sophie y de pena por sí misma. Se vio obligada a aceptar que Sam ya no la quería.

Una noche, ya tarde, estaba tomando unas copas en el bar del hotel con Tommy, Prue, Betsie y Mack tras un largo día de ensayos cuando Tommy, sentado frente a ella, soltó un silbidito y dijo:

—Agárrate, Robson, que viene la artillería.

Adela miró a su alrededor y vio una figura alta que se abría paso entre el gentío hacia ellos. El corazón le dio un vuelco. Era Sam. Tenía todavía puesto el uniforme de faena de piloto, arrugado y manchado de sudor, como si hubiera saltado de la carlinga del avión para echar a correr hacia allí. Saludó al grupo con una sonrisa distraída, pero sus ojos no se despegaban de Adela.

—Acabo de recibir tu carta: el sargento la había traspapelado. He requisado un vehículo para llegar aquí.

—¿Te pido algo? —preguntó Tommy—. Apuesto a que no te viene mal un trago.

—Gracias. Quizá sí, de aquí a un minuto, pero primero quiero hablar a solas con Adela.

Adela se puso en pie de inmediato, haciendo caso omiso de las cejas arqueadas de Prue.

—Salgamos, Sam —dijo.

En la acera, más allá del pórtico cubierto, las luces suaves de los tenderetes iluminaban la línea de *tongas*, cuyos carreteros se acurrucaban en mantas para combatir el frío de principios de diciembre. Obviando a los viandantes, Sam tomó las manos de Adela y la atrajo hacia sí para quedar mirándola a la cara.

—Adela —le dijo bajando la vista para clavar en ella la mirada más intensa, casi febril, que le hubiera visto nunca ella—. Tu carta… ¿Decías en serio todo lo que has escrito?

—¿Sobre mi bebé? —susurró ella con el corazón acelerado por el miedo ante lo que podría decir él.

—No. —El gesto de él se dulcificó—. No me refiero a eso. ¿Cómo has podido pensar que te rechazaría por lo que te hizo Jay? No quiero ni pensar en el infierno que has tenido que pasar tú sola. Además, no soy uno de esos puritanos que condenan a las mujeres por tener hijos fuera del matrimonio. Si la sociedad no criticase con tanta facilidad, las mujeres no sufrirían la presión que las empuja a renunciar a sus hijos.

A Adela se le anegaron los ojos de lágrimas ante aquellas palabras tan amables.

—Pensaba que me odiarías por haber dado a mi pequeño. Te ponías tan furioso al hablar de tu madre…

Sam apretó las manos de ella.

—De mi madre no: mi madre de verdad sacrificó su propia vida para salvarnos a Sophie y a mí. Esa otra mujer, la que me abandonó, era tan desdichada aquí que ni siquiera pudo quedarse por el hijo adoptivo al que tanto había hecho por amar. Ahora lo veo mucho más claro y ya no siento la misma ira hacia ella. De hecho, le he escrito para decírselo y para darle las gracias por tener el valor de decirme la verdad. Adela —dijo con ojos tiernos—, a ti también te estoy muy agradecido.

—¿Para eso has venido, Sam? —Estaba temblando bajo su tacto.

—No, he venido para decirte que te amo, Adela, tanto como dices tú que me amas a mí. No hay otra mujer con la que haya sentido ni de lejos lo que siento contigo. Me bastó volver a verte en Imfal para saber que seguía estando perdidamente enamorado de ti.

Adela rio entre lágrimas.

—Pero ¡si estaba sucia y tenía una facha…!

—A mí me encantó. —Sam sonrió—. Sin embargo, tenía que asegurarme de que no te habías prometido a nadie más. A aquel comandante Maitland del hospital, por ejemplo.

539

—¿Jimmy? —dijo Adela sorprendida—. No, nunca hemos sido más que amigos.

Sam la atrajo hacia sí.

—Entonces, cásate conmigo, Adela. Cásate conmigo ya, antes de que nos separemos otra vez.

El corazón de Adela se aceleró.

—¿Aquí —preguntó con un grito ahogado—, en Calcuta?

—Sí, antes de que yo tenga que partir para Birmania y tú irte al sur. Yo tengo solo cinco días.

Adela se entusiasmó ante sus palabras.

—Sí —sonrió—. ¡Sí, claro que quiero casarme contigo! —Le rodeó el cuello con los brazos mientras él la abrazaba con fuerza y se besaron sobre el pavimento lleno de polvo mientras pasaban los peatones a su alrededor. Un grupo de marineros que acertó a deambular por allí se puso a lanzar chiflidos y vítores.

Los enamorados se separaron entre risas.

—¡Sam Jackman, cómo te quiero! —exclamó ella.

Tres días después, Adela y Sam contrajeron matrimonio ante un magistrado y gracias a una licencia especial. Tommy y Prue hicieron de testigos y Sophie y Rafi ofrecieron en su piso un almuerzo a modo de convite. Clarrie, que vivía demasiado lejos para llegar a tiempo, remitió un telegrama de felicitación con todo su amor.

—No me puedo creer que hayas llegado al altar antes que yo —se burló Prue—. Stuey va a tener que darse prisa.

Sophie y Rafi buscaron alojamiento en casa de un colega para que Adela y Sam pudiesen pasar la luna de miel en el piso los dos días que les quedaban juntos.

—Es nuestro regalo de bodas para mi hermano especial y mi chica favorita —anunció Sophie sonriendo de oreja a oreja.

—Gracias —dijo Adela mientras se despedían con un beso.

Más tarde, Sam tomó a su esposa de la mano.

—Por fin solos —dijo con una sonrisa.

Se fueron directos al lecho e hicieron el amor mientras el sol moribundo del invierno iluminaba la habitación con su fulgor naranja. Siguieron hasta bien entrada la noche y después permanecieron entrelazados y con los corazones acelerados por la pasión.

Durante los dos días de euforia que estuvieron juntos hablaron de muchas cosas. Jugaron con la idea de regresar a la falda del Himalaya y plantar más huertos de frutales, aunque también reconocieron que podrían vivir un tiempo en Belguri y ayudar en la plantación de té o viajar por la India haciendo cine.

—Hagamos lo que hagamos —dijo Sam—, te prometo que volveremos a Inglaterra para buscar a tu bebé.

—Gracias, amor —susurró Adela besándole los labios con ternura.

Llegó el día de partir. En la agitada estación de ferrocarril, se aferraron el uno al otro en un fuerte abrazo. Adela no había sentido nunca una emoción tan poderosa, triste hasta la desesperación por la marcha de Sam y, a un tiempo, invadida por el amor más profundo imaginable para con el hombre al que había convertido en su marido.

—Cuando acabe la guerra no nos separarán jamás —aseveró Sam mientras le secaba a besos las lágrimas—. Hasta entonces, Adela, amor mío, te tendré en el corazón cada día y cada hora.

—Y yo a ti, Sam —dijo ella con una sonrisa y los ojos verdes rebosantes de amor—. Siempre.

Breve glosario de términos angloindios

begar: sistema de trabajos forzados
bidi: cigarrillo indio
boxwallah: mercader británico dedicado al comercio (despectivo)
burra bungalow: bungaló principal (*burra* significa «grande»)
burra memsahib: la dama de más autoridad
chai: té indio
chaiwallah: bracero de una plantación de té o vendedor de té
chaprassi: mensajero
chee-chee: acento indio (peyorativo)
chota hazri: desayuno
dak: correo, servicio postal
durzi: sastre
ghat: embarcadero
godowns: almacén, cobertizo
gur: cierta clase de azúcar sin refinar
jalebi: golosinas blandas y almibaradas
jungli: persona que lleva una vida sencilla lejos de la ciudad;
    puede tener un uso peyorativo para referirse a alguien que
    se ha «vuelto nativo»
khansama: mayordomo

lathi: palo largo o porra

machan: puesto de caza camuflado en un árbol

mali: jardinero

memsahib: dama (forma femenina de *sahib*)

missahib: señorita

mohurer: contable jefe

nimbu pani: limonada

paan: mezcla masticable de nuez de areca, especias y hojas de betel

purdah (literalmente, «cortina»): aislamiento de las mujeres respecto de los hombres o las personas desconocidas

puri: torta frita de pan ácimo

sahib: señor

sepoy: soldado raso del ejército indio

shalwar kameez: atuendo formado por unos pantalones holgados y una camisa larga

shikar: caza

shikari: cazador, rastreador

swami: asceta, santón

swaraj: libertad

syce: mozo de cuadra

tiffin: almuerzo

tonga: tartana, carruaje de dos ruedas

topi: salacot, sombrero tropical para protegerse del sol

Otros términos y siglas

ARP: Air Raid Precautions, organismo encargado de proteger a la población civil ante las incursiones aéreas

ENSA: Entertainments National Services Association, destinada a proporcionar diversión a los soldados británicos durante la segunda guerra mundial

maharaní: esposa del maharajá

RAF: Royal Air Force (Real Fuerza Aérea del Reino Unido)

raní: esposa del rajá

Agradecimientos

Quisiera agradecer a mi marido, Graeme, que me animase a viajar a la India y a seguir los pasos de mis intrépidos abuelos Bob y Sydney Gorrie por las laderas del Himalaya. En el transcurso de nuestra investigación, tuvimos la ocasión de emocionarnos al descubrir la casa de Simla en la que se habían alojado con mi madre, Sheila, de tan solo dos años de edad, durante el invierno de 1928. Del gran número de personas que hicieron que nuestra estancia en la India fuera especial, quiero dar las gracias en particular a Sanjay Verma, quien nos guio por Simla y alrededores, por sus conocimientos de historia de la región y el interés que demostró por los lazos que unen a mi familia con su ciudad. También me encantó nuestra visita a la Glenburn Tea Estate, cerca de Darjeeling, a cuyos encargados y trabajadores quiero agradecer su gentileza. Gracias también a Lis van Lynden, de la Haslemere Travel, por confeccionar el itinerario del viaje de documentación.

Gracias también al equipo de Amazon Publishing, con el que ha sido todo un placer trabajar: Sana, Hatty y Beka, del equipo de relaciones con el autor; Jenny Parrot, del equipo editorial, por su provechosa supervisión, y Marcus Trower y Julia Bruce, por sus meticulosas revisiones. Gracias en particular a mi editora, Sammia Hamer, por su aliento y por el entusiasmo que ha demostrado durante el proyecto, que ha transformado en amistad nuestra relación profesional.